外国文学名著丛书

〔法〕左拉／著

金　钱

金满成／译

"外国文学名著丛书"编委会

人民文学出版社

Emile Zola
L'ARGENT
据 Fasquelle Editeur, Paris, 1954 译出。

图书在版编目(CIP)数据

金钱/(法)左拉著;金满成译.—2版.—北京:人民文学出版社,2022

(外国文学名著丛书)

ISBN 978-7-02-017057-9

Ⅰ.①金… Ⅱ.①左…②金… Ⅲ.①长篇小说—法国—近代 Ⅳ.①I565.44

中国版本图书馆 CIP 数据核字(2021)第 241623 号

责任编辑	黄凌霞
装帧设计	刘 静
责任印制	王重艺

出版发行　人民文学出版社
社　　址　北京市朝内大街 166 号
邮政编码　100705

印　　刷　河北新华第一印刷有限责任公司
经　　销　全国新华书店等

字　　数　337 千字
开　　本　850 毫米×1168 毫米　1/32
印　　张　16　插页 3
印　　数　1—4000
版　　次　1958 年 8 月北京第 1 版
　　　　　1980 年 8 月北京第 2 版
印　　次　2022 年 1 月第 1 次印刷

书　　号　978-7-02-017057-9
定　　价　75.00 元

如有印装质量问题,请与本社图书销售中心调换。电话:010-65233595

左拉

出 版 说 明

人民文学出版社自一九五一年成立起，就承担起向中国读者介绍优秀外国文学作品的重任。一九五八年，中宣部指示中国科学院文学研究所筹组编委会，组织朱光潜、冯至、戈宝权、叶水夫等三十余位外国文学权威专家，编选三套丛书——"马克思主义文艺理论丛书""外国古典文艺理论丛书""外国古典文学名著丛书"。

人民文学出版社与中国科学院文学研究所，根据"一流的原著、一流的译本、一流的译者"的原则进行翻译和出版工作。一九六四年，中国社会科学院外国文学研究所成立，是中国外国文学的最高研究机构。一九七八年，"外国古典文学名著丛书"更名为"外国文学名著丛书"，至二〇〇〇年完成。这是新中国第一套系统介绍外国文学作品的大型丛书，是外国文学名著翻译的奠基性工程，其作品之多、质量之精、跨度之大，至今仍是中国外国文学出版史上之最，体现了中国外国文学研究界、翻译界和出版界的最高水平。

历经半个多世纪，"外国文学名著丛书"在中国读者中依然以系统性、权威性与普及性著称，但由于时代久远，许多图书在市场上已难见踪影，甚至成为收藏对象，稀缺品种更是一书难求。在中国读者阅读力持续增强的二十一世纪，在世界文明交流互鉴空前频繁的新时代，为满足人民日益增长的美好生活的需要,人民文学出版社决定再度与中国社会科学院外国文学研究所合作,以"网罗经典,格高意远,本色传承"为出发点,优中选优,推陈出新,出版新版"外国文学名著丛书"。

值此新版"外国文学名著丛书"面世之际,人民文学出版社与中国社会科学院外国文学研究所谨向为本丛书做出卓越贡献的翻译家们和热爱外国文学名著的广大读者致以崇高敬意!

"外国文学名著丛书"编委会
二〇一九年三月

编委会名单

(以姓氏笔画为序)

1958—1966

卞之琳　戈宝权　叶水夫　包文棣　冯　至　田德望
朱光潜　孙家晋　孙绳武　陈占元　杨季康　杨周翰
杨宪益　李健吾　罗大冈　金克木　郑效洵　季羡林
闻家驷　钱学熙　钱锺书　楼适夷　蒯斯曛　蔡　仪

1978—2001

卞之琳　巴　金　戈宝权　叶水夫　包文棣　卢永福
冯　至　田德望　叶麟鎏　朱光潜　朱　虹　孙家晋
孙绳武　陈占元　张　羽　陈冰夷　杨季康　杨周翰
杨宪益　李健吾　陈　燊　罗大冈　金克木　郑效洵
季羡林　姚　见　骆兆添　闻家驷　赵家璧　秦顺新
钱锺书　绿　原　蒋　路　董衡巽　楼适夷　蒯斯曛
蔡　仪

2019—

王焕生　刘文飞　任吉生　刘　建　许金龙　李永平
陈众议　肖丽媛　吴岳添　陆建德　赵白生　高　兴
秦顺新　聂震宁　臧永清

译 本 序

——一部深刻反映现代社会经济进程的书

在左拉(1840—1902)的宏伟巨著《卢贡-马卡尔家族》中,《金钱》是第十九部长篇小说,发表于一八九二年,它以其题材的重大与艺术描绘的成功,在左拉的整个创作中占有重要地位。

《金钱》堪称世界名著,其意义在于,它以生动丰富的形象表现了现代资本主义初期一系列重大的社会现象:金融市场的新问题、资本的作用、社会性的投机心理以及围绕这些所发生的人间悲剧与喜剧。

股份公司的出现,是法国十九世纪后半期经济生活中的新现象。《金钱》所描写的正是这种新的经济现象。小说主人公萨加尔简直是以一种迷醉的心态来歌颂这种资本的集中形式的。在他看来,"巨大的金钱洪流,这就是伟大事业的生命";"没有股份公司,就没有铁路,也没有足以使世界近代化的大企业"。为此,他组织创建了世界银行,利用集中起来的资金,在地中海经营海运事业,在中东修筑横贯的大铁路,在荒野的山区进行开发,完成了一次"完全不同于民族大迁移的十字军东征的远征",改变了大片地区的面貌。于是,在左拉的这个长篇里,也就出现了不同于对金钱与资产者的传统批判的描写。如果说,过去的巴尔扎克是从传统的道德立场来谴责金钱对人心的腐蚀与毒害的话,那么,左拉在《金钱》里则是从社会学的观点来表现金钱资本在社会生活中的作用为其出发点。显然,左拉使得文学中对金钱的理解有了某种新意。

从这里出发,左拉进一步表现了资本主义条件下金钱资本在社会生活中的一种特殊活动形式与作用,即金钱资本一旦形成,就必然转入金融投机,进行这种投机活动的交易所也就成为了《金钱》的重点描写对象。在文学史上,过去不可能出现一部作品,而后来也确未曾出现一部作品,像《金钱》这样对巴黎的交易所中的投机活动进行了如此详尽而真实的描写。作者在小说的各有关章节,多次从不同角度描绘出这个特殊场所的全面场景,使读者如身临其境。作者把读者引入这一个文明社会的"地狱"后,又通过故事的进展让读者经历了从早晨开盘到傍晚收盘一天之中白热化的投机战之整个过程;在股票价格上涨下落的起伏中,见识到现代生活丛林法则的酷烈。他还通过人物的具体活动,让读者看到交易所的投机业务是如何具体进行的。所有这些无疑构成了近代文学史中对交易所的绝无仅有的百科全书式的描绘。

在小说里,左拉展示了一系列狂热地投身于这种疯狂的买空卖空的赌博活动的上层体面人物,表现了第二帝国时期统治阶级中投机冒险的风气,揭示了这个阶级与这种荒诞的金融活动的必然联系。这里有搞投机生意的能手议员雨赫、第二帝国时期豪富的代表德格勒蒙、第二帝国的"贵族之花"

博安侯爵、上流社会的贵妇桑多尔夫男爵夫人以及对正常利润感到乏味而热中于投机事业的资本家塞第尔，等等。而在这些上层社会的大人物、第二帝国的社会中坚的周围，左拉还安排了一大批依附于上层社会的卑劣的小赌棍：如靠迷惑妇女为生的男妓萨巴达尼、下贱的跑街兼文痞让图鲁以及现买现卖、小本经营的老色鬼沙夫上尉等。左拉给这些形形色色的投机家与赌棍的活动赋予十分具体而明确的时代真实感，表现出这些活动正是在拿破仑三世在欧洲和拉丁美洲的政治赌博与冒险的背景上进行的。他把一八六七年在巴黎举行的世界博览会描写为整个法国"赌博的狂热"与奢侈所达到的"神仙般荣华的顶点"，而这个著名的博览会正是拿破仑三世帝国政府用来炫耀帝国的"伟大"与"繁荣"的；他还把萨加尔等一伙在交易所第一次大投机的胜利描写为一八六六年法国插手普奥战争直接的后果；巴黎彩旗飘扬、庆祝拿破仑三世"已成了欧洲的主宰"之日，正是萨加尔投机获胜、在香榭丽舍大道上踌躇满志之时。虽然左拉并没有更具体地表现拿破仑三世的政府就是金融贵族集团的工具，但却形象地表现出第二帝国就是投机家、冒险家的乐园。

左拉并不满足于仅仅把《金钱》当作对第二帝国金融贵族集团的一种讽刺，而是进一步描写了投机赌博这种上层金融贵族的癖好如何传染到整个社会，使赌博的狂热席卷整个巴黎，造成病态的社会现象，从而使《金钱》具有了更深刻的意义。他为了形象地表现这一悲剧性的社会主题，刻画了一系列其他阶级与阶层里受到这种影响与传染的人物。贵族遗孀波维里埃伯爵夫人为了勉强支撑破落贵族之家的体面，暗地里过着清贫寒酸的日子，但在投机狂热的引诱下，把全部家当投入了交易所,最后惨遭失败,完全破产。莫让特夫妇本可以舒适安度晚年,却沾上了赌交易所的癖好,结果弄得生活无着。贫穷工人德若瓦也不幸成了交易所投机家的炮灰,并失去了自己的女儿。左拉显然是为了表现交易所投机狂热的危害性,起到警世的效果,所以无情地给这些投机家的追随者安排了极为悲惨的结局,渲染了他们最后破产落魄时的痛苦,以形象的描绘构成了这样可怕的图景:交易所就像战场,金融贵族率领各自的追随队伍,进行白热化的投机战,每当结算的时候,战场上总是横尸遍地,惨不忍睹。

《金钱》中的形象描绘,无疑表现了复杂的主题思想。应该看到,左拉对金钱并非完全没有发出传统的谴责,他通过嘉乐林夫人的感慨,指出过金钱"叫人堕落","使一个人的灵魂冷酷无情",是"最大的罪人","一切人类的残酷和肮脏的行为,都是金钱导演出来的"。但与此同时,他又通过哈麦冷的规划与世界银行的开发事业,肯定了金钱资本的作用。在这个问题上,左拉同样又通过嘉乐林夫人陈述了他自己的思想:"本来是一个毒害者和毁灭者的金钱,现在变成了社会发展的肥料,伟大工程的基础","在这堆肥料中,才可以生长出明天的人类社会"。并且,他还把金钱所造成的罪恶与肮脏,视为一种正常的合理现象。他以这位女主人公的口吻这样结束了全书:"对于金钱所造成的肮脏与罪过的惩戒,为什么要叫金钱来承担呢?那创造生命的爱情,不是也一样不纯洁么?"显然,《金钱》决不是金钱的批判者,左拉在小说里要批判的并不是金钱,而是投机活动。他以几乎整部作品的形象力量来进行这种批判,构成了《金钱》在思想上的积极意义。

《金钱》最主要的艺术成就,要算是成功地塑造了萨加尔这个典型的人物形象。他是十九世纪文学中一个前所未有的新的资产者的形象,代表了十九世纪下半期发展起来的大金融资本。他的经济思想与拜物教与过去的大不一样,具有崭新的形态。他鄙视那种积攒金币、保存不动产的陈旧的聚财方式,而信奉货币运转。他追求的是像巨流一样的金钱资本的不断流通,并在流通中创建开山劈海的巨型事业,对国外进行十多年东征式的征服,为自己树立拿破仑式的权威,并像王公一样拥有奢华的物质享受。从资产者的贪欲来说,他显然比法国文学中任何一个资产者都来得大,与此相应,他也具有更大的魄力与气派。在活动能力上,"他的手段是那么巧妙,那么厉害";他导演董事会的那份精明足以与葛朗台做葡萄生意的狡黠比美,而他善于利用现代经济学的知识与复杂的银行业务的能力,却又是葛朗台式的资产者,甚至是纽沁根式的资产者所不可能具有的。

在各种意义上而言,他的性格都不是单一的,而是复合的,充满矛盾的。作为资本主义社会中的竞争者,他在大鱼吃小鱼的巴黎金融市场上,像一条大鲨鱼一样凶狠有力;他要抓住那些小投机家"剪掉他们的毛"的心理活动是无情而残酷的;但另一方面,他又热中于慈善事业。在习艺所被收养的儿童眼里,他是一个慈祥的长者,他甚至有过一股热情,从心里产生过一首浪漫的"宏伟的牧歌",要"以无止境的施舍来散发金钱,以此来把法国淹没在幸福之中"。作为投机家,他是心肠冷酷的海盗式的人物。他的哲学就是"如果不把过路人的脚压碎,我们是不可能震动全世界的"。他为了征集追随者,不惜用鬼话去欺骗像德若瓦、波维里埃夫人这类可怜的小资产者,驱使他们走向毁灭的结局,充当自己投机战的炮灰;但另一方面,他又深深为这些可怜的追随者对自己的信赖而感动,还在他们的厄运之前大动恻隐之心。作为一个剥削者,他"曾经侵占过人家许多财产"。他奉行这样的信条:"天才的主意,就是在别人没有钱的口袋里挤出钱来";但同时,他又有使那些不富裕的人跟随自己发财的愿望。和那些躺在证券股票上的怠惰的寄生虫不同,他显然是一个勤奋的实干家。他并不是从一开始就只在交易所里进行赌博的,而是全身心地致力于世界银行的实业,过着简朴而紧张的生活:用人还没有生起火炉之前,他就来到办公室;他的工作范围很广泛,甚至写报告这样具体的工作也自己动手;在紧张的工作中,他只要有一分钟空闲,就到各科去作一次迅速的视察;他既不上俱乐部和戏院,也不过花天酒地的生活。作为一个随着第二帝国发迹的资产者,萨加尔有流氓的一面。他的儿子马克辛姆尖锐地指出,"他根本没有道德这两个字的观念",他的一生都掺和着肮脏的污泥:他强奸过一个未成年的少女;他为了金钱与一个他所诱奸的女孩子结了婚;他在桑多尔夫男爵夫人的卧室里被捉住时,不但没有低头,反而气焰嚣张,露出野兽的本性、无赖的面孔;然而,这样一个流氓却同时又具有一些吸引人的特点:他有创建某种事业的巨大的热情、活跃的想象力、实干的精神和高度的效率;而且,还有"鼓舞人的力量"。当他面对困难时,他又表现出勇敢的性格与坚强的毅力,在交易所投机战的紧急时刻,眼见自己有覆灭的危险,却能沉着镇定,神色自若,使旁观者不由得发出这样的赞美:"这个家伙,多么美!"他破产入狱,在狱中仍不断制定巨大的计划,要在东方建立大规模的铁路网。出狱以后,他又到荷兰去从事一项新的巨大事业,把许多池沼吸干,利用复杂的运河系统,把一片海变为一个小小的王国。对于这个人物,左拉在作品里曾经这样指出:"他的灵魂要分析起来真是复杂而混乱。"要写出一个灵魂复杂的现代金融贵族,这也正是左拉在《金钱》中所追求的一个目的,他的形象描绘成功地达到了目的,使法国文学中出现了一个既具有鲜明的十九世纪下半期的时代特征与深刻的社会阶级内容,又具有其个性特征的有血有肉的金融资产者典型。

《金钱》所表现的社会现实内容,人物形象以及对现代经济进程的深刻理解,使它成为了一部具有社会发展的科学真理的书,成为了一部在对现代经济生活的认识上具有一定超前性的书。

柳 鸣 九

一

　　交易所的钟一敲过十一点,萨加尔便进了上波饭店,走进有两扇高窗面临广场的金白色的餐厅。他看了一眼那几排小餐桌,饥饿的顾客肩并肩地挤在一起;他显得有些惊讶,因为他没有看见他在寻找的那张面孔。

　　一个茶房在忙碌的混乱状况中端着几盘菜从那里经过,萨加尔问道:

　　"请问,雨赫先生没有来么?"

　　"没有,先生,还没有来。"

　　于是萨加尔便决定去坐在一个顾客刚刚走了的靠窗口的那张桌子旁。他想他是来迟了。当人们替他换餐巾的时候,他目光望着外面,注意着人行道上的那些行人,甚至到了餐具已经摆好以后,他仍然不立刻点菜,把眼睛盯着广场;五月初春光明媚的日子使广场显得十分明亮。在这大家都在吃中饭的时刻,广场上看不见人影,嫩绿色的栗子树下的板凳上空无一人;停车场上沿铁栏从这端到那端,停了一排马车。开往巴士底的公共马车在花园角上的办公处前面停下了,但是没有上下一个客人。对面有一座带一排柱子和两尊铜像的大建筑物,建筑物前面有一排宽大的台阶,上面还有一排排列整齐的椅子。此时太阳正直射下来,这一切景物全沐浴在阳光之中。

萨加尔掉过头来，认出经纪人马佐坐在他隔壁的桌子旁边，于是他把手伸给他，一面说：

"啊！是你。你好呀！"

"你好！"马佐回答，一面漫不经心地和他握了手。

马佐是一个矮小的、酱色皮肤的、活泼而漂亮的男子。不久以前，他三十二岁时，刚从一个叔父那里继承了一家经纪商行。他和坐在对面的那位顾客，红润的面孔刮得光光的胖先生非常相像；这人是著名的阿马鸠，自从他对塞尔西矿场股票有过一次惊人之举以后，交易所里谁都佩服他了。当矿场的股票已跌到十五法郎一股，人们认为凡买这股票的人都是疯子的时候，他很随便地把他的全部财产二十万法郎，一起投到这事业上面去，既不计算，也不探听，完全是一种专碰运气的人的顽固态度。可是今天巨大而确实的矿苗被发现了，股票价格已超过一千法郎一股，他赚了一千五百万法郎；从前可能使别人把他关进疯人院的愚蠢举动，现在却把他抬高到具有了不起的金融头脑的人物的地位。人人都向他打招呼，尤其是都向他请教，但是他再不买股票了。他高踞在他那绝无仅有的、天才的、神话似的举动的成功上，仿佛已经满足。马佐呢，大约是在期待他的主顾。

甚至连阿马鸠笑都没对他笑一下的萨加尔，只得向对面桌子上的几个人打打招呼；那里坐了他认识的三个投机家：皮勒罗尔、莫塞和萨尔蒙。

"你好，境况如何？"

"好，还可以……你也好！"

就在这几个人身上，他也感觉到了他们的冷淡，几乎可以说是轻视。皮勒罗尔是一个又高又瘦的人，举止粗鲁，鼻子薄得像刀刃,有一张游侠骑士那样瘦削的面孔,他总带着一种赌徒所特有的亲热态度,主要目的无非是设圈套叫人上当。当他每一次周密考虑一个问题的时候,总是声明说他正在灾祸里翻筋斗。他把一切事情永远往胜利一方看,所以他的特性是赌多头①。而莫塞,恰恰相反,是一个矮个子,黄面孔,为肝病所苦,不断地叹息,时时恐惧灾祸临头的人。至于萨尔蒙则是一个到了五十岁年纪还在与衰老搏斗的美男子,他把墨水一般黑的胡子修饰得异常漂亮,因此显得是一个极端强健的快活人。他从来不说话,只是用微笑来回答问题,人们不知道他在赌哪一方,甚至不知道他是否在赌。他听人说话的态度,每每使莫塞有一种莫测高深的印象,莫塞常常把心事告诉萨尔蒙,如果萨尔蒙听了仍然表示沉默的话,莫塞便会大失所望,不得不跑到经纪商行去改变他的委托②。

萨加尔由于这些人对他表示冷淡,就用他那热烈的、有挑战意味的目光把餐厅扫射了一周。他只同距离他三张桌子的一个高个子青年互相点了一下头。那青年就是漂亮的萨巴达尼,法国东部人,酱色的长形面孔,一双漂亮的黑眼睛增加了它的光彩,只是一张令人不舒服的丑嘴巴,把面容损害了。这孩子的和气态度使萨加尔十分感动。他大约是从外国的交易所破产回来的人,是妇女们喜爱的神秘的愉快人物之一,他去年秋天才到这里来鬼混。萨加尔在一个银行的倒账中曾看见

---

① 交易所中买进的人叫"多头",卖出的人叫"空头"。
② 委托就是委托经纪人代买或代卖有价证券的意思。委托时用的书柬、纸张等,我们一律译作"委托书"。莫塞如果看见萨尔蒙沉默,便懂得自己赌错了方向。改变委托,意思即是说,比方刚才委托经纪人代作多头的,改变主意,叫他代作空头。

他替人充当过假账户①。由于他对人，即使对最坏的人，也有一种毫不怠慢的善良恭顺态度，而且非常公正，因此渐渐地取得了场内场外的信用②。

一个茶房这时正站在萨加尔面前。

"先生要用什么？"

"啊，是的……随便吧，一块猪排，一些天冬菜。"

随后他又把茶房叫了回来。

"你肯定雨赫先生没有在我来以前来过又走了么？"

"啊，绝对肯定！"

自从十月里他遭遇失败，不得不再一次清理自己的财务，并出卖了他蒙梭公园的公馆而租居一所普通住宅以后，他在这餐厅中便落得只有萨巴达尼这类人同他打打招呼了；他走进他从前有过势力的餐馆，已不能使所有的人掉头和伸手了。他是一个好赌徒，在这最后一件丢脸的、不幸的地产事业失败以后，他始终没有怨恨，虽然在这事件中他仅仅能救下他自己一条命。不过在他身上却燃烧起一种东山再起的欲望。雨赫曾负责到他的身为大臣、显赫一时的哥哥卢贡那里去活动，并正式约定在十一点钟来回音；但这时雨赫还没有来，实在使他很生气。驯服的议员兼当伟人仆役的雨赫，此时不过是一个担任传达的人物。只是，万能的卢贡，难道可能就这个样子抛弃他么？卢贡从来没有表现出他是一个好哥哥的态度；在这

---

① 这是银行会计中的一种术语。内部人员挪用了款子，假借别人名义，说是贷款，立一户头，即称为假账户。这里的萨巴达尼即被银行中人利用过。

② 交易所中通过经纪人代为买卖的交易叫场内交易，自由买卖的叫场外交易，交易的地方也不同。

一场大灾祸之后,他生了气,或者他想公开割断这个关系,以免自己卷入漩涡,这都是并非没有理由的。但是,六个月前,难道不是他秘密地在帮萨加尔的忙么?现在,萨加尔因为不敢亲自去见他,怕引起他发怒,特地托第三者去求他助一臂之力,难道他有心拒绝么?卢贡只要说一句话,便可以使他站起来,重新把这个堕落而伟大的巴黎踏在自己的脚下。

"用什么酒,先生?"茶房问。

"你们那种平常的波尔多①。"

萨加尔陷入了深思,他并不饿,听任他的猪排冷却;他看见桌布上有一个黑影掠过,于是抬起头来望了一下,原来是马西亚,一个皮肤微红的胖孩子;萨加尔知道他是一个很忙的跑街,他正拿着交易所的行情表在桌子间溜来溜去②。萨加尔看见马西亚从自己面前经过而不停下,一径把行情表递给皮勒罗尔和莫塞,真是非常尴尬。这两人正在愉快地讨论什么问题,仅仅看了行情表一眼,不要,他们没有什么要委托他的,也许下一次再说。马西亚不敢向著名的阿马鸠进攻,因为此人现在把头俯在龙虾生菜之上,正和马佐低声说话;他只得找萨尔蒙,萨尔蒙接过行情表,研究了许久,一句话也不说,交还给他。餐厅里活跃起来,每一分钟都有另一些跑街开门进来。距离远的彼此高声说话,随着时间的推移,谈生意的热情也就上升了。萨加尔的目光不断注意着外面,这时广场上也渐渐地热闹起来,车马与行人在那里汇流;被太阳照亮的交易所的台阶上,一些黑点,换句话说,一些人,已经一个一个地出

---

① 是波尔多产的一种葡萄酒。
② 经纪商行常派出若干跑街把行情表拿去兜揽生意,顾客们随时可把委托书交与跑街转经纪人代为买卖。

现了。

"我再向你说一遍,"莫塞用很忧虑的声音说,"三月二十日的补选,是一件最令人伤脑筋的大事……这一天,整个巴黎也许会被反对派所控制。"

但皮勒罗尔却耸了耸肩。左派的板凳上多了一个加尔诺和一个加尔尼埃-巴歇士,又能干出什么名堂来呢①?

"这正如公爵领地问题一样,"莫塞又说,"内容是很复杂的……一定的!你笑也没有用。我并不说我们应当和普鲁士开战,以便阻止它剥夺丹麦来肥润自己;不过,这里也有行动的方法……是的,是的;大鱼既准备吃小鱼,那就不晓得什么时候才完……至于墨西哥②……"

皮勒罗尔,在他对一切都感到满足的这一天内,不免大笑起来,他打断莫塞的话说:

"啊,不,我的亲爱的,你不要用你对墨西哥的恐惧叫我们发愁吧……墨西哥将是我们这个朝代的光荣的一页……你在什么地方见了鬼才会想到帝国出了毛病?一月里发行的三亿公债,结果不是收到了十五倍以上么?这是一种压倒一切的成功……喂,我和你相约到一八六七年再看,是的,从此时起,三年以后,就在皇帝不久前决定的世界博览会开幕的时候。"

"我跟你说,一切都要倒霉的!"莫塞失望地肯定说。

"嘿,你让我们安静些吧,一切都会走运的!"

萨尔蒙以一种深沉的态度笑着,把他们两个先后都看了一眼。萨加尔听见他们这些话,就把帝国似乎会遇到的危机与他个

---

① 加尔诺(1837—1894)和加尔尼埃-巴歇士(1803—1878),这两个人都是共和派,反对拿破仑三世,所以说他们是左派。
② 当时拿破仑三世正出兵远征墨西哥,胜负未定,所以莫塞这样说。

人处境的困难联系起来。他,又一次跌倒在地上了,难道养育过他的帝国也会和他一样摔一跤,从最高层的好运一下垮到最凄惨的地位么?啊,十二年以来,这个帝国制度,他曾经爱它,保卫它;他只有在这一制度之下才感到自己是活着,在生长,而且充满了活力,正如一棵根苗扎根于适宜自己的土地上的树一样。但是,倘若他的哥哥想把他从这土地上连根拔起来呢?倘若人们想把他从这些穷奢极欲地吸人脂膏的人当中排斥出去呢?那就是盛会之夜的最后散场,一切都完了!

现在他等着他的天冬菜,沉浸于回忆之中,越来越喧嚣的餐厅对于他简直毫不相干。在他的正对面,有一面穿衣镜,他刚才照了一下自己的容貌,使他很惊讶。对他的矮小的身材,年纪并不发生作用;他五十岁年纪看起来不过只有三十八,他还保持着瘦削,保持着青年人的活力。他的木偶人似的黑而塌瘪的面孔,他的尖鼻子,他的发亮的细长眼睛,甚至还因为带了这点年纪的关系而显得更为匀称,似乎永远都有一种那么温顺、那么活跃的青春之气;头发还是那么浓,而且一根白的也没有。此时他不由得想起政变的第二天①他到达巴黎时的景况。那是一个冬天的晚上,他流浪在巴黎街头,口袋空空,饥肠辘辘,急于想满足他的各种欲望。啊!他第一次跑了一下街头,连箱子都还没有打开,就想带着他的歪跟靴子和肮脏外套去和这个城市搏斗,去征服它!从这一天晚上起,他居然有好几次居过高位,百万计的金钱流水似地从他手边溜过,但他从来没有占据过一笔财产为他自己使用,像使用他自己

---

① 政变是指一八五一年十二月一日拿破仑三世发动的政变,以本书故事说来,是指萨加尔十三年前的事。

的一件东西那样可以任意支配,可以把它牢牢实实地锁在箱子里。在他自己箱子中从来都是空虚和幻想的财产,而实际的金子仿佛都从那些无名的漏洞中漏走了。现在他又重新流落街头,跟很久以前他刚起步的时候一样:年轻,饥饿,永远没有满足,为享受欲和占有欲苦恼着。一切他都尝到,但一切他都没有吃够;他认为他没有机会和时间去自由地支配所有的人和所有的事物。这时候,他觉得自己是一个可怜的生物,流浪街头,比初入社会的人还不如,初入社会的人还有幻想和希望来支持自己。他得了一种狂热病,想重新征服一切,再站在他从来没有占据过的高位上,用脚踏住那被征服的城市。而这一次他想取得的并不是骗人的门面财富,而是财产稳固的实业,以若干充实的口袋作宝座的黄金王国!

尖锐而刺耳的莫塞的声音又响起来了,打断了萨加尔的沉思。

"去墨西哥的远征军一个月要用一千四百万,这是梯也尔[①]证实了的,除非瞎子谁都看得出议院中大多数都动摇了。现在,左派有三十多个。皇帝自己也很了解,绝对的权力是不可能了,既然他自己都在提倡自由。"

皮勒罗尔再也不回答,很满意地用轻蔑的神气表示讥笑。

"是的,我知道,你觉得市场是很稳定的,生意也不错。但是等到最后吧……在巴黎,你看吧,破坏得太多也重建得太多!大量的工程把国家的财富都用光了。至于那些强大的银行,在你看来是那么繁荣,你等着看吧,只要其中有一家摔了

---

① 梯也尔(1797—1877),第二帝国时期资产阶级奥尔良派的代表;镇压巴黎公社的刽子手。

交,你就会看见一连串地跟着滚下去……人民的骚动还不必去说它。为了改善工人地位刚成立起来的国际工人协会,使我很害怕,真的。在法国,现在已经有一种抗议,有一个日益强盛的革命运动……我告诉你,果子一旦长了虫,一切都会垮台的。"

这是一种高声的抗议。这该死的莫塞的恐惧症真的发作了。不过他自己一面说话,一面也不断地以眼睛看着邻近的桌子;在那桌子上,马佐和阿马鸠在嘈杂的人声中用很低的声音在说话。渐渐地,整个餐厅都对这样长时间的秘密谈话感到不安。他们在说些什么呢?为什么要这样悄悄地说呢?阿马鸠肯定在下委托书,准备有所行动。三天以来,人们对于苏伊士运河的工程,传开了不好的风声。莫塞眨了一下眼睛,同时放低了声音说:

"你知道,英国人想阻止那里的工程,他们很可能诉诸战争呢。"

由于这个消息本身的重要性,皮勒罗尔也动摇了。这是一件不可置信的事情,可是这句话立刻从这张桌子传到另一张桌子,因此更有一种说服人的力量。英国送来了一份最后通牒,要求立刻停止苏伊士运河的工程。很显然,阿马鸠同马佐说的就是这件事,他在委托马佐卖掉他所有苏伊士的股票。在油腻气味中,在杯盘的撞击声中,恐惧声浪越来越大。这时候,使这种骚乱达到高潮的一件事,是马佐经纪商行的伙计,那个脸色温和、长着浓厚栗色胡子的小佛罗里突然进来了。他手里拿了一包签条①,匆匆交给他的老板,一面又贴着耳朵

---

① 交易所中委托经纪人买卖都写在这类签条上。

向老板说话。

"好的。"马佐简单地回答,一面把那些签条分门别类地夹在记事本里。

随后,他取出表来看了一下说:

"马上到中午了。你告诉伯尔蒂埃叫他等着我。你也在那里不要走,上去把电报拿来。"

佛罗里走了以后,马佐继续同阿马鸠说话。他把口袋中其他签条拿出来放在桌布上的盘子旁边。每一分钟,每一个顾客临走的时候,总是弯下腰向他说一句什么话,而他也就停止正在吃东西的嘴,迅速把顾客们所说的话记在一张纸头上。不知来自何处的无中生有的虚假消息,像暴风雨的乌云不断地在扩大。

"你卖了,是么?"莫塞问萨尔蒙。

萨尔蒙的无声微笑很显然有一种微妙作用,以致莫塞也怀疑起英国真下了最后通牒;他甚至不知道这一最后通牒是怎样创造出来的,他为此事发愁了。

"我么,人家要我买多少我就可以买多少!"皮勒罗尔用不顾一切的赌徒的狂妄态度,这样夸口总结一句。

萨加尔在这狭小的餐厅中,由于沉醉于赌博,额角不免有些发烧,饭后的喧嚣又不断地在打击它,因此他决定吃他的天冬菜,重新对雨赫生起气来,决计不再等他。几个星期来,他是这样急于解决自己的问题,但总是迟疑不决,十分苦恼。他觉得他迫切需要换一张新皮①。他首先梦想一种完全新的生活,在行政上获得一个高级的地位,或者参加政治活动。为什

---

① 即重新做人的意思。

么立法会议不把他引进内阁,像引进他的哥哥一样呢?他不满意投机事业①是因为它那经常的不安定性,大批款项的获得和损失都是一样的快。他从来没有拿了实际的百万钱财睡过夜,也不欠任何人的债。这时候,他正在考验他自己的良心,他对自己说,他对于金钱的战斗,也许过于感情用事,而这战斗实际是要求镇静的。这也就可以说明他经过了若干艰难和阔绰的奇特生活以后,在新巴黎做了十年巨额的土地买卖以后,他还是落得两手空空困难之极的原因了。换了别人,即使更笨拙的人,也会弄到一大笔财产的。是的,也许是他不理解自己的真正本领,说不定突然一下,在这混乱的政治局面中,他以他的活动能力和热烈信念,还会获得胜利呢。一切都要看他哥哥的一句回话。要是他的哥哥拒绝了他,使他不得不投身于投机事业的深渊中,那么毫无疑问,就只有拼个你死我活了。他要冒险大干一下,这是他对任何人都没有谈过的。几星期以来他所梦想的巨大事业,使他自己都有些害怕。这件事的规模之大,只要一干起来,不论成功或者失败,都会惊动整个社会。

皮勒罗尔提高了声音:

"喂,马佐,什罗塞破产的事情完了么?"

"是的,"经纪人回答,"布告今天就可以贴出……你有什么法子?真麻烦,不过,我发现了什罗塞的情况非常不好,我是第一个贴现给他的……对这般家伙,我们应当时时清洗一下!"

---

① 投机事业原文为 spéculation,系希望在金融、工、商、垦殖等事业上投资,谋取大利的意思。

"有人告诉我,"莫塞说,"说你的同事甲各彼和德拉罗克也在他那里放了一大笔款子呢。"

经纪人做了一个捉摸不透的手势。

"是的,这便是断绝后患的一种办法……什罗塞是一群强盗中的一个,他将来只有跑到柏林或维也纳的交易所中去揩油了。"

萨加尔把眼睛望着萨巴达尼,他从一件偶然的事件中知道他和什罗塞有秘密的结合。谁都知道他们两人是这样的赌法:在同一的证券上,一个赌多头,另一个赌空头;失败了的一个就均分另一个的赚项,然后逃之夭夭。这位年轻人刚才吃了一顿美好的早餐,正在付账,态度很安详。随后,他以一种混杂着意大利血统的东方人的温柔姿态跑来握着马佐的手,因为他也是马佐的主顾之一。他弯着身子委托马佐一项交易,马佐立刻把他的委托记上一张签条。

"他卖他的苏伊士了。"莫塞喃喃地说。

因为怀疑使他痛苦,因此他感到有大声询问的必要:

"喂,你对苏伊士的意见如何?"

在喧嚣声中,突然一阵沉默,邻近桌子上的脸都转过来了。这说明人们的忧虑已越来越大。其实阿马鸠这时不过是请马佐照顾一下他的侄儿,并没有说别的话,但是从他的背后看,可就有些神鬼莫测的情景了。至于经纪人,他所收到的叫他抛售某某证券的那许多委托书,开始叫他大为惊讶;但由于职业上的谨慎习惯,他总是喜欢用点头表示同意。

"苏伊士,那很好!"萨巴达尼用一种唱歌的声音说,他在出饭店大门以前,特地绕了一个弯子,为的是走过来客气地和萨加尔握一下手。

萨加尔感到他这一握手是那么地温和,那么地柔润,几乎和女性一样。当他正徘徊歧路,处于想改造生活但还在犹疑不决的时候,他把所有这餐厅里的人都当作了流氓骗子。倘若人们给他一种力量,那么,像莫塞这类胆小的家伙,皮勒罗尔这样冒失的家伙,萨尔蒙这样比葫芦还空虚的家伙,阿马鸠这样以成功来表示天才的家伙,他会抓着他们而剪掉他们的毛。盘子和玻璃杯的声音又响起来,说话的声音也在旋转;如果苏伊士股票真要狂跌的话,他们应当赶快到交易所去,到赌场去战斗一番。在这样的匆忙之中,门开关得更响了。从窗子那边望过去,在排列着一长列马车、充满了许多行人的广场正中,萨加尔看见阳光正照射着的交易所的台阶上,这时爬行着一条延续不断的人虫,使台阶变成了一个布满黑色斑点的斜坡。那些人穿着整齐端正的黑色衣服,渐渐地围向石柱;在铁栏后面,还出现了一些女人,不过不很清楚,她们正在栗子树下逡巡。

突然,当他开始吃他才叫来的奶酪的时候,一个粗俗的声音使他抬起了头:

"请你原谅,我的亲爱的,我实在没有法子早一点来。"

雨赫终于来了。他是生在卡尔瓦多斯省的一个诺曼底人,有一副装作朴实人的狡猾农民那种肥头大耳的样子。立刻,他随便要了点吃的,当天的份菜,再加上一些蔬菜。

"怎么样?"忍耐了许久的萨加尔生硬地问。

但是雨赫却不忙,以一种故弄玄虚而又谨慎的人的态度望着萨加尔。随后,他开始吃起来,一面伸过头来把声音放低说:

"怎么样!我见到这位伟人了……是的,在他那里,今天早上……啊!他对你很好,很好。"

他停了一下,喝了一大杯酒,把一个马铃薯放在自己的嘴里。

"怎么样?"

"怎么样!朋友,你瞧……凡他所能做到的事,他都愿意替你做;他要替你找一个很好的位置,但是地点不在法国……这样,比方说,在我们的殖民地中去做一个总督,而且最好的一个殖民地。你在那里可以做主人,你可以成为一位真正的小王子。"

萨加尔脸色变青了。

"你说,这真是笑话,这简直是对我的一种嘲笑……为什么不立刻把我驱逐出境呢!……啊!他想甩掉我了。叫他当心,我照样有办法使他难堪的!"

嘴里塞满了东西的雨赫劝解说:

"你看,你看,人家只是想为你好,你让我们办吧!"

"那么,就任人宰杀,是么?……你注意一下,刚才这里已经有人在讲,说不久帝国可能要犯一个错误。是的,意大利的战争,墨西哥的远征,对普鲁士的态度,都是问题。我敢说,这是真话!……你们做了那么多愚蠢和疯狂的事,整个法国都要起来抛弃你们的。"

这一下,这个议员,这个大臣的忠实奴才发起愁来,脸色苍白,观望着他的周围。

"啊,请你允许我,请你允许我,我不能同意你的话……卢贡是一个正直的人,只要他在,那就没有什么危险……不,不必再多说了,你不了解他,这一点是可以说的。"

萨加尔从牙缝中挤出声音来,猛烈地打断他的话说:

"就算这样,你爱他去吧,你们可以干你们的勾当……总之,他是否还可以容忍我留在这里,留在巴黎?"

"在巴黎?绝不!"

萨加尔一句话也没有多说,他站起来,叫茶房,付款;至于雨赫则是安静的,他了解萨加尔的发怒,继续大口地吃他的面包;他怕闹笑话,所以由他去,不去理他。这时候,餐厅中发生了一阵强烈的骚乱。

甘德曼刚才进来了。这是一个银行大王,交易所和上流社会的主人。他有六十岁了,宽大的秃头,厚鼻,差不多生在头顶上的圆眼睛,表示他个性无比的顽固,生活无限的疲劳。他从来不进交易所,仿佛连正式的代表也不打发一个去,他也从来不在公共场所吃饭。只是很久很久,偶然有一次,像今天这样,也在上波饭店出现;他一来便坐在一张桌子旁,只要了一杯放在盘子中的维希水①。他已经为胃病苦了二十年,专靠牛奶维持生命。

立刻,餐厅中的人员像飞一般地给他拿来这一杯水。所有在座的顾客因他的到来身份都大大降低了。莫塞神色惊讶地望着这个人,他是掌握了秘密的,他可以任意操纵证券的涨跌,像上帝操纵雷击一样。皮勒罗尔也向他敬礼,因为皮勒罗尔一向所崇拜的,只有甘德曼的十亿金钱所产生的无可抵抗的力量。此时是十二点半,刚才突然离开阿马鸠的马佐又回来了。他在银行家面前弯了腰,因为他有时也会从他那里获得委托的光荣。交易所的其他人也正准备出发,去站在这位尊神的周围,站在混乱的肮脏台布中间向他作一个卑躬屈膝

----

① 法国维希城出产的温泉水,喝了可以治胃病。

的敬礼。他们以尊敬的态度望着他用发抖的手拿起那杯水，拿到他没有血色的唇边去。

从前，萨加尔在做蒙梭平原的地产投机事业时，和甘德曼曾有过争论，甚至伤过和气。他们两人是不能和解的：一个是感情冲动而贪图享受的，另一个是严谨而遵守冷静的逻辑的。因此，当萨加尔正在发怒的时候，后者胜利地进门，更是激怒了他，他只得离开。可是甘德曼却向他招呼：

"喂，告诉我，好朋友，你真的就不做生意了么？……我相信，你这样做是对的，这好得多。"

对于萨加尔，这简直是当面一鞭子。他挺直他那矮小的身材，用一种像剑一般尖锐而清脆的声音抗辩说：

"我现在正要办一个二千五百万资本的银行，我打算不久去看你呢！"

他出门了，留下餐厅中热烈的喧嚣声。餐厅中的人们推推撞撞你拥我挤，大家怕的是赶不上交易所的开门。啊，他要争取最后的成功，他要把这些掉转身不理他的人踩在自己的脚下，他要以强大的力量来和这位黄金之王斗争，他也许有一天还会打倒他！他本来还没有决定要干这件银行大事业，但由于需要回答甘德曼的问题，他迫不得已顺口说出了那句话，使自己也不免惊讶起来。但是，除此，他还能够在其他方面去试他的运气么？现在，哥哥舍弃了他，人与事都使他受了伤，强迫他不得不再去奋斗，一如已经流血的牛，还被人牵上了斗牛场一样。

他站在人行道旁，战栗了一会儿。这时是最活跃的时刻，巴黎生活好像是集中在这个蒙马特街和黎世留街之间的那个中央广场上，这条街是塞满了人的交通要道。广场四角的四个十字路口上,车辆像潮水似的川流不息,在那些步行的人群的波浪中,划出了一条线路。沿着铁栏,停车场上的两条马车行列,无休止地时而中断时而又接连起来。至于维维纳街上跑街们的车辆,则拥挤地排成了一行;车夫们高踞车上,一缰在手,准备获得第一道命令时即行鞭马出发。在已被占据的台阶和廊檐下,涌满了一些像蚁群似的穿着大衣的人。在大钟底下已开始活动的所谓"场外"走廊,买卖的呼声已经起来了。这种投机的潮声,压倒了城市的嗡嗡之音。过路的人掉过头来,对于那里面经过的事情抱一种急欲知道而又恐惧的心理。这种金融活动的情形,是没有几个法国人的头脑能够了解其神秘性的。在这种野蛮的叫声与举动中,产生出突如其来的破产或突如其来的发财,这真是人们无法说明的一件事。而他呢,站在这下水沟旁,对远处传来的声音感到厌烦,忙碌而混乱的人群从他身边挤过去,他再一次梦想着那黄金王国;在这个狂热病集中的区域,有一个交易所,每天一点到三点的时候,像一颗巨大的心脏,在中央跳动着。

但是,自从他惨败以后,他已经不敢再进交易所;这天还是一样,一种令人痛苦的虚荣感和一种确信将被人看作失败者的心理,阻止他再跨上那些台阶。他好像被情妇从幽会场所驱走的情人一样,一方面自信是在恨她,另一方面却感觉到更需求于她。他情不自禁地走了回来,在石柱的周围绕了一圈,然后穿过花园,以一个散步者的步伐走到栗树荫下去。在这个没有草、没有花、尘土飞扬的小广场内,介乎书报亭与小便处的那些板凳上,坐满了一群混杂的人群:那里面有来历不明的投机家,有没有戴帽子、正在喂奶的家庭妇女。他装作毫无所谓,在那里闲游,抬起眼睛四下张望,心中带着一种忿怒的想法,打算围着交易所绕一个小圈;他想,他总有一天会以胜利者的姿态,再进这座宏伟的建筑物的。

他从右角走进面临银行街那一排树下的小广场,他立刻走到了那专门买卖无价证券的小型交易所,并看见了那些"泥脚",——这是人们对那些专门买卖无甚价值的证券的赌徒的一种含讽刺和轻视意味的称呼——他们在下雨刮风的日子,在烂泥中,决定那些倒闭公司的股票价格。在这堆杂乱的人群中,有肮脏的犹太人,他们的油腻面孔在发光,他们那种贪食鸟的干瘪的侧影和他们那些典型鼻子现在会合在一起,形成了一种奇怪的结合。他们彼此仿佛正对着一个俘获物,在怪声乱叫中,情绪十分热烈地想互相吞噬一样。萨加尔打从那里经过,看见旁边有一个胖子,正对着太阳在检验他手中高高举起的一粒宝石;虽然他拿宝石的手指又粗又脏,但他的样子却是细致的。

"啊,毕式!……你倒令我想起,我还有事要上你那儿去一趟呢!"

毕式在维维纳街转角斐多街开了一个所谓"代理商行",好几次在他遇上了麻烦的时候,这个商行,对他有过很大的好处。可是这时毕式却站着出神,一心察看着那宝石的透明体,他的宽脸转过来朝着天空,一双灰色的大眼睛仿佛为强烈的光线所照射而不敢张开。人们可以看见他经常系着的白领带已卷成了一条绳子;他的灰白头发从秃顶上形成许多稀疏凌乱的鬈发,正好接着他那件外套的领子;他这件从拍卖行买来的外套,从前原是十分漂亮的,不过眼下已经非常破烂而且满是斑点;他的被太阳晒得焦黄而又被大雨冲洗过的帽子,已经看不出它的年龄。

他终于决定来到街面:

"啊,萨加尔先生,你在这里散步。"

"是的……有一封俄文信,是君士坦丁堡一个俄国银行家写来的。因此,我想到你的兄弟,要他替我翻译一下。"

毕式以一种不自觉而温和的举动,右手转动着宝石,把左手伸了出来说,当天晚上他就可以把译文送给萨加尔。但是萨加尔却解释这不过是十来行字的翻译。

"我想自己上你那儿去,你的兄弟可以立刻念给我听……"

突然来了一个胖女人打断他的话。这是经常在交易所出入的人无不熟悉的梅山太太。她是一个下流而狂热的女赌徒,她的肥手曾染指于各种极可疑的事务。在她的像满月般红润而肿胀的脸上,嵌上了一双细长的蓝眼睛和几乎看不见的小鼻子。此外还有一张发出如孩子们吹笛子声似的小嘴巴。她头上戴一顶紫灰色的帽子,横贯帽子中央,结着石榴色的丝带;可是这帽子,似乎遮不住她那张宽大的面孔。她穿一件绿呢袍,满是泥土,颜色已经变黄;她那粗大的颈子和水肿病的肚子,似乎要把她的呢袍撑破。她手腕上挽着一只旧的黑皮手袋,又大又深,像一只旅行皮包,这是她永不离手的一件东西。这一天,她的手袋胀满了,满得像要撑破的样子,使她的身子不能不像一棵树一样向提手袋的一方倾斜。

"啊,你来了!"大概是在那里等她的毕式这样说。

"是的,旺多姆的文件我都收到,并且带来了。"

"好的,到我家里去吧……今天这里什么生意也没有。"

萨加尔用一种迟疑的目光望着这个大皮手袋。他知道,那些无价证券,那些行将倒闭的公司的股票,必然无可避免地会堕入这个口袋里面；一般"泥脚"还要在这些无价证券上投机，五百法郎一股的股票，他们讨价还价的数目是二十苏，十苏①。他们有一种渺茫的希望，希望这些证券一旦复苏起来，或者，他们把它作为一种犯罪的商品，稍微赚一点钱就卖与那些倒闭的银行家，拿去填补他们的"贷方"②。在金融的屠杀战场上，梅山恰似那些追随前进中的军队的乌鸦，没有一家公司或一家银行创立起来而不发现她带着她的大皮手袋出现的；她到处都去闻一闻气息，希望能够在什么地方发现死尸，即使是在人家胜利地发行股票的繁荣时期。因为她很知道最后的败退必然会有的，一旦屠杀开始，那就有死人好吃了，在血和泥中，就可以用很低的代价收集到股票了。而萨加尔呢？他正在计划办一个银行，看见她这个大皮手袋，难免有一种预感，他轻轻打了一个寒战。这个口袋是一个无价证券的藏身之所，所有从交易所扫除出来的脏纸，都会从那里经过的。

因为毕式要带这个老妇人走，萨加尔就拉住他说：

"那么，我可以上你那儿去么？你的兄弟一定在家么？"

犹太人的眼睛变得温和起来，表示出一种令人不安的惊讶。

"我的兄弟么，当然在家！你想他会到哪里去？"

"那很好，待会儿见！"

萨加尔让他们去了，自己继续沿着树木缓缓地走着。一直走到了胜利圣母街。广场的这一面，是来往行人更多的一面，那里有几家商号，几家店面工厂，它们的金字招牌在太阳

---

① 法国币制，二十苏合一法郎。
② "贷方"是会计上专门名词，这里的意思是填补亏空了的账项。

中发亮。窗帘在阳台上飘动,一家外省人全家,很快乐地站在那家带家具旅馆的窗口。他机械地抬起头,看见他们那种傻样子,他微笑了,可是一方面却加强了他这种思想:在各州县,还有的是股东呢!在他的背后,交易所的喧嚣像遥远的潮声一样,继续不断地纠缠着他,好像一种灭亡的威胁在追赶他一样。

另外又碰见一个人使他停住了脚步。

"怎么样,若尔当?你到交易所去?"他叫起来,一面握着这个赤褐色头发的高大青年人的手。这位青年有点小胡子,神态果断而又很自然。

若尔当的父亲是马赛的一个银行家,因为投机失败自杀了;他在巴黎街头闲逛已有十年之久。他从事文学,勇敢地和不幸的贫困作着斗争。因为他有一个表兄住在布拉桑,认识萨加尔家里的人,所以当萨加尔来到巴黎住在蒙梭公园的公馆时,他就把若尔当介绍给他了。

"啊,到交易所去?永远不!"青年人用一种激烈的手势回答,仿佛他想赶走对他父亲的惨剧的回忆一样。

但随后他却带笑说:

"你知道,我已经结婚了……是的,同一个我幼年时代的女朋友。我们订婚的时候我还很有钱,现在我已变成穷鬼,但她却仍然固执地愿意同我结婚。"

"好极了,我还收到了你的请帖。"萨加尔说,"你想不到我从前同你的丈人莫让特先生还有关系呢。那时候,他在魏来特开了一个油布作坊。这上面他大约赚了很大一笔钱。"

在他们说话的地方附近有一条板凳,若尔当于是打断了他的话,跟他介绍这时正坐在板凳上的那位矮胖先生;这人外表很像一个军人。原来当萨加尔碰见若尔当的时候,若尔当正同那人在讲话。

"这位是沙夫上尉先生,我妻子的一个舅父……我的岳母莫让特太太是马赛沙夫家的人。"

上尉站了起来,萨加尔向他敬了礼。萨加尔仿佛见过这张得了中风病的面孔,由于长久使用硬领的原故,使得这人的颈子直挺挺的;他是一个"现买现卖"的下等赌徒中的典型人物,这类人是我们每天下午一点到三点在这里一定看得见的。他们这种"现买现卖"是一种小注的赌法,他们每次很有把握会赚到十五至二十法郎,而且当场就在交易所交割。

若尔当和悦地微笑着解释他之所以待在这里的理由说:

"我舅父在交易所里赌得很凶,我只不过有时从这里经过的时候和他握握手。"

"天哪!"上尉坦白地说,"既然政府给的津贴只能叫人饿肚子,那就应当赌……"

随后,因为青年人对生存的勇气使萨加尔感到兴趣,所以他问他文学上的工作进行得怎么样。若尔当始终是那么愉快地述说他在克里西街五层楼上可怜的小家庭的布置。因为莫让特一家人对于诗人是不信任的,认为允许女儿和他结婚已属莫大的恩惠,同时还借口说他们的女儿在他们死后,可以继承一笔由于节约而积累起来的更大的财产,所以便什么也不肯给他们。不,文学是不能养活一个人的,他计划了一部长篇小说,但没有时间写,他便不得不从事记者的生涯。在这生涯中,他要从事有关他职业的一切工作:新闻记事、法院报道以及其他都要由他负责编辑的各类杂讯。

"这样吧,"萨加尔说,"如果我那件巨大事业搞得成功,我或者需要你的帮忙。你来看看我吧。"

他同若尔当告别以后,就转到交易所后面去了。这里,究竟喧嚣是比较远了,赌徒们的狂叫停止了,只剩下一些含糊不清的杂音,消失在广场的隆隆之声中。在这一面,台阶上同样挤满了人;那些经纪人的办公室,人们可以从高窗上看见它挂的红色布幔,布幔把石柱大厅的喧嚣完全隔绝了;大厅中那些投机家们,那些最难应付的人,那些有钱人,很舒适地坐在黑影的地方,只有少数的另外几群人,把廊檐下的地方做了他们的露天俱乐部。这个建筑物的背后,一如戏院背后演员入口的地方一样,街道晦暗,相当清静;在这条胜利圣母街上,有小酒店、咖啡馆、啤酒作坊、酒吧间,里边都挤满了一些特殊的顾客,奇怪地混在一起。那些招牌说明有一枝病芽,从邻近的臭水沟边上长出来:信用坏透了的保险公司,流氓们办的金融日报、公司、银行、代理商行、售货摊,这是一个显然危险的地带;这些机构有的设在店铺里,有的设在亭子间,其面积不过像手一般大。在人行道上,在车道的正中心,在四面八方,都有人在侦察,在等待,一如在森林中设了埋伏的地方一样。

萨加尔在铁栅栏里面停下来,抬头望着那扇可以走到经纪人办公室①的门。他望着这扇门时的眼光,像一个军队长官考察他想进攻的一些地面似的。正在这时候,有一个高个子的愉快的人从酒吧间出来,穿过街道,卑躬屈节地说:

"啊,萨加尔先生,你有没有什么事给我做?我已经完全离开动产信托公司了,我想找点事做。"

---

① 这里是指交易所中专为经纪人预备的办公室,并不是每一家经纪商行的办公室。

这人的名字叫让图鲁,原是一个教员,他之所以从波尔多来到巴黎是由于一段暧昧的历史。他被迫离开大学以后,就失掉了社会地位;他虽有扇形的黑胡子,早熟的秃顶,但到底还不失为一个美貌的青年;再加上他还是个有知识,聪明可爱的人。他从二十八岁起就投身于交易所。做了十年使他身败名裂的"跑街",而所得的钱,只够供他的癖好。他正如一个妓女因为皱纹威胁了生活一样,对于今天完全秃了顶的脑袋感到忧虑;他常常在等待机会,也许命运会把他抛在成功和幸运的路上。

萨加尔看见他那么谦卑,于是痛苦地回忆起上波饭店中萨巴达尼的敬礼;无疑地,只有下流人和堕落的人才和他在一道了。但他对于这人的敏锐的聪明不无佩服;他深知道,利用一般失意的人,可以造就最勇敢的队伍;谁敢于做一切,谁就能获得一切。他于是表现出一种好人的态度说:

"事情是可能找到的。你来看我吧。"

"现在,在圣拉查尔街,是么?"

"是的,圣拉查尔街。每天早上。"

他们闲谈起来,让图鲁极其激烈地反对交易所,再三说只有流氓才能在交易所上有所成就;他对交易所的冤仇,是一个没有流氓运气的人的冤仇。一切完了,他想试试别的事情;他觉得,利用他的大学文化程度,利用他认识上流社会的人物,他可以在政府机关里获得一个肥缺。萨加尔点了一下头表示赞成。他们走出了铁栅栏,沿着人行道一直走到了布龙尼亚街。停在这街上的一辆暗黑的马车使他们俩都感到兴趣;这车的装备都是很正派的,马头这时正转向蒙马特街。高踞其上的马车夫的背,如磐石一般一动也不动。他们注意到有一个女人的头,已经有两次伸出车门又飞快地缩了进去。突然,那头又掉转来,满不在乎地以一种不能忍耐的目光向后望,向交易所那一边望。

"桑多尔夫男爵夫人。"萨加尔喃喃地说。

她有一个奇异的长着一头深棕色头发的头。在那有黑晕的眼皮下,长着一双灵活的黑眼睛。在她那张热情的脸上,有一张血红的嘴唇,只是鼻子太长了一点,损害了她的容貌。她看来很美,拿她的二十五岁的年纪说来似乎是一种早熟,她的气色活像一个喝醉了的女人,身上却穿着当代最时髦的裁缝师设计的服装。

"是的,男爵夫人。"让图鲁重复说,"当她还是个小姑娘的时候,我就在她父亲拉德里古尔伯爵那里认识她了。啊,这位父亲也是一个疯狂的赌徒,是一个蛮横无理得令人愤慨的人。我每天早上都去接受他的委托,有一天他几乎打了我一顿。后来他中风死了,因为在一连串的赔损以后,他破了产。这家伙死了,我也没有吊唁他……他的女儿只好自行决定嫁与奥地利公使馆的顾问桑多尔夫男爵。她比他小三十五岁,她那火一般的目光,的确把他弄得发疯了。"

"我知道。"萨加尔漫不经心地说。

男爵夫人的头重新缩进马车中去。但是,几乎是立刻,又伸了出来;这一次是更其热烈的样子,伸长了颈子往远处,往广场那一面看。

"她也赌交易所,是么?"

"她已经成了一个赌迷了!只要是有风潮的日子,我们就可以看见,她坐在她的车子里,侦察交易所的行情,狂热地把一切记录都记在她的记事本上,然后下委托书……这时她正在等马西亚,你瞧,他已经到她那里去了。"

的确,马西亚正用他的短腿尽可能地快跑,手里拿着一张行情表,他们看见他跑去靠在马车门口,把头伸进去同男爵夫人大说而特说。随后,他们躲开了几步,以免被人发现他们在窥探;同时,那一直在快跑的跑街回来了,他们就招呼他。他先向旁边看了看,看看街角已经挡住了他才放心。随后,他干脆停下,喘不过气来,他的发光的脸上已通红,但仍然是乐呵呵的,他长着一双像儿童一样清澈的大蓝眼睛。

"他们有什么搞头?"他叫道,"苏伊士运河股票已经大跌而特跌。有人讲要同英国开战。有一个消息使他们非常害怕,而这消息又不知从何而来……我倒要问你一下,战争!不知道是谁想出来的!除非它是凭空出现……总之,这真是一种阴谋活动。"

让图鲁眨了一下眼睛。

"这位太太很欢喜干这一行么?"

"啊!简直喜欢得发狂!我现在正把她的委托书拿去交给拿丹松呢。"

萨加尔听后,把他的想法大声地说了出来:

"噢,真的,人家告诉我说拿丹松正开始赌场外呢。"

"拿丹松倒是一个很和气的小伙子,"让图鲁声明说,"他会成功的。我曾经同他在动产信托公司一起做过事……不过他将来会成功的,因为他是一个犹太人[①]。他的父亲是奥地利人,在贝桑松落了户,我似乎记得他是一个钟表匠……你知

---

① 这里所说的犹太人,和本书许多地方提到过和还要提到的犹太人一样,不一定是犹太族人,而是指唯利是图、吝啬成性的人。

道他怎么会有一天忽然搞起信托公司的,你看他是暗藏了怎样的诡计。他自己说这并不是一件怎么需要耍手段的事,只要有一个房间,开一个柜台,于是他开了一个柜台……你高兴么,你,马西亚?"

"啊!高兴!你也是过来人,你说得很对,应当是犹太人才有办法;否则,你就是设法了解了其间的奥妙也没有用;不能成功,那是你的运气不好……多么下贱的职业!但是我们既然到了这里,便只好留在这里。再说,我还有两条好腿,我照样有希望。"

他走开了,一面跑,一面笑。别人说他是里昂一个渎职的法官的儿子,所以父亲死后儿子便不愿意继续研究法律而流落到了交易所。

萨加尔和让图鲁走小步回到了布龙尼亚街,他们在那里还看见男爵夫人的马车,可是玻璃窗已经拉上了,神秘的车内似乎阒无一人,马车夫始终僵直地坐着,因为他每每可能要等到交易所收盘的时候。

"她真有鬼斧神工的刺激力!"萨加尔突然说,"我了解那个老男爵了。"

让图鲁奇怪地微笑了一下。

"我相信男爵早就厌倦她了。有人说,他简直是一个吝啬鬼……那么,你知道么,她在和谁鬼混……谁在替她付账?因为光靠赌博永远不够她挥霍。"

"不知道!"

"德甘卜尔。"

"德甘卜尔,那个高等检察官!那个又干、又黄、又僵硬的高个子……我倒很想看看他们在一起!"

两个人很愉快,容光焕发,紧紧地握了一下手后分开了。在分手以前,让图鲁提醒萨加尔说,他要在近期内冒昧地去拜访他。

萨加尔独自一个人的时候,又被交易所的声浪所袭击,这声浪汹涌得像回潮一样地顽强。他转过弯,从广场的这一角走到了维维纳街;这条街因为没有咖啡馆而显得庄严。他沿着商会、邮政局和几家大广告社走;当他愈来愈接近交易所大门的时候,他的耳朵也越被声浪震动,情绪也就越兴奋;等到他能够从侧面向廊前那排圆柱注视的时候,他又停了一会,好像不愿意结束对这些柱廊的巡视,因为这种巡视,对他说来,就等于是一种精神上的占领。那里,在马路的宽阔处,一切生活的全貌都陈列出来、表现出来了:像潮水一般的消费者占据了各咖啡馆,点心铺也挤满了人,各种货架吸引了群众,特别是金饰店,正在那里烧炼大块的银器,吸引了不少人。从四个街角,四个十字路口,那些马车和行人汇成的河流仿佛正在膨胀,成为一种不可分解的混乱;公共马车站更增加了它的障碍,那些跑街的马车,排成了一条线,把人行道也堵住了,几乎从铁栅栏这头到那头都是这样。萨加尔的眼睛却只注意着较高的几级台阶,那里,那些穿外套的先生如联珠似的一个接一个地在阳光下走动。随后,他的眼睛又移向那些柱子,那里有稠密的人群,黑魆魆的像蚂蚁般地蠢动,仅仅因为那些面孔的苍白色才显得有一些光亮。人们全是站着的,根本看不见那里的椅子;位于大钟底下的所谓"场外",也有不少人在那里进行交易;他们形成了一个环形,不禁令人猜想那里面的混乱,想起连空气都为之颤动的疯狂的语言和举动。靠左面,有一群银行家,正在那里作临时的金融投机,兑换银钱,买卖英国汇票。这群人较为沉静,但却时时被成串进来的人在他们的队伍间穿来穿去,那些人是去打电报的。这些投机家你拥我挤的,一直挤到旁边的廊下。在柱子与柱子之间,也有一些人随便地靠在铁栏杆上,把背或肚子紧贴着那厢壁上的绒布。像蒸汽机一样发出隆隆的震动声越来越大,震动了处在混乱中的整个交易所。突然,他看见跑街马西亚用极其仓猝的步伐下了台阶,跳进马车,车夫抽着马飞跑了。

萨加尔觉得自己紧紧地捏着拳头。突然,他离开了那里,穿过街面转向维维纳街,他的目的是想走到斐多街的角上,因为那里是毕式的住所。他刚才想起那一封找人翻译的俄文信。但当他正要踏进毕式的家门的时候,楼下纸张店的前面却站立着一个青年人向他打招呼,他认得他是古司达·塞第尔,热勒尔街缫丝厂老板的儿子;他父亲把他安置在马佐的商行里,想叫他学一点金融商场的知识。萨加尔对这个漂亮孩子作出长辈般的微笑,不过一面也很怀疑他像一个侦探一样待在这里干什么。自从年轻的郭南太太在店里帮助她丈夫张罗以后,所有交易所用的账册,都在郭南纸张店购买。又粗又胖的郭南先生则从来不出来,待在店后担任制造工作。至于她呢,常常要来来去去,看管柜台,有时还得在外面跑。她长得肥胖,皮肤是金褐色兼玫瑰色,真像一只鬈毛的小羔羊,有着米色的丝一般的头发,极柔媚,极和蔼,常常带着讨人喜欢的态度。人家说她极爱她的丈夫,但这并不妨碍她对一个交易所的顾客表示温情,当那位顾客令她欢喜的时候;不过,这并不是为钱,纯粹是为了欢乐;传说她只有过一次,在邻居女朋友的家里……总之,得到她恩宠的那些幸运的男子,事后应当表示谨慎,感恩,因为她始终是被人敬爱的,被人赞扬的,她的周围并没有什么流言蜚语。而纸店的生意又始终繁荣,这是一个真正幸福的角落。萨加尔从那里经过的时候,正看见郭南太太,穿过玻璃橱在向古司达微笑。多么美丽的小羊儿!他产生了一种轻松的快感。但他终于上了楼。

毕式住在五层楼上,已经二十年了;这是由两个房间和一间厨房组成的一个窄小的寓所。他生长在南希,父母亲都是德国人;自从他离开家乡住到巴黎以后,他渐渐地在这里展开了他的事业圈,那算是一种异常复杂的业务,他也并不感到需要一个更大的办公室。他把临街的那个房间给了他的兄弟西基斯蒙,他自己很满足他那个临院的房间。他房间中的破纸头、文件以及各式各样的包裹堆积得连靠写字台旁唯一的放一把椅子的地方都准备用来堆东西。他的最大的业务之一,便是收买作废的证券,把这些证券搜罗来之后,他便变成"泥脚"们的小型交易所和那些破产者之间的媒介人物了。因为破产者的账上有漏洞,须用这些作废证券去填补;因此,他必须随时注意行情,有时他直接去收买,有时则利用人家给他送来的大批存货。除了重利盘剥、暗中买卖珠宝钻石之外,他还特别经营收买债权的业务。塞满了他的房间几乎使墙头都要倒坍的就是这些东西,使他不得不跑遍巴黎的四面八方,用各种知识在各种社会中去打探、去侦察的,也就是这些东西。只要他一听说哪里有了"倒号"的事,他便跑去,和各股东周旋,结果是把当时一点好处也挤不出来的东西买了过来。他也常常到公证人事务所去侦察,等待那些不易实现的公开继承产权的机会,参加那些没有指望的债权的拍卖。他自己也公开登广告,招徕那些缺乏耐心的债权人;这般人宁肯立刻拿到几个苏,也不愿冒险去和债务人打官司。因为有这样丰富的来源,于是一张一张的纸,合起来真有几背兜,债券柜中便形成了一个不断增大的纸堆;这其中有:未偿付的期票,未履行的契约,已作废的产权认可书,未生效的合同。这以后,就开始选择了,用叉子在剩水残汤中去捞一下,这需要特殊的和敏锐的嗅觉。在这个人已逃亡的或宣告无力偿付的债券大海中,必须加以选择,以免过于分散了工作的力量。在原则上,他宣传的理论是:一切债权,即使最不可靠的债权,都可以变成有效的债权。他有一批案卷,分类分得非常仔细,还有一个全卷的姓名目录表;他不时要阅读一下这目录,以免遗忘。在那些无力偿付的债务人中,自然他是密切地注意着他认为不久会有机会获得财产的人。他的调查可以把一个人了解得清清楚楚,可以深悉人家的家庭秘密,记录下他的有钱亲属,他的生活来源,特别是他新近在什么地方做事,因为他可以通知他的老板停付他的薪水。他每每要等待几年让一个债务人成熟,一旦这人成功时便去致他的死命。至于那些失踪的债务人,是使他尤其热中的,他发狂似地不断追寻这般人;他常常注意看街上的招牌和报纸上登出的名字,像猎犬追寻野兽踪迹一样去打听住址。这种失踪的和无力偿付的债务人,一旦被他捉住以后,他就变得十分残暴;他会活生生地把他们吃掉,连他们的血都会被吸干;他以十苏买来的东西,会生出一百法郎的利润。他大言不惭地解释说他是在进行一种冒险赌博,所以不得不在已抓到手的人身上收回他在别人身上所损失的一切;所谓别人,即那些像轻烟一般从他手边溜跑了的人。

　　在追捕债务人的这一工作中,梅山是毕式最喜欢使用的助手之一;不消说他手边还有一小队听他使唤的探捕,但这般人信用既坏而且又是饿鬼,所以他并不信任他们;至于梅山呢,她是有房产的人,在蒙马特小山背后有整整一幢房子;这房子名叫那不勒斯里。那不过是在一块宽大的地皮上建立起来的一些摇摇晃晃的木棚房子,而梅山却用它来按月出租;那里可以说是猪狗住的洞,是可怕的贫困角落;那里住的都是垃圾堆里成群的饿死鬼。可是这房子还常常有人抢着要租,而梅山呢,当这些房客付不起房租的时候,就毫不怜悯地把他们连人带破烂一起扫荡出去。坑了梅山的,把她那些木棚房的收益都吞噬了的,是她那不幸的赌癖。对于倾家、破产、火灾等场合,她也有一种嗜好,因为从中可以窃取到熔化过的珠宝。当毕式委托她去打听一个消息,强迫一个债务人搬家的时候,她有时对这个债务人也做些让步,这样她常常要耗费一些钱财,但是她喜欢。她自己声称她是寡妇,但谁也没有见过她的丈夫。她不知道是从哪里来的,她仿佛早已经有五十岁,胖得厉害,但她却有一张小姑娘的细嗓子。

这一天,自从梅山坐在唯一的那把椅子上以后,办公室里便塞满了,仿佛被刚掉下来的这个肉包袱堵住了办公室的所有出路。至于毕式呢,他站在写字台前正丢不开手,仿佛他整个的人都埋葬在这案卷的大海里,只有他的方脑袋还浮在海面上。

"你瞧,"她说,一面把那胀满了她的破手袋的一大堆纸从手袋中腾出来,"这都是法犹从旺多姆寄给我的。他替你把破了产的沙尔比埃的一切文件都买了来,因为你曾经叫我去告诉他注意这件事……一百一十法郎。"

法犹,这是她对她的一个表兄弟的称呼;他在旺多姆新近设立了一个年金代收处。他公开承认的交易是收取这地方的小额年金收入者的利息券,他也代为存放这些利息券和现款,一方面他也疯狂地赌交易所。

"这没有多大的价值,这些外省东西,"毕式喃喃地说,"不过,我们也总得在里面找找。"

他对这些文件嗅了一下,开始用一只老练的手加以选择。根据气味作了初步的估计以后,他把这些文件分成了几大堆。他的平板的面孔忽然阴暗下来,有一种突然感到失望的表情。

"咳,没有油水!没有甜头。幸好价钱还不贵……这是一些借据……老是一些借据……如果借款的人都是青年人,如果他们都到了巴黎,我们或者可以抓到他们……"

但是,他却轻轻地惊叹了一下。

"喂,这是什么?"

他刚才在一张贴了印花的纸张上,看见波维里埃伯爵的签字。这纸上只有三行字,字体是老头子们爱用的粗笔划的字体:"当蕾奥尼德·科隆小姐成年时,我当如约付以一万法郎。"

"这位波维里埃伯爵,"他慢吞吞地说,随后,他大声地说出他所想起的事,"是的,他有些田庄,在旺多姆附近有许多地产。他是打猎时遇到祸事死去的。他留下一个妻子和两个孩子在困苦中过日子。从前,我常常有他的借据,每次还款都很困难。他是一个好闹笑话的人,这张东西一定没有什么价值……"

突然,他粗野地狂笑起来,重新继续讲他的故事。

"啊,这个老骗子,那个小女孩子是他搞过的!……她原是不愿意的,后来他就用这张破纸头使她愿意了,而这张破纸头照法律说来,仍然是无效的。而且再说,他已经死了……你瞧,日期是一八五四年,已经十年了。那女孩子应当是成年了,见鬼!不知道这张东西怎么会落到沙尔比埃的手里?……这个沙尔比埃不过是一个贩卖米粮的商人,他有些钱放星期债。那女孩子肯定把这张东西拿去抵押在他那里,借了几个盾①,或者是由他负责支付这笔款项……"

"但是,"梅山打断他说,"这倒真是一笔生意!"

毕式不屑似地耸了一下肩。

"没有什么……我告诉你,在法律上这是没有价值的……就算我把这东西拿去交给伯爵的继承人,他们也会叫我滚蛋的,因为首先应证明这笔钱是否欠款……只是,如果我们发现了那个女孩子,那我就可以希望伯爵的继承人们乖乖地同我们和解,以免出现不愉快的争吵……你懂得么?那么,请你去把蕾奥尼德姑娘找出来,你写信给法犹,叫他把她从她的住处弄到我们这里来。以后,我们就有开心事了。"

他把这些文件分成两大堆,打算当他独自一人的时候,加以更深入的研究;他现在一动也不动,张开着两只手,每一只手按着一堆文件。

沉默了一会儿,梅山又说:

"我正忙于搞若尔当的借据……我确信已经发现了他。他曾经在别的地方做过事,现在是在报纸上写文章。但报馆中那些人的态度是很坏的,他们不肯把地址告诉你。再说,我想,他在文章中也不会写他的真姓名。"

毕式一句话也不说,就伸手去按照字母的顺序取出若尔当的案卷。那是六张五十法郎的借据,日期已经有五年了,一

---

① 盾系当时币制之一,约值二法郎至六法郎。

张一张都按照预定还款的月份次序排列,全部合起来是三百法郎,是这位青年人在贫困的日子中签给一个成衣匠的。这些借据由于到期没有付款,因巨额利息而使债款的数额越来越大。案卷上还注满了要进行控告的词语。截至目前止,这笔债已变成七百三十法郎零十五生丁。

"如果他是一个有前途的孩子,"毕式喃喃地说,"我们早晚要擒住他。"

随后,他脑子里又产生了一个联想,他喊道:

"喂,你说,席加尔多的事件,我们难道就放弃了不成?"

梅山把那双肥得可怕的胳膊举向天空。她庞大的身躯整个像波浪似的扭动起来。

"天老爷!"她以她的笛子一般的声音叹息道,"我把我的命都快结交在这件事情上了!"

席加尔多事件是她最爱讲述的一段浪漫故事。她的一个名叫作罗莎丽·沙威夷的小表妹,是她父亲的妹妹最晚生的一个女儿;罗莎丽在十六岁的时候,一天晚上,在哈尔卜街一座房子的楼梯上被人奸污了。这时,罗莎丽同她母亲正住在这座房子六层楼上的一套住房里,最糟的是那个强奸的人是一个结过婚的男子;他同他的妻子住在二层楼一位太太转租出来的房间里,迁来才不过八天,就对罗莎丽表示了那么热烈的爱,以致这位可怜的女孩子,一经他敢于突然下手推倒在楼梯角以后,就甘愿让他解衣服了。这一来,母亲当然忿怒了,她差一点闹出一段悲惨的丑剧。小女孩子哭了,承认是她自己愿意,说这是一件意外事,倘若人们把这位先生送进监牢的话,她就太痛苦了。于是,母亲不说话了,同意向这位先生索取六百法郎,分作十二张借据,每月付五十法郎,共付一年。

这并不是一场下流的交易,甚至可以说是公道的交易;因为那时她的女儿学缝纫刚毕业,一个钱不能赚,病在床上,用度大,而且营养那么坏,连胳臂的筋都不很灵活了,她已经是一个残废的人。但是第一个月还没有到月底,这位先生便失踪了,没有留下他的住址。而且灾祸继续增加,有如天上下冰雹一样重重地打击着她们:罗莎丽生了一个儿子,母亲却又死了;她就过着黑暗、悲惨、肮脏的生活。她一旦堕入了那不勒斯里小表姐家里来以后,一直在街头胡混到二十六岁。她始终找不到工作,有时就在菜场上卖柠檬,有时同一些男人失踪几个星期,但这些男人把她打发回来的时候,她总是喝得酩酊大醉,而且满身带着挨过打的青紫伤痕。最后,那是上一年的事,由于屡次冒险流落在外的结果,她总算侥幸死去了。梅山不得不收留着她的孩子维克多。这一件传奇性的故事至今还留下的就是那十二张署名席加尔多的没有付款的借据。除了这位先生叫席加尔多外,其他的事人们一概不知道。

毕式变换了一个动作,拿起席加尔多的案卷:那是一种灰色的薄封皮纸。因为还没有算利息,所以始终只是十二张借据。

"再说,如果维克多可爱一点倒也罢了!"这老妇人悲叹着说。"你想想看,他简直是一个可怕的孩子……接受这样一笔遗产,接受一个结果会上断头台的孩子和这些我永远也挤不出好处来的纸条,真叫吃足苦头!"

毕式抬起他苍白的大眼睛,顽固地盯在这些借据上。他这样研究这些借据已经不知多少次了;他希望在过去未曾注意到的一点细节上,在字母的形式上,在贴了印花的纸花纹上……去发现一些足以证明出什么的东西来!他认为这种又尖又细的书法,不会是他没有见到过的。

"这很奇怪,"他重复一次,"我肯定看见过这样的 a 和这样的 o,拖得那么长,看来像一个 i 了。"

正在这时候,有人敲门。他叫梅山伸手去开一下门,因为这房间是直接和楼梯相连的。如果要走到临街的那一间房,必须经过这一间。至于厨房是一间不透气的黑洞,它在楼梯口的另一面。

"请进来,先生。"

进来的是萨加尔。他微笑,内心里对于挂在门口的那一块铜牌感到有趣,那铜牌上用黑而粗的字母写着:代理商行。

"哦,是的,萨加尔先生,你是为翻译的事来的……我的兄弟在那里,在另外一个房间里……请进来,请进来吧!"

可是梅山却偏偏堵住了过道。她神色越来越惊奇地盯着这新来的人。要走过去还得费一番周折:他得退到楼梯上,而她得出来到楼梯口去躲一下,然后他才能够进来,走到另一房间里去。当他们在进进出出折腾的时候,她的眼睛一刻也没有离开过他。

"哦!"她刚才似乎受了压抑,现在吹着气说,"这位萨加尔先生,我从来还没有这样仔细地看过他,维克多长得简直和他一个样。"

毕式起初还不明白她的意思,只是望着她。随后,他突然醒悟过来,发出一阵上气不接下气的咒骂:

"活见鬼! 不错,我十分清楚,我在别的地方一定看见过!"

这一次他站起来了,乱翻那些案卷,结果把去年萨加尔写给他的一封信找了出来,这是他替一个没有还债能力的太太请求缓期的信。毕式立刻把那些借据上的字体拿来和信上的比较：这是同样的 a 和同样的 o；这些 a 和 o 虽然出自两个不同的时间，依然十分相像。还有，在大写方面，也有很明显的相同的印证。

"是他！是他！"他重复说，"不过，你瞧，为什么用席加尔多而不用萨加尔呢？"

在他的记忆中，一段模糊不清的历史又活跃起来。一个名叫拉尔索诺的经纪人，现在这人已成了百万富翁，曾经把萨加尔过去的历史告诉过他：萨加尔是政变的第二天到巴黎来的，想利用他哥哥卢贡日益壮大的力量；起初他在老拉丁区的黑暗的街道上仍然很贫困；当他有幸埋葬了他的妻子并另外结了一次暧昧的婚姻之后，他的财产便迅速地建立起来了。他把卢贡这个姓改为萨加尔，正是在这次困难起始的时候。显然他这名字是由他第一个太太的名字席加尔多简单地变化出来的。

"是的，是的，席加尔多，我完全记起来了。"毕式喃喃地说，"他真胆大，用妻子的名字签他的借据。无疑地，当他住在哈尔卜街的时候，他和他太太一定是使用这个姓名。随后，这坏家伙作了种种提防，稍有危险的信号就马上搬家……啊，他要的不只是钱，他还找机会把女孩子推倒在楼梯上！其实这是愚蠢的行为，结果会给自己造成一个最不光彩的下场的。"

"嘘！嘘！"梅山又说，"我们已得到了，我们确实可以说真有一个好上帝。好了，我为这个可怜的维克多所做过的一切，将来一定可以获得报酬了。你说，这孩子，虽然是不堪教养，其实我还是爱他的！"

她容光焕发,一双细长的眼睛,在那张多脂肪的面庞上闪闪发光。

毕式呢,对这一件长期来一直在探究的问题,因偶然的机会获得了突如其来的解决,反而摇着头,冷静地在思索。虽然目前萨加尔处在失意状态中,但肯定还是有毛可剪的①。固然,偶然碰见一个没有什么油水的私生子的父亲也是可能,不过他不会叫人失望,他还在咬紧牙关等待。再说,怎么?他一定还不知道自己有一个孩子呢。尽管相貌上特别相似,使梅山惊讶,他也可以否认呀。而且,他已经是第二次做鳏夫的人了,他是自由的人,他个人的过去,他很可以不在乎。他即使承认了小孩,人们也不能利用任何恫吓、威胁来打击他。至于利用他承认这段父子关系而仅仅为取得那借据上的六百法郎,说真的,那也就太可怜了。要这样也真用不着那种偶然机会所赐予的奇迹般的帮助了。不,不! 应当深思,应当培植,应当设法在完全成熟的时候去收获我们的耕耘。

"我们不要忙,"毕式结论说,"再说,这时候他正倒在地下,我们应当让他有时间站起来。"

他在打发走梅山以前,还同她考查了她所担任的一些零碎事务。一个青年女人为她的情人抵押宝石;一个女婿的债务可能要由他岳母来偿付,他的岳母,如果你知道内幕的话,可以说就是他的情妇;此外,在债务上还有各种各样的极复杂的、极困难的、极微妙的偿付方法。

萨加尔走进隔壁房间的几秒钟内,眼睛被那直射的太阳光透过没有窗帘的玻璃窗照得几乎睁不开。这间屋子是用蓝

---

① 剪毛,一般指剪羊毛,意即可以在他身上打主意。

花月白色纸裱糊的,除此没有其他的装饰。简简单单的,屋角上有一张小铁床,正中有一张松木桌子和两把草垫椅子。沿着左半厢,有一些仅仅刨过一下就当书架使用的木板,上面堆满了大书、小册、报纸和其他各色各样的纸张。在这样的高楼上,天空中强烈的太阳光线照着这毫无装饰的房间,倒显出了一种青春的愉快,一种纯朴的令人喜悦的新鲜感。毕式的兄弟西基斯蒙是一个三十五岁尚未长胡子的大孩子,有着长而稀疏的栗色头发。这时他正在房里,坐在桌子面前。他的瘦削的手正抚着他那宽大而凸出的前额;他是那么专心地在看一部稿子,连人家开门也没有听见,所以头也不掉转一下。

这位西基斯蒙是一个有学识的人,他是在德国的大学校中长大的;除了他的祖国语言法文外,还会说德文、英文与俄文。一八四九年,他在科隆认识了马克思以后,便成了《新莱茵报》最受人喜欢的编辑之一。从那时起,他的信仰就确定了;他以一种热忱的信念宣讲社会主义,他把他全部才能都贡献给对未来社会革新的理想。因为那种社会才是保证穷人和受压迫的人的幸福的。自从他的导师被德国驱逐并因"六月事件"①不得不从巴黎逃亡到伦敦去写文章,努力组织一个党以后,他这方面就抱着自己的理想过着艰苦奋斗的生活。他对于物质生活毫不关心,倘若不是他哥哥在交易所附近斐多街招待了他,使他想到他可以利用语言上的知识来做个翻译的话,他的确可能会饿死的。这位哥哥用一种母亲的热情爱着他的弟弟;

---

① 一八四九年,拿破仑三世尚为第二共和国总统时,有种种违宪行为,国民会议乃于六月十二日提出弹劾案,次日政府军队与国民警卫军冲突,巴黎遂宣告戒严。同时里昂工人亦发出起义信号,但结果都失败了,民主派人士或被捕或逃亡英国。此地所说"六月事件"指的便是这一次事件。

他对债务人是残暴的,很可能为窃取别人的十个苏而把人弄死,但一说到这位对一切事都漫不经心的大孩子,这位始终和儿童一样的人时,他立刻就会温柔得掉下泪来,和妇人一般,热烈而又细致。他把临街的一间好房让给他。他像一个女仆一样服侍他,操持他们奇特的家务,扫地,整理床铺,留心附近小饭馆每天送上楼来的两次饭菜。他,那么勤奋,头脑中装满了一千件事务,但对他兄弟的无所事事却能够容忍,因为翻译的工作不顺利,许多私人琐事妨碍了这工作。而毕式还担心他有轻微的咳嗽,甚至还禁止他工作。虽然毕式酷爱金钱,虽然他有一种无可比拟的贪欲,虽然他认为一个人活着的唯一理由就是找钱,但他对这个革命家的理论却能带着微笑加以容忍;他把钱牺牲在他身上,像拿玩具给一个孩子一样,看见孩子把玩具弄坏也满不在乎。

西基斯蒙呢,可以说一点都不知道他的哥哥在隔壁房间里干些什么。关于收买破产的证券,收买债权这类可怕的交易,他完全不知道。他处在至高无上的正义的理想中,过着超然的生活。慈悲的观念是他不能容忍的,甚至使他生气。慈悲,那就是施舍,那就是由善行创造出来的不平等;他只赞成正义,每个人都能获得他的权利,要把这种权利作为组织新社会的不可动摇的原则。因此,他和马克思保持连续不断的通讯关系,像马克思一样努力,竭尽全力来研究这一新社会的组织,他在纸上对于未来的社会加以不断的修正和改良;在大量纸页上写满了数字,把世界幸福社会的复杂论证建立在科学基础上。他把一部分人的资本提了出来重新分配给其他的人;他搅乱亿万财富,笔尖一挥就搬动了全世界的资产。而这些事呢,他只是在这间毫无装饰的房间中做成的。他除了梦想以外没有其他的追求,也不需要一种享乐来满足。他过的生活是那么淡泊,连他哥哥要叫他喝一杯酒吃一点肉都会闹到生气的地步。他愿意每个人都能够办到各尽所能,各取所需。但他自己却拿工作来消磨自己的生命,在生活上什么也不需要。他是一个真正的贤人,专心致力于研究工作,已摆脱了物质生活的羁绊,那样和蔼,那样纯洁。从去年秋天起,他咳得越来越凶,肺结核占据了他,但他却不屑于去调养,甚至不屑于去注意。

因为萨加尔动了一下,西基斯蒙就抬起他的两只注意力并不集中的大眼睛;来访者虽然是他的熟人,但他也不免觉得惊诧。

"有一封信要请你翻译。"

青年人的惊诧更其增加了。因为他的顾客们,那些银行家,那些投机家,那些经纪人以及交易所中的一切人们,特别会从英国、德国收到一些通信、通知或公司章程等,需要翻译,但西基斯蒙却早使这般人没有勇气上门了。

"是的,一封俄文信,哦,不过十行字!"

于是他伸出手去接信。俄文始终是他的专长,在这一区靠德文和英文为生的翻译工作者中,只有他一个人俄文译得流畅。在巴黎的市场上,俄文文件的稀少,也可以说明他的长时期的失业。

他大声地用法文念这一封信。这是君士坦丁堡一个银行家对一件商业问题所写的一封三句话的肯定的回信,也可以说只是简单的一个"是"。

"哦,谢谢你。"萨加尔叫道,仿佛十分高兴。

他请西基斯蒙把这几行翻译写在信的背面。但后者的咳嗽病突然发作得很厉害,正用手绢去堵住嘴,目的是不要惊动他的哥哥,因为他的哥哥只要一听见他这样咳嗽就会跑过来的。随后,咳嗽的发作过去了,他站起身来,把窗户开得大大的,他呼吸困难,想呼吸一点新鲜空气。萨加尔跟着他走过去,向外看了一眼,发出一声轻微的惊叹:

"啊,你这里看得见交易所。哦,从这里看去,它的样子是多么奇怪呀!"

的确,他从来没有鸟瞰过交易所的这般怪状:四幅锌铁皮屋顶形成的大斜坡,显得奇特地宽阔,而上面又是烟囱林立。那些避雷针一根根地挺立着,像巨大的长枪在威胁着天空。这座大建筑物现在变成了一个立方体的石块,只是有规则地镶嵌了若干柱子罢了。这一立方体的东西是灰色的,肮脏的,赤裸而丑陋的,上面插着一面已成了破布的旗子。最叫他惊异的是那廊檐下和台阶上都布满了的黑蚂蚁,完全在骚动中的一大群蚂蚁,他们不停止的动作,形成了一个巨大的运动;从这高处俯视,不了解他们的动作的意义,只令人产生一种怜悯感。

"缩成这么点了!"他又说,"简直可以说,一把就可以把他们全都抓在手中。"

随后,他因为了解西基斯蒙的思想,便笑着说:

"你什么时候才能一脚把他们踢开呢?"

西基斯蒙耸了一下肩。

"用得着么?你们自己会互相消灭的。"

渐渐地他兴奋起来。他越出了他所关心的题目的范围。争取新信徒的需要,使他仅因为一个简单的字,就发挥起他的理论来:

"是的,是的,你们是在为我们工作,这一点,对你们是用不着怀疑的。你们都是一些剥夺者,剥夺了人民大众的财产;将来当你们填满了的时候,便只好轮到我们来剥夺你们了。一切都收集起来,集中起来,就可以达到集体主义。你们给了我们一个实际的教训:大规模的地产吞噬了小块的土地,大工业生产吞吃了手工业工人;同样大规模的银行与百货公司打垮了一切与它竞争的事业,它们以小银行和小商店的倒闭来肥润了自己;不过这仍然是它们走向新社会的过程,虽然走得慢,但一定会走到。我们等待着一切都崩溃,等到目前的生产方式所产生的后果发展到了不能容忍的程度的时候,那么,连资产阶级和农民自己都要来帮助我们了。"

萨加尔虽然认为他是一个神经病患者,但仍然感到兴趣,并用一种略带不安的态度看着他。

"但是,最后我要请你告诉我,什么是你的集体主义?"

"集体主义就是把专靠竞争才能生存的私人资本,改变为由劳动大众所利用的统一的社会资本……请你想一想:生产工具变为大众的财产的一个社会,每个人都能够按照自己的智力与体力而工作的一个社会,所有社会合作生产的产品,都能够依照个人的劳动成绩合理分配给每一个人的一个社会……再没有比这更简单的了,是不是?全国的工厂、工场、作坊,都进行公共的生产;而随后则进行交换,以实物来代替付款。如果生产有过剩,我们就把它堆在公共仓库里;以后如在生产上发生不足的时候,就从仓库里把这些东西取出来补助。这是一种平衡作用……这样,仿佛用一把斧头,砍掉一棵已经腐朽的树。以后就再没有竞争,再没有私人资本,再没有任何种类的商业行为,没有买卖,没有市场,也没有交易所。

赚钱的思想,成为毫无意义。不劳而获的收益,投机的泉源已经涸竭了。"

"啊,啊?"萨加尔打断他说,"这会把世界上的财产制度大大地改变!但对于今天有常年收入的人,你们把他们怎么办呢!……例如,甘德曼,他的十亿财富你们要把它拿过来么?"

"完全不,我们并不是强盗。我们要把他的十亿财富重新买过来,一切证券,一切年金证券①,我们都用一种分期使用的'享受证'去买过来。你会想得到,这样一笔巨大的资本,用惊人的巨额的消费资料去代替它,结果是,不到一百年,你的甘德曼的后裔,也和别的市民一样,不得不进行个人的劳动了。因为那些分期享受证终归会用完的。纵使承认遗产权不加更动,但他们不得已的节约所剩余的东西,他们剩下的太多的食物,也不能拿来投资……我告诉你,这样一来,不但一下就扫荡私人商业、股份公司以及私人资本的各种社团,而且同时还会把一切年金收入的间接财源,一切信贷制度,一切放款,一切租金,一切地租……通通加以扫荡。只有劳动才是一切价值的尺度。工资自然是要消灭了;在目前资本主义社会中,工资并不等于劳动的确实的产品,它只等于工人维持日常生活的绝对需要罢了。应当承认,目前的状态是一种罪行,即使最老实的厂主,如果要生存的话,也不得不依随竞争的严酷法则,剥削工人。我们现时的整个社会制度是必须消灭的……哦,甘德曼,他将在他的'享受证'的压力下感到气竭!

---

① 年金证券与银行存单略同。但年金为特殊存款,即由人民存款入国库,政府保证每年付百分之五利息,其利息即称为年金。当时法国年金存款制极流行。

甘德曼的继承人也吃不完一切'享受证',于是不得不分给别人,而自己拿起鹤嘴锄或其他工具,同别的同志们一样工作了!"

西基斯蒙像在休息时间内的小学生一样畅快地大笑起来。他始终站在窗口,目光望着交易所,那里充满一群黑蚂蚁般的赌徒。他的颧骨上泛上了火热的红晕;他想象着未来的正义会给这类事以一种令人愉快的讽刺,他就只有这一点娱乐。

萨加尔感到越来越不自在。倘若这位惊醒了的梦中人说的是真理呢?假如他真猜中了未来的世界呢?他所说的一切仿佛很明白而且很有道理。

"这一切总不会在明年就实现吧!"他为了安自己的心这样喃喃地说。

"当然!"变得更郑重更疲劳的青年人重新说,"我们还是在过渡时期,运动的时期。也许将来还会有猛烈的革命,这往往是不可避免的。但一切过激,一切情感冲动,都是暂时的……哦,我也绝不隐讳马上会有的极大的困难。一切理想的将来仿佛是不可能;这个未来的社会,这个劳动不受剥削的社会,这个一切风俗道德都不同于今日社会的风俗道德的社会,我们现在还没有法子叫人们对它有一种明确的观念,因为这好像是另一星球中的另一个世界一样……再说,我们还应当承认:重新改造这个社会的事也还没有准备好,我们还得设法。我呢,我简直很少睡,我整夜都在竭力想这件事。比方说吧,人们一定会对我们这样说:'现今一切事情之所以成为现今这个样子,是人类行为的必然趋势。'照这样说,有什么力量可以使江河倒流呢?有什么力量可以使江河向别的河床里流去呢？……自然，目前社会这种百年难逢的繁荣应归功于个人主义的原则。彼此竞争与个人利益相结合，便成为不断革新的丰富的生产。集体主义将来也可以达到这样大量的生产么？当赚钱的思想一旦被消灭以后，以什么方法来使工人的生产情绪积极起来呢？关于这一点，在我看来，是我们应当克服的怀疑、忧虑和弱点，如果我们愿意终有一天社会主义的胜利可以实现的话……但是我们将来一定会胜利的，因为我们就是正义。瞧，我们面前的这座大建筑……你看见了么？"

"你说的就是交易所么？"萨加尔说，"当然，是的，我看见了！"

"好！要把它炸毁，其实是一件傻事，因为人们还可能在别的地方把它建起来的……不过我告诉你，它将来自己会炸毁的；当国家把它没收了以后，它将很自然地变成独一无二的大规模的国家银行；谁知道？它或者也可能变成一个堆积我们过剩财富的一个公共仓库，一个丰富的储藏室，我们的儿孙后代在这里将可以找到他们过节日时的一切奢侈用品！"

西基斯蒙做了一个大动作，似乎要把这个充满普遍而平等的幸福的未来社会展开一样。他是那么的兴奋，以致那重新发作的咳嗽又震动了他，于是他回到桌子边，手肘靠在文件上，用两手抱住头阻止那撕破喉管的吼喘。但是这一次他却咳个不停。突然，门开了，已把梅山打发走了的毕式跑了过来，样子很激动，因为这种可怕的咳嗽也使他感到痛苦。他立刻把身子一偏将他的兄弟抱在他宽大的臂膀中，一如摇摆一个不舒服的小孩子一样。

"喂，我的小弟弟，你怎么了？会这样喘不过气来！你知道，我要你找一个医生来。你太不理智了……你一定说话说得太多。"

他斜着眼睛看了一下萨加尔。萨加尔这时正站在房间的正中,的确被刚才所听见的那一段话惊呆了。说这些话的这位大个子,病得这个样子却如此热情,他竟想从他的窗子那里,从高处发出对交易所未来的命运的诅咒!同时还说他要扫荡一切来重建一切。

"谢谢你,我不打扰你们了。"忙于出去的拜访者这样说,"请你把我的信和那十行翻译一道送给我吧……我还有别的信要来请教的,我们的账一起算吧。"

这时病的发作过去了。毕式还是把萨加尔留了一些时候。

"说到这里……刚才在这里的那位太太,据说她从前是认识你的,哦,是好久以前的事了!"

"她在什么地方认识我?"

"在哈尔卜街五十二号。"

那样能善于控制的萨加尔,脸色变苍白了。神经质的痉挛,使他的嘴巴也歪斜了。完全不是因为他在这一分钟内想起了那翻倒在楼梯上的那个女孩子;他根本不知道她怀了孕,也不知道还有一个孩子存在。但是回忆起他开始时的那些困苦之年是使他非常不愉快的。

"哦,哈尔卜街,我在那里只住过八天,是在我刚到巴黎的时候,那时候我正在找房子……再见吧!"

"再见!"毕式加重声音说。他乐得发狂了,因为他看见萨加尔承认这件事的时候是那样的尴尬,因此他已经在设想用什么方式去好好利用一下这一件意外的奇遇了。

萨加尔重新到了街上,机械地又往交易所的广场走去。

他正在打寒战,甚至连站在纸张店门口以金褐色的美丽面容微笑的小郭南太太他都不看了。广场上更其骚动。赌徒们的叫声,有如奔放出来的高潮那么猛烈,传到了充满了人群的人行道上。三点差一刻,正是交易所中最后收盘的战斗时间,是大家热中于知道哪些人要满载而归的时间。萨加尔站在交易所街的角落上,面朝着交易所的廊檐,在极混乱的拥挤中,他看见柱子下那专赌空头的莫塞和专赌多头的皮勒罗尔二人正在进行战斗。他仿佛还听见经纪人马佐的尖锐的声音正从大厅的深处传出来,但有时也被坐在场外钟楼下的拿丹松的大笑所淹没。有一部车子驶过浅水沟渠,差不多溅了他一身泥水。马西亚甚至还没有等到车夫停下,就从车中跳了出来,他一跃就上了台阶,拿着顾客的最后一道委托书,气都喘不过来。

　　萨加尔站着一动也不动,眼睛望着高处这种混乱的情况,细细地回味着他过去的生活;适才毕式的问题所引起的他初来巴黎生活时的那段回忆一直萦回在他心头。他首先想起哈尔卜街,随后想到圣杰克街,他那时还穿着一双想征服一切的冒险家的歪了跟的长靴,他来到巴黎的目的是要征服巴黎;一想到现在还没有叫巴黎屈服,而且还重新流浪在街头,他不禁忿怒了。他在等待机会,永远为渴望享受所苦恼,可以说他从来没有痛苦得这么厉害。那个西基斯蒙疯子这样说过,说得很有理由:目前专靠工作不能生活,只有那些不幸者和笨人才为养肥别人而工作;只有赌博才能够从今天晚上到明天给人突然的幸福,荣华,宽裕的生活,乃至于整个的生命!如果说这古老的社会总有一天会崩溃的话,那么,在崩溃以前,一个像他这样的人,难道还不能够找着机会,找着地方来满足一下自己的欲望么？

有一个过路人撞了他一下，这人甚至不掉过头来向他道一声歉。他认出他就是甘德曼，正在做健康散步；他看见他走进一家糖果店，这位黄金大王有时要在这店里买一盒价值一法郎的糖果给他的孙女儿们的。在这一分钟，在他绕着交易所兜圈子以来，狂热病正在身上发作的这一分钟内，这样地撞他一下，不啻是一种打击，而且是一种使他决定一切的最后推动。他已经看准了阵地，准备进攻了。这是准备作无情斗争的一种誓言：他绝不离开法国，他要向他的哥哥挑战。他要孤注一掷，作一种极端大胆的斗争；这一斗争，可能把巴黎踏在他的脚底下，也可能把他抛进阴沟，摔断腰杆。

直到交易所关门以前，萨加尔都以观察家和未来主人翁的态度顽固地站在那里。他望着廊檐下人已空了，台阶上布满了那些因为过于发热以致疲倦了的、慢慢散开的人们。在他的周围，马路上和人行道上的混乱状况，依然形成一种不断的人潮。这是一群永远可以设法利用的群众，是他未来的股东。这般人面对投机事业的赌博，是从不轻易放过而掉头不顾的。他们对于这类事，对于金融的神秘作用，是抱着一种又向往又害怕的情感；所以投机事业能引诱法国的若干头脑，但受引诱得愈多，深入了解投机作用的头脑便愈少。

二

萨加尔的地产事业最后一次失败以后，他为了避免发生更大的灾祸,只得把蒙梭公园的大厦给了债权人;当他不得不离开这所大厦的时候,他的第一个念头是想躲到他的儿子马克辛姆的家里去。马克辛姆自从妻子逝世、长眠在隆巴第的小坟场以后,就独自一个人在皇后大道上占据着一座大楼,在那里过着他谨严的自私主义的生活;他吃着死者的财产,样样如意;由于放荡,早年就损坏了他的健康,此时他只过着一种单身汉的生活。他以干脆的语气拒绝招待他父亲住在他的家里,他以微笑而老练的态度解释说,这样做可以使他们俩更能协调地生活下去。

于是萨加尔只得另外去找一个居住的地方。他本来要到巴喜区去租一所小住宅,一种专门给退休商人居住的资产阶级的隐居所;但他却想起了圣拉查尔街阿尔魏多大楼的楼下和二楼始终还没有人住,门和窗还关闭得紧紧的。阿尔魏多王妃自从丈夫死后,只住着三楼的三个房间;她甚至让乱草长满了车门,也不曾在门上挂一个出租的牌子。在正面的另一头有一扇小门,可以从一个便梯上到三楼。萨加尔因为和王妃有些商业上的关系,所以去拜访过她好几次;他每次总很诧异她为什么不在这些空房子上想法得些好处。但她只是摇头,她对于金钱这类事,有她自己的见解。不过,当他向她表示他自己要租这些房子的时候,她却立刻同意了。她只要他一万法郎一年少得可笑的租金,就把这有皇室设备的华丽的二楼和楼下让给他了,当然,本来这房子的租金至少还可能贵一倍的。

人们都记得阿尔魏多亲王所显示过的豪华气概。当他从西班牙来到巴黎的时候,他生活在财富像雨一般地向他洒下来的境况中;这是他在暴富以后一时疯狂买下的一所大楼而加以修葺的；一方面还准备建筑一所金碧辉煌的大理石的官邸,梦想以此来惊动一下整个社会。这大楼要算是前一世纪的建筑物,是好色的贵族公子为了享乐而建筑在大花园中的别墅之一。但后来部分建筑倒塌,重建时用地十分紧缩,结果当时宽大的大花园,只剩下马房和车间所包围的一个大院子了。新近计划要修建的费主教街,肯定还会把这些马房车间都划过去的。亲王是从一个名叫圣日耳曼小姐的手里买过来的。这位小姐的这份产业,从前还伸展到三兄弟街,即旧时德布街的延长线。此外,这一座大楼目前还保存它在圣拉查尔街那一面的大门,毗邻而居的是同一时期建筑的波维里埃大楼,目前波维里埃全家还居住在那儿;这家人的家产已日渐衰落,不过他们却还据有那令人羡慕的花园的一部分,花园中还有巨大可观的树木;只是在这一区未来的变动中,这些树木也是注定要消失的。

萨加尔虽然在失败的境况中,却还拖带着一串用人,这是他过去庞大的人员的残余:有一个室内男仆,一个厨房大司务和他的女人,女人是负责洗浆工作的,另外还有一个女人,她为什么还被保留下来那是谁也不知道的事,还有一个车夫和两个养马的仆人。萨加尔以他的两匹马和三部车便塞满了那马房和车间;他又在楼下房内布置了一个用人们的饭厅。他是这样的一个人:柜子中并没有储存五百可靠的法郎,但是他过的是一年起码要二三十万法郎的生活。同时,他也还想得出方法单凭他一个人便能使那二楼上的宽大房屋不至于空无一物。这楼上的房屋包括三个小客厅,五间卧房,更不必谈那一间宽大的餐厅,厅里摆着一张可以容纳五十个客人的餐桌。这餐厅在从前有一道门,可以由内梯直通三楼另外一间较小的吃饭间,可是由于最近三楼的这一部分租给了一个同妹妹一起生活的单身汉工程师哈麦冷,因而王妃用两个大钉子把这扇门钉死了。王妃同这位房客共同使用便梯,萨加尔则独自使用大楼梯。他把蒙梭公园大厦剩下来的一些东西布置了几个房间,其余的就让它空着。这样一来,这一排排阴沉而毫无装饰的墙壁也算有了生气,因为这些墙壁自从亲王死后的第二天,仿佛就被一只固执的手把上面的一切装饰都扯掉了。萨加尔在这里又重新开始做他那伟大的发财梦。

　　阿尔魏多王妃是巴黎最奇怪的人物之一。十五年前,为了听从母亲——公贝魏尔公爵夫人——的正式命令,甘愿屈嫁给她所不爱的亲王。在这时期,这位二十岁的青年女子以美丽和贤淑闻名,虽然她对于世俗生活还是热情地留恋,但她是极端信奉宗教而且还有点严肃。人们对亲王传说着的奇怪的历史,估计约值三亿法郎的巨大财富的来源,以及整个可怕的盗劫生活——不是像过去那些高贵的冒险家们用武装力量在森林角落里的盗劫,而是近代化的正式强盗,在交易所的光天化日之下,从那些盲目轻信的穷人口袋中,从破产与死亡中,所进行的盗劫——她一概都不知道。亲王在西班牙那面,在法国这面,整整二十年,在成为传奇式的大规模的流氓活动中,他分到了最大一部分赃物。不过,他从中获得千百万财富的肮脏与罪恶的行为,虽然她并没有疑心到,但自从她同他第一次见面的时候,她对他就有一种厌恶的感觉;这种感觉是她的宗教信仰也不能克制的。不久以后,一种暗中的怨恨日益加强,再加上这种奉命的结婚而又没有生孩子,更添了她一种反感。倘若她做了母亲就好了,她可以爱她的孩子们……她为此事而恨这个男子:既使她在恋爱方面失望,又连做一个母亲的要求也不能满足她啊！人们看见王妃开始过一种闻所未闻的奢侈生活，正是在这一时期。她欢度各种节日的豪华景象，足够弄瞎巴黎人的眼睛，而她的日常生活，据说，连杜伊勒里宫的人都会嫉妒。可是，突然，在亲王被脑充血袭击而死亡后的第二天，圣拉查尔街的大楼一下子便堕入了绝对的沉默，变成了完全的黑夜，没有光亮，没有声响，门窗都关闭起来。大家传说这位王妃，突然把楼下间和二楼的一些房间搬空了，以后自己便以隐居者的身份退居在三楼的三个小房间里；伴她住在一起的，只有她母亲从前的一个贴身女仆，即服侍她长大的老妇人索非。当她重新与世人见面的时候，她只穿一件黑绒布的朴素长袍，一条带花边的头巾包着头发，身材始终矮小肥胖，额头窄小，美丽而圆圆的面庞，紧闭的嘴唇中有着珍珠一般的牙齿；但是脸色黄了，脸部仿佛在修道院关闭了很久的修道女一样，经常保持沉默，似乎专心致力于完成某一种志愿。这时她刚过三十岁，她从此便只在无数的慈善事业中生活。

　　在巴黎，人们觉得非常惊奇，于是各种奇奇怪怪的故事便传开了。王妃把整个财产，把那连报纸都时有记载的著名的三亿法郎继承了下来。最后那编造成的传说是富有浪漫色彩的。据说，有一天晚上，正当王妃准备上床的时候，在她的房间内突然出现了一个穿黑衣服的陌生男子。她丝毫不知道他是从哪一扇秘密的门进来的。这位男子向她说了些什么话，是世界上任何人都不知道的。不过，大约是他告诉了她这三亿法郎的卑鄙来源，要求她发誓去补救这种不公正的行为，倘若她想避免更大的灾祸的话……以后，这男子就不见了。五年来她都过着寡居生活，是不是就是在执行那个男子的命令呢？或者是当她手边有了这一笔财富的来源案卷的时候,由于简单的良心发现才这样做呢？总之,事实是她从此以后,只过着一种竭力牺牲自己与改过自新的生活。这个没有做过爱人,没有做过母亲,一切温情,尤其是对儿女的爱,都没法施展的女人,在她身上,却产生出一种对穷人、对弱者、对失去财产的人、对痛苦者、对她相信自己执有他们失去的百万财富的人、对她立誓要以雨露一般的施舍、认真把财产还给他们的人……的热情。从此以后,坚定不移的思想已占据了她,像一颗不能拔除的钉子已深入了她的脑盖一样。她把自己只当作一个银行家,穷人们在她的银行里存了三亿款项,等到他们最需要的时候才提取;她不过是一个会计,一个事务员,她只在数字中生活,在公证人、工人和建筑家包围中生活。在外面,她设置了一个宽大的办公处,处内有二十个职员。至于她的住处,在她的三个小房间内,她只接纳四五个传达她命令的人,她的助手。她在办公处,每天像一个大企业的经理一样,关起门来,远离开一切麻烦的人物,只在她身边泛滥的一大堆文件中生活。她的梦想是替人解脱一切贫困,从生下来就受痛苦的孩子起,直到不能没有痛苦而死去的老人止。五年之内,她大把地抛掷金钱,她在巴黎附近魏来特镇建立了圣玛丽托儿所,最小的孩子有白色的摇篮,较大的孩子有蓝色的床,房屋的建设宽大而明亮,托儿所中的孩子已经有三百个。在圣芒德镇,她建立了一个圣约瑟孤儿院,这里有一百个男孩子和一百个女孩子受到各级教育,一如资产阶级家庭所给与他们的孩子们的教育一样;最后她还在夏底荣镇建立了一个足以容纳五十个男子和五十个妇女的养老院。同时,在巴黎郊区还设立了一所有五十张病床的圣马尔棱医院。这医院的病房最近已开放了。不过,这时候她最欢喜的、最费她心思的事业,还要算她自己想出来的儿童习艺所。这是一种代替刑事感化院的机构。里边有三百个儿童,其中一百五十个是女孩子,一百五十个是男孩子;他们都是从巴黎街头收容来的;他们都是在街头堕落和犯罪的人;现在是用细心照顾和叫他们学习手艺的方法来改变他们的本性。这几种事业,这种种大规模的设备,是一种慈善事业中的疯狂的浪费,五年之内,吞噬了她约一亿款项。如果再这样过几年,她可能要破产;她连目前生活所必需的供给面包牛奶的最小额的年金都没有加以保留。当那位老女用人索非打破长期的沉默,用粗鲁的语言斥责她,预言她将要死在草堆上的时候,她只报以轻轻的微笑,这是她眼前憔悴的嘴唇所能表示的唯一的微笑了,那可以说是一种含了希望的圣灵的微笑。

萨加尔之所以认识阿尔魏多王妃正是由于办儿童习艺所的机会。这习艺所的所址,原是一个连接讷伊公园的种有一些美丽树木的花园,比诺大道正好成了它的边界。萨加尔是出售这块地方给她的几个地主之一。他在处理事务上的灵活态度的确能诱惑她,所以在她和那些包工头发生了某些纠纷的时候,便想再同他见面。而他呢,他非常关心这类工作,他有一种想象,她施于建筑上的伟大计划,使他感到兴趣:两翼立体式的建筑,一翼是为男孩子的,另一翼是为女孩子的,在两翼之间修建一座正房,因而使这三大建筑能互相连贯。正房中包括小礼拜堂,教友们的公共住所,习艺所管理处及其所辖各科的办公处。每翼都有一个大草坪,都各有它的工厂和各种下房。萨加尔个人对于宏伟的事物是有一种嗜好的,特别使他喜爱的是那些奢华的布置,是足以超过过去若干世纪的材料造成的大建设。大理石是尽量地浪费;瓷砖砌成的厨房能够烹饪一条黄牛;巨大的食堂墙壁,都镶着富丽的橡木壁板;寝室里光线充足,而且还挂了明朗的图画,更加增添了情趣;还有一个洗衣间,一个洗澡间,另外还非常细心地设置了一个医疗室;到处是宽阔舒展的地方,有楼梯,有夏天通空气冬天烧暖气的走廊;整座房子都沐浴在阳光中,有一种青春的愉快,豪富的幸福情调。当建筑师觉得这种堂皇并没有好处,感到焦虑因而说了"未免浪费"的话时,王妃用一句话就止住了他:她有奢侈的东西,她要把这些东西给与穷人,让这些专替有钱人制造华贵物质的人也来轮流享受一下。就是这一种梦想才使她打定了主意:使贫苦人获得满足,使他们有床睡,使他们能坐到世界上的幸运者的桌子上;这并不仅是一片面包,一张床被的施舍,而是要他们住在宫殿中过宽裕的生活;他们在这宫里可以自由自在;总之她要他们完全翻身,享受一下他们从来没有享受过的幸福。可是在这种浪费之中,在这些巨大的工程的经济计划中,别人揩她的油揩得很厉害,一群包工头就靠着她生活;至于因监督不好而遭到的损失更不必说了;他们简直在浪费穷人的财富!只有萨加尔才使她看清楚了这点。他一面请求她让他去把这些账弄清楚,一面以完全忘我精神来做这件事,他唯一的兴趣是想把这白白浪费掉的百万计的财富加以整理。他从来还没有表现过这样细心的忠诚坦白。在这件巨大而复杂的事务中,他算是最积极、最诚信的合作者;他牺牲他的时间,甚至于他的金钱,他所得的唯一报酬就是看见这巨额的款项从他手中经过时感到的一种快乐。王妃是从来不到儿童习艺所去的。她所建立的其他慈善机构,她也不去参观一下,她只藏在她的三个小房间里,像一个我们无法看见的好仙姑一样。习艺所中，大家几乎只认识萨加尔。他在那里被人敬重，被人祝福，王妃仿佛不愿意承受的感谢，都堆到了他的头上。

无疑地，从这时起，萨加尔酝酿了一项模糊的计划；当他作为房客住在阿尔魏多大楼以后，这计划突然就变成一种显然尖锐的欲望了。为什么他不可以整个地把自己贡献出来去管理王妃的慈善事业呢？在投机失败，不知道还能重建何种基业，因而处于迟疑不决的时候，他觉得这样做可算是一种新的转变：突然高升到崇高伟大的地位，变成这种大规模慈善事业的主持人，使得在巴黎流动着的这一股黄金浪潮流向一定的河道。王妃还剩有两亿法郎，还可以创造出多少事业！从平地产生出何等神异的机构！不用说他还可能使它们，使这些百万计的财富产生利益，使它们增加一倍，甚至于增加两倍；他还可以好好地用来创造出一个新的世界。他抱着这种热情，把一切都看得很宽阔，他简直只能在这种令人沉醉的思想中生活，以无止境的施舍来散发金钱，以此来把法国淹没在幸福之中；想到这些，他自己都感到激动，因为他是出于完全的诚实，他并不想留一个钱在他的手上。这在他幻想者的头脑中，变成了一首宏伟的牧歌，一首不自觉者的牧歌；不过在这牧歌中，他对于他过去在金融上的盗窃行为，也丝毫没有忏悔的意思。尤其是他平生始终抱有一种梦想，他要征服巴黎。做一个慈善事业之王，成为一大群穷苦人所敬爱的上帝，变成独一无二的深得人心的人物，由他来操纵世界……这一切是超过了他原来的野心的。如果他能善用他当事务人的才能，善用他的手段，善用他的顽强性，善用他的机智，他将会创造出何等的奇迹呀！他会有一种不可抗拒的力量去赢得战斗，赢得金钱,赢得充满保险柜的金钱;金钱,每每给人很多痛苦,但到人们有一天愿意放弃自己的傲慢与享乐的时候,金钱也可能给人很多好处的。

随后,萨加尔还扩大了他的计划,他自己甚至于还这样想:为什么不设法同阿尔魏多王妃结婚呢?这样既可以确定他的地位,而且还可以防止人家对他有所误解。一个月之内,他巧妙地工作,阐明他的高尚计划,使人家觉得无论如何少不了他。有一天,他以一种儿童般天真的安详声音提出他的意见,述说他的伟大计划。他说他所贡献的是一种真正的协助,他把自己当作亲王盗劫来的款项的清理人,他立志想把这些款项加十倍地还给穷人。至于王妃呢,穿着她永远不变的黑色长袍,花边头巾还是包在头上,很仔细地听着他讲话,黄色的面容上,并没有任何兴奋、感动的表示。这样的一种协助可能给她的好处是可以诱惑她的,虽然她对于其他一些重大事情都表示冷淡。不过最后,她还是决定把这问题放在第二天才加以答复,第二天她终于拒绝了他的提议。她肯定想到这样一来,会失去对这些慈善事业的独一无二的主宰地位;她高兴以绝对自主的身份来处理它,甚至于疯狂一点也可以。不过,她却解释说,她很高兴永远把他当作一个顾问,她表示她对他的协助如何尊重,因此她请求他继续照顾儿童习艺所,因为他才是实际的所长呢。

整整一星期,他像失掉了一个热爱的理想一样,感到强烈的忧伤。这并不是因为他感到他要重新堕入流氓生活,而是,正如一种充满情感的罗曼司能使最卑鄙的醉汉也流眼泪一样,这一首以百万计的慈善事业的宏伟牧歌也感动了他那海盗的老灵魂。他再一次摔倒了,而且是从很高的地方摔下来,他觉得他没有地位了。他常常想用金钱来取得王子般的华贵生活,满足他的种种欲望,但是他从来没有好好满足过自己的欲望。当每一次失败夺去了他的希望的时候,他忿怒了。因此,当他遭到王妃干脆而沉静的拒绝而使他的计划失败后,他便陷入疯狂的战斗欲望中。挺身战斗,在投机事业的艰苦斗争中变为强有力者,吃掉别人以免被别人吃掉,这是除了渴望豪华与贪图享受以外他热中于投机事业的最大的一个原因。虽然说他并不储蓄金钱,但他却有别的快乐。在巨大数字上进行斗争,如支配军队一样支配财产,敌对双方都以百万计财富进行斗争,或者失败,或者胜利,这一切都使他迷醉。他对甘德曼的厌恨,疯狂报复的需要立刻出现了。在他每一次摔了跤失败以后,打击甘德曼这一浮夸的欲望就缠住了他。倘若说他这个企图有点幼稚,那么至少使甘德曼多少受点伤害,这总是可能的吧?确立一种地位来对付甘德曼,使他不得不与他平分秋色,一如有均等势力的毗邻各国的国王,互相以兄弟相待一样,难道他不可能做么?于是,这时候交易所又重新引诱了他,他脑子中想着要做的事业,一些互相矛盾的计划从各方面刺激他,使他堕入这样一种狂热病中,以致他不能够决定下来。直到后来有一天,有一个主要的、庞大无比的想法才把他从其他想法中解救出来,而渐渐地整个占据了他。

萨加尔自从住进阿尔魏多大楼以后,他有时也看见居住在三楼小屋内的工程师哈麦冷的妹妹,这是一位身材极好的女子,大家都很亲热地叫她嘉乐林夫人。第一次见面便使他惊异的是她美丽的白头发,简直是一顶白发王冠;那头发在这个年仅三十六岁的年轻妇人的额上产生出一种特殊的效力。从二十五岁时起,她的头发便这样变白了。她那始终乌黑而浓密的眉毛,在她那貂皮领围着的脸庞上,保持了一种青春,一种奇特的活泼神气。她从来也算不上是一个美人,她的下巴和她的鼻子太粗壮,她的嘴巴宽大,不过她那厚实的嘴唇却显出一种绝妙的和善态度。而这一头整齐的白发,这种丝一般的细发所闪耀出来的白光,的确使她略为严酷的外貌显得温和,给了她一种老祖母微笑时的娇媚,使她有一种美丽的情人的魔力和生气。她长得高大,结实,态度诚恳,高贵。

比她矮小的萨加尔,每次遇见她的时候,总是用眼睛不断地看她,对她很感兴趣,并暗中羡慕她的高大身材和她那健壮的肩头。渐渐地,从周围的人们中,他知道了哈麦冷兄妹的历史。乔治·哈麦冷和嘉乐林·哈麦冷,他们是蒙彼利埃省一个医生的孩子;这位医生是著名的科学家,热忱的天主教徒,死时一点财产也没有。当父亲去世时,儿子十九岁,女儿才十八岁,因为乔治进了高等工程学校念书,所以嘉乐林也随他来了巴黎;她在巴黎找到了一个家庭教师的位置。是她每每把价值五法郎一枚的银币给了他,才维持了他两年读书期间的零用。后来,他毕了业,但成绩并不很好,所以不得不在街头闲逛寻找工作;还是她维持他,一直维持到他找到了一份职业。这两个孩子互相敬爱,做着永不分离的梦。可是,一次意外的结婚却出现了。青年姑娘的温柔贤淑与活跃的知识,征服了她任教的那个有百万资财的啤酒商人。乔治赞成她接受这一门婚姻,这也是他后来惨痛地失悔的一件事,因为嘉乐林过了几年的家庭生活以后,就不得不请求分居以免被她丈夫杀死。丈夫经常喝酒,在愚蠢的嫉妒发生以后,就拿刀子追逐她。那时她刚刚二十六岁,由于坚决不肯向离弃她的男子要求任何津贴,她重新变成穷人。但她的哥哥从多次尝试失败后,终于找到了他所喜欢的工作:他要同苏伊士运河初步勘测委员会一道出发到埃及去。他带了他的妹妹同去;她很有奋斗精神地居住在亚历山大港。当他要在这一个地方各处活动的时候,她就开始教人功课。他们这样在埃及一直住到一八五九年,当鹤嘴锄开始挖掘塞德港①海岸时,他们是参加了的。这时的工程队人数很可怜,只有一百五十个挖土工人分散在广大的沙漠中,受着一小股工程师的指挥。为了保证粮食的供应,哈麦冷被派到叙利亚去;由于同他的上级发生了不愉快的事件,他就一直留在叙利亚。他把嘉乐林叫到有其他学生等着她的贝鲁特去。他投身于一个法国公司管理的巨大事业,设计一个从贝鲁特到大马士革的公路的图样。这是通过黎巴嫩山峡开辟出来的第一条公路。他们在那里又生活了三年,直到那条路建成为止。他为了要去视察地形,曾经离开了两个月,穿过托罗斯山脉到君士坦丁堡旅行了一次。只要在她可能脱身的时候,她总是追随他。她对他所作的"再生计划",即开垦沉睡在灭亡文明灰烬中的古老土地的计划,感到极大的兴趣。他收集了满满一文件夹的意见和计划。他觉得,如果他要把一大堆事业具体化,成立公司,找到资本,他就急需回到法国去。他们在东方寄居了九年以后,动身离开了;他们很好奇地重到埃及去转了一趟,那里苏伊士运河的工程使他们非常热中:仅仅四年工夫,塞德港的沙漠上生长出一个城市,任何人都在那里活动,如蚂蚁似的繁殖得越来越多,他们已改变了土地的面貌。但是,在巴黎,厄运却等着哈麦冷。十五个月以来,他都在为他的计划奋斗,他太谦虚,又不多说

---

① 指苏伊士运河工程,塞德港即苏伊士运河靠地中海一面之起点。

话,无法把他的信念传达给别人,他老待在他以一千二百法郎租赁的阿尔魏多大楼三楼一所小小住宅的五间房间里,比起他在亚洲的山岭和平原中奔跑时成功的希望还更少了。他们节省下来的钱很快就用光了,兄妹俩遭遇到巨大的困难。

嘉乐林夫人看见哥哥心灰意冷,美丽而愉快的脸上不免阴沉下来;她的这种日益增长的忧愁,萨加尔十分注意。在这一家庭中,她是略略有些男子气的;在生理上和她很相像的乔治,却比她更其脆弱,但他的劳动能力倒是很少见的;他尽心地做着研究工作,也不应当叫他不研究。他从来不想到结婚,也没有感到有此需要,他敬爱他的妹妹,这对他就够了。他可能有过逢场作戏的情妇,但谁也不知道。他从前是高等工程学校最用功的一个人,知识也非常广泛,对于自己所做的事业非常热心;他有时表现得那么天真,甚至人们以为他有点傻气。他是在最严格的天主教教义中长大的,因此他一直保存着他自幼承受的宗教观念;在实际行动中他很自信。至于他的妹妹呢,则浏览群书,搜求广泛的知识,当他陷入专门技术工作中的那些漫长的岁月里,她就致力于增长自己的知识。她会说四种语言,经济学者和哲学家的著作她都阅读,有一时期她非常热爱社会主义者和进化论者的理论;但她是沉静的,她由于旅行,由于长期寄居于异邦的文明生活中,因此对什么事都有一种容忍态度,情感上绝不激动。虽然她不信宗教,但对于她哥哥的信仰却是很尊重的。他们彼此间在这问题上有过一番争论,但他们以后便不再提起了。在她的纯朴与和善中存在着一种智慧。因为她有一种特别的要生活的勇气,有一种与残酷命运搏斗的果敢,所以她惯于说她唯一痛心的悲哀就是她没有孩子。

萨加尔帮了哈麦冷一点忙，替他找到了一点临时的工作，有好些工商业的投资者需要一个工程师对某种新式机器的生产率作一个报告。这样他就加强了他和这兄妹俩之间的友谊。他常到他们的客厅中去同他们消磨一个钟头；这客厅是他们唯一的一个当作工作室使用的大房间。这房间内什么也没有，只安了一张绘图用的长桌，另外还有一张堆满了纸张的桌子和半打椅子。壁炉上堆满了书。但是墙壁上一种临时的装饰却使得这空洞的地方有一些情趣：那里有一组设计图样，有一套色彩鲜明的水彩画，每一幅都是用四个图钉钉起来的。这就是哈麦冷从他文件夹中拿出来陈列的计划，这是在叙利亚记的笔记，他的未来的全部财产。关于水彩画，那是嘉乐林夫人的作品：这是那边的景致，一些典型人物，一些服装，都是她陪她哥哥在一起时所看到并速写下来的，那是一种彩色画家以极端的个人感觉为主题的东西，并没有其他的意思。两扇大窗面临着波维里埃大楼的花园，一束活跃的光线，照明了这些七零八落的图画，这些图画，令人回溯到另一种生活，回溯到已化为灰烬的古代社会的梦想；至于那些以强有力的几何线条制成的图样，仿佛想以近代科学的坚固基础作为支柱而使这古代社会重新站立起来。当费尽心机使自己变得可爱的萨加尔表现出对这兄妹俩有用的时候，他特别要站在这些图样与水彩画前，显出忘我的样子。他仿佛着了迷，不断地要求他们替他作进一步的解释。在他的脑子里，一种大规模的打算，已产生了萌芽。

有一天早上，他发现嘉乐林夫人独自一个人坐在她作为写字台使用的小桌子面前。她忧愁得要命，两手随便放在纸堆中间。

"有什么办法呢?已经可以肯定没有好结果了……固然我还是很勇敢的。但是,一下子我们就将什么都没有了。最令我伤心的是厄运竟使得我的哥哥无能为力;因为他只有在工作上才是勇敢的,也才有力量……我想在什么地方去找一个家庭教师的位置,以便稍微帮助他一点,我找过了,可是没有找着……但是,我总不能够去当佣妇呀。"

萨加尔从来没有看见过她这样狼狈,这样没有勇气。

"你真见鬼,你们还不至于到这步田地吧!"他叫起来。

她摇了一下头;她对于生活,甚至于艰难生活,平素总是那么愉快地接受,可是这时却表示苦恼了。哈麦冷这时正从外面回来,报告了他最后一次失败的消息。她慢慢地流出了大颗眼泪,扑在桌上捏紧拳头一句话也不说,连她面前的事物都看不清楚了。

"可以说,"哈麦冷不禁说出来,"那里有百万计的财富等着我们,如果有人肯帮助我们去取得这些财富的话!"

萨加尔这时正站在一张图样的前面一动也不动,这张图样画的是建筑在许多大商店中心的一座高耸的楼阁。

"这是什么?"他问。

"哦,这是画着玩的。"工程师解释说,"这是替我所梦想的公司经理设计的一个住宅图样,在那里,在贝鲁特。你知道我所梦想的公司就是联合轮船总公司。"

他兴奋了,他重新说出了一些详细情形。当他待在东方的时候,他已证明了运输部门是如何的欠缺。几个设在马赛的公司,常常以竞争来互相残杀,它们都没有足够和适当的资产。他的初步意见,是把这一切企业联合起来,把这些公司组织起来成为一个财团,成立一个大规模的公司,储备以百万计的财富来经营整个地中海航业,并保证它的优势。另一方面则建立通往非洲、西班牙、意大利、希腊、埃及、亚洲以至于黑海深处各码头的航线。再也找不出比他更有远见的组织家和更好的公民了。他的计划是想把整个征服了的东方送给法兰西,更不用说他还缩短了法国和叙利亚的距离,那里正是他大有可为的广大场所。

"财团,"萨加尔喃喃地说,"未来的前途仿佛正在这一点上了。今天……财团是商业组合中一种强有力的形式!三四个独立生存异常可怜的小企业,如果它们彼此联合起来,就可以变成一种不可抗拒的有生气的繁荣事业……是的,未来是属于大资本的,属于广大群众的集中努力上面的。一切工业、商业,最终只会成为一种大规模的、唯一的百货市场,在这里,人们可以买到他需要的一切物品。"

萨加尔又站住了,这一次是站在一幅描绘一段荒野景色的水彩画的面前,是一个被大量崩溃下来的岩石堵塞了的、贫瘠的山峡,上面已长满了荆棘。

"哦,哦!"他继续说,"这真是世界的尽头了!在这个角上,我们大约不会被过路人撞倒了。"

"这是迦密山①的一个山峡,"哈麦冷答道,"这是我妹妹当我在她旁边做研究工作时画的一幅画。"

他又简单地补充说:

"你瞧,这些粉质的石灰岩,下面衬有一些云斑石,在这大山的横腰,介乎云斑石与石灰岩中,有一股巨大的硫化银矿

---

① 迦密山在巴勒斯坦境内,此山在《圣经·列王纪》一卷十八章中曾提到,说先知以利亚曾在此山上当众证明耶和华即是上帝。

苗。是的！这一银矿开采起来,照我的估计,可能有巨大的利润。"

"银矿！"萨加尔很快地重复说。

满腔愁肠、眼睛始终看着远处的嘉乐林夫人,听见了这句话,仿佛有一种幻象忽然出现一样;她说:

"哦,迦密山,那里是多么荒凉！多么寂寞的日子呀！那里长满了常青树和黄花灌木,发出一种美好的气味,把温和的空气都变香了。还有老鹰,始终在高处飞翔……但是在这样多的穷人旁边,所有的银子却躺在这地穴中！我们希望有幸福的人群,有工场,有新生的城市,有以劳动来改善生活的人民。"

"从迦密山到圣约翰·达克港①建筑一条公路是很容易的。"哈麦冷继续说,"我相信我们同时还可以发现铁矿,因为这一带地方的山上布满铁矿……我也研究过一种新的采矿方法,可以大量地节省金钱。一切都准备好了,问题只是找资本。"

"迦密山银矿公司！"萨加尔喃喃地说。

现在是工程师抬起眼睛——注视那些图样了。他回想起一生的勤劳来,当他为困难所阻不能活动的时候,一个光明的前途却躺在那里,他陶醉似地想着这前途。

"这些还只是草创时的小事业。"他又说,"你看这一些计划的图样,这才是一种伟大的创举。我设计了一套贯穿中亚细亚的完整铁路网……欠缺便利和迅速的交通,便是这个富裕地方蜷伏于落后状态的主要原因。在那里,你简直找不到

---

① 圣约翰·达克港是迦密山北部的一个海港。

一条车路;旅行和运输全都靠毛驴或骆驼的背……你想象看,如果有铁路线连接这荒野的四界,那是何等样的一种革命事业!这样,工商业可能十倍地发展,那真是文明的胜利!欧洲终于打开了东方的门户……只要你对这事还感到一点点兴趣,我们以后可以详谈!你将来看吧,将来看吧!"

尽管如此,他还是禁不住要立刻作些详细的解释。特别是他在君士坦丁堡旅行期间,他曾经研究过这种铁路网的分布状况。唯一最大的困难是穿过托罗斯山脉,但是他曾经跑过若干山峡,他肯定他能划出一条直接的路线图样,并且不用很大耗费。再说,他也并不想一下子就建成全部铁路网。"当我们可能获得伊斯兰教国王的全面租借权时,最稳妥的办法是首先建筑干线,从布鲁斯城到贝鲁特,道经安卡拉和阿勒颇两城。将来,我们还想建筑由士麦那港①到安卡拉的支线,再进一步还可以建筑由特雷比松②到安卡拉的支线,经过埃尔祖鲁姆和锡瓦斯两城③。"

"以后,再发展下去……"他继续说。

他没有说完他的话,就满足地微笑了。他还不敢一直说到他的大胆计划所达到的境界,因为那是他的梦。

"哦,托罗斯山下的平原,"嘉乐林夫人以那种梦中惊醒过来的人的缓慢声音说,"那是何等至乐的天堂呀!我们只要抓一抓地,就可以生长出东西,而且异常丰富。各种果树:桃树、樱桃树、无花果树、杏树,都被它自己所结的果子压得弯弯的。还有橄榄树园、桑树园,简直像大森林一样!在这种经

---

① 即土耳其的伊兹密尔港。
② 土耳其在黑海上的一个港口。
③ 这里所说的安卡拉为土耳其首都,其余各地亦在土耳其境内。

常保持蓝色的轻松气氛中生活,是多么自然而安逸呀!"

萨加尔开始笑了,那是一种含有极大贪欲的敏锐的笑;每当他嗅觉到运气来到时他就这样笑。哈麦冷还说到别的计划,特别是在君士坦丁堡设立一个银行,同时他还提了一下他在那里和一般有势力的人物建立的关系,特别是和一个伊斯兰教国王的大臣建立的关系。萨加尔愉快地打断他的话说:

"这是一个理想的富有王国,我们可以把它收买过来!"

随后,他很亲热地把两手搁在始终坐着的嘉乐林的肩头上说:

"夫人,你不要失望!我很爱你们。你将会看见我使你的哥哥做出一些对我们大家都有好处的事情来。别着急,等着吧!"

下一个月,他又替工程师找到了一些临时工作。虽然他不再说起这些巨大的事业,但他经常想到而且把心思放在这上面;他的迟疑是由于这些事业未免大得太惊人了一点。但加强他们新生友谊的,要算是嘉乐林夫人以一种完全自然的态度,开始关心起这位单身男子的家务了。他的财产被一切无益的费用消耗了;甚至,他的仆从愈多,他的享受反而愈坏的事,她都关心到了。他呢,在外面是十分灵巧的,在一切巨大的诈骗行为中人家很佩服他的手段是那么巧妙,那么厉害;可是在家里,却听任一切事情杂乱无章,完全不注意那种可怕的浪费,数目已到了该花费的三倍。哪怕在最小一件事情上,都令人深深地觉得这是缺了一个妻子的原故。当嘉乐林夫人看出了这种被劫掠的情况后,她首先劝告他,后来甚至于参与他的事务而替他规划出两三种节约的办法;这件事做得那么好,以致有一天他笑着请她做他的管家,为什么不呢?她不是

69

曾经想过要找个家庭教师的位置么？这样，她可以等待到将来再去找一个她可能接受的更体面的位置。这个意见，最初是出于开玩笑，后来便认真了。这岂不是另外一种方式的就业么？用萨加尔自愿给她的三百法郎一月，不也能解除一下她哥哥的困难么？她接受了这职务。用了八天时间，她就改善了这家庭，她开除了大司务和他的女人，改用一个女厨师，再加上室内男仆和车夫便足够使用了。她只保留一匹马和一辆马车，她命令一切，并且用仔细的态度审查账目，头半个月，就节省了二分之一的开销。他满意了，并且开玩笑说这时倒是他剥削了她，说她本来应当要求在她为他所获得的一切利益中取得百分之几的回扣。

于是，更密切的生活开始了。钉死那两家人来往的那一道门的钉子，萨加尔有意把它去掉了。以后，他们可以经过内梯由这一餐厅到另一餐厅，自由上下。这样，当她哥哥在上面工作，埋头整理他的东方案卷的时候，嘉乐林夫人就把她自己的家务让那唯一的女用人去照料，每天都自由自在地随时到楼下来发布命令。这位高大的妇人经常的出现，变成了萨加尔的一种快乐。她以坚定而高傲的脚步穿过房间，在她那年轻的面庞周围飘扬的白头发，产生出一种想不到的愉快姿容。自从她觉得她还有用处，她重新快活起来，重新找到了她生活上的勇气，她利用所有的时间努力工作，毫不休息。并不是她要故意朴素，但她只穿一件黑色长袍；在这件长袍的口袋中，人们听得见一串钥匙的清晰响声。这使萨加尔觉得很有趣：她是一个知识妇女，一个有哲学思想的人，现在只做着一个良好的管家妇，替一个放荡子做监护人！而且她开始爱这个放荡子了，一如人家爱那种顽皮的孩子一样。他呢，有一个时刻很受她的诱惑,暗中盘算的结果,他们只不过相差十四岁罢了,他自己在问自己,倘若有那么一个晚上,他把她抱在怀中,那会发生怎样的事呢?自从她不得不逃开又打她又爱她的丈夫以后,十年以来,她过着战斗的旅居生活。如果说她没有遇见过一个男子是可能的事么?也许是旅行保障了她。但是萨加尔知道一个叫博多安的她哥哥的朋友,便很爱她;这人现时还在贝鲁特经商,不久就要回来了,等她那位因发酒疯被关进疯人院的丈夫死后便和她结婚。很显然,这婚姻无非是使那种可以原谅的,几乎公开的男女关系正式合法化罢了。那么,既然可以允许有第一个,为什么他不可以做她的第二个?但当萨加尔还在那里推论这些道理时,却发现她是那么好的一个同伴,以致她的女人的意味都消失了。当他看见她那可爱的身影经过时,他就暗自提出他的问题,极想知道倘若他去吻抱她会产生什么结果;他自己又回答自己说,产生的结果将会十分平常,也许还有些麻烦。因此,他决定把事情放在以后去体验,他只与她强烈地握握手,对她的亲热态度感到幸福。

忽然,嘉乐林夫人重又堕入极大的悲哀。一天早上,她下来时非常颓丧,脸色也很苍白,眼睛都肿了;他丝毫不知道她遭遇了什么事情,她固执地说她没有什么,说她还是和其他的日子一样,在这样的情况下,他只好不再问她。不过第二天,他在楼上发现了一张请帖,他才了解到,那请帖是报告博多安和一位又年轻又富有的英国领事的女儿的婚礼。这消息从这样一张庸俗的请帖传来,事前无任何预示,甚至连告别都没有,更使得这个打击格外难堪。这简直是这位不幸妇人的生活的一种崩溃,是她在不幸的时刻所倚赖的遥远希望的一种消失。而且事情又那么凑巧,使得她痛苦的程度格外加深:她正在前一天得知了她的丈夫已死的消息。得此消息后的四十八小时之内她还在相信她的梦即将实现呢；可是博多安的请帖来了,她的生命崩溃了,她自己因此也被毁灭了。当天晚上,另外的一件惊异的事等着她：照平常的习惯,她在上楼睡觉以前,总是先到萨加尔的房里去同他说第二天应做的一切事,他向她提起她的不幸,态度是那样的温和,以致她放声大哭了；随后,在不可克服的感情冲动下,在一种意志的麻痹状态中,她倒在他的怀抱中了,在彼此双方都没有什么快乐的情况下,她属于了他。当她神志恢复过来的时候,她也没有什么反抗,但她的悲伤却因此而达到了无限的程度。为什么她会让自己做出这样一件事？她并不爱这个男子,而他大约也不爱她。这并不是说他在她的眼光中年纪和相貌都不配她的温情。虽然他不美而且已经衰老,但他以他的活泼的容貌,以他矮小而肤色黝黑的人的活泼机敏使她感到有趣。只是她还不了解他。她相信他是有用的人,他有渊博的知识,他可能用世界上一般的诚实态度实现她哥哥的伟大事业。但这是何等愚蠢的堕落！她这个人,那样的谨慎,由于经历了艰苦的经验而获得了那样的知识,那样的能够自主,竟这般屈服了,而且自己还不知道为什么会屈服和怎样屈服,只是在眼泪的发作中,在情感的迷醉中就屈服了。最坏的是她觉得他也和她一样,对这件意外事还在惊奇,甚至也在不愉快。当他为了安慰她向她说到博多安时,他是把那人作为她的一个旧情人看待的；他说那人的卑劣的负心,只值得予以忘却。于是她叫喊起来了,发誓说他们中间从来没有发生什么事。他首先相信她是由于妇女的虚荣在说假话,但她拼命重申她的誓言,以那双那么明亮、那么美丽的眼睛来表达她的真诚,他终于相信这段故事的真实性了！她是以公正和信誉坚持她的操守来等待结婚的日子的。男方忍耐了两年，后来才厌倦了，在年轻和富有的极大诱惑之下，和别的女子结了婚。最奇怪的是这一发现和这一信念本可以提高萨加尔的热情，却相反地使他感到非常尴尬，一如他了解了他的好运终于会产生愚蠢的不幸结局一样。于是，既然彼此双方都觉得无此欲望，也就不再重复第二次了。

有半个月，嘉乐林夫人始终愁容满面。生的力量也就是说能够把生命变成一种需要和一种快乐的那种情感上的冲动，已经离开了她。她也把时间支配在她那些繁杂的事务中去，但看上去她是心不在焉的，甚至对这些事情为什么要做，做了有什么好处都闹不清楚。在一切都毁灭了的失望中，她变成了一部能够工作的人形机器。在她的勇敢与愉快都消失了的情况中，她只有一种消遣，那就是在一切空闲时间，把额头靠在那宽大工作室的窗玻璃上，眼光盯在邻居大楼的花园内。这座波维里埃大楼，自从她住进这里的头几天，已经能猜出那里有一种贫困，可是这是一种掩饰起来的贫困；在大楼主人越要努力挽救面子的情况下，这贫困越发刺心。大楼里也有受苦的人。她的悲哀不觉变成了眼泪，她忧郁得要死，她自信对别人的痛苦已经没有什么感觉了。

波维里埃这家人从前除了在都兰省及昂儒省的大片田产外，在格勒内尔街还据有一座宏伟的大楼；而现在，他们在巴黎就只剩下这一座古老的别墅；这别墅是在前一世纪初建筑的，那时它还是在城郊，而现在已被包围在圣拉查尔街的黑色建筑物中间。花园中的几棵美丽的树留在那里，仿佛留在井底一样，青苔侵蚀了业已破碎和龟裂的台阶的每一石级。人们可以说,这是暗无天日的自然的一角,幽雅而又凄清,其中有一种说不出来的令人失望的情调;太阳只射来一线微绿的光,寒气会冻结人的肩头。在这一个如地窖般潮湿的平静气氛中,嘉乐林夫人第一次看见出现在这龟裂崩离的台阶上的人,便是波维里埃伯爵夫人。这是一个高大、瘦削、六十岁的妇人,头发全白了,神气十分高贵,但稍稍有点追不上时代的样子。她的鼻子大而端正,嘴唇很薄,颈子特别长,神气像一只老鹅,悲哀中带点温和。接着,差不多是立刻,她的女儿便在她的背后出现。她便是阿丽丝·波维里埃,年纪二十五岁,但是那么瘦弱,倘若不是她的脸色业已憔悴和脸上已起了一些皱纹的话,人家很可能把她当作一个小姑娘。她也和她母亲一样瘦削,只是在贵族身份上没有她母亲那么浓重,颈子也伸长得到了不协调的程度;不过她还有一点接近末日的大族人家的可怜的妩媚。自从她的儿子斐帝南·波维里埃离开后,这两个妇人便单独生活了。由于拉莫里西埃将军在卡斯特尔维特拉诺城①一役失利后,斐帝南便做了教皇的轻骑兵。每一天,只要天不下雨的时候,她们便这样出现了:一个在前,一个在后,她们下了台阶,在中央狭窄的草地上绕一圈,彼此不交换一句话。作为篱墙使用的只是一些没有开花的常春藤。也许是花的代价太贵了,花园里并没有什么花,只有一些曾经参与过若干盛会的百年老树,而这些老树现在还被四周资产阶级的房屋所遮没了。这两个妇人在这古树下慢慢悠悠地散步,显然是一种为维持健康的散步;这种散步也包含着一

---

① 当时法国以拥护教皇为名出兵攻打意大利之革命军,由拉莫里西埃(1806—1865)将军率领教皇军出征,但在意大利之卡斯特尔维特拉诺城为维克多·爱麦虞爱军队击败。

种忧伤的痛苦,仿佛她们是带着对死去的古老事物的哀悼出来游行一样。

感到兴趣的嘉乐林夫人,于是侦察起她的邻居来了,但这种侦察是出于亲切的同情,而不是恶意的好奇。她由于高踞在花园之上,对她们出门上街时被一种妒羡心理所掩饰起来的生活有了深入了解。马房中常常有一匹马,车间里也有一部车子,这都是由一个老用人照顾的,他身兼车夫、门房和室内仆役。同样有一个女厨子,但也是身兼室内女佣职务的。虽然有装备得很完善的车子载着这两个妇人从大门出去走动,虽然在冬天她们每半个月请几个朋友来聚餐的饭菜还保持着相当的奢华,那是以长期的挨饿,以每一小时的可怜的节约作代价才换来的这一个幸福的虚假场面。在一个小库房内别人眼睛看不见的地方,那是永远不断的洗浆工作,目的是为了节省付浆洗妇人的账款,洗的是被肥皂洗糟了的、打满补丁的破旧衣服。晚餐是四样选好的蔬菜,面包呢,总先放在木板上使它变硬,以便少吃一点;总之,用尽了一切吝啬的、寒酸的、令人心酸的办法,老车夫修补小姐破了洞的靴子,太太的褪了色的手套尖则由女厨子用墨水染黑,母亲的衣服加以巧妙的改造后给女儿穿,而帽子则有赖于换上一些花和一些丝带便可以再戴几年。当她们不招待客人的时候,楼下的接待室和二楼上的大房间都是谨慎地关闭起来的。因而,在这样宽大的一座住宅中,这两个妇人仅仅占据了一个很狭小的房间,而且她们把这房间还当作饭厅和小客厅使用。当那窗门半开的时候,人们可以看见伯爵夫人像一个忙碌的小市民妇女一样在补缀衣服。至于年轻姑娘呢,则坐在钢琴与水彩画盒之间,为她的母亲编织袜子和半截手套。有一天下大雨,就看见她们俩下花园来收拾被暴雨冲散的泥沙。

现在嘉乐林夫人知道她们的历史了。波维里埃伯爵夫人为她堕落的丈夫受了很多痛苦,她从来没有抱怨过。他们在旺多姆居住时,有一天,人家把这位丈夫给她抬回来时已经奄奄一息,一颗子弹穿过了他的身体。人们说这是打猎时发生的意外。他大约是奸污了一个守卫的妻子或者女儿,那嫉妒的守卫便发出了几颗子弹。最不幸的是波维里埃这笔财产便随他之死而消失了。波维里埃的财产从前是很雄厚的,有大片的土地,皇族的田庄作基础;在革命时代这财产稍见减少,他的父亲和他更把它耗费殆尽。这么多的地产,现在大约只剩下一份田庄,那就是距离旺多姆几里路远的阿布勒田庄,每年收入约有一万五千法郎,也便是一个寡妇和两个孤儿的唯一财产。格勒内尔街的大楼早已卖了。而这所圣拉查尔街的大楼则要用掉一万五千法郎田庄收入的一大部分来维持它的场面,而且这大楼又还做了债权人的抵押品,如果她们再付不出利息,这大楼就将有被拍卖的危险;这样一来,最多只剩下六七千法郎来维持一家四口的生活,来维持不愿意放弃贵族家庭的生活。八年前,当她变成寡妇的时候,她带着一个二十岁的儿子和一个十七岁的女儿。在家产崩溃的情况中,伯爵夫人仍然保持她贵族的骄傲,她立誓宁愿用面包和水过活,也不愿意失去她们的身份。于是,她只有一种思想:维持她的贵族地位,把女儿嫁给一个同样是贵族的男子,把儿子培养成一个士兵。斐帝南由于一些青年的疯狂行为,一些必须偿付的债款,最初给了她不少致命的忧虑。但经过一次极其郑重的谈话后,他明白了他们的处境,他不再犯错误了。他的心底子是好的,只是无所事事,地位低,没有用处,在当代的社会中不可能找到一个位置罢了。现在他已做了教皇的兵,但对她说来,他仍然是使她暗暗发愁的一个因素,因为他的健康很坏,外表魁梧而其实脆弱,失血和贫血,因此罗马的气候,对他是危险的。至于阿丽丝的婚姻竟拖延到这般地步,她等待得老了而且憔悴了,以致多愁的母亲一看见她,眼中就不免涌满眼泪。阿丽丝虽然带着一种忧郁的无所谓的态度,但她并不是傻瓜,她热烈地希望生活,希望有一个可能爱她的男子,得到一些幸福。但是为了不愿意增加家庭的忧愁,她假装牺牲了一切,把婚姻拿来开玩笑,说她愿意做老小姐。但在夜里,她却在枕头上大哭,她相信她会因孤独的痛苦而死去。伯爵夫人,由于她的吝啬奏了奇效,竟能积存到两万法郎作阿丽丝的妆奁;她同时还从家产的倾覆中救起了一些宝石,一个手镯,一些戒指,一些耳环,这些东西约值一万法郎;这些妆奁已经很微薄了,结婚花篮她是提都不敢提的;倘若期待的夫婿一旦出现时,她仅能应付即刻的必需费用。但是她不愿意失望,她仍然挣扎,同时也还不愿意放弃她生来就享受的特权,时常还是那样的高傲,维持她的适当财产,绝不步行出门或在招待客人的晚宴里取消餐中的甜食。但她暗中的生活却尽量加以节制,自己甘愿受罪吃几星期不加黄油的马铃薯,以便在她女儿永远不够的妆奁上增加五十法郎。这是痛苦而幼稚的日日如此的英雄主义,可是另一面,她们的家,却一天不如一天了。

直到现在,嘉乐林夫人还没有机会同伯爵夫人和她的女儿说过话,但她终于了解到了她们生活中最内在的细节,就是她们相信全世界人都不会知道的细节。她们彼此之间只交换了一些目光。这些目光是在一种突然感到有人在暗暗同情自己而转动起来的。后来,阿尔魏多王妃才使她们接近了。王妃有意思为儿童习艺所成立一个监察委员会,委员由十位夫人组成,每月举行两次会议,详细地视察习艺所并监督各科工作。因为她自己保留了选择这些夫人的权利,她就首先指定波维里埃夫人,这是她过去的重要朋友之一,当她今天同社交界隔绝退居家中的时候,波维里埃夫人便由朋友地位而变成一个无甚关系的邻居了。有一次,发生了这样一件事:监察委员会突然失掉了它的秘书,对于这机构的行政方面仍保留了一种权力的萨加尔,便有意介绍这位模范秘书嘉乐林夫人去,这是在别处不可能找到的。的确,工作是够辛苦的,有很多要抄写的东西,甚至于还要管理这些夫人们自己不屑于做的种种琐事。自从她开始工作,她就表现出她是一个值得夸奖的慈善事业家。她的未能满足的母性,她的没有希望满足的母爱,使她对人们想从巴黎下流社会拯救出来的可怜生物,燃起了一种积极的温情。在委员会一次举行会议的时候,她同波维里埃伯爵夫人会面了。但是伯爵夫人隐藏了她秘密的窘困,只给她一个稍稍有些冷淡的敬礼,无疑地伯爵夫人感到她便是她贫困生活的一个见证人。现在,每次当她们的目光互相碰到的时候,每次感到要彼此假装不认识未免过于失礼的时候,她们俩才互相打一下招呼。

一天,在他们的宽大工作室里,当哈麦冷正在根据新的计算校正他的图样,萨加尔站着注意这项工作的时候,嘉乐林夫人照例站在窗子前面。她看见伯爵夫人和她的女儿正在花园中散步。这天早上,她看见她们的脚上穿着一双连收破烂的女人都不愿在墙角捡起来的破拖鞋。

"啊,这些可怜的女人!"她叹息说,"她们自以为不得不扮演的这一幕装门面的喜剧,实在是一件可怕的事!"

她退后去,躲在玻璃窗的窗帘后面,怕那位母亲看见她会感到被人侦察的痛苦。嘉乐林夫人自从对一切灰心以后,三个星期以来,每天早上,都靠在窗子上闲望。她现在心情倒是平息了。她失身的极大悲哀也好像沉静下来了,仿佛一看见别人的不幸,便使得她更有勇气接受自己的不幸,接受她已经认为是一生惨败的那种惨败。人们又可以突然看见她的笑容了。

她以一种深思的态度,又看了片刻那长满了绿苔的花园中的两个妇人。随后,她突然生气勃勃地转向萨加尔说:

"请你告诉我,为什么我不会忧愁呢……不,我忧愁的时间不会很长久的,绝对不会很久,不管我遭遇到任何事情,我总不忧愁……这难道是自私主义么?我实在不相信。如果是自私主义,那就太讨厌了。其实,我尽管表面快活,只要稍稍看见一点伤心的景象,我的心仍然是要爆裂的。请你把这个矛盾替我解释一下。一方面,我是快活的,但另一方面,如果我不能自持的话,对于我看见的一切不幸的人,我又可能要哭;好在我还能够自持,因为我了解,最小的一片面包对于不幸的人的帮助,比起我那无用的眼泪要好得多。"

她一面说着,一面用她勇敢优美的笑态微笑。她成了一个宁可采取实际行动而放弃口头同情的英勇女子。

"天才明白,"她继续说,"我是否有过对一切都失望的时候。啊!直到现在,命运还算没有使我受损伤……我结婚以后,在我堕入的地狱中,我挨骂,挨打,我确信我只有一条路,就是跳水而死。但我实际并没有跳下去,而且我还有了一种轻松的快感;十五天以后,当我要同我哥哥出发到东方去时,我抱着很大的希望。当我们回到巴黎,差不多到了一无所有的时候,我度过了几个可怕的夜晚,因为夜晚我仿佛预感到我们会抱着我们的伟大计划而饿死。但我们又没有死,我又开始梦想那些不寻常的事物,梦想那些有时会使我一个人独自笑起来的幸福事物……最近,当我受着一个我至今还不敢说的可怕打击时,我的心仿佛连根拔除了,是的,我切实地感到我的心都停止跳动了,我以为我的心完了,我的人也完了,我自己毁灭了。但后来,却完全没有!你瞧,生活又重新占有了我,今天,我笑了,明天,我将有希望了,我还愿意活着,永远活着……一个人不能够长久忧愁,这难道不奇怪么?"

萨加尔也笑了,耸了一下肩。

"其实,你也是和一切人一样的,这就是生活。"

"你相信么?"她惊异地喊起来,"我觉得有一些人是那么地忧愁,以致他们从来没有快活过,生活也弄得愁苦不堪,他们还把人生形容成那样的黑暗……啊,这并不是我对人生给我们的乐趣与美好抱有什么幻想。人生是太艰苦了,我在无论什么地方都能随便看到很多。生命如果不能说是没有价值的,至少是可厌恶的。但是,有什么办法!我还是爱它。为什么?我全然不知道。在我的周围,一切尽管倒坍,尽管崩溃,但我却依然如故,第二天,我还是对废墟感到愉快和信赖……我好多次这样想过,我的情况就是小型的全人类的情况,的确是生活在可怕的灾祸之中,但每一代的青春,却又使这灾祸变成了愉快。在每一个打击我的灾祸发作以后,便好像是一个新的青春,一个充满了新生力量的春天,它鼓起我的热情,提高我的勇气。这件事是那样的真实,就在一个巨大的困难之后,只要我一上街见着太阳,立刻我就开始爱,开始希望,开始幸福了。年纪大也没有使我灰心,我有那种老了还不自觉的天真情感……你看得出来,拿一个女人来说,我读书是读得太多了;我完全不知道我要往何处去,一如这广大的世界不知道它自己要往何处去一样。只是,不管我如何想,我觉得我总是去了,我觉得我们大家都会在朝着那十分美好和十分愉快的方向前进。"

她说到最后,转为说笑话了,以此想隐藏起她对希望的感情,但是她还是很激动。至于她的哥哥却把头抬了起来,用一种充满了感谢的敬爱之情望着她。

"啊!你!"他声明说,"你是为灾祸而生的,你是生命的爱人!"

在这些每天早上的日常闲谈中,一种狂热病渐渐地暴露了。如果说嘉乐林夫人这时已回复了她的天生的快乐,甚至还连带恢复了她的健康,这是来自萨加尔给他们的勇气,因为他这时正充满着从事于伟大事业的活跃的热情。这件事情差不多是决定下来了,他们要利用哈麦冷著名的文件夹了。萨加尔响亮而刺耳的说话声把一切都说得天花乱坠,周围的气氛也为之活跃起来。首先要从地中海动手,要以联合轮船总公司去控制它。他列举他们要在那里设立车站的沿海岸各国的港口。他把他那业经磨灭的惯常回忆加到他投机者的热情里面去,他赞美的这一个海,是古老世界早已认识的一个海;围绕着这个蓝色海洋的四周,开遍了文明之花;它的浪潮曾洗浴过古老的城市:雅典、罗马、提尔①、亚历山大港、迦太基、马赛以及形成欧洲的一切城市。以后,当保证了这一条通往东方的宽大道路以后,就可以从叙利亚入手,先进行迦密山银矿

---

① 黎巴嫩南部的一个城市,位于地中海岸。

公司那一个小小的事业，顺便赚他几百万。这算是最容易发起的一件事业，因为一想起银矿，想起在土地中用铲子一铲就可以找到银子的这一念头，是常常会使大众热中的，尤其是能够挂上一块有神奇名字的招牌，一块像迦密山这样响亮名字的招牌。那里还有煤矿，那些煤像岩石一般高大，当这地方布满了工厂的时候，这些煤便有黄金般的价值。至于作为插曲使用的其他零零碎碎的企业就更不必说了；成立一些银行，成立为繁荣工业的财团，开发黎巴嫩的辽阔森林，因为那里过去缺乏道路，巨大的树木就地腐烂。最后，该说到大的一桩，那就是东方铁路公司。这时他就发起梦呓，因为这些铁路线，正像一个鱼网一样，从中亚细亚的这端到那一端，这对他说来便是一件投机事业，是金钱的生命线。一下把这个古老的世界抓住，一如抓住一个新的俘获物一样，而这俘获物还完整无缺，蕴藏着无以数计的财富；这些财富由于几个世纪以来的无知与贫困，所以始终还被埋葬着。他已嗅觉到这些宝藏，他像一匹战马一样，闻着战场的气味就嘶叫起来。

有着极其牢固的良知并且一向非常反对过于狂妄想象的嘉乐林夫人，却让这一种热烈的情绪任意放纵，完全没有看出它的过分。认真说来，这无非是温暖了她对东方的偏爱，温暖了她对这个值得赞叹的地方的眷恋，因为她在那里时她自信是幸福的。这可以说是她一件没有想到和不合逻辑的事，她对东方的彩色描绘和丰富说明，竟越来越鼓舞起萨加尔的狂热病。当她说到她在那里住过三年的贝鲁特时，她的话就滔滔不绝：黎巴嫩山脚下的贝鲁特，在半岛上，在红色沙漠和那些崩岩积石之间的贝鲁特，加上它那建筑在广阔的花园正中的圆廊形的房子，可以说是一个种有橙子树、橄榄树和棕榈树的至乐的天堂。随后便说到沿海岸的各个城市:在今日已失去了繁华的安蒂奥克城的北面,在古名西顿城现名塞达城的南面,那就是圣约翰·达克城,雅法港和目前叫作苏尔城的提尔城;后者可以说是各城市的一个综合城市;过去提尔城的商人都是国王,它的海员曾绕遍非洲;可是它的港口今天已充满了沙,变成了一个废墟,残留着一些宫殿的灰烬,那里只可怜而零乱地竖立着一些渔夫们的木棚房。她同她哥哥到处都去过,她熟悉阿勒颇、安卡拉、布鲁斯、士麦那,一直到特雷比松;她还在圣地的商业中心耶路撒冷住过一个月,在东方的皇后大马士革住过两个月;大马士革位于广大平原的正中央,是一个工商业的城市,自麦加城和巴格达①而来的旅行团,把这里变成一个人群密集的中心。那些山,那些山谷,那些黎巴嫩的天主教民,叙利亚的伊斯兰教部落,他们隐没于山峡盆地上的村庄,她都熟悉;已耕的田园和荒地,她也熟悉。在最小的角落,在寂静的沙漠或者大城市,她都把同样的赞美给予永远不虞匮乏的丰茂的大自然,而对于人类的恶行与愚蠢则产生同样的忿怒。多少天然的富源被人蔑视和被人糟蹋了呀!她时时说到那些压碎工商业的捐税,那些规定农业投资应有一定限度的愚蠢法律,那些只准农民使用耶稣降生前使用过的犁耙的传统恶习,那些使今天数百万人还蜷伏其中的愚盲;而这些人简直像白痴的孩子,到老也不进步。从前,海岸线仿佛太短,城市与城市相衔接,现在,繁荣走向西方去了,从这里穿过,仿佛穿过一个被人遗弃的大坟场一样。没有学校,没有公

---

① 麦加为沙特阿拉伯境内古圣城,伊斯兰教徒视为圣地,迄今世界各国伊斯兰教徒每年前往朝圣者甚多。巴格达即伊拉克首都。

83

路,政府是最坏的政府,司法是可以收买的,行政人员是卑鄙的,捐税苛重,法律荒谬,再加上懒惰,迷信……更不必谈那些继续扰乱足以消灭整个城市的屠杀与内战。于是她生气了,她要问:把自然的杰作,这样一个圣地,一种绝妙的美,听其如此败坏,是允许的么?这地方有着各种气候,有燥热的平原,有温和的山腰,有长年积雪的高山之巅。一想到科学与投机事业,能以它们的万能宝杖击一下这睡梦中的古老土地而使之惊醒,她对人生的爱,她活跃的希望,就使她兴奋起来。

"你瞧,"萨加尔喊道,"你在那里画的这个迦密山峡,那里只有石块和乳香树,真好极了!将来银矿开始开发时,那里首先就可以长出一个乡村,随后便可以出现一个城市……所有这些充满沙的港口,我们都要清理,用牢固的海堤来保护它;高舷的大船将会停在今天木船不敢停靠的地方……在那没有人烟的平原上,在这些荒凉的山峦中,我们的铁路线将从那里穿过,你将看见一种复兴,是的!田园会开垦出来,道路和运河会开辟出来,新的城市会从地上出现,生命力会复苏,一如我们将新的血液输入贫血的血管中时,生命力将重现于病人的身体上一样……是的,金钱就会造成这种奇迹。"

他这种有刺激力的声音,引起了嘉乐林夫人对过去一些印象的回忆,她似乎真的看见了预言中的文明的兴起。这些枯燥无味的图样,这些铁路线的缩影这时都活跃起来,好像那里真的住满了许多人一样。这是她有时也做过的梦,洗涤东方的污垢,从愚昧中把它拯救出来,让它利用各种科学的精细研究,来享受肥沃的土地和美丽的天空。这种奇迹,她是参与过的;例如那个塞得港,不过几年,就在那光秃秃的沙漠上,首先出现了一些少数工人居住的木棚房,随后就是一个有两千人口的市镇、房屋、广大的堆栈,宏伟的海堤,和密集的人群顽强创造出来的生命与幸福。她看见重新站起来的正是这些。前进是不可抗拒的,社会的推动力是向着幸福的顶点猛扑的;人们需要行动,需要前进,但不一定会正确地知道要往何处去,只是在较好的条件之下,前进得更其迅速。改造自己房屋的密集人群也可以搅动地球,不断的劳动会争取到新的享受,也十倍地增加了人类的权力;地球一天比一天地更属于人类,金钱帮助科学造成了进步。

哈麦冷含笑听着,然后说了一句老实话:

"这一切,都是成功后的一首'诗',但我们甚至于连开始时的'散文'都还没有呢!"

但是萨加尔则一味地热中于那些头脑发热的想法。最糟的是有一天,他开始阅读有关东方的书籍,打开了一本远征埃及的历史。对十字军①的回忆缠绕了他。十字军是从西方回到自己的摇篮东方去,是领导欧洲人回到它的原籍国度去,这国度那时还正是繁荣兴旺时期,还有那么多的东西值得学习。只是,拿破仑的高傲面貌更其使他羡慕。拿破仑也曾抱着一种巨大而神秘的目的在那里作战。尽管他已说到要征服埃及,要在那里设立一个法国的机构,以便替法国找一个东方贸易区,但他当然还没有把要说的话全部说完;而萨加尔想要知道的是远征军模糊得像谜一样的一面,他不清楚其中的巨大野心计划到底是怎样的,也许是重建一个巨大的帝国,使拿破仑在君士坦丁堡举行加冕礼,成为东方和印度的皇帝,实现亚

---

① 十字军东征共有八次,远征埃及为第七次,由法王路易九世率领,系一二四八年到一二五二年的事情。

历山大的梦,使他比凯撒大将和查理大帝还伟大。当拿破仑已被囚禁在圣赫勒拿岛,谈到在圣约翰·达克城前逮捕他的那位英国将军雪尼时,他不是这样说过:"这人毁灭了我的命运"么?十字军所企图的,拿破仑所不能完成的,就是征服东方这个伟大的思想在鼓舞着萨加尔。但是他的征服是有理性的,是要以金钱和科学的双重力量来实现的。既然文明是从东到西,为什么不可以叫它再从西回到东呢?为什么不可以回到人类第一花园,回到几个世纪都躺在倦怠中的那个印度半岛上的伊甸园去呢?这是一种新的青春,他可以把地上的天堂复活起来,他可以用蒸汽和电气把这地方重新变为可居住的地方,把小亚细亚的位置,再变为古老世界的中心,变为联络各大陆自然路线的交叉点。这样赚的钱将不仅是几百万,而是以几十亿几十亿来计算了。

从此以后,哈麦冷和他每天早上都要举行长时间会谈。倘若说希望很大,但困难也成山成堆地出现了。工程师一八六二年住在贝鲁特时,正值叙利亚的伊斯兰教部落向当地天主教徒进行残酷屠杀的时候,这件事使法国不得不出来干涉。工程师不能隐瞒在这种继续进行战斗的居民中可能会遭到的障碍,而这些居民,是被地方当局任意支配的。只是他在君士坦丁堡方面,结交了一些有势力的朋友,他保证土耳其王的大臣斐亚德将军会支持他,将军又是真正有功勋的人物,是改良派公开的拥护者。他自夸他能得到一切于事业有利的必要的租借权。此外,他虽然预言伊斯兰教政权必然要崩溃,但他却也看出一种有利的情势,因为土耳其疯狂地需要金钱,它的举债是一年接一年的。一个处于困难中的政府,当它发现一件于它有最小的利益的事件时,它即使不能提出私人的担保,也会完全同意某种特殊事业的合作。永远纠缠不清的东方问题,这难道不是一种进行解决的方式么?使帝国关心于伟大的文明工作,把土耳其引向进步,使它不再成为竖立于欧洲与亚洲之间的一块庞大的界石。法国公司在那里,将占如何重要的于国家有利的地位呀!

随后,有一天早上,哈麦冷平静地说到了他的秘密计划;这计划他有时也暗示过的,他微笑着称呼它为大厦的冠冕。

"当我们一旦成为主人以后,我们要改造巴勒斯坦王国,我们要把教皇摆在那里,第一步先满足于仅有耶路撒冷,加上雅法作为海港。然后叙利亚将要宣布独立,我们还要叫它合并进去……你知道,教皇的尊位不可能再留在罗马的时间已接近了,因为人们在罗马给它预备的是一种令人忿怒的屈辱。我们应当准备的就是实现这样的一天。"

萨加尔张开大口,听他用这样朴实的声音,用这种天主教徒的虔诚态度说出了这些话。他呢,他在荒唐无稽的想象之前从来是不退缩的,但他自己的荒唐无稽的想象,却从来也没有达到过这种程度。这位表面如此冷静的科学家使他吓呆了。他喊道:

"这是发疯!土耳其政府不会把耶路撒冷给你的!"

"为什么呢?"哈麦冷平静地重新说,"土耳其政府需要金钱,耶路撒冷使它发愁,这样一来还是它的一种解脱。在许多教派都想占有那里礼拜堂的各种建筑物时,土耳其政府从来不知道采取哪一种主见……再说,教皇在叙利亚将获得当地天主教徒的支持;因为,你不会不知道吧,教皇在罗马替他们的教士组织了一个布道会……总之,我郑重地考虑过,我一切也都预计过,这将是一个新纪元,天主教教义胜利的纪元。也许你会说地方太远了,教皇将感到孤独,而且会弄得与欧洲的业务毫不相干。但是,当他在圣地坐着他的宝座,以耶稣之名在耶稣传过教的圣地说话的时候,他将以何等的光辉何等的权威笼罩全世界呀!那里,本来是他应继承的财产,那里应当做他的王国。你放心,我们可以使这个王国强大而坚固起来,我们要叫它避免政治上的骚乱,我们保证这个王国的财源,以一个大规模的银行做他的财政上的基础;像这样的银行,全世界的基督教徒都会争先购买它的股票的。"

萨加尔开始笑了,计划的伟大诱惑了他,虽然他还不敢坚信,但他已禁不住想替这银行取一个名字,他像是发现宝物似的快乐地叫起来:

"这银行可以叫作'圣陵金库'①!伟大极了!我们的事业全在于此了!"

这时他碰见了嘉乐林夫人理性的目光;她也在微笑,但有一点怀疑意味,甚至于还在动气。于是他对于自己的热忱感到惭愧。

"不论如何,我亲爱的哈麦冷,正如你所说的,这是'大厦的冠冕',我们要好好地保守秘密!否则,人家会讥笑我们的。而且,我们的计划已经大得可怕,至于最终的结果,光荣的结果,顶好是保留起来讲给圈内人听。"

"自然,这也是我的意思。"工程师声明说,"这也就是一种神秘。"

利用工程师的文件夹,把所有这一大堆计划肯定下来,便是这一天说过这一句话以后立刻发生的事。他们想开始设立

---

① 圣陵是耶路撒冷的一个大建筑,藏有从地里掘出来的耶稣的陵墓。

一个小型的银行,经营初步计划的事业;以后如果有了成绩,便可以渐渐地帮助他们成为市场的主人,他们就可以征服世界。

第二天,萨加尔为了儿童习艺所的事想去请示,所以就上阿尔魏多王妃的楼上去;有一个短时间他曾经做过的旧梦,又重新使他回忆起来了:他曾经想过要做这位慈善皇后的亲王丈夫,把自己变成一个专门为穷人分配财产和管理财产的人。现在他笑起来了,因为在这时候,他觉得那是稍稍有点愚蠢的。他是生来创造生命的,并不是来医治生命所造成的创伤的。最后,他行将重新出现在他自己的岗位上,完全为利益而战斗,为幸福而竞赛;所谓幸福,可以说也就是人类一世纪一世纪地朝着更快乐更光明的方向前进。

同是这一天,在图样室内他发现嘉乐林夫人一个人独自待在那里。她站在窗前,偷看在这不寻常的时间出现于邻近花园内的波维里埃伯爵夫人和她的女儿。这两个女人在念一封信,神色十分忧愁,一定是她儿子斐帝南的来信,他在罗马的情况大约有些不妙吧。

"你瞧,"嘉乐林夫人知道萨加尔来了以后这样说,"这两个不幸的人一定遇到了一些伤心事。就是街上看见的一些穷女人,都不会叫我这样难受。"

"唔!"他快活地喊道,"你请她们来找我吧。我也会叫她们发财,既然我们要创造一切人的财产。"

他怀着追求幸福的狂热,寻找她的嘴唇亲吻。但是,她却突然一躲把头转过去了,她由于意外的不自在显得态度严肃,脸色也变得苍白。

"不要这样,我请求你。"

自从她在一种完全无意识的时刻委身于他以后,他想重新占有她,这还是第一次。因为事业已经郑重地安排就绪,他就想到自己的幸运;他愿意在这一方面也把关系搞好,她这坚决的退缩举动使他感到惊讶。

"难道这真会叫你痛苦么?"

"是的,很痛苦。"

她安静下来,同时也微笑了一下说:

"再说,你得承认,这件事,连你自己也不十分热中呀!"

"啊,我么? 我爱你!"

"不,你不要这样说,你将来是那样的忙! 以后,我向你保证,我将以真实的友情来对待你,如果你是我所相信的那样积极工作的人,如果你做起你所说的一切伟大工作……你瞧,友谊对你会更好一点!"

　　他听她说话,始终微笑着,稍稍有点窘,但被她说服了。她拒绝了他! 想起曾经出其不意地只占有过她一次,这真是一件可笑的事。但是这时只是他的虚荣心感到了痛苦。

"那么,我们只是朋友么?"

"是的,我将来是你的同志,我将来要帮助你……我们是朋友,伟大的朋友!"

　　她把面颊送给他吻,他认为她的话有道理,就在她的脸上重重地吻了两下。

三

西基斯蒙翻译的君士坦丁堡俄国银行家的信,是一个满意的回答,巴黎方面等着这封信来决定尚未定妥的事。一到第三天,萨加尔一醒来就觉得有一种灵感,他应当就在这一天动手干。他的理想是应当在天黑之前一下子就把一个财团组织起来。他希望这财团是一个可靠的财团,以便他的二千五百万资本的股份公司的五百法郎一股的五万股票,由财团方面预先担负。

从床上跳起来时,他终于找到了这公司的名称,就是说,想出了他寻求很久而没有得到的招牌。"世界银行"几个字突然在他面前发出光芒,那些字母,在天色还没有大亮的这间房间内,仿佛是火光拼成的一样。

"世界银行,"他一面穿衣服一面这样重复地说,"世界银行,很简单,又很伟大,它可以包括一切,可以总括全世界……是的,是的,好极了!世界银行!"

一直到九点半,他都在那宽大的房间里走来走去,他想得出神,要在巴黎猎取以百万计的财富,他不知道如何下手。二千五百万,有什么困难?只要转一条街就可以找到,即使选择对象的困难要费一些心思;因为,他愿意在这件事上有一些合理的方法。他喝了一杯牛奶。当车夫上来告诉他说马病了,一定是因为受了凉,最好是去找一个兽医来……的时候,他也并不生气。

"好的,你这样办吧……我自己去找一部出租马车就是了。"

在人行道上,迎面吹来一阵料峭的寒风,使他吃了一惊,在昨天还如此温和的五月,突然变成了冬天。但是天并没有下雨,天边只起了一大片云层。他并不叫马车,因为步行可以暖和一点。他想先到银行街经纪人马佐那里;但他突然想起要去探听一下那位著名的投机事业家德格勒蒙的消息,因为此人对一切财团都感兴趣。只是,到了维维纳街后,被青灰色的云侵占了的天空,忽然下起那样大的夹有冰雹的暴雨,他便不得不在一个停车房门口躲避一下。

萨加尔在那里站了一分钟,看着大雨下降,可是当时,却有金元响亮的声音压倒了雨声,使他竖起耳朵。这声音仿佛是从地下钻出来的,连续不断,轻微而且有如音乐,似乎是《一千零一夜》故事中的情节一样。他掉过头来,明白了,他看见自己原来是站在戈尔行的门口。戈尔是一个银行家,他的专门工作是买卖金子。他在各处以低价买进金元,然后熔化,把它铸成金条拿到另一个地方去,拿到金价较高的国家去卖。从早到晚,只要是铸造的日子,便有一种金元的清脆声音从地下发出来,因为那是用铲子在箱子中把金元铲起来抛到坩埚里去的声音。一年到头,人行道上过路人的耳朵总是被这声音震动着。对于这一种音乐,萨加尔满意地笑了,因为它似乎是交易所这一区中的地下声音。这是他的幸运预兆。

雨不下了,他穿过广场,立刻到了马佐那里。这是一种例外,这位年轻的经纪人的住家就在自己的经纪商行的二楼上;至于他的经纪商行的办事处,则设置在同一幢楼的三楼上。很简单,这房子是从他叔父那里接收过来的;在他叔父去世时,他也是继承人之一,他同其他继承人商妥后买了这所商行。

十点钟敲过了,萨加尔便直接上他的办公室,在门口他碰见了古司达·塞第尔。

"马佐先生在么?"

"我不知道,先生,我刚来。"

这位年轻人微笑着,他常常迟到,随随便便地把职业当作一种游戏,人家也不付他的薪水,他甘心在那里混一两年,以便取得他父亲——热勒尔街的丝厂老板——的欢心。

萨加尔穿过出纳处,银钱出纳和证券出纳都向他敬礼;随后,他走进两个襄理的办公室,但那里只有伯尔蒂埃一个人。他是两个襄理中的一个,他的职务是和顾客们发生联系,同老板到交易所去。

"马佐先生在么?"

"我想他在的,我刚才从他办公室出来……咳,不在,他已经不在办公室了……他在现货交易处——"

说完,他推开邻室的一扇门,用眼光在十分宽大的房间里扫视了一遍,那里只有五个职员正在一个股长的指挥下工作。

"没有,很奇怪!……你到交割处去吧,就在这旁边。"

萨加尔走到交割处。交割处处长算是经纪商行的中心人物,他手下有七个职员帮他工作。交割处正是他办公的地方,通常他总是拆开那些经纪人每天在交易所收场以后送来的报表,拆完以后,他把依照委托书作成的交易,一笔一笔地登录在每个顾客的名下,这种登录完全靠记有各主顾名字的卡片,因为报表上是不记名的,只简单地指出"买进"或"卖出"何种证券,何种数量,何种价格,由某某经纪人经手。

"你看见马佐先生么?"萨加尔问。

没有人回答他。交割处处长出去了,三个职员在看报,两个职员望着空中。古司达·塞第尔刚刚进来,就使佛罗里大感兴趣。佛罗里早上要做一些抄写工作和整理契约,下午要在交易所中负责收发电报。他生在桑特城,父亲是注册局的职员,他起初在波尔多一家银行里当伙计,随后,大约在前一年的秋天便流落到巴黎马佐的商行里;他只有一个前途,就是做满十年后,薪水或者可以加倍。至此,他的行为始终很好,很规矩而且很诚实。只是自从一个月以前古司达进了经纪商行以后,他就被这位新同事牵引,生活变得没有了规律。这位新同事漂亮,时髦,又有钱,又叫他结识了一些女人。脸上长满了胡子的佛罗里,天生一个富有情感的鼻子,一张可爱的嘴和一双温和的眼睛;他因此便不觉要去同许许小姐幽会几次,价钱倒是不贵。这位小姐是杂剧团中一个担任不说话的配角演员,是巴黎街头那种跳来跳去的瘦蚱蜢,是蒙马特一个看门人在路上捡来的孩子;她的有趣是由于那张毛边纸似的面孔上,有一双可爱的黑黄色的大眼睛在闪闪发光。

古司达甚至连帽子还没有脱下来就向佛罗里叙述他夜间的事情:

"是的,我的朋友,我本来以为日耳曼妮一定会把我赶到外面去的,因为甲各彼来了。但是想不到她设法弄到门外去的倒是他而不是我……啊,我真不知道竟有这样的怪事!我就留下了。"

两个人于是笑得连气都喘不过来。他们说的是日耳曼妮·格儿小姐;那是一个二十五岁身材高大的女孩子,丰满的胸脯和稍微有点懒洋洋、软绵绵的样子,她是马佐的同行犹太人甲各彼一个包月的妓女。她常常同交易所的人往来,常常做包月的生意;这种办法对于太忙的人是比较方便的,因为他们的头脑中充满了数字,没有时间讲真的爱情,所以用钱来买爱情,一如买其他东西一样。她住在米肖第埃街的小房子里,只有一件事叫她不放心,就是如何使那些彼此认识的先生们不要会面。

"告诉我吧!"佛罗里问道,"我相信你是在等待那个纸店的漂亮老板娘,是么?"

这一句影射到郭南太太的话倒使古司达认真起来。因为这个女人,别人是尊敬她的。她是一个贞洁的妇女,倘使她愿意的话,别的人又何必多嘴呢,这样大家还可能保持好朋友的关系。因此古司达不回答,反之,他倒提出了一个问题:

"说到许许小姐,你不是把她带到马比勒游艺园去过了么?"

"没有!那儿太贵了。我们回家,喝了杯茶。"

萨加尔在这些青年人的背后,听见他们用短促而轻微的声音说出这些女人的名字,他笑了。他向佛罗里说:

"你没有看见马佐先生么?"

"看见的,先生,他刚才还来关照我做一件事,他又下楼到家里去了……我想是他的小孩子病了,有人来告诉他说医生来了……你应当去按他家的门铃,因为他很可能不再上楼就出门了。"

萨加尔谢了他,匆忙下到二楼。马佐是经纪人中最年轻的一个,很有点运气,他的这点好运气是由于他的一个叔父之死而来的;这一死使得他还在一个学习商业的年龄,就成了巴黎最大一家经纪商行的业主。他的身材矮小,面貌和悦可爱,有着棕色稀薄的胡子和一双尖锐的黑眼睛。他很有活动能力,同时又有高超的机智。在交易所的"场内",人们表扬他身心机灵。这种机灵是这一行职业中最需要的东西。除机灵外,再加上他的嗅觉和显著的悟性,使他变为第一流人物了;至于他的尖锐的声音,他的优先取得国外交易所的消息,他的同一切大银行家的关系,据说,最后还有他远房堂兄弟在哈瓦斯社做事……这一切更不必说了。他的由恋爱而结婚的妻子,又给他带来了一百二十万法郎的嫁妆,她是一个极妩媚动人的年轻女子,他们已有了两个小孩:一个三岁的女儿和一个十八个月的男孩子。

马佐正送医生到楼梯口,因为医生的微笑已使他放心。

"请进来吧,"他对萨加尔说,"真是,有了这些小东西,立刻就叫我们发愁,稍稍有一点小毛病,我们就以为他们要保不住了。"

他把萨加尔领进客厅;他的女人还在那里,婴儿抱在膝头上;那个小女儿因为看见母亲高兴就踮起脚来吻她。她们三个人的头发都是金色的,还带一种奶色的亮光,年轻母亲的神态和孩子们一样灵敏而天真。马佐在她的头发上吻了一下。

"你看,我们简直急疯了。"

"啊!这没有什么关系,我的朋友,医生来安了我们的心,我是多么高兴呀!"

面对这一伟大的幸福场面,萨加尔停下向他们敬礼。这间屋子布置得很华丽,使人看出这个家庭的幸福生活。这个家庭没有一样是不协调的。据说,自从他们结婚四年以来,马佐仅仅为了一时的好奇同巴黎喜剧院的一个女歌手发生过关系。他始终是一个忠实的丈夫,同时,他虽然有青年的血气,但他仍然有一个好名声,就是他以自己的名义赌交易所的事并不太多。他的运气,他的无忧无虑的幸福散发出一种香味;在那地毯与幔幛的安闲的状态中,在那个装满了一大束玫瑰花的中国花瓶中,都令人闻得到充满整个房间的幸运的香味。

马佐太太是稍稍有些认识萨加尔的,她快活地向他说:

"你说是不是,先生,只要我们想有幸福,我们就能够经常获得幸福的。"

"太太,我也相信这一点,"他回答,"还有,世界上还有一种人是那么美,那么和善,连厄运都不敢去接近她。"

她站了起来,满面光辉,吻抱了她的丈夫,然后,带着小儿子走开了;刚才吊在父亲颈子上的小女儿也随了她去。马佐为了要隐藏他内心的激动,掉头向着这位来宾,然后用一句巴黎人爱用的戏言说:

"你瞧,我们在这里倒是一点忧愁也没有。"

随后,急急忙忙地说:

"你有事要跟我说么?……请上楼去,我们在那里谈更方便一点。"

在楼上的柜台前面,萨加尔看见来领取"差额金"①的萨巴达尼,他很惊讶的是经纪人和他的顾客握手竟是那样地亲热。等他坐在办公室以后,他就说明他来访的目的,他问马佐,如果一种证券,要参加"挂牌"②,须有些什么手续?他漫不经心地说到他创办的事业,二千五百万资本的世界银行。

---

① 交易所证券买空卖空成交后之涨跌数字,称为"差额金";如成交时原价为一百法郎,后涨为一百二十法郎,此二十法郎即为差额。
② 公司股票,如要在交易所中作为证券买卖,即参加"挂牌",应有一定的登记手续。

是的,它是属于信托公司的性质,其创办目的,特别是要贷款给他指定的各大企业。马佐听他说,一动也不动;他以十分恳切的态度,说明应办的各种手续。但是他并不是容易受骗的人,他很怀疑萨加尔,绝不会因为这样一件小事来打扰。因此,当萨加尔最后终于说出德格勒蒙的名字时,他情不自禁地微笑了。的确,德格勒蒙有一笔巨大的财产作靠山。不过,人们常常谈到他并不是一个忠实可靠的人;只是,在事业上,在爱情上,谁是忠实的人呢?没有一个人!再说,他,马佐,一说到德格勒蒙的真情时,自从他们的关系破裂后,他很有戒心,因为他们的破裂,是交易所全都知道的。德格勒蒙现在把大部分的委托书都交付甲各彼。甲各彼是波尔多的一个犹太人,是一个六十岁还精力充沛的家伙;一张愉快而宽大的面容,狮子吼的声浪是出了名的,但他的肚子填得太饱满了,变得颇为笨重。在这两个经纪人之间,似乎有一种敌对行为,年轻的一个是富有运气,年老的一个是富有经验;甲各彼也是一个经纪商行的襄理。由于这个商行的老板不幸因好赌而遭到失败,其他股东就准许甲各彼买了那个商行。其实那个老板是极有经验而且异常狡猾,可是,尽管他赚到了很多钱,同样会受到明天即将惨败的威胁。在清算的时候,才能决定谁胜谁负。日耳曼妮·格儿小姐只花甲各彼几千法郎,人们从来没有看见过他的老婆。

"总之,在加拉加斯事件中,"马佐总结说,他本是一个极端正直的人,但他的积怨却发作了,"的确是德格勒蒙出卖了我才获得了很大一笔利润……他是极危险的人物。"

沉默了一会儿之后,他又说:

"但是,你为什么不和甘德曼谈谈呢?"

"绝不!"为情感所激动的萨加尔说。

这时候,伯尔蒂埃襄理进来了,他在经纪人的耳边悄悄地说了几个字,原来是桑多尔夫男爵夫人来付她的差额金;为了请求减少她的账款,她总是引起各种纠纷。马佐往常对她是很热心的,总是亲自去接待她;但是,当她亏了本的时候,他就像躲避瘟疫一样地躲避她,因为他很有把握,这种时候接待她,便与他对女性的温柔态度格格不入。再没有比女顾客们更麻烦的了,一到付款时,她们就绝对地不讲信用。

"不,不,你告诉她我不在。"他稍稍带了一点脾气回答,"一生丁也不要让她,听清楚了么?"

伯尔蒂埃走了以后,他看见萨加尔脸上的微笑,于是说:

"的确,我的亲爱的,她很可爱,这个家伙,但是,你简直想象不到她的贪心……啊,顾客们,当他们赚了钱的时候,他们是多么地喜欢我们呀!他们越是有钱,越是出自上流社会,上帝原谅我吧,我越不信任他们,我越怕他们不肯付款……是的,有好多时候,我常常觉得除了大商号以外,我宁肯只有一批外省的顾客。"

门又开了,一个职员替他送来他早上要的案卷。那职员出去以后,他又说:

"啊,这来得真好。这是旺多姆的一个年金收款员,法犹先生……你真想象不到我从这位特约代理人那里所收到的委托书的数量。这些委托书肯定都不大重要,不过是一些小资产阶级、小商人、小农户们的委托。不过,到底有个数目……认真说来,我们最好的商行,甚至于说基金,都是从那些谨慎的赌友那里来的,从那一大群隐姓埋名的赌友方面来的。"

萨加尔想起了一大堆事,他想起了在出纳处柜台上的萨巴达尼。

"萨巴达尼现在在你这里往来么?"他问。

"在我这里已经一年了,我想。"经纪人露出一种漠不关心的和蔼态度回答。"这是一个很好的孩子,你说是么?他开始是小规模地赌,很谨慎,他将来一定会有些成就的。"

他所没有说出来的,他所没有想起的,是萨巴达尼存在他商行里的保证金不过两千法郎。因为这,他起初才赌得那么谨慎。无疑地,和其他人一样,这位东方人总是先给人相当谨慎的印象,等到他的保证金的微末之数被人忘掉后,才逐渐增加他委托书的数量①。等到有那么一天,如果因大数目的交割付不出款项时,他便一跑了事。对于这位人人都容易一下就变作他朋友的美少年,人们怎能表示不信任呢?人们看见他很快活,外表富有,穿一身漂亮的衣服——漂亮衣服在交易所中是极其重要的,甚至可以说要在交易所中大肆活动,漂亮衣服就是一种制服——谁又能够怀疑他会付不出他亏损的差额金呢?

"很可爱,很聪明,"萨加尔重复说,他这时忽然作出一个决定,倘若有一天他需要一个能守机密而又不过分小心的人的话,他应当打萨巴达尼的主意。

随后,他便站起来,告辞了。

"那么,再见吧!……等我们的股票准备好了的时候,我还要来看你,以便设法叫我们的股票能够挂牌。"

---

① "增加委托书的数量",即增加委托经纪人代为买卖证券的数目;萨巴达尼因保证金只有二千法郎,起初买卖得很少,以取得经纪人的信任;后来使经纪人忘掉了保证金数目,便做大量买卖,一旦失败,便告失踪……见下文及本书末章。

马佐送他到了门口,握着他的手说:
"你没有道理;为了你的财团,你去看看甘德曼吧!"
"绝不!"他重新嚷叫起来,有些生气的样子。

最后,他出门了。他看见莫塞和皮勒罗尔站在出纳处的柜台前面:莫塞以一种悲伤的样子把他在这一交割期①内所赢的差额装在口袋里,约有七八千法郎;至于皮勒罗尔呢,输了,却有声有色地付出他的一万法郎,神气逼人而高傲,仿佛打了胜仗一样。早餐的时间,也就是交易所快要开门的时间,商行中已经有一部分空无一人了。交割处的门半开着,从那里透露出来一些笑声,古司达正和佛罗里在讲述他们划船的故事,掌舵的女孩子跌进塞纳河去,连袜子都丢掉了。

来到街上,萨加尔看了一下表。十一点钟了,损失了多少时间!不,他不到德格勒蒙那里去了。虽然人家只要一提起甘德曼的名字就叫他生气,但他却又突然决定想上去看一看他。再说,在上波饭店的时候,他不是也曾向他说过要去拜访他的么?他不是也曾想起拜访他的时候要把他的伟大事业告诉他,以便封住他那张恶意讥笑的嘴巴么?他甚至这样替自己找借口:他并不想在此人身上挤出什么东西,只是想藐视他一下,战胜这位故意把他当作小孩子看待的人。忽然又来一阵骤雨,马路又开始成了一条河流。他跳进一部马车,向车夫叫出他要去的地方:普罗旺斯街。

甘德曼在这里占据了一座宽广的大楼,对于他人口众多的家庭说来,这大楼也是足够大的。他有五个女儿和四个儿

---

① 交割期原文为 la quinzaine,直译为"半月"。巴黎交易所之交割期为每月的二日和十六日。

子,其中三个女儿和三个儿子都已结了婚;他们一共替他生了十四个孙辈。当晚上吃饭的时候,这一批后代儿孙全都集合一起,于是他们,再加上他和他的太太,一桌共三十一人。除了两个女婿不住在大楼以外,其余的人,在这大楼面临花园的左右两翼,都有他们的住屋。中央正屋完全布置成了他的银行的宽广办公处。不到一百年,他的十亿的巨大财产便产生出来了,增长了,充满了这个家庭,这一半是由于节约,一半也由于时来运转的凑合。他仿佛有一种命中注定的幸运,再加上他聪明、谨慎,又肯劳动,又能够不屈不挠地持续向同一目标前进。现在,有几条黄金的河流趋向他这一海洋了;别人的千百万无影无踪地混在他的千百万财富之中了;换句话说,那就是大众的财富沦陷在一个人的财富的深渊里;因此他个人的财富是一天一天地在增长。甘德曼是金融界的真正主宰,全能的王,巴黎和全世界的人都怕他,听他的命令。

　　萨加尔走上宽阔的石级楼梯,楼梯的各级都因人群的来来往往变得陈旧了,比一座古老教堂的门限还要陈旧。这时候,他觉得对甘德曼有一种不可遏止的厌恨。啊!犹太人呀!他对犹太人有一种种族上的宿怨,这种宿怨尤其在法国的南部是存在的。这甚至可以说是一种肉体的互相抵触,是皮肤的彼此排斥;仿佛只要一想到要作最轻微的接触就充满了恶心和感受到侵犯,于是他简直不能克制自己,一切理性都不存在了。最奇怪的是他,萨加尔,这位可怕的企业家,这位阴险的金钱刽子手,只要涉及犹太人时,他就连他自己也忘却了;他便会以尖酸的态度,并且带着一种靠胳膊劳动为生的、与重利盘剥绝缘的、老实人的复仇愤怒来谈犹太人。他已拟定了反对这一种族的控诉状。这一可咒骂的种族,他们没有祖国,没有国王,他们在其他国家中做寄生虫;他们假装承认别国的法律,但实际上他们所尊重的是他们的偷盗的神、血的神和忿怒的神。萨加尔证明犹太族在各地都在执行他们的神给他们残暴地征服别人的任务,他们在每一国的人民中立足以后,便似蜘蛛般的坐于网中央侦察它的俘获物,吸干一切人的血,以别人的生命来肥润自己。人们看见过一个犹太人用他的十指劳动么?人们看见过犹太农民或犹太工人么?没有!劳动是不光荣的!他们的宗教几乎禁止他们劳动,只热中剥削别人的劳动。啊!这些流氓!萨加尔越夸奖他们,越羡慕他们神异的金融才能、与生俱来的数字知识在最复杂的算式中的那种天然的灵巧、保证在他们所进行的一切事业中取得胜利的那种敏感和运气……他的怒火仿佛便越大。他常说,盗窃这种手法,基督教徒是无能为力的,他们结果往往会自行淹没;但是,你去找一个甚至于连书都不会拿的犹太人来,把他扔在一件靠不住的事业的浑水之中,他一定可以自救,而且还会把他在这中间所捞得的东西背在背上跑出来。这是犹太族的天赋,也是他们这个种族经过了几次得而复失的国籍以后而还能存在的理由。他曾经很冲动地预言犹太人最后要征服一切民族,时间就是在他们将来霸占了世界上一切财富的时候。既然我们让他们每天都自由地扩充领域,既然在巴黎我们就可以看见一个甘德曼在他的比皇帝更坚固更受人尊敬的宝座上统治一切,那么,这事为期就不远了。

当萨加尔上楼走进那宽大的外间候客室以后,他往后退了一下,因为他看见那里面挤满了跑街、求情的人,男的、女的一群喧嚣嘈杂的人群。特别是那些跑街,他们在互相竞争哪一个先到,希望能够侥幸接到一个"委托";固然,这位大银行家是有他自己的代理人的,但只要能够得到他的接待便已经是一种光荣,一种敬重;这是每一个跑街都想能够以此而自豪的。再说,在候客室中等待不会太长久,办公室的两个仆役来往于两扇自动关闭的门之间,帮着把这些人排列成行,排成一条无穷无尽的队伍。不过,尽管有这么多人,萨加尔还是立刻被人带领着穿过人潮进入办公室。

甘德曼的办公室是一间宽大的房间,但他自己却只在接近最后一扇窗门的深处占据了小小的一个角落。他坐在一张简单的桃木写字台前面,他坐的方式是背朝着光线那一方,面貌完全在黑影之中。早上五点钟,当巴黎的人们还在睡觉的时候,他已经起来工作。直至九点,那一大群找生意的人都拥来了,在他的面前作短程的竞走时,他一天的工作已经完成。在办公室的正中,还有几张更其宽大的写字台,两个儿子和一个女婿做他的助手,他们很少坐下,只是在一群职员的来来往往之中活动。但这一切还是属于这银行的内部事务。从街上来的人穿过那间大房间,目的都是向他,向着这位坐在小角落里的主宰走去。而他在午餐以前的一段时间内,总是带着镇静而又忧郁的神色接待这些人;他的接待方式每每是用手或头作一种暗号;有时,如果他想表现得和悦可亲些的话,他才用一个字来表示他的意见。

甘德曼一看见萨加尔,面容因露出一种讽刺式的微笑而开朗了。

"啊,是你!我的好朋友……如果你有什么事情要对我说,请你坐一会儿吧……我马上就可以听你的盼咐。"

随后,他装作忘了萨加尔一样。可是萨加尔因为对那些跑街排成的队伍颇感兴趣,倒也并不觉得不能忍耐。这些跑街,一个跟一个毕恭毕敬地走进来,从他们的合身的大衣中取出同样的一个小折子,即载有交易所行情表的小册子,以同样的恳求和尊敬的姿势献给银行家。这样过了十个,过了二十个。银行家每次拿着行情表的时候,看一眼,便还给他们。他的耐性是无可比拟的,如果说可以比拟的话,只有他在这么许多的供奉之中所持的那种冷淡态度。

马西亚出现了。他的态度仿佛是一条挨了打的好狗,又快活,又有点不安。人们接待他的态度那么不好,差点使他哭出来。这一天他肯定是忍无可忍了,竟敢出乎意料地这样固执地说:

"你瞧,先生,动产公司的牌价很低,你要我替你买多少?"

甘德曼连行情表都没接过来,便竖起他碧绿色的眼睛望着这位这么熟识的青年人,粗暴地说:

"请你告诉我,朋友,你以为我接待你会感到很大的兴趣么?"

"我的上帝!先生!"脸色变苍白了的马西亚又说,"每天白来,已经三个月了,我还更不感兴趣呢!"

"那么!你不必再来了!"

跑街敬了礼,抽身便走;在未走以前,他同萨加尔彼此对看了一眼,这一眼是又愤怒,又悲伤,表示了一个青年突然意识到自己不可能发财的意味。

萨加尔在想,甘德曼接待这些人,究竟于他有什么好处?显然他有他自己独特的才能,他很可以尽心工作,继续思想,真想不到他还要遵守一种纪律,每天早上还得采取一种方法去检查一下市场情况,希望在这种检查之中有所收获,哪怕是最小的一点收获！昨天,他委托了一个场外伙计代他买股票,这个伙计揩了他的油,今天他就很刻薄地硬要减低他八十法郎的佣金。随后来了一个古玩商人,带着前一世纪的一个镶珐琅的金盒子,是个有一部分被改造过的东西,银行家便立刻识破了他的骗局。然后,是两位太太,一个年老的,长着夜鹰式的鼻子,一个年轻的,有一头棕色的头发,非常美丽;她们来是为了向他表示她们家有一张路易十五式的柜子,但他却干脆拒绝去看这一张柜子。接着又来了一个带了许多蓝宝石的珠宝商人,两个发明家,一些英国人,德国人,意大利人……他们有男的,有女的,说着各种语言。跑街的队伍穿过其他拜访者仍然前进着。他们待得很久,重复着同样的动作,机械般地呈现他们的行情表。这时候,交易所开门的时间更近了,如浪潮似的职员,数目越发增多,他们拿着电报,穿过办公室来请签字。

使喧哗达到最高潮的是:一个五六岁的男孩子,骑着竹马,突然吹着喇叭闯入了办公室。接二连三地又进来了两个小孩,这是两个小女孩,一个三岁,一个八岁,她们围绕着祖父的座位,拉他的手,吊在他的颈子上;他很安详地让孩子们这样,用一种犹太人的爱家族、爱子孙众多的热情吻了他们;因为子孙众多可以形成一种力量,所以他必须保护他们。

突然,他仿佛记起了萨加尔。

"啊,好朋友,原谅我,你看我简直没有一分钟……你把你的事情同我谈谈吧!"

他开始听萨加尔讲话,这时候有一个职员领着一个金褐色头发、身材高大的先生进来,在他耳边说了一个名字。他立刻站了起来,但也并不匆忙,跑去站在另一扇窗门前同那位先生说话；他的一个儿子就代替他继续接待那些跑街和场外伙计。

萨加尔虽然在暗暗忿怒，但也起了一种敬意。他认识这位有金褐色头发的先生，是某大国的一个代表，在杜伊勒里宫中威风凛凛，但在这里他却有些低声下气，以求情者的身份微笑着。有的时候，还有高级官员，还有皇帝的大臣，也来拜访甘德曼，也同样站在这充满了孩子们的喧哗、公开得像一个广场一样的办公室里。这一点就证实了这人在世界上所拥有的卓越地位。他在世界各国的朝廷中都有他个人的公使，各省都有他的都督，各城市都有他的代理机构，各个海上都有他的船只。他完全不是一个投机家，也不是一个冒险人物，他不操纵别人的百万财富，不和萨加尔一样梦想在英勇的战斗中取得胜利，以他所收买的并且听他命令所支配的黄金的力量来赢得巨大的财富；他只是，正如他以和悦的态度常说的一样，他只是简简单单的一个金钱商人，不过是最灵巧最虔诚的一个罢了。只是为了树立他的势力，他不得不控制着交易所；因此，在每一个交割期，那便是一场新的战斗；而在这场战斗中，由于他拥有对胜负起决定性作用的大量队伍，所以他始终是万无一失地得到胜利。萨加尔看了他一刻工夫，始终不能摆脱这样一个思想：他所操纵的这一切金钱是属于他的，在他的地窖中，他有他源源不竭的商品，他以狡猾而谨慎的商人身份，以绝对主人的身份去出卖这些商品；他眨一下眼睛别人便得听命于他，他愿意他亲自听见一切、看见一切和做成功一切。他这般操纵着的十亿金钱，是一种足以战胜一切的伟大力量。

"好朋友，我们简直连一分钟的时间都要没有了！"甘德

107

曼回来时这样说,"你看,我又要吃午饭了！请你同我到隔壁屋子去吧。在那里或者可以让我们安静一下。"

这里是大楼专为上午用餐的一间小餐厅;在这餐厅中全家人总是不会完全都在的。这一天,上桌子的只有十九个人,其中有八个是小孩。银行家坐在正中,他的面前只有一碗牛奶。

他把眼睛闭了一会儿,他真是精疲力竭了,脸色苍白,肌肉收缩,因为他有肝病和腰痛病。当他用颤抖的手把他的碗送到唇边喝了一口牛奶时,他叹息说:

"啊！我的腰都要断了,今天！"

"为什么你不休息呢?"萨加尔问。

甘德曼把惊讶的眼睛转向他,天真地说:

"可我不能够！"

的确,人家甚至不让他安静地喝牛奶,因为接待跑街的工作又开始了,这些趋奉的人现在竟穿过餐厅走了进来;至于他家里的人,男的,女的,已经习惯了这一种拥挤,笑着大吃其冷肉和点心;还有孩子们呢,因为喝了两三杯醇酒就兴奋起来,发出了震耳欲聋的叫闹。

一直观望着他的萨加尔,很佩服地看着他慢吞吞地一口一口把牛奶咽下去,他是那样的费力,仿佛他永远喝不到碗底一样。牛奶成了他固定的食品,他甚至不能吃一片肉,一块鸡蛋糕。那么,十亿的财富有什么好处？女人也再不能引诱他了。整整四十年,他始终是绝对地忠于他自己的女人;至于现在,他的老实更是出于不得已,无可挽回地肯定下来了。那么,为什么五点钟就要起床呢？为什么要从事这种讨厌的职业呢？以极大的疲劳来毁灭自己,过着一种连穷鬼都不愿意过的艰苦生活,记忆中堆满了数字,头脑因充满了全世界的事务而破裂……这是为什么呢？如果一个人不能在街上买一磅樱桃来吃,不能把过路的女孩子带到水边的小餐馆,不能享受一切出卖的东西,不能享受懒惰和自由,在无用的黄金上再积累那样多的黄金又是为了什么呢？处在可怕的贪欲中的萨加尔,对于金钱,固然也有一种无个人目的的爱好,只爱好金钱给他的权势,但他看见摆在面前的这一张面孔,他自己也觉得被一种神圣的恐怖所占据了；因为这张面孔不再是通常那种专以存钱为目的的一般悭吝人的面孔,而是一种在这种工作上非常熟练的工人的面孔；在他衰老的苦痛之中他没有肉体上的需求,他的身体几乎变成一个没有实在内容的幽灵,可是他却要顽固地建筑他以千百万财富堆成的宝塔,唯一的梦想是把这宝塔传给他的后裔,以便后裔再去扩大它,直到它能够统治全世界为止。

随后,甘德曼欠身倾听萨加尔轻声向他解说成立世界银行的计划。萨加尔很谨慎,没有说到详细的情形,只大致地提到哈麦冷文件夹里的那些计划；刚说了几句,他已觉得银行家在力图要他承认错误,并决定在他承认错误以后,再把他赶走。

"再开一个银行,我的好朋友,再开一个银行!"他神色阴险地重复说,"但是我更愿意把钱花在一部机器的买卖上,是的,一部断头机,把所有创立银行的人的颈子截断的断头机……要不然的话,那就是一把犁平交易所的耙!你的那位工程师在他的文件中没有这件东西吧？"

随后,他装出长辈的样子,用一种十分冷静的残酷态度说：

"你瞧,你老实一点吧,你知道我所说的一切……你要打进交易场所,那是你的错,这是我拒绝加入你财团时对你的一点忠告……你一定会摔跤的,这是数学的原理,因为你太感情用事,你太富于想象;再说,一个人要把别人的钱拿来做生意,结果总是不好的……你的哥哥为什么不替你找一个好位置?做一个县长或管理一种税收;不,税收还不行,这还太危险……不要太自信,不要太自信,我的好朋友!"

萨加尔站起来,战栗了一下。

"你已经决定不入股么?你不愿意加入我们的财团么?"

"加入你们的财团,我这一生绝不!……你在三年内就会被吃掉的。"

出现了一段沉默的时间,这是战斗中最重要的一环,他们彼此交换了一下相互轻视的尖锐的目光。

"那么,再见吧……我还没有吃午饭,我很饿了。我们看将来谁被吃掉吧!"

萨加尔走了,甘德曼还是和他的后裔们在一起。这些后裔们喧闹着把点心塞满肚子的工作已经结束了。甘德曼还接待了迟到的一些场内伙计;当他小口小口地喝完了牛奶,嘴唇沾满了白色奶沫的时候,他闭了一会儿他那双疲惫的眼睛。

萨加尔跳进一部过街马车,告诉车夫拉到圣拉查尔街。打一点钟了,这一天是失败了,他回去吃午饭时异常激动。啊,肮脏的犹太人!的确,这里就是一个!要能用牙齿一下咬破他,像一条狗咬碎一块骨头一样,他一定会很高兴的。的确,吃掉他这块东西是太可怕而且也太巨大了。但是,谁知道?最强大的帝国也很可能崩溃,强者屈服的时候也常常会出现。不,不是一下吃掉他,而是先从他开刀,把他的十亿财富撕成破片,随后再吃掉他。是的,为什么不这样办呢?这些把自己当作幸福的主宰的犹太人,我们为什么不可以在他们的王位上歼灭他们呢?萨加尔从甘德曼那里带来的这些想法,这种忿怒,使他感到一种狂热,感到需要动手,需要立刻成功。他想一举手就建立起他的银行,马上叫它行动起来,战胜一切,压碎敌对的银行。突然,他又想起德格勒蒙。他不加考虑,用一种不可抵抗的动作,偏着身子,叫车夫上拉罗歇弗郭尔街去。如果他想见德格勒蒙,就应当快点去,把午饭也推迟一点吃,因为他知道德格勒蒙在下午一点左右就要出门。无疑的,这个基督教徒可以抵得上两个犹太人,他已经变成了一个吞吃别人交他看管的新成立的事业的妖怪。但是在这一分钟之内,为了取得胜利,萨加尔甚至可以同著名的大强盗签订条约,以平分胜利品作条件也可以。将来,我们也许可以看见,他可能是最强有力的一个呢①。

马车很困难地爬上这条街的崎岖坡道,在一座高大的纪念碑型的门前停下。这是这一区最后留下来的一座最美丽的大楼的大门。正房在一个宽大的石砌院子的深处,颇有皇家的伟大气派。紧接正房的花园,还植有百年古树,变成了离开人烟稠密街道的一个真正的公园。因为它举行过多次豪华的纪念会,特别是因为它收集了许多可赞赏的图画,所以巴黎人全都知道这一座大楼,没有一个旅行的大公不来参观一下的。德格勒蒙和一个像他的绘画一样以美丽著名的女人结了婚。这位夫人在交际场中是位很杰出的女歌手。他过着皇太子般

---

① 拉封丹寓言,最强有力的一个野兽狮子,和其他野兽共同分摊猎物时,总是自己取得最大的一份。

的生活,常常以他那能赛跑的马和他的画廊而自豪,他是大俱乐部中的一分子,他和最能花钱的女人发生关系还要特别张扬,他在巴黎大剧院中有固定的包厢,在都沃旅馆有他固定的沙发,在那种时髦的风流地方有他的长椅。这种阔绰的生活,这种对艺术、对个人的癖好的最高峰的穷奢极欲,费用完全是由投机事业而来的;投机事业,是一笔不断在流动着的财产,它仿佛和海一样的无限,但也跟海一样有涨潮和退潮。即是说,每逢交割期,他会收入或付出二三十万的差额金。

萨加尔一爬上那华丽的台阶,便有一个仆人来接待他,领他穿过三个放满珍奇古董的房间,直通到一间小小的吸烟室。德格勒蒙在吸烟室正抽完一枝雪茄,准备出门。他已经四十五岁了,但他还在努力不叫自己发胖;他身材很高,因头发讲究而显得漂亮,只有上唇和下颚有一些胡子,他的一切都是学的杜伊勒里宫的派头。他时常装出和蔼的样子,对自己抱有绝对信心,对胜利具有充分把握。

他立刻跑过来说:

"啊,我亲爱的朋友,你怎么样了?前些天,我还想起你来……不过,你不是已经成了我的邻居了么?"

萨加尔认为拐弯抹角没有什么用处,而直截了当说到他的拜访的目的时,德格勒蒙沉默了,他不再侃侃而谈了,这种说话方式是要保留在交际场中使用的。萨加尔说到他的重大事业,解释说在成立二千五百万股本的世界银行之前,他想组织一个由银行家、工业家入伙的朋友财团,这财团如要保证世界银行发行股票的成功,必须认购五分之四的股票,即至少四万股。德格勒蒙变得很慎重,听他说话,看着他,仿佛要搜寻到他脑海的深底,看一看他在这人身上还能够挤出什么好处,

何种于己有益的东西;因为他知道这个人在狂热病发作时是那样地积极,那样地充满了超人的才能的;他开头还有点迟疑:

"不,不,我的负担太重了,我不愿意搞什么新的事业了!"

但是随后,他又受了诱惑,他提出了一些问题,他想知道这个新的信托银行所预定的计划;这计划,萨加尔很谨慎,仅仅以极端保留的态度说了一点。当他知道别人要创办的第一件事业是什么内容的时候,当他知道别人想把地中海的各个运输公司组织成一个财团,以"联合轮船总公司"的牌号出现的时候,他显得很惊讶,他突然让步了。

"好吧,我同意加入。只是有一个条件……你同你的大臣哥哥的关系怎么样了?"

萨加尔惊讶了一下,坦白地表示了他的苦恼。

"同我哥哥的关系……啊!他干他的事,我干我的事。我的哥哥是没有什么兄弟的情谊的。"

"那么,活该!"德格勒蒙声明说,"如果你哥哥也加入的话,我才愿意同你们在一道……你很了解,我是不愿叫你不愉快的。"

萨加尔因为不耐烦而做了一个生气的动作来表示反抗。难道我们非要卢贡不成?这样岂不是自己找锁链来缚住自己的手脚?但是,同时,比忿怒更有力的理智却告诉他,至少该保证这一个伟大人物能够保持中立。但是,他却粗暴地拒绝说:

"不,不!他过去对我可以说是太坏了。我绝不会先让步的。"

"你听我说吧,"德格勒蒙又说,"雨赫五点钟要到我这里来,我有一件事情托他办……你现在到立法会议去,把雨赫拉到一个角落,把你的事情告诉他,他立刻会告诉卢贡的。他会知道卢贡对这件事情是怎么个想法……我们五点钟在这里就可以得到他的回音……喂,你五点钟再来吧!"

萨加尔低着头,想了一下说:

"我的上帝,既然你这样坚持……"

"啊!绝对要这样!没有卢贡,什么也甭想;有卢贡,一切都好办!"

"好吧,我去!"

他们亲切地握过手以后,萨加尔准备走了,但德格勒蒙却叫住他说:

"喂,再说一句,如果你觉得事情已经稳妥的话,在你回来的时候,你到博安侯爵和塞第尔他们那里去一趟,通知他们说我已经参加了,请他们也参加……我想让他们参加。"

萨加尔在门口找到他吩咐留下的马车,虽然他只要往前走一小段路,就可以到家,但他仍坐车回去。到家以后,他把马车打发走了,预计下午他自己的马车可以修理好。他急冲冲地回屋吃午饭。别人没有等他吃饭,还是女厨子亲自给了他一块冷肉,他一面骂着车夫就把这肉吞下去了。因为他叫上来的这位车夫报告他说兽医来过了,结果还得叫马再休息三四天。他满口吃着东西,谴责车夫太不小心,他用嘉乐林夫人的名义威胁车夫,说她一定要清查这件事情。最后,他叫他至少要去找一部出租马车来。这时又下了一阵骤雨,把街道都洗刷了,他不得不等了一刻钟马车。在山洪似的暴雨中他上了马车,告诉车夫:

"到立法会议去!"

他打算在开会以前到达,以便在过道中抓住雨赫静静地同他谈一会。不幸的是这一天会议恐怕有一场剧烈的辩论,左派的立法委员大约要提起那永远不决的墨西哥问题,卢贡无疑地不得不答复。萨加尔走进那宽大的休息室以后,幸好一下就碰见了这位议员。议员带他走进隔壁一间小房间里面,他们俩便单独在一起了,这时走廊上正发生了极大的骚动。反对派是越来越可怕,灾难的风吹起来了,势头越来越大,可能吹倒一切。忙碌的雨赫开始不了解这是怎么一回事,萨加尔向他解释了两次,才说明要托他办的事。雨赫听后,更其不安:

"啊,我亲爱的朋友!你想一想吧!找这样一个时候跟卢贡说话!他一定会叫我滚蛋的。"

随后,他考虑起他个人利益来了。他的存在完全靠了这位伟人,他的正式候选人的地位,他的选举,他的总管一切的奴才地位,他的仰仗主子恩惠获得面包屑为生的事,都要归功于卢贡。两年以来,他在他的职位上全仗外贿,全仗从桌子底下拾来的小心的赚项,他在卡尔瓦多斯省的广大地产更其增多了。他想一旦事情失败,也可以退休到那里去管理他的田园。这样一考虑,他那狡猾的、粗壮的乡下人的面貌暗淡下来了,说明萨加尔请他干预的这件事使他很为难,而且也没有给他时间让他考虑这件事对他个人到底是有利呢还是有害。

"不,不,我不能够!……我已经把你哥哥的意思转达给你了,我不能够再去麻烦他了。见鬼!你稍稍替我想一下,当我们去麻烦他的时候,真的,他也不太好说话!我不想掏腰包替你还债。"

萨加尔明白了，就一个劲地以投资创办世界银行可以赚得千百万钱财的好处去说服他。他粗枝大叶地，用一种将金钱事务变成诗人童话般的热烈言词去解说他的伟大事业、他的必然而巨大的成功。他说德格勒蒙也热中于这件事，愿意做财团的首脑人物。博安与塞第尔都已经要求加入。说到他，雨赫，不加入是不可能的。这些先生们绝对愿意他能和他们在一起，理由是他在政治上有地位，甚至于他们都希望他能够同意参加银行的常务董事会，因为他的名字就可以代表秩序与信用。

这位议员听见别人允许他做常务董事，于是便正面地看了一下萨加尔说：

"你到底需要我做什么事呢？你要我在卢贡口里得到怎样的答复呢？"

"我的上帝，"萨加尔又说，"我么，我本来可以不管我的哥哥的。但是德格勒蒙一定要我同他和解。他或者有道理……那么，我认为你应当简单地把我的事情告诉这位可怕的人物，如果得不到他给我们的帮助，至少要他不反对我们。"

雨赫把眼睛半闭着，始终决定不下来。

"你瞧，倘若你能够带回来一句好话，只要一句好话，你听见了么？德格勒蒙就可以因此而同意，今天晚上我们三个就可以把这件事办好！"

"那么，我去试试看！"故意装作乡下人容易让步的样子，议员突然声明，"但是，这是看你的面子，因为，这件事还不大好办呢！不好办！特别是左派在反对他的时候……五点钟再见吧！"

"五点钟再见!"

萨加尔在那里待了差不多一个小时,议会里的斗争声浪使他担心。他听见反对派的一个大演说家声称他要发表演说了。听见这个消息以后,他很想再找到雨赫,问问他是否认为把同卢贡的谈话改在第二天会更妥当一点。随后,他觉得一切都是命中注定,他相信起运气来了,如果他改变他现定的计划,怕会把一切都弄糟的。或者,在这种混乱的情况中,他的哥哥也许更容易发出他所期待的那一句好话呢。为了使事情听其自然地发展,他走了,重新上了马车。当他想起德格勒蒙所表示的愿望时,马车已经走上了协和桥。

"车夫,到巴比伦街!"

博安侯爵住在巴比伦街。他住的是一座大楼的几间偏房,是一幢阁楼形的房子,过去是马车夫一流人住的,可是现在人们已把它改造成相当舒适的近代住宅了。室内布置很华丽,充满时髦的贵族气味。只是人们从来没有看见过他的女人,据他说,她有病,四肢无力,不能出房门一步。但是,这房子以及一切家具都是属于她的,他等于在她的带家具的房屋中做一个房客,他仅仅有一些行李罢了。自从他以赌为生以来,就没置过家产,只有一只一部马车就可运走的皮箱。他在交易所中已经赌败过两次,他干脆拒绝偿付他应偿付的差额金;财产清算员了解他这种情况,就连印花纸头①都觉得用不着送给他了。很简单,人家原谅了他。但当他赚了钱的时候,他却放在自己的口袋里。从此以后,只要他输了,他就不给钱,人家知道他这样,只好忍耐。他有名望,在董事会中他

---

① 账单、法院传票及一切公文,因为要贴印花,都叫作印花纸头。

可以做一个装饰品,所以许多新成立的公司要找一个金字招牌的时候,还争着抢他,因此他从来也不失业。在交易所中,靠近胜利圣母街那一方,他也有一把椅子;这一方是比较富有的投机家坐的,他们对于当天的小生意,装作漠不关心的样子。人们尊重博安侯爵,很多地方都请教他。往往他还能够影响市场。总之,他算得上是一个人物了。

萨加尔本来和他很熟,但这位六十岁的漂亮老头儿对他极端有礼貌的招待,仍然给了他一种新的印象。这老头儿的头很小,身躯魁梧,面容惨白,棕色的假发框在头上,完全是社会名流的派头。

"侯爵先生,我来是真正有事要请你帮忙……"

他把来访的原因说了出来,但开始时并不说到细节。再则是他刚说了头几句,侯爵就止住了他:

"不,不,我没有一点时间。在这时候,有十个这样的提议我都不得不拒绝了。"

随后,因为萨加尔微笑着接着说:

"是德格勒蒙打发我来的,他已经想到你。"

于是他立刻叫起来:

"啊!你们这里面有德格勒蒙……好的!好的!如果德格勒蒙加入的话,我也一定加入。你就算我一份吧。"

萨加尔于是就供给他一些简单的材料,使他明白他将加入的到底是怎样的一种事业。可是侯爵却用一种大人物不屑于听这些琐碎之事的那种随便态度叫他不必说下去,他对于别人的忠诚抱有一种天然的信任。

"我请你不要再多说了……我不愿意知道这些。你需要的是我的名字,我便给你用;我很高兴,完了……请你告诉德格勒蒙,他喜欢怎么办就怎么办吧。"

重上马车的时候,萨加尔愉快极了,发出一种出自内心的笑。

"对这个家伙我们要付出很大的代价,"他想,"但他的确不错。"

随后,他高声说:

"车夫,热勒尔街。"

塞第尔的商号在一个院子的深处,是极宽大的楼下房,那里还有他的货栈和办公室。塞第尔原住在里昂,那里还有他的厂房,但在三十年操劳以后,他的蚕丝生意成了巴黎最著名最稳固的一家商号,可是由于一件极偶然的事件以后,好赌的热情却明显地暴露出来了,而且以一种火灾般的摧毁之力传遍了他的全身。接连两次大赢更加使他疯狂。三十年的生命只赚了区区百万之数有什么意思呢?在交易所中只要一小时,一个简单的动作,就可以在口袋里装进一百万!从此,他便对自己那个因努力而办得十分兴旺的商号渐渐地不感兴趣了。他活着,就为了有朝一日投机获胜。但因为厄运来了,而且永远不离开他,他只好把商业上的一切利润都葬送在里面。一个人得了这种狂热病以后,最糟的是对于正当的利润都感到乏味,结果甚至于失掉了对金钱的正确观念。破产成了他不可避免的终局,如果说里昂工厂使他获得了二十万法郎,赌博就夺去了他三十万!

萨加尔发现塞第尔很不安,很忧愁,因为他是一个极不镇静又毫无哲学头脑的赌徒。他永远生活在良心的责备之中,永远在希望,永远又在失败,患了迟疑不决的毛病,这一点也可以说由于他本来是一个老实人的原故。四月尾的一个交割

期对他说来简直是可怕的灾祸。但是他那张长着金褐色大络腮胡的肥面庞,一听见萨加尔最初几句话就放出光芒来了:

"啊!我的朋友,如果你给我带来的是好运气,我欢迎你!"

随后,他却被恐怖所占据了。

"不,不;你不要引诱我!我觉得我最好还是关在我的堆丝房里,一步也不要离开我的柜台。"

萨加尔想使他安静,就同他说到他今天早上在马佐那里看见过他的儿子古司达。但是这件事对这位商人,又是一个令人发愁的题目,因为他早就梦想把这个商号交给他的儿子,可是儿子却瞧不起商业,他生来就是一个贪图享乐的人,牙齿雪白足以说明他是一个娇生惯养的儿子。这副牙齿的好处就是能够咀嚼现成的财产。他的父亲把他放在马佐那里就是为了看看他是否能在金融业务上感到兴趣。

"自从他可怜的母亲死了以后,"他叹息说,"他很少时候能够使我满意。或者他在那里,在商行里,能够学到一点于我有用的东西。"

"那么!"萨加尔突如其来地又说,"你加入我们一伙么?德格勒蒙叫我来告诉你说他已经加入了。"

塞第尔把他颤抖的手高高地举起,用带有欲望和恐怖的变了调的声音说:

"当然,是的,我要加入!你很知道,我除了加入之外也没有别的办法!如果我拒绝而你的事业又成功了的话,我将会后悔得生病的……请你告诉德格勒蒙我加入就是了。"

当萨加尔重新走上街头的时候,他取出表,这时才四点钟。刚才因为他还有时间,再则他想走一走,所以他把车子打发走了。但是他几乎又立刻后悔起来,因为这时他还没走上大街天忽然下起了大雨,是一种混有冰雹的洪流,使他不得不再在一个大门洞下躲起来。当人们要在巴黎到处奔跑的时候,这是多么恶劣的天气呀!看着雨下了一刻钟以后,他不能忍耐了:他招呼来一部过街的空马车。这是一部敞车,虽然他尽力把皮垫子拉来遮盖自己的两腿,但到了拉罗歇弗郭尔街的时候,他全身还是湿透了,而且时间还早了半个钟点。

德格勒蒙家的用人把他领到吸烟室去,告诉他说先生还没有回家。萨加尔在吸烟室里走着小步看那些图画。突然,一个贵族妇人的声音,一个低沉、伤感而有力的女低音打破了这一座大楼的沉默。他走近那开着的窗门口聆听,这是德格勒蒙夫人弹着钢琴在复习一首歌,她今天晚上肯定要在某个客厅内表演。他被这一种歌声沉醉以后,便想起人家讲述过的关于德格勒蒙的奇异故事来了,特别是哈达芒丁纳那段故事:他把五千万公债全部掌握在自己的手里,托他所亲信的伙计卖出去,又买回来,再卖出去,再买回来;这样经过五次之后,这公债便有了一定的市场,也就有了一定的价格;然后,他就真的卖出而不再买回;于是那公债的牌价就一落千丈,从三百法郎跌到十五法郎,他便获得了一大笔利润;而一般诚实而又不甚富有的人,突然一下全部破产。啊!他太有力量了,这一位可怕的先生!夫人的歌声持续未断,这时正发出一种软绵绵的、令人神往的、充满悲哀的诉怨情调。萨加尔回到房间的正中,站在一张梅梭尼埃的画前面,他估计这一幅画会值十万法郎。

这时有人进来,他很惊讶,进来的人正是雨赫。

"怎么?你已来了?还不到五点……会开完了么?"

"啊,是的,完了……他们吵起来了。"

他解释说,反对派的那位议员滔滔不绝,而卢贡显然要等到第二天才能答复。于是他看到这种机会,等到会议稍微中止的时候,就冒险去找这位大臣,在两扇门中间追上了他。

"那么?"萨加尔神经质地问,"他说了什么呢,我的这位大哥?"

雨赫没有立刻回答。

"啊!那时他的脾气真像一只猎犬……我要向你承认,当时我估计他要大大的生气,我只希望他干脆叫我滚开才好……自然,我还是把你的事给他说了,我说你如果得不到他的许可,你将什么事也干不了。"

"那么?"

"随后……他抓起我的两只手腕,摇动我的身子,冲着我的脸叫起来:'叫他去上吊好了!'于是他就离开了我。"

萨加尔脸色惨白,勉强笑了一下:

"这很有意思!"

"当然!是的,这很有意思!"议员用一种具有自信的声调说,"老实说,我对他并没抱多少希望……就凭他这一句话,我们就可以开始进行了。"

因为他已经听见隔壁屋子德格勒蒙回家来的声音,他就轻轻地接着说:

"你让我办吧……"

显然,雨赫对于成立世界银行怀有最大欲望而且也愿意参加的。无疑地他已经估计到他行将在银行中担任的角色。因此,他刚同德格勒蒙握过手以后,脸上就发出光彩而把一只手在空中摇动着。

"胜利!"他叫道,"胜利!"

"啊,真的。请你把一切经过情形告诉我吧。"

"上帝明白,这位伟人真是适如其分的人物。他回答我说:'愿我的兄弟成功!'"

德格勒蒙猛一下昏了头,觉得这一句话很动听。"愿我的兄弟成功"这就包括了一切,意思就是说:只要他不做蠢事闹到失败,如果失败,我只好摆脱他;但是假定他成功,我一定会帮助他的。真的妙极了!

"我亲爱的萨加尔,我们会成功的,请你放心吧……我们将要做我们应当做的一切事情。"

随后,他们三个人坐下,想把主要的各点再最后确定一下。德格勒蒙随后又站起来,关上窗子,因为夫人的声音越来越大,发出一种无限失望的痛哭声调,使得他们听不见彼此的说话。不过,即使关了窗以后,她那种令人窒息的悲哀之音,也始终没有离开他们。在他们商议决定经营信托的业务,成立一个资本二千五百万,分为五万股,每股五百法郎的世界银行的时间里,夫人的哀音一直没有中断。另外,他们还同意由德格勒蒙、雨赫、塞第尔、博安侯爵以及他们的一些朋友,成立一个财团,由财团来分担五分之四的股票,即是说,四万股,使发行股票获得成功的保证;往后,股票到手以后,他们可以使这些股票在交易市场上成为名贵的证券,可以任意抬高它的价钱。可是,当德格勒蒙提出酬劳金问题时,他们的协调几乎破裂了:德格勒蒙主张四万股股票应付四十万酬劳金,换言之,每股要多付十法郎作创办人的酬劳金。萨加尔提出不同意见,认为未挤奶前就弄得母牛狂叫是一件毫无理性的行为。一件事开始时会遇到一些困难的,为什么我们还要去增加它的障碍?但是,他看出雨赫的态度,他不得不让步,雨赫镇静地认为这件事是极其自然的,他说别人也经常这样干。

他们分手了,约好第二天再碰头,而且应当邀哈麦冷工程师参加;这时候德格勒蒙却突然拍了一下额头,现出一种失望的样子说:

"我把戈尔忘了!啊!要真忘了,他不会原谅我的,他应当加入我们的财团……我的小萨加尔,如果你是好孩子,你就立刻到他那里去一下。现在还不到六点,你还可以找到他……是的,你亲自去,不要明天,今天就去,因为这件事他一定很关心,他对我们会有好处的。"

萨加尔知道幸运的日子是不可多得的,所以他很听话,立刻就开始行动。但是因为离住处只有两三步路,他想步行回去,所以又把马车打发走了;雨好像终于要停止了,他便步行走去,他感到他可能把巴黎重新征服在他的脚下,愉快极了。到了蒙马特街,因为有几滴雨水淋着他,使他不得不走过道。他穿过维尔多过道,儒夫瓦过道,随后到巴诺拉马过道;因为他想缩短路程,一下就走到维维纳街,因而沿着旁边的廊檐下走,他很惊异地看见古司达·塞第尔从一条很小的巷子里出来,连头也不掉一下,一晃就不见了。萨加尔停住脚步,看着那房子,那是一个不易为人发现的带家具的旅馆;这时候一个戴了面网的、有一头金褐色头发的矮小妇人跟着从那家旅馆出来了;他已认出来,她的确就是郭南太太,美丽的纸店女老板。哦,原来就在这个地方!当她产生了一种亲切的情感,领着她仅有一日之爱的情人到这个地方来的时候,她的大孩子般的好丈夫还以为她是为了收账在外面奔跑呢!在这一区最美的地带中设置一个幽会的地方,选择得真是乖觉,只有极偶然的意外才会泄漏这个秘密。萨加尔感到很有趣,微笑起来,非常羡慕古司达:早上,日耳曼妮·格儿小姐,下午,郭南太太;这位青年人,真是一箭双雕!他对那扇门看了两次,目的是想把它认清楚,他也想进里面去一下呢!

到了维维纳街,当他正要走进戈尔的商行的时候,他打起寒战来,重新停下脚步。从地下冒出来的清脆的悦耳之音,像神话中仙女们说话的声音一样,把他整个地包围起来;他听出这悦耳之声是黄金发出来的声音,是他今天早上已经听见过的,这一投机商业区中的铃声。这个亲切的声音使他很兴奋,仿佛证实他已有了一个好预兆。

这时候,戈尔正在他地下的铸金室里;萨加尔以这家人的朋友身份下去和他会面。在这毫无设备永远只有煤气的巨大火光照耀着的地下室里,有两个铸金人在用铲子铲那衬了锌皮的箱子里的东西;这一天,这箱子里装满了西班牙的金币,他们把那些金币铲出来后便倾倒在那口方形大炉上的铸金锅里。这里的热度很高,在这低矮的穹窿下响着洋琴一样的声音,因此在里面说话必须提高声音才能彼此听得见。铸成的金条、金砖,放出一种新铸的金属的强烈光彩;这些东西排列在试金师的桌子上,由他来决定它们的成色。从早上起,这里已铸了价值六百多万的东西,但这也不过替戈尔赚上三四百法郎而已;因为在黄金的贩卖中,双方的价钱每每是差得极其微末的,甚至于仅相差千分之一,所以要熔铸了极大量的金子以后,才能谈得上赚钱。在这地下室的深处,金子铿锵作响,像水一样地流动,从早到晚,从春到冬,它来的时候是一些金币,出去的时候,变成了一些金条,金条又去买成金币,金币又再变作金条……永无止境,而唯一的目的,无非使经营这行当的人的手中,能够留下最小一部分金子。

戈尔是一个矮小的人,有栗色的头发,宽大面孔上的胡须中露出一个鹰鼻,一切都暴露出他是一个犹太人。这时金子发出冰雹一般的声音掩盖了萨加尔的说话声;但当戈尔知道了他的来意以后,他立刻就赞成了。

"好极了,"他喊道,"如果德格勒蒙已加入了的话,我是很高兴加入的。让你麻烦走这一趟,谢谢你!"

但是,他们只是彼此表示同意罢了,却没有别的话要说,他们在那里待了一会。在这由金属发出来的清晰而刺激的声音中,他们感到轻松、愉快;不过他们还是有些发抖,仿佛提琴奏出最高而又无止境的音节一样,叫他们的肌肉也发生痉挛。

到了外面,是一个五月的清新之夜,虽然天气已经好转了,但萨加尔疲倦已极,还是叫了一部马车回家。这是艰苦的一天,但它的内容是多么丰富呀!

四

困难发生了,事情拖延了时间,五个月过去了,还没有得到任何结果。已是九月下旬了;萨加尔虽然这样热心,但连续不断的障碍一再出现,使他很不开心;如果想建立一个可靠和牢固的事业,有一大堆附带的问题,也应当首先解决。他的着急到了这般程度,有一个时候,他竟想解散那个财团,因为他突然产生了一个念头,这念头竟诱惑了他,他想单找阿尔魏多王妃来办这件事。除了照他的计划将来增加资本需要招徕一些小顾客外,创办事业时所需要的数百万钱财,她是有的;为什么她不可以用来做这件伟大的事业呢?他是绝对有信心的,他相信他可以替她的财产找一个存放的好地方,使她能获利十倍,即是说使这一笔穷人的财产获利十倍,然后她还可以更其阔绰地去做她的慈善事业。

因此,萨加尔有一天早上就上王妃的楼上去了。他以朋友兼事业家的身份向她说明他所梦想的银行值得成立的理由以及它的组织机构。他说了一切,把哈麦冷文件夹内的各项计划,计划在东方创办的一切事业,一件也不遗漏地都陈述了出来。他甚至让自己那种自我沉醉的性情拼命地暴露;他沉醉于他自己的热心,沉醉于他渴望成功而产生的信念,他甚至把他要在耶路撒冷建立教皇领域的那种疯狂的梦想也说出来了。他说这是天主教的决定性的胜利,教皇要在圣地坐上他的宝座,统治世界。由于成立了一个"圣陵金库",教皇国度的财政完全可以保证。王妃对宗教有一种热忱的信仰,对于这一伟大的计划,对于这一事业的光荣,也稍微激动了一下;因为这类事业在幻觉上的伟大性,对她说来,是迎合她那种狂妄的想象力的。由于有这种想象才使她滥用无数的金钱去办那种大而无用的奢侈的慈善事业。而这时又正是法兰西皇帝和意大利国王订了一个和约,使得法国的天主教徒受到了迫害而异常忿怒的时候。和约业经规定,在某种保证的条件下,法国应担保撤退它占领罗马的远征军;这样说来岂不是明明把罗马交给意大利①了么？我们行将看见教皇被驱逐了,不得不到处乞求周济,不得不拿着一根讨饭棍在各城市流浪……在这种情形下,教皇如果一旦再变为昔日的教皇,变为耶路撒冷的国王,住在那里,有一个银行支持他,而这银行又是全世界的基督教以取得它的股权为荣的！……如果取得这样的结果,那有多么好啊！这件事是那样的美,连王妃也承认这是世界上最伟大的思想,是值得那些生来就有信仰的人热恋的;她觉得这件事一定会成功而且会惊动全世界。她一向重视哈麦冷,现在知道这些计划都出自他的手,更对他有一种崇高的评价。但是她还是断然地拒绝加入这事业,她要忠实于她的诺言,把以百万计的财富还给穷人,不必再从这些财富上去谋一生丁利益,愿意这一笔因赌博而来的金钱自行消灭,像一股毒水应当消灭一样。说穷人应当利用投机事业的这种理论绝不能打动她的心,甚至还使她生气。不,不！罪恶的泉源要涸竭的,除此而外它就没有别的任务。

萨加尔很窘;他这时只能利用她的同情来获得她允许一件过去请求过而无效的事。自从世界银行可能成立的时候起,他就想,或者至少是嘉乐林夫人替他出了个这样的主意,就拿这座大楼来作银行的行址。要不是嘉乐林夫人,他的野心会更大,想马上弄一座宫殿式的行址。大家后来同意了的计划是,把院子也装上玻璃柜房而作为中央大厅,把整个楼下、马房、车间都改成办公室;在二楼,他打算把现时的客厅改为会议室,把楼上的餐厅和其他六间房间也作为办公室;除了

---

① 当时拿破仑三世支持教皇,占有罗马;意大利国王,仅占有罗马以外的地区。

吃饭时和晚上都在楼上和哈麦冷等人在一起以外,他自己只保留一个睡房和一个起居间。这样就不需多少开办费就可以把银行成立起来,虽然地方狭窄一点,但也还很庄重。王妃以房东的资格先是拒绝了,她最恨银钱交易,她的屋顶是永远不肯用来遮盖这样可厌的东西的。但是这一天,她把宗教信仰寄托在这件事业上去了,她感到他的目的的伟大性,她同意了。这是极端的让步,当她后来想到这种地狱似的银行机构,这种交易所,这种投机买卖的场合,她居然让它在自己楼下设置起来,成为使人破产和死亡的车轮,她不觉打了一个寒战。

萨加尔在自己的企图失败后一星期,看见他障碍重重的事业,突然在几天之内完全弄妥,他高兴了。德格勒蒙一天早上突然走来告诉他:财团的成员都约齐,事情可以进行了。这时,他们对于章程草案作了最后一次研究,拟定了一个公司申请立案的呈文。这对于生活已开始陷入困境的哈麦冷兄妹说来,也算是一个重要的日子。几年以来,他就梦想当一个银行的工程顾问,正如他自己说的一样,他负责把水引到磨房去。但萨加尔的狂热病后来渐渐传染给了他,他也燃烧起同样的热情,同样的着急。不过嘉乐林夫人倒是相反,最初想到他们行将要干一件美好而有益的事业时,她也很热中,但自从她了解那些做起来所遭到的荆棘与泥坑时,她仿佛很冷淡,仿佛沉溺在梦想中。她那卓越的良知与她公正的性格已经触觉到了各种黑暗而肮脏的东西。尤其是想到她所敬爱的哥哥,她有时不管他的学问如何好仍然带笑地把他叫作"大傻瓜"的哥哥,她也不免战栗了。这并不是她对他们的朋友的诚实有丝毫的怀疑,她也看得出他们的朋友对他们兄妹的幸福是那般的忠忱,但她有一种奇怪的感觉,觉得地在动摇,只要走错一步,她就担心要摔跤,要陷落下去。

这一天早上,德格勒蒙走了以后,萨加尔容光焕发地上图样室来了。

"终于成功了!"他叫道。

哈麦冷很感动,眼睛都湿润了,跑过来握着他的手,好像要把手握碎一样。嘉乐林夫人仅仅掉过身来望着他,而且脸色还有些苍白,他于是接着说:

"喂,怎么样?这就是你想对我说的一切么?……对于你,这件事难道不使你快活么?"

她表示了一种善意的微笑说:

"不!我很高兴,我很高兴,我可以向你保证。"

随后,当萨加尔向她的哥哥述说那已经确立了的财团的一切详情的时候,她便以一种安详的姿态插嘴说:

"一个银行的股票还未正式发行以前,几个人就先开一个会,把股票分配完,难道人家允许这样做么?"

萨加尔粗暴地做了一个肯定的动作。

"当然,这是允许的!……难道你以为我们会愚蠢到甘愿去冒失败的危险么?更不用说我们需要信用可靠的人,能够左右市场的人,但是,倘若我们一开始就遭到困难的话……你瞧,我们始终有五分之四的股票放在可靠的人的手里。公司申请登记的呈文,我们马上可以拿去找公证人签字。"

她却敢于反驳他的意见。

"我认为法律的规定是要公司的资本全都认购以后才可以立案的。"

这一次他很惊讶,正面望着她说:

"你看了法律的条款么?"

她稍微红了一下脸,因为他猜中了。昨天,她很不舒服,那是一种莫名其妙的恐惧,于是她就把"公司法"念了一遍;起初她还想否认,但后来,她笑着承认了:

"是的,昨天我念了那些条款。念过以后,我就对我自己的诚实和别人的诚实仔细地考虑了一下;就像读过医学书以后发现了所有疾病一样。"

萨加尔生气了,因为她这样自己找参考材料来调查,是表示对他的不信任,表示她要以妇女聪明的,穷究一切的眼睛去监督他。

"啊!"他对她这种无益的多虑,觉得毫无必要,"你难道以为我们会遵守那些乱七八糟的法律条款!如果那样,我们真是寸步难行了;我们每跨一步就会遇到障碍而停顿。而别人,我们的敌人,他们倒会大踏步地走在我们的前头!……不,不!我不会等到股本完全认足的,再说,我也宁愿保存着我们的股票。我会找我们自己亲信的一个人,替他立一个户头,做我们的假股东。"

"这是法律禁止的。"她以她悦耳而慎重的声音老实不客气地说。

"是的,不错,这是法律禁止的,可是所有的公司都是这样做呀!"

"所有的公司都错了,既然这是一种违法行为……"

萨加尔突然努力克制着自己,不说话了;他觉得有转向哈麦冷的必要。哈麦冷这时候很窘,听着他们说话,没有插嘴。

"我亲爱的朋友,我希望你们不要怀疑我,我是一个有些经验的老行家,在金融事业方面,你们可以放心交给我办,你们有好的意见可以提供给我,我负责从你们的建议中获得我们所要的好处,使我们冒的危险能够尽可能小些,我相信一个最有经验的人,也不会做得比我更好。"

工程师内心感到羞怯与无能为力,为了避免直接回答,他把问题转到玩笑一方面去。

"嘉乐林将是你的一个真正的监督。她生就是当老师的料。"

"我很愿意上她的课呀!"萨加尔以一种对女性特别温柔的态度说。

嘉乐林夫人自己也笑起来了。谈话以一种和悦、亲热的声调继续下去。

"这是因为我十分爱我的哥哥,因为我喜欢你超过你所想象的程度,所以我看见你们进行一种令人生疑的生意便感到极大的忧虑;因为这类事最后总是会发生灾祸和带来不幸的……比方说,你看!既然我们走上这条道路,投机,赌交易所,那么,我的确害怕极了。在你给我抄的那一份章程草案中,我读到第八条,知道公司是严格禁止做'期货'的,我很高兴。这岂不就是说明禁止赌博么?可是后来你叫我失望了,你讥笑我,向我解释说那不过是一种装门面的条款,是一种所谓'具文',是一切公司都这样写而没有一家公司遵守的东西……你大约还不知道我的愿望吧?我想最好是不要股票,不要你所创设的那五万股票,你只需发行一种债券就行。你知道,我读了法律条款以后,在这一方面我很精通。我完全了解,我们不能拿债券来赌。因为债券的持有人无非是一个普通的放款人,他只能收回他放款的百分之几的利息,而不能享受公司的利润。至于财团的成员,那就是一帮合伙人,对于赚钱或赔本都跟自己利害有关……请你告诉我,你为什么不发行债券呢？那会使我放心的,那样我一定很高兴!"

她可笑地夸大了她的恳求,以遮掩她真正的忧虑。萨加尔用同样有些激动的滑稽声调回答她。

"债券,债券! 绝不!……你拿债券来有什么用？那不过是一种死的原料……希望你了解这一点,投机、赌,是中心的转轮,在我们那样巨大的事业中,也可以说就是心脏。是的! 它需要血来养它,它从细小的渠道把血吸进来,积在一起,然后像河流一样把它分送到各个方面,建成一条巨大的金钱洪流,这就是伟大事业的生命。没有它,伟大的资本运动以及从资本运动产生出来的伟大文化工作,是根本不可能的……这和无名的股份公司一样,反对它的声浪是很多的,人们一再地说它是赌场,是危险的地方! 但认真说来,没有股份公司,就没有铁路,也没有足以使世界近代化的大企业；因为没有一笔足以把大企业办好的财产,没有一个个人,甚至可以说没有一个由许多个人组成的团体愿意冒这种危险的。危险,一切就在这两个字上面,甚至于我们的目的之所以伟大,也在危险这两个字上面。我们应当有一个伟大的计划,伟大的程度要足以使我们的想象力都发生惊异；我们应当希望大量地获利,好运一来,就可以把投下去的资金十倍地扩大,或者厄运一到,就可以把这些资金都毁灭掉。这样,大家的热情都会鼓动起来,积极性汇流一起,每一个人都拿出他的金钱,就连全世界都可以改造。你觉得有什么不好呢? 冒险是出于志愿,无数人分担了这种冒险；根据每一个人的财产和胆量的大小,这种冒险的程度也大小不同和受到一定限制。我们可以输,但我们也可以赢；我们希望抽出一个好号,但我们往往抽到一个坏号。企图侥幸成功,希望随心所欲,想做国王,想

133

做上帝……这都是人类的梦,世界上再没有比这梦更顽强,更热烈的了!"

渐渐,萨加尔不笑了。他站起来,内心燃烧着抒情的热力,用一种足以把他的话传到天涯海角的手势接着说:

"你看,用我们的世界银行,用我们进步的锄头和淘金者的梦想,我们难道开辟不出一个更广阔的境界来么?不能把东方古老的宝库打开么?不能展开一个无限宽阔的田园么?的确,再也没有比这更野心勃勃。的确,我要承认,无论成功和失败,那是完全不可预测的。但正是为了这一点,我们才想从这问题的本身去求解答;同时也正是为了这一点,我坚决相信,当我们一旦被人认识了以后,肯定会有许多人对我们崇拜得五体投地……我们的世界银行,我的上帝!它最初将是一种正规的银行,经营一切银行业务,存款和放款,以通常的记账方式接收资金,订立合同,经营买卖或发行公司债券。只是有一点是突出的,我要把这银行变为一种工具,一部足以推动你哥哥伟大计划的机器,这一点就是银行的真正任务;这样它的利润才会不断增加,它的力量也才能渐渐地变成有控制一切的作用。总之,世界银行的成立,目的是要帮助我们在外国建立金融机构和其他工业。因为这种事业是我们所投资的,所以它们的生命都属于我们,保证受我们的支配……在这种胜利足以使人眼花缭乱的远景之前,你却来问我成立财团是否合法,财团成员是否应该享受酬劳金,酬劳金是否应记在最初成立的机构的账上;这些不可避免的极细微的违法行为你都在担心,你又担心公司以假股东来掩盖自己保留起来的股权没有人承认……总之,你是在反对赌博了,对赌博……天晓得,赌博就是我所梦想的这部大机器的灵魂、锅炉和火焰!……你要知道,所有这一切都算不得什么!这一笔小得可怜的二千五百万资本,那不过是放在机器锅炉下的一捆最不足道的引火柴!我还希望它能够加一倍,变成四倍,变成五倍……随着我们行动的扩展而扩展。我们需要如雹子一样的金块,舞弄着无数百万的金钱,如果我们愿意在那个地方完成我们所预计的神圣的任务的话……自然,我不能担保这样的事没有危险;但是,如果不把过路人的脚压碎,我们是不可能震动全世界的。"

她望着他。从他对生命的热爱中,对一切强大和活跃事物的热爱中,她终于发现了他的美,终于发现了他的幻想和他的信念都有一种引诱力。因此,她虽然不相信他的理论,知道这种理论和她的正直思想有所矛盾,她依然装作被说服了的样子说:

"好吧,权当我不过是一个妇女吧,生活上的战斗是叫我害怕的……只是,你说是么?请你尽量少压碎一些人,尤其是不要压碎我所爱的人。"

萨加尔一面沉醉于自己口才的成功,一面也因为他所提出的伟大计划获得了胜利,而且仿佛已经实现了一样,就完全摆出一副好人的样子来说:

"不要怕吧!我扮演了一个吃人妖,这不过是开开玩笑……所有的人将来都会大大地发财的。"

随后,他们便很冷静地谈到一些急待处理的问题,决定在公司正式成立的第二天,哈麦冷应当先到马赛,然后再到东方,加速办理一些重要的事务。

可是,这时候巴黎市场上已经有些声浪了,短时间淹没在茫茫深渊中的萨加尔的名字又从深渊中出来了。这消息开始时还是悄悄地互相传说,后来渐渐成为公开的谈论;这些消息那么明显地透露出他即将获得成功,致使他像过去在蒙梭公园大厦时一样,每天早上,办公室的外间已挤满了谋事的人。他看见马佐很意外地也上楼来和他握一下手,谈谈当天的新闻;他还接待了其他的经纪人,声音像响雷一样的犹太人甲各彼和甲各彼的妹夫德拉罗克都来了。德拉罗克是一个把自己的女人弄得非常不幸的棕色头发的胖子。还有,交易所作场外的人也来了,例如那位矮小的、有金色头发的、运气很好的活动分子拿丹松。至于马西亚,永远忍受着运气不好的跑街的艰苦工作,他更是每天早上都要来一次,虽然他还没有获得"委托书"的任何机会。这一群人简直是越来越多了。

有一天早上,才九点钟,萨加尔已经发现办公室的外间充满了人。这时他还没有指定专门负责管理会客事务的人员,只有一个内室的仆人帮他忙,一切都弄得很糟;有时他不免要劳神亲自去领那些拜访者进来。这一天,他刚把办公室的门打开,让图鲁就想进来,但是萨加尔看见他让人找了两天的萨巴达尼在那里,就说:

"对不起,朋友。"他说着,一面拦住这位从前的教员,一面让那位地中海东部人先进办公室来。

萨巴达尼带着他令人不安的那种亲热的微笑,和他那蛇一般的机灵性格,请萨加尔说话。萨加尔因熟知此人的身份,就极干脆地向他提议。

"我亲爱的,我需要你……我们需要一个假股东。我要给你立一个贷款的户头,你就用账面上的钱来买我们一定数目的股票;这种付款方式,只不过是一种转账的把戏……你看得出,我把找你的目的直截了当地说出来,是把你当作一个朋友看待。"

青年人用他绒一般美丽的眼睛望着他;他的眼睛长在他那褐色的长脸上是多么地温柔呀。

"亲爱的先生,照法律说来,买股票须得正式用现金付款……这并不是为了我而对你说这一句话。你既然把我当作朋友,我很光荣……一切随你的便吧!"

于是,萨加尔为了讨他喜欢,告诉他说马佐也尊重他的,说马佐终于接受他的"委托"而不一定要他什么担保。随后,他甚至于把日耳曼妮·格儿小姐提出来同他开玩笑,说他昨天还看见她和他在一起;他毫不忌讳地影射到社会上有一种传说,说萨巴达尼是一个生理上奇异的人,是一个大得出奇的家伙,所以所有出入交易所的女人都出自好奇,都梦想尝一尝他的滋味。萨巴达尼一点也不否认,在这一个神妙的题目上,他以一种不可告人的笑来回答:是的,是的,这些女士们太奇怪了,老是追他,她们的确是想看一看的。

"啊,说到这一点,"萨加尔打断了他的话说,"为了使我们的手续合法,我们需要你签很多的字,比方说,关于股票的转让……我可以把那卷要签字的文件给你签字么?"

"当然可以,亲爱的先生,悉听尊便!"

他连报酬的问题都没有提起,因为他知道替人干这类事是不作兴讲价钱的。但萨加尔却接着说,他签一个字,别人可以付他一个法郎以赔偿他在时间上的损失,他轻轻地点了点头,表示同意。随后,他微笑着说:

"亲爱的先生,我希望你将来能够给我一些指教。你的地位是那么好,我将来一定要请教的。"

"是的,"了解了对方意思的萨加尔这样结束说,"再见吧,……你也得节省一点精力,不要太过于满足女士们的好奇心了。"

说着,他又感到一阵愉快,从另外一扇便门把萨巴达尼打发走了;从这样的便门送走他的客人,可以避免他们再从办公室的外间穿过去。

随后,萨加尔又打开通外间的那扇门招呼让图鲁进来。一瞥之下,他就看出此人已经陷于困境,一点财产也没有,大衣的袖子已在咖啡馆的桌子上磨旧了,始终还在找工作。交易所一直像后母一样虐待他。不过,他到底还是装饰得很漂亮,胡子修刮成扇子形,始终是文人气概,会说俏皮话,不时还说一两句足以显示他是大学里出来的人的话语。

"我正想马上写信给你,"萨加尔说,"我们正在拟定职员的名单,我已把你的名字摆在一级职员里面了;我是要你来主持股票发行科的。"

让图鲁用一个手势止住他说:

"你对我太好了,我谢谢你……但是我有一件事情要向你建议。"

他并不立刻说出他的事情,他只从一般性的问题入手,他问世界银行在初创的时候,到底有哪些报纸可以替银行服务?他刚这样一说,萨加尔就热中起来了。他声明说,他的银行要登的广告很多,他已准备好必需用的一切广告费。随便哪一种喇叭①我们都不应当小看,即使只值两个苏的喇叭,因为他遵守了这样的格言,即:吹嘘总是好的,只要它是吹嘘。他早在梦想叫所有的报纸为世界银行大吹一番,只是价钱太贵了。

---

① 喇叭指报纸。

"喂,"萨加尔说,"你有没有意思替我们搞广告?……这也许还不坏。我们以后再谈吧。"

"是,将来再谈,如果你愿意的话……但是,倘若你有一家报纸,有一家完全属于你的报纸,而我又是这报纸的经理,你以为如何?每天早上,为你留出一版篇幅,登载那些歌颂你的文章,用简单的评语号召别人来注意你,用完全与金融无关的研究性文章来暗示世界银行的业务;总之,这是一种有计划的宣传运动,最全面和最枝节的问题同样都谈论,一面夸奖你,但一方面也不放松去屠杀敌人……这能够引诱你么?"

"天哪,如果这不会要我头上的眼睛作代价的话……"

"不要,价钱是很公道的。"

最后,他把报纸的名字说出来了:《希望报》,这是一小部分天主教徒在两年前创办的一张报纸。这些天主教徒是在野党中的激烈分子,他们竟敢和帝国作残酷斗争。他们的斗争并没有成功的希望。每星期都有这样的声浪,说这张报纸即将垮台。

萨加尔叫起来:

"啊!那张报我知道,它的销量还不到两千份!"

"要增加它的销量,这,这是我们的事。"

"不过,这不行,它会把我哥哥的名誉毁掉的;在我们的事业刚开始的时候,我还不愿意同我的哥哥闹得不愉快。"

让图鲁轻轻地耸了一下肩说:

"用不着同任何人闹得不愉快……你和我一样,我们都知道,一家银行有一张报纸,是可以不管它支持或反对政府的。如果这张报纸是拥护政府的,银行就可以和财政部长所组织的那些财团并列在一道,因此可以保证在政府公债或地方公债方面获得成功；如果这张报纸是政府的反对派，财政部长对于报纸所代表的银行仍然要给与多方注意的，他必定想解除这张报纸的武装，征服它，而这样往往对它更为有利……你不必顾虑《希望报》的色彩。有一张报纸就是一种力量。"

沉默了一会以后，萨加尔就凭着自己的聪明机灵在孕育着一项计划。这种聪明可以使他一下把别人的意见据为己有，加以研究，并用来满足自己的需要，使这意见完全变成自己的意见。他决定收买《希望报》，但不必采取与政府为敌的那种生硬的态度；他还可以让这张报纸去听他哥哥的支配，那么，他的哥哥便不得不因这件事而感谢他，而报纸呢，仍然可以保存天主教的色彩，把这张报纸作为一种威胁的手段，作为一部时时准备要以宗教的名义作猛烈战斗的机器。如果他哥哥对他不好，他就可以惊动罗马教廷，甚至冒险实行耶路撒冷的大计划。这结果，可能是一个很好的手段呢！

"我们可以自由买这张报纸么？"他突然问。

"绝对自由。那些天主教徒对这张报纸已经厌烦了，这张报纸现在是在一个手头拮据的浪荡子手中，只要一万法郎，他就会出让给我们，我们就可以叫这张报纸做你所喜欢做的一切。"

萨加尔又考虑了一分钟。

"好吧！就这样吧。约好时间，你把你的人领到我这里来……你可以做经理，我打算把我们的广告都集中在你手里，我要使这些广告的形式别致，版面特大，等将来，我们有了真能发动我们机器的一切必需的材料以后，你瞧吧！"

他站起来了，让图鲁也站了起来，他对巴黎的泥泞生活感到疲倦，以他失意人的那种大言不惭的谈笑，掩盖了他获得职业的欢喜。

"到底,我可以重新恢复我的本行了,我的亲爱的文艺啊!"

"可是,你暂时还不要告诉什么人。"在送他出门的时候,萨加尔这样说,"我想起了一件事,请你记着还有一个要我帮助的人,他的名字叫保尔·若尔当,他是一个青年,我认为他确有了不起的才能,你可以使他成为一个很好的文艺编辑。我要给他写信叫他来看你。"

让图鲁从便门出去的时候,对于这样方便地使用两扇门的办法的确感到了惊讶。

"瞧,这真方便!"他以自家人一般的态度说,"这样真可以掩盖大众的耳目……当漂亮太太们来的时候,像我刚才在外间向她敬礼的那位太太,那位桑多尔夫男爵夫人……"

萨加尔并不知道男爵夫人在那里等着见他,他耸了一下肩,意在表示对她并不关心;但让图鲁却冷笑了笑,并不相信他的冷淡是出于本心。这两个男子互相紧紧地握了一下手。

当萨加尔独自一人的时候,他本能地走到镜子前面,理了一下头发,头发中还一根白的都没有。不过他倒的确是没有说谎,自从他的事业整个地占据了他以后,他对女人真是不关心了。他无非还保持了对女性有一种不由自主的温柔态度;这种态度,在法国,造成了一个男子只要单独同一个女人在一起而不设法据有她时,就怕人家说自己是白痴;因此,他把桑多尔夫男爵夫人领进来的时候,就表现得很殷勤。

"夫人,请你坐下……"

他从来没有看见过她会这般出奇地吸引他,她的红嘴唇,她的火辣辣的眼睛,她的带有黑晕的眼皮,她的浓厚的眉毛!

她有求于他的是什么呢？当她说明她来拜访的原因以后，他很惊讶，甚至大失所望。

"我的上帝！先生，请你原谅我来打扰你，我要说的是一件对我一点好处也没有的事，但是，我们既是同一流社会的人，彼此也应当帮点小忙……你不久以前用过的那个厨房大司务，我的丈夫正好请了他；我想向你打听一下关于这人的情况。"

于是，他让她询问一切，极热心地回答，目光一点也不离开她，因为他觉得他已猜出这无非是一个借口。什么鬼厨房大司务，恐怕连她自己也在笑话自己；显然，她是为其他事情而来的。的确，她是在耍手段，果然，她提起了一个共同认识的朋友的名字，那人就是博安侯爵；侯爵已向她提起了世界银行的事。人家要找地方放钱，可是要买到一种信用牢固的证券是很困难的！最后，他了解到她很乐意购买世界银行的股票，甘愿出百分之十的酬劳金给财团的成员们；他更了解，如果他肯替她开立一个账户，她将不付现款。

"我自己有一笔钱，我的丈夫是不能干预的。这笔钱给我许多麻烦，但我要承认，它也是我的一种消遣……不是么？当人家看见一个女子，特别是一个年轻女子，关心金钱的时候，人家会惊讶的，人家因此也要骂她……有的日子，我简直遇到致命的困难，没有一个朋友能替我出一点主意。前一次交割期，因为我得不到任何消息，让我亏损了一大笔钱……啊！现在，你将有那样好的一个地位，可以知道一切，如果你相当体贴，如果你愿意……"

这位上流社会妇女露出了女赌徒的真面目，她原来是一个贪婪、疯狂的赌徒。她的父亲名叫拉德里古尔，祖先是占领过安蒂奥克城的英雄,丈夫是一个外交家,是巴黎的外侨都要客客气气地和她打招呼的一个女人;她那好赌的热情使她不能不以暧昧的求情者的身份奔走于金融家的门下。她的嘴唇好像在出血,她的眼睛发出火焰,她的欲望爆发了,这一切把她变成了一个感情冲动的人,正像她的外表一样。他很天真地相信她来的目的就是委身于他,简单的理由就是因为他主持了一个伟大的事业,随时可以获得交易所中有用的消息。

"当然,"他喊道,"夫人,我除了把我的经验贡献给你以外,我再也没有别的更多的要求。"

他把他的椅子移近她,抓住她的手。突然,她如同酒醒。啊,不! 她还没走到这步呢! 要拿一次睡觉来酬报一封电报,将来还有的是时间呢! 对她说来,她同高等检察官德甘卜尔的关系,已使她感到是一件可怕的苦差使。德甘卜尔又干又黄,完全由于她丈夫的过于吝啬才逼得她去接待他。她对于性问题的无所谓,她对于男子的暗中轻视,使她在她那张虚伪的热情面孔上,表现成为一种憔悴的疲倦神气;只是对于赌博的希望,才使得她有一股热力。她站起来了,她的血统和她所受的教育,决定了她这时要反抗这件事,但也往往使她在投机事业上遭到失败。

"那么,先生,你从前还算满意你那个厨房大司务么?"

萨加尔惊奇地也跟着站了起来。她希望的是什么呢? 他让她入伙,他把消息都告诉她,难道毫无条件? 无疑地,对于女人应当不信任才是;她们带到市场上来的,就是出名的毫无信用。虽然他很想要她,但他也不强求。他只带着微笑弯了一下腰,意思说:"随你的便吧,亲爱的夫人,等到你喜欢的时候再说,"但是他一面却高声说:

"对这位大司务,我还要再说一遍,我是很满意的。只是因为家庭内部的改革问题,我们才决定解雇了他。"

桑多尔夫男爵夫人仅仅迟疑了一秒钟,并不是她对刚才的反抗在失悔,而是她觉得事前并没有准备接受那必然的后果就跑来找这样一个萨加尔,有多么的天真!这件事使她自己很不舒服,因为她还自夸是一个庄重的妇人呢。她终于简单地点了一下头来回答他恭敬的敬礼。他送她走到小门的时候,突然,一个熟人恰好把门打开走了进来。这是萨加尔的儿子马克辛姆,他这天早上要在父亲这里吃早饭,他常常以亲属的身份,从走廊上进来。他为了让男爵夫人出去,侧了一下身,同时也敬了礼。当男爵夫人已经走了的时候,他微微地笑了一下,说:

"你的事业已经开始了?你已经在拿酬金了?"

他虽然还很年轻,但他确像一个经验丰富的男子那样沉着;他再不会为了一时的欢娱而作无益的浪费了。他的父亲对他卓绝的讽刺相当了解,因此说:

"没有,我还没有拿到什么。这并不是我老实,因为,我的孩子,我常常以我始终像个二十岁的人而骄傲,正如你常常以你仿佛是六十岁的人而骄傲一样。"

马克辛姆的笑声提高了,还是他从前的那种女孩子似的笑声,他一直还保留着那种模棱两可的呵呵之声。他的态度的端庄足以使他成为一个有地位的青年,他也就绝不希望再损坏他的生活了。只要没有什么事情威胁他,他对于一切还是极能容忍的。他说:

"的确,你很有道理;……在这件事还不会使你感到疲倦的时候……至于我,你知道,我已经有风湿病了。"

他随便往椅子上一坐,拿起一份报纸说:

"你不必管我,倘若我不妨碍你的话,你把你的客人会见完……我来得太早了一点,因为我本来要去看医生,可是他不在。"

这时候,内室仆人进来报告,波维里埃伯爵夫人要求见他。虽然他在儿童习艺所时曾见过好几次这位"高贵的邻居"——这是他对她的称呼——他还是稍稍有些惊异。他叫仆人立刻引她进来;随后,他又喊仆人,把所有客人都打发走,他很疲倦,而且也饿了。

伯爵夫人进来的时候,甚至于没有看见马克辛姆,因为那大椅子的靠背把他挡住了。使萨加尔更惊讶的事是伯爵夫人还带了她的女儿阿丽丝一道来呢。这是表示她这一次的行动有极其重要的意义。这两个女子神态忧愁,脸色苍白,母亲又瘦又高,全身白色,样子有些过时;女儿呢,似乎已经变老,颈子太长,长得有些不相称。他替她们摆座位,彬彬有礼中带着一些不知所措,意在表示他的尊重。

"夫人,我感到特别荣幸……倘若我能够为你效劳的话……"

伯爵夫人以她高贵的风度,用一种极度羞愧的神情解释她来访的原因说:

"先生,我是因为同我的朋友阿尔魏多王妃谈过以后,才想到要到你这里来……我要向你承认,我起初还是迟疑了一阵,因为在我的年纪是不容易拿定一种主意的。我对于我所不了解的这时代的许多事情,始终很害怕……最后,我同我的女儿说起来了;我相信,我不应当过于谨慎,设法保证我全家人的幸福,应当是我的责任。"

她继续往下说,她说王妃如何向她谈到世界银行的事,固然,在世俗人的眼光看来,这是一家和别的银行一样的普通银行,但是,在内场人看来,它一定会得到许多人的同情的。它有那么一个崇高而值得敬仰的目的,即使最谨慎的人,对它也不敢说什么话。她对于教皇以及耶路撒冷的名字都没提起……这是人家向来不说出口的话,这只是在忠实信徒中悄悄传播的东西,是足以使人兴奋的一种神秘。但是从她所说的每一句话中,每一个隐语中,甚至于每一个未说出口而自然明白的意念中,希望与信仰全都流露出来了;这种希望与信仰,使她认为新银行必定成功,而在这种信念中,燃起了对宗教热忱的火焰。

她的这种有抑制的冲动,说话声音的颤抖,连萨加尔也惊异了。他只是在他的狂热病充分发作时才谈到过耶路撒冷,他其实是轻视这种疯狂的计划的。他发觉它有些可笑,准备放弃它;或者在他想开玩笑时,作为玩笑的资料。这位带着女儿一道来的圣洁妇女的那种令人感动的行径,她的那种意义深刻的举止,深深地感动了萨加尔;因为她表示了她和她的全家人,乃至所有法兰西的贵族都相信教皇将迁移到耶路撒冷这件事,而且对这件事十分佩服。她竟把萨加尔纯粹的梦想变成了一个具体的东西,把他的活动范围扩展到无穷。那么,这里真正有一根杠杆,只要一经使用就可以把世界抬起来了!他以他迅速的联想,一下就想到了现实的情况,他也用神秘的词语说到他在暗暗追求的那个最后胜利;他的语言中也充满了热诚,仿佛刚才真为信仰所感动,而他的信仰,是附带了有计划、有方法的行动的;教皇区所受到的恐慌,使他不得不采取这种办法。自从他的计划需要他有信仰以后,他也就公然有那种信仰和德行了。

"最后,先生,"伯爵夫人继续说,"我决定做一件过去我一向讨厌的事。……是的,把金钱拿来活动一下,把它拿出来生息,这是我从来没有想过的事。我知道,我理解的生活方式已经太陈腐了,谨慎到了愚蠢的程度;但是,你怎么说呀?从吃奶时候起就有的信念我们是不能够轻易反对的。我的想象是只有土地,只有大量的地产才能养活像我们这样的人……不幸的是……那大批的地产……"

她稍稍红了一下脸,因为她这时到了她不得不承认她一向竭力隐瞒的破产情况。

"大批地产不再存在了……我们已经受到了苦难……我们只剩下一份田庄了。"

萨加尔为了使她不致难堪,于是更进一步夸奖她的意见,精神振奋地说:

"是的,夫人,什么人也不靠土地生活了……旧的地产,已经是一种快没落的财富形式。这种财富形式,再没有存在的理由了。因为这种形式会使金钱呆滞;倘若把这些金钱拿来流通,或者以发行货币的方式,或者以买卖各种证券的方式,无论是商业性质或金融性质的都可以,我们都可以叫这笔钱一个变成十个。同时,这也是世界行将革新的一种方式;因为没有金钱,什么也都不可能;没有流动性的金钱渗透到各方面去,科学也不能应用,全世界最后的和平也没有……啊!地产!它和巴达车①一样地过时了!人们会带着价值一百万的土地而饿死,但人们只要有二十五万投进一个较好的商业中

---

① 巴达车为最老式的公共马车。

去就可以生活,因为在商业中他可以得到百分之十五、二十甚至百分之三十的利润。"

伯爵夫人以一种无限的忧愁,轻轻地摇了一下头说:

"我不十分同意你的意见,我已经告诉过你,我的时代始终还是那么一个时代,觉得这类事是叫人担惊受怕的,仿佛它始终是一件坏事,一件禁止做的事……只是我并不是一个人,尤其是我应当想到我的女儿。几年以来,我存了一笔钱,啊,一笔微不足道的款子……"

她的羞赧重新流露出来:

"是两万法郎,在我的抽屉里一动也不动。将来,我或者会受到良心上的责备,如果把这笔钱这样放着不叫它生产;既然像我的朋友告诉我的话一样,你的事业是好的,既然你将要做的事是我们大家都想做的事,是我们最热忱地想做的事,所以我就要冒险……总之,如果你能够把你银行的股票给我留一些,留一万到一万二千法郎的股票,我必定感谢你。我坚持要我的女儿陪着我来,因为不瞒你说,这笔钱是她的。"

一直到这时候,阿丽丝都没有开过口,虽然她的目光聪明而活跃,但神色是谦逊的。她做出一种温柔的责怪人的动作说:

"啊!我的?妈妈!我所有的东西哪一件不是属于你的呢?"

"你的婚姻呢?孩子!"

"但是你知道我是不愿意结婚的呀!"

她这句话说得太快了一点,她那孤独的悲哀却在她尖细的声音中透露出来。她的母亲用一种饱含痛苦的目光看了她一眼,使她不说话了。两个人又对视了一会,她们所痛苦的,所要隐瞒的一切,她们彼此都分担了责任,她们彼此再也不能互相说谎话啊!

萨加尔非常感动。

"夫人,现在股份已经没有了,但我还是可能替你们找着。是的,如果必要的话,我把我的让一部分给你们……你的行为使我无限感动,你这样信任我,使我感到非常光荣……"

在这一刹那间,他真自信会替这两位不幸的女人弄到一笔财产,那些将降落在他的头上和他的周围的黄金之雨,至少有一部分,他准备拿来分给她们。

这两个女人站起来,告辞了。只是走到门口的时候,伯爵夫人才敢对那件人们不公开谈论的伟大事业直接透露出一句有暗示性的话:

"我的儿子斐帝南,他现在罗马,我收到了他一封令人发愁的信,说到由于我们的军队要撤退的消息公布后所产生的种种惨象。"

"别着急!"萨加尔坚信地声明说,"有我们在,是可以把一切都挽救过来的。"

在彼此深深的敬礼以后,他把她们送到了楼梯口,这一次因为他相信外间已经没有人了,所以就从候客室经过。可是,当他回来的时候,他却看见一个约有五十岁的人坐在靠墙壁的板凳上,这人高而干瘪,穿一套工人们星期天穿的衣服,还有一个十八岁的瘦削的、面色苍白的美丽的女孩子陪着他。

"怎么?你要什么?"

年轻女孩首先站了起来,那个受着这样粗暴对待的男子,作了一番不清不楚的解释。但萨加尔却说:

"我已经叫人把所有的人都打发走了,为什么你还在这里呢?……那么,请你把你的名字告诉我。"

"德若瓦,先生,我是同我的女儿娜达丽一道来……"

他的话又含糊不清了;不能忍耐的萨加尔正准备把他赶出门去,但最后却突然听清了他的话,知道他是嘉乐林夫人很久以来都认识的一个人,是她叫他在那里等他的。

"啊,你是嘉乐林夫人介绍来的。你应该立刻就说出来呀……请进来吧,快一点,因为我饿极了。"

进了办公室,他让德若瓦和娜达丽站着,自己并不坐下,目的是为了能够快一点打发他们走。马克辛姆从伯爵夫人出去以后,就离开椅子;这一次他并不表示他的谨慎小心而回避开,反之,他还以好奇的态度盯着这两个新来的人。德若瓦冗长地叙述着他的历史:

"就是这样,先生……我请了长假,到嘉乐林夫人的丈夫丢里欧先生的办公处去当使唤;丢里欧先生活着的时候是一个批发商人;随后我又到菜市场的一个经纪人郎伯尔蒂埃先生的家里去做事。后来,我又在一个银行家勃莱索先生家里做事,这人你是认识的,两个月前才用手枪打破自己脑袋死的。这样我就没有工作了……首先,我应当向你说,我已经结了婚。是的,我讨了我的女人若瑟斐尼,那时我正在丢里欧先生家里;她呢,她在先生的嫂嫂勒维格夫人家里当厨娘。勒维格夫人也是嘉乐林夫人认识的。随后,当我在郎伯尔蒂埃先生家里做事的时候,我的女人就不能到我那里去,因为她已在格勒乃尔的一个医生勒诺丹先生那里做事了。随后,她又到郎必多街三兄弟公司去做事。在这公司中,像见了鬼,始终没有我的位置……"

"说得简单一点吧,"萨加尔打断他的话说,"你来是想在我这地方找一个位置,是么?"

但是德若瓦却坚持要详述他生命中的悲哀遭遇,他的厄运使他和一个厨娘结婚,而他永远无法同她在一家人家做事。他们几乎等于没有结婚一样,他们一直没有两人共同的一个房间,他们只能在卖酒商那里见面,在厨房的门背后拥抱一下。可是一个女儿出世了,这便是娜达丽,他不得不把她放在奶妈的家里一直养到八岁。后来有一天,父亲感到孤独,才把她领回来养在自己狭小的房间里;于是他倒变成了女儿的真正母亲,抚养她,送她进学校,以无限的关心来监护她,内心充满了越来越强烈的对女儿的爱。

"啊,先生,我可以说,她是叫我满意的。她既有教养,而且,很诚实……先生你看得出来,她那种乖巧是没有人可以比得上的。"

的确,萨加尔觉得她很妩媚,这是巴黎大街上的一朵金花,有一种瘦弱的美;在鬈曲的米色头发下面,露出一双大眼睛。她让她的父亲夸奖她,在她那双清澈的眼睛中,她对于父亲这种专横的、不受人侵犯的自私主义,十分谨慎,因为不谨慎对于她没有好处。

"那么,先生,你看她已到了结婚的年纪了,而且恰恰又有一个好机会,那就是我们的邻居做纸匣的工人的儿子。这孩子是愿意自立的,他只要求六千法郎。这并不多,他很可以娶一个有更多一点嫁妆的女孩子的……我应当向你说,我的女人已经死了,那是四年前的事,她倒还给我们留下了一点点积蓄,这是她当厨娘的小小的出息,你说不是么?……我现在有四千法郎;但是四千总不会变成六千;那位青年又很急,娜达丽也……"

听着这些话的青年姑娘,用她那副那么冷静、那么坚定的明晰目光微笑了,用下巴匆匆地表示了她同意她父亲的话。

"的确,我不开玩笑,我要解决这个问题,不论用什么方式。"

萨加尔又重新打断了他的话。他已经对这人下了判断:是一个笨家伙,但是个好人,是个正直而又能遵守严格纪律的人。再说,只要他是嘉乐林夫人介绍来的,这就够了!

"好极了,我的朋友……我要办一张报,我请你在我办公室当个杂役……请把你的住址留下,再见。"

"先生对人真是太体贴了!我很感谢你,我愿意做这件事;因为我还要养娜达丽,我应当工作……但是,我来这里还有别的事。是的,从嘉乐林夫人那里,还有从别人那里,我已经知道先生要创办一件伟大的事业,我知道先生可以使你的朋友和你认识的所有人,赚到一笔你愿意赚的钱……那么,如果先生愿意照顾我们,同意给我们一些股份……"

萨加尔又一次地受感动了;刚才,伯爵夫人也是把女儿的嫁资信托给他,使他受了感动,可是没有这一次来得厉害。这个纯朴的人,这个一个苏一个苏积蓄起来的小资产者,他难道不是代表了一群,甚至于一大群有信仰和有信心的人么?这群人就是稳妥可靠、数目众多的顾客,他们是一支以不可战胜的力量把一个银行武装起来的有信仰的军队。如果在广告还未登出以前,这位老实人就这样跑来找他,那么,等到银行正式开张的时候,情况更将如何呢?他心软下来,对这第一个小股东微笑了。他在他身上,看出了伟大成功的预兆。

"我听明白了,我的朋友,你可以得到你的股份。"

德若瓦的面容发光了,仿佛得到了一个出乎意外的恩惠。

"先生是太好了……你说不是么？在六个月之内，我这四千很可能赚到两千，这样就可以补足那笔款子……既然先生已经同意，我喜欢马上办妥这件事。钱我带来了。"

他搜索了一下，从身上拿出一个小包，递给萨加尔；萨加尔一动也不动，一句话也不说，这种叫人喜欢的夸奖，这种极端信赖的表现，使他大大地吃惊了。这个可怕的海盗，这位曾经侵占过人家许多财产的人，结果也善意地笑了，他下决心也要使这个有信仰的人发财。

"但是，我的好人，手续并不是这样的……钱还是留在你那里，我把你的名字登记上去，你等到缴款的时候便到缴款的地方去缴好了。"

德若瓦叫娜达丽对萨加尔先生表示感谢，她以微笑来表示她的同意，她纯洁而严厉的美丽眼睛发出了亮光；这以后，萨加尔才把他们打发走了。

当马克辛姆最后终于单独同父亲在一起的时候，他以讽刺的冒昧态度说：

"你瞧，现在你简直在替青年姑娘们办嫁妆了。"

"为什么不可以呢？"萨加尔愉快地回答，"别人的幸福是我们存款的好地方。"

在离开他的办公室前，他整理了一下文件。随后，他突然说：

"你呢，你不要点股份么？"

马克辛姆本来正在小步小步地走，突然一下转过身来笔直地站在他的面前说：

"啊，不！绝对不！你难道以为我是一个傻瓜么？"

萨加尔做出一种生气的动作，认为这回答太不客气，认为这孩子的思想实在太可惋惜。他准备向他喊叫,说他的事业是真正伟大的,说如果马克辛姆相信他和别人一样是一个强盗,那么他认为这孩子是太愚蠢了。但是,当他看着马克辛姆的时候,他对于这个可怜的孩子忽然起了一种同情心;他才二十五岁,便已经显得精疲力竭,他品行端庄甚至变得悭吝;他对于堕落行为已那么老练,对于健康已那么注意,以至他如果不能从中取得利润时,他绝不滥用一个钱也绝不随便享受。至于萨加尔,已经五十岁的年纪还有情感上的放纵,他感到自慰而且感到骄傲。他开始笑了,拍了拍马克辛姆的肩头说:

"得啦,我可怜的孩子,我们用餐吧,多多注意你自己的风湿病。"

第三天,十月五日,萨加尔、哈麦冷和德格勒蒙就到圣阿纳街公证人勒洛兰那里去了。勒洛兰已接受了他们的申请书;申请书的内容已决定公司名称为"世界银行",性质为股份公司,资本二千五百万,分为五万股,每股金额五百法郎,认股时只用缴纳股款四分之一即为有效。公司地址定在圣拉查尔街阿尔魏多大楼。根据申请书大纲所起草的公司章程,也呈交了一份给公证人勒洛兰去审查。这一天,秋天的阳光十分明朗,这几位先生从勒洛兰那里出来以后,抽上雪茄,慢慢地走上勺塞当丹街;他们感到生活的幸福,像逃学出来的中学生一样快活。

成立大会要在下一个星期内才能举行,地点定在布朗时街一个小跳舞场的大厅中;这舞场已经歇业了,有一个工业家正准备借这一大厅来开图画展览会。可是世界银行财团的成员却早把他们认购了而又愿意转让的股份拿出来在这里陈列。这一天来了一百二十位股东,代表四万股权,一共合计,应当是两千张选票,因为照章程规定,每二十股就有一人出席股东大会并有选举权。但由于每一股东,不论其股份多少,其选举权绝不能超过十票以上,因此,确实的选票数目是一千六百四十三票。

萨加尔非坚持由哈麦冷做主席不可。他自己呢,宁愿在群众中躲起来。他叫工程师认了股,他自己也认了股,每人认的都是五百股,股款则是用转账方式来偿付的,换句话说就是不付现款。财团成员全体都到了:德格勒蒙、雨赫、塞第尔、戈尔、博安侯爵,每一个人都带了一群听从自己命令的股东。人们也注意到认股最多的是萨巴达尼,还有让图鲁,他已和前天业已开始正式工作的银行高级职员在一道了。一切决议都在事前规划得那么妥当,可以说从来没有一个成立大会能开得这样的平静、简单和协调的。公司方面宣布股份已经全部认齐,照章每股应预缴的一百二十五法郎已经缴足;各有选举权的代表都一致通过,正式承认公司的宣布是诚信无欺。随后,大会郑重地宣布公司成立。董事会也选举出来了。董事会由董事二十人组成;这些董事除了每年规定总数为五万法郎的出席费外,根据章程条款,他们还可分纯利的百分之十。这并不是一件不屑于做的事情,因此每一个财团成员都希望参加董事会。德格勒蒙、雨赫、塞第尔、戈尔、博安侯爵以及大家原想抬出来做主席的哈麦冷,自然是在董事会名单的前列了;此外还有十四个次要人物,都是从那些最听话、最能用来作装饰品的股东中精选出来的。最后,适才还在黑影中的萨加尔出现了,因为这时正要推选经理,哈麦冷就提了他的名字。一片赞同的喃喃之声欢迎了他的名字,他获得了一致通过。现在只需选举两位监察委员。他们的责任是一方面向大会提出每年的决算报告,另一方面就是检查董事会提供的账目,职务是极其微妙而又极其无用的;这一职务,萨加尔推举了一位名叫鲁梭和一位叫拉维尼埃尔的先生充当。鲁梭完全做拉维尼埃尔的副手;至于拉维尼埃尔,则是一个高大而有金色头发的人,为人很有礼貌,始终奉承别人,他渴望将来他的服务一旦为人满意,就可以加入董事会。鲁梭和拉维尼埃尔一经派定以后,大家就准备散会;可是这时候主席认为财团成员的百分之十的酬劳金问题应该提一下,这一笔酬劳金,总数应为四十万法郎;大会就主席的提议,通过把它列为第一期开办费;这是一件微不足道的小事,应当从大处着眼。大股东让那些小股东同一般群众步行离开以后,留到最后才走,在人行道上彼此带着微笑互相握手。

第二天,董事会在阿尔魏多大楼举行会议,会议室是萨加尔从前的客厅改造的。会议室的正中央,在一张宽大的桌子上铺了一张绿色绒布,周围摆了二十把椅子,蒙上绿色绒布;除了两个书橱以外,没有别的家具;书橱的玻璃门内,衬的也是绿色绸子。深红色的帐幔遮住开向波维里埃大楼花园的三扇窗门,从那里射进来一道昏暗的光线,像躺在绿树荫下的隐居所那么安静。这里显得庄严而又华贵,人们开始感到古代的诚朴气氛。

这一次董事会开会的目的是为了成立一个秘书处;在打四点钟的时候,人差不多都到齐了。博安侯爵,以他高大的身材和他灰色而有贵族派头的小脑袋,的确具有古老的法兰西风度;至于和气的德格勒蒙,由于他的近乎神话的成功,足以代表帝王式巨大的产业主。塞第尔并不像平常那么冲动,还在同戈尔说话,他们谈的是维也纳市场发生的一种出人意料的波动。在他们的周围有一群董事在听着他们,打算获得一些情报,或者也想谈谈他们自己对这件事的关心,他们无非是在那里凑数,以便在凯旋之日也能分到他们自己那一份胜利品。雨赫和平常一样总是迟到;他正喘不过气来,从国会小组委员会开会开到最后一分钟的时候他才飞跑着来的。他请大家原谅,人们这时已坐在桌子四周的椅子上了。

博安侯爵因为年纪大,照例做了主席,因此他坐上了主席的椅子;这椅子比别的椅子高,也比别的椅子更其金碧辉煌。萨加尔以经理资格坐在博安侯爵的对面。当博安侯爵报告现在要进行选举董事长的时候,哈麦冷立刻站起来,说他不愿意做候选人。他似乎自知这些先生们中的大多数会选他做董事长,他希望大家注意这一点:他第二天就得出发到东方去,再说,关于会计、银行、交易所等,他绝对没有经验,他最后的理由是责任太重,他不能承担。萨加尔听他说这些话,十分惊讶,因为事情前一天已经说妥,怎么会变卦呢?他猜这是嘉乐林夫人对她哥哥的影响,他知道,他们兄妹俩今天早上曾有过一次长时间的谈话。除了哈麦冷外,萨加尔是绝不愿意别人做董事长的,一切有一点儿独立性的人对他都可能会有妨碍,于是他不客气地起来发言了。他的理由是董事长的职务,特别是一种名义上的职务,只要开股东大会的时候,他能够出席总结一下董事会的提案,并发表一下例行的演说就够了。再说,大家还可以选举一个副董事长来负责签字。至于其他问题,那是纯技术的问题,如会计、交易所、一个大银行内部的一些琐事,难道他,萨加尔,这个名正言顺的经理,不正是做这些事的人么?根据章程规定,他应当领导秘书处的工作,总揽一切收支,管理日常琐事,负责董事会开会事宜,总之一句话,他便是公司行政权的代表人。这些理由仿佛都很中听,但哈麦冷仍然争执了很久,这一下需要德格勒蒙和雨赫用最迫切的态度来强调这件事了。高傲的博安侯爵对此事则漠不关心。最后,工程师让步了,他被选为董事长,副董事长选的是一个不著名的农学家,是从前的一个参政员罗朋沙果子爵。这人是温和的,但是一个吝啬鬼,真是最好的一部签字机器。至于秘书,应当在董事会外找一个人来担任,在银行的秘书处的人员中去找,就由发行科科长兼任。因为天色已黑,所以那庄严的大厅已变成一片凄凉的绿影。大家认为工作十分顺利,最后决定董事会每月举行两次:每逢十五举行小会,三十举行大会,随后,大家就离开了。

萨加尔和哈麦冷一同到楼上图样室去,嘉乐林夫人正在那里等候他们。从他哥哥的窘态上,她立刻看出由于他过于软弱,他又一次让步了;她立刻对这件事很生气。

"不过,你们这样做是毫无理智的!"萨加尔叫起来,"你想想看,董事长要拿三万法郎的薪水;如果事业发达起来,还可以多一倍。你们并不是有钱人,不应当小看这些好处……再说,请告诉我,你们怕什么呢?"

"我一切都怕!"嘉乐林夫人回答说,"我的哥哥将来又不在这里,我呢,我对于金钱是完全外行……你瞧,你替他认下的这五百股股份,又不要他立刻付款,然而,这是不合法的;如果事情不顺利,这不是一种错误么?"

萨加尔开始笑了。

"真是一个好听的故事!五百股,第一次只消缴六万二千五百法郎,这又算得了什么呢!如果六个月之内,第一期的红利不能偿付这笔款子的话,那么与其要为这点小事而担惊受怕,还不如立刻跳进塞纳河自杀的好。不,你可以放心,投机事业只会吃掉那些笨人。"

室内越来越浓的暗影中,她的态度始终很严厉。有人拿了两盏灯来,墙上大大地发光了,宽大的图样和鲜明的水彩画全看清楚了,这些东西使她对那些地方做过多少次美梦呀!那平原始终是荒凉的,大山遮没了地平线,她想起睡眠在财宝中的古老世界的贫困状况,她想到科学会把那些人从愚昧和肮脏中拯救出来。有多少伟大、美丽和善良的事业须待完成呀!渐渐地,一个幻象使她看见新的一代人,无数的更强大、更幸福的人们,要从那些用先进方法重新耕种的古老土地上产生出来了。

"投机事业,投机事业!"充满了疑惧的她机械地这样重复说,"啊,为了它,我都愁死了!"

萨加尔深知她经常有这样的思想,但现在却在她的脸上看出她有一种对未来的希望。

"是的,投机事业。为什么这一个名词会叫你害怕呢?……但是,投机事业,甚至于可以说是生命的一种引诱力;这是叫人斗争、叫人生活的一种永恒的欲望……如果我胆敢用一种比喻的话,我就可以说服你……"

他重新笑起来,想维持一下高雅的谨慎;但是后来,他终于说出了口,甘愿在女人面前撒一次野。

"我们来说吧,你想过没有?倘若没有……我怎么说好呢?倘若没有'淫欲',我们还会生许多孩子么?……我们要有多次的'淫欲',才能有一次怀孕。只有'过度'才能满足'必需',你说不是么?"

"的确的。"她回答,稍稍有点发窘。

159

"好了！不投机,我们就不能够经营商业,我亲爱的朋友……假如你不允许我有特殊的享受,假如你不允许我有一个为我打开天堂之门的突然的幸福,那么你为什么要我出钱？要我拿我的财产去冒险？……老实的人,用他劳动所得的合法而微小的报酬,来使他的日常生活得到协调；这种生活便是极端平凡的一片沙漠,一切力量都会酣睡而蜷伏的一个池沼；但是如果你,猛烈地燃起一股追求远大前途的火焰,你允许别人一个苏会赚到一百个苏,你叫一切酣睡着的人起来追逐像梦一般的事业,在最危险可怕的环境中,两小时就获得百万财富,那么人们一定愿意这样开始竞争,并且使出加倍的精力；他们彼此倾轧的情况也可以说就是这样——流着汗水,唯一的目的就是为了寻欢,但有时也就生出了孩子；我所说的那些有生气的、伟大的、美丽的事物……啊,圣母,无益的肮脏的东西多得很呢；但是,一定的,要没有这些肮脏东西,世界早已完结了！"

嘉乐林夫人笑了。因为她并没有那种虚伪的贞操观念。

"那么,"她说,"你的结论是我们应当忍受,既然这样的事是在'自然'的支配之下……你是对的,生命也并不那么干净！"

一想到人类每一步的前进都是在血和泥的打滚中得来的,她产生了一种真正的勇气。一个人应当有所需求。她的眼睛沿着墙看去,始终盯着那些图样和那画幅,未来的幻象又起来了：港口、运河、公路、铁路,有广大的像工厂一样使用机械的那种乡村,圣洁而且文明的新城市……在这些地方,人们可以生活长久,而且富有教养。

"好吧,"她快活地说,"我该让步,总是和平时一样……

不过,我们总该打算做一点点好事,使别人能够原谅我们。"

她的哥哥,一直保持着沉默,这时走过去抱吻了她一下。她用指头警告着他说:

"啊,你,你是一个喜欢温存的人。我知道你……明天,当你离开了我们以后,这里所发生的一切,你一定不会关心的;在那里,只要你埋头工作以后,一切都会进行得很好,你会梦想到胜利,可是也许我们这里的事已经在我们的脚底下动摇了。"

"但是,"萨加尔开玩笑地叫起来,"既然他同意把你放在我的身边做一个巡逻兵,倘若我的行为不好,那你就可以把我抓起来……"

他们三个人一同放声大笑。

"你可以这么想,我的确会把你抓起来的……你还记得你允诺大家的话吧!首先是允诺我们,随后还允诺了多少人!例如我介绍给你的那一位老实人德若瓦……啊!你还允诺了我们那两位可怜的女邻居呢,这两位波维里埃家的女人,今天早上我还看见她们亲自监督厨娘洗台布呢,无疑地,她们是为了节省洗浆店的费用啊!"

他们三个人还非常友好地闲谈了一刻工夫。哈麦冷要动身的事也正式决定下来了。

萨加尔下楼回到他办公室的时候,用人对他说有一个女人很固执地在等他,虽然他已告诉她,这时在开董事会,萨加尔先生肯定不能接待她。开头,他因为疲倦了,生气地想下命令打发她走,但后来,他想到他肩负着成功的使命,倘若关门的话,怕运气改变,于是他改变了主意。潮水一般的求情人每天都在增加,这群人使他陶醉。

办公室里只有一盏灯,他不十分看得清楚那个来访的女人。

"毕式先生叫我来的,先生……"

忿怒使他站了起来,他甚至于不请她坐。在她肥胖的身躯中发出这样尖细的声音,使他认出她原来是梅山太太。这倒真是一个大股东,她买股票是论斤的!

至于她,倒很冷静地解释说毕式打发她来打听一下世界银行发行股票的情形,还有没有现成出卖的股票?是不是照例付了财团成员的酬劳金以后,就可以希望买到些股票?当然,这无非是一种借口,一种进门的方式,真正的目的是看看这个银行,侦察他在里面干些什么,亲自来探探他的心思;因为她那双仿佛用螺丝钉钻在胖脸蛋上的细小眼睛,在那里到处侦察后,就不断地盯着他,一直搜寻到他的灵魂。毕式对于那件被遗弃孤儿的重大事件忍耐了很久,现在已打定主意要采取行动,所以派她来侦察一下。

"什么都没有了。"萨加尔粗暴地回答。

她觉得她再也打听不出什么,想要得到点什么就未免太不识相。因此这一天,还没有等到萨加尔把她赶出门,她就自动向门外走去。

"为什么你不向我要求,说你自己要买股票呢?"他又说,目的是想刺痛她一下。

她带着毫不在乎的神气,用她那张发音不清、尖细刺耳的嗓门回答。

"啊,我么?我的业务并不是这样买股票……我在等待……"

在这一分钟内,他看见她那只从不离手的破旧的大黑皮手袋,就不免战栗了一下。这一天一切进行得都很理想,这一天他是多么幸福,看见他所希望的银行已经成立,难道这个老泼妇就是那个在公主摇篮上抛掷厄运的恶仙姑么?他觉得那只皮手袋装满了跌了价的证券,破了产的股票,都是她从发行这些股票的企业中带了出来的。他似乎明白了她的用意,即她之来此是为了预告他,她可以尽可能的等待,等到世界银行倒闭后,她就照样来把银行的股票收集到她的破皮手袋中去。她说话的声音正是随军出发的乌鸦的叫声。这种乌鸦随着军队一直走到屠杀的夜晚,于是在头上盘旋,然后飞下来,因为它知道那里一定有死人可以啄食的。

"再见吧,先生。"梅山抽身时这样说,她虽喘不过气来,但却很有礼貌。

五

一个月以后,已到了十一月初旬,世界银行的设备还没有完工。细木工人还在装璜板壁,油漆匠还在油漆遮盖院子的玻璃房顶。

工程进展缓慢应归咎于萨加尔,他不满意设备过于简陋,他需要漂亮,因而拖长了工作的时间。他不能把墙往外推,来满足他追求豪华的梦,结果他生气了,于是请嘉乐林夫人把那些包工头开除掉,由她自己担任监督最后装置柜台的工作。这里设有无数特殊的柜台。院子已改装成中央大厅,柜台就在厅的周围。这些柜台口都装置了栏杆,严肃而又庄严,上面横悬着一块漂亮的铜牌,用黑色的字母标明这柜台所司何事。总之,虽然地方略为狭小,但一切设置仍安排得极为合适:楼下是与群众直接发生联系的各科,收款、发行股票、一切银行的日常业务;楼上是一些内部机构,经理室、电讯部、会计处、仲裁处、人事处等。总之,在这样紧凑的一块地方,可以允许两百多个职员活动。在人们进去的时候,最感到惊讶的,这里有一种严肃的气氛,一种古时的圣教虔诚的气氛,即使在工人下班时彼此拥挤的时候,银行职员收进金子发出铿锵声的时候,这种从神圣的处所隐隐散出来的气氛,都叫人感觉得到。无疑的,这种气氛来自这座黑暗而潮湿的大楼,即在毗邻花园树荫覆盖下的这座沉静的大楼。大家都感觉到来到这里,便好像走进了一座修道院。

一天下午,萨加尔从交易所回来,他也有此感觉,这真使他惊异了。幸好许多地方并不像教堂一样贴金,使他有些安慰。他向嘉乐林夫人表示他的满意。

"那么!无论如何,拿初创来说,这就很好了。人家一看,仿佛是自己的家一样,真像一座小教堂,将来,大家还可以看见……谢谢你,我的漂亮朋友,从你的哥哥走了以后,你费了很大的功夫,真是谢谢你。"

因为他的原则是利用出其不意的情况来取胜,因此他设法发扬银行庄严的外表的特色,他要他的职员穿一身礼拜堂中青年执事的制服,大家说话要讲究,收款和付款要像教堂的办事人员那样的小心。

萨加尔的一生都是乱七八糟的,从来没有这样积极做过事。早上,从七点钟起,在职员未来之前,甚至在他的用人还没有生起炉火之前,他已经到办公室来了,拆阅他收到的邮件,答复那些急待答复的信件。随后,一直到十一点以前,人们来来往往,就像永无休止的跑马:大量的朋友、顾客、经纪人、场外伙计、掮客,所有金融界人士都来了;来听取吩咐的那一串本行的科长,更不必说了。他自己呢,只要有一分钟空闲,就站起来,到各科去作一次快速的视察;每个职员都在恐怖中生活,担心他会突然出现,因为这种出现,时间是常常不同的。在十一点钟的时候,他就上楼同嘉乐林夫人共进午餐,他吃得很多,同时还喝酒,因为他瘦,吃喝多一点也没有什么不好。而且在这里多花一点时间也不算是损失,因为在这时候,正如他所说的,是他使他的漂亮朋友向他开诚布公的时候,即是说,这时候他总是要问问她对于人和事的意见,可是他经常不采用她绝顶聪明的意见。正午,他到交易所去,因为他愿意第一个到那里,目的是想看看和谈谈。再说,他也并不公开去赌,他到那里仿佛是为了一个极平常的约会,因为在交易所他也的确不难遇到世界银行的一个主顾。但是,他的影响在交易所里已经表现出来,他是以胜利者,以信用卓著的人,以真正有数百万金钱作后台的人的身份出现在那里的。有些爱说怪话的人,一看见他就互相悄悄地谈论起来,胡诌着许多奇怪的传说,预言他未来的权势。三点半钟左右,他总是要回家的,他不得不做那些令人生厌的签字工作,这些工作简直把手练成了机械的活动,其机械程度到了他命令职员、回答问题、处理事务可以一边自由点头摇头,任意谈话,一边无需停止他的签字工作。六点钟以前,他还得接待一些客人,总结他当天的工作,准备第二天的工作。当他再上楼到嘉乐林夫人那里去的时候,就又是一顿比十一点钟那一顿还要丰盛的餐食:上选的鱼,特别是野味,酒的方面是随兴所至,香槟酒,葡萄酒或者勃艮第酒,选中哪一样就算哪一样。

"你说,我还不算老实么?"有时,他这样微笑着高声说,"我不追求女人,不到俱乐部和戏院,我像一个规矩的商人一样,始终只在你的身边生活……你应当把这些事写信告诉你的哥哥,让他放心。"

实际上,他并不像他所吹嘘的那样老实。在这时期,他出于一时高兴,爱上了布夫喜剧院的一个女歌手,甚至有一天,他放荡得跑到日耳曼妮·格儿小姐那里去了一次,不过在那里他没有得到任何满足罢了。真实的情况是他一到晚上,就疲倦得不堪了。再说,他成天沉浸在欲望中担心着他的成功,因此别的欲望也就减少,甚至麻木了;只要他觉得他还没有胜利,还没有成为一个无可争辩的财富的主宰时,他便觉得如此。

"对呀!"嘉乐林夫人快活地回答,"我的哥哥那么老实,以至于老实对他说来只是一种自然的状况而不是一种值得夸奖的行为……昨天我已写信告诉他,说你已经决定不再给董事办公室贴金,他一定会很高兴。"

这是十一月初的一个极端寒冷的下午,嘉乐林夫人正吩咐油漆匠头子,叫他把董事办公室简单刷一下灰浆就好了;这时有人拿来一张名片,说这位来宾坚决要求会见她。名片很脏,上面是以粗大字母拼成的"毕式"的名字。她不知道这人是谁,她吩咐叫他上来到她哥哥的办公室来见,这是她招待客人的地方。

毕式所以能够经过差不多整整六个月还能忍耐,他所以不立刻利用他的意外发现,利用他发现萨加尔有一个私生子的事,首先是因为他感觉到,他只能拿到萨加尔签给那位母亲借据上的六百法郎,成绩未免太菲薄,可是要想威胁萨加尔从而得到起码的几千法郎也是一件太困难的事。一个脱离任何羁绊的鳏夫,丑名声是不会叫他害怕的;那么怎样恫吓他呢?一个偶然生出来的孩子,在污泥中长大了,将来除了做妓院老板或杀人犯外,还能做什么呢?像这样一件令人讨厌的礼品,怎么能叫他出高价来收买呢?当然,梅山想方设法编造了一笔费用巨大的账目,大约一共是六千法郎。这数目是一个法郎一个法郎地借与她的表妹,即孩子的母亲罗莎丽·沙威夷的;除此以外,还有这个不幸女人病中的费用,她死后的埋葬费,坟山的修理费,……最后,自从维克多要她负责养育以来,她在他身上花的钱,食物,衣服和其他一大堆东西的费用……但在萨加尔同孩子的父子血缘关系无法证明的情况下,难道他不会叫他们滚蛋么?但是这一种父子血缘关系,还毫无方法可以证明,如果说有的话,那也不过是孩子像他罢了。因此,在萨加尔身上,只能挤出那张签条上的款子,而且还要他不能引证"过期无效"来抵赖才行。

毕式之所以迟延,另外还有一种原因:他的兄弟西基斯蒙得了肺炎,不久以前卧床了,不能动,他在他的旁边过了好几个可怕的星期。尤其是有十五天,这位非常活跃的商人,竟把他追踪的一切复杂线索忽略了,忘怀了,他也不再到交易所去,对那些债务人也不提起控告;他始终不离开病人的床头,像一个母亲一样看护他,照料他,替他换衣服;他本来是一个无耻之尤的悭吝人,但这时却变作慷慨者了;他聘请了巴黎的第一流医生,愿意付药房老板最贵的药费,只要他的药服了有效。医生禁止病人工作,但西基斯蒙固执地要工作;于是毕式便把他的文件,他的书,一概藏了起来。在他们兄弟之间竟成了一种狡猾的战斗。只要他的看护人因无法战胜疲劳而打起瞌睡时,为热病烧得憔悴了的青年人,便带着周身是汗的身体,找着一枝断铅笔在一张报纸的空白处,做起计算工作;他要根据他的正义梦,分配天下的财富,保证每一个人对于生命和幸福都有自己的一份。毕式醒来的时候,看见他把残余的最少一点生命力都拿去牺牲在那种幻想上,因而病得更加厉害的时候,真是心都碎了!把这类无聊的事作为一种游戏,他是准许的,正如一个大人准许小孩子玩木偶人一样,只要他的身体健康就可以,但用这样疯狂的、不切实际的思想来杀害自己,那就太愚蠢了!西基斯蒙为了对他哥哥的爱,同意不再胡闹之后,稍稍恢复了一点精力,而且也开始能够起床了。

于是毕式重新开始他的业务,声明萨加尔的事件应当解决,既然萨加尔又以胜利者的身份重回交易所,既然他已成了一个无可否认的有还债能力的人。他打发去圣拉查尔街探听消息的梅山的报告是很好的。但是,他对正面向此人进攻却还有些迟疑。他一面等待时机,一面研究到底应采取何等战术才能战胜萨加尔。正是这时候,梅山口中露出一句话,说到嘉乐林夫人,这位主持家务的夫人,是全区供应商人都谈到过的,这使他想到一个新的进攻萨加尔的计划。他揣想这位夫人做了他的情妇绝非出于偶然。她岂不是一个掌握着可以打开他柜子和他内心的钥匙的女人么?他常常很容易听命于所谓"灵感"这东西,他愿意叫突如其来的"神智"领导他,像根据嗅觉的简单指示就去打猎一样,准备在以后遇到的事实中再去找寻一定的决策,这就是他之所以到圣拉查尔街来看嘉乐林夫人的原因。

在楼上那间图样室里,嘉乐林夫人看见这位胡子都没有刮干净的胖家伙,着实惊讶了一下;他的面貌既平板又肮脏,穿一件油腻的外套,打一条白色领带。毕式也在那里估量她,一直估量到她的灵魂;他发现她正如他所想象的那样一个人,那般的高大,那般的整洁,又有一头可赞美的白头发;这头发的光彩映在她那仍然年轻的面貌上,使她有一种快活而温和的表情。她的稍嫌大了一点的嘴巴,给了他很深的印象。她的嘴巴的表情是那样和善,使他立刻决定了一切。

"夫人,"他说,"我本打算和萨加尔先生谈一谈的,可惜听说他不在……"

他在说假话。他根本没有要求见他,因为他很清楚他不在,他已经侦察到他上交易所去了。

"所以我不客气地来告诉你,我内心里愿意这样做,我深知你是何等样的人……我要告诉你的事情是这么严重,这么微妙……"

嘉乐林夫人还没有请他坐下,这时才用一种不安然而是关心的态度指一个位子叫他坐下。

"说下去吧,先生,我听着。"

毕式小心翼翼地提着大衣的衣角,似乎怕弄脏了的样子,内心里这样断言,没错,她肯定同萨加尔睡过觉。

"因为,夫人,这些话真是不容易说出口。……我要向你承认,到最后一分钟,我自己还在问我自己,把这样一件事情向你吐露,我到底做得对呢还是不对?……我希望你在我的行径中看出来,我的唯一的要求,是使萨加尔先生弥补他从前的过失……"

在她这方面,已经明白她正在跟什么样的人打交道了;她希望尽量缩短那些无益的废话,就做了一个手势,表示叫他不要含糊其词。于是,他就不再坚持那套客气话了。他长时间地讲了那段过去的历史,罗莎丽如何在哈尔卜街被人诱奸,萨加尔躲藏起来以后,她如何生下了一个孩子,这位被遗弃的母亲如何在堕落生活中死去,留下的孩子如何由一位姑母养育,但姑母又是如何地忙碌没有好好管教孩子,使他在下流不堪的环境中长大。她静听着,这一段她事前没有想到的风流故事,使她惊讶了;因为她原以为这不过是金钱上的一些见不得人的问题;随后,显然地,她受了感动,孩子的被遗弃,母亲的悲惨命运,都使她同情;在她那始终不育的妇女的母性之爱中,她更加觉得不安。

"但是,"她说,"先生,你敢说你所讲的事情一定确实么?……这类事情,是要有最有力而绝对的证据的!"

他微笑了。

"啊,夫人!有一个绝对明显的证据,孩子和他的父亲是出奇地相像……而且,日期也在,一切都相符,是这件事情的最有力的证明。"

她坐在那里哆嗦。他考察她。沉默了一会以后,他继续说:

"夫人,现在你该明白,这件事要直接告诉萨加尔先生是多么地为难呀!这中间,我自己并没有丝毫好处。我不过是代表那位姑母梅山太太来的;因为在一个唯一的偶然机会中使她发现了那位找了很久而找不到的父亲。我很荣幸能够同你谈话,我要向你说清楚,给那位不幸的姑娘罗莎丽十二张五十法郎一张字据的萨加尔先生,是以席加尔多名字签的字。在这种可怕的巴黎生活中,我的天,这件事我真不敢断定是否可以原谅,只是萨加尔先生对于我这样干预人家的事所持的理由,恐怕是误解了……因此,我忽然感到该先来见见你,夫人,以便我可以完全信赖你来指点我以后该怎么办;因为我知道你是非常关心萨加尔先生的事情的……你瞧,现在你已经知道我们的秘密了,你想我还是等着他,今天就把一切都告诉他么?"

嘉乐林夫人显得越来越为激动。

"不,不,以后再谈。"

但是,这件隐事是这样的不可思议,她自己也不知道怎么做才好。毕式继续在侦察她,他很满意她的敏感,因为这样她才落入他为她设置的圈套。这时他打定了主意,坚信从她身上可以挤出来的东西,一定比在萨加尔身上所能挤出来的要多得多。

"因为,"他喃喃地说,"我们应当打定一个主意。"

"好吧,我去……是的,我要到那不勒斯里去,我要去看看这位梅山太太和孩子……最好的办法,我先得把事情弄清楚再说。"

她有一种深谋熟虑的想法:在未告诉孩子的父亲以前,她决定去作一次细心的调查。以后,如果她认为事情是确实的话,再告诉他还来得及。对于他的家和他的安宁,她不是负了监督的责任么?

"可惜,这件事情很急迫。"毕式看见已能随心所欲操纵了她以后,又这样说:"可怜的孩子在受苦,他的处境是可怕的。"

她站起来了。

"我戴一顶帽子,我立刻就去。"

他不得不离开了椅子,漫不经心地说:

"我还没有跟你说,有一笔小小的账款该偿付。自然,孩子是要花钱的,还有,他母亲在世时借的款……我……我还闹不清楚。我是不愿负任何责任的,一切单据都在那里。"

"好的,我去看看。"

然而他也仿佛有些感动的样子。他说:

"夫人,你知道我在商场中看见过多少怪事呀!每每是最诚实的人,到后来一定会为他们过于感情冲动而产生痛苦,或者,最坏的是因为父母过于感情冲动而产生痛苦……说到这件事,我可以给你举一个例子。你的破产的邻居,波维里埃家的女士们……"

他突然走去靠近窗门,把他热中于探奇的眼光深深地望着邻居的花园。无疑地,自从他进来以后,他就在研究如何进行一次侦察。在他作战的地方,他需要熟识它的地形。波维里埃伯爵曾签了一万法郎债权认可书给蕾奥尼德姑娘,在这一件事情中,他猜得很准确,从旺多姆送来的材料已把他所预料到的事告诉了他。被诱奸的姑娘,在伯爵死的时候,还是一个钱也没有,只是拿到了那一张废纸;她渴望到巴黎来,结果是把那张债权认可书抵押给那个放高利贷的沙尔比埃,大约只抵押了五十法郎。不过,他虽然立刻发现了波维里埃一家人,但他打发梅山在巴黎各处探听了六个月仍然不能找到蕾奥尼德姑娘。她先前是在一个执达吏的家里做丫头,样样事情都要做,毕式跟着这条线索寻找了三个地方。随后,她因为行为不端被人赶跑了,于是便失了踪。他在巴黎的各个角落都去搜寻过,仍然无效。这件事使他很不痛快,因为倘若他没有这个姑娘作为丑名声的罪证拿去威胁伯爵夫人,要想在伯爵夫人那里得到点什么是不可能的。但是他仍然照样经营这桩"生意",他很高兴这时能够在窗前认清楚了这幢大楼的花园,因为过去他只是在街上看过这大楼的正面。

"难道这两位女士也有什么烦恼在威胁她们么?"嘉乐林夫人以一种不安的同情这样问。

他装作老实人的样子说:

"不会吧,我不相信……我只是想说,由于伯爵的品行不好,把她们弄得这么惨……是的,我在旺多姆那边有些朋友,我知道他们的历史。"

他终于离开窗门,在他伪装的同情中,他突然而且也很奇怪地想到了自己。

"还有,单是损失一些金钱倒也罢了!但是,当一个家庭遭到死亡的威胁时!……"

这一次,真正的眼泪浸入了他的眼眶。他想到了他的兄弟,连呼吸都困难了。她以为他的家里最近一定死了人,但为了谨慎,没有问他。从他进门一直到现在,从他引起她的恶心这一点来看,她断定他是干下流勾当的人物,的确是一点儿也没有错。这一些出乎意外的眼泪比她聪明的战术更进一步促使她下了决心,即刻就到那不勒斯里去的欲望更大了。

"那么,夫人,我信任你!"

"我立刻出门。"

一个钟头以后,嘉乐林夫人就乘了一部马车,在蒙马特小丘上逡巡,因为她找不到那一个里。最后,在一条和马加德街接连的荒僻街道上,一个老妇人才把这个里的地址告诉了车夫。在进去的那一段,完全像一条乡村的道路,有好些坑洼,堆满了烂泥和垃圾,那个所谓那不勒斯里是在一大块荒地中间。人们要很仔细地看才看得出那些可怜的建筑:是一些泥土、破木板、旧锌皮七拼八凑搭成的房子,很像一个院子周围的一堆破乱物。临街的一面,有一座一层楼的房子,它的墙倒是碎石砌成的,但也腐朽不堪,脏得令人恶心。这房子像监牢一样,专门为着守大门而存在的。的确,梅山太太以警惕性很高的房东资格住在那房子里;她不断地在进行侦察,亲自剥削着她那群在饥饿线上奔命的房客。

嘉乐林夫人一下车,就看见她站在门口,身上穿一件旧的蓝绸衣服,但是补缀了好几处,而且有好些地方线缝也破了;由于她身躯魁梧,颈子和肚子都突了出来;她的面庞是那么地丰满和红润,她的小鼻子仿佛在两朵火花中烧焦得看不见了。嘉乐林夫人迟疑了一下,感到不自在;但是一个很温和的声音,像村笛那样尖细而悦耳的声音却使她安心了:

"啊,夫人,这一定是毕式先生叫你来的,你是为小维克多而来的……请进来吧!请进来吧!是的,这里就是那不勒斯里。我们的街还不算街,我们还没有门牌号码……请进来吧,我们应该先谈一谈。我的上帝,这件事是多么叫人讨厌,多么令人发愁!"

嘉乐林夫人不得不坐在一个脏而黑的饭厅中的一把破椅子上。那里有一个烧红了的炉子发出一种令人窒息的热量和气味。现在梅山说话了,她说嘉乐林夫人的运气还不错,可以碰见她,她在巴黎事情很多,经常不到下午六点钟,是很少在那不勒斯里的。嘉乐林夫人不得不打断她的话说:

"对不起,太太,我是为这个不幸的孩子来的。"

"好极了,夫人,我就叫他来……你知道他的母亲是我的表妹。啊,我可以说我已经尽了我的责任……你瞧这些文件和这些账。"

她从一个食具柜中拿出了一包文件;那是一个蓝皮的文件夹,里面的每一种文件都放得很有秩序,像一个经纪人所做的一样。她滔滔不绝地说到罗莎丽,无疑地,她最后过的生活是叫人恶心的,她碰见一个男人,就不加选择地跟了他,在失踪八天以后,她喝醉了回来,而且带了伤;不过,我们应当谅解她。因为在孩子的父亲没有使她失身的时候,即是说,没有在楼梯口被萨加尔先生诱奸的那天以前,她还是一个顶好的女工。后来她成了四肢无力不能劳动的人,她只能在菜场上卖柠檬,在这样的情况下要叫她老老实实生活是不可能的。

"你看得出来,夫人,这一笔钱我是二十苏四十苏地借给她的。日期是,六月二十日二十苏;六月二十七日又是二十苏;七月三日,四十苏。瞧!这时期她大约病了,因为,你瞧,简直四十苏四十苏地借了……以后,我还要负责替维克多做衣服。为这孩子花的钱,我就在上面写一个'维'字作记号……至于罗莎丽死的时候,那更不必说了!啊,真是下流!她得的是一种真正的腐化病。他完全靠在我身上。你瞧,我要在孩子身上用五十法郎一个月。不过,这也并不是没有理由的,孩子的父亲是有钱人,他很可能为他的孩子付五十法郎一月……总之,这一共是五千四百零三法郎。如果我们把那借据上的六百法郎加在一起,整数就是六千法郎……是的,一切都是为这六千法郎!"

虽然那令人作呕的气味使嘉乐林夫人脸色苍白,但她仍然决定了一个意见:

"但是,借据不是你的呀!那应当是孩子的财产。"

"啊,对不起!"梅山尖声地又这样说,"借据上的钱我都预付出去了。为了照顾罗莎丽,我把那笔钱预支给了她。你看,借据后面还签了我的'背书'……在我这方面说来我不要利息算是可以的了……我的好夫人,大家应当想一想,总不应当叫我这个可怜的女人损失一个苏吧?"

由于承认她这笔账的好夫人做了一个表示厌倦的手势,于是她平息下来,又用她小笛似的声音说:

"现在,我去把维克多叫来。"

虽然她接连派了三个在门口逡巡的小孩去叫,自己也站在门口等,摆出大模大样的姿态,但是她白费劲了,铁定的事实是维克多不肯来。小孩中的一个甚至还带回来一句极下流的话作为对梅山的回答。她于是大为生气,马上走去似乎要把他拧着耳朵带回来的样子。但是,过了片刻,她却独自一人回来了,因为经过考虑以后,无疑地,她认为最好是把他生活在可怕的环境中的状况原封不动地介绍给嘉乐林夫人看。

"希望夫人劳驾跟我一道去吧。"

她一面走,一面叙述那不勒斯里的详细情形,她说这座里的全部房屋是她丈夫从他叔父那里继承下来的遗产。这位丈夫大约是死了,但生前谁也没有见过他;她只是在说明那不勒斯里这一笔资产的来源时才提到他。她老是说,这是一件要她命的坏生意,因为她花在这上面的心血多于利润,特别是市长经常要来找她麻烦,派视察员来察看,要她修理房子,作种种改良,借口说住在她那里的人不然就会和苍蝇一样很快死亡。但是,她却坚决不肯耗费一个苏。要这样,过不久别人不是还可要她在房间里装上带镜子的壁炉了么?而她的房间的租金才两个法郎一星期呀!有一件事情是她始终闭口不谈的,那便是她收租金的毒辣手段。只要人家不预交她两个法郎,她就把全家赶到街上,她自己便是一个警察,而且是那么可怕,就连那些无家可归的乞丐也不敢无条件地靠着她的一堵墙打瞌睡。

嘉乐林夫人带着悲哀的心情查看那个院子,这是一片荒废的土地,上面坑坑洼洼堆满了废物,成了一个垃圾堆。人们把什么东西都往里扔,那里既没有水沟,也没有井,这是一堆在日益增大的肥料堆,在空气中散发恶臭。幸好是天气冷,如果是大太阳的话,瘟疫就会传播了。嘉乐林夫人不敢下脚,她设法避开那些菜蔬和骨头;她一面把目光转向两边,看那些房子,那种叫不出名字来的可怜的住宅,看那些塌了一半的平房,看那些行将倒坍就用一些乱七八糟的材料支撑着的屋子。许多屋子干脆只用油毡遮着。很多屋子都还没有门,让人家看着像地窖式的黑洞,往外还发出难闻的污浊气味。八口和十口之家挤在这"堆尸所"似的库房之中,甚至连一张床都没有;男人,女人,孩子……堆成一堆,像烂水果一样,互相腐蚀;男女混杂得那么可怕,连幼小的孩子,都可引起直觉的淫欲。成群的孩子,因为有遗传的瘰疬和梅毒,所以个个都是又瘦又干;他们越来越多,塞满了院子,他们是一群跟毒菌一样从粪堆中滋生出来的可怜物;他们的产生是很偶然的一次拥抱,到孩子降生时,连他的父亲是谁都知道得不大清楚。如果遇上伤寒症或天花流行,就可以一下把这一里的居民扫荡一半到坟山。

"夫人,我向你解释一下,"梅山又说,"维克多眼睛里所看到的一切都是不太好的榜样,我们该用点时间来考虑他的教育问题,你瞧,他已经满十二岁了……在他母亲没有死的时候,真是!他看见的事真是太不应该了!她一喝醉了酒,便毫无顾忌,把男人领到家里来,什么事情都当着孩子的面干……

随后,说到我,我也没有时间在旁边监督他,因为我在巴黎有事情。他成天都在外面胡跑,有两次还是我到官厅去把他保回来的呢!因为他偷了东西;自然,只是一些小偷小摸。后来,他竟敢同小女孩们搞起他母亲在他面前干过的事了!啊,你一会儿就会看见他,十二岁,简直像一个大人!……后来,为了让他做点工作,我把他交给了欧拉里妈看管,她是在蒙马特提篮卖菜的。他就同她一道到菜市场去,替她提篮子。不巧这时她屁股上又长了一个疮……啊,我们已经到了,夫人,请进去吧!"

嘉乐林夫人退缩了一下。这里算是院子的最深处。在一个真正以垃圾堆成的小堡背后,有一个发出奇臭的洞口,这是一座陷入地下的破房,活像一堆废料,不过是用些破木板把它支撑着罢了。房子是没有窗子的。至于门,大约是一扇装玻璃的旧门,现在用一张锌皮代替了玻璃;为了能够看清楚里面,门是打开的,因此侵进来的寒气异常可怕。她看见在一个角上有一床草垫很随便地扔在踩结实的泥土地上。这里任何家具都没有。在一些乱七八糟的破铁桶之间,有一些破烂的木板,还有些破篮子,这大约就是用来当作椅子和桌子的。墙在浸水,始终有一种带黏液的潮湿。黑色的顶棚有一条绿色的裂缝,平常会从那里漏下雨来,一直流到草垫的底层。气味,气味是真太难闻了;这是处于极端贫困中的人类的卑贱的表现。

"欧拉里妈,"梅山喊道,"这位夫人是来给维克多做好事的……他有什么事,这个蛤蟆?为什么叫了他,他不来呢?"

草垫上面铺着一张粗布的破被单,一个畸形的肉包裹在里面蠕动,嘉乐林夫人看出其中有一个四十岁光景的女人,因为没有衬衣完全裸体睡在那里,仿佛是一只没有装满水的羊皮水袋,她皮肉柔软,几乎满身都是皱折。她的面貌并不难看,甚至还算娇嫩,头上也有小巧的金色鬈发。

"哦!"她怨声载道地说,"请她进来吧,如果这对于我们有好处的话,因为这样活下去,老天爷,真是不行了!……你想一想,太太,我已经十五天不能起床了,因为这些讨厌的大疮,在我的屁股上已烂成好几个窟窿!……而且,我一个苏也没有了。我不可能继续去做生意;我有两件衬衣维克多也拿去卖了。我相信,今天晚上我们就会挨饿的。"

随后她提高了嗓门说:

"真是太傻了,小东西,出来吧!……这位夫人不会对你有什么害处的。"

这时嘉乐林夫人看见,她原以为是一堆破布的那个包袱,从篮子中站起来,她打了一下寒战。这就是维克多,穿着一条破裤子和一件布上衣,透过这些衣服的窟窿,看得见他赤裸的肉体。他站在从门上透进来的那一道光线之中,嘉乐林夫人惊得张大了口,他和萨加尔多么相像呀!她的一切怀疑都消失了,他们的父子关系是无可否认的。

"我,我不愿意,"他声言,"人家是来哄我到学校去。"

她始终看着他,越来越感到不舒服。在这种令她惊讶的相似之中,孩子有半边脸比父亲胖,因而叫人不愉快;他的鼻子略往右偏,他的头仿佛是他母亲在楼梯口被强奸而受孕时压坏了的一样。按他的年纪说来,他似乎发育过早,他个子不很高,矮壮的身材,才十二岁就完全像大人,全身已有粗黑的汗毛,一如一头早熟的野兽一样。他的一双大胆的眼睛看起人来,穷凶极恶,嘴巴的色调充满了成人肉欲。虽然他还在童年时代,面容还保存了他的纯真,有些地方还有女孩子们的那种文雅,但他这种突然发育的成年样,真像一个畸形怪物,叫人感到可怕和不舒服。

"我的小朋友,学校会叫你感到非常害怕么?"嘉乐林夫人终于说话了。"但是,你如果到了学校去,总会比这里好一点……你睡在哪里?"

他做了一个手势,指着那草垫说:

"那里,我同她睡在一起。"

这样天真的回答使欧拉里妈很难为情,她有点着急,想找些理由解释。

"我用一个小褥子给他做了一张床,但是他把它卖了……所有东西都卖完了的时候,他在什么地方都可以睡觉的,你说不是这样么?"

梅山认为她该插嘴了,虽然她并不知道过去的一切事情:

"总之这是不应当的事,欧拉里……而你呢,小混蛋,你很可以到我那里去睡觉呀,你不该同她睡。"

但是维克多两条强有力的短腿站得直直的,表现出一种早熟男性满不在乎的样子。

"为什么?她是我的女人呀!"

欧拉里妈的肥胖身躯滚动了一下,她决定以笑来掩盖她的下流行为,她用一种开玩笑的态度来谈这件事。这在她身上倒显出了一些亲切的情调。

"啊,的确,如果我有一个女儿的话,我也真不放心交在他的手里……他真是一个小男人了!"

嘉乐林夫人战栗起来。在这种令人作呕的可怕的环境中,她什么主意都拿不出了。怎么说呢?这个十二岁的孩子,这个小怪物,同这个被蹂躏过而害着病的四十岁的女人!……在这个肮脏的草垫上,在这个堆着破瓶破罐、臭气弥漫的环境中!……啊!贫贱会摧毁一切,腐蚀一切!

她放下二十法郎撒手就走,她回到房东那里,打定主意和这个女人把一切问题都谈谈妥。在这样一种孤立无援的情况下,她突然产生了一个思想,她想到了儿童习艺所。这个习艺所岂不正是为这类无权享受一切的、街头流浪的贫贱孩子而创立的么?大家不是打算以学卫生和做手艺来改造他们么?应当尽快地把维克多从这一垃圾堆中夺走,放在习艺所,使他重新获得正常的生活。她为这件事始终还在战栗。在这一决定中,从她身上产生出一种女性的体贴,先不必向萨加尔说,等到把这个怪物弄干净一点以后,再叫萨加尔来看他。她感到这个被弃置的可怕的孩子,对他说来,似乎是一种耻辱,萨加尔为这孩子会感到羞耻,对她也是一种痛苦。肯定几个月就够了,她一定会告诉他的,那时,她对自己的这一次善行必定会感到幸福。

梅山很难了解这一切。

"我的上帝!夫人,你爱怎么做就怎么做吧……只是我立刻要我的六千法郎。如果我没有我的六千法郎,维克多也就不能离开我这里。"

这个要求使嘉乐林夫人失望了。她没有这笔款子。自然她不愿意向孩子的父亲要。她和梅山商量,请求,都完全无效。

"不,不!如果我得不到保证,我可能受人的诈骗。我了解这种事。"

最后,她觉得这笔款子未免过于巨大,她一定什么都得不到,于是她减少了数额。

"好吧,立刻给我两千法郎!其余的我等以后再要。"

嘉乐林夫人还是照样觉得为难。她正在考虑究竟到什么地方去找这两千法郎的时候,忽然想起马克辛姆,她可以把这件事情告诉他。于是她不想同梅山争论了。马克辛姆一定会同意参与这件秘密,也必定不会拒绝借出这一笔很小的款子,而且他父亲将来也一定会还给他。她离开了,同时告诉梅山说她第二天就会来接维克多出去。

这时候才五点钟。她是那么热中地想了结这件事情,所以她一上马车,就把马克辛姆的地址——皇后大道,告诉车夫。她到的时候,仆人告诉她,先生正在盥洗,但是他说他仍然可以去通知他。

她在客厅里等待的那一刻时间,气都喘不过来。马克辛姆住的是一座小楼,是按照一种好奢侈的、讲究舒适的人的雅兴布置起来的。幔幛、地毯在房子中是尽量地滥用,在这些温和安静的房间中,散发出一种微妙的、琥珀的香味。虽然这里没有女人,但可以说是很美丽、很温柔而又很隐蔽;这位青年鳏夫由于自己的妻子之死发了财,他只遵照自己意见安排他的生活,他以有经验的独身男子的态度,对所有再想来分割他享受的女人都闭门不纳。他这一种生活上的享受,本来是一个女人给他的,但是他却不同意另外一个女人来破坏他的这种享受。对于放荡行为,他已经有所觉悟,不再乱来,只偶然还来一下,但像一个胃病患者吃医生禁止吃的饭后果食一样。他早就放弃了进参议院的念头,他什么也不追求,马和女孩子已经使他厌倦。他一个人过着生活,无所事事,非常幸福,巧妙而谨慎地吃着他的财产,最初他还是一个靠妻子财产为生的堕落的男人,现在却很庄重了。

"请夫人跟我去吧,"仆人转回来说,"你可以在房间里立刻见到先生。"

嘉乐林夫人同马克辛姆有很亲密的关系,这是由于他每次到他父亲家去吃晚饭时看见她在家里已成了一个忠实的管家而把这关系建立起来的。她进了房间以后,发现窗帘是拉上的,壁炉和小台子上点了六枝蜡烛,一种静穆的火光照着这丝绒织成的蜗居,这房间里有高大的椅座,羽毛般柔软的宽大的床铺,真是一个出卖肉体的美人的温柔之乡。这是他最心爱的一间房间,是竭尽了他一切爱美的心思来布置的,家具、珍玩都是极端名贵,还有十八世纪的古董,这一切都配合得非常调和,是一种见所未见的美妙混合。

通盥洗间的那一扇门开得大大的,他出来了,说:

"怎么样?发生了什么事?……爸爸没有死吧?"

他刚洗完澡,才穿上一件漂亮的白绒上衣,皮肤鲜艳而有香味,女孩子似的头,已经有些倦意,在他那无甚表情的面部上,有一双蓝而放亮的眼睛。隔着门就听得见澡盆的下水管流水的声音,温暖的水中,发出一股强烈的花香气味。

"不,不,还没有这样严重!"她这样回答,他以那样自在的开玩笑的声音来谈问题,倒使她有些窘困了。"不过我要向你说的话,的确有点使我为难……请你原谅我这样突然跑到你这里来……"

"真的,有人请我去吃晚饭,不过我换衣服还有一段时间……那么,到底什么事?"

他等着她说,但她现在却迟疑起来了,她感到她周围是这样的奢侈,这样无微不至的享受,她看得出神,只能吞吞吐吐地说话;她变得十分怯弱,已没有勇气把要说的一切话都说出来。那边,在那不勒斯里的垃圾堆里,那个由于意外而出生的孩子,过着那样的苦难生活;而这里的这一位,却在处理得极妥善的财富中过着奢侈的生活;这是可能的事么?那方面是下流无耻、饥饿、不可避免的污秽;这方面是过着极端考究、富裕和优美的生活!难道金钱就是教育、健康和智慧么?如果人类中这样的污泥始终在下层存在,而上层又还过着舒服自在的生活,难道这就叫作"文明"么?

"我的上帝!这简直是一篇小说!我相信我该把这篇小说讲给你听……再说,我也不得不这样做,我需要你的帮忙!"

马克辛姆听着她说,开始还是站着,但后来他只得坐在她面前,因过甚惊讶两腿都有些发抖。当她说完了的时候,他说:

"怎么!怎么!我原来并不是一个独生子!你瞧,真是招呼都不打一声,就从天上给我掉下来一个可怕的小兄弟!"

她以为他很关心这件事,于是说了一句隐射到遗产问题的话。

"啊!爸爸的遗产!"

他做了一个毫不在乎的带讽刺意味的手势,这使她真不明白。怎么?他想表达的是什么意思呢?他对于父亲伟大的名誉地位,那笔可靠的财产也不相信么?

"不,不,我的事情已经很顺利,我任何人都不需要了……只是事情实在太奇怪了,我真禁不住要笑。"

的确,他笑了。不过他还是有些生气,而且暗暗不安;他是一个专为自己打算的人,简直没有时间考虑这件事对他是

好还是坏。他觉得他置身于事外。他脱口说出了一句话,从这一句话中,他一下子显出了原形:

"老实说,我管他妈的,我!"

他站起来,回到盥洗间,又立刻出来,带了一把玳瑁磨光机,轻轻地磨着他的指甲。

"你打算把这个怪物怎样安排呢?我们总不能把他像古代铁面具一样放到巴士底陈列馆去陈列呀。"

她于是说到梅山的账款问题,说她有意要把维克多送到儿童习艺所去,求他借两千法郎。

"我还不愿意你的父亲知道,我只有你一个人可以商量,你应当先给我垫上这笔钱。"

但是他干脆拒绝了。

"给爸爸,一辈子也不!一个苏也不行!……请你听我说,这可以说是一个誓言,即使爸爸只要一个苏就能通过一座桥,我也不借这个苏给他。你懂了吧!有些傻事实在太傻,我不愿意人家嘲笑我。"

她又重新望着他,她为他这样绕圈子说到的一些讨厌事而感到烦恼。在这样动情感的时候,她不需要也没有时间同他闲谈,她以一种突如其来的声音说:

"以我的名义,这两千法郎你肯借给我么?"

"你,你……"

他继续以一种轻盈的动作修饰他的指甲,一面用他明亮的、足以看透妇女们内心的血的眼睛,审视着她。

"借给你,终归一样,我很愿意……你是一个易于轻信人的女子,这两千法郎你要设法还我。"

随后,当他从一个小柜子中取出两张票子来交给她的时候,他用双手握着她的双手,握了一会儿,他的态度表示出他有一种友爱的愉快,是出于一个继子对继母怀有同情而友爱的愉快。

"你对于爸爸有很多幻想,你!……你不要在这件事情上辩护,我并不过问你们的事情……女人们总是那么奇怪,有时竟用牺牲自己来作消遣!自然,在她们能够找着她们快乐的地方,她们是很有理由去找寻它的……不要紧,如果有一天你发现你作的牺牲遭了恶报时,你再来找我,那时候我们可以谈谈。"

当嘉乐林夫人重新坐上马车以后,她还是在窒息状况中,那小屋中热而潮湿的温度,那浸透了衣服的葵花香味还窒息着她。她战栗了一下,仿佛刚从一个令人可疑的地方出来。这种客气态度,这种儿子对父亲的嘲笑,使她害怕,并且加重了她对于不可告人的过去的怀疑,但是她不愿意知道。她现在有了钱,便安心地去安排她明天一天要做的事。从明天晚上起,孩子就可以从罪恶中救出来了。

这样,从一清早她就不得不到处奔跑,为了使儿童习艺所能够收容她保送的人,她还得办各种手续。习艺所的创办人阿尔魏多王妃选择了十个上流社会的妇女,组织了一个习艺所的监察委员会,嘉乐林夫人因为自己是这委员会的秘书,所以手续办起来倒很方便。下午,她只消到那不勒斯里去接维克多就行。她带了些漂亮的衣服去。在她的内心,对于孩子行将提出的反抗,并非不焦虑,孩子根本不欢喜人家谈到进学校的问题。她先送了一封快信给梅山,梅山已在门口等着她,可是梅山告诉她的消息,不能不使她大吃一惊:昨天夜晚,欧拉里妈死了,连医生也弄大不清楚是什么病症,或者是一种传染病,是败血症损害了她的身体。最使嘉乐林夫人害怕的,是同欧拉里妈睡在一起的孩子,他在黑暗中一直等到觉得她已冰冷时才发现她已经死了。他后半夜就只好在房东家里过。孩子被这悲剧吓呆了,无声的恐惧折磨着他,他甚至让人家给他换衣服,并且想到会在一个有美丽的花园中生活时,他还表现得很快乐。那不勒斯里再没有使他留恋的东西了,既然那"胖婆"——这是他的说法——也将在坟墓中腐烂了。

但是梅山在写两千法郎的收据时却提出了这样的条件:

"你明白了么?在六个月之内,你要一次补足六千法郎……要不然的话,我就要写信告诉萨加尔先生……"

"但是,"嘉乐林夫人说,"萨加尔先生自己会付你钱的……今天,我不过做他的代表罢了。"

维克多和老姑母的告别毫无温情可言。孩子只吻了一下梅山的头发,便匆匆地上了马车。至于梅山呢,却受到毕式的斥责,说她不应当只预收到一部分款子就同意把维克多放走;她这时还在暗自伤心,看见她的抵押品就这样溜走了。

"总之,夫人,你对我应当守信用,不然的话,我可以向你发誓,我会使你后悔的……"

从那不勒斯里到比诺大道儿童习艺所,嘉乐林夫人只能引孩子说出一些单音的语句,他那光亮的眼睛却拼命地在看马路、宽大的街、过路人和富丽的房舍。他不会写字,只勉强能念几个字,他时时逃学到炮台上去玩。从他过早成熟的孩子脸上,露出一种男性强烈的欲望,露出一种急于享乐的表情;他在不幸和充满恶劣榜样的环境中成长,更加重了他的欲望和对享乐的贪图。到了比诺大道,当他下车穿过左右两旁矗立着男生部和女生部宿舍的中央院子时,他那青年人野兽似的眼睛更加灼灼发光。他用目光巡视种有美丽树木的大院子和以釉泥粉刷的厨房；这时厨房的窗门正开着，从里面散发出一股肉香味。他的目光也注意到以大理石装修的、和礼拜堂两廊一样又高又长的食堂；总之，他已注意到坚持要把财产偿还给穷人的阿尔魏多王妃所给与穷人的一切阔绰的事物。随后，到了尽头，到了管理处所在的那一间正屋，他被人带领着一科一科地去办手续，以便得到习艺所的许可。他听见自己穿的新鞋走过宫殿般装修的宽阔的长廊、宽大的楼梯以及充满了空气与阳光的过道时发出的响声。他的鼻孔颤动了，这一切都将属于他啊！

嘉乐林夫人为了要在一个文件上签字下楼来了，她叫他跟她走过一条新的走廊，来到一扇玻璃门的前面。他看见在一个习艺室中，有和他一样年纪的一群男孩子，站在一张工作案板前，在木头上学做雕刻工作。

"你看见，我的小朋友，"她说，"这里大家是要工作的，因为，如果我们愿意健康和幸福的话，我们应当工作……晚上，这里要上课；我想你一定会听话好好学习的，是么？……你的前途，一个你从来做梦也想不到的前途要由你自己来决定。"

一条阴暗的皱纹横断在维克多的额上。他不回答，他的幼狼似的眼睛像一个贪心不足的强盗一样，斜射在那些华丽的、奢侈的房屋装修上面。他心里想：我要占有这一切，但我什么工作也不做，占据了这些东西来养活我自己，我只消用一点力量把它夺取过来……自此以后，他虽然人在这里，内心却像一个反抗者和囚犯，时时梦想偷盗和逃跑。

"现在，一切手续都办好了。"嘉乐林夫人说，"我们上洗澡间去吧。"

这里的规矩是每一个新习艺生在他刚进所的时候,就应当先洗一个澡。洗澡盆在楼上,在和疗养室接近的那些房间里;疗养室一共包括两个房间,一个是男孩子的房间,一个是女孩子的房间。疗养室的隔壁是洗浆室。这些地方,是由教会的六个修女管理。洗浆室很高大,内部装修完全是油漆的枫木,有一些又宽又深的三层衣橱;在这个标准的疗养室里,明亮、洁白、毫无污点,像健康身体一样,愉快而舒适。往往有这样的情况:监察委员会的夫人们,下午就在这里待上一个钟头,与其说来监督,毋宁说是来表示一下她们对习艺所的忠心支持。

恰巧,波维里埃伯爵夫人和她的女儿阿丽丝,就在那间分隔两个疗养室的厅里。波维里埃夫人往往带她女儿出来散散心,使她获得做慈善事业的乐趣。这一天,阿丽丝正帮助一个修女在那里做果酱饼,以便给病后两个小女孩子吃,那是经医生允许给她们吃的。

"啊!"伯爵夫人一看见听人吩咐坐等洗澡的维克多就说,"这又是一个新来的!"

照平常习惯,她对嘉乐林夫人总是极端讲究身份,只用头来表示敬礼,从来不向她说一句话,怕会因此而发生邻居来往的关系。但是嘉乐林夫人领来了这样一个孩子以及她关心这孩子的极端和善的态度,无疑地感动了伯爵夫人,使她一反她向来的保留常态。她们小声闲谈起来了。

"夫人,你真不知道我是从怎样的一个地狱中把他救出来的呀!刚才我已托所有的夫人和先生照顾他,我同样请你也要照顾他!"

"他有父母么?你认识他的父母么?"

"没有,他的母亲已经死了……他只有我。"

"可怜的孩子!……啊!多么不幸啊!"

这时候,维克多的眼睛始终没有离开那些果酱饼。他的目光中燃烧起凶猛的贪欲。他从用小刀切开的果酱饼起看到阿丽丝那只纤弱雪白的手,看到她过细的脖子,又看到她瘦削的、因等待婚姻绝望而憔悴了的处女的全身。如果这时只有他和她单独在一起,他只需用头去撞她的肚子,就可能使她滚到墙角,把她那些果酱饼抢过来。这时这位青年女郎已经注意到他的贪食目光;她以目光向修女表示征询意见以后说:

"你饿了么,我的小朋友?"

"是的。"

"你不讨厌果酱饼吧?"

"不讨厌。"

"那么,对你正合适。你要我替你做两个果酱饼等你洗过澡出来以后吃么?"

"要。"

"要很多的果酱,只要很少的饼,是么?"

"是的。"

她笑了,她在开玩笑;但是他呢,他变得认真而且把嘴巴张得大大的,带着一种想把她和她那些好东西一齐吃掉的那种饕餮的目光。

这时候,一些欢呼声,一种猛烈的吵闹声从男孩子们玩耍的那个院子中传到了楼上,下午四点钟的休息开始了。习艺室空了,每个习艺生都有半个钟头吃点心和活动全身的时间。

"你看,"嘉乐林夫人把维克多带到开着的窗口去以后这样说,"他们工作,他们也游戏……你喜欢工作么?"

"不。"

"你喜欢游戏么?"

"是的。"

"那么,如果你要游戏,就应当工作……一切都会安排好的,我相信,你将来也会很懂道理。"

他不回答。他看见他的同伴们自由自在地又跳又叫,他的面庞顿时显出快乐的光彩。他又回过头来,看见阿丽丝小姐已经把做好了的果酱饼放在盘子里。是的,自由,享受,任何时候他只要这两样东西!他的洗澡准备工作已经就绪,人家把他带了去。

"这是一位小先生了,我相信他将来住在这里是不怎么合适的。"修女很温和地说,"这种面孔不很端正的人,我总不信任他们。"

"但是这个孩子长得倒还不丑,"阿丽丝喃喃地说,"拿他注视你的那种态度来说,说他有十八岁都行。"

"真的,"嘉乐林夫人轻轻战栗了一下这样结束说,"照他年龄来说,他的确是发育得很早。"

在走开以前,夫人们很乐意去看一看那两个病愈后尚在调养中的女孩子。其中有一个特别有趣,她是一个金头发的十岁的女孩,眼睛中已带懂事的表情,神气也像一个成年妇女,有巴黎资产阶级住宅区里妇女们的那种病态的、早熟的肌肉。再说,这也是一个平常的故事:父亲是个醉汉,经常把人行道上的那些情妇带来带去,不久以前,便同其中一个情妇一起失踪了;母亲于是另外找了一个男人,随后还找了第二个,结果自己也同样成了醉婆;小女孩在这种情况下不免就得挨一个一个男人的打,当这些男人不想强奸她的时候。有一天早上,她的母亲从一个泥水匠手中把她救了出来,其实这个泥水匠是母亲自己在隔天夜晚勾引来的。不过人们还准许这位可怜虫的母亲来看她的孩子。因为是她自己请求别人收容她的孩子的;在她的下贱生活中,她还保存了一种热烈的母爱。这时这位母亲恰好在这里,她是一个面黄肌瘦被摧残了的女人,眼里充满了热泪,坐在白色的床旁边;至于她的小女儿,一身洁白,背靠着枕头,在乖乖地吃着她的果酱饼。

这位母亲因为到萨加尔那里去求过周济,所以她认识嘉乐林夫人。

"啊,夫人,我可怜的马德莱纳一下就得救了。你看,在她的血液里都带上了我们的不幸。医生跟我说得好,说她如果老在我们家里混的话,她是不会活下去的……至于在这里,她有肉,有酒,而且她呼吸自由,又不受任何人干涉……夫人,我请求你,好好告诉那位好心的先生,说我只要能活一点钟,我都要为他祝福。"

她放声大哭,哭得都喘不过气,内心为感激之情软化了。她所说的先生就是指的萨加尔,因为她和习艺所的大部分孩子们的家属一样,只认识萨加尔。阿尔魏多王妃从不出面,至于他,倒在习艺所方面花费了很长时间,他使习艺所的人多起来,在街头巷尾收容那些贫贱的孩子,目的为了使这部慈善机器更快地发挥作用。他还稍稍可以算作是这部机器的发明人,而且他始终对于这事业抱有一种热情,常常从他自己的口袋中掏出五法郎一张的钞票来,送给被他拯救了的那些孩子们的家庭。对这一切不幸的人说来,他是唯一的和真正的好上帝。

"是不是?夫人,请你告诉他,天涯海角还有一个可怜的女人在为他祈祷呢……啊,并不是我信教,我不愿意说谎话,我也不是假仁假义的人。不,教堂和我们的关系已经完了,因为我们并不相信它,到礼拜堂去是白浪费自己的时间,没有什么用处……但是这也并不妨碍我们头上还有个上天;当有人还是好人的时候,请上天赐福与他,总可以使良心得到安慰。"

她的眼泪流出来了,流在她那憔悴的面庞上。

"听我的话吧,马德莱纳,听话吧……"

那个女孩子穿着雪白的衬衫,显得十分苍白,她用她贪吃的小舌尖舐着果酱饼上的果酱,她有一双表示幸福的眼睛;她抬起头来,注意地听着,但一面仍在吃着她的东西。

"每天晚上,在你上床入睡以前,你要这个样子把手合着,并且这样说:'我的上帝,希望你使萨加尔先生的好心得到好报,使他长寿,使他幸福……'你同意么?你答应我这样做么?"

"是的,妈妈。"

这以后的几个星期,嘉乐林夫人在一种精神上的极度不安中生活。她对于萨加尔,再也没有明确的看法了。维克多的降生和被遗弃的故事,在楼梯上被那么粗暴地强奸后以致变成残废和愁苦的罗莎丽,签了字而又不肯付款的借据,在污泥中长大的没有父亲的不幸孩子,这一切可鄙的过去使她的内心产生了一种厌恶。她竭力避开这些过去的形象,同时她不愿意再想起马克辛姆那种放肆的态度。一定的,萨加尔过去的一段生活是腐化的,这种腐化使她害怕,将来她还可能因此而产生更多的悲伤。随后嘉乐林夫人又想起那个哭成泪人儿的女人,正把她小女儿的手掌合着,在替这一男子祈祷!这里，萨加尔被敬为善良的上帝，真正的善良，在他那种投机家情感冲动的活动中，他确实拯救了许多灵魂；在他事业顺利的时候，他是愿意提高自己的品德的。她想来想去，结果对萨加尔的为人下不了判断；她读书读得太多也想得太多，为了使她这样一个有知识的妇女良心感到平静，她只好对自己说，萨加尔本人和所有的男子一样，既有好的一面，也有坏的一面。

但是，一想到她曾经委身于这个男子，她默默地感到羞愧。这是一件时时使她惊讶的事；为了使自己平静，她总是发誓说这是完了的事，说这是一件绝不会再有第二次的一刹那间的偶然事件。三个月过去了，这一段时间内，她每星期去看维克多两次。一天晚上，她又发现自己在萨加尔的怀抱中了，这一次是更肯定地属于他了，而且还让他建立了正规的关系。这种变化在她身上是怎么发生的呢？她难道和别的女人一样，为了好奇而这样做么？她所探寻出来的萨加尔过去的那些令人迷惑的恋爱关系，难道引起了她也想尝试一下的肉欲么？或者，这样说是不是更好一点呢？即孩子成了他和她——孩子的父亲和孩子偶然遇见的继母——之间的一个联系，一种必然会发生的结合。是的，在这件事上，大约只是一种情感上的堕落吧。在她这种不生育的女子的最大的悲哀中，这的确会使她感动，导致她意志的崩溃，甘愿在这种最艰难的处境中去照顾这个男人的儿子。她每一次见到孩子的时候，便更愿意委身于萨加尔，在她委身时的内心深处，确实有一种母性的爱。再说，她是一个头脑清醒的女人，她承认生活中的现实，她不愿费尽心血去设法弄明白成千的复杂原因。在她看来，这样把心理上和头脑中的混乱加以整顿，细致地去分析一件事情到无微不至的程度，那只是时髦社会中闲散女人的一种消遣。这些女人无家事负担,无孩子可爱,她们是轻狂的知识妇女,她们替自己的堕落行为找借口,她们用她们解释灵魂的方法来掩盖她们的肉欲——公爵夫人和客栈卖淫女人共同具有的肉欲。她是一个学问渊博的妇女,过去,她曾花过一定时间,热烈地希望认识这个广大的世界,希望通过哲学家们的各种争论坚定自己的主张,可是她走出哲学的领域以后,她觉得这不过是企图代替钢琴和彩绣的"心理上的消遣",她便对它表示轻视,并且笑着说,这些理论不但不能使妇女改邪归正,而且会使她们更其堕落。因此,有些日子,她心理上产生了空虚,使她觉得她的自由意志受到了损伤,于是她宁可提起勇气去接受现实,当她证实了这是现实以后。她全靠生活中的事务来磨灭缺憾,来弥补痛苦,像营养植物的水分一样,它一直上升,使橡树心的结实的切口重新长出木质与树皮。虽然她现在属于萨加尔,但这并不是她的意愿,也不一定是她尊重他,只是由于她认为他还够得上占有她,因而她能从堕落之中站立起来;他的善于活动的本质,想战胜一切的毅力,都吸引她;她相信他是一个对人善良和有益处的人。她觉得需要洗清自己的过错,因此,她最初的羞惭也烟消云散了。的确,再没有比他们的关系更自然更适当的了。很简单,这是一个以理性结合的家室,晚上,当他不出门的时候,他有她在身边是幸福的;她呢,几乎像母亲一样,带着一种极度聪明又极正直的可以使人安静的情感。的确,占有这样一个可敬爱的女子,对这个流落巴黎街头的流氓说来,对这个热中于而且也染指于金融界一切冒险事业的人说来,真是一种无比的幸运,是一种和盗窃别的东西一样盗窃来的报酬。她已到了三十六岁,但她有着像雪一样的白色的浓密头发,有那般正直的心灵,有那般极近人情的谨慎,她知道现实的生活,尽管和山洪一样,有时不免要带来一些浑泥,但对它仍然有一种信念……这一切使得她永远是那样的年轻和那样的圣洁。

几个月又过去了。应当说,在世界银行开始时的困难期间,嘉乐林夫人认为萨加尔是极其勇敢和极其稳健的。最初她怀疑他在做可疑的生意,她怕他把他们兄妹俩拖进危险中去,但她看见他不断地和困难搏斗,看见他从早到晚把时间都用来保证这一部新型的、巨大的、轮子已在发响的、几乎要破裂的机器很好的运转,她的怀疑和惧怕就完全消失了。她佩服他,她还因此而感谢他。的确,世界银行的进展,并不如他的希望,因为身价较高的银行在暗中敌视它。社会上传着流言蜚语,许多障碍又重新产生,资金不能周转,因此无法做大规模的、能赚钱的投机事业。他迫不得已而采取的慢条斯理的态度,反而博得了社会上的声望;他脚踏实地一步一步地前进,时时侦察着前面的泥沼,非常注意地防止失败,不敢投入冒险的赌博中去。像一匹善跑的马迫不得已而碎步小跑一样,他为焦急的心情所苦恼。不过从来还没有一家银行在开始时有这样的名望和这样正常的;交易所中的人已经在用惊讶的态度谈论世界银行。

世界银行就在这样的情况下,一直到了举行第一次股东大会。股东大会决定在四月二十五日举行。二十日那天,哈麦冷已从东方回到巴黎,他是受萨加尔的急召特来主持股东大会的,银行的规模太小,把萨加尔苦闷死了。不过,他倒带回来了很好的消息:成立联合轮船总公司的契约已经签订;另外,他口袋中还有一张租借条约,允许法国的公司去开采迦密山的银矿;土耳其国家银行更是不消说了,他已在君士坦丁堡打下了基础,那简直等于世界银行的一个真正的分行。至于中亚细亚铁路的那一个大项目,却还没有成熟,应当加以保留;再则,开完股东大会以后的第二天,他就要回到那里,继续他的研究工作。萨加尔很满意,同哈麦冷作了一次长时间的谈话,嘉乐林夫人也参与他们的谈话。萨加尔轻而易举地就说服了他们兄妹俩,说目前如果要应付事业的需要,实有增加公司股本的绝对必要。那些有实力的股东们如德格勒蒙、雨赫、塞第尔、戈尔等,他已经征询过他们的意见,他们也都同意这一次的增资;这样,在两天之内提案就可以研究出来,在股东大会举行的前夜提交董事会。

这一次临时董事会开得有声有色,在邻居波维里埃大楼的大树荫影掩盖下的庄严的大厅中,所有的董事都出席了。平常,有两种董事会:常务董事会,大约在每月的十五日举行,这是最重要的一个董事会,参加会议的是一些真正的首脑人物,是主持业务方面的董事;全体董事会,大约在每月的三十日举行,是一种场面铺张的会议,那些不说话的、作装饰的董事都来出席,赞成那事前已经准备好的工作,签上自己的名字。这一天,长着贵族式小脑袋的博安侯爵,首先到了;在他那副疲乏而高傲的神气中,表现出他具有法兰西贵族之所以值得人称赞的一切品德。至于沙果子爵,算是副董事长,是一个温和而悭吝的人,他所负的责任是督察那些不识时务的董事,把他们叫到一边,把经理——真正的老板——的命令通知他们。事情听明白以后,大家都以点头示意,答应遵守命令。

最后,开会了。哈麦冷把他将在股东大会上作的报告,先叫董事会知道。这是一篇由萨加尔准备了许久、最近才以两天工夫草拟成的长篇报告,报告中只加了一些工程师哈麦冷的补充材料,但这时萨加尔却仔细地听着这一篇报告,显得十分关心,仿佛他事前一字不知的样子。首先,报告说到世界银行自成立以来所经营的一切业务,这些业务都是只有好的一面,一天一天都有几笔小生意,这些生意总是只隔一天就有结果,这些都是银行业较平常的情况。但是,对于墨西哥的贷款,却获得了巨大的利润。这笔贷款是马克西米连皇帝①出发到墨西哥以后,前一个月才成交的。这是一笔糊里糊涂的贷款,手续费②要得疯狂的多。萨加尔因为本钱不够,不能够多捞一把,因而很懊悔。这一切都是很平常的事,但是银行到底支持下去了。在第一会计年度内(实际上才三个月,即从十月五日成立之日起到十二月三十一日止)利润盈余只有四十万零几千法郎,但这也就足以弥补创办费的四分之一,同时还可以拿百分之五来付股东利息和百分之十来作公积金。此外,章程规定,应提取百分之十的盈余作为各董事的酬劳金;这样一来,结果这一笔赚项只剩下六万八千法郎归并到下一年度的账项中去了。只是,没有可以分的红利。再没有比这更平常,也再没有比这更体面的事业了。就拿世界银行的股票价格来说,它在交易所中慢慢地上升了,已由五百法郎一股升到六百法郎,完全像一切信用极好的银行的股票价值一样,毫无波动,一切正常。已经两个月了,价格始终不变。在这小

----

① 马克西米连即奥国大公,于一八六四年赴墨西哥称帝,一八六七年因企图改革内政失败而遇难。
② 弱小的国家向帝国主义国家贷款时,每每必须交付经手银行一定的手续费(利息当然还要另外算)。实际上这种手续费,就是一种变相的贿赂。

规模的日常进展中,这个新生的银行仿佛睡了觉一样,因此也没有任何理由把股票价格提得更高。

随后,报告提到了将来。说到这里,简直是豁然开朗,那是一大堆伟大事业的广阔的境界。报告特别强调联合轮船总公司。世界银行将为这一公司而发行股票:这是一个资本五千万的公司,它可以垄断地中海的运输,这总公司将来可能有两家原是敌对的大公司加入。一家是佛色涅公司,该公司的船只是道经比里犹斯和达达尼尔海峡,往来于君士坦丁堡、士麦那和特雷比松;另外一家公司是海运公司,该公司的轮船,是道经墨西拿和叙利亚,开往亚历山大港。此外还有些较小的公司,也可以加入这总公司的组织,如专门航行于阿尔及利亚与突尼斯之间的公巴赫尔公司,又如航行西班牙、摩洛哥与阿尔及利亚的亨利·李约达孀妇公司,又如道经奇维塔-韦基亚往来于意大利、那不勒斯与亚得里亚海各城的斐罗-吉罗兄弟公司等。把这些彼此互相残杀的各敌对商号与公司联合成一个总公司,就可以控制整个地中海。由于资本的集中,就可以建造空前舒适与无比迅速的新型轮船,就可以增加航行的班次,就可以设立新式的停泊所,就可以把东方变成马赛的近郊。苏伊士运河一旦成功以后,联合轮船总公司的地位是多么重要!它还可以开辟到印度、东京[①]、中国和日本的航线!从来还没有一件事业计划得这么庞大和这么稳妥。随后又说到支持土耳其国家银行的问题来了,报告提到这一银行时,说了一长串专门性质的细节,证明银行有不可动摇的稳固性。报告在总结这些将来的活动时,还声明说世界银行还要

---

① 越南北部旧地区名。

投资设立迦密山银矿公司,资本预定为二千万法郎。根据有些化学家从矿砂的样品中分析,证明那里的矿苗包含了大量的银的成分。但是,还有比科学的分析更令人赞赏的东西,是这些圣地的古老诗歌。这些诗歌曾把这地方的银子,比作为奇迹一样的雨在下降,正如萨加尔用来结束他的谈话时所说的一样,那真是"神圣的光彩"!萨加尔对这句话感到非常满意。

最后,报告许诺了人们一个光荣的前途,结论便是应当增加资本。应当把资本增加一倍,即由二千五百万增为五千万。会上所通过的发行股票条例是最简单不过的,目的是使任何人都能够记住:发行五万新股,一股一股地都是为五万旧股东保留的。这样,甚至用不着再公开招募其他股东。只是新股定为五百二十法郎一股,其中二十法郎作为酬劳金,总数共一百万法郎,将来即归入公积金。对于股东抽这一笔小小的捐款是公正而且也是经过考虑的,因为大家在替大众谋利呀。再说,必须缴纳的款子也只是股本的四分之一再加酬劳金罢了。

当哈麦冷念完了这个报告以后,会上响起一片表示赞成的喧嚣之声。成功了,没有人提出任何意见。在念报告的整个过程中,德格勒蒙专心致志地在检查自己的指甲,脑子空空地在那里微笑。雨赫议员则倒在安乐椅中,闭着眼睛已入半睡眠状态,他仿佛觉得他还是在国会里开会呢。至于银行家戈尔,他也并不躲着,安详地、一个劲地在他面前摆的那些纸上计算着数目;这些纸是在每个董事面前都摆着的。但是塞第尔却很忧愁而且对这件事不信任,他要提出一个问题:如果旧股东放弃权利而剩下来的新股将如何处理?公司保留在自己名下的账上么？那是不合法的,因为只有在股份全部认足的条件下,公司才能在公证人处作合法的声明。如果公司不把这些股份记在自己的账上,那么它打算让渡给谁而且如何让渡呢？但是,从这位丝商一开始说话的时候起,博安侯爵就看出萨加尔不耐烦,于是就打断他的话,以他高贵的风度说,董事会会把这些琐碎的问题交给那样有能力和那样忠诚的董事长和经理去处理的。现在剩下的便只有庆祝了,会议在大家都满意的情况下宣布闭幕。

第二天,股东大会更有一些真正动人的宣言。会议是在布朗时街的大厅里举行的,这里原是一个倒闭的公共舞厅。在主席未到以前,厅里已经装满了人,传说着最好的消息。有一条人们正交头接耳谈着的特别好的消息是:经理的哥哥卢贡大臣因为遭到日益强大的反对派的猛烈攻击,所以准备给世界银行帮忙,只要银行的报纸《希望报》这个旧时天主教的机关报,能够替政府说话。有一个左派议员,不久以前发出可怕的声音:"十二月二日①是一个罪过的日子!"这声音震动了全法国,似乎是唤醒民众的一个警钟。对于这声音,必须以伟大的行动来作回答。行将举行的世界博览会,可以使交易额增加十倍;在帝国的胜利达到高潮以后,人们便可以从墨西哥和其他方面获得巨大的利润。在让图鲁和萨巴达尼所指挥的那一群小股东中,人们正在嘲笑另外一位讨论陆军问题时异想天开地建议在法国建立普鲁士征兵制的议员。国会对他的

---

① 指一八五一年的十二月二日,即拿破仑三世政变的日子。

主张觉得可笑:在丹麦事件和索尔非利诺事件①之后,意大利还对我们保持了隐恨的情形下,难道应当用普鲁士的恐怖来扰乱人心么?但是,当哈麦冷和主席团出现以后,那些个别的谈话声,那些大厅上的窃窃私语,突然停止了。萨加尔比举行监察董事会时更其谦逊,自己躲在群众中间。他满足于发布鼓掌的信号,鼓掌表示赞成提交大会的第一年度的账目的报告,这账目是经过拉维尼埃尔和鲁梭财务稽核审查后认可了的;该报告同时还向大会建议要增资一倍。只有股东大会才有权决定这个增资问题;股东大会,由于沉醉于联合轮船总公司和土耳其国家银行那些以百万计的金钱,果然很热心地决定了增加资本,并且承认必须把资本与世界银行的重要性成为正比。至于迦密山的银矿,人们是抱着一种宗教的情操来欢迎它的。当股东们要散会的时候,还通过一项决议:向董事长、经理及各董事表示谢意。全体都在做梦,梦着迦密山,梦着那奇迹,梦在充满了光荣的圣地降下来的"银雨"。

两天以后,哈麦冷与萨加尔共同到圣阿纳街公证人勒洛兰那里,这一次是同副董事长沙果子爵一道去的,目的是向公证人正式申明世界银行的增资,并保证所有股票全部认购完毕。实际上大约还有三千股是被有权认购的股东拒绝接受的。这些股票只好留在公司名下,公司就只好把这些股票用一种转账的手段再度记在萨巴达尼的账上。这是一种自古已然于今尤烈的不合法行为,这种办法就是在世界银行的柜子

---

① 一八六三年丹麦发生公爵采地问题,法国曾支持丹麦国王克里斯蒂安收回一切采地,但一八六四年克里斯蒂安为普奥联军所败,采地尽失。又一八五九年法军曾败奥军于索尔非利诺,随即与奥签订和约,惟独法国得到好处,引起意大利人民的不满。

中隐藏着本行的某种数量的股票,隐藏着一种金融战斗上的后备军;有了这支后备军,在必要时,在那些空头家成了强大集团的时候,世界银行就可以做投机事业,就可以为维持股票的价格而完全投入交易所的战斗。

哈麦冷本来不赞成这一种不合法的战术的,但他终于把金融方面的问题完全交付萨加尔去处理。关于这问题,他们俩和嘉乐林夫人之间有一次谈话,不过那只是关于第一次发行股票时他要强迫他们接受五百股的问题。这五百股股票在第二次增资时自然就该加一倍而成为一千股。一千股照章缴足四分之一再加上第二次的酬劳金总共是十三万五千法郎。这一笔款项他们兄妹俩是完全愿意照付的,因为他们突然得到一笔非常意外的约有三十万法郎的遗产。他们有一个姑妈,这位姑妈只有一个独生子;姑妈和她的独生子都得了热病,在独生子死后的十天,姑妈也死了,因而给了他们这一笔遗产。萨加尔让他们付款,可是他自己并不考虑他打算用什么方式去认购他自己的股票。

"啊!这笔遗产!"嘉乐林夫人笑着说,"这是我们碰到的第一次好运……我相信你给我们带来了幸福。我的哥哥有三万法郎的薪水,还有大量的交通费,这些黄金都落在我们的头上,一定是因为我们并不需要它……你瞧,我们成了有钱人了。"

她望着萨加尔,真心诚意地感谢他,从此以后,她被他征服了,她信任他了;在他引起她不断增长的关怀中,她一天一天地失掉自己原来的明智。她这时完全为天真的愉快所冲动,于是继续说:

"没有关系,这笔钱,如果是我自己赚来的,我告诉你,我不会冒险把它投到你的事业中去……但这是我们仅仅见过一面的一个姑妈……这是一笔我们从来没有想到的钱,仿佛是从地上捡来的钱一样,我甚至于觉得这是一笔不义之财,我是稍稍觉得用之有愧的……你了解么?这笔钱不会挂在我的心上,我很愿丢掉它。"

"恰好,"萨加尔也开玩笑说,"这笔钱还会膨胀,还会给你好几百万……不出八天之内,你看,你就会看见我们的股票上涨!"

哈麦冷因为晚了一些日子动身,非常惊异地亲眼看见世界银行的股票果然在迅速地上涨。在五月底的那一个交割期,每股价格已超过七百法郎。这是大凡增资以后一般都有的结果。这是一种传统的情况,是成功前的一种前奏,意味着将来每次发行新股时价格还可能暴涨。同时,世界银行准备创立的事业也有它真正的重要性;巴黎已经贴出黄色的大幅广告,广告上说最近要开采迦密山的银矿,这简直扰乱了人们的头脑,使人们头脑中开始出现一种醉意,一种日益高涨的、令人失去理智的热情。战场是准备好了,它是发了酵的垃圾堆成的擂台,在擂台上比武的都是十足疯狂的贪欲的人;一切投机事业,便是在这类地方发展起来的;发展的结果,每十年至十五年总要使交易所产生一次危机,使交易所一蹶不振;事后,只留下一些破产和流血的惨景。已经有许多乱七八糟的公司,像菌一样长了出来,大的公司则在金融上冒险,在这号称繁荣的朝代中,由于赌博的狂热病,人们表现出极端的奢侈与享乐,而行将举行的博览会更预示出它将是当今这个朝代最伟大的光辉,达到了神仙般荣华的顶点。在群众大受感染的昏迷状态中,在人行道上都挤满了赚钱的买卖的情况下,世界银行开始前进了。它是一部强有力的、准备使一切发狂和粉碎一切的机器,而这部机器还有许多只疯狂的手在无限制地替它加油,叫它发出高热,一直到它爆炸为止。

当她的哥哥重新到了东方,嘉乐林夫人就独自同萨加尔在一道,几乎像夫妻一样重新过着他们的亲密生活。她固执地要操持家政,要以忠实的管家资格替他厉行节约,虽然他们俩的财产都已经起了变化。她带着微笑平静地生活,性情始终没变;只有一件事使她感到不安,就是她对维克多问题的心理状态;她始终拿不定,她是否应该把孩子存在的事更长久地瞒着孩子的父亲。维克多在儿童习艺所中横行霸道,大家都不满意他。六个月的试习期已经满了,可是在他的毛病未完全改正以前,她要去把他领出来么?有时,她为这件事感到真正的痛苦。

有一天晚上,她正打算把这件事说出来,可是这时萨加尔正因为世界银行的设备简陋而感到失望。他刚才决定叫董事会通过租借邻近的楼下房屋来扩大银行的办公室,等到将来他还要大胆提议建造他所梦想的豪华大楼。他重新开辟了一些过道门,拆除了界墙,还装置了柜台。她刚从比诺大道回来。维克多的恶劣行为使她失望,他差一点把一个同学的耳朵咬掉。她请萨加尔同她一起上楼回到他们的住处。

"我的朋友,我有一些事要对你讲。"

但是上了楼,她看见他肩上带着石灰,踌躇满志于他对扩大事业的新想法,即把邻居的院子也装上玻璃的想法,她就没有勇气拿这一段令人不快的秘密去打扰他。不,她还得等待,还应当叫那不幸的坏孩子改邪归正后再说。她面对别人的痛苦是无能为力的。

"啊,我的朋友!我是想谈谈这个院子的问题。我的意见恰恰和你的一样。"

六

通过让图鲁的介绍,萨加尔已把那个正在困境中的天主教报纸《希望报》买过来了。他认为,买了这张报纸,对银行的设立会有所帮助。《希望报》的社址在圣约瑟街一幢老式的大楼内,那大楼潮湿而阴暗;各部门的办公室则设在后院的二楼上。进门后就是一个走廊,那里点着永远不灭的煤气灯。走廊的左边是让图鲁的经理办公室,接着是替萨加尔准备的一间房间;右边,排列着编辑部的大厅、秘书室和各科的办公室。楼梯口的另一面是经理部和出纳处,也有一个走廊绕过楼梯的背后通到编辑部大厅。

这一天,若尔当正在写一篇新闻稿,为了躲避干扰,他大清早就来到了编辑部的大厅。四点钟一响,他就从编辑部出来,寻找办公室的杂役德若瓦。虽然外面是六月的明媚天气,但走廊上的煤气灯却发出巨大的火焰;德若瓦就在这火焰下贪婪地念着人家带来的交易所简报;他是报馆中最先读到简报的一个人。

"喂,德若瓦,刚才让图鲁先生来了么?"

"来了,若尔当先生。"

青年人犹豫了一下。他心情不好,站了几秒钟。在他幸福的家庭刚处于困难的时候,他所欠的一些旧债就逼来了。

虽然他的运气不错,找着这家报馆发表他的文章,但仍然要遇到很多险恶的难关;他的报酬时时要扣还借支,这一天他又该偿付一笔期票,否则,就可能眼看着他的四件家具给人拍卖。他曾经两次要求经理预支一点薪水,但都无效,因为经理手里握有他应扣还借支的单据,有理由拒绝他。

但当他决定走近门口的时候,办公室的杂役却说:

"让图鲁先生屋里还有别的人呢。"

"啊!……他还同谁在一起?"

"他是同萨加尔先生一道来的,萨加尔先生告诉我,说他在这里等雨赫先生,除雨赫外,谁也不准进去。"

若尔当呼了一口气,这样要他等待,倒使他轻松了一下;向人家要钱的事,开口实在不容易!

"好的,我去把我的文章写完再说。等到经理有空的时候,请你告诉我一声。"

正当他要走开的时候,德若瓦却当着他的面,用一种非常愉快的神色说:

"你知道'世界'已涨到七百五了么?"

青年人做了一个手势,表示他很不关心这类事。他回编辑部去了。

萨加尔几乎每天都是一样,从交易所出来后就上报馆去。他常常约人到报馆在他保留的一间屋子里见他,谈论特殊而神秘的事件。再则,让图鲁虽然在表面上是《希望报》的经理,只用和他竞争的同行也承认的纯粹雅典作风和绮丽而谨严的学院派文体写着政治论文,但实际上他是萨加尔的秘密代理人,是以善做微妙工作而取悦于人的家伙。除了许多别的工作外,世界银行周围的大量宣传也都是他组织起来的。

从各地繁殖起来的小规模的金融刊物中，他选定了而且也收买了十来种。其中最好的多半是属于来历不明的银行的。这些银行的战术很简单，它们发行这些刊物，只取人家两三法郎一年，这个数目实际上还不够邮寄费！但它们却另有收获，它们可以利用这类刊物招徕顾客们的金钱和做投机买卖使用的有价证券。刊物在名义上是发表交易所的行情，发表中奖的证券号码，发表对小额年金收入者有用的专门材料，但渐渐地却连广告也登进去了；这些广告在形式上是推荐或供参考的，起初还小心翼翼，有理性，不久就漫无边际，甚至冒昧从事，在那些轻信的定户中间，散布着倾家荡产的种子。在这一大堆东西中，在巴黎和全法国流行的两三百种出版物里面，他以他的嗅觉，选定了那些说谎还说得不甚厉害的几种，就是说还不太被人瞧不起的几种。经他深思熟虑以后，认为最好是收买《金融行情》那个刊物：它是有十二年历史的最有信用的刊物，只是，这样一种信用收买起来可能很贵，这也是一种威胁。他等世界银行更富有的时候，等世界银行能够做到吹起最后一声喇叭宣告它取得胜利的时候，再来收买这类刊物吧。再说，他的努力还不仅限于把这些特别的刊物团结成一支驯服的队伍，每期都来庆祝一下萨加尔手法的漂亮，他还同各大政治报纸，文艺报纸，订立包办性契约。报纸上要经常保持一种善意的记载，适应新闻政策的颂扬文章，当发行新股的时候，便以股票作礼品而取得这些协助。在他指挥下的《希望报》所进行的宣传那更不必说了。而这种宣传，还不是一种猛烈的宣传，不是无理的赞赏，而是一种解释，甚至于是一种讨论，一种对群众首先征服其信仰而后加以扼杀的缓慢的方式。

这一天，萨加尔所以和让图鲁两人关在屋子里，便是为了讨论报纸的问题。他在今天早上出版的报纸上看到了雨赫写的一篇文章,对于卢贡前一天在国会中的演说,倍加赞扬,使他大为生气,因此他要来等这位议员,以便把这问题和他争论一番。人们会不会以为他是受了他哥哥的津贴?他这样让人家对这位大臣的最细微末节的行动都毫无保留地加以赞扬从而破坏了报纸的政策,是不是能够得到点好处?让图鲁只要一听见他说到报纸的政策的时候,总是不出声地微笑。但是,他却安静地听他说,一面审视着自己的指甲,只要这阵风暴不吹到他的头上……他,让图鲁,以他看透人情的文人的放肆态度,对于文艺是加以轻视的,正如他指着报上的版面,甚至是他自己有文章的那一版上所说的一样,不管是第一版或者第二版他总是轻视的;他只是对于广告,还刚刚开始有些情感。现在,他可以说是一色新的人了,穿一件漂亮的外套,扣眼上戴一个色彩鲜明的五颜六色的纪念章;夏天,手腕上挂一件浅色的薄大衣;冬天,他就穿值一百路易①的皮大衣。他非常讲究他的头饰,帽子是无可訾议的,像玻璃一样闪亮。不过,虽然有了这些,他的漂亮仍然有缺陷,仔细看,他始终给人以一种不干不净的印象,有一种失业教员永远洗不掉的污浊,他从波尔多中学失业出来跑到巴黎交易所,皮肤浸透了和染上了整整十年之久所揩来的油腻,虽然新的职业有保障,使他洋洋得意,但他仍然有着极低下的自卑感,不敢抬头,常常有突如其来的畏惧心理,怕和从前一样会被人在他屁股上踢一脚。他现在拿十万法郎一年,但他会用掉十二万,谁也不知道是为什么;因为别人也并不觉得他有情妇,无疑地有一种下流的毛

---

① 路易为当时币制之一种,约合二十法郎。

病困扰了他,这也正是他被人从大学赶出来的秘密原因。此外茴香酒渐渐地消磨了他的精力。自从他陷入贫困的日子起,酒不断在他身上发生作用;从过去的下等咖啡馆起到今天的奢侈的俱乐部止,茴香酒除掉了他的头发,使他的脑盖和面庞都变成了铅色,这其间只有他扇形的黑胡须才保留了唯一的光彩,那是一副还可以令人产生幻想的美男子的胡须。因为萨加尔重新提到报纸的政策,他就做了一个手势阻止了他,露出了他疲倦的神情,说明他是一个不喜欢把时间用在无益的情感冲动上的人;既然雨赫没有来,他就决定要对萨加尔谈一点正经事情。

不久以前,让图鲁对于宣传方法有一些新的想法。他首先想写一本书,一本不过二十页的书,内容专写世界银行所创立的各种事业,但要有一种戏剧化的小说趣味,文体则要用通俗的文体。他想把这本书推销到各个省,他可能把这书的价钱定得很低,以便推广到最遥远的乡村中去。随后,他还计划设立一个通讯社,出版一种交易所的简报,送到各省许多较好的报纸上去登载,把这简报送给这些报馆作礼物,或者只叫这些报馆付一点少得近乎可笑的订稿费。这样,他们不久在手中就可能掌握一种强有力的武器,一种为敌对银行也不得不加以尊重的力量。他深知萨加尔的脾气,他把他这种想法向他吹嘘,直到萨加尔采纳了这些意见为止。后者不仅采纳,而且还把这些意见当成自己的意见,并加以发挥成为自己的创见。许多分钟过去了,两个人最后同意把那笔宣传费作多种使用:支付第一季度的广告费,支付各大报刊的补助费,支付给敌对银行的一个简报的编者,这人是他们应当收买过来叫他不说话的;有一张很受人尊敬的报纸正在标卖第四版的广告地位，那么宣传费用里还得拨一部分出来包下这个第四版的版面。他们的这种浪费，向四面八方吵吵嚷嚷抛掷出去的金钱，特别表明了他们对群众的极端轻视；他们是狡猾的生意人，群众则一无所知；他们不屑于尊重准备听信一切虚构的故事的群众；所有的人都被交易所的复杂经营蒙蔽到了这种程度，以至于一切下流无耻的手段都可以吸引那些过路的人，因而使得百万财富如雨一样降到银行里来。

若尔当正要设法再写五十行才能登满两栏版面的时候，却被德若瓦来打扰了，原来德若瓦有事叫他。

"啊！"他说，"让图鲁先生现在是一个人了么？"

"不是，若尔当先生，他还不是一个人……是你的太太在那里请你去！"

若尔当十分发愁，匆忙地跑出来。几个月以来，自从梅山终于发现了他用若尔当之名在《希望报》上写文章以后，他就为那六张五十法郎的期票被毕式追逼；这几张期票是他从前签给一个裁缝的。单拿期票所代表的总数三百法郎来说，他倒还可能付出这笔款子，但使他大为生气的是，那利息过于巨大，整个数字竟有七百三十法郎零十五生丁。不过他还算把这件事情处理好了，约定以后每月付一百法郎。可是他还是付不出来，他们新成立的小家庭有许多迫切的需要；这样，每个月的利息便加得更多了。他那难以忍受的忧虑又开始了。恰在此时，又发生了一件极其紧急的事。

"什么事？"他问在候见室里等待着的妻子。

在她还来不及回答的时候，经理室的门突然开了；萨加尔在门口出现，并且喊道：

"喂，到底怎么样？德若瓦，是雨赫先生么？"

这位办公室的杂役被诘问以后,不清不楚地说:

"我的天!先生,他还没有来,我没有法子叫他来得更快一点呀,我……"

萨加尔带着怨声把门重新关上。若尔当把他的妻子领到邻近一间房间,很不自在地问她:

"出了什么事?亲爱的。"

玛色儿平常是非常愉快而且非常勇敢,她是一个有棕色头发的矮胖子,在发光的脸上长着一双带笑的眼睛,一张嘴巴整齐端正,即使在最困难的时候,也能表达她的幸福;但这一次,她却仿佛完全陷入了不安状态。

"啊,保尔,你知道,来了一个男人,啊,是一个非常讨厌、叫人害怕的男人。他周身发臭,我想他一定喝了酒……他告诉我说一切都完了,说明天就要来拍卖我们的家具了……他手里拿着一张纸条,坚持要贴在上面,贴在门上……"

"但是,这不行!"若尔当喊道,"我事前并没有接到过任何通知,他们应当有一定的手续!"

"啊!是的,你真是比我知道的事情还要少!文书送来的时候,你总是看也不看……我为了不准他贴那张纸条,我给了他两个法郎。这样我就跑来了,我想立刻告诉你。"

他们都陷入了失望。他们的克里西街的小家庭,那四套蒙了蓝绒的桃木家具,他们是按月分期付款经过多少艰难才买到手的;对这个小家庭,他们有时固然因为发现它有一种没落的资产阶级的情调而加以嘲笑,但他们始终是多么地引以为骄傲呀!他们爱他们的家庭,因为从新婚之夜起,它就成了他们幸福的一部分。那两间小房间,充满了太阳,有宽广的眼界,一直可以望到瓦列里昂山。而且他还钉了那么多的钉子,她又那么巧妙地用棉布裱了墙壁,以便使这一住处能表现出艺术家的品味。人们现在要拍卖他们的这一切,这行么?这一个可爱的角落,他们在其中即使穷困也很快乐;可是人们现在要把他们从这里赶跑,这行么?

"听我说吧,"他说,"我打算要求预支一笔钱,我将尽我的一切能力去做。但是我没有多大希望。"

于是,她迟疑了一下,向他说了她的主张。

"而我,我想到的事……啊!凡是你不很愿意的事,我总是不会做的。我之所以来同你商量可以证明这一点……我打算去求求我的父母。"

他坚决拒绝了。

"不,不,绝不!你知道,我不愿意欠他们的债呀!"

的确,玛色儿的父母莫让特一家始终还是过得很舒服的。但是,在若尔当的心上,始终还记得他们冷冰冰的态度。当他的父亲在破产中自杀的时候,莫让特对于自己的女儿所筹划的婚姻很久都不允许,直到女儿正式声明心甘情愿后,他们才同意,但还采取一种伤人情面的态度来对付他,其中一件,就是连一个苏也不给,因为他们认为一个在报纸上写文章的人是会吃光一切的。将来,他们的女儿固然可能继承他们的财产,但若尔当和他的妻子,却甘愿饿瘪肚子也不愿意向莫让特两老要求丁点东西;他们只不过一个星期去一次,星期日的晚上到莫让特家吃一顿饭罢了。

"我可以说,"她又说,"我们的这种成见是可笑的。既然他们只有我一个孩子,既然总有一天一切财产都要归我所有……谁都听我父亲不止一次地说过,他在魏来特做油布生意赚了钱后,每年有一万五千法郎的年金收入。再说,他们还有一座小楼房,有一个小花园,他们在那里过着退休生活……当他们在那里什么都很丰富的时候,而我们却在这里吃这么大的苦头,这是愚蠢的。其实,他们也绝不是恶毒的人。我告诉你,我要去找他们!"

她有一种含笑就义的态度,神情坚决,在她想使她亲爱的丈夫更幸福的心愿上,她是极其讲实际的。她亲爱的丈夫是这般地努力工作,但他得到的社会评价,只是冷淡和臭骂。啊!金钱,她梦想弄到很多捆金钱来送给他。他也用不着这样愚蠢地故作清高,既然她爱他,既然她应当把一切都给他。这是她的神仙故事,她自己的《灰姑娘》①。她愿把她的帝王家的财富,用她自己的小手,亲自拿去放在那破产的王子脚下,帮助他走向光荣,征服世界。

"你瞧,"她抱吻着他愉快地说,"我应当帮你做一点事,不能把全部劳苦都堆在你一个人身上。"

他让步了,同意她立刻上巴底尼奥尔区勒让德尔街去,她的父母就住在这条街上。他认为她可能带着钱回来,使他当天晚上就能够把款子付出去。他把她送到楼梯口,显得很感动,仿佛她正要去冒很大的危险一样。这时雨赫突然来了,他们不得不急忙抽身让他过去。当若尔当回到编辑部写完他的新闻稿以后,他听见让图鲁的办公室里发出一种猛烈的、爆炸似的声音。

重新变成主人的萨加尔,这时候具有强大的力量,他要别人听他的命令,因为他知道那些人在他们合伙进行的巨大财

---

① 《灰姑娘》又名《水晶鞋》,是一篇童话;灰姑娘是一个为后母虐待的好姑娘,后为仙女所救,做了皇后,极其幸福。

富的赌博中,希望赚钱,深恐失败,所以他掌握了他们。

"啊!你到底来了!"他看见雨赫时这样叫起来,"你是不是要把你的专栏文章拿去献给这位伟人,你才在国会耽误得这么久?……我够了,你知道,你那些向他献媚、向他拍马屁的文章!我等你来,为了向你说,这该完了,将来,应当写一点别的东西。"

雨赫被他这样质问,只好望着让图鲁。但是让图鲁决定不帮他忙,以免自找麻烦,于是拿起手指去玩弄他美丽的胡须,眼睛则若有所失。

"怎么,写别的东西?"这位议员终于这样回答,"但是,我所写的正是你要我写的东西呀……《希望报》是天主教与保王党的进步报纸,它进行过一种凶猛的反卢贡的宣传运动。当你买这张报纸来的时候,是你请我写一系列拍马屁的文章来表示你对于你的哥哥并无仇恨,同时也以此表示报纸的新政策。"

"恰恰是为了报纸的政策,"萨加尔更其粗暴地说,"我要指责你的,正是你破坏了我们报纸的政策……难道你以为我愿意做我哥哥的附庸么?的确,对于皇帝的称赞,对于皇帝的感恩之情,我从来也没有失悔过;我不会忘却我们大家所负于皇帝的东西,我,特别是我,我所负于皇帝的东西,并不会忘却。只是,我们并不要攻击帝国,相反的,只要以一个忠实臣仆尽责任的态度去指出它一些错误就够了……你瞧,这就是报纸的政策:忠于皇室,但对大臣们,对那些因杜伊勒里宫的恩宠而争吵不休、兴风作浪的野心家,却应保持完全独立的态度。"

为了证明别人并没有好好地征询过皇帝的意见,他高谈阔论起政界的局势来了。他谴责卢贡失掉了独揽大权的毅力,失掉了他过去对专制权力的信仰;现在卢贡竟同那些自由思想的人和平相处了,而他唯一的目的不过是为了保全自己的地位。他用拳头敲着自己的胸膛,说他是绝不动摇的人,说他从最初一点钟起到现在止始终是波拿巴派,他崇拜拿破仑三世的政变,他相信,过去和现在一样,法国的昌盛,全靠某一个人的天才和力量。与其帮助他哥哥发展,与其让皇帝因一再退让而自杀,他不如和那些信仰专制的不屈不挠的人联络一气,和天主教徒打成一片,以便阻止他所预见到的快速的陨落。希望卢贡当心吧,《希望报》可能恢复它替罗马方面的宣传呢!

雨赫与让图鲁听着他,对于他的忿怒甚为惊异,完全没有想到他有这样热烈的政治信念。雨赫想替政府最近的一些措施作辩护,于是说:

"天呀!我的亲爱的!如果帝国倾向于自由的话,那是全法国人民促使它这样的……皇帝既然受人民的督促,卢贡也只好跟随皇帝这样做。"

但是,萨加尔又抱怨起别的了,在他的进攻中,丝毫不顾虑到逻辑的法则。

"你瞧,我们外交的情况是怎样的吧!说起来,那是可悲的……自从索尔非利诺事件后订立了维拉弗朗加条约以来,意大利始终是怨恨我们的,它怨恨我们抗战没有抗到底,没有把威尼托①这块地方给它。因为这样,你看,它就去和普鲁士联盟了,希望共同打击奥国……将来战争一旦爆发,你就看得

---

① 意大利东北部地区名。

出这里面的混乱情况了。在我们这一方面是多么不痛快！尤其是我们在丹麦事件中竟让俾斯麦和威廉王占领了那些公爵采地,他们简直蔑视法国和丹麦所签订的条约。这等于是打了我们一个耳光,无话可说,我们只有把另一面的脸送给他们去打①……啊！战争,那是一定会发生的。你记得上一个月,当人们相信法国方面可能出来干涉德国事件时,法国和意大利两国的年金证券便大为跌价的事么？或者,不出半个月,欧洲就全在烽火中了。"

越来越惊讶的雨赫甚为激动,他打破自己一向的习惯说起话来:

"你说的话简直像反对派的报纸,但是,你总也不愿意《希望报》做《世纪报》或其他报纸的尾巴吧！……如果你想做尾巴的话,你只消照着这些报纸一样地说:在公爵采地事件中,皇帝之所以自甘屈服,皇帝之所以允许普鲁士扩张势力而不加以谴责,是由于他好几个月之内,都没有动员驻墨西哥的军队。哦,我们凭良心说话吧,墨西哥,完了；我们的军队回来了……别的,我的亲爱的,我弄不懂你的意思。如果你愿意把罗马保留下来给教皇,那么,你又为什么要指责维拉弗朗加匆匆订立的和平条约呢？把威尼托割给意大利,这就等于使意大利人两年之内打回罗马,你和我一样都明白这件事。卢贡也知道,虽然他在讲台上说的是反话……"

"啊,你看得出来这是一个骗局！"萨加尔昂然地叫道,"人们只要动一下教皇,整个法国天主教徒都会起来保护他

---

① 《圣经》上记载耶稣曾说过这样的话:倘若有人打了你的右脸,你把左脸也给那人打。

的,你懂得吧!我们也会把钱拿来贡献给他,是的,所有世界银行的钱都要贡献给他。我有我的计划,我的事业就在此。真的,因为你使我不得不生气,所以也使得我把我直到如今还不愿意说的事情说出来了!"

很感兴趣的让图鲁突然竖起耳朵,开始明白了这件事,想从顺便听来的话语中获得自己的利益。

"总之,"雨赫又说,"我希望知道,我,我在写文章方面,该采取什么态度?主要是我们两人总得一致……你到底愿意我们采取干涉政策呢,还是不干涉政策?如果我们是赞成民族自决的政策,我们有什么权利去干预意大利和德国的事件?……你要我们进行一个反俾斯麦的运动么?对的!但除非以我们的边界受到威胁为名……"

但是萨加尔不由自主地站了起来,大声说:

"我所想的是卢贡不要再讥笑我!怎样!在我做了一切事情以后!我收买了一张报,这张报原是他最可怕的敌人,我却把它变成一个忠实于他的政策的机构,我让你几个月都去写夸奖他的文章,可是这个家伙,却从来不助我们一臂之力,我在这里还在等他替我们服务呢!"

这位议员,畏畏缩缩地指出大臣其实是在暗中支持世界银行。在那里,在东方,他极巧妙地帮助了工程师哈麦冷,替他打开了一切门径,在某些大人物身上还使用了一种压力。

"你别找我麻烦吧!他除此而外也别无他法……但在一个证券要涨或要跌的前一天,他告诉过我什么消息么?他的地位是那么有利,应当什么都知道……你还记得吧!我打发你去他那里摸底足有二十次,你又是天天都能够见着他的人,可是你从来没有替我带回来过一条真正有益的消息……要你转告我一句简单的话,不见得会那么严重吧!"

"当然,但是他不喜欢这样做。他说这是一种卑劣的行为,事后,良心总会不安的。"

"算了吧!难道他同甘德曼也是这样谨慎么?他对我装作正经,但他却把消息告诉甘德曼。"

"啊,甘德曼,那当然呀!他们每个人都需要甘德曼,要是没有甘德曼,他们便不能发行任何公债。"

这一下,萨加尔简直盛气凌人了,他打着手心说:

"好,现在我们说到要点了,你已经承认了!帝国是出卖给犹太人,卖给那些肮脏的犹太人去了。我们所有的钱都注定要堕入扒手的爪子里了。在他们的势力之前,世界银行只有崩溃。"

他发出了他与生俱来的对犹太人的怨恨;他重新提出对这个专门做生意和专门放高利贷的种族的控诉。他们好几个世纪以来,都能在各国人民中向前发展,一面在吮尽这些人民的血。他们像蛀虫和疥疮一样,虽然遭人唾弃和打击,但他们将来依然能够确定不移地征服世界。总有一天,他们会以不可战胜的黄金的力量占领世界。他特别猛烈攻击甘德曼。他让他的旧恨和不能实现的欲望尽情发泄,疯狂地想打倒他;固然,他也预感到,倘若搏斗一旦开始,甘德曼恐怕正是使他粉身碎骨的一块界石。啊,这个甘德曼!虽然他生长在法国,他可以说是法国内部的一个普鲁士人!因为他显然立誓要帮普鲁士的忙的,他一定很愿意用他的钱去帮助普鲁士,或者甚至于他已经在暗暗地帮助普鲁士了!有一天晚上,在一个客厅里,他不是竟敢宣称说一旦普法之间发生战争,法国可能失败的话么?

"我够了,你懂得么,雨赫?你应当把这件事放在你的头脑中:如果我的哥哥不替我做事,我也再不替他做任何一件事。当你能够从他那里给我带来一句好话的时候,我的意思是说,当你能够从他那里带来一段我们可以利用的消息的时候,我就可以让你再写几首赞美诗来赞美他。明白吗?"

这是太明白了。让图鲁从政治理论家的面貌下再度发现了萨加尔的本来面目。于是他用手指尖梳他的胡子。但是雨赫具有诺曼底农民朴实的本性,所以他颇为惶惑,因为他把他的命运放在这两个弟兄的身上,无论同哥哥或弟弟,他都不愿意和他们生气。

"你很有道理,"他喃喃地说,"我们暂时缓冲一下吧,看一看未来发生的事情……我可以允许你,我愿竭尽全力来获得这个大人物的机密。只要他告诉我一点消息,我就立刻跳上马车来告诉你。"

扮演过这场戏的角色以后,萨加尔又开起了玩笑。

"我的好朋友,我之所以这样操心,完全是为你们呢……我呢,我永远是个破产的人,我一年总要吃掉一百万。"

重新谈到宣传广告时,他又说:

"啊,让图鲁,你说吧,你似乎应当把你那交易所的简报弄得更活泼一点……是的,你是会做文字游戏的。大家是喜欢这类东西的,再没别的东西能使他们开胃了……是不是,来点文字游戏?"

现在轮到经理不愉快了。他常常以出众的文艺而自夸。但是他也不得不迁就萨加尔。于是他胡诌出一段故事来取乐,说有很多女人,愿意用刺青的方法,在她们身体最美妙的地方,画上世界银行的广告……三个男人捧腹大笑,重新变作世界上最好的朋友。

这时候,若尔当终于写完了他的新闻报道。他很不耐烦地等待着他的妻子回来。有些编辑已经到了,他同他们谈了一下,又走到候见室去了。在那里,使他稍稍有一点感到难为情的,是他出其不意地发觉德若瓦正把耳朵贴在经理室的门上,正在偷听里面的谈话,而他的女儿娜达丽则替他做着侦察工作。

"不要进来,"这位办公室的杂役不清不楚地说,"萨加尔先生还没有走……我以为他们在叫我呢!"

实际上是他用了他女人遗留给他的四千法郎的储蓄,买了世界银行八股上市股票;他一心只想在这股票上赚一点钱,他活着便是为了看见股票上涨而感到愉快。他常卑躬屈节地站在萨加尔面前,注意他所说的每一个字,而把这些字当作能显示奇迹的咒语。当萨加尔来了的时候,为了摸到他的思想深处,德若瓦决不能不听这尊神在圣坛的神秘启示中所说的一切。再说,这也不是完全出于自私,他一心一意在为他的女儿设想。他刚才还很兴奋,因为他梦想着他的八股股票如果涨到每股七百五十法郎时,这就可以使他赚一千二百法郎,再加上他的老本,总共就有五千二百法郎。如果每股再涨一百法郎,那就会有他所梦想的六千法郎了;换句话说,他就有足以使那位纸盒工人允许他儿子娶他女儿的一笔嫁妆费了。想到这一点,他的心都酥软了;他带着眼泪看着这个由他抚养大的孩子;他做了孩子的真正的母亲;自从奶妈走了以后,他和他的女儿是共同生活在一个多么幸福的小家庭里!

他继续做着他的梦,非常激动,说出一些似是而非的话,其目的就是掩护他窥探他人秘密的行为。他说:

"娜达丽是来向我请安的,她刚才碰见了你的太太,若尔当先生。"

"是的,"青年姑娘解释说,"她上斐多街去了,哦!她还跑呢!"

娜达丽的父亲是让她随意在街上走的,照他说,他觉得她很可靠。他相信她有优良的品行也是有理由的,因为她内心很冷静,也很坚决想创造自己的幸福,所以她绝不会以一时的蠢行来使筹备许久的婚姻发生危险。她身材瘦削,苍白而美丽的脸庞上有着一双大眼睛;她抱着一种顽固的自私态度,对自己非常自爱,脸上时时微笑着。

若尔当惊讶了一下,不了解这是怎么一回事,于是叫道:

"怎么?她上斐多街去?"

没等他详细问下去,玛色儿却进来了,跑得气都喘不过来。他立刻把她领到隔壁一间屋子,可是里面有一位言论版的编辑在那里办公,于是他不得不同她坐在走廊深处的椅子上。

"怎样?"

"怎样!我的亲爱的,事情办妥了;可是这真是费了不少劲呢!"

他从她的高兴中,看出了她内心的沉重。她向他说了一切,声音低而急促,因为,她虽然打定主意要向他隐瞒某些事情,但对他又终于不能隐瞒任何秘密。

好久以来,莫让特老夫妻俩对他们女儿的态度已经改变了。她也觉得他们现在对她已没有从前那么体贴和关心,他们渐渐已为一种新的情感所占据,那就是赌博。这是一段平常的故事,父亲是一个安静的、秃头的胖子,络腮胡已经发白;

母亲是干枯而活跃的,自己也继承到了一笔财产,两个人在自己的房子里的生活过得很惬意,因为他们每年的收入有一万五千法郎;他们的愁闷就是无事可做。父亲从那时起,成天守着他的钱财,此外就没有别的娱乐。这时期,他对于一切投机事业都是深恶痛绝的。当他说到一些可怜的笨人,在一大堆愚蠢而下流的欺诈事件中弄得一身精光时,他总是耸耸肩表示生气又表示怜悯。但是正在这时期,他突然有一笔巨大的收入。他有意把这笔钱拿到交易所去做"代买代卖"①:这不是投机,这无非是一种存款。不过从这一天起,他就有了一种习惯,午饭后就得细心地阅读报纸,看交易所的行情,以便了解各种证券的价格。祸事就从这里开始,赌的狂热病渐渐烧到了他。由于他看见那些证券的一涨一跌,由于他生活在充满了赌博的坏空气中,因此在一个钟头之内就可以获利百万的想象缠绕了他,这位三十年光阴也不过只赚了几十万法郎的人。他不能不把他的想法在每次吃饭的时候和他的妻子商量,如果不是他发过誓永远不赌钱,他准会赌一下的。接着他就解释他的赌法,他用一个纸上谈兵的将军的聪明战术作象征性的赌博,结果总是胜利地击败了他想象中的敌人。因为他自夸说他在作"保证"和"转账"②方面有绝对的把握。他的太太很担心,向他声明说她宁肯立刻去跳水,也不愿意看见

~~~~~~~~~~~~~~~~~~~~~~~~~~
① "代买代卖",即把钱存在银行里,请银行代买现货证券,务必等到这种证券上涨时才请它代为卖出。这是一种最稳健的投资。
② 交易所中的"保证",意思是无论实际输多少,自己只付保证限度以内的钱。比如买空头时,保证的是五法郎,将来行情即使涨到五十法郎或一百法郎,自己仍然只亏损五法郎。这是一种稳健的赌法。转账赌法,即第一交割期未了结,可以延到第二交割期再结,有时甚至转好几个交割期。

223

他拿一个苏去冒险。但是他安慰她;她把他当成什么人了呢?这一生他绝不会赌的!但是,一个意外的机会却出现了。他们好久以来就有一种疯狂的欲望,想在他们的花园中建造一所约值五六千法郎的小花室。突然有那么一天晚上,他用因感到极其兴奋而颤动的手,放了六张价值一千法郎的钞票在他太太的工作桌子上,说这是他在交易所赢来的。这是他看稳以后才下了一注的赚项,不过这是一种越轨的行动,他允诺他的太太以后绝不再干,他这一次之所以冒险,完全是为了小花室。她呢,既生气又快乐,竟不敢责备他。下一个月,他竟敢于下手赌"保证"了。他向她解释说,即使他输了也有一定的限制,所以什么也不怕。再说,见鬼!任何一件事情都有好的一面,光让别人去获利是不是一件很傻的事呢?于是,像命中注定一样,他开始赌起"期货"①来了。最初他赌得很小,随后渐渐地大胆了。至于她呢,始终保持着一个家庭好主妇的多虑情怀,不免有些不安;但是只要稍稍赚了一点钱,她眼中还是充满了喜悦之光,不过她仍然继续预言说他会死在干草上面。

但是莫让特太太的哥哥沙夫上尉,却斥责他这位妹夫。固然,他因为对自己一千八百法郎的退休津贴不能满足,也在交易所赌钱,不过他是狡猾人中最狡猾的一个。他到交易所去,有如一个职员上办公室去一样,他只赌"现货"②。当天晚上他能获得一块价值二十法郎的银币时,就满意已极。他每天都这样赌,赌得极有把握,他谨慎到这般程度,可以说他的

---

① "期货"的赌法与"转账"又有所不同,每到半月,输赢都要结账,不得延期。
② "现货"的赌法,是当天就把账结清。

赌法是绝无任何危险的。自从玛色儿结婚以后,他妹妹的房子过于宽大,因此让出了一间来招待他,但是他拒绝了,固执地要过他自己的自由自在的生活。他有点嗜好,在诺勒街一个小花园的深处只住着一个小房间,那里,穿裙子的人们可以经常出入。于是他所赚的钱就变为糖果蛋糕,贡献给他的小女朋友们了。他时常监督他的妹夫,一再叫他不要赌,好好地过生活。当这位妹夫以"你呢?"来反驳他的时候,他便以一种毅然决然的举动来答辩:啊,他么,那不一样,他没有一万五千法郎年金收入,是呀,就是没有这一点!他之所以要赌,其过错是由于政府实在太糟,连老年人暮年的一点娱乐费也磨磨蹭蹭不肯给予。他反对赌的最大理由是,照数学的规律,赌钱的人是永远输的,如果他赢了,他得扣除酬劳金,还得付印花税,如果他输了,他还是要付同样的税;其结果,即使他赢的次数与输的次数一样多,他还是要损失两笔钱,酬劳金与印花税。每一年,巴黎交易所的这种税款,竟达八千万法郎之多!他时时发表这个数字,政府,跑街和经纪人竟攫取了八千万!

玛色儿坐在走廊深处的小板凳上,向她丈夫讲述了这故事的一部分。

"我亲爱的,可以说我去得太不巧了。妈妈正在和爸爸吵架,因为爸爸在交易所里输了一笔钱……是的,仿佛他已经毫无办法。我真觉得有些奇怪,他从前是只讲工作不做别的事的……总之,他们是在吵架。那里有一张报纸,就是《金融行情》,妈妈拿着报纸在他鼻子下面摇着,大声说他根本不听她的话,说她早已预料要跌,她……于是,爸爸就跑去找了另外一份报纸来,恰巧就是《希望报》,他想把他用作参考的文章找出来给妈妈看……你想想看,他们家里简直到处都是报纸,他们从早到晚,就埋在这些报纸里。我相信,请上帝原谅我!妈妈也开始赌了,妈妈,虽然她的样子在生气……"

若尔当禁不住笑了。玛色儿满腹愁肠,还能那样惟妙惟肖地描绘这一幕喜剧,她真是有趣!

"简单说吧,我就把我们的困难告诉了他们,请他们借两百法郎给我们,以免我们吃官司。你听他们怎样惊呼吧!当他们在交易所里输了两千法郎的时候,你还来要两百法郎,不是有意嘲笑他们么?难道想叫他们破产不成?……我从来没有看见过他们像这个样子的。他们过去对我是多么好!那时他们愿意把一切钱财都给我!真的,他们一定变成疯子了。因为他们在自己的漂亮房子中过活是多么地幸福!他们无牵无挂,称心如意地吃他们辛苦赚来的财产,除非是失去了理智,否则他们不应当把生活糟蹋成这个样子的。"

"但愿你没有坚持非借不可……"若尔当说。

"但是……我坚持了。于是他们就责怪起你来……你瞧,我把一切话都向你说了。我本来打算不告诉你的,可是,我又禁不住说出来了……他们一再对我说,他们早已预料到这件事,说在报上写文章简直不是一个职业,我们将来会变成穷光蛋的……随后轮到我也开始生气了。我就要走,恰巧我的舅父来了。你知道我的这位沙夫舅父是很爱我的。他们在他的面前变得稍有一点理智;我的舅父取得了上风后,乘势就问我爸爸是否愿意继续叫人盗窃他的钱财……妈妈于是把我叫到一旁,塞了五十法郎在我手里,一面告诉我说,用这笔钱我们可以维持几天,等待事情好转……"

"五十法郎,一种周济!你收了她的钱?"

玛色儿温柔地捏着他的手,用她那很冷静的理智平息他

的怒气说:

"哦,你不要生气……是的,我收了这笔钱。我是非常了解你的,你一定不会自己去把这笔钱交给法院的执达吏的。所以我就自己立刻跑到执达吏那里,你知道,就是嘉德街。你想象看,这位执达吏还不肯收我的钱,他向我解释说,毕式先生已正式嘱咐他,只有毕式先生才能收回原来的控诉……啊!这个毕式!我向来不恨任何人的,但是这个家伙却叫我生气,叫我恶心。不过,没关系,我跑到斐多街他那里去。他似乎对这五十法郎很满意。你瞧,可以有十五天他们不来找麻烦了。"

若尔当的脸上显得非常感动,忍着的泪水已润湿了他的眼眶。

"小乖乖,你竟这样做了,你竟这样做了!"

"是的。因为我不愿意使你痛苦,我!受一点气算不了什么,只要人家能够让你安静地工作!"

现在她笑了,她叙述她到毕式那里去的情况。这位毕式周围堆满了肮脏的纸头,他接待她的态度是极端野蛮的,他威胁她说,如果不立刻把这笔账付清,人家连一件破衣服都不会给他们留下。有趣的是她着着实实地惹他大发了一通脾气。她否认他这笔债权的合法性。这笔账,原不过是三百法郎未偿付的期票,现在连本带利变成七百三十法郎零十五生丁了,其实这几张期票无非是从什么破布堆中碰运气找出来的,买它时恐怕还不用五个法郎!这一下他几乎气得昏厥过去。他说他买这张期票恰恰买得很贵,而且,再说,他还损失了不少时间,为了寻找签这些期票的人两年来疲劳奔走,再加上在寻找这个签字人时他所做的侦查工作,难道这一切不应当获得补偿么？让人家抓着的人总是活该！但最后,他照样收了那五十法郎,因为他处世谨慎的学说是永远让步。

"啊,小乖乖,你真是勇敢！我多么爱你！"若尔当说,他情不自禁地走过去抱吻她,虽然这时编辑部的秘书正打这里经过。随后他降低了声音说：

"你家里还剩多少钱？"

"七法郎。"

"好！"非常幸福的他又这样说,"我们可以维持两天。我不必要求预支薪水了,再说,要求也一定会碰钉子。我真受够了……明天我要去看看,《费加罗报》会不会用我一篇文章……啊,如果我把我的小说写完,如果这小说还勉强卖得出去……"

这一回是玛色儿来拥抱他了。

"是的,你尽管这样去做,一定能行……你同我一块儿回去,是么？这样一定很惬意,我们可以在克里西街转角处买一块咸鱼留着明天吃,我看见有一家的咸鱼非常好。今天晚上我们还有马铃薯烧肉。"

若尔当请了一个同事替他校对稿子,就与他妻子一道走了。而这时,萨加尔同雨赫也离开了。街上,恰巧有一部马车停在报馆门口。他们看见桑多尔夫男爵夫人从马车里出来,带着微笑和他们打招呼,随后,很轻盈地上楼去了。有时,她是要这样来拜访让图鲁的。被她那双大眼睛迷惑得入了神的萨加尔,这时也正踏上他的马车。

在楼上经理室内,桑多尔夫男爵夫人甚至连坐也不愿意坐。她是顺便来拜访的,唯一的用意是问问他是否知道一点什么消息。虽然让图鲁这时已突然发了财,但他在她的眼光中仍然和过去一样,即每天早上以跑街的身份跑到她父亲拉德里古尔那里,卑躬屈节地拿起交易所的牌价请人定货。她的父亲是一个易怒的暴性子。她忘不了她父亲在一次大亏损以后发怒时一脚把让图鲁踢到门外的样子。现在她把他当作消息的泉源,才跟他亲热起来,她打算要他说出一切。

"喂,没有什么新消息么?"

"的确,没有。我不知道。"

她继续笑眯眯地望着他。他呢,有意不告诉她任何消息。于是,为了使他说出秘密,她就故意说到这场可怕的战争,说奥、意、普都会卷入漩涡,投机事业会彻底垮台,意大利的年金证券可能宣布大跌特跌,其他的有价证券也是一样。她很担心,因为她简直不知道她的活动应当继续到何时为止;在最近这一期的交割期,她已经下了很大一笔赌注。

"你的丈夫难道不告诉你一点消息么?"让图鲁带着开玩笑的态度问,"他在公使馆有很高的地位呢!"

"啊,我的丈夫!"她做了一个表示不屑一谈的姿态叹息着说,"从我的丈夫口中,我是得不到任何东西的。"

他越发轻狂起来,把话题一直暗射到她的情人高等检察官德甘卜尔。据人家传说,当她不得不支付赌输的差额时,这位情人总是代她偿付的。

"还有你的许多朋友,有的在宫廷中,有的在法院,难道他们也一点不知道么?"

她装作不懂他的话,眼睛一直盯着他,带着恳求的态度又说:

"得了,你做做好人吧……你一定知道一些消息的。"

当他和他所接触的一切女人,无论是不正派的还是风度优雅的,闹得都很别扭以后,正如他平时大胆吹嘘过的一样,他有意在这位夫人身上取得一些代价;她,是这么样一个好赌的女人,同他又是这般亲热……但是,他刚吐出一个字,做了第一个动作以后,她立刻就站起来,她是那样的反感,那样的表示轻视,使他不敢再轻举妄动。同这个挨过她父亲脚踢的人?啊,绝不!她还不至于到这步田地。

"做好人?为什么我要做好人呢?"他带着微笑说,态度有些窘,"你对我也不是一个好人呀!"

立刻,她变得认真了,眼睛直直地,并且掉过身子想往外走;于是,为了设法中伤她,他恼恨地补充说:

"你不是刚才在门口碰见萨加尔么?为什么你不问问他呢?既然他对于你是任何事也不拒绝的……"

她突然转回来向他说:

"你这话是什么意思?"

"啊,天知道,随你喜欢把它解释成什么意思就是什么意思……喂,你也用不着故作神秘,我在他那里看见过你,他的为人我是深知的!"

这下可把她大大地激怒了。尚未消逝的她所属血统的虚荣心,从纷乱的情绪中,从埋葬她并使她逐日下沉的污泥中上升了。不过,她并不发怒,她只用一种干脆而生硬的声音简单明了地说:

"啊,我的亲爱的,你把我看成什么人了?你简直发了疯……不是,我并不是你的萨加尔的情妇,因为我不愿意。"

于是,他以一个文人照例常有的礼貌很客气地向她敬了一个礼。

"好的。夫人,你大大地错了……请你相信我,如果一切还要重新开始的话,你不要忘了这件事情。因为你是一个常常要打听消息的人,你在这位先生的长枕头下面,毫不费力就可得到你的消息。啊,老天!是的,金银宝库不久就可能在那里发现,你只要一伸你那美丽的手指就得了。"

她终于笑了,仿佛她承认了他的胡说八道。当他同她握手的时候,他觉得她的手是冰冷的。真的么?这个嘴唇那么红,红得叫人传说在男女关系上永远不能满足的女人,难道她仅仅满足于服侍那个冷若冰霜、骨瘦如柴的德甘卜尔一个人么?

六月一个月是这样经过的,六月十五日意大利同奥地利宣战。普鲁士方面,采取了一种闪击式的进军,仅仅两星期就占领了汉诺威,并征服巴登和萨克森两个黑森王国,在和平时期对没有武装的人民作了突如其来的侵略。法国还没有动,消息灵通人士在交易所中悄悄地传出消息,说法国和普鲁士之间有秘密协商;这事是俾斯麦到比亚里茨访问皇帝以后发生的。人们在传说,法国之守中立是会得到报酬的,但大家说得很神秘,因此证券的价值仍然一天一天地在下跌,而且跌势甚为凶猛。当七月四日萨多瓦的消息传出以后①,简直是晴天霹雳,所有证券都崩溃了。人们相信战争还会更剧烈地继续下去,因为奥地利虽然被普鲁士击败,但它在古司多查战役却战胜了意大利。人们已在传说奥地利决定放弃波希米亚,集中残军。交易所场内喊卖的声音如雨一般地下降,买方一个也没有。

---

① 萨多瓦现在捷克境内,原属奥国,一八六六年七月三日普奥战争时为普夺去,故七月四日传出此消息。

七月四日这一天,萨加尔到报馆很迟,差不多是下午六点了,他还没有看见让图鲁。此人近来情感很激动,常常突然失踪,不到报馆办公,回来的时候则疲惫不堪,眼花缭乱,谁也不知道到底是酒还是女人,哪一件使他受到更大的损害。这时候,报馆中空无一人,只有德若瓦在候见室一张桌子上吃晚饭。萨加尔写了两封信,正打算离开时,雨赫像风暴一样突然来了,他满脸通红,甚至来不及关门就说:

"我的好朋友,我的好朋友……"

他喘不过气来,把两只手放在胸膛上继续说:

"我从卢贡那里出来……我是跑来的,因为我没有马车……随后才找到一部车子……卢贡收到了那方面拍来的一个电报,我看见这电报……一段消息,一段消息……"

萨加尔用一种急剧的手势阻止了他的话,他因为看见德若瓦在门口逡巡来逡巡去,伸着耳朵在偷听,所以他跑去把门关了。

"到底怎样?"

"怎样!奥地利皇帝把威尼托割让给法国皇帝,希望他做调停人;法国皇帝即将发一通牒给普鲁士和意大利两国国王,请他们达成停战。"

沉默了一会。

"那么,这就等于和平了?"

"那当然!"

萨加尔稍稍有些震惊,还没有思考清楚,不知不觉地就溜出了这样的话语:

"活见鬼!整个交易所还在作空头呢!"

随后,他不由自主地说:

"这个消息,还没有任何人知道么?"

"没有。这电报是机密文件。就是《箴言报》明天早上也还不会登出这条消息。巴黎在二十四小时之内肯定是什么也不知道的。"

啊,这真如雷霆一击,是突如其来的神光的照耀。他重新跑到门口去,打开门看看有没有人在那里窃听。他异常激动地跑回来挺直地站在议员面前,抓住他的大衣领角说:

"别说了,不要这样大声……如果甘德曼和他的党徒还不知道这件事的话,我们便占上风了……你听清楚了么?对于世界上任何一个人,无论是你的朋友,甚至是你的老婆,你也一个字都不要告诉他们……巧极了,这真是一个好机会!让图鲁正好不在这里,只有我们两人知道,我们还有充裕的时间可以活动……啊,我不愿意只为我自己一个人努力。你可以加入我们的一伙,世界银行的各董事都可以加入我们的一伙。不过,一件秘密绝不能对许多人都保守得住的。如果明天在交易所未开门以前稍不谨慎,一切都要失败。"

雨赫非常激动,对于他们企图要干的事情的伟大性感到惊异。他允诺萨加尔绝对保持沉默。他们当时就分配好各人的任务,决定立刻进行一切活动。萨加尔已经戴上帽子,但突然想起一个问题:

"喂,这段消息是卢贡叫你来告诉我的么?"

"当然!"

雨赫犹豫了一下以后,决定这样撒谎,其实很简单,电报就摆在大臣的写字台上,他是无意间把它偷看了,因为有一分钟的时间只有他一个人在那里。但是他把个人利益寄托在他两弟兄的友爱协作上,所以后来他觉得他的谎话倒异常灵活,尤其是他知道他们兄弟俩并不希望见面和谈论什么事情的时候,他更感到如此。

"干吧,"萨加尔声明说,"没有话说,这一次,他倒很帮忙……动手吧!"

在候见室里,始终只有德若瓦一个人;他在那里努力想窃听,但他什么也听不清楚。不过,萨加尔和雨赫觉得他好像染上了狂热症,拼命在侦察从空中经过可以被猎取的大家伙。金钱的气味对于他有这样的刺激力,竟使他站在楼梯口的窗门上望着他们穿过院子。

困难是既要采取积极的行动,又要加倍小心。他们到了街上彼此就分手了。雨赫担任今天晚上小场交易所方面的工作,至于萨加尔,虽然时间已晚,仍然在那里找跑街,找伙计,找经纪人,以便委托他们代作多头。不过这些委托,他想分头进行,使它尽可能地分散,以免引起人的疑心。他特别装作是偶然和这些人相遇,避免到他们的住处去找他们,因为那样,会叫人奇怪。真凑巧,他在大街上就碰上经纪人甲各彼,他同此人曾经开过玩笑,所以他委托他作一大批多头,也并不怎么使他惊讶。又走了一百步,他突然遇见一个金色头发的大姑娘,他知道她是另一经纪人德拉罗克的情妇。而德拉罗克正是甲各彼的妹夫。因为这位大姑娘告诉他说今天晚上德拉罗克恰巧要到她那里去,所以他就在一张名片上用铅笔写了几个字请她转给德拉罗克。随后,他因为知道马佐今天晚上要参加一个老同学们举行的联欢会,于是他就设法在举行联欢会的饭馆中出现,找到马佐,改变他今天早上委托他作的空头,请他掉过头来作多头。但是他最大的幸运是他在半夜回家的时候,正好与刚从游艺场出来的马西亚肩并肩地走在一道。于是他们一同上圣拉查尔街,这使萨加尔有机会装作突然产生了一种奇想,竟认为一切证券会上涨的样子;啊,也不见得立刻就会上涨!但是他仍然委托马西亚请拿丹松和其他的交易所伙计分头去买一些证券,他说这是替一帮朋友们买的,这的确也是真话。当他睡觉的时候,他已经站在多头的一方,他买了五百万以上的证券。

第二天早上,七点钟,雨赫跑到萨加尔这里,告诉萨加尔他在巴黎大戏院的巷道前面,人行道上的小场交易所中如何活动的情况,他尽可能地收买,自然也有一定的限度,以免过于抬高行情。他所委托经纪人代买的总额达一百万。他们觉得这些做法还未免过于小手小脚,所以决定采取更大的攻势。他们还有一个早上的时间。但是,未发动攻势以前,他们得先阅览一下报纸,他们战战兢兢地,生怕发现新闻纸上的一段记载,甚至是简单的一行字都会使他们的计划完全崩溃。没有!报纸并不知道。报纸还完全在谈战争,报纸上充满了的仍然是一些电讯,是萨多瓦战役的详细报道。如果在下午两点钟之前什么消息都没有传出来,如果他们在交易所有一小时的时间,甚至于半小时的时间,事情就稳妥了,他们就可以,正如萨加尔所说,实行对犹太人的"大扫荡"。他们重新分别活动。每一个人各走一方,再把另外的千百万数的金钱拿去投入战斗。

这一天早上,萨加尔是以跑马路,窥探各方动静来把它消磨过去的。他那样地需要步行,以致坐过第一趟车以后,就把马车打发走了。他走到戈尔那里。戈尔家金子的铿锵之声在他听来极为悦耳,因为那仿佛是一种胜利的预兆。这位银行家还什么也不知道,他也决心不告诉他任何事情。随后他又上马佐那里,并不是去作一次新的委托,不过是去装作对昨夜的委托还有些焦虑的神情。这里也一样,人们也是什么也不知道。只是小佛罗里却使他有些不安,这家伙老是在他的周围打转,唯一的原因是这位青年职员对世界银行经理的金融知识极端敬佩。由于许许小姐已开始向他要更多的钱,所以他想冒险小试一下,他希望能获得这位大人物的委托,他也和他赌同样的一方。

萨加尔在上波饭店匆匆忙忙地吃了早餐。他很高兴在那里听见莫塞和多头家皮勒罗尔两人的悲观论调,他们竟预言行情还会看跌。萨加尔到了十二点半的时候就到了交易所广场。照他的话来说,他想看看来的人群。气温非常之高,火热的太阳直射着一切,使那些台阶都发了白光。由于这些台阶的反射作用使廊檐下也热了起来,因此那里的空气沉闷,像锅炉一样的灼热烫人。那些没有人坐的椅子在这炎热的气候中发出脆裂的声音。至于站立着的那些投机者,他们在设法寻找由那些柱子遮成的一条一条的阴影,以期躲避太阳的热力。萨加尔看见毕式和梅山站在花园的一棵大树底下。这两人一看见萨加尔便开始热烈地谈论。他觉得他们似乎正向他走过来,但随后,似乎又改变了主意,这两个收集阴沟里人家不要的证券的下流家伙,难道知道了什么消息么?顿时间,他想到这点而战栗了一下。突然有人叫他,他看见莫让特和沙夫上尉两个人正在争执。因为莫让特现在对于沙夫上尉那种可怜的小赌注完全采取一种讥笑的态度,赢一块现路易,顶多等于在一个外省咖啡馆的角落里,热烈地打几盘纸牌的赢项。你瞧,在这样的日子里,难道不可以冒险看准风向好好地下一注么?一切证券必然看跌,这难道不和太阳一样明白么?他招呼萨加尔是请他去作个见证,难道谁不看跌呢?因此,他坚决要买空头,他是那么地自信,愿意把他所有的财产都拿来孤注一掷。萨加尔受他这样直截了当的询问以后,只好以微笑和不能表示什么意思的点一点头来作回答。他良心上感到难安的是,他不能明白告诉这个他所认识的人。他深深知道他在做油布生意的时期是那么勤劳,头脑是那么清楚……但是他已立誓要保持绝对沉默,他有一种赌徒的残酷,绝不愿意干扰自己的运气。除此以外,在这时候又还有一件事情分了他的心。桑多尔夫男爵夫人的马车打从这里经过,他的眼睛便一直盯着这部车子,看见它这次是停在银行街。突然,他想到桑多尔夫男爵,想到他是奥国使馆的参赞,男爵夫人一定已经知道了这个消息,她一定会因为女性固有的笨拙而损害一切。这时他已经穿过街在那马车附近逡巡了;可是这部车子却一动也不动,毫无声响,像死了一样,马车夫坐在他的位子上也显得僵硬。正在这时候,一扇玻璃车窗突然开了,于是他便向她打招呼,故作多情似地靠了过去。

"喂,萨加尔先生!我们还该赌空头么?"

萨加尔以为这句话是一个圈套,于是说:

"当然啰,夫人。"

随后,因为她焦虑地望着他,目光中露出迟疑的神色,他在赌徒们身上,常常看见这类目光,他明白她也并不知道这个消息。一股热血突然浮上他的脑际,他简直是乐极了。

"啊,萨加尔先生,你不肯告诉我一点什么消息么?"

"的确,夫人,毫无疑问,没有一件事情是你不知道的。"

他离开了她,一面这样想:"你,你过去不肯对我好,你倒霉一下,倒使我高兴,或者,下一次,就会使你想和我要好了。"

她从来没有像今天这样引起他那样的情欲,他很有把握早晚会据有她,在他胜利的时候……

在他回到交易所广场的时候,远远地就望见甘德曼的影子从维维纳街那边走来,这又使得他心里战栗了一下。虽然因为距离远,看着他觉得他缩小了,但他终于还是他。他那慢吞吞的步伐,端正而缺乏血色的面容,他那种旁若无人、在人群包围中仿佛仍然在自己王国里一样惟我独尊的态度,丝毫没有改变。萨加尔带着恐怖的神情盯着他,想了解他的一举一动。他看见拿丹松跑过去接近他,便以为一切都完蛋了。但是这位交易所伙计却退了回来,而且态度很狼狈,这使萨加尔恢复了希望。他现在已可以断定这位银行家的神气,和平常日子一模一样。随后,他的心更突然快乐得跳了起来;甘德曼走进了一家糖果店,替他的小孙女儿们买糖果,这是一种可靠的表示,因为如果此人发现交易所有大变动的话,是绝不会进糖果店的。

一点钟到了,钟声宣布了交易的开始。对交易所来说,这是一个值得纪念的日子,一个最凶险的日子,各种证券都罕见地上涨,那种罕见的程度,可以说在人们的记忆中,成了传奇性的故事。开始时,尽管风潮很大,行情还是下跌了一阵。但随后,人们就突如其来的买进,虽然买进还不成茇而是分散,犹如战斗前的前哨火力,可是已足够叫人吃惊了;只是这场作战在人们的猜疑中进行得甚为迟缓。买方越来越多,从各方面,场内场外,都燃起了买进的火焰。人们这时只听见在石柱下边拿丹松的声音和场内马佐、甲各彼、德拉罗克的声音;他们大声叫着愿以各种价钱收买一切证券,这是一种颤动,一种越来越增高的浪潮。在这种无法解释的大转变所造成的混乱中，什么人也不敢冒险。行情只略为升高了一点。于是使萨加尔有机会再委托马西亚转告拿丹松。这时小佛罗里正从他旁边走过，于是他请他递一个纸条给马佐，纸条上写的无非是请马佐买，始终买下去。佛罗里看了纸条，忽然产生了一种信仰，他愿意同他认定的伟人赌一条路，因此他自己也买了一些。正是在这一分钟之内，在两点差一刻的时间内，有如晴天霹雳，惊动了整个交易所：奥国愿把威尼托割让给皇帝，战争因而宣告结束。这消息是从哪里来的呢？什么人也不知道，这是从每个人，甚至从整条马路上的人的口中同时说出来的。一定是有人把这消息带了来，所有的人都在喧嚣中重述着这条消息；再加上像春潮一样高的说话声，于是喧嚣更其巨大了。在可怕的混乱中，价格开始暴跳式地上涨。在收盘钟未打以前，各种证券都上涨了四五十法郎。这是一种无法说明的难解难分的战斗，也可以说是一种混战，在这场混战中，为了保全老命，士兵与军官都上了战场，他们已成了聋子，成了瞎子，对自己的处境完全没有清楚的意识。他们的额头流了汗，毫不让步的太阳晒着台阶，把整个交易所投进火焰中去了。

在结账时，人们估计了一下这场灾祸，才知道是为数可观。战场上遗留下来的是受伤的人和摧毁了的东西。莫塞一向是赌空头的，所以是受害最重者之一。一向赌多头的皮勒罗尔，深深悔恨他自己的弱点，他对于多头感到灰心，这还是唯一的一次。莫让特亏了五万法郎，这是他第一次遭受到的严重损失。桑多尔夫男爵夫人要偿付的差额是那样巨大，据说连德甘卜尔都不肯代她偿付了。人家这时一提到她丈夫的名字她就气极恨极；他在奥国公使馆任参赞，得到电报应该比卢贡还早，但是他却丝毫没有对她说！但是那最高的银行，特别是那犹太人的银行，蒙受了一个重大的损失，这真算得是一场大屠杀。人们证实甘德曼私人名下就输了八百万。这是令人惊奇的。为什么他也没有得到消息呢？他，交易市场的无可争辩的主宰，大臣们只是他的伙计，许多国家都在他的权威控制之下，他竟没有得到这个消息！这是由于各种特殊情况汇合在一起才造成的这个巨大的意外事变。这是一种出人意料的崩溃，是没有什么理性和逻辑可言的。

　　但是，故事传播开了，萨加尔成了伟大的人物。他一耙就耙进了几乎整个赌空头者所输的钱。他个人名下赚了两百万。其余的则进了世界银行的钱柜，或者说，都集中到了各董事的手中。他用了很大努力才说服了嘉乐林夫人，说哈麦冷名下也可以分到一百万，说这是从犹太人手中合法地夺回来的胜利品。雨赫呢，那是直接有助于这笔大生意的人，当然有他的一份，而且是巨大的一份。至于其他的人如德格勒蒙、博安侯爵，那是无须乎恳求也会接受他们的一份的。对于出色的经理，每个人都赞成予以感谢和祝贺。对于萨加尔特别热烈感恩的人还要算佛罗里，他竟赢了一万法郎，这真算得是一笔财产，有了这笔财产，他可以同许许小姐住在功多尔塞街的一个小屋子里了；晚上，可以同古司达·塞第尔、日耳曼妮·格儿小姐一道进上等饭馆吃饭了。对于报馆中的让图鲁，也得给与一种慰劳，因为人们事前什么也没有告诉他，他正在生气呢！只有德若瓦一人在那里闷闷不乐，因为他这一次是大为懊丧了，因为那晚他觉得财产已神秘地凭空而来，但真来了却完全没他的份！

萨加尔的首次胜利,似乎便是帝国的繁荣到了顶点的一种表现。他参与了这一朝代的极盛时代,他是这一朝代的光辉的反映之一。他从别人崩溃了的财产之中壮大起来的那天晚上,正是交易所变为堆满废品的死寂场所的时刻。这一天,整个巴黎彩旗飘扬,光彩夺目,仿佛庆祝什么伟大的胜利。杜伊勒里宫在举行纪念会,街上在狂欢,这都是为了庆祝拿破仑三世;他现在已成了欧洲的主宰,他的地位是那么高,那么伟大。各国的皇帝和国王,在他们的争执中都要选他做仲裁人,愿意把自己的国土交给他,让他来调停他们之间的纠纷。在国会中,固然也有人起来抗议;也有远虑的先知,含糊地预言未来可怕的前途:由于法国的容忍,普鲁士强大了,奥地利打败了,意大利忘恩负义了……但嘲笑和怒骂却窒息了这种有深谋远虑的声音。作为世界中心的巴黎,在各大街上,各纪念碑上,都燃起火光,但这是萨多瓦事变后第二天的事,巴黎正等待着黑暗而冰冷的夜的到来呢;那时候,夜里将无煤气灯可点,而只看见炮弹的红舌穿过这样黑暗的夜空①。

这一天晚上,萨加尔带着胜利者的心情在街上闲逛,他到了协和广场,到了香榭丽舍大街,走过所有点着灯的人行道。他在涨潮一般的游人的推动下,眼睛被这明如白昼的灯光照得看不清楚了,他甚至竟以为人们张灯结彩是在庆祝他,难道他不同样也是一个出人意料的胜利者么?难道他不是一个因别人的灾祸而站立起来的人么?在他快乐之中唯一的不快就是卢贡的生气。可恶的卢贡,当他知道交易所的风波是从何

---

① 萨多瓦事件是一八六六年的事,四年后,普法大战时,巴黎的夜即成为"无煤气灯可点"的夜,故左拉如此说。

而来的时候，便驱逐了雨赫。那么，很明白，并不是这位伟人为表示兄弟之爱而告诉他这则消息了！那么他应当不理睬这位主宰人物，甚至对这位万能的大臣加以攻击么？突然，在勋级评议会的大楼前，在黑暗的天空中燃烧着一个巨大的火十字，他于是作了一个大胆的决定，决定在他觉得自己的腰杆还十分硬的时候，便开始行动。他为群众的歌声和旗帜的飘扬所沉醉之后，穿过在火光中的巴黎，回到了圣拉查尔街。

　　两个月以后，正是九月的时光，因战胜了甘德曼而更加大胆的萨加尔，决定使世界银行再往前跃进一步。在四月尾举行的股东大会上，他报告的总账，说明一八六四年的获利是九百万，其中包括股本增加一倍时，那五万新股每股缴纳的二十法郎的酬劳金在内。公司开办费的损失都已经弥补上，股东们都拿到了他们百分之五的利息，董事们也得到了百分之十的酬劳金，除了百分之十的公积金外，还提了五百万的准备金。其余的一百万，便作为红利发给各股东，每股发十法郎。在一个成立不到两年的公司，这是一个极大的成绩。萨加尔用发了狂热病似的态度来处理一切，他想把农业上的快速耕种法运用到财政的园地里来，他使泥土发热，发高热，他不怕烧焦那些等着收成的粮食。他首先设法使董事会通过，然后又设法使九月十五日举行的临时股东大会通过第二次增资的提案。这一次增资还是把资本增加一倍，即从五千万增加到一亿，共发行十万新股，规定每一旧股便有认购一新股的权利。只是这一次，每股须缴纳六百七十五法郎，即每股酬劳金为一百七十五法郎；这笔酬劳金是拿来做公积金的。不断的成功，顺利的业务，再加上世界银行行将创办的若干伟大事业，这就是用来说明一次又一次的巨额增资是一件合理行为的绝好理由。因为这个公司既然代表了好多人的利益,便必须使它的地位重要而且信用稳固。再说,成功是可以立即见效的:好几个月以来,世界银行的股票在交易所中的价格并没有变动,始终维持在七百五十法郎左右,可是现在只有三天,就涨到了九百法郎。

哈麦冷不能从东方回来主持这一次临时股东大会,他给他的妹妹写了一封有些远虑的信,信上表示对于拖着世界银行快跑、甚至狂奔的办法,他感到害怕。他猜出大家这一次一定又跑到公证人勒洛兰那里去作了撒谎的申明。实际上,一切新股并没有完全获得合法的认购,旧股东拒绝认购的那些股票,还是存在公司里面。股款也并没有缴纳,只是以一种转账的方式,把这些股票记在萨巴达尼的账上罢了。此外,还有别的假账户、职员、董事等,可以使世界银行可以认购自己发行的股子,使自己握有约近三万股之多的股子,代表的法郎数字是一千七百五十万。除了它这种行为已属犯法外,局势也可能出现危险。因为经验指出,一切银行在自己的股票上进行买空卖空时,总是会失败的。嘉乐林夫人在回答她哥哥的信时,却没有减少她愉快的心情;她还以此和他开玩笑,说他今天反而成了一个胆小如鼠的人,说昔日是她多疑多虑,而如今倒是她来安稳他的心了。她说她经常在监督世界银行,她并没有看出其中有任何可疑的地方;反之,她对她亲眼见到的这些伟大的、清楚的、合理的事物,倒是惊佩不已。事实是人家隐瞒了她的事,她自然不知道;而且,她对于萨加尔的佩服,这个矮个儿的活动和聪明所引起她的同情之感,使她一切都看不清楚了。

到了十二月,世界银行的股票价格已超过一千法郎。面对着世界银行的胜利，那最有地位的银行也惊动了。有人在交易所广场遇见甘德曼，他的态度还是悠闲，步伐还是那样自然，而且还是照样进糖果店去买糖果。他付了八百万的输项并没有一句怨言。同他熟悉的人也没有听见他说过一句生气或记恨的话。当他这样赌输的时候——这样赌输在他是很少的——他经常总是说，这是一件好事，可以警告他以后不要太冒昧；人们听见他这样说时总是报以微笑，因为甘德曼也"冒昧"，那是一件不可思议的事。但是这一次，深刻的教训的确长留在他的心上。萨加尔是一个流氓，一个疯子；而他呢，是那么冷静，对人对事又那么有把握，可是他却败在萨加尔的手下，一想到这一点的确使他难堪。因此，从这时起，他开始侦察萨加尔，他确信他有一天会复仇的。在世界银行获得众人称赞的时候，他立刻打定主意，以观察者的态度认定：成功过于快速的时候，虚假的繁荣会带来更惨重的失败。但是，一千法郎的价格还算是公道的价格。他还得等待其他的机会来抛售世界银行的股票。他的理论是人们没有法子操纵交易所的行情，人们最多只能预料到这种行情，而加以利用。只有逻辑才能统治一切；在投机事业上和在其他事业上一样，真理才是一个万能的力量。一种价格过于上涨了的时候，它必然会崩溃的，下跌如果一旦成为不可避免时，人们很简单地就可以看出他的理论完全合乎实际，而他就可以获得他的赚项了。他已经决定等到世界银行的股票上升到一千五百法郎时，才开始战斗。到了一千五百法郎，他就开始抛售世界银行的股票。起先数量很小，但按照预定的计划，每一交割期都酌量增加一点。他也用不着组织一个专作空头的集团，他独自一人就足够了。较稳健的人已清楚地感觉到他的用意，也开始和他一样作空头了。这个有声有色的世界银行,这个这般神速就控制了市场的世界银行,这个耀武扬威站立在犹太人最有地位银行之前的世界银行,他在冷静地等待它自己发生裂痕,而以一臂之力即把它推倒在地。

不久以后,人们在传说,甘德曼还暗中帮助萨加尔在伦敦街买下了一座旧建筑物,萨加尔计划把它拆了,然后在原地建筑他理想的大楼,建筑一座宫邸,以便把他的事业安置得更其富丽堂皇。他已经得到董事会的同意,从十月中旬起,工人便开始工作。

在奠基的那一天,还举行了庄严的仪式。大约在四点钟的时候,萨加尔在报馆中等着让图鲁,因为让图鲁这时正把举行仪式的报道送往兄弟报纸去了。恰在此时,桑多尔夫男爵夫人来访。她首先要求见总编辑,随后,仿佛出于偶然,却跑来找世界银行的经理了。萨加尔极其多情地为她服务,供给她所需要的一切材料,把她领到走廊尽头他自己的私人房间。在那里他首次对她作兽行的进攻,她立刻就顺从了;在长沙发上,像一个甘愿冒险的女孩子一样……

但是一件复杂的事情发生了:嘉乐林夫人到蒙马特区跑了一趟以后,想上报馆来看看。她往常也像这样突如其来的,目的多半是为了回答萨加尔的某个问题,或者简单地来听听消息。再则,她安置在报馆中工作的德若瓦是她认识的,她有时也在报馆待一分钟和德若瓦谈谈,此人向她表示的感恩之情也是使她高兴的。可是这一天,她在候见室没有看见德若瓦;她顺着走廊向前走去才碰见他。他刚才在门口偷听了人家的说话。现在,这简直成了一种病,他像发了热病一样时时不安,他把耳朵贴在每一扇门的锁孔上以便窃取交易所的秘

245

密,可是这一次他听见的和他所了解到的,却使他有些难堪;他以一种莫名其妙的态度微笑着。

"他在这里么?"嘉乐林夫人一面想走过去一面这样说。

他阻止了她,嘴里含含糊糊地,已经来不及说谎。

"是的,他在,但是你不能进去。"

"怎么,我不能进去?"

"不能,因为里面有一位夫人……"

她脸色变得惨白。他呢,由于不知内情,所以只是眯眼睛,伸脖子,并以一种绘影绘声的表情,说了这段奇遇。

"这位夫人是谁?"她以急促的声音问。

对于她,他的恩人,他没有理由隐瞒这位夫人的名字。他在她的耳边说:

"桑多尔夫男爵夫人……啊,她在这里搞了好久了!"

嘉乐林夫人站着一动也不动。在过道的黑影中,人们看不见她面容的惨白。她整个身心这时感受到一种那么尖锐那么剧烈的痛苦,以致她认为这是她从来没有受到过的痛苦。由这个可怕的创伤所造成的惊吓把她钉在那里,使她不能动弹。她该怎么办呢?破开那扇门,跑去扑在那个女人的身上,打这两个下流人的耳光?

正当她在那里毫无主张、想冒昧行事的时候,她非常高兴看见玛色儿上楼来接她的丈夫。这位青年妻子是最近才认识嘉乐林夫人的。

"啊,原来是你,亲爱的夫人……你想不到我们今天晚上要到戏院去吧!啊,说来这真是一段故事,我们当然也看不起很贵的戏……但是若尔当发现了一个小饭馆,我们可以在那里吃饭,只要三十五个苏一客……"

若尔当出来,他笑着打断了他妻子的话,说:

"两盘菜,一壶酒,面包随意吃。"

"再说,"玛色儿继续说,"我们也不用坐车,如果太晚,步行回家也满有趣……今天晚上,因为我们有钱了,我们将买一个价值二十个苏的杏仁蛋糕……这等于一个节日,是大吃大喝!……"

她走了,异常高兴,挽着她丈夫的手。嘉乐林夫人,同她们一道回到候见室时,才有了一点微笑的勇气。

"你们好好地玩吧!"她呻吟着说,声音有些颤抖。

随后,她也走了。她爱萨加尔,她从萨加尔那里得来的是惊异和痛苦,这好像是一个可耻的疮口,她不愿意给人看见啊!

七

两个月以后,是十一月里一个天色灰暗而气候温和的下午,嘉乐林夫人刚吃过午饭,立刻就到楼上图样室工作。她的哥哥这时还在君士坦丁堡,正忙于建设东方铁路那个伟大事业。他委托她查一查他过去在第一次旅行中记的一些笔记,然后把这些笔记编辑成一种备忘录,可以作为铁路问题的历史性的摘要材料。她立志全力以赴做这件事已有两星期之久。这一天,天气那么热,她熄了火,还把窗子打开。她在未坐下之前,从窗口看了一下波维里埃大楼那些光秃秃的大树,它们在苍白色的天空中呈现出一种紫色。

247

她写了差不多半小时的光景,因为需要一种证明材料,所以她很长时间都埋在桌子上一大堆文件中反复研究。她站起来,去翻阅一下别的文件,又重新坐下,手里满是文件。因为她想把这些活页文件加以分类,忽然发现了几张圣像;这是耶路撒冷圣陵的一种彩色图画。在耶稣受难的那些物事①之中,嵌着一段祈祷,意思是祈求上帝保佑我们:当灵魂发生危险因而一切处于困境之时,仍然能够自持并获得幸福。于是她记起她哥哥在耶路撒冷买这些圣像时,还是一个虔诚信教的大孩子。一种突如其来的感动侵袭了她,眼泪湿润了她的两颊。啊,这位哥哥,他是那么聪明,但长久不为人赏识,他以信仰上帝来使自己幸福,连糖果盒子上画的圣像他都不敢加以轻视。他竟欣然地相信这种糖果商用韵文写成的祈祷是有效力的!他竟认为这祈祷可以增加他的勇气!她认为他是太信任人了,或者太容易受人骗了;但他却是那般公正,那般安详,既不忿怒,也不论争。她呢,两个月以来,都在斗争与痛苦之中。她并不信宗教,她只喜欢看书,穷究哲理;在她灰心的时候,她是多么渴望能和他一样淳朴而天真呀!这种淳朴和天真使她可以带着一颗受创伤的心仍能安然入睡,一早一晚,每天背诵三次孩子们使用的祈祷,即嵌在使耶稣受难的钉子、矛头、荆棘冠与海绵之中的那段祈祷!

在她极偶然地知道了萨加尔与桑多尔夫男爵夫人的关系以后的第二天,她下定决心,绝不去监视他们,不去了解这件事。她并不是这个男人的妻子,她也并不愿意做一个过分热情的情妇,因嫉妒而弄到闹笑话的程度;她的不幸是,在他们

---

① 使耶稣受难的物事有十字架、钉子、矛头、荆棘冠等。

时时刻刻都存在的友情中,她还继续满足着他的要求。这类事总是出之于极平静的方式,简单地只是为了表示友爱而已;因此,最初,她把这当作是他们中间的一件偶然意外的行为。友情的结果难免就是委身以从,这是男子和妇女间的普通现象。她已经不是二十岁的女孩子,她在经历过婚姻的痛苦之后,她成了什么都能忍受的人。她处在三十六岁的年华,行为已那么谨慎,而且自信不抱任何幻想,那么,对于这位朋友,她难道不可以闭着眼睛像一个母亲一样而不必以情侣身份去对待么?到后来,她之所以失身于这个朋友,那是因为一时的放纵;而且在他,也早已超过了征服女性的英俊年龄。有时,她总是说,人们把男女性关系看得过于重要了;这只是一种经常的遇合,每每还造成以后终身的磨难!而且,她首先嘲笑自己的这种意见未必合乎道德的原则。所有的女子委身于所有的男子,这难道不是可以容许的过错么?但是,真有理智的女子有多少呢?允许同敌对方平分一个爱侣的女子有多少呢!那种单独地、整个地占有一个男子的观念,希望能够因实际的需要而被幸福的宽大心情所战胜吧!但这只是在理论上使生命不至于难堪的一些方式。她努力忍让,继续做他的忠实管家,继续做一个贡献了心与脑以后还愿意把身体也贡献出来的有卓越知识的女仆;但是她的努力却白费了。肉体与情感都反抗这种理智,这不免激动了她,她感到极端痛苦的是她不能知道一切,不能把萨加尔给与她的创伤还给萨加尔,然后就突然一下割断这种关系。但是她终于驯服了,驯服到不说话,保持安静和微笑的态度。她过去的生活虽极艰苦,可是她从来还没有像今天这样需要更多的勇气!

她又望了一阵她始终拿在手上的这些圣像;她一面感到

十分亲切,一面却带着一种不信宗教的人的痛苦的微笑。她不看这些圣像了,她又重新想象昨晚萨加尔可能做的事,想象他今天做了什么事;她的思想是不自觉的而且是不间断地这样活动着,她虽决心不把他放在心上,可是仍直觉地想侦察他的一切。而萨加尔呢,好像还是过着惯常的生活。早上,他忙于经理的业务;下午,他要去交易所;晚上,人家要请他吃饭,看初次上演的戏剧,过一种欢乐的生活,同那些她并不嫉妒的女戏子往来。但是她觉得他近来有了一种什么新的嗜好,占据了他平常用来做别的事的时间,无疑是那个女人在什么地方跟他有约会,不过这地方她不愿意知道罢了。只是这件事使她怀疑和不信,她开始违反自己的理智做起"警探"来了,"警探"是她哥哥笑着说过的话,甚至于谈到世界银行的营业问题时也这样做;实际上,因为她非常信任银行的营业,早已停止她的"警探"工作了。银行的一些越轨行为使她担过心,使她发过愁;不过后来,她自己感到惊异的是,她实际上并没把这件事放在心上,既没有勇气说,也没有勇气行动,以致只有一种悲哀盘踞在她内心,她所甘愿忍受的这件负心事窒息了她。她很羞愧的是眼泪重新征服了她,她只好把那些圣像藏起来,深深地抱歉她不能到一个礼拜堂去跪下痛痛快快地哭几个钟头,流尽她身上所有的眼泪。

嘉乐林夫人平静了十分钟,重新开始整理备忘录;正在这时候,一个男仆跑来告诉她,说昨天开除了的那个车夫查理一定要见她。这个车夫本来是萨加尔自己请来的,但他发现他偷窃草料就开除了他。她迟疑了一下,终于同意见他。

这是一个高大的、样子很好看的孩子,面部和颈子都刮得很干净。他用一种妇女们喜欢倒贴的男人们的那种狂妄自大、很有把握的神气,大摇大摆地走动着,他冒昧地作了自我介绍。

"夫人,你们的洗浆女人丢了我两件衬衣,不肯赔我,我是为了这两件衬衣来的。当然夫人不会认为我能够忍受这样的损失……因为夫人是该负责的人,我要夫人还我衬衣的钱……是的,我要十五法郎。"

在这种家事问题上,她是极为严格的。不过她也可能给他十五法郎以避免一场争论。但是这个人的冒失无礼,以及把手揣在口袋里的那种傲慢态度,却大大地激怒了她。

"我并不欠你的钱,我连一个苏也不给你……再说,萨加尔先生是叫我做监督的。他禁止我给你任何东西。"

于是查理带着威胁的态度继续说下去:

"啊,萨加尔先生说了这句话么?我真不相信……那么,他错了!因为我们要发笑的……我还不至于笨得连夫人是他的情人这件事都不知道……"

脸羞红了的嘉乐林夫人站起来,想把他赶出去。但是他不等她这样做,便更大声地继续说:

"夫人或者很乐意知道先生现在到哪里去了吧?下午四点到六点,一星期三次,当他十分肯定只有她一个人在家的时候……"

嘉乐林夫人突然脸色变苍白了,她周身的血液都汇集在心上喷发。她做了一个猛烈的动作,不让他把这些事说出来,因为这是她两个月以来极力避免的一件事。

"我不许你……"

不过他的叫声却比她的声音还大得多。

"我说的她就是桑多尔夫男爵夫人……德甘卜尔先生在

养她。他为了更方便地占有她,在郭马尔丹街给她租了一个底层。这房子差不多在圣尼古拉街的转角,那里还有一个水果店……先生总是等着德甘卜尔刚走时去赶热被窝……"

她伸手去按铃以便设法把这个人赶出去,但一想,这人一定会当着所有用人之面继续说下去的。

"啊!我所以说他去赶热被窝,是因为我有一个女朋友亲眼看见的。这个女朋友名字叫作克拉丽丝,她是他们的女用人,她曾亲眼看见他们在一道,她看见她的女主人桑多尔夫男爵夫人,这个冷冰冰的女人,在他面前干了一大堆肮脏的事……"

"住口,你这个坏蛋!……拿去吧,这是你要的十五法郎!"

她用一种极度反感的态度把钱给他,她知道这是可以使他滚蛋的唯一方法。立刻,他果然就变得很有礼貌。

"我么,我不过是为夫人着想……就是有一个水果店的那座房子……从院子尽头的那个台阶上去……今天恰好是星期四,现在也正是下午四点,如果夫人想去捉奸的话……"

她把他推到门口,一直咬紧牙关,面色灰白。

"特别是今天,如果夫人要去的话,还可能碰到很有趣的玩意儿呢……克拉丽丝参加过很多次这样的场面……当一个人有过一个好东家,他总会给他东家留下一个小小的纪念的,是不是呢……再见吧,夫人。"

他终于走了。嘉乐林夫人几秒钟之内一动也不动,她寻思,她了解这样的一幕也一定威胁过萨加尔。随后,她感到失去了力量,在一声长叹之后,跑去靠在她的工作桌上,好久以来欲流而止的眼泪,此刻滚滚流下来了。

查理所说的这个克拉丽丝是一个瘦削的、有金色头发的女人,不久才出卖了她的女主人而向德甘卜尔建议,叫他去捉桑多尔夫男爵夫人的奸,在他出钱替她租的房子中,等她正同另一男人……的时候。克拉丽丝为这件事,先是向德甘卜尔要五百法郎的酬劳费,但因为他是一个吝啬鬼,经过一番讨价还价之后,说好两百法郎,当她替他打开那扇可以捉奸的房门的时候,亲手付款。她是睡在盥洗间后面的一个小房间里的。桑多尔夫男爵夫人所以雇她完全是出于过分的谨慎,不愿意把整理房间的事交托给女门房。她经常都是闲着的,在他们幽会的时候,她在这所空房的深处,完全无事可做。再说,无论是德甘卜尔或萨加尔到来的时候,她也还得躲避一下,甚至于干脆离开。她就是在这所房子中认识查理的;这个查理到了黑夜就来同她睡在主人白天弄乱而还未整理的大床上,时间也已经很久了;把查理介绍给萨加尔的也就是她。当时萨加尔是把他当作一个诚朴的好人看待的。自从查理被萨加尔开除以后,她一肚子怨恨,再加上女主人对她又异常吝啬,她又在别的地方找到了一个每月可以多收入五法郎的工作。开始,查理主张写信给桑多尔夫男爵,但是她认为最逗乐、而油水最大的是同德甘卜尔来一场"捉奸"的把戏。这个星期四要干这件大事的一切准备工作都安排好了,她就等待着。

下午四点钟。当萨加尔到来的时候,桑多尔夫男爵夫人已经在那里躺在炉火前的躺椅上。她表现得非常遵守时间,表示她是懂得时间价值的一个女商业家。第一次他有些失望,她并不如他所想象的那么热烈和多情。她,头发是深棕色,眼皮是蓝色,举止到了疯狂的放荡来引诱人的程度!而其实她不过和大理石一样。萨加尔作了多方努力想激起她的感觉,但她因为整个身心都为赌博所占有,至少对赌博的关切还燃烧着她的血,所以感觉非但激不起来,反而使她对于这种徒劳的努力感到厌恶。后来,他发现她原是一个好奇的女子,对一切猥亵行为都不乏味,对任何令人作呕的举动也可以忍受,只要她认为从中可以发现一点新的刺激;于是他便对她大胆地放肆起来,果然获得了她许多温柔。她谈到交易所,从他嘴里得到了很多消息。无疑地是因为碰巧,自从他们发生关系以来,她就赌赢了;她几乎把萨加尔当作一尊偶像。这好像是路上捡来的一件东西,虽然肮脏,但人们还是保存它,吻它,因为它给你带来了好运。

克拉丽丝这天把炉子生得很旺,使得他们不愿意睡在床上,为了格外尽兴,他们就躺在一张躺椅上,面对着越窜越高的火焰。室外,夜已经降临。但是,百叶窗已关起来,窗帘也细心地放下来了。室内,点着两盏大灯,灯座子已经旧了,而且没有用灯罩;这样,便有一股相当强烈的光线照着他们。

萨加尔刚刚进门的时候,德甘卜尔跟着也下了车。这位高等检察官德甘卜尔,和皇帝有私人关系。他不久就要做大臣。他年纪已经五十,又瘦又黄,可是他的身材很高,脸皮光滑,间或有几条深深的皱纹,态度极为严肃。他的鼻子挺直坚硬,形状恰似鹰嘴;他仿佛由于自己毫无差错因而对谁也不加原谅的样子。当他走上台阶的时候,仍然用的是平常步伐,庄重而均匀;他还是保持他的身份,一如在著名的案件公开审判时所持的冷静态度。这房子中的任何人都不认识他,因为他平常来的时候总是在夜里的缘故。

克拉丽丝在狭窄的候见室等着他。

"先生,请你跟我来怎样?希望先生不要出声。"

他迟疑了一下,为什么不从大门直接进去打开他的房门呢?但是,她十分轻声地向他解释,说门一定是闩着的,那样就得把一切都弄糟,夫人若得到了警报,就有把一切都处理好的充裕时间。不这样!她所计划的是要德甘卜尔出其不意地去撞见她有一天在锁孔中用一只眼睛偷看到的那一幕情景。为了达到这一目的,她想出来的办法其实很简单。她的房间,从前有一扇门和盥洗间相通,现在这扇门锁起来了,可是钥匙却丢在抽屉里,只要把这把钥匙取出来,重新打开那扇门就行了。这样,通过这扇被人遗忘了的、关死了的门,就可以一声不响地走进盥洗间。而盥洗间和那房间,仅仅只隔一道帷幕。夫人是绝对不会想到会有人从这里进来的。

"希望先生完全信任我。成功以后,难道不是对我也有好处么?"

她从一扇半开的门溜走,消失了,只剩下德甘卜尔一个人在这个女用人的狭小房间里。房间里的床铺没有整理,还摆着一盆肥皂水。早上,她已把她的箱子搬走,准备事情一完,立即逃走。不一会儿,她回来了,轻轻地把门关上。

"先生还应当再等一会儿。现在还不到时候,他们还在闲谈。"

德甘卜尔表现得很高尚,一句话也没有说。他在这个女孩子盯着他瞧并有些讥笑的目光下,站着一动也不动。但是,在忿怒的浪潮已冲上脑盖而又隐忍着的情况下,终于有一根神经在他的左脸抽搐起来。在他身上还存在的男性的凶猛,吃人的欲望,一向是被威如冰霜的职业假面具遮着的,而现在却开始暗中发作了,这是由别人盗窃了他的这块肉而激动起来的。

"快一点吧,快一点吧!"他这样重复地说,却不知道自己说的是什么,他的手在颤抖。

但是,刚离开而又回来的克拉丽丝却把一个指头放在嘴唇上,请求他再忍耐一会儿,说:

"我保证你,先生,请你理智一点,否则,你会错过最好的一幕戏……到那时候,那才真是十全十美。"

德甘卜尔的两腿忽然打起颤来,他不得不坐在女用人的床上。黑夜了,他就这样待在黑影中。那个女用人,在用心窃听。从隔壁传来的最轻微的声音她也不放过。至于他呢,他也听见了这些声音,不过由于他有耳鸣的毛病,这些声音显得格外纷扰,他听起来仿佛是一群军队前进时的步履声。

随后,他感到克拉丽丝在摸索他的胳膊。他懂得她的用意,他一句话不说,就递了一个纸封套给她,里面装了他许诺给她的两百法郎。她于是走在前面,拉开盥洗间的帷幕,把他推到那间房间。一面说:

"你瞧,他们就是这样!"

在煤炭烧得通红的大火前,萨加尔只穿了一件衬衣仰卧在躺椅的边上;他的衬衣还卷起来,一直卷到胸部,因此把他从脚到肩的棕色皮肤都露了出来。这皮肤,由于年纪的关系,长满了兽类的毛。至于男爵夫人,简直是完全裸体。火光照得她的皮肤呈玫瑰色,她在那里跪着。两盏灯的强烈光线把他们照得那么清楚,连最细微的地方都暴露无遗,而且还带着轮廓鲜明的影子。

德甘卜尔面对这样奇形怪状的现行犯,不免喘不过气来,张大着嘴停止前进。那一对男女,看见一个男人从盥洗间过来,像遭了雷打一样惊呆了,一动也不动,像疯子一样把眼睛张得大大的。

"猪猡!"高等检察官终于吃吃地说,"猪猡,猪猡!"

他只能骂这一句话,无休止地一再重复,并且用一种激动的手势来强调这句话,使它更其有力。这一下,那个女人一蹦就站起身来,因为她是完全裸体而显得异常不自在。她转过身去找她的衣服,可是衣服放在盥洗间,她现在无法去拿。她伸手去拿还留在那里的一条白裙子。她用这裙子来遮肩膀,用牙齿衔着那裙腰带的两头,使它能紧紧地绕过她的颈子而遮住她的胸部。萨加尔离开躺椅以后,把卷上去的衬衣抖了下来,态度深为恼火。

"猪猡!"德甘卜尔又说了一次,"猪猡!你们竟敢在我出钱租的房间里……"

他把拳头指向萨加尔。一想到这类肮脏行为,竟在他出钱买的家具上干出来,他就更加激怒,简直语无伦次了。

"你们这两个猪猡,你竟在我的家里!这个女人是属于我的,你不但是一个猪猡,而且是一个强盗!"

萨加尔并没有生气,只是因为他只穿一件衬衣而感到十分狼狈;事情完全出乎意料!他原打算设法平息一下德甘卜尔的怒气,但是"强盗"这个词儿刺伤了他。

"啊,先生!"他回答说,"当一个男人要想独占一个女人的时候,他就应当给她所需要的一切。"

这句隐射他吝啬的话,把德甘卜尔激怒了。他像一头人形的牡山羊一样,令人莫测,也使人可怕;一切隐藏着的雄性的冲动都从皮肤下冒出来了。这一副那样尊严、那样冷静的面孔突然变红。他又恨、又生气,像一头发了兽性的野兽向前迈了一步。在这种被搅动了淫荡生活而引起的可怕痛苦中,感情的冲动使他变成了一个没有灵感的动物。

"需要,需要,"他不清不楚地说,"需要阴沟……啊,娼妇!"

他向男爵夫人做了一个那样凶横的动作,以致连她也害怕起来。这时她还是站着没有动;她那条裙子只能遮住她的颈子,肚子和屁股始终露在外面。因为她知道这样暴露着犯罪的裸体会使德甘卜尔格外忿怒,于是她向后退到一张椅子边,坐在上面把两条腿缩在一起,同时抬高她的膝头,以便尽可能地遮住她的身子。随后,她就一直在那里,没有一个动作,也不说一句话,微微低着头,眼睛斜斜地,阴险地,以被雄性所争夺的雌性身份,觑着这场战斗,等待得胜的一方来占有自己。

萨加尔勇敢地跑去站在她的面前,说:

"你该不会打她吧!"

这两个男人面对面了。

"总之,先生,"萨加尔又说,"我们应当了结这件事。我们不能像两个马车夫一样吵架……我是夫人的情夫,那的确是真的。我还要说一句,如果这里的家具是你付的款子,但我也付了……"

"付了什么?"

"付了很多东西的款子,例如,那一天,她欠马佐商行的一万法郎的旧账,你坚决不肯替她偿付……我同你一样也有权利占有她。一个猪猡,这是可能的!但一个强盗,啊,那倒不是!请你收回你的话吧!"

德甘卜尔情不自主了,他喊道:

"你是一个强盗,如果你不立刻离开这里,我要敲碎你的脑袋。"

这时萨加尔也生气了。他一面穿裤子,一面反驳说:

"啊,你说吧,你终于在骂我了。如果我愿意的话我会走的……可是我的先生,你却还不能够使我害怕!"

当他穿好靴子后,他就猛力地用脚踢地毯,一面说:

"现在,我决定了,我不走!"

德甘卜尔气得喘不过气,他走近萨加尔,面色难看已极。

"肮脏的猪猡,你走不走?"

"老恶棍,我不会比你先走!"

"倘若我伸手打你的耳光!……"

"那么,我就会用脚踢你的任何地方……"

这两个人鼻子对着鼻子,把獠牙露在外面互相狂吠着。他们受的教育破产了,他们像交尾期的野兽争夺对象似的凶猛,他们完全忘了自己的身份。他们,一个是大官,一个是银行家,可是他们却像喝醉了酒的板车夫一样地吵架。他们越来越禁不住冲口说出极端下流的话,那些话脏得像一口一口的痰一样吐了出来。他们的声音哽在喉头,嘴里吐出来的都是污泥。

坐在椅子上的男爵夫人,在等待着那两个男子中的一个把另一个赶出去。她已经平息下来,并已做好未来的打算,她唯一感到为难的就是女用人也出现在这个场面上;她猜她一定躲在盥洗间的帷幕背后,而且在那里一定很高兴。的确,这个女孩子这时正伸长了脖子,用一种惬意的讥笑态度听这些先生嘴里吐出那么令人恶心的话。这两个女性互相观望:女主人赤身裸体蜷伏着,不敢伸腰,女用人则穿着熨得很平整的小领子的衣服,态度端庄而公正。她们互相交换了一下含有怒意的目光,当男爵夫人与放牛女郎因为大家都没有穿衬衣而成为平等的时候,这种目光宣泄了百年的仇恨。

这时萨加尔也看见克拉丽丝了。他赶紧穿好衣服,套上背心,回头冲着德甘卜尔骂了一句,然后他穿起大衣的左袖,在穿起大衣的右袖时,他又骂了一句;他一连串地骂了一大堆,简直骂个不休。末了,为了了结这场争论,他突然说:

"克拉丽丝,你进来嘛……把所有的门都打开,把所有的窗户都打开,让满屋子里的人,满街的人都听一听!……高等检察官先生很乐意人家知道他在这里,我要叫人们认识认识他,我!"

德甘卜尔脸色变得苍白,看见萨加尔正往窗子那边走去,仿佛就要扭开门闩开窗的样子,不免往后退去。这个肆无忌惮的人非常可能这样来威胁的,因为他对于无耻的行为并不在乎。

"流氓!流氓!"这位大官喃喃地说,"你和这个淫妇,你们真是一对!好,我让你们吧……"

"是的,快些逃吧!人家也不需要你在这里……至少,她的账我会代她付,她也不会再哭穷了……喂,这里有六个苏,你愿意拿去坐公共马车么?"

德甘卜尔受到这样的凌辱,在盥洗间的门口停了一会儿。他那又高又瘦的身材,他的带有僵硬皱纹的惨白脸色,重新又显出来了。他伸出手,立下一个誓言:

"我发誓,你将来要付出你侮辱我的代价的……我会找你算账的,请你当心吧!"

随后,他走了。这时大家立刻又听见一个女人跟在他后面也逃跑了,这就是那个女用人,为了避免一场争论而以一走了事;她想到闹出了这场好戏的时候,异常愉快。

还没有镇静下来的萨加尔,慢吞吞地过去关了门,然后再回到房间来。男爵夫人还像钉子钉在椅子上一样一动也没有动。他大踏步走到壁炉那里去整理那塌下去了的柴火。他看见她只有一条裙子披在肩头上,只遮着那么少一点地方,样子显得那么奇特,他很客气地说:

"我的亲爱的,把衣服穿起来吧!……不要太激动,那真太傻了,这没有什么,简直算不了什么……后天,我们还是在这里见面,把问题解决好,是么?现在,我要走了,我同雨赫有一个约会。"

当她重新穿好衬衣时,他已经走了;不过到候见室时还向她喊道:

"你要特别注意,不要做'意大利'的多头,你不要当傻瓜,如果做的话,你只能做'保证'。"

这时候,在同一点钟,嘉乐林夫人正垂头在她的工作桌子上放声大哭。车夫向她报告的意外消息,使她今后不能不知道萨加尔的不忠,她的一切怀疑和她所愿意躲避的一切恐惧现在都实现了。她努力想在世界银行的事业上去寻找安静和希望,可是温情使得她盲目了,她反而成了这事业中的某些罪行的同谋犯;只是这些罪行,人家既没有告诉她,而她也不力求去知道罢了。因此她此刻怀着一种强烈的悔恨心情,谴责自己,在上次召开临时股东大会时,不该跟她哥哥写了一封叫他安心的信;因为她知道,自从妒忌心重新打开了她的耳目以后,非法的行为还在继续,而且变本加厉,无休无止,如萨巴达尼的账增加了,公司就借他的假名义,赌得也越来越凶,更不用说一些大幅吹嘘的广告和用一堆泥沙造起来的这座巨大公司,它如此迅速的飞黄腾达,简直就像奇迹一样。这一切都反而使她害怕多于快乐。使她最感苦闷的,是人们领导着世界银行在作可怕的赛跑。世界银行这时好似一部机器,上满了煤,被人抛在魔鬼的轨道上,向前狂奔,一直要奔到碰见最后一次撞击,破裂爆炸为止。她并不是一个会受人欺骗的老实人或笨伯。即使她对于银行经营的技术方面完全不明白,但她完全了解银行做了力所不及的事;它鼓吹得太厉害,准备把人们弄得如痴如狂,把他们引向一种疯狂的流行症:梦想获得百万财富。每天早上世界银行的股票都该上升,必须使人始终相信它能取得更多的成功,相信它的柜台是万世不灭的柜台;相信这些柜台有迷人的作用,它会吸尽一切溪流,变成江河,而后变成黄金的海洋。她的可怜的哥哥是多么盲目,多么地容易受人诱惑,多么地容易激动!她难道连她的哥哥也出卖么?这个黄金的大洋,能把一切人都淹没,难道她也要把她的哥哥投入这个浪潮中去么?她感到失望,觉得自己过于无能为力。

这时,图样室为黄昏的黑影所笼罩,熄灭了的炉火甚至连一点微弱的光也没有;在这越来越黑的黑暗中,嘉乐林夫人哭得更厉害了。这样哭可以说是一种软弱的表现,因为她觉得她的这些眼泪完全不是因世界银行的事业令人忧心而流出来的。的确,是萨加尔一人在领导着这个银行狂奔,残酷无情地鞭策着这匹马,准备把它鞭策到死为止。他是唯一的罪人。当她想窥探他的灵魂深处时,她都不免要战栗。这个玩弄金钱的人的灵魂是黑暗的,连他自己都无法了解他自己的灵魂。他的灵魂中有一个黑影遮着一个黑影,充满了无数堕落的污泥。她在他的灵魂中始终分辨不出什么东西来,她怀疑他,为此事而感到战栗。但是,她所逐渐发现的这么多的创伤,她所恐惧的那种可能的崩溃,还不一定会使她靠在这个桌子上哭得毫无力气,或者相反地为了需要奋斗,需要复原,还可能使她站起来。她知道她自己还是一个能够奋斗的人。但事情却不是这样!她之所以哭得这样厉害,哭得像一个脆弱的小孩子,是因为她爱萨加尔,是因为萨加尔正在这一分钟内同另外一个女人在一起!这时候她不得不承认的这种内心的创伤使她羞辱不堪,泪如泉涌,几乎窒息。

"我的上帝,现在再不能骄傲了!"她高声地然而吞吞吐吐地说,"我竟脆弱和不幸到这种程度!当我们愿意的时候,可是并不能够呀!①"

这时候,房间完全黑了。她很惊讶,她听见了什么声音。原来是马克辛姆,他以这家亲属的资格进来了。

"怎么?你没有点灯?你哭了!"

她这样被人发现,很慌张,努力抑制住她的哭声。他这时又接着说:

"请你原谅,我以为我父亲从交易所回来了……有一位夫人请我约他同去晚餐。"

这时,一个男用人拿了一盏灯来,把它放在桌子上以后就走了。宽敞的房间,只有灯罩下放射出来的安宁的光线照耀着。

"这没有什么,"嘉乐林夫人想解释一下,"这无非是女人的一些不痛快罢了,不过我还不是怎么神经质的人。"

---

① 法国有一句格言,"愿意就是能够";意思说,只要人"愿意"做什么,一定"能够"达到目的;此处是这个格言的反语。

她的眼泪干了,上半身已经直起,带着一种女战士的英勇态度在微笑。这个青年男子望了她一阵,她那么骄傲地站了起来,眼睛大而明亮,嘴唇刚毅,面貌和善而带男性,但她那头冠形的浓密白发却使她带男性的面貌又有些温柔的色彩,甚至可以说是十分妩媚。马克辛姆觉得她头发尽管那么白,但他发现她还年轻,牙齿也很白,是一个可敬重的妇女,而且因此而变美了。随后,他想到他的父亲,耸了耸肩,充满了对他父亲又轻视又可怜的意味。

"是他把你弄到这步田地,是么?"

她想否认,但她呼吸不过来,眼泪又重新涌上了她的眼眶。

"啊,我可怜的夫人!我常常对你说,你对爸爸有许多幻想,我说你的这种好心是得不到好报的……这是必然的,他会连你也吃掉的!"

于是她想起曾经有一天她向他借过两千法郎来赎维克多出来。那时他不是答应过她,当她愿意明白一切时他可以同她谈谈么?现在不正是好机会么?不是只要问问他就可以知道萨加尔过去的一切么?这个不可抗拒的欲望推动了她。现在,她已经开始渐渐地了解萨加尔了,她应当了解到底才好。只有这样才是勇敢的,才不失为她之所以为她,也才会有益于大家啊!

但是她对于这样的调查有些反感,因此转了一个弯子说话,看来仿佛是要打断原来的谈话,她说:

"我始终还差你两千法郎呢。这样老叫你等,你该不会怨我吧?"

他做了一个手势,表示她无论什么时候还这笔钱都没有

关系。随后,他却突然说:

"说到这里,我倒想起了我那个怪物小兄弟,他现在怎样了?"

"他真使我发愁,我还什么都没有向你父亲谈过……我想把这个可怜的小子弄得漂亮一点,好叫人喜欢他!"

马克辛姆的笑使她感到不安。她于是带着询问的眼光望着他。

"啊!我想你在这件事上还在做着徒劳无益的操心。爸爸是不会了解人家的一切苦衷的……家庭的烦恼,他看得太多了!"

她始终望着他,这人在他利己主义的生活享受中,还是那样的堂正;对于人与人的关系,甚至于因逸乐而建立的男女关系,他都那样机智地不抱任何幻想。他微笑着,对自己最后一句话中所包含的恶意在作自我欣赏。她也意识到这句话触到了他们父子之间的秘密。

"你很早就没有了母亲么?"

"是的,我差不多连她的样子都记不起来了……当她在这里,巴黎,死的时候,我还在布拉桑的中学里。我的妹妹柯罗蒂儿德,还同我的伯父巴士卡医生住在布拉桑,我一辈子只见过她一次就再没有机会见面了。"

"你母亲死后,你父亲是不是又结了婚?"

他迟疑了一下。他的那样明澈、那样目空一切的眼睛,这时也不免有些激动而泛红了。

"啊!是的,是的,他又结婚了……同一个大官的女儿,是沙德尔城伯罗家的一个女孩子,她的名字叫勒妮,她对我来说并不是一个后母,而是一个要好的女朋友……"

随后他以一种很亲热的态度坐在她的身旁说：

"你看，你应当了解爸爸。不过，我的上帝，他也并不比别的男人更坏。只是，无论是他的孩子们，他的妻子们，甚至围绕着他的一切人，只有通过金钱关系以后，才能得到他的重视……不过我们要明白，他并不像悭吝人一样地爱金钱，要把它聚集成一大堆，把它埋葬在地窖里。不是这样！他之所以到处要使金钱像泉水一般喷出，不管以任何方式去吸取它，其目的就是想看见这些钱像山洪一般狂流，他又能在这狂流之中取得他的一切享受：奢侈、逸乐和权力。你有什么办法？他的血液中已经充满了这些。你，我，乃至任何人，如果我们可以上市的话，他都会把我们拿去出卖的。他有点'贵人多忘事'的态度，他真正是一个歌颂'百万金钱'的诗人，因此，金钱可以使他发狂，可以使他成为极下流的人，是的，他真是一个伟大的下流人呀！"

这也正是嘉乐林夫人所了解的萨加尔，因此，她听着马克辛姆讲话的时候，频频点头表示同意。啊，这个叫人堕落腐化的金钱，它会使一个人的灵魂冷酷无情，同时还会把别人灵魂中的善良、温柔和爱情都赶跑！只有金钱才是最大的罪人，一切人类的残酷和肮脏的行为，都是金钱导演出来的。在这一分钟之内，她诅咒金钱，她恨它，她以她妇女的高尚而公正的情操，表达了她对金钱的忿怒。如果她突然一下有权力的话，她要把全世界的金钱全消灭掉，如同一个人用一个脚后跟就可以压碎人间的病痛而挽救全世界的健康一样！

"你的父亲又结婚了……"沉默一会以后她这样说，她的声调缓慢而尴尬，仿佛杂乱无章地想起了过去的什么事一样。

是谁曾在她面前提起过这件事呢？她记不清楚，无疑的是一个女人,是她的一个朋友,是她在圣拉查尔街安家的时候;那时,也正是这位新房客萨加尔搬到二楼来居住的时候,人家提到了这段历史。那是不是金钱婚姻呢?是不是一种可耻的交易呢?果然,后来,这家庭很自然地也就出现了一种犯罪的行为;那就是一种可怕的通奸罪,甚至是乱伦的通奸罪;最可怕的是这一件罪行虽是那样显然,却平安无事,没有受到任何谴责。

"勒妮,"马克辛姆不知不觉地又低声地说起来,"她只比我大几岁……"

他抬起头看着嘉乐林夫人,突然完全不能自持了。他不加考虑地信任这位他觉得身体健康和行为端正的女子。他向她述说他的过去,但并不是有条理的叙述,而是一些若断若续的语句,好像不自愿地作了不完全的招供,因此她须接前补后才了解他的全面。这时他所发泄的,是不是对他父亲的旧恨呢?是不是使他们两人直到今天还彼此视若路人而毫无共同利益的那种敌对情绪呢?他并没有指责他的父亲,他仿佛连生气的能力都没有了一样,但是他的微笑却令人感到有一种讽刺意味。他说到那些可厌恶的事情时,是抱着一种幸灾乐祸的心理,他想把那许多卑劣的行为都揭出来玷污他的父亲。

嘉乐林夫人就是这样才把这段长远的、可怕的历史弄明白:萨加尔出卖过他的名字,为了金钱关系同一个他诱奸了的女孩子结婚。萨加尔用她的钱,过着疯狂而阔绰的生活,这可把这位高大而多病的女孩子气坏了。萨加尔为了需要钱,得到了她的一个签字,因此容忍他的妻子和他的儿子恋爱,像一个好家长一样闭着眼睛,放任孩子们娱乐罢了。啊,金钱!金钱是国王,金钱是上帝,它高于人们的血和泪。人们尊重金钱比尊重人类无用的小心谨慎要高得多,金钱始终处于强有力的地位!在金钱逐渐增多的时候,在萨加尔被她看来像魔鬼般伟大的时候,嘉乐林夫人自觉有一种真正的恐惧钳制了她。只要她一想到她也和其他许多女子一样,曾失身于这个怪物,她就浑身发抖,没有主意。

"你瞧,"马克辛姆这样结束谈话,"你使我很为难,顶好是你能够事前知道……我希望你不要因此便与我父亲闹翻,如果那样我一定很难过,因为那样将来会哭的人一定还是你而不是他……现在你可明白为什么我连一个苏也不借给他的原因了吧?"

因为她喉头哽住了,心上受了打击,所以一句话也没有回答。于是他站了起来,以一种美男子的轻松安详的态度,照了一下镜子,对自己改邪归正的生活很有自信。随后,他又走到她的面前说:

"是么?这类事会使你加速衰老……我么,我立刻就把一切问题处理好了。我同一个青年女子结了婚,只是她病了,后来而且死了。直到今天我敢打赌说,人们怎样也不能使我再做这样的傻事了……不!你看出来了没有?爸爸是无论如何不会改好的,因为他根本没有道德这两个字的观念。"

他握着她的手,足有一刻工夫没有放下,他觉得她的手完全是冰冷的。

"既然他没有回来,那我要走了……不过希望你不要伤心!我相信你是一个坚强的女子,你应当谢谢我,因为世界上只有一件事情是不值得的,那就是受骗。"

他走了。但当他走到门口的时候,却又停了下来,笑着还

补充这么一句:

"我还忘了。请你告诉他一声,说热梦夫人请他晚餐……你知道这位热梦夫人吧,她就是那个同皇帝睡了一觉拿十万法郎的人……你不要怕,虽然爸爸始终那么疯狂,但我认为他还不会为一个女人付出这样高的代价!"

现在只剩下嘉乐林夫人独自一人,她一动也不动。在这间突然变得寂静的宽敞的房间内,她四肢无力地坐在椅子上;她眼睛张得大大的一直望着那盏灯。这仿佛是一张被突然撕开的帷幕,过去她一向不愿意分辨明白的东西,过去她一向只是战栗着表示怀疑的东西,在这个时候,她都看见了,看见毫无掩饰的、赤裸裸的、可怕的萨加尔了。她看见了这个玩弄金钱的人的破产的灵魂;他的灵魂要分析起来真是复杂而混乱。的确,他不受任何约束和障碍。有的男子只有本身无能时才会约束自己的欲望,萨加尔也是这样的一个男子;他一味地只求满足他直觉发出的欲望。他同他的儿子平分一个女人,他出卖他的儿子,出卖他的女人,出卖他手下能支配的一切人,甚至于出卖自己;他可能也要出卖她,嘉乐林夫人,出卖她的哥哥;用他们兄妹俩的脑和心来铸造钱币。他成了一个金钱的铸造人,他把东西和人一齐抛到熔炉里,以便从中提炼出金钱来。她在脑筋清醒的一个短时期内,看见世界银行把各方面的钱拿来汇流成一条金钱湖,金钱海。在这海洋中的世界银行,只要一声可怕的震动,便会突然一直沉到海底。啊,金钱,可怕的金钱,它会使人名誉扫地而且把人吃掉!

嘉乐林夫人生气之下,站起来了。不,不!这是一件丑恶的行为!这已经完了,她再也不能同这个男人长此下去了。他的背叛,她是可以原谅他的,但这一大堆过去的垃圾却使她感到恶心。面临着第二天还有犯罪的可能性的威胁,她感到害怕。如果她不愿意溅上一身污泥,如果她不愿被这些破砖碎瓦压倒的话,她只有立刻离开这里。她感到需要离开,到很远的地方,到东方的遥远处和她哥哥住在一道,这与其说是为了警告萨加尔,毋宁说是她愿意让自己隐没起来。走吧!走吧!立刻!这时还不到六点,她可以乘马赛七点五十五分的快车,因为她觉得她实在无力再见萨加尔了。在马赛,在上船以前,她可以买一些东西。只要把一些换洗衣服和一件长袍装在一口小皮箱里,她就可以出发。只要一刻钟时间,她就可以准备好。随后她看见桌子上她的工作,她未写完的备忘录,她又停顿了一下。把这些东西拿去干吗呢?既然根基已经腐败,一切都要垮台了!但是,她仍然开始细心地收拾那些文件、笔记,她以一个家庭贤慧主妇的姿态,不愿意她走后有混乱的现象存在。由于收拾这些东西占据了她几分钟时间,使她下决心的那种最初的狂热有些平息。这时候她完全能够镇定自己,能够在离开以前,把她周围的一切最后看一眼。正在这时候,男仆出现了,交给她一卷报纸和信件。

嘉乐林夫人机械地看了一下那些信件上的下款。在许多信件中她发现了她哥哥给她的一封。信是从大马士革寄来的。哈麦冷为了计划从大马士革修一条支路通到贝鲁特去,所以才到了那里。首先,她在灯旁,站着,开始浏览这封信,打算将来在火车上再慢慢看。但是信中的每一句话都抓住她,她不能略过任何一个字,结果她只好坐在桌子旁边用全副精神去读这封热情洋溢、长达十二页之多的信了。

恰巧,哈麦冷这封信是在一个极愉快的日子中写的。他谢谢他妹妹从巴黎告诉他最近的那些好消息。但他从那里告诉她的消息还要更好,因为一切都如理想地在进行。联合轮船总公司的第一次结账成绩非常之好。新的轮船运输收入极为丰富,这是由于"设备完善,行驶迅速"的原故。他甚至开玩笑说,有人坐轮船并不是为了旅行,而只是为了轮船舒适。那些挤满了西方人的沿海岸各港口的名字,他都指出来了;他叙述那些地方的情况,说你无论走到怎样偏僻的小路上,都会碰见大街上常见的那些巴黎人。真的,正如他所预料,东方的门户已经为法国开放了。不久,在黎巴嫩山脉的肥沃地带会出现许多城市了。他尤其特别生动地描写了迦密山人迹罕到的山谷,那里的银矿,已经全部正式开采,荒野的地带已经有了人烟,在那堵塞了北面山谷的、大规模地崩坍下来的岩石中,人们还发现了无数的泉水。于是良田也可以开辟出来了,小麦代替了乳香树。在银矿的旁边,人们已建筑起一个完整的乡村。起初无非是一些简单的木棚,仅仅可以遮藏工人的营房;可是现在,带花园的石造房子也建筑起来。这是一个城市的开端,只要矿苗不绝的话,这城市行将扩大。这里居民将近五百,已经修好了一条直达圣约翰·达克村的公路。从早到晚,掘土机在轰隆轰隆地叫,马车在声音响亮的鞭打之下,来回地行驶。妇女们在唱歌,孩子们在这里游戏、叫喊;而这里,在过去乃是一片荒凉之地,死一般的沉寂,只有鹞鹰闪翅的轻微声。温和的空气中,永远充满了桃金娘花与蝴蝶花的香味,真令人有一种美妙的清新之感。哈麦冷滔滔不绝地谈到应当开辟的第一条铁路线,即从布鲁斯到贝鲁特道经安卡拉和阿勒颇的铁路线。一切登记备案手续都在君士坦丁堡办妥,只是在线路上他又作了一些必要的修改,克服了通过托罗斯峡谷的困难,这真使他异常高兴。他谈到这些峡谷,谈到那些山麓下的平原时,完全是一个科学工作者发现了新煤矿而相信这地方不久就会布满工厂时的一种沉醉态度。他的沿线标杆都已插好,车站的地点也已选定,许多车站简直是在荒无人烟的地方。这里有一个城市,更远又是一个,每一个车站的周围,一些原始道路交叉的地方,都会生出一些城市来。现在已经撒下人和东西的种子,一切都会生长的,几年之内很可能生出一个新的世界!最后,他写着他要亲切拥抱他所敬爱的妹妹,在这复兴一个民族的工作中,他很幸运能同她合作。他告诉她,她在这项工作中起了很大的作用,很久以来,她都以她的勇敢和健康的身体帮助了他!

　　嘉乐林夫人读完这封信,仍然把它摆在桌子上,眼睛望着灯默想了一会。随后,她机械地抬起眼睛,观看墙的四周,在每一张图样和每一幅水彩画上都看了一会。在贝鲁特,联合轮船总公司经理的楼房,此时已经建筑起来,这楼房是在许多宽广的货栈的正中。在迦密山,在那荒野的山峡深处,昔日遍地都是荆棘与石块,现在渐渐有了人烟,这地方像是新生的人民的巨大巢穴。在托罗斯山,这些平地的工作和横断层岩的工作,简直改变了人的眼界,替自由商业开辟了一条道路。现在在她面前,这些染上水彩、用几何线条画成的图画,虽然只简单地用了四枚图钉钉在墙上,但她过去所经历过的遥远地方,突然又出现在她的眼前。那时她是多么爱那些永远呈蓝色的美丽天空和肥沃的土地呀!她想起了贝鲁特的梯形花园,想起了长满橄榄树和桑树大森林的黎巴嫩山谷,和安蒂奥克和阿勒颇平原上大片美味的葡萄园地。她又想起她自己曾经常和她哥哥在这些神妙的地带来回地奔跑过。那里有难以数计的天然资源,而这些资源都被埋没,不为人知,或者仅仅草率地开采一下。没有公路,没有工业和农业,没有学校,人民在懒惰和愚蠢中生活。但这一切,都在青春的、充满活力的、出乎寻常的推动下变得生气勃勃。未来的东方幻象使她眼中好像立刻看见了许多繁荣的城市,很多已开化的乡村和整个幸福的人类。她似乎看见这一切,而且似乎听见工场上劳动的声音;她甚至断定,这个古老、沉睡的地带,现在已经苏醒,而且已经开始繁殖后代。

于是嘉乐林夫人突然产生了这样的信念,认为金钱是培养未来人类的肥料。她想起萨加尔的话,想起他对于投机事业的一些片断的理论。她想起他谈过的一种意见:没有投机就没有大规模的、有生气的和有出息的事业,正如没有淫欲,就不可能生孩子一样。为了继续生活,就应当有这种过度的热情,而不应当毫无价值地消耗和失去我们的全部生命。她的哥哥之所以能够在那边异常愉快,在组织起来的工场上,在平地升起的建筑物中,高唱胜利之歌,完全是因为巴黎已陷入赌博的狂热,金钱如同下雨,而且已腐蚀了一切的原故。本来是一个毒害者和毁灭者的金钱,现在变成了社会发展的肥料,伟大工程的基础;而这伟大工程一旦实现以后,便足以把各国人民结合在一道,使世界变为和平的世界。她曾经诅咒过金钱,可是现在突然又对它敬佩百倍。削平高山,填平海峡,使地球成为人类的栖息之所,使人类摆脱劳动后仅仅做一个单纯的机器领导者……这一切,不是只有金钱才能够办到么?金钱虽做了一切恶事,而一切好事也由金钱而生。她忧心忡忡,不知道如何是好;既然东方的事业已经成功,而奋斗却在巴黎,她也就决定不走了。不过她还不能使自己平息,心上始终受了创伤。

嘉乐林夫人站起来,走到窗前,用前额靠着一扇窗玻璃,这些窗是开向波维里埃大楼的花园的。黑夜来了,她只能勉强看见那孤寂的小房间内一线微弱的光亮。伯爵夫人和她的女儿,为了名誉不受损害,为了节省煤火的费用,她们在这里生活。她在薄薄的纱窗帘后面,隐约看见伯爵夫人的侧影,她在那里缝补台布。阿丽丝正在绘水彩画;这种水彩画随随便便画成一打以后,就偷偷地拿去出卖。她们最近发生了一件不幸的事,马得了病;这一来,就把她们钉在家里两星期之久,因为她们顽固地不愿意人家看见她们出外时步行,可是又不愿意出钱租车。但是,在这样英勇隐藏起来的困境中,却有一种希望支持着她们还能够站起来并且显得更其英勇;这希望就是世界银行的股票在继续上涨。她们的赚项已经不小,但等股票一旦涨到最高峰她们拿来卖出的时候,她们就能见到这些赚项的金子闪闪发光,如雨一般落在她们的手中。伯爵夫人已打定主意要做一件真正的新衣服,梦想在冬天每月能举行四次晚餐招待会,而不必因为招待就闹得十五天之内喝冷水下面包。至于阿丽丝,当她母亲向她提到婚姻问题的时候,她态度假装冷淡,一点也不笑。她只是听着她母亲讲话时两手有些颤动。她也开始相信这件事或者可能实现,她也和别人一样,能够有一个丈夫和几个孩子。嘉乐林夫人看着照射她们的灯发出火光,内心感到极大的安宁和怜悯。她发现金钱,而且仅仅是在希望中的金钱,就足以使这两个可怜的生物获得幸福,她很感动。如果萨加尔果然使她们富有起来,她们难道不为他祝福么?对她们俩说来,萨加尔难道不是有善行的好人么?善行是到处有的,即使在坏人身上。最坏的人总是可能对于某某人是好的,他们在某一群人的诅咒中,也能发现一些不为人知的谦卑的声音在那里感谢他们和敬重他们。当她想到这一点的时候,虽然眼睛仍然钉在一片黑得什么也看不清楚的花园中,但她的思想却一跃而转到儿童习艺所去了。前一天,为了庆祝周年纪念,她还代表萨加尔到那里去送玩具和杏仁糖果给孩子们过节日。她一想到那些孩子们喧哗的快乐劲,便不自觉地微笑了。一个月以来,人家比较满意维克多了。她在阿尔魏多亲王夫人那里看见维克多有叫人满意的记录。关于习艺所的事她同王妃每两星期要长谈一次。因为维克多的影子突然浮现于脑际,她觉得奇怪,在她大为失望想出走的时候,怎么会把他忘了呢?她能够这样丢下他么?如此费劲做成的一件善行,她能够让它被糟蹋么?望着那些大树的黑影,一种越来越动人的慈爱,一种不可解释的甘心自我牺牲的感觉,一种神一般伟大的宽容,扩大了她的心胸。这时波维里埃家的可怜的灯还在那里发亮,有如一颗星星一样。

当嘉乐林夫人回到她工作桌旁时,她微微地颤抖了一下。怎么?她稍稍觉得有些冷!这使她感到新鲜,她一向自负冬天不要火也可以过的。这时她像在冰水中洗了澡出来一样,显得年轻、有力,脉搏也跳得更均匀。在她身体极健康的时候,她每天早上起来就有这样的感觉。这时,她想在壁炉里添一根柴;当她看见火已经完全熄灭了的时候,她很高兴自己来生一次火,不愿意打铃叫用人。这完全是一种劳动,她没有碎柴,就把旧报纸一张一张地烧,终于把柴点燃了。她跪在炉子前面因觉得好笑而在发笑。她在那里待了一会,感到幸福快乐。你看,一次最大的危机又度过了!她又有了新的希望,希望什么?她永远不知道!这是直到生命完结,乃至人类完结,都永远无法知道的一个谜！生活应该忍受创伤的痛苦，只要生活又能够不断地带来治疗，这对于生命来说，也就够了。她再一次想起她生活中的一些遭遇，她的不幸的婚姻，她在巴黎所遭受的贫困，她被她所钟爱的男子的遗弃……每一次崩溃后，她都发现有一种活力，一种足以使她从废墟中站立起来的永恒快乐。刚才不是一切都完了么？面临着这些可怕的过去，她对她的情人不再怎么重视，正如圣女在她们日夜包扎的污浊的创伤面前，从不过问如何使这些创伤结疤一样。她一面知道他已属于别的女人，但她仍然要继续委身于他，而且并不想从别的女人手中把他夺过来。她将继续在水深火热的状况中生活，在投机事业的高温熔炉中生活，她将在最后一场灾祸的不断威胁下生活，这场灾祸会导致她哥哥身败名裂。她仍然站着，几乎没事一样。正如在一个美丽的早晨，面对危险，她尝到了战斗的愉快。为什么？照理性来说是什么也不为，只是为了生之欢乐罢了！她的哥哥曾经向她说过，她有一种永远不灰心的希望！

萨加尔回来时，看见嘉乐林夫人正埋头于她的工作；她以刚硬的书法写完了一页关于东方铁路的备忘录。她抬起头来，以一种平和的态度向他微笑；他呢，他把嘴唇贴在她美丽而光亮的白发上。

"朋友，今天你跑了很多地方吧？"

"啊，事情简直没有个完！我去看了工务大臣。又刚和雨赫碰了一下头，后来又不得不再到大臣那里去，但那里却只有一个秘书……最后我约定还要到那里去一趟。"

的确，他离开桑多尔夫男爵夫人以后，便一直不停地在奔走，忙于他的业务，一种习惯的热心鼓舞着他。她把哈麦冷的信递给他,他看了很快乐。她看见他为即将获得的成功高兴得不得了,于是她就想,以后她要更密切地监督他,以防止他做某些疯狂的举动。然而,对他严厉,她却没有办到。

"你儿子代表热梦夫人来看你。"

他于是叫起来:

"其实她已经写信告诉我了……我忘了告诉你,我今晚上要到她那里去……这真麻烦,我疲倦成这个样子!"

他再一次吻了她的白头发以后,便走了。她带着一种友情和充满宽容的微笑,重新开始工作。她难道仅仅是一个委身于男人的女朋友么?嫉妒反而使她惭愧,仿佛一嫉妒,就把她和他的关系弄得更其可耻。她想超脱和其他女人共分一个男子的苦恼,从爱情带来的肉体上的利己主义中解放出来。委身于他而又知道他和别的女人有暧昧关系,这是一件无关紧要的事。她以勇敢和仁慈的心肠爱着他。这是战胜一切的恋爱,这个萨加尔,这个金融市场上的强盗,被这个可尊敬的女子如此绝对地爱着,其原因是她看出他是一个活跃而大胆的男子,他创造了世界,也创造了生命!

八

一八六七年的世界博览会是四月一日那天开幕的,巴黎举行了热烈而隆重的庆祝会。帝国的伟大繁荣时代开始了,在这一时代中巴黎变成了彩旗飞扬、歌声震天的世界大旅馆。在这旅馆中,人们可以吃喝,可以在各个房间里犯肉欲上的罪行。无论哪一朝代，即使在其极盛时代，也不能号召这许多国家的人民到这里来如此大吃大喝。许多皇帝、国王和王子像崇拜神仙一样，成群结队地向燃着火光的杜伊勒里宫走来；他们都是从地球上的四方八面来的，他们在这里可以排成一个队伍。

十五天以后，正是萨加尔所愿望的那座宏伟大楼的落成日期；这座大楼是他为了把世界银行布置得庄严豪华而修建的。修这座大楼只花了六个月工夫，工人们日以继夜地工作，没有浪费掉一个钟头，造成了只有巴黎才可能出现的工程上的一种奇迹。大楼的正面是笔直的，雕刻了许多花纹，都是古庙和咖啡音乐厅常用的图案；总之，它的华丽装饰，使人行道上的行人都要望而止步。内部也极端奢华，沿墙有一长列百万金钱的出纳柜台，有一部专用楼梯直达董事会会议厅，会议厅是红色兼金色的，有巴黎歌剧院大厅那样壮观。到处都铺了地毯，挂了帷幕。办公室内摆满了富丽堂皇的家具。地下室里是股票科，那里有许多上了封条的巨大保险箱。摆在那里作为界门使用的透明玻璃后面，群众可以看见这些保险箱，像神话故事中的宝盒一样排列着，而在这宝盒中睡着的，便是神话故事中说的那些不可计数的财宝！人民同他们的国王走向博览会场时，都能列队而来。一切都准备就绪，新的大楼等着他们，以便使他们一个一个盲目地掉入那不可抵抗的、在光天化日之下闪闪发光的金子的陷阱。

萨加尔神气地坐在办公室里。办公室布置得相当华丽，家具是路易十四式的，木头上都上了金色，而且都蒙上了热那亚的丝绒。银行的人员刚又增加了，职员已在四百以上。现在萨加尔以一个被人尊敬和服从的暴君威风十足地指挥着这一支军队。他显得十分慷慨和大方。他在名义上虽然只是一个经理,但实际上,他行使的权力却在董事长之上,乃至于董事会之上;因为后者,仅仅把他的命令拿来批一批而已。因此,从这时期起,嘉乐林夫人可以说是时时在警惕中生活,她时时注意了解银行的每一个决定,以便在必要时,设法加以干涉。她不赞成这些新的装备,实在太奢侈了!但她因为了解银行确实需要更宽大的地方,所以在原则上也没有加以责备;尤其是当她极端信任萨加尔因而和她多虑的哥哥开玩笑的那些日子。为了攻击这种奢侈,她把她的担心都说出来了,她的论据是一个银行这样是会失去它谨慎和庄严的特性的。具有修士般小心谨慎的顾客们,他们习惯于在圣拉查尔街楼下光线黯淡的地方往来,当他们一旦进入伦敦街这座宫殿式大厦,看见这许多层闹哄哄的楼房,光亮四溢,他们将作何感想呢?萨加尔回答说他们将为之感到惊讶,对于这样的事实给予佩服和尊敬。拿五个法郎进来就取了十个法郎出去的人,一定会充满了自尊心和盲目的信任,这也就是他们佩服和尊敬的原因。他呢,虽然夸夸其谈唬弄人,但他是有理由的。宫殿式大厦的成功异乎寻常,其宣传效果超过了让图鲁那些无稽的广告。住在安静住宅区内那些忠诚老实的小额年金收入者,早上才下火车的可怜乡村教士,都在门口张口表示快乐。在他们重新出门时,每每会因存了钱在里面而欢喜得脸红。

　　实际上,最使嘉乐林夫人不满意的是她从此再不能待在家里履行她监督的责任了。她只能隔很久很久才可以找着一种借口到伦敦街去一趟。她现在在图样室里孤独地生活着,只能在晚上才可以看见萨加尔。他在这里只保留了居住的房屋,楼下各间和二楼的办公室都关闭了。阿尔魏多王妃内心甚为愉快,她再不因这银行,这个开设在她家里的金钱商店,而受良心的无言责备。她已无意于一切谋利的事,即使是正当的谋利,她也不想再出租她的房子。这时这房子是空空的,每一辆马车走过的声音都可以听得见,活像一座坟墓。嘉乐林夫人再也听不见穿过天花板而来的声音,她只感到那些关闭了的柜台所保持的沉默令人恐怖;过去两年之内,从这些柜台处,曾不断使她听到金子轻微的撞击声。现在的日子她觉得更漫长也更沉闷。不过,她工作得很多,都是她哥哥要她做的,他在东方给她寄来一大堆抄写工作。但是,在她的工作当中,有时她不免停下,听一听,一种直觉上的不安占据了她,她需要知道楼下发生了什么事情;没有!搬空了的、黝黑的、封锁起来的厅房空无一物,连一丝风息都没有。于是,她稍稍感到寒冷,几分钟之内,她忘了她自己,她感到不安。在伦敦街,人们在干什么呢?是否正是这一秒钟之内发生足以使整个建筑物倒塌的裂缝呢?

捉摸不定的、轻微的流言已经传开了,说萨加尔又在那里准备增资;他想从一亿增加到一亿五千万。这是一个特别鼓舞人心的时刻。在这千钧一发的幸福时刻,已经改变城市面貌的巨大工程,金钱的疯狂流通,一切阔绰的巨大费用,都卷入了发狂热病似的投机事业。每个人都想在投机中享有自己的一份,每个人都想把自己的财产拿到赌台上去冒一下险,想使财产一本十利,想和许多人一样,一夜之内就发起横财而获得物质上的享受。博览会的旗帜在太阳下迎风招展,校场上的阳光和音乐,全世界来的人群充斥了各条街道,使巴黎沉醉在具有无穷无尽的财产和统治一切的梦中。在各种光彩夺目的晚会上,在举行庆祝会的城市中,人们的疯狂达到了最高潮;他们在外国式的餐馆中吃饭,他们已把这城市变成一种市集,在这市集中,欢乐是可以在星光下自由出售的。这种渴求快乐的疯狂行为预示大都会行将有崩溃的危险。萨加尔带着他扒手的嗅觉,已经深深地感觉到每一个人都在发作,急需花费掉他的金钱,腾空他的口袋和身体,于是他把他原来预计的广告费用再增加一倍,督促让图鲁作更震耳欲聋的宣传。从博览会开幕之日起,每天,报纸上都有替世界银行大肆吹嘘的一系列广告。每天早上,都大奏一次铙钹①,以便诱惑大众。一件异乎寻常的事件,一位夫人在马车中遗失一百张股票的故事;一段中亚细亚旅行记的摘录(摘录中竟说到拿破仑已预言过伦敦街银行的事)都成了广告的材料;还有一篇头条文章,主张从政治眼光去看世界银行的地位,说它和最近解决东方问题都有关系。此外还有特刊上不断的记载,那就更不必说了。这些特刊像军队一样有组织地、配合紧密地朝着一个方向前进。让图鲁在他的小小的金融版上,想象到年内可能订立的协定,就足够每期登满一栏篇幅。他利用了这一栏,以一个多产作家的文笔,写出种种令人吃惊的想象的事件;他不惜攻击别人以图取得胜利。他曾经考虑要出的名著最近问世,居然发行了一百万册之多。他的新的通讯社也成立了,这种通讯社,名义上为了给地方报纸递送金融简报,而实际上成了各大城市的市场主宰。最后,他巧妙地操纵着的《希望报》,使这报在政治上的重要性一天一天地扩大。大家已密切地注意到,在一月十九日的命令公布以后,《希望报》上有许多文章对政府并不采取请求的态度而使用起质询权来了,

---

① 胡吹的意思。

这也算是皇帝倾向自由的一种让步①。暗中操纵这些文章的萨加尔,倒还没有公开攻击他的哥哥。他的哥哥现时还是内阁大臣,为了热中于权力,昨天他所谴责的政策,今天又不得不加以辩护。不过大家已经觉得萨加尔在进行侦察工作,他已经侦察出卢贡的地位并不可靠,在内阁中左右为难:一方面是急于想继承他职位的第三种势力,另一面则是同波拿巴保皇派联盟以反对倾向自由的帝国派的僧侣集团。《希望报》已开始说一些有暗示性的话了,这报纸再度变成了天主教的战斗报,它对于这位大臣的每一行动,都表示讥讽。变成反对派以后的《希望报》是会深得民心的;政治上一旦稍有变动,世界银行的名字就可以传遍法国以及全世界的每一角落。

在广告的大规模的鼓动下,在激奋起来准备做任何疯狂举动的人群之中,大约可能实现的增资和发行五千万新股的传说,使最稳健的人都染上了狂热病。从下等的住宅到贵族化的大楼,从看门的下房到公爵夫人的客厅,所有的头脑全都热中起来;过分的夸奖变为盲目、英勇和好战的信仰。人们在一一计算世界银行已经完成的事业:初步惊人的成功,出人意料的分红,红利之高是任何一个公司在创办时绝对办不到的。人们又想起联合轮船总公司,在这样仓促的时间竟获得这样辉煌的成绩,致使人们要出一百法郎的酬劳金才能买到它的股票。至于迦密山的银矿,其出产简直等于奇迹;在上次圣母院举行斋戒节时,一位宗教演说家提到了上帝对于虔诚而赐

---

① 按一八六七年一月十九日拿破仑三世公布命令,虚伪地允诺人民一些自由,致使保皇派不满。此处说《希望报》使用质询权,拿破仑三世因倾向自由,故对《希望报》让步,不加干涉,都是因为一月十九日的命令的关系。

予的一件礼物时,就暗暗指了这个迦密山的银矿。此外又创办了一家公司负责开采巨大的煤藏,另一家公司拟把黎巴嫩山区的广阔森林,变为有规则的森林开伐区。至于君士坦丁堡设立的土耳其国家银行,其基础更是不可动摇的稳固。没有一件事是失败的。银行日益走运,以致它所接触的一切都变成了黄金。一大堆已创的繁荣事业是开发未来事业的坚固基础,同时也说明更有理由迅速增资。在这样狂热的想象力面前展现出一幅远景,这幅远景充满了比现时还更伟大的事业,因此必须增资五千万;所以广告一登出来,就激励了人们的头脑。交易所和小客厅中胡说八道的题材漫无边际。在谈到另一些计划中,人们更传说着最近即将实现的一项伟大事业,那就是东方铁路公司。这项事业成了一切谈话的题材,一部分人加以否认,另一部分人却加以夸张。妇女们尤其热心,为一种想法作热心的宣传。在漂亮的小客厅角落上,在节日的晚餐中,在鲜花盛开的花台背后,在茶余时间,乃至于在卧室的最深处,都有温柔的创造物①,以一种能说服人的亲热态度,在那里劝告那些男子:"怎么,你没有买世界银行的股票?但是你只有这一条路可走呀!快买世界银行的股票吧,假如你要我爱你的话……"这是新的十字军,正如她们所说,这是对亚洲的征服;而对亚洲的征服是爱米特和圣路易②的十字军都没有做到的事,但她们,她们却拿她们的小金口袋来承担了这一个重任。每一个人都装作什么都知道的样子,她们竟

---

① 指女性。
② 爱米特(1050—1115),十一世纪时发动平民参加十字军的人;圣路易(1215—1270),法国国王路易九世,他是十三世纪十字军第七次东征的主持人。

用起术语来说话，说人家首先要开辟"干线"，说这"干线"是由布鲁斯到贝鲁特，"绕道"安卡拉和阿勒颇。将来，还要开辟士麦那到安卡拉"支线"；往后，还要开辟特雷比松到安卡拉"支线"，"绕道"埃尔祖鲁姆和锡瓦斯。再后，则是大马士革到贝鲁特。说到这类地方，她们就微笑起来，眨一下眼睛，极小声地说也许可能还会有另外一条"支线"，那就是从贝鲁特到耶路撒冷，绕道沿海岸的各个古老城市如赛达、圣约翰·达克、雅法等。更进一步，我的上帝，谁知道，会不会由耶路撒冷开辟一条线到塞德港和亚历山大港呢？巴格达离大马士革并不远，那是更不必说了；如果一条铁路直通了巴格达，那也就是西方获得了波斯、印度和中国的天了。仿佛，一个字只要一出自她们的美丽小嘴，人们所捡到的东方王子的宝贝就会发起光亮，一如《一千零一夜》中所讲的神奇故事一样。梦中的珍珠宝石如雨般地降到了伦敦街的柜子里；另一面迦密山也正在焚香，这是《圣经》故事中最微妙的和最空泛的一段题材，它可以把人们最贪得无厌的欲望神化。伊甸不是可以征服么？圣地不是可以解放么？宗教不是在人类的发源地获得胜利么？但说到这里，妇女们住口了，她们拒绝再说下去，目光为那件应当隐藏的秘密而发亮。这件秘密就连附耳交谈都不行。可是那到底是什么呢？她们中间许多妇女也不知道，但她们却装作知道。这是一件神秘之事，也许永远不会实现，也许突然有一天会像雷霆一样爆发出来，那就是把耶路撒冷从苏丹手上买过来交与教皇，而以叙利亚作教皇的领土；教皇的统治权有一个天主教银行供给它经费，这银行名为圣陵金库，它可以保证教皇的统治不受任何政治上的骚乱。总之，天主教返老还童，摆脱了一切陷害，重新获得它的新权力，从耶稣殉道的那座山上统治全世界。

萨加尔今天早上坐在他那间照路易十四式布置的华丽办公室里。当他想要工作的时候,就必须设法保卫他的房门不受袭击;满院子的队伍可能如上国王的"早朝"一样突袭进来;这些人都是佞臣、事务人和求事者,他们围绕着万能的主,说出他们狂妄的赞扬和哀告。特别是七月初旬的一天早上,他表现得毫无怜悯之心,竟正式下令不准任何人进来。当候见室已挤满了人的时候,他却同两个科长关在办公室里研究发行新股的问题。候见室的人不管传达怎么说,却顽固地在那里等待,希望万一可以见一见萨加尔。萨加尔在研究了很多计划以后,刚决定采用一种两相结合的办法,即发行十万新股的时候,同时给二十万旧股发给正式股票;但这些旧股,实际上每股才缴了一百二十五法郎;那么,为了能发给股票,即两个旧股搭配的一个新股的价格应定为八百五十法郎,而且必须立刻缴纳;其中五百法郎为股本,三百五十法郎为弥补发给股票时所受的损失①。但是复杂的问题出现了,有一个很大的漏洞尚要填补呢,萨加尔大伤脑筋。候见室说话的声音使他大为生气。这个拜倒在他脚下的巴黎!他从前以一家之主的和悦态度所喜欢接受的那些颂扬,今天他一概不在乎了。这天早上替他担任传达的德若瓦,因为可以在那里随便出入,从一条走廊的小门溜了进来;萨加尔对他大发脾气。

"怎样?我已经向你说过任何人都不行,任何人……你听清楚了吧!……得,这是我的手杖,拿去放在我的门口,叫

---

① 原缴股款并不足数,今日若实发股票则公司当受损失,所以在新股上又多收三百五十法郎,以资弥补。

那些人去吻我的手杖吧①……"

德若瓦心平气和地大胆强求说:

"请原谅,先生,这是波维里埃伯爵夫人。她再三请求我……因为我知道先生也愿意和她表示好感……"

"啊!"激怒了的萨加尔喊起来,"让她去和别人一道见鬼吧!"

但是他立刻又改变了主意,用一种强忍忿怒的姿态说:

"既然命中注定不让我安逸,你叫她进来吧……可是从这扇小门进来,不要让别人一起跟她进来。"

萨加尔接待波维里埃伯爵夫人的态度,是一个心神未定的男子的粗野态度。即使他看见陪伴她母亲的阿丽丝的态度那么安宁而沉静,也没有使他平静下来。他把两位科长打发走了,想等到他需要继续工作时再找他们来。

"我请你,夫人,快一点说,因为我真是忙得可怕!"

伯爵夫人吃了一惊,停顿了一下,但她始终是那么从容不迫,以一个失势皇后的忧郁态度说:

"可是,先生,我要麻烦你……"

他不得不指着两个座位请她们坐下。那个年轻的女孩子比较勇敢一点,先坐下了,而且态度还很坚决。至于她的母亲,则继续这样说:

"先生,我是为了来请教……我为这件事很苦恼,始终不好决定;我觉得要不同别人商量,我是永远也决定不了的……"

她向他重新提起,说世界银行成立的时候,她曾经认购了

---

① 用手杖把他们赶跑的意思。

一百股。第一次增资时,她加认了一倍;第二次增资时,她又照样地加倍认购;到今天算起来,她一共有了四百股;她所付出的款项,连津贴在内,共为八万七千法郎。她除了原有储蓄的两万法郎外,为了筹集这笔款子,她把阿布勒田庄作了抵押,借了七万法郎。

"可是,"她继续说,"我今天找着了一个愿意购买我田庄的经纪人……是不是?问题就是为了你们要发行新股,这样我就想把我的财产,都信托给你们的银行。"

萨加尔平息了,看见这两个可怜的女子,这两个伟大而古老氏族的最后遗孤那样信任他,在他面前那样焦虑不安,而感到得意。他立刻以数字来说服她们:

"发行新股,那当然,我正为这件事在操心……新股连酬劳金在内一共为八百五十法郎一股……我们来算一算,我们知道你有四百股,那么当然,我们还应当分摊两百股给你,这需要缴纳十七万法郎。但这一次全部股票都要发给你了,这样你就有六百股现股股票,你也不再欠任何人一个钱。"

她们不太明白,所以他只好向她们解释以酬劳金来补贴发放现股票的办法。听到这样的巨大数目,她们的脸色稍稍有点苍白。她们一想到要冒这样大的危险,便感到有些害怕。

"金钱,"母亲喃喃地说,"金钱大约该是这样……人家建议给我二十四万法郎买我的阿布勒田庄,过去,这份田庄至少值四十万法郎。这样,我们把我们欠的债还了以后,恰好还可以缴纳股款……但是,我的上帝,多可怕的一件事,这样变动我们的财产!等于把我们的整个生命拿来押宝呢!"

她的手颤抖了。这时出现了片刻沉默;在这沉默之中,她想到这件麻烦事首先夺去了她两万法郎的储蓄,随后又夺去了她七万法郎的借款,而现在要威胁到她的整个田庄。过去,她对于田园产业,无论是耕地、草坪或者森林都是尊重的;对于金钱交易,这种犹太人的下流事业,与她氏族的资格是格格不入的,因此她是不屑做的;现在在当机立断的时刻,这种情感又出现了,使她极为苦恼。她的女儿一句话也不说,用她热烈而清澈的眼睛望着她。

萨加尔带着一种鼓人勇气的微笑说:

"啊!的确,你应该相信我们……数字就在这里,请你研究一下,我认为一切犹豫都是不必要的。你自己算一算:你有六百股,我们把股票发给你以后,你一共用去二十五万七千法郎。但是照今天每股一千三百法郎的市价计算,你的六百股已可以值七十八万法郎了。你的钱已经获利三倍以上……而且,在我们发行新股以后,你看涨吧!一直会涨下去的。我向你保证,在年底以前,你就会有一百万!"

"啊,妈妈!"阿丽丝叹了一口气,仿佛情不由己地这样喊出来。

一百万!圣拉查尔街的大楼可以不再抵押了,一切贫困的污点都可以洗涤了!家庭的日常生活,可以舒适地过下去了;一种出门有车在家却没有面包的噩梦般的生活可以摆脱了!女儿可以带着适当的嫁妆,最后可以找到一个丈夫,也可以有一些孩子;有丈夫有孩子是街上最穷的女孩子也该拥有的一种快乐呀!还有那个会被罗马的气候折磨死的儿子,也可以在那里舒服一下。他可以端正自己的身份,等到将来为伟大的事业服务,现在他在伟大的事业中的地位太低了。母亲也可以恢复她上层的生活,付清马车夫的工资,不需吝啬得连星期二晚餐都不多加一盘菜了,不再因为星期二请了客便使其余的日子非挨饿不可了!这一百万真如火炬照耀,是她的幸福,是她的梦!

伯爵夫人被征服了,掉过头来看她的女儿,以便取得她的同意。

"唉,你的意思怎么样?"

但是女儿一句话也不说,慢慢地合了她的眼皮,熄了她眼睛的光辉。

"真的,"母亲又说,而且还微笑了,"我忘了,你是愿意绝对由我做主的……我知道你是多么勇敢,你所希望的一切……"

她掉过头来又向萨加尔说:

"啊,先生,人家说到你的时候,总是满口赞扬……我们无论走到什么地方,都有人向我们提到许多很美的事情,很动人的事情。不仅是阿尔魏多王妃,所有我的女朋友们都热心于你的事业;因为我是你银行开办时的股东,很多人都对我感到眼红。听她们的说法,宁可卖了褥子也要来买你的股票。"

她渐渐地说起笑话来:

"我觉得她们有点发疯,的确!是有点发疯。当然我已不很年轻了……但我的女儿……她是最佩服你的一个人。她对于你发行的东西很相信。我带她去的每一个客厅,她都在替你宣传。"

听得很悦耳的萨加尔望着阿丽丝,她在这时候是那么地兴奋,信心十足,显得的确很美丽,虽然脸容发黄而颈子过于瘦削。他一想到这个可怜的女孩子,只希望得到一个丈夫就足以使她美丽起来,而他又给了她这种幸福,他觉得自己真是伟大而且善良。

"啊!"伯爵夫人用一种仿佛遥远的、听起来很低的声音说,"这是多么美的一件事!征服,那里……是的,这是一个新纪元,我们的十字又要发光了……"

任何人都不说出来的这件事,正是神秘的所在;她的声音越来越低,最后在极其满意的气息中消失了。而他呢,以一种友好的手势叫她不要再说下去。因为他不容许人们在他面前提起这一件伟大的事业,这是他至高无上的秘而不宣的目标。他的手势等于指示她,说我们应该心向往之,但口头始终不要提起这件事。在祭坛上,香炉端在最虔诚的信徒手中,有时也会动摇的。

在一阵令人怜悯的沉默之后,伯爵夫人终于站起来了。

"好吧,先生,我被你说服了。我去写信给我的公证人,说我接受人家购买阿布勒田庄的价钱……求上帝原谅我,倘若我是做了一件坏事!"

萨加尔站起来,用令人感动的严肃态度说:

"夫人,这样做正是上帝给你的启示!你放心吧!"

他把她们一直送到走廊,避免走候见室的外间,因为那里还拥挤着人。他碰见正在那里逡巡的德若瓦,脸色有些为难。

"还有什么事?该不是又有什么人吧,我想?"

"不,不,先生……我不知道我能不能请教先生一个问题?……这完全是关系我一个人的事。"

他做了一个动作使萨加尔重新回到了房间,而他自己却留在门限上,态度非常谦虚。

"关于你的事?……啊,对了,你是股东,你也是……好吧,我的孩子,人家给你预备的新股,你就认购吧,你宁肯卖了你的衬衫也得认购。这是我给一切朋友的忠告。"

"啊,先生,这事情太大了,我的女儿和我都没有这么大的野心……起初,我用了我那可怜的女人给我留下四千法郎的储蓄①买了八股。我一共只有这八股,因为几次发行新股的时候,资本都增加了一倍,我们已没有钱认购花钱更多的那些新股……不,不,问题并不是这样,我们不应当那样贪心。我只想请教先生,并不是为难先生,先生你同意我卖掉么?"

"怎么!同意你卖掉?"

德若瓦用各种足以表示忧虑和尊敬的委婉言词陈述了他的处境。在行情涨到一千三的时候,他的八股可以卖一万零四百法郎。这样,他可以宽裕地拿出那个纸匣老板所要娜达丽的六千法郎的嫁妆费了。但是,面临这股票继续上涨的情况下,他又起了对金钱的贪欲,想自己在其中也取得一份的念头,起初还是空空洞洞的,但越来越使他无法摆脱;他想搞到一个小小的、每年六百法郎的年金收入,便可以退休了。但是,六百法郎年金需要一万二千法郎的本金,再加上他女儿的六千,整个就得有一万八千法郎那么大的数目。他永远也甭想得到这个数目,因为他已经算了一下,要达到这个数目,必须行情涨到二千三百法郎一股。

"先生,你了解,如果行情不会上涨的话,我宁肯卖掉的好;因为娜达丽的幸福第一,你说是不是呢?……不过,如果行情还会上涨的话,那我将来又会因为把这些股票卖掉而伤心死的。"

---

① 德若瓦买的是实股,所以每股实为五百法郎,但波维里埃伯爵夫人乃是认股,一、二、三次都只缴股款的四分之一和酬劳金,故缴款数目与德若瓦不同。

萨加尔大声叫起来：

"啊！我的孩子，你真傻得可以！……你难道相信我们会在一千三上停止么？难道我会卖么？我……我可以答复你，你想的一万八千法郎一定可以得到。滚你的吧！替我把那里的人赶到外面去，告诉他们我已经出门了！"

当萨加尔只有一个人的时候，他重新把那两位科长叫来，安静地完成了他的工作。

他决定在八月间召开一个特别股东大会来通过新的增资提案。负责主持大会的哈麦冷于七月底乘船抵达马赛。他的妹妹两个月以来，在每一封信中都劝他回来一趟，而且劝告的方式越来越迫切。她在日益显露的爆发性的成就中，总感到有一种暗中的危险，一种她都不敢说的无理由的恐惧；她宁愿她哥哥在此地，亲自去弄明白这些事；因为她近来对自己都在怀疑，生怕自己无力反抗萨加尔，怕自己受人蒙蔽，出卖了她那么敬爱的哥哥。要不要向她哥哥承认她与萨加尔的关系？她哥哥由于专心致志于科学研究，为人忠厚老实，同时过着梦游般的生活，对他们的关系，他肯定没有怀疑到。这个念头使她极端苦恼；她向怯懦的心理投降了，她抗拒她的责任，她的责任很显然地在那里命令她把一切都说出来，以便不再信任萨加尔，既然她已了解了萨加尔的为人和他过去的一切。在她刚强有力的时候，她立志要同他作一次决定性的谈话，对于那样巨大的一笔金钱在他罪恶的手中疯狂地运用，再不能不加以控制；因为在他的罪恶的手中，数百万计的法郎已经摇摇欲坠，甚至于在自行崩溃而且压碎许多人了。这是惟一可采取的、勇敢的、诚实的、适合于她身份的主意。不过，她的清醒头脑又混乱起来，她软弱下来，想坐待时机。她对萨加尔的种种指责之中,也只能发现一些不合法度的事情,而这种不合法度的事,如萨加尔肯定地说过的一样,无非是一般银行共同的现象。他笑着对她说的话也许是有理由的吧;他说,她所怕的怪现象,其实是一种成功,一种巴黎所特有的成功;这一成功以雷霆之势震惊了大众,使她也为此而恐惧,仿佛遭到突如其来的大灾祸一样。她什么也不明白了,有时甚至还格外佩服他,充满了她对他保存的无限体贴,虽然她已经不再对他尊重。她从来不相信她的心理会这样复杂,她觉得她自己是十足的女性,她怕她再不能有所作为;因此,她对她哥哥这一次回来,表现得非常高兴。

在哈麦冷回来的当天晚上,萨加尔就和他在图样室里见面,因为这里他们可以不受任何人打扰。萨加尔想把尚未提交股东大会通过、董事会可能会通过的决议案,预先交给哈麦冷看一看。但是他们兄妹俩已有了默契,在约会时间以前先见了面;有一刻工夫他们俩单独在一起,谈了谈话。哈麦冷这次回来非常愉快。东方这样一个国家,真像一个睡着懒觉的人,在那里开办铁路真是一件极其复杂的事,充满了政治上、行政上和财政上的障碍;但他的事业却进行得很顺利,所以他很满意。总之,成绩是圆满的,初步的工程要开始了。公司刚在巴黎成立的时候,各方面的工程都开工了。他对于未来表现得那么热情,那么信心十足,以致成了使嘉乐林夫人沉默的新原因;只要她一说话,就势必会损害他这样完美的快乐。她只不过表示有些怀疑,要他尽量反对那些鼓动群众的过甚夸张。他打断她的话,正面望着她:她难道知道有什么可疑的事情么? 为什么她不说出来呢? 她不说什么,只含糊其词地说了几句。

哈麦冷回来后,萨加尔还未和他见过面,所以一见就搂着他的颈子,以南方人那种洋溢的感情吻他。随后,哈麦冷向他证实他最近那些信上所说的一切全是事实,把他在这一次长期旅行中所取得的异乎寻常的成功的详情一一告诉了他;萨加尔听了非常兴奋,说道:

"啊!我亲爱的朋友,我们做了巴黎的主人、市场的大王了……我也一样,我做了很多工作。我现在有一个很出色的主意。你看吧!"

立刻,他就向他说明他的计划,他想把资本从一亿增到一亿五千万,发行十万新股,同时无论新旧股份,一律正式发给股票。这一次发行股票,每股是八百五十法郎,其中三百五十法郎是酬劳金;这笔酬劳金再加上历次结账储在一旁的公积金,其总数共为二千五百万法郎。他只要再找到同等的数目,就可以达到为发给二十万股票所需要的五千万法郎的数目了①。说到这里,他的出色的主意就来了,他主张先把本年度盈余的大约数字提前结算出来,而这个盈余照他的估计至少有三千万。那么,他所差的二千五百万就很容易提出来。这样,世界银行从一八六七年十二月三十一日起,资本便肯定为一亿五千万了;股票共分为三十万股,而且可以完全正式地发给股东。我们可以把股票的金额划一,变成不记名股票,以便在市场上流通。这胜利是肯定的,这是天才的主意。

"是的,是天才的主意!"他喊起来,"天才这两个字并不形容过甚!"

----

① 原有股东所缴股款都非十足,今若正式将股票发给股东,账面当有差额,故将此项酬劳金及公积金作为弥补。

哈麦冷以稍稍有点不在意的样子翻着那计划的篇页,考查其中的数字。

"我不喜欢这样提前结算的办法,"最后他说了,"既然你把股票发给股东,这样等于是真正给他们分红利了。我们应当确实可靠地赚到这笔款子后才可以这样干,否则,别人很有理由控告我们分发虚构的红利。"

萨加尔生气了。

"怎么!实际我对于我们的赚项,还估计过低了呢!你看我是不是毫无理性的人?难道联合轮船总公司、迦密山银矿、土耳其银行,给我们的赚项不会超过我的估算么?你从那面给我带回来许多胜利的消息,说一切都好,一切都繁荣,可是现在反而是你来怀疑我们的成功啊!"

哈麦冷微笑着用一个手势平息了他。是的,是的,他是有信心的。只是,他赞成一切事情应按照常规进行。

"的确,"嘉乐林夫人很温和地说,"忙有什么好处呢?我们难道不可以等到四月份再来增资么?……或者还可以这样,既然你还需要二千五百万,为什么你这一次不立刻就把股票的价格定为一千或一千二百法郎呢?这样就可以避免你预支下一届结账中的盈余了。"

被质问的萨加尔,一时望着她,很奇怪她发现了这样的好主意。

"当然,如果将八百五十法郎改为一千一百法郎,这十万股恰好就可以弄到二千五百万法郎。"

"那么,这不就好了么?"她又说,"你不要怕股东反对。他们既然肯出八百五十法郎,也就同样肯出一千一百法郎。"

"啊,是的,当然!我们要多少他们就会给多少的!他们甚至于要互相竞争,看谁给得更多一点……你瞧他们都变得疯狂了,他们宁肯推倒自己的大楼也会把钱给我们送来的。"

突然,他又如梦初醒,对这意见提出了猛烈的反驳。

"你同我说的是什么话呀!无论如何我不愿意向他们要一千一百法郎。这真是又愚蠢又天真的想法……你们应当了解,在信用问题上,应当时时刺激人的想象力。天才的主意,就是在别人没有钱的口袋里挤出钱来。这就是使他们想象并不是他们在给别人钱,而是别人在给他们礼品。你难道看不出我们这种预先结账的巨大成果么?我们这种账首先在各报纸上公布,可以大肆宣传说今年可以公布的盈余已有三千六百万……你看,交易所就会发起狂来,我们的股票牌价马上可以超过两千。我们还要上涨,我们还要上涨,我们绝不停止!"

他指手画脚,站在那里,直着他的两条短腿,身体仿佛长高了。实际上,他真变高了,他手指星辰,成了一个金钱的歌颂者;一切失败与破产的榜样,也不会使他安分守己。这种鞭策事业的方式,使他像得了狂热病似地一再加倍地奔跑,这是出于他本能的做法,甚至是他整个人在狂跳。他促进了成功,以世界银行闪电般的前进燃起了人们的贪欲:三年之内招募三次新股,资本从二千五百万到五千万,到一亿,甚至到一亿五千万!它的进展,似乎在向人宣告一种奇迹似的繁荣;红利的情况也是跳跃式的进展。仅仅在第一年就分了十法郎,随后三十三法郎,更后,三千六百万了!而且所有的股票全发给了!其实这好像一部外表烧到最高热度而实际水蒸气并不上来的蒸汽机。认股多属虚构,股份由公司自己保留以便使人相信股款业已缴足;所有业务的推动全凭交易所的赌博来决定;交易所的每一次增资都刺激起股票行情的上升。

始终埋头于考查计划的哈麦冷,并没有支持他的妹妹,他只是摇头,作了一些详细的观察。

"不管怎样,你在盈余还没有真正得到的时候就预先决算,总是不对的。即使我不再提我们的那些企业,虽然它们也和世界上其他事业一样,可能遭受天灾人祸……但是,这里我看见萨巴达尼的账,他的股份竟到了三千之多,代表二百多万法郎!而你却把这笔钱当作是我们的收入,实际上,既然萨巴达尼是我们的假账户,就应该是我们的一笔支出①。是不是?我们彼此间是不是可以谈谈这个问题?你瞧,在这账上,我同时还看出有许多账户都是我们自己的职员,甚至有好几个是我们的董事,你用不着同我说,我一猜就可以猜出来的,他们全是假账户……这真使我害怕,看见我们自己保存了这么多的股份!这样,我们不但没有收入,而且还使我们没有多少现金可以活动,我们结果总有一天会垮台。"

嘉乐林夫人用目光鼓励着他,因为他正说出了她内心的恐惧;他找出了这种随着银行的成功在她心中日益增加的难言之隐。

"啊,这是一种赌博啊!"她喃喃地说。

"但是,我们并不赌!"萨加尔叫起来,"只是,为了维持我们股票的价值,是许可这样做的。如果我们不随时监视甘德曼和别人是否在故意与我们作对,用赌空头来压低我们的股票价值,那简直就是低能。虽然他们现在还不大敢这样做,但

---

① 原文"收入""支出"系用会计上专门名词"贷方""借方",在总账上有很多特殊意义;为通俗起见,改译为现金账上之"收入""支出"。

终于会做的。因此,我十分满意我手头有一定数目的股份。我可以预先告诉你们,如果人家强迫我的话,我甚至于还准备买进,是的,我还要买进,我绝不让我们的股票跌一生丁。"

他说这最后几个字时特别斩钉截铁,仿佛他在这里立誓宁肯死也不让人攻击。随后,他努力平息下来,用他那种装模作样的戆相开始笑了。

"你瞧,你们又开始不信任我了!这些问题,我们干脆把它们一次谈谈清。你们既然愿意把你们的一切都交给我办,那就让我行动吧。我要为你们弄一笔财产,一笔大的、大大的财产!"

他停下来,放低了声音,仿佛他自己也惧怕欲望过于庞大一样。

"你们不知道我所想的事,我想让我们的股票牌价涨到三千法郎!"

他用手势指向空中,好像看见这个三千法郎的胜利的牌价,像一轮太阳在上升,烧燃了交易所的地平线!

"这是发疯!"嘉乐林夫人说了。

"将来牌价只要超过两千以后,"哈麦冷声明说,"一切新的涨价都会是一种危险。至于我,我可以预先警告你,我将来会卖掉的,我不愿意陷在这种疯狂的行动中去。"

萨加尔开始哼哼了。他说大家都在说"将要卖掉",但说了以后谁也没有卖过。他们这样反而无形中抬高股票的价格。他又重新微笑了,态度很温和,稍稍带一点讽刺的意味。

"请你们信任我吧!我觉得我替你们做事做得并不坏……萨多瓦一下就给你们搞了一百万。"

这是真的,哈麦冷兄妹没有想到这一点,他们接受了这一百万,也等于在交易所的混水中摸了鱼。他们这时都默不作声,脸色苍白,他们到底还是诚实人,所以良心上感到非常不安,没有把握是否尽了自己的责任。难道他们自己也染上了赌瘾?在他们的事务使他们生活在其中的这个发狂的金钱世界里,难道他们都要腐化么?

"当然,"工程师终于喃喃地说了,"但是,如果当时我在这里的话……"

萨加尔不愿意他把话说完就接着说:

"算了吧,用不着任何良心的责备,这是我们从那下流的犹太人手中收回来的金钱!"

三个人都快活了。坐着的嘉乐林夫人,做了一个宽容而且听其自然的姿势。难道我们只让别人吃而不吃别人么?这就是生命。不然的话,那就需要有最高的德行,或者像修道院内过六根清净的生活。

"好了!"萨加尔愉快地继续说,"你们不要一脸瞧不起金钱的样子,首先这是傻瓜,其次只有那些无能的人才瞧不起金钱的力量……为了使别人发财而自己却为工作累死,也不肯分取自己合法的一份,这是不合逻辑的。不然的话,你们躺下睡觉吧!"

他控制着他们,不让他们再有说话的余地。

"你们知道么?你们不久口袋中将有一笔数目可观的钱……你们等着吧!"

他像小学生一样急躁,跑向嘉乐林夫人的桌子,拿了一枝铅笔和一张纸,在纸上排列着一些数目字。

"等一等,我替你们算一下账。是的,我会算的……在我们银行成立的时候,你们有五百股,第一次增资时就变为一千股,随后又再增加了一倍,所以你们目前有两千股。连最近发行的新股票,你们便一共有三千股。"

哈麦冷想打断他的话。

"你不要讲,你不要讲!我知道你们是付得起这笔款子的;一方面你们有三十万遗产,另一方面你们有萨多瓦一下搞到的一百万……你们来看一看,你们认购原来的两千股一共付了四十三万五千法郎。这一次发行的一千股要你们八十五万法郎,全部一共是一百二十八万五千法郎……这样你们还可以剩一万五千法郎也够漂亮了,还不必说你每月还有三万薪水,而且我们将来还会把你的薪水加到六万。"

两个人听他说着,都有些飘飘然,结果大家对这些数字感到极大的兴趣。

"你们看得出来,你们并没有做了一件不诚实的事;你们所收入的,也正是你们所付出……但这一切都是一些不相干的事情。我还是来谈谈这件事吧……"

他站了起来,脸带胜利的神色举着那张纸说:

"在值三千一股的时候,你们的三千股就值九百万了!"

"怎么,三千一股?"两兄妹同时叫起来;对这种在疯狂状态中的顽固作出抗议的表示。

"啊!当然!我禁止你们太早把它卖掉。我会这样阻挡你们卖的,是的,甚至要用强力阻挡你们,一个人有阻止他朋友干傻事的权利,我就要用这种权利来阻止你们……每股挂牌三千,我必须这样,我也将做到!"

这个可怕的人用着公鸡一般尖锐的声音唱着胜利调子的时候,你有什么法子来答复他呢?两兄妹假装耸了耸肩,重新笑了。他们声明可以不动声色,但认为这样高的牌价永远也达不到。萨加尔刚在桌子上,算着另外一笔账,是他自己名下的一笔账。他的三千股付了款么?能付得了么?这件事还很渺茫。他甚至于还应据有更多的股票,但他不太知道是否可行;因为,他也一样,在公司中是作为假账户顶着名的。在这样复杂的情况中,怎样区别那些属于他自己的股票呢?他用铅笔把数字排成一条线,无限长的线。随后他像闪电一样一下把这些数字划掉了,而且把那张纸揉成一团。这些以及从萨多瓦的血和泥中搞来的二百万,这就是他的一份。

"我有约会,我要走了,"他重新拿起帽子时这样说,"一切都没有问题,嗯?在八天之内,要开董事会,董事会开过以后,马上就开临时股东大会来通过这件事。"

当嘉乐林夫人和哈麦冷单独在一起的时候,他们觉得惊慌而疲倦;彼此面对面地沉默了一会。

"你看怎么办?"他最后声明说,这句话仿佛正回答了他妹妹没有说出口的思想,"我们已经入了股,我们只好留下了。他说我们如果拒绝这笔财产便是一件愚蠢的行为,他是有理的。我呢,我一向只把我自己看作是一个专搞科学的人,只会把水引到磨房里去①,我相信,我现在的确是把大量清澈的水引到磨房里去了;银行如此迅速的繁荣便归功于这许多出色的事业……这样吧,既然我还没有受到任何责备,我们不要泄气,努力工作吧!"

她离开椅子,身子有些摇摇晃晃,吞吞吐吐地说:

"啊,所有这些金钱!……所有这些金钱!……"

她一想到有几百万金钱即将落到他们的手中,一种不可

---

① 即只会替别人做好事,而自己不知享受的意思。

克服的激动使她喘不过气来,她吊在她哥哥的颈子上哭了。这种哭无疑是一种快乐,是她终于看见她哥哥的聪明和努力获得了报酬的一种幸福。但这种哭也是一种痛苦,是一种她也说不出原因的痛苦,只是这其中包含了羞愧和恐惧罢了。他和她开着玩笑逗乐,他们都故作愉快,只是他们中间总有一种苦恼,一种莫名其妙的不称心,这是名声难听的同谋犯之间的一种不敢承认的内疚。

"是的,他是有理的,"嘉乐林夫人重复说,"所有的人都这样。这便是人生……"

董事会在伦敦街华丽大楼的新会议厅举行。现在已不像从前那样,在一个由邻居的花园射来苍白的反光照映成绿色的潮湿小客厅内举行,而是在一个临街的、光线从敞开的四扇窗子射进来的大厅中举行了;这个厅有高大的天花板,庄严的墙,墙上挂满了许多名画,发出金色的光芒。主席的椅子真是一个王位,那些排列的椅子漂亮而庄重,好像要召开一个皇家的群臣会议一样;椅子的正中间是一张铺上了红绒台布的宽大桌子,主席的王位则又高踞在这些椅子之中。在那冬天烧柴的、像一座纪念碑般的白大理石的壁炉上面,放了一个教皇的半身像,一副可爱而清秀的面容,仿佛是在阴险地微笑,笑他自己会出现在这里。

萨加尔已经做完了每一个理事的工作,收买了他们中间的大部分人。这时博安侯爵正处于困境,他在一桩欺诈取财的把戏中被人当场捉获,靠了萨加尔的资助,那家被窃的公司得到了赔偿后才不再追问,把丑行掩盖了起来。他成了萨加尔百依百顺的仆人,但仍然洋洋得意;他是贵族之花,董事会的装饰品。雨赫也是一样,自从他偷了奥国宣布割让威尼托与法国的那封电报因而被卢贡赶跑以后,便尽其全力来替世界银行的利益服务。他代表世界银行在立法会议中活动,替它在政治的混水里摸鱼。他以无耻的手段得来的钱财,自己就扣留了一大部分,而他玩的手段,总有一天会使他投入监牢。副董事长沙果得了十万法郎的秘密津贴,为了要他在哈麦冷离职的长时期中,不加审查就在一切文件上签字。戈尔消极的帮忙也得到了他的报酬,因为他利用了世界银行的势力在国外活动,在金银投机买卖中,几乎弄得银行的信用发生危险。丝商塞第尔由于吃了一次可怕的倒账,地位极为不稳,因此他在银行借了一笔他还不起的巨款。只有德格勒蒙,对萨加尔保持了绝对的独立。虽然这个可爱的人始终保持着他的亲热,节日请萨加尔赴宴,丝毫不加指责地在一切文件上签字,始终带着怀疑派的巴黎人的厚意,认为只要能够拿钱,一切都好,但他的绝对独立有时还是使萨加尔发愁的。

这一天,虽然会议有它特殊的重要性,但董事会仍然和各次会议一样,开得极为圆满。这成了一种习惯的办法:认真解决问题是在每月十五举行的常务董事会上,每月月终举行的董事会,不过是以冠冕堂皇的仪式批准常务董事会的决议。各董事的态度非常冷淡。不过因为怕会议记录每次都是一样,始终是一致通过那样庸俗的内容,所以才不得不假冒一些董事们的顾虑和意见,造成一种想象中的论辩;可是在下一次会议上,人们念起这个虚构的文件时,却没有人表示惊异,而且都签了字,也不加诽笑。

德格勒蒙赶紧过来和哈麦冷握手,因为他知道他带来了最好的和最新的消息。

"啊,我亲爱的董事长,我非常愉快向你祝贺!"

众人都围着哈麦冷,祝贺他;萨加尔也参与其中,仿佛他还没有见过他一样。当会议开幕,他开始念他行将提交股东大会的报告时,大家都听着,报告上所列举的一切都是人们一向所做不到的事。过去的巨大成绩,未来的堂皇诺言,巧妙的增加资本而同时发放原有股票,一切都受欢迎,大家都点头表示钦佩。没有一个人有意提出任何询问。这是十全十美了。塞第尔发现一个数字上的错误,但人们认为甚至无须把这一指点加到会议记录中去,以免扰乱了全体董事那样漂亮的一致性,因为他们全体在热心的鼓动下,正忙于列队签字,毫无异议。

会议已经闭幕了,人们站了起来,在金碧辉煌的会议厅中笑着,开着玩笑。博安侯爵讲他在枫丹白露打猎的故事;曾到罗马去过一趟的雨赫,则讲他如何带回教皇的祝福的经过。戈尔转眼不见,跑去赴幽会去了。其他董事们,就是那些配角,在接受萨加尔要他们在下一次股东大会上应采取什么态度的低声的指示。

但是,因沙果子爵对哈麦冷的报告的过分赞誉而起反感的德格勒蒙,顺手抓着经理的手腕,在他耳边上说了这样一句:

"喂,法螺不要吹得太厉害吧!"

萨加尔立刻停下,望着他。他想起,他在起初开办银行时,此人因为知道他在商业行为上不大可靠,对他干这一行曾经很迟疑。

"啊,谁喜欢我,谁就跟我走。"他高声回答,意在使众人都能听见。

三天以后，临时股东大会在罗孚大楼的大礼堂举行。对于这样一个辉煌的集会，当然不屑于在布朗时街那间毫无布置的寒酸大厅中举行。人们喜欢在摆设大宴的长廊中举行。这个长廊刚有一个团体举行过宴会，所以还是暖烘烘的，而晚上又还有一个新婚舞会要在这里举行。根据章程，准许参加股东大会的至少要有二十股股权。这一次来了一千二百多个股东，代表四千多表决权。入场的手续，出示股东证，在签到簿上签到……需要大约两小时。兴高采烈的喧嚣声充满了大厅；大厅中是世界银行全体董事和许多高级职员。萨巴达尼在一群人的包围中，用一种懒洋洋的温和声调谈论东方——他的故乡，他讲了很多神异的故事，仿佛那地方只要我们一弯腰就可以拾到银子、金子和宝石。莫让特在今年六月世界银行的股票牌价为一千二百法郎时买了五十股，坚信这东西还会上涨，很得意自己有金融上的嗅觉，他张开大嘴听萨巴达尼高谈阔论。至于让图鲁，自从发了财以后，就完全过着一种堕落的生活；这时，他头也不抬一抬地在那里讪笑，嘴里充满了讽刺的语调，昨天晚上堕落生活的影响还在他的身上发生着作用。当主席团宣布以后，法定的主席哈麦冷主持了大会的开幕仪式，拉维尼埃尔连选连任为财务监察委员。这是他当了董事之后，人们赋予他的超出了他梦想的地位。大家于是请他谈谈本公司到本年十二月底止财政情况的报告。根据公司章程，这是提前估计盈亏的一种决算方式，这决算是即将付诸讨论的。他重新提起四月间曾向常年股东大会提出来的前一会计年度的决算，那个堂皇的决算宣布已获得纯利一千一百五十万；这样，除了百分之五作为股本利息、百分之十酬劳各董事、百分之十作公积金外，还有百分之三十三的红利可分。在洪水一般的数字下,他指出本年度总盈余预计是三千六百万,在他看来这绝不是夸大,而是比最保守的愿望数字还要低。无疑地,他是凭良心做事;人家交给他审查的文件,他都凭良心在加以审查。不过这里不能详细报告这账目的内容罢了。再说,股东们也不听他的报告。少数的忠实信徒,莫让特和其他人,还有只能代表一两个选举权的小股东,他们每听到一个数字便在周围的不停的嘈杂声中饮酒致贺。财务监察委员的监督问题,这是毫不重要的。只是到了最后哈麦冷站起来的时候,会场才像举行宗教仪式般地沉默下来。在他还没有开口以前,掌声已经爆发了,这是颂扬他的热忱,颂扬他勇敢和顽强的优良品质,他跑到那样遥远的地方去找大桶黄金再把它运来倾注在巴黎!今后他会有日益增长的、甚至会获得辉煌的成功。刚才拉维尼埃尔报告去年的决算时,大家听得不大清楚;现在哈麦冷重新提出,便使大家喝起彩来。但是,特别激起人们快乐的还得算最近即将到期的决算的估计:联合轮船总公司有几百万,迦密山银矿有几百万,土耳其国家银行又有几百万;加起来数字真没有完,三千六百万是极其容易而且也极其自然就可以弄到手的;这些钱简直可能如瀑布一般哗啦啦地掉下来。而且,未来的事业还可以放开眼界去看。东方铁路总公司出世了:首先是中央干线,最近就要开始工作,其次是各支线,建设亚洲的各种工业网,使人类胜利地回转到他的摇篮①,复活一个世界。另一面,哈麦冷顺便提了一两句,那就是在那遥远无人知的地方,还有一件大家避而不谈的事件,那是神秘,是一件足以惊动全世界人民的大厦的冠

---

① 即根据《圣经》,指西亚一带为人类的摇篮。

冕。当哈麦冷为了结束他的报告,解释到他将提交股东大会通过的决议案时,全体一致无异议地赞成:资本增加到一亿五千万,发行十万新股,每股股金定为八百五十法郎,旧的股票一律发给,其应缴未缴的旧股差额则由酬劳金及人们预先算妥的未来决算的盈余中扣出来弥补。像雷鸣般的喝彩声欢迎这个天才的主意。在许多人头之上,人们看见莫让特那双粗大的手,他用尽全力在那里鼓掌。在前排的座次中是本银行的各董事和各职员,他们都狂热起来,萨巴达尼做了这些喝彩者的带头人,他站着,带头喊:"好呀!""好呀!"一如在戏院里一样。于是,所有决议案,都热烈地通过了。

然而萨加尔却安排了一件当时发生的事件。他当然明白人家在控诉他赌钱,他想把那些表示不信任的股东的最小一点怀疑也去掉,倘若在这大厅中还有这类股东的话。

萨加尔事先授意给让图鲁,这时他站了起来,用他含糊不清的声音说:

"主席先生,我相信很多股东都有我同样的意见,想问问明白,公司没有保存自己的一份股票是不是事实?"

事前并没有得悉内情的哈麦冷不免窘困了一下。他掉过头来望着萨加尔;萨加尔在他的位子上,一向人家都看不见他,现在突然站起来,拼命伸直他那矮小的身材,用尖锐的声音回答:

"主席先生,没有,一股也没有。"

许多人并不知道为什么,但又爆发出许多喝彩声来欢迎萨加尔的回答。实际上他的确在说谎,而实在情况是,既然萨巴达尼和别的假账户掩护了公司,公司的名下的确是一份股份也没有。这就完满了,人们还拍了一次手;散会时气氛愉快而嘈杂。

过几天,这个会议记录在报纸上公布出来了;它在交易所和整个巴黎都产生了一个不寻常的效果。让图鲁为这段时间准备了一种广告上的绝招,可以说是他做广告吹嘘以来喇叭声最为响亮的一次;在社会上流传着一种玩笑,人们说他把"请买世界银行股票"这几个字用刺青的办法刺在那些可爱女人身上最秘密、最美妙的角落,以便通过这些女人广为传播。此外,他终于干出了他那一手,收买了《金融行情》,它是基础坚固的老报纸,有十二年毫无错误的翔实的历史。收买这张报价钱是很贵的,但是慎重的顾客,畏首畏尾的资产阶级,巨额的、稳健的财产,一切值得尊敬的金钱,都在这一张报纸上被征服了。十五天以后,交易所中世界银行的牌价已到了一千五百法郎了。在八月的最后一个星期,更成功地大跳了一步,牌价达到二千。各方面的赞扬更其夸张,这个投机的传染病,每一点钟的病情都有更其恶化的象征。人们于是买呀,买呀,甚至于最稳健的人也坚信涨风还会继续,而且永无止境。这是《一千零一夜》中的神秘的岩洞,自己会打开,里面有数不清的、足以用来满足贪婪的巴黎的金银财宝。几个月以来悄悄做着的幻梦,仿佛在群众的欢欣中实现了:人类的摇篮收复了,滨海的历史古城——从沙漠中复活了,大马士革,进一步巴格达,更进一步印度和中国,都可以由我们的工程师组成的侵略军开发出来了。征服东亚是拿破仑的指挥刀也没有实现的理想,而现在则以一个金融公司把它实现了;而这个金融公司的武装无非是鹤嘴锄和手推车。人们用几百万金钱就征服了亚洲,但却可以从那里获致几十、几百亿金钱。妇女十字军尤其有力量,她们在五点钟的私人集会上,在半夜大规模的时髦招待会上,甚至于在餐桌上和在卧室里,都在谈论这件事。她们早就预料到有这类事情了:君士坦丁堡到手了,不久会到手的有布鲁斯、安卡拉、阿勒颇;更远一点则会有士麦那、特雷比松以及世界银行设有分行的所有城市;最后会有一天,连人们向来不提它名字的圣城也会取到手,正如圣餐派教徒要进行远征时所作的诺言一样。父亲、丈夫、爱侣,都为妇女们的热忱所强迫,到经纪人那里去做委托交易时,只要重复地背诵这样的话:"上帝要的那一种!"那就是指要买世界银行的股票。除妇女外,就是数目多得可怕的小股东,跟着大军前进的步行的群众,狂热的情绪从客厅到办公室,从资产阶级到工人农民都可以发现;在动辄以百万计的金钱的洪流中,狂热的情绪推动了那些只有一股、三股、四股、顶多十股的可怜的股东,推动了准备退休的看门人,推动了那些外省领退休津贴每天生活预算只有半法郎的人,推动了那些因爱作周济而变为赤贫的乡村教士,推动了一群面色苍白肚中饥饿的有一笔极小的年金收入者;这般人只要交易所一次灾祸,就会像瘟疫一样被人一扫干净,推下万人坑。

世界银行股票的这种狂热,股票仿佛随着一阵神风吹起似的这种上涨,仿佛凭借了杜伊勒里宫和校场那边调门越来越高的音乐,变成了继巴黎疯狂一时的博览会以后的节日。在炎热天沉重的空气中,旗帜飘扬得更响。没有一晚巴黎不是在星光下灯火辉煌,其盛况一如一个巨大的宫廷,其间的寻欢作乐要闹到黎明才休止。快乐充满了每家每户，整条街都在沉醉状态中，有如索多姆、巴比伦和尼尼微之夜①，那些筵席上冒出来的轻烟，人体的接触所流出来的汗气，在各屋顶盘旋之后，正往地平线移动。自从五月以来，各国皇帝与国王都从世界各个角落像朝拜圣地一样到巴黎来访问，他们结成了不间断的队伍，约近一百个男女贵胄、亲王和公主。巴黎有的是"陛下"和"殿下"，巴黎迎接了俄国的沙皇，奥国的皇帝，埃及的苏丹和侯王。甚至有人愿意投身车轮之下以便清楚地看看俾斯麦像忠实的狗一样追随着的那位普鲁士国王。残老军人院还在继续放射表示庆祝的礼炮；至于那些在博览会上拥挤的人群，对于德国在会上陈列的克虏伯大炮已有一个普遍的印象：巨大而灰暗。几乎每一个星期，巴黎大戏院都得点上那些光芒四射的吊灯，以庆祝官家的大宴会。小戏院和饭店挤得喘不过气来，人行道容纳不下那些像山洪一样的妓女。这些情况，都是由于拿破仑三世要亲自给六万个博览会的参展者发奖才出现的；这一发奖典礼之豪华，超过其他一切仪式，它是巴黎的无上光荣，是本朝的光辉；在这样的光辉中，皇帝犹如童话中的迷梦，以欧洲主人的姿态出现了。他用他那因为强大所以镇静的声调，向大家发出和平的诺言。恰恰是在同一天，杜伊勒里宫得到了墨西哥灾祸临头的消息，马克西米连被枪毙了。法国倾注在那里的血和金钱，全部损失。人们隐瞒着这段消息，免得使盛会扫兴。在这个与日月争光

---

① 索多姆城为《圣经·创世记》中记述的繁华、堕落腐化的大都市之一，在今巴勒斯坦境内死海之滨。此城因其堕落，激起神怒，后为天火所烧。尼尼微城在今伊拉克境内底格里斯河左岸；巴比伦在今伊拉克南部；二城皆古时之著名繁华城市。

的盛大日子的末尾,终于敲了第一次丧钟。

在这样荣光四射的环境中,萨加尔的星宿仿佛还在上升,而且发出了它最大的光辉。总之,他多年努力追求的财产,现在到手了。他使这笔财产变成了自己的奴隶,变成完全属于自己的东西,活生生的,实实在在的,任凭自己支配同时还可以锁起来。过去,他的箱子中很多次装的财产都是虚假的,千百万计的钱财从那里溜了过去,从各种莫名其妙的窟窿中逃跑了!可是现在不同了,这并不是表面的、虚假的财富,而是真正的黄金的王国,坚固的王国,宝座设在装满金子的口袋上的王国了。这个王国,并不像一个甘德曼那样,是由历代银行家积蓄起来的;他骄傲地自夸,他是"自我得之",他像是一个冒险家的司令官,一举手就得到了这个王国。在他做欧罗巴区的地产生意时,他也升得很高,但是却从来没有觉得巴黎会像今天这样卑躬屈节地屈服在他的脚下。他回想他在上波饭店吃午饭那一天,他还怀疑他又遭了一次失败的命运,他以饥饿的目光望着交易所,急于要东山再起,以便在他的报复狂中把一切重新征服。现在,他真又做了主人!这是多么高的享受呀!开始,在他自信有了万能权力的时候,他就把雨赫打发走了。他叫让图鲁写一篇文章来攻击卢贡;那文章是以天主教的名义控诉这位大臣在罗马问题上耍的一些手段。这简直是他们两弟兄之间的最终的宣战。自从一八六四年九月十五日的协约宣布以来,特别是萨多瓦事件以来,僧侣们对教皇的处境表示强烈的不安。从那时起,《希望报》又重新采取它极端拥护教皇的旧政策,猛烈地攻击自由帝国派,即一月十九日的命令所表现出来的倾向自由帝国的一派。萨加尔有一句话在内阁流传:他说,虽然他对于皇帝有极深的情感,但他宁肯顺从亨利五世①,也不让革命思想领导法国走向大灾祸。后来,他因胜利而更增加了胆量。他对于通过攻击甘德曼本人的方法来攻击犹太人最有权威的银行的计划也不再掩饰了;攻击他的意思是要把他的十亿金钱打垮,直到能与他分庭抗礼而最后叫他投降。世界银行是这样奇迹般地成长起来的,这一个为整个基督教徒所拥护的信用事业,为什么不能够在几年之内便成为交易所的主人呢?他自认他是一个敌手,一个比邻而居的国王;他大吹法螺要战斗,战斗;可是甘德曼那一方面,却非常冷静,甚至连一点讽刺的表情都没有;他只是继续侦察和等待,只不过对于股票的上涨保持了很关心的态度;他始终是把整个力量都倚靠在忍耐与逻辑上的人。

　　萨加尔之所以成功是由于他的情感冲动,萨加尔之所以必然要失败,也是由于他的情感冲动。在他的各种欲望都得到极度满足以后,他竟想在身上发现第六种官能,并要去设法满足它。嘉乐林夫人已经到了随时对他微笑的程度,即使她内心受了伤,她仍然是一个好朋友,对这个好朋友,他是以一种夫妻间的谦让态度听她的话的。桑多尔夫男爵夫人的眼圈上的黑晕和红嘴唇显然是一种骗人的东西,已开始使他不再感到乐趣。而且,在她的不近人情的好奇中,生理上始终像冰一样的冷。再则,他自己也没有什么太多的热情了,因为他既投身于金钱的世界,真是太忙了,无法把精力用到别的方面去;对于爱情,他只能按月支付了。因此,当他躺在这种以百万计的钱财堆中,想起要女人的时候,他就想起买一个最贵的

---

① 亨利五世为波尔多大公上波尔之别名,虽从未做过皇帝,但保皇派曾拟拥之为帝,故列入皇帝称号;复辟失败,大公于一八八三年死于奥国。

女人以便向整个巴黎炫耀,一如他想凭自己的欢喜来买一颗巨大的钻石别在领带上一样。而且,这难道不是一种顶好的广告么?一个男人能够用很多钱来买一个女人,这岂不是一种财产的标价么?他立刻挑上了热梦夫人,他曾经同马克辛姆在她家里晚餐过两三次。她虽已三十六岁,但仪态端方,雍容华贵,还是相当漂亮。她最大的声誉是皇帝同她睡了一晚就是十万法郎的代价,她丈夫所得的勋章还不在内。丈夫倒是一个正派人,他唯一的作用就是充当了他妻子的丈夫。他们夫妻生活十分阔绰,内阁各部,宫里,他们到处都去;他们的生活就以这稀有的、有所挑选的交易来维持,一年三四夜就足够了。人们都知道这种交易的要价实在贵得可怕,但她的高贵就恰恰在贵得可怕这一点上。萨加尔的欲望特别强烈,打算啃一下皇帝吃过的这一片东西,他甚至肯出二十万法郎。对于这个好色的老金融家,丈夫起初有些难色,认为他身材过于矮小,不道德的名声也不好听。

　　萨加尔之所以这样,是因为在这以前不久,那位小巧的郭南太太断然拒绝了和他寻欢取乐。萨加尔因为经常要买笔记本,所以多次有机会跑到斐多街的纸店里去。这个玫瑰色皮肤、胖胖的、可敬爱的女人实在很诱惑他。她有着丝一般金黄色的浓密头发烫卷得像一个小羊头,她有些撒娇而又非常和气,她永远乐呵呵的。

　　"不,我不愿意,同你,绝不!"

　　当她说了"绝不"的时候,事情就定夺了,无论怎样也无法改变她的拒绝。

　　"但是为什么呢?我的确看见你同别一个男子……有一天,你们从巴诺拉马过道的一个旅馆中出来……"

她红了一下脸,但仍然勇敢地面对面地望着他。这个旅馆是一位老太太开的,她是她的朋友;当她动情想把自己献给交易界某某先生的时候,这旅馆做了她幽会的地方。那总是在她的好丈夫埋头记账而她要出来跑街的时候;因为,为了店里的事,她是时时需要出来跑街的。

"你自己很明白,古司达·塞第尔,这位年轻人,他就是你的情人。"

她做了一个很美的手势否认了。不,不,她从来没有什么情人! 没有一个男子敢于自夸同她来过两次! 他把她当成什么人了? 一次,是的,偶然一次,无非是为了一时的欢乐,并不想在其间得出个什么结果! 同她来过的男子全成了她的朋友,很感谢她,而且替她保守秘密。

"那么,因为我已经不是一个年轻人了!"

她又做了一个手势,笑个不停;她仿佛说她才不在乎年轻不年轻呢! 她有时也献给并不很年轻的人,甚至于并不漂亮的人,很多次她还献身给一些可怜虫呢。

"那么,为什么呢,你说。"

"我的上帝,这很简单……因为你不能逗我喜欢。同你来,绝不!"

她始终还是照样的可爱,由于不能使萨加尔满意,神色有一点儿无可奈何。

"你瞧,"他粗暴地说了,"你所要的也许是这个……你要一千,你要两千一次么? 仅仅一次……"

他每提高一次价钱,她总摇头表示不同意,态度非常可爱。

"你要……你要一万,两万么?"

她温和地止住了他的说话,把她的小手放在他的手上。

"不是一万,不是五万,不是十万!你可以把价钱这样提上去,提很久,我也是一个不,不。你看得出来,我并没有戴一件珠宝。是的,有人把珠宝送我,把许多东西送我,把钱送我,把一切都送我,但是我不要;当事情已经得到了欢乐,难道还不够么?……你要知道,我的丈夫是全心爱我的,而我也很爱他,我。我的丈夫是一个很诚实的男子,那么,当然我不愿意气死他,给他招来不愉快……你的钱,你想我能把它拿来作什么用,既然我不能把它拿来给我的丈夫?我们并不是倒霉人,我们总有一天会带着一笔相当的财产退休;如果,这些先生愿意维持友谊继续到我们号上来买东西,我当然欢迎……我并不说我没有兴趣……如果我是独自一个人,那倒可以试试。不过,还有一点,你不要以为我的丈夫在我同你睡了觉以后,还会拿你的十万法郎……不,不,就是一百万也不!"

她执意不干。被这种出乎意料的拒绝所激怒了的萨加尔,在她的旁边热恋了一个月之久。她那张带笑的面貌,充满了怜悯之情的温柔的大眼睛使他异常激动。怎么,金钱并不是万能的么?你瞧,这里就有这样一个女人,别的男子一钱不化就可以占有她,而他,用了异乎寻常的高价也得不到手!她说"不",这就是出于她的志愿。萨加尔,在金融业上取得了胜利,却为此事感到十分痛苦,因为他对自己的威力有了怀疑,对黄金的魔力也有一种隐蔽的醒悟;而黄金的魔力,他过去很相信那是绝对的,至高无上的。

然而,一天晚上,他那虚荣的享受可到了最高度了。这是他生命中的最高峰。外交部有一个舞会,是为博览会而举行的一个庆祝会;他选择了这一天晚上,以便宣告他同热梦夫人这一夜的幸福。因为,从这个美人儿所做过的交易来说,她允许占有她的那个幸运儿有权用她来做一次广告,使事情能够传播到占有者所愿意传到的地方。这样,将近半夜,在黑色礼服挤轧着裸露的臂膀的大厅中,在吊灯明晃晃的灯光下,手臂上挽着热梦夫人的萨加尔进来了,后面尾随着的就是夫人的丈夫。当他们出现的时候,人群躲开了;人们对于这个陈列出来的价值二十万法郎的特种货品,对于这个由强烈的肉欲和疯狂的浪费所造成的丑行,不得不闪开一条道路。在一些女上衣发出来的令人陶醉的气味中,在乐队的悠扬乐声中,人们在微笑,在悄悄地说话,态度极为愉快,毫无忿怒。可是,在大厅的深处,有另一股好奇的人流争先恐后地围着一个巨人;那人穿的是光亮而高贵的白色铠甲。他就是俾斯麦伯爵。他的高大的身材高过了众人的头,他满面笑容,眼睛巨大,鼻子刚毅,牙床强健,长满了野蛮时代一个征服者的胡子。在萨多瓦事件以后,他把德国也送给普鲁士了。好久以来人们都在否认的同盟条约并未得到法国的同意也签了字了。因卢森堡事件在五月间几乎爆发了的战争,今后是完全不可避免了。当胜利者的萨加尔,手臂挽着热梦夫人,后面跟着她的丈夫,穿过厅内的时候,俾斯麦伯爵一时停止了笑容,以一种善于逗乐的巨人态度,好奇地朝着他们走过去。

九

　　嘉乐林夫人现在又是一个人了。哈麦冷在巴黎一直住到十一月上旬，为了公司决定增资到一亿五千万的章程还需要办一些手续。这一次还是他听了萨加尔的话出面到圣阿纳街公证人勒洛兰那里作了合法的申明，肯定所有的股份全部认足，资本已经收齐；其实这并不是真情。然后他就出发到罗马，他在那里要住上两个月，研究一些大规模的事业；可是这些事业，他并没宣扬，无疑就是把教皇迁到耶路撒冷去的那一个梦。除此而外，他还有更实际的巨大计划，即倚靠全世界基督教徒的照顾，将世界银行变为一个天主教银行，即变成一部足以粉碎和扫荡地球上所有犹太人银行的巨大机器。他从罗马还要回一趟东方，布鲁斯到贝鲁特的工程要等他去处理。他离开巴黎时因世界银行的迅速繁荣而感到愉快，他绝对相信它稳固牢靠不可动摇，他只有在内心深处对这过于巨大的成功有一种莫名其妙的忧虑。因此，在动身的前夜，在他同他的妹妹的谈话中，对她千叮万嘱，叫她对世界银行过快的扩张要特别注意，叫她到了行情超过二千二百法郎时，便把他们的股票卖掉，因为他个人一向是反对这样继续上涨的，他认为这种上涨是疯狂而且有危险。

　　嘉乐林夫人一直生活在过甚热闹的环境中，因此一到独自一个人的时候，便觉不安起来。十一月的第一个星期，行情已到了二千二百法郎。她的周围是一片赞叹，这是无限的希望与感谢之声。德若瓦充满了感恩之情,波维里埃母女已把她当作平辈,当作上帝要复兴她们旧有的房屋才恩赐给她们的这个朋友。无论是小人物或大人物,都凑成了一种祝福声的"谐乐",这其间有:有了嫁妆的女孩子,突然发了财得到退休保障的穷人,渴望着更其富有的无厌之乐的有钱人。在博览会举行以后,沉醉于快乐的巴黎城,威风凛凛,这真可说是千载难逢的时刻,是信仰幸福的时刻,是坚信好运永无止境的时刻。一切有价证券全都上涨了,信用最靠不住的股票也有了它的轻信之徒;无数不可靠事业的股票充满了市场,使市场麻木不仁;另一面则是王朝的空虚,真正的财源枯竭出现了;它过多的享受,把数十亿金钱拿去用在巨大的皇家工程上,使那些大银行都大发其财;这些银行张开柜台的大口吞尽了各方面的金钱。在这种疯狂的状态中,只要裂痕一现,就会全部崩溃。嘉乐林夫人无疑就预感到了这种担忧;世界银行的股票,每有一次新的上涨,她的心就会紧张一下。不过流言蜚语并没有出现,只有那些始而吃惊而终于被制服了的赌空头的人在轻轻颤栗。但她总是感到忧心忡忡,仿佛有什么东西在轰炸这个建筑;但是什么东西呢?说不清楚。虽然极轻微的动摇都预示了灾祸即将到来,但在这日益增长的辉煌胜利之前,她还是不得不等待。

此外,嘉乐林夫人还有另一件烦恼。在儿童习艺所里,人们终于对维克多感到满意了,他现在变得沉默而阴险。她之所以还没有把这件事情向萨加尔说,是由于一种奇怪的为难的情感,使她一天一天把它隐瞒下去;她为此事而感到的羞耻,使她痛苦。另一方面,在这时期,她从自己腰包里拿出两千法郎来还了马克辛姆,此人对毕式和梅山还想勒索四千法郎的事颇感兴趣。他觉得这类人诈骗了她的钱,他的父亲会大发雷霆。自那次以后,毕式还来催问,要她付给他所允诺的款子,她都拒绝了。这家伙在用了种种手段以后,终于生起气来;于是,自从萨加尔有了新的地位后,他想来威胁他的那个旧主意又死灰复燃了;他原以为萨加尔的社会地位高,怕丑行败露,会任他摆布。因而,有一天,却因为在这件如此乐观的事情上竟弄不到一个钱,不禁使他大为生气。他决定直接通知萨加尔,写信告诉他,说他很愿意到办公处来找他,为了审查一下在哈尔卜街那座房子里发现的一些旧单据。他把这房子的门牌号数也说出来了,他对于这段旧历史暗示得那么明显,萨加尔肯定要坐立不安而不得不跑去找他。恰巧这封写到圣拉查尔街来的信落到了嘉乐林夫人的手里,她是认识毕式的字体的。她有些战栗,考虑她是否该到毕式那里去,还清他的钱,使他不再过问此事。随后她想,他写的也许是别的事情;况且这总是了结问题的方式之一,甚至她忧虑之中还觉得有些愉快,因为行将有个人也会因有隐情而为难了。但是,晚上,萨加尔回来,当他在她面前拆开这一封信时,她却看见他变得很沉重。她认为那必定是一个复杂的金钱问题。不过,在他的确是受到一个意外的打击,他的喉管都紧缩起来,想到自己竟会落入这样一个肮脏的人的手里,觉得下流已极。他定了定神,把信放入口袋,决定去找毕式谈一谈。

　　一些日子过去了,十一月份下半月的交割期又到了。萨加尔每天早上接待来宾,巨大的洪流冲击着他,使他头晕目眩。最近的牌价已超过二千三百法郎,他为此事而感到满意。可是一方面他也觉察到交易所中已形成一种对抗形势,而这种对抗更因上涨过于猛烈越发变得尖锐;显然有一个空头集团采取了坚定的立场,发动斗争;此时虽还不敢正式露面,但已是一种简单的前哨战。有两次,他认为不得不委托人用虚假账户买世界银行的股票,以使上升的牌价不要停止。公司自己买自己的股票,自己赌自己的股票,其结果势必自行消灭,这是规律;世界银行已开始走上这条路。

一天晚上,为热情所激动了的萨加尔不得不把这事情向嘉乐林夫人说了:

"我想这会热闹起来。啊,你瞧,我们多么顽强,把他们弄得毫无办法……我得悉甘德曼,这是他的战术,他已准备有规律地卖,今天也卖,明天也卖,而且还加码出卖,直到使我们动摇为止……"

她以严肃的声音打断他的话说:

"如果他有世界银行的股票,他卖出是有理由的。"

"怎么?他有理由出卖!"

"当然,我的哥哥曾经对你说过,行情升到两千,是绝对疯狂的行情。"

他看着她,不由自主地破口说:

"那么,你也卖吧!你们自己也大胆地卖吧……是的,你们既然要我失败,那就参加反对我的一方吧!"

她脸色稍微红了一下,因为昨天,她恰恰把他们的股票卖了一千股,这是为了听从她哥哥的命令,这一卖,她感到轻松,仿佛挽回了一件不诚实的行为。但是既然他不直接问她这件事,她也不告诉他;只是他越说出如下的话,她越感到不自在罢了。

"所以,我肯定昨天就有这样的背叛行为。在市场上来了一大捆股票,行情一定会跌一下的,如果我不下手的话……

这件事还不是甘德曼干的。他用的是一套较缓慢的带有长期压力的方法……啊,我的亲爱的,我是很放心的,不过我仍然有些害怕,因为,保障自己的生命倒没有什么,最难的是保障自己的以及别人的金钱。"

的确,萨加尔从这时候起,连女人都停止接近了。他成了他所赚得的百万财富的情人,他虽然胜利,但也不断地遭受攻击。他甚至连到郭马尔丹街小平房里去找桑多尔夫男爵夫人都没有时间了。实际上,她的带火焰般的眼睛原是欺骗,他以种种引诱仍然不能热起来的她那种生理上的冷漠,已使他感到乏味。同时还发生了一件极不惬意的事,这与他使德甘卜尔所遭受到的事竟一模一样:一天晚上,由于女用人的愚蠢,使他一进房门的时候,正碰见桑多尔夫男爵夫人在萨巴达尼的怀中。在经过一场疾风暴雨的争吵后,他终于平息下来,因为她向他全部招供了。这件事无非是她简单地出于好奇而已;犯罪当然是犯罪,但并非是一件不可解释清楚的事。这位萨巴达尼,所有的女人都传说着他有某种特殊的现象,女人们在耳边悄悄地说过那现象,所以她抵抗不住要亲自看一看的欲望。萨加尔于是问到她一个下流的问题,她回答说,我的上帝,总之,他也并不怎么了不起;这时,他原谅了她。但是他以后便很少一个星期去看她一次,并不是他对她怀有旧恨,不过是她使他厌烦罢了。

于是,觉得自己已被他遗弃了的桑多尔夫男爵夫人,重新变得与从前一样无知和怀疑。自从她能使他在卿卿爱爱的时间说出一切话来以后,她赌得几乎很有把握,她赢了很多钱,当然一半也是靠她的运气。今天,她明显看出他不愿意回答她的问题,她甚至怀疑他会向她撒谎。也许是她的运气变了,也许是他的确乐意要把她抛到错误的道路上去,她有一天竟听了他的话赌输了。她的信心因此动摇起来。如果他都会使她弄错,现在还有谁来指导她呢?不幸的是交易所中敌视世界银行的风声,起初很轻微,现在是一天一天地增加了。当然这还只是一种流言,人们也得不到精确的证据。银行的牢靠性还没有任何事实使之动摇。不过人们认为必定有点什么事情,果子中已长了虫子。但这仍然不能阻止股票的上涨,可怕的上涨。

男爵夫人因为在意大利证券上失了一着,的确有些发愁,她于是决定到《希望报》的办公处去,想叫让图鲁谈谈他的意见。

"喂,有什么事?你一定知道,你们……刚才世界银行还涨了二十法郎。不过现在流传着一种谣言,谁也说不出是什么谣言,总之有些不妙罢了。"

但是,让图鲁也一样地处于两难之中。他自己就居于谣言的发源地,而且必要时他还在制造谣言;他开玩笑地把自己比作一个钟表匠,在以百计的钟表中生活,可是自己并不知道准确的时间。他负责管理广告,但是如果叫他相信来自各方面的消息,他反而没有固定和可靠的主意了,因为那些消息都是互相矛盾互相破坏的。

"我不知道,一点儿也不知道。"

"啊,你不愿意告诉我。"

"不是不愿意,真不知道,以名誉担保!我,我还正打算去找你,问问你呢!萨加尔跟你已经不好了么?"

她做了一个姿势向他说明他猜对了。这是一种互相感到乏味了的关系的结果,女的叫人讨厌,男的也冷淡了,再没有话说了。这一刻时间内！让图鲁很悔恨他自己不是一个消息灵通人士,不然就可以使她——如他所说,这位从前用脚踢过他的拉德里古尔家的小姑娘——拿身体来酬报他的消息呢！但是他察觉他的时机还没有成熟。他继续望着她,并且说:

"是的,这是怪讨厌的,我还打算靠你。因为,你说是不是？假如一定有什么祸事,总应当事前知道,以便顺风转舵……啊！我以为还不会这样快,这时还很稳当。不过,我们也看见一些极其奇怪的事……"

他因为这样望着她,脑子中倒产生了一个计策。

"喂,"他突然说,"既然萨加尔抛弃了你,你就应当和甘德曼搞好关系。"

她惊呆了片刻。

"和甘德曼,为什么？……我是有点认识他的。我在罗瓦维尔和克来尔家里遇见过他。"

"好极了,如果你认识他……你找一个什么借口去会他,同他谈谈,设法做他的朋友……你想象一下吧,成为甘德曼的好朋友,统治全世界！"

他用手势表达出他心里想到的一些猥亵情景,于是不怀好意地笑了起来,因为犹太人的冷淡无情是著名的,要勾引他,再没有比这更复杂更困难的事了。男爵夫人也了解这一点,她也暗暗微笑了,但她并没有生气。

"但是,"她重复说,"为什么要找甘德曼呢？"

他于是解释了:目前已有一群赌空头的人开始对世界银行采取行动,一定的,甘德曼便是这一群人的首脑。这,他是知道的,他并且还有证据。既然萨加尔已对她不好,最简单的稳妥办法难道不是和他的敌人搞好关系而又不和他断绝关系

323

么?如果我们脚踏两边墙的话,到了战斗的日子,一定有把握可以在胜利者阵营一边的。他友好地向她建议的这一叛逆行为,不过是在尽一个男子的忠告义务。如果这个女人肯为他效劳,他是会高枕无忧的。

"喂,你愿意么?我们联合起来……我们互通消息,我们所得到的一切,我们都互相说出来。"

因为他拿着她的手,她出自本能地把手缩了回来,她想到别处去了。

"不必这样,我并没有想到这方面,既然我们是同志……将来,你要酬劳我的。"让图鲁补充说。

她笑了笑,又把手给了他,他吻了她的手。她已经不再轻视他了,把他过去曾当过奴才的事也忘了,并且也看不出他是在堕落中过日子;面容萎靡不堪,漂亮胡子染上了茴香酒的气味,新外套染上了污渍,发亮光的帽子染上了那些下流地方楼梯上的石灰……这些她都看不见了。

第二天,桑多尔夫男爵夫人果然去拜访甘德曼。甘德曼自从世界银行的股票牌价升到二千法郎的时候,的确是在做空头运动;只是他做得极其细心谨慎,自己从不到交易所去,甚至也没有一个正式代表。他的理论是:一张股票的价值,首先是发行时票面的金额,其次是它可能赚的钱,这要看公司的繁荣及其所投资的企业情况而定。因此,一张股票必有它在理论上绝不能超过的最高价值,如果由于群众过甚赞扬而一旦超过了它的最高价值时,这种上涨便是不可靠的,所以谨慎的态度就是站在它要下跌的一方面;而这种下跌早晚会发生的。不过,在他的信念中,出于他对逻辑的绝对信任,他对于萨加尔迅速取得的成就仍然感到惊异;这是来势很大的一股势力,连犹太最有势力的银行也开始恐惧。应当早一点把这个可怕的敌人打倒,不仅是为收复萨多瓦事件发生之次日他所损失的八百万,而且是为了,特别是为了不要同这个可怕的冒险家平分金融市场的领域;这位冒险家的冒险举动好像有些成功,只是这种成功似乎是出于奇迹,有些不近情理罢了。甘德曼对感情用事的人是非常轻视的,他还是强调他的科学的赌徒的镇静;他以一种专搞数字的人的冷静顽固态度,始终居于卖方,虽然上涨还在继续。每期结账时,所亏损的款项一次比一次大,可是他却有先知者那样的镇静,认为他所输的钱,只是存在一个储蓄银行罢了。

他那里的职员和跑街你拥我挤,等他签字的文件和阅读的电报又如雪片飞来;当男爵夫人终于能在这种情况之下进来的时候,她发现这位大银行家正在剧烈地咳嗽,几乎咳破了嗓子。但是,他却从早上六点钟就在那里了。咳嗽、吐痰、疲乏不堪,只是身体仍然结实。而这一天,正是政府要借外债的前一天,宽大的厅中,挤满了一群急促的访问者;这些访问者一应都由他的两个儿子和一个女婿去对付。至于在大厅的深处他所保留的一张小桌子的旁边,也就是在一扇窗口的下面,他的三个孙子,两个女孩一个男孩,正在那里用尖嗓门争夺一个玩偶,那玩偶的一条胳膊和一条腿都被他们拉扯得快掉下来了。

男爵夫人立刻找出她的借口来了:

"亲爱的先生,我个人有一点事情,冒昧来麻烦你一下……为了一张慈善奖券……"

他没让她说完,他向来心眼好,经常会取出两张钞票来应付这类事,特别是当他在交际场中会见的女士们不辞劳苦来拿这两张钞票的时候。

但是他又不得不请她稍待一下,因为一个职员来交一件商业的文件给他。

"你说贷方已到了五千二百万了么?"

"六千万,先生。"

"那么,记到七千五百万再说吧。"

他又回到男爵夫人这里;这时,他的女婿同一个跑街的谈话中有一个字引起他的注意,他便又匆匆忙忙地跑过去这样说:

"没关系!牌价在五百八十七法郎五十生丁时候,这样每股要少十个苏。"

"啊,先生,"那位跑街谦逊地说,"这要少四十三法郎。"

"怎么,四十三法郎?这数额太大了!难道你以为我揩了油?每个人都有一笔账,我只了解这个!"

最后,为了谈话方便起见,他决定把男爵夫人带到饭厅里去,那里餐具已经摆好了。他并没有受慈善奖券借口的骗,由于他有那些非常忠实的暗探报告他消息,所以他知道她同萨加尔的关系;他很怀疑她此来是有什么重大的利益在促使她。于是他坦白地说:

"好了,现在,请你告诉我你到底想同我谈什么?"

她假装惊讶了一下。她没有什么话要对他说,她只是谢谢他的善行罢了。

"人家不是打发你来同我商量一件事么?"

他显得神经有些过敏,一时之间,他以为她是带了萨加尔的秘密使命来的,也许这个疯子又有些什么新招。

现在他们旁边没有别人了,她带着微笑望他,态度是热烈然而又有些不可捉摸的意味,这种态度要刺激男人还是不行的。

"不,不,我没有什么话要向你说。既然你这么好,我只是有一些事或者要请教你。"

她把身子倾向着他,用她戴了手套的细嫩的手去碰他的膝头。她坦白地谈起来了,她谈到她的不幸婚姻,她是同一个外国人结婚的,她的丈夫完全不了解她的天性,也不了解她的需要,于是她不得不求助于赌博以保持她的享受。最后她说她很孤独,在这个交易所的可怕地方,每走错一步都会付出很高的代价,因此她需要有人替她出出主意,指导她。

"但是,"他打断了她的话说,"我相信你是有人的。"

"啊,有人!"她以一种不屑的姿势呻吟似地说,"不,不,我没有人,没有任何人……我想让你,做我的主人,做我的上帝。真的,做我的朋友,并不浪费你什么,只要你向我说一个字,只是一个字,而且很久很久才说一个字。希望你知道,如果你叫我幸福,我是会感谢你的,啊,以我整个身心感谢你!"

她更挨近他一点,她用她温和的呼吸,从她全身发出来的细腻而强烈的气味包围他。但是他却仍然镇静,没有任何刺激物可以刺激他。当她说话的时候,这位胃囊已经损坏专靠牛奶生活的人,只在桌上水果盘中把葡萄一个一个地取下来用一种机械的动作吃着,这是他唯一的一种放荡行为,是他肉体最大的享受时间,以后他就准备以全天的劳苦来赔偿这点享受。

当男爵夫人表示非求他不可而毫不在意地把她长着似蛇一般柔软指头的诱人小手放在他的膝头上的时候,他露出一种阴险的微笑,他是一个明知自己绝不会受诱惑的男子。他有趣地拿着她的手,然后移开它,点点头来表示他的谢意,一如人们拒绝一个无用的礼物一样。他不再浪费时间,开门见山说话:

"你是一个很可爱的女子,我也愿意对你好……我的美丽的朋友,哪一天你给我带来好点子,我必然也会给你一个好点子,你跑来告诉我别人在做什么,我也把我将要做的事告诉你……这样做妥当么?喂?"

他站起来,她不得不同他一道回到那宽大的房间里去。她完全了解他所提出的交换条件,那就是侦探、出卖。但是她不愿意回答他,她假装再提慈善奖券的事。至于他,摇晃着他表示乐观的脑袋,仿佛在补充说明他并不在乎什么人对他的帮助,说明那合乎常理的、致命的结果照样会出现的,也许稍稍晚一点罢了。当她终于离开了的时候,他又在这个金融资本活动的大厅的特殊喧嚣中,在这交易所的人群、职员们往来奔走的、孙儿们嬉戏(这些孙儿们已用得胜者的叫声把玩偶的头扯掉了)的环境中,重新处理起他的工作。他坐上那张狭条桌子,尽心竭力地研究他突然产生的一个想法,他什么也听不见了。

桑多尔夫男爵夫人曾两次转到《希望报》的办公室去,想把她的行径报告让图鲁,可是都没有看见他。有一天,德若瓦终于领她进去了;这正是德若瓦的女儿娜达丽坐在过道的一张小板凳上同若尔当太太讲话的那一天。从昨天起下了一场大雨。天气潮湿而灰暗,坐落在院子污水塘后的那幢老房子,楼下室内阴森森愁惨惨的。煤气灯发出一种带土色的半明不暗的光。等待着若尔当到各方面去找钱来以便偿还毕式那笔账的玛色儿,满脸愁容,听着娜达丽像一只好夸嘴的喜鹊喳喳喳地用干燥无味的声音讲话,她的样子活像那种发育得太快的巴黎女孩子。

"你了解么,太太,爸爸不愿意卖……有一个人鼓励他卖掉,说些恐吓的话来威胁他;这人,我不想说出他的名字,因为,的确,他的地位也不怎么惊人……可是,现在是我阻止爸爸卖了。好多次我几乎卖掉了,当它上涨的时候。难道该这样笨么?"

"的确!"玛色儿简单地回答。

"你知道,现在的牌价是二千五了。"娜达丽继续说。"我算了一下账,因为爸爸不会写字……我们的八股,已经值两万法郎了。怎样?真好极了……爸爸最初是想在一万八的时候收手的,他的算法是:六千法郎做我的嫁妆费,一万二给他,这样他就可以有一笔小小的每年六百法郎的年金收入;他很感动,这已经是一笔很好的收入了……但是你说这是幸呢还是不幸呢?他并没有卖,你已经瞧见,现在真又多了两千法郎了……那么,现在,我们还想多弄一点,弄到至少有一千法郎的年金的数目。我们一定会得到这笔钱,萨加尔先生已向我们说过了……他真好,这位萨加尔先生!"

玛色儿禁不住微笑了。

"那么,你不结婚了?"

"要,要,当股票停止上涨的时候……我们是急于要结婚的,尤其是德沃多尔的父亲,为了他的生意的原故。只是,你有什么办法呢?当金钱源源而来的时候,我们不能堵住它的源头。德沃多尔很了解这一点,如果父亲有更多的年金,那么有一天就会使我们有更多的资本。啊!这是值得注意的……

329

你瞧,所有人都在等待呢。我们好几个月前已经有六千法郎,我们本来可以结婚的,但是我们却更乐意使这些钱再生点钱出来……关于讨论股票的文章你读么,你?"

还没有等到回答,她又说:

"我么,我是常常读这样的文章的。晚上,爸爸给我拿回来很多报纸……他本来已经看过了的,但还要我再念一遍给他听……我们对这些总不会感到疲倦,因为这太美了,报上所允诺我们的一切。当他躺在床上的时候,我脑筋中便充满了这些文章,我做梦也梦到这些文章。爸爸也告诉我说他看见许多有好预兆的事情。前天,我们做了一个同样的梦,梦见街上满地都是五法郎一块的钱,我们简直要用铲子铲了。这是很有趣的事。"

她中断了一下问玛色儿:

"你们有多少股,你们?"

"我们?一股也没有!"玛色儿回答。

娜达丽长着一张黄黄的小脸,没有光泽的细发,蓬松飞扬,她作出一种对人怀有最大的慈悲心肠的态度。啊,真是可怜,连股票都没有!她的父亲这时在叫她,要她在路过巴底尼奥尔的时候,送一卷校样到一位编辑先生那里去。她走了,带着一种资本家感兴趣的关切,她现在是每天都要到报馆来的,以便及早知道交易所的行情。

独自坐在小板凳上的玛色儿,又堕入忧愁的思虑中了,虽然平常她是那么愉快、那么勇敢的一个女子。我的上帝,天色是多么地黑,多么地叫人发愁!她那可怜的丈夫却还要在街上奔走,在这样的大雨之下!他平常是那样地瞧不起钱,只要想到一个人要为钱操心就那样的反感,现在他竟要付出这样大的努力去找钱,甚至要向那些本来欠他钱的人们去要钱!她简直出了神,什么也听不见了。她又想起从今天早上起床以后的这一天的经过,这真是恶劣的一天;这时在她的周围,报馆里正出现狂热的工作景象:编辑们在奔跑,抄件在来回地传送,四方八面都是关门、开门和打叫人铃的声音。

若尔当从早上九点钟就出门去调查一件意外事件去了,因为他要写报道。玛色儿早上刚刚洗过脸还穿着睡衣的时候,她就很惊奇地看见毕式突然上他们家,还跟着两位很脏的先生,或者是执达吏,或者是土匪,她始终拿不准他们的身份。这个可恶的毕式,无疑是想利用这里只有一个女人的机会,声明如果她不能立刻付款,他们便要把家里的一切都没收了去。她辩解,她说他没有取得任何合法的手续绝不能这样做,但终于无效。他肯定说关于这样的判决已经通知了她,并且在门上已贴了假扣押的条子。他的态度是那样的严厉,她为这事吓呆了;最后她竟相信这类事是可以不让人事先知道而执行的。但是她却不让步,说她丈夫连午饭也不回来吃的,在他没有回来以前,她绝不让人动他的任何东西。于是这三个来历不明的人便和这个衣服还未穿全、头发还披在肩头的青年妇女发生了一个难解难分的场面:他们呢,已经在登录家具的项目,而她则把柜子的门一关,背靠在门上,仿佛不准里面的任何东西出来一样。她那么引以为荣的可怜的小家庭,她亲自擦亮了的那四件家具,她亲手钉上的房间里的红棉布幔幛!想到这些,她以一个战斗员似的勇猛叫喊,除非叫她死,人们不能采取行动。她把毕式当作下流人和强盗,不断地说:是的,是一个强盗!他竟不要脸,在垃圾堆中,破布片中,废铁中,用五个法郎买到一张三百法郎的借据,现在竟要还七百三十法郎十五生丁,而且还要加新的利息！他们夫妻已经偿付了他四百法郎,可是这个强盗还说要搬走他们的家具,抵押三百法郎,总之,他想盗劫他们多少法郎就算多少法郎。毕式明明知道他们是有良心的人,倘若他们有这笔款子他们一定会付的。可是他利用她一个人在家,不会应付,不懂得法律手续,便威胁她,逼她哭。流氓！强盗！强盗！毕式生了气,叫得比她更响,并且猛烈地拍着自己的胸膛,难道他还不算是一个诚实的人么。他收买借据时难道不是用了很多钱么？他一切都是依照法律的条文的,他主张根据法律来了结这件事。但是当那两个肮脏先生之一去开她三屉柜的抽屉准备把衣服拿出来的时候,她就威胁他们说她要把整个房子里的人,全街的人都叫来；她的态度是那么凶猛,连那个犹太人都不得不缓和下来。后来,又经过半个钟头的野蛮争吵后,他终于同意等到明天,他怒气冲冲发誓说,倘若她明天再食言的话,他就要拿走她的一切。她受的耻辱再没有比这更剧烈的了。这些讨厌的人到他们家来,伤害了她的情感,丢尽了她的脸,他们竟搜到床上,把瘟疫传给了他们那么幸福的房间,因此,在他们走了以后,她不得不大大地打开窗子。

这一天,还有一件更伤心的事在等着玛色儿。她立刻想跑到她双亲的家里去向他们借这一笔款子,以便她丈夫晚上回来时,她不会再使他失望。她可以把早上那一个场面描绘出来使他高兴。她已经在想象她向他述说这场大战的情况,述说他们家庭所遭受到的凶猛的袭击,和她打退这种进攻时的英雄气概。她走进勒让德尔街小楼房的时候,她的心跳得很厉害。这个布置得很漂亮的房子,她是在那里长大的；可是今天她觉得住在里面的也许都是陌生人了,因为她觉得它的样子变了,而且是冷冰冰的。这时她的父母正上餐桌,为了便于和他们说话,所以她接受了同他们一道午餐。在吃饭的整个时间内,谈话讲的都是世界银行股票上涨的事,就是昨天,它的牌价还涨了二十法郎。她惊奇地发现她的母亲比她的父亲还更其热中、更其厉害。母亲,在最初的时候,只要想到投机两个字就会战栗,而现在,她却以被癖好所征服的女人不顾一切的态度,反而在责备她的父亲。她说他太懦弱,只敢在很偶然的机会下才下注!在吃饭后甜食的时候,父亲说他要趁二千五百二十法郎一股的出乎意料的价钱,卖掉七十五股,这样就可以卖到十八万九千法郎,赚项真不算少,除了买价以外,净得十万法郎。母亲听见这话,十分生气,再不能自持了。卖吗!在《金融行情》报告我们保证将来可以涨到三千的时候!难道发了疯?因为《金融行情》过去是以诚信出名的,就是他自己也说过,有了这张报纸的保证,我们就可以安安稳稳地睡觉了。啊!绝不,她不让他卖,而且她还要把楼房也卖掉来买进呢!玛色儿一声不响,心中十分忧伤地听着这些巨大的数字飞来飞去;她正在动脑筋如何在这个充满赌风的房子中大胆要求借五百法郎。她看见如潮水般多的金融刊物充满了这屋子,这些刊物上的广告所吹嘘的令人沉醉的梦话,今天竟把这房子中的人都淹没了。最后,在吃饭后果品时,她就冒险说了,她说他们需要五百法郎,否则人家就要卖掉他们的家具,她的父母不可能让他们堕入这种窘困的境地。父亲立刻低下了头,用一种为难的眼光望着他的女人,但是母亲却以一种干脆的语气拒绝了。五百法郎!你要她到什么地方去找?他们的资本都在经营事业。并且,从前用过的尖酸的批评又出现了:一个女子既然愿意嫁给一个饿死鬼,嫁给一个写文章的人,她就应当承担她自己做傻事的后果,她就不应当再把责任推给她家里的人。不!对于那种假装瞧不起金钱却又梦想用别人金钱的懒人,她是一个苏也不给的。她就让她女儿这样走了。玛色儿临走时很失望,发现她母亲已不再是过去的母亲,她很伤心;过去,她母亲是多么有理智,多么好的人呀!

玛色儿在街上不知不觉地走了一阵,仿佛是想看看她是否能在地上发现金钱一样。随后她突然想起去找她的沙夫舅父。为了能够在交易所开门前找着他,她立刻很谨慎地到诺勒街那座平房去。过去那里常常有许多小声小气的谈话声和女孩子们的笑声。但是这一次门却是开着的,她只看见上尉一个人在抽着烟斗。他正在发愁,似乎是在对自己生气;他叫喊着,说他身上从来没有存过一百法郎,他只按日吃他在交易所的小赚项,他简直像一只肮脏的猪。随后,他听说莫让特夫妻俩拒绝了女儿的事,便大发雷霆攻击他们,说自从他们的四份股票上涨使他们发了疯以后,他在任何地方也没有看见过这样讨厌的人。前一个星期,他向他们提出友谊式的忠告,劝他们把股票卖掉,他的妹妹还不是把他当作贪蝇头微利的小人而对他的稳健赌法加以嘲笑么?这个女人,倘若一旦刀抹脖子,他也毫不惋惜的!

玛色儿重新走上街头,两手仍然空空;她不得已只好忍着痛苦到报馆来,把早上的一切经过告诉她丈夫。毕式的款子非付不可。若尔当写的书还没有找到任何出版家接受,所以只好在这样的雨天穿过泥泞的巴黎到各处去找钱,但他还不知道从何下手。到朋友家去么?到他写过文章的报馆去要么?或者还是在街上瞎碰呢?虽然他再三求玛色儿先回家去,可是她是那么地焦虑,宁肯留在这里坐在一张小板凳上等他。

在女儿走后,德若瓦看见她独自一个人留在那里,便拿了一份报纸给她。

"太太要读读报消遣么?"

但是她用手表示了拒绝,因为萨加尔来了,她更要做出英勇的姿态;她愉快地解释说她打发她丈夫到本区去替她跑一趟苦差,省得她自己去了。萨加尔对他们这个"小家庭"(这是他给他们的称号)是有一种友谊的,因此他请她到他房间里去等,可以舒适一点。她拒绝了这个邀请,说她在那里很好。他也不强求,他很惊讶的是桑多尔夫男爵夫人正从让图鲁的房间里出来,他和她突然面对面地在这里见了面。可是,他们彼此笑了笑,这是会心的微笑,像那些只是简单地打一下招呼以免彼此过分注意的人一样。

让图鲁在谈话时曾对男爵夫人说,他不敢再给她任何指教,因为他正处在日益增长的两难情况中,一方面是世界银行依然稳固,另一方面是赌空头的人又在加紧努力,无疑地甘德曼会得胜,但萨加尔也可能支持很久,同萨加尔一道赌的或者还可以赚很多的钱。他替她出主意要坐待时机,对于两方面都要采取极端谨慎的态度。最好是时时设法向他们表示好感,获悉两人中任何一人的秘密,再把这些秘密保存起来为她自己使用,或是自己利用这些秘密,或是在有利的时候,把这些秘密出卖给对方。这并不是在暗地里组织阴谋,而是以一种玩笑的态度说出来的;至于她呢,她笑笑,答应他无论什么总有他一份。

"喂,她现在老是和你混在一起,难道该轮到你来了么?"萨加尔进了让图鲁的屋子后,粗暴地说。

让图鲁大为吃惊。

"谁呀？……啊,男爵夫人!……但是,我亲爱的主人,她还是敬爱你的。刚才她还这样对我说。"

这个老海盗用一种不会受骗的人的姿势叫他不要说下去。他望着这个下流堕落的倒霉鬼,心想,倘若她连萨巴达尼究竟如何都要好奇地亲自尝试一下,她一定也很愿意尝一下这个流氓的下流滋味的。

"我亲爱的,你用不着辩护。一个女人赌起钱来,哪怕街角上替她送委托书的小伙计,她也会同他来一下的。"

让图鲁心理上受到很大伤害,但他仍然笑,并坚持解释,说男爵夫人之所以到他这里来,是为了广告的问题。

萨加尔耸了一下肩,便把这个女人问题摆在一边,因为辩论这问题在他看来是没有什么好处的。他站着,走去又走来,又站在窗前,一动不动地望着那连绵不断的迷蒙细雨。他神经质似地高兴起来。是的,世界银行的股票昨天还上涨了二十法郎!但是为什么活见鬼卖出的人还那么狂热呢?如果不是在开始的头一个钟头内就有一大捆股票出现在市场的话,上涨还可以到三十法郎的。他不知道嘉乐林夫人又把她的股票卖了一千股;除了她的哥哥曾经有嘱托外,她自己也在为反对这种疯狂的上涨而奋斗。的确,在这日益扩大的成功之前,萨加尔大约不会抱怨的。但是,这一天,他有些激动,内心似乎在发抖,这是从莫名其妙的恐惧与忿怒而引起的。他大声说那些肮脏的犹太人立誓要叫他失败,他说那个流氓甘德曼居然充当了以压碎他为目的的空头集团的领袖。交易所中已经有人把这件事告诉他了。人们说这个集团已准备了三亿法郎以便造成世界银行的股票跌价。啊,真是强盗!不过另外又发生了一件他不这样大声嚷嚷的事,那就是社会上流行的另外一种传说,这传说一天比一天切实地认定世界银行的基础并不稳固,虽然群众中盲目的信任尚未怎么动摇,但事实已摆在面前,即将有大难来临了。

这时门开了,进来的是雨赫,还是他那种老实人的态度。

"啊,你来了,叛徒!"萨加尔说。

雨赫自从得悉卢贡决定不理睬他的兄弟以后,便又同这位大臣言归于好。他相信,萨加尔遭到卢贡反对的日子,就会发生一场不可避免的灾祸。为了获得大臣的原宥,他又替这位伟人管起家务,重新替他跑腿,甘愿挨他的骂和挨他的脚踢。

"叛徒!"雨赫重复着萨加尔的话,他说时带着一种狡猾的微笑,这种微笑有时使他乡下人的厚脸也发出了一些光彩。"好吧,但这个叛徒是个老实人,他之所以来,是为了向他所背叛了的主子提供一个无私的意见。"

但是萨加尔仿佛并不想听他的话,他大声叫嚷,不过是为了证明他的胜利。

"喂,昨天是二千五百二,今天是二千五百二十五了!"

"我知道,刚才我卖了。"

这一下,萨加尔隐藏在玩笑态度后面的忿怒爆发出来了。

"怎么,你已经卖了?……好的,这就齐全了!你丢开了我去帮卢贡,你现在更开始和甘德曼合伙了!"

这位议员非常惊异地望着他。

"甘德曼合伙,为什么?……我只是同我的利益合伙,简单得很!我么,你知道,我并不是一个冒险家。不,我没有这样大的胃口;一旦有利可获时,我宁肯立刻抓住它。也许正是因为这个原故我才从来没有失败过。"

他以稳重而老练的诺曼底人的态度重新笑了;诺曼底人是只会把他们的收成放进仓库,而绝不发狂热病的。

"一个公司的董事!"萨加尔继续情绪激烈地说,"你还能叫谁信任我们?在正在往上涨的情况中,看见你出卖股票,人家该怎么想?天知道!如果人们认为我们的繁荣是虚假的,说崩溃的日子即将来到,我也不会惊讶了……这些先生们都在卖,我们大家都卖吧!这不就是一种大恐慌么?"

雨赫不说话,打了一个捉摸不定的手势。究其实,他才不在乎这些呢,他的事情已经办妥了。他现在唯一关心的事,就是如何完成卢贡所托付他的任务;他只能为完成任务而完成任务,用不着使自己过甚苦恼。

"我的亲爱的,我告诉你,我来是为了向你贡献一个对我丝毫没有利害关系的意见……你看,就是这样;你应当放聪明一点,你的哥哥很生气。如果你失败了的话,他是会干脆不理你的。"

萨加尔压着满腔怒火,镇静地说:

"是他打发你来向我说这句话么?"

议员踌躇了一下,认为最好是承认:

"啊,是的,是他……你不要以为《希望报》上那些攻击能使他生气。这种对他的自尊心的伤害,他可以不在乎……不,但是,实际上,你报纸上那种替天主教的宣传运动,对他现在的政策有很大的妨碍。自从罗马发生了那些不幸的复杂情况以来,所有僧侣阶级都在反对他。最近他还不得不以妄诞的罪名判处了一个主教……你恰巧选中他在极端为难的时候……从一月十九日实行改革后产生的自由运动,他正想不出方法来加以限制,而这时你倒来攻击他了。固然,正如大家所说,那些改革他是同意实行的,只是他唯一的愿望是要使这些改革有一定的范围……喂,你是他的兄弟,你相信他会满意么?"

"的确,"萨加尔带讥笑地回答说,"我这面当然会使他难堪……你瞧我这位可怜的哥哥,他始终热中于大臣的位置,他根据他自己昨天还在攻击的那些原则来治理国家。他把责任推在我的头上,因为他处于被人出卖而发怒的右派和渴望当权的第三种势力之间,不知道如何维持均衡。昨天他还这样做,为了平息天主教徒,他说出了这样出名的话:绝对不!他发誓法国绝不让意大利从教皇手中把罗马夺过去。今天,由于他怕自由派,他又很想给他们一个保证,想用扼杀我来讨自由派的欢喜……前一个星期,爱米尔·奥里维埃①在国会里就猛烈地攻击了他……"

"啊!"雨赫打断他的话说,"杜伊勒里宫始终很信任他,皇帝还送了他一颗金刚钻呢!"

但是,萨加尔却以一种异常激昂的姿势说他绝不是一个受人欺骗的人。

"世界银行现在已经太强有力了,是不是?一个有侵入全世界征兆的天主教银行,从前是以信仰来征服世界,我们现在是以金钱来征服世界,难道这是可以容忍的么?所有的自由思想者,所有的共济会会员,都正等待着做大臣,都会因世界银行而感到浑身不舒服。也许他们又要用什么借款同甘德

---

① 奥里维埃(1825—1913)初为帝国反对派,后倾向帝政,但他系鼓吹"自由帝国"的有力的人之一。

曼搞鬼了。一个这样的政府除了让肮脏的犹太人吃掉外,它还会变成什么东西?……你瞧我那位蠢才哥哥,为了能够多当半年大臣,他要把我拿去丢给肮脏的犹太人、自由派以及一切下流社会的家伙,做他们的饲料,希望当人家吃我的时候,他可以得到一些安稳……好吧,回去告诉他,我不理他那一套……"

他挺直他的矮小身子,因为狂怒不能再使用讽刺的口吻说话了。他的声音这时已变成了一种战场上的号角之声。

"你听清楚了么?我不理他那一套!这是我的回答,我希望他知道。"

雨赫耸了一下肩膀。在许多事情中,只要人们生气的时候,就与他无关。总之,他在这件事情中,也不过是一个担任传达的角色而已。

"好的,好的,我把你的话告诉他……你将来会吃亏的……不过,这只是你一个人的事。"

屋里沉默了一会。让图鲁一声不吭,假装在专心地校对一卷稿子,这时才抬起头来表示佩服萨加尔。这个强盗,在他的情感冲动时还很美呢!这类天才的下流人,当他沉醉于他们的成功时,有时是会得意忘形的。让图鲁在这时候,因为相信他的命运,所以是站在他这一方的。

"啊,我还忘了,"雨赫又说,"高等检察官德甘卜尔似乎很恨你……你还不知道,今天早上皇帝已经任命他做司法大臣了。"

萨加尔突然停止说话。他的面色阴沉下来,最后他说:

"又是一桩生意!啊,竟把这样一个人拿来做大臣!你觉得这跟我有什么关系?"

"当心!"雨赫用他过分老实的态度说,"如果你遭遇到不幸——商业场中是什么人都会遭到不幸的——你的哥哥叫你不要依靠他,不要以为他会支持你来反对德甘卜尔。"

"但是,活见鬼!"萨加尔咆哮起来,"我已经对你说过,所有这些下流集团、卢贡、德甘卜尔,你是更不必说了,我都不管你们那一套!"

正在这时,幸好德格勒蒙进来了。他从来不上报馆来的,因此大家都感到惊异,所以把刚才的交锋停止了。他非常端庄地带着微笑和每一个人都握了手,是一种善于交际的人的逢迎人的和悦态度。原来他的太太要举行一个晚会,晚会上她要唱歌。他是亲自来请让图鲁写一篇捧场的文章的。但是萨加尔在场,他不敢开口。

"伟大的人,你好么?"

"喂,你还没有卖掉吧,你?"萨加尔不回答而这样问。

"卖掉?啊!不,还没有!"他放声大笑,表示他异常诚实,他真是一个信用卓著的人了。

"在我们这种情况,绝不应当卖掉!"萨加尔叫起来。

"绝不,这也是我想说的话。我们大家都有连带关系,你知道你是可以信赖我的。"

他刚才已把眼睛斜往别处,现在他垂下眼皮。他同时还替别的董事保证,说塞第尔、戈尔、博安侯爵都和他一样都没有卖掉。他们的事业进行得那么好,交易所五十年来也没有见过这样不寻常的成就,他们彼此能够一致行动是一种真正的快乐。他对每一个人都说了一句叫人惬意的话,临走时还再三说这次晚会是要仰仗他们三位光临的。国立歌剧院的男高音牟尼埃还要来替他太太提词呢。啊,这是一件值得注意的事!

"喂,"随后也跟着要走的雨赫问萨加尔,"这便是你所回答我的一切了么?"

"对的!"萨加尔以他干涩的声音声明说。

平常,他是要送雨赫下楼的,这一次却故意不送他下去。随后,当他只和报馆经理两人在一起的时候,他说:

"这是战争,我的勇敢的人!现在我们不应当再有任何保留了。你替我进攻所有这些流氓!……啊!最后我终于能够如我心愿地进行战斗了!"

"不过,这终归是一件很艰巨的事!"让图鲁这样总结了一句,他又开始陷入两难之中。

玛色儿在过道的小板凳上始终等待着。这时才四点钟,但在滴雨连绵不断的灰白色闪光中,黑夜来得那么快,德若瓦不得不把灯点上。他每次走过她的身旁,总要说一两句话使她散散心。此外,编辑先生们的来来去去已显得很活跃,从邻室中已传出喧哗的声音;编报的工作愈接近结束,空气越显得兴奋。

玛色儿突然一抬头就看见若尔当站在她面前。他周身湿透,神色万分颓丧,嘴唇在打抖,他的目光已显得呆滞,是一个追求着某种希望而很久都达不到目的的人的目光。她已经明白了。

"什么都没有找到,是么?"脸色变苍白了的她这样问。

"没有,我的亲爱的,什么都没有找到……任何地方,都不可能……"

她只低声地叹了一口气,在叹气中她感到很伤心。

"啊,我的上帝!"

这时候,萨加尔从让图鲁的办公室出来,他很惊讶玛色儿还在那里。

"怎样,太太?你这位奔走的丈夫刚回来么?我跟你说过请你进我的办公室去等他。"

她目不转睛地望着他,焦虑的眼睛中,忽然出现了一种勇气,她甚至于不加考虑,就把这种勇气拿出来使用了,这种勇气就是使女人在热情奔放时前进的勇气。

"萨加尔先生,我有一些事情要请教你……如果你愿意的话,我们就一同到你那里去谈一谈……"

"当然愿意,太太。"

若尔当料想自己的揣测不会错,因此就想阻止她。他在她耳朵旁边断断续续地说:"不要!不要!"这种金钱问题,总是把他陷于愁苦之中。但她却不听他的话,他只得跟着她去。

"萨加尔先生,"关了门以后,她说,"我的丈夫,为了找五百法郎,从两点钟就到处奔走,但没有结果,他又不敢向你要求……因此,我,我来向你要求这笔钱……"

于是,随兴之所至,她以一种愉快而坚决的青年妇女的特有态度,叙述她这天早上所遭遇到的事件:毕式如何粗野地进了他们的屋子;那三个人如何占据着他们的房间;她又如何才打退了这种袭击;如何同毕式约定在今天一定付他款子。啊,把钱扔在这种下流人的身上!因羞耻与无能造成这样大的痛苦!为了缺少几个万恶的金钱,便把生活弄得不断地发生问题!

"毕式,"萨加尔重复了一遍说,"不幸你们竟落到了这个老骗子的魔爪里……"

随后,他以一种令人欢喜的善良态度,转向因这样难堪的

局面而变得脸色灰白、一声不响的若尔当说:

"好的,你要的五百法郎,我预支给你,我。你该立刻向我要才是……"

他坐在桌子旁准备开支票,但又忽然停下来在那里考虑。他想起了他收到毕式的那封信。他本来该去找他的,只是他预感到那些来历不明的消息使他苦恼,因而把这件事一天一天地拖延下来。趁此时有一个很好的借口,他为什么不立刻到斐多街去呢?

"你听我讲,这个坏家伙,我是很了解的……最好是我亲自去付他款子,看看是不是我可以用一半款子就把你们的借据取回来。"

玛色儿的眼睛,现在因感恩而发亮了。

"啊,萨加尔先生,你真好!"

她又转向她的丈夫说:

"你瞧,大傻瓜,萨加尔先生并不会吃掉我们吧!"

若尔当忍不住跑去抱着她的颈子,吻她;这是为了感谢她,在他不能动弹的生活困难中,她比自己更英勇,更灵巧。

"不,不!"当青年人最后跟他握手时,萨加尔说,"其实我为这件事倒很快乐。你们两个人这么相爱,实在很好……你们放心回去吧!"

马车在等着他,在泥泞的巴黎城中,在雨伞的拥挤状况下,马车从水花四溅的道路上跑过去,不用两分钟就到了斐多街。上了楼,他看见褪了色的旧门上,仍然挂着那块用大号黑体字写着"代理商行"的铜牌。他拉了半天门铃都没有人来开门,里面什么动静都没有。他本打算回去,但在一种矛盾的情绪中,他又猛力地摇动那个门纽。于是他听见里面有了慢吞吞的脚步声,西基斯蒙出现了。

"咦,原来是你!……我以为是我哥哥回来了,以为他忘了带钥匙。我听见门铃响从不出来开门的……啊,他不久就会回来,如果你必须要见他的话,你可以等他。"

他踉踉跄跄回到他的房间,来客则跟在他的后面。他的房间是面临交易所广场的。房间因为很高,所以光线还很亮;至于楼下面,则是一片烟雾,烟雾中,雨水点点滴滴地打着街面。这房间空得令人感到寒冷,只有一张小铁床,一张桌子,两把椅子,还有几块堆满了书的木板,别的家具一件也没有。在壁炉前面是一个小火炉,因为忘了添火,火刚刚熄灭。

"请坐,先生。我的哥哥说他只下去一会,立刻就上来。"

但是萨加尔不肯坐,只是望着他,看见肺病在这个脸色苍白的大孩子身上日益发展因而异常吃惊。西基斯蒙,长着一双孩子般的眼睛,是一双溺于幻梦的眼睛;他眼睛上的额头,表现了坚强的刚毅性。他的长发鬈围绕着的脸庞,异常瘦削,仿佛拉长了,就要进坟墓的样子。

"你不舒服吧?"萨加尔不知道说什么好,只好这样问。

西基斯蒙做了一个满不在乎的手势说:

"啊,总是一样。因为天气恶劣,最近这一个星期很不好……但是我总还可以……我简直不能睡,我不能工作;我稍稍有点发烧,所以我感到发热……啊,我们还有那么多事情要做!"

他重新坐在桌子前面,桌上有一本德文书,还是打开的。他又说:

"我坐下了,请你原谅;为了读这本我昨天才收到的作品,我整夜没有睡觉。这部著作是我的老师马克思十年的心血,这是他很早就告诉过我们的对资本的研究……这就是我的《圣经》,这本书就是,你瞧!"

萨加尔好奇地看了看那本书,但是一看见那种哥特字母①,他立刻觉得很扫兴。

"我等它译成法文时再读。"他笑着说。

青年人摇摇头,仿佛说,即使译了出来,这本书也只是一些信仰马克思的人才读的。这不是一种宣传品,它里面充满了逻辑的推理,充满了说服人的证据,证明根据资本主义制度而建立的目前这个社会,最后必然消灭!这个社会消灭以后,我们可以重建另一个社会。

"那么 消灭现社会,是不是来一下扫荡?"萨加尔问,始终是一种开玩笑的态度。

"在理论上完全是这样。"西基斯蒙回答说,"有一天,我同你讲过的那一切,整个的社会发展的确是如此……只是要设法使它付诸实行罢了……假如你没有看见这种思想每一小时都在促使社会的巨大进步,你简直是一个瞎子。因此,你以你的世界银行在三年之内,就活动而且集中了几万万金钱;你仿佛根本没有想到,你是在直接地领我们走进集体主义……我非常关心你的事业,是的!我就在这间十分安静的、无人知道的房间里注意你的事业。我研究你的事业日益发展的情况,我和你一样地了解你的事业。我说这是你给我上了著名的一课。因为,集体主义国家就是要做你所做的一切,把你的财产整个没收过来;你呢,你是零碎地剥夺那些小股的财产,实现你朝思暮想的野心;而你的野心难道不是把全世界的资

---

① 指德文。

本都吞吃掉,变成唯一的银行,变成公共财富的总仓库么?……啊,我非常佩服你,我!如果我能做主的话,我要让你去,因为你以天才的先驱者的资格,替我们做了准备工作!"

他微笑了,是一种病人的无力的微笑,因为他看出对方对他的话很注意;萨加尔感到惊奇的是发现他对于目前的商业这样熟悉,而且对于他的聪明的赞誉,他也感到很得意。

"不过,"他继续说,"总有一天我们要以国家的名义把你的财产没收过来,以全体人民的利益来代替私人的利益,要把你的这一部吸吮别人金钱的机器变为计算社会财富的一种计算尺;我们是以消灭这个东西作为我们工作的起点的。"

他所说的"这个东西"是他在桌上的纸堆中找着的一个苏,他把它夹在两个指头中拿起来,仿佛是对付一个投降的俘虏一样。

"金钱!"萨加尔说,"消灭金钱!这不是大大地疯狂么?"

"我们是要消灭作为货币的金钱……你想想看,在集体主义国家中,金属的货币一定是没有地位的,它根本没有存在的理由。作为报酬的工具而论,我们可以采用劳动券,如果你认为金钱可以作为价值的尺度,我们也还有另外一种可以帮我们代替它的尺度,这种尺度,便是在工作场所的平均劳动日计算出来的……金钱,这种伪装了而且便于对劳动者进行剥削的金钱是应当消灭的。金钱是用来剥夺工人的工具,它使工人的工资只有最低限度的数目,即为了不至于饿死而非要不可的数目。金钱是用来替私人积累财富的,它阻塞广泛流通的道路,造成无耻的王国,换句话说,它已成为金融市场与社会生产的最高主宰。占据这样的金钱,岂不是一件可怕的事吗？一切恐慌,一切无政府状态,都是从这里来的……应当消灭,消灭掉金钱!"

萨加尔生气了。没有金钱,没有黄金,也就是没有照耀他生命的灿烂阳光!对他说来,只有在新铸金钱的耀眼光彩中才感到财富的具体化,这些钱有如春雨透过太阳而下降,有如冰雹落下来铺满一地,许多堆的银子,许多堆的金子,人们用铲子去铲它,无非是它的光彩和它的音响可以使人快乐。人们要消灭这种快乐么？要消灭这种为之奋斗和生存的目的物么？

"这是愚蠢,啊!这,这真是愚蠢……绝不这样,你信么？"

"为什么绝不？为什么愚蠢？……比方说吧,在一个家庭的经济中,我们还要用金钱么？在家庭中你只能看见共同的努力,只能看见互相的帮助……那么,当社会只是一个大家庭的时候,当这个大家庭自己管理自己的时候,金钱还有什么用？"

"我告诉你,这简直是疯狂……消灭金钱,但,金钱就是生命呀!消灭金钱以后,便什么都没有了!"

他来回地走着,大为生气。他怒气冲冲,走到窗口,一眼望见交易所还在,他才安稳下来;也许这个可怕的孩子,会一口气连交易所都能吹塌!交易所还在那里,只是在黑夜来临的昏暗中,它的形象已经模糊不清,仿佛在这雨幕之下它已变成一个苍白的魔影,行将化作灰烟而消失。

"再说,同你辩论实在愚蠢。这是一件不可能的事……你取消金钱吧,我倒想看看!"

"嘿!"西基斯蒙喃喃地说,"一切都会自行取消,一切都会自行转变,一切都会自行灭亡的……我们已经看见财富的方式变过一次了,例如,土地的价值降低了,不动产、地产、田园和森林都在流动的工业资本、年金证券和股票下低头了。可是今天我们又适逢工业资本未老先衰,甚至已看见它迅速的没落;因为这是一定的,利息降低了,连正常的百分之五都不能达到了……金钱的价值,当然也会下降。金钱为什么不会消灭呢?为什么不能有一种新的财产形式来控制这许多社会关系呢?我们的劳动券也就是未来的财产形式。"

他全神贯注,望着那个苏,仿佛他在做梦,梦着他手中拿的这个苏就是古时遗留下来的最后的一个苏,是一个被人遗失了的苏,这个苏是从已经消逝了的古代社会中流通过来的。这块微不足道的金属却看见过多少快乐和多少眼泪呀!他这时产生了一种悲天悯人的情怀。

"是的,"他温和地说,"你说得对,消灭金钱这类的事,我们这一代是看不见了,还得许多年,许多年!我们甚至不知道博爱是否有一天会产生,在社会结构中来代替自私自利的观念……但是我希望不久就可以实现,我是多么地想亲眼看见这种正义的黎明呀!"

突然,他所忍受着的痛苦使他的声音发哑。但他,对于死亡是抱否定态度的,仿佛死亡并不存在,他摆摆手,要叫死亡离开他。可是,他终于屈服了。

"我有我的打算,在我没有时间从我的笔记中整理出一部我所梦想的改造社会的完整著作的情况时,我只好把我的笔记留给别人。明天的社会,应当是文明的成熟果子,因为,我们如果不把竞赛和管理上的好方法保留下来,一切仍然是会垮下去的。啊,这个社会,现在我已经清楚地看见了,最后这个社会终于为人们创造出来了,而且十分完善,正如我以如此辛勤钻研所规划出来的那个样子!一切都可预见,一切也都作了决定,这是高于一切的正义,是绝对的幸福。这个社会就在那里,在那张纸上,是有数字根据的,而且是肯定的。"

他以他那瘦骨嶙峋的长手,在杂乱的笔记中摸索着。他在做梦,他想把亿万财富取过来,公平地分给大家;还有,他虽然不吃东西,不睡觉,可能在他毫无陈设的房间中无所需要而死去,但在他的笔尖一挥之下,他却打算给与人类以快乐和健康;他就在这样的梦中感到兴奋。

可是这时一个粗暴的声音使萨加尔战栗了一下。

"你在那里干什么?"

这是毕式的声音,他回来了。他像一个嫉妒的情人一样以斜视的目光望着这位拜访者。因为他经常担心人家让他的弟弟说话太久而引起咳嗽病的发作。不过他并没有等到回答,就像一个失望的母亲一样责备说:

"怎么你又让炉子灭了!我要问问你,这样潮湿的天气,不生火行吗?"

虽然他的高大身躯很笨重,但他已屈膝跪下,劈了些碎柴把火点燃。随后他又去找扫帚,他不但做这样的家务事,并且时时留意到病人每隔二小时应服的药。只有当他能使这位弟弟安静地躺在床上休息时,他才表示放心。

"萨加尔先生,请你到我的办公室来怎样?……"

这时梅山太太也在那里,她坐在那唯一的一把椅子上。她和毕式在附近作了一次重要的查访,这次查访获得了圆满成绩,使他们极为高兴。他们两人心中最不肯放下的一件事,在经过失望的等待之后,现在突然侥幸可以开始进行了。三年来,梅山总在马路上巡逻,调查被诱奸的蕾奥尼德姑娘的下落,因为诱奸她的波维里埃伯爵签过一张一万法郎的债权认可书给她,声明一到她成年,就可以付款。梅山的表哥法犹是旺多姆地方的一个年金经收员,在一堆偶然获得的破旧借据中,替毕式买到了这张认可书,而这堆借据是从米粮商兼高利贷者沙尔比埃先生那里接收来的。梅山写信给法犹,探询姑娘的下落,但毫无结果,法犹并不知道,他回信只说蕾奥尼德姑娘大约在一个执达吏家里做用人,她离开旺多姆已经十年多,从来没有回去过一次;而她的家属已完全死光了,所以也无法向任何人打听。梅山找着了那个执达吏,从执达吏那里,知道蕾奥尼德姑娘曾经在一个屠户家里,在一个交际花那里,在一个牙科医生那里做过用人;但是从牙科医生那里起,线索就突然中断,找不出踪迹来了;一个女孩子流落在大巴黎的泥坑里,你要找她真等于在一捆干草中找一颗针!梅山还跑过佣工介绍所,拜访过许多下等住宅,搜索过一些下流场所,随时都在侦察之中,只要听见有蕾奥尼德这个名字她就转过头来询问……但是毫无结果。可是这位她从老远的地方去寻求的姑娘,今天她却偶然在斐多街附近的一家妓院中和她握了手。这家妓院中有一个女人原是那不勒斯里的旧房客,只因欠了三法郎房租便被梅山赶跑了。那真是天才的充分表现!她只听见妓院老板娘用尖锐的声音叫了一下"蕾奥尼德接客!"她就在这个漂亮的假名字下嗅觉到而且认识到那就是蕾奥尼德姑娘。她立刻报告毕式,毕式就同她一道到妓院来处理这件事。蕾奥尼德是一个胖姑娘,黑而硬的头发垂到了眉毛,脸蛋扁平而萎靡,完全是一副肮脏而下流的样子。初一见,毕式就吃了一惊,但他随后也注意到她有一种特别动人的地方，尤其是十年前她尚未过妓女生活的时候……再说，他很满意她堕落到如此可怕的地步——他向她建议，如果她肯把债权认可书的权利让给他的话，他可以付她一千法郎。她很愚蠢，像孩子般高兴地承认了这笔交易。这以后，他就可以向波维里埃伯爵夫人去逼债了；他所寻找的武器已经到手，而这武器想不到，又出之于这样丑恶与无耻的场所！

"我正等着你，萨加尔先生。我们有事要说一说……你收到了我的信，是么？"

在这个放满了文件的小房间里已经很黑，一盏可怜的灯，以带烟的火光照着这房间；梅山不动，也不说话，静静地坐在那把唯一的椅子上。萨加尔站着，绝不愿意露出他是受了威胁才来到这里的样子；他立刻用一种生硬而带轻视的声音说起若尔当的事情来。

"对不起，我是来替我的一个编辑还一笔账……小若尔当本来是一个可爱的孩子，却被你用勒索的手段，用一种实在令人忿怒的野蛮行动所逼迫。今天早上，你还以同样方法去对付他的妻子，一个对女性稍加尊重的男子是耻于做这样的事的。"

毕式正准备向人进攻，却先受到这样的打击，不免吃了一惊，他慌了阵脚，差点忘了另外一件事，就在这件事上大发脾气。

"若尔当一家子；你是为若尔当一家子而来的……在一件商业行为中，无所谓女性，也无所谓尊重女性的男子。一个人欠了债，这个人就应当还钱，我只知道这个……好几年来就有些可恶的人瞧不起我，其实我在这些年是历尽了辛苦，才一苏一苏地收到了四百法郎！啊，真活见鬼！是的，我要卖他们的家具,明天早上就要叫他们滚到街上去,如果今天晚上收不到这笔钱的话。那里,在我的办公桌上,你看得见那笔账,他还差我三百三十法郎十五生丁。"

萨加尔故意使用一种策略来激怒毕式;他说别人还他的钱已有原来这笔账的四十倍,他买这张借据用的钱肯定不到十法郎。果然,毕式忿怒得喘不过气来了:

"好,就讲这件事吧,你们都会这样说……这笔三百法郎的债之所以达到七百多法郎,还包括了利息是不是?……但这件事于我有什么关系呢?别人不还钱,我控告了他,打官司价钱贵,活该!这是他自己的错。当我用十法郎买一张借据,别人就还我十法郎,这也许是可以了结的。但是我的冒险,我的奔走,我的脑力劳动,是的,我的知识不是白费了?恰好,来一下吧,我们就讲若尔当的事情,你可以问问坐在这里的这位太太。是她在经手这件事!啊!她跑了多少次!活动了多少回!她为这件事上各报馆的楼梯,穿破了鞋子,而各报馆对她像对待一个叫化婆一样把她赶出门外,也从不告诉她若尔当住在哪里。这件事,我们动了好几个月脑筋,我们在那上面有我们的梦想,我们把它当作我们的主要工作之一,就拿每小时半法郎来计算,我们在这件事上所付出的代价已相当可观了!"

他十分激动,愤愤地做了一个手势,指着放满他房间的那些文件说:

"我这里有价值两千万以上的借据,出这些借据的人,各种年纪,各种社会地位,渺小的或伟大的都有……你要不要,我只要一百万就卖给你……你想到过有一种欠债的人,我追他还款竟追了二十五年!为了从他们身上取得可怜的几百法郎,有时甚至于还不到几百法郎,我得忍耐多少年,我要等他们事业成功或者承继了什么财产……还有其他不认识的人,欠债者中绝大多数都是不认识的人,他们就睡在那里,你看看这个角落上那一大堆东西!这是完完全全等于零的,这个,或者还只是一些原料,我要从这些原料中挤出生命来,我的意思是说挤出我自己的生命来,天晓得,我得做多么复杂的研究工作,要给我多少苦闷……那么,当我终于发现了一个人,他有偿付欠债的能力,你想我能不挤尽他的血么?啊!不!那样,你也许会以为我太愚蠢了,你或者也不至于那样愚蠢吧,你!"

萨加尔不愿意多争论而耽误时间,他打开了他的皮夹子。

"我给你两百法郎,请你把若尔当的借据交给我,便算完全清了这笔账。"

毕式忿怒得跳起来。

"两百法郎,绝对不行……要付三百三十法郎十五生丁,我一生丁也不能让。"

萨加尔知道明晃晃地摆出来和摊开的金钱是有一种力量的,所以他用他的没有抑扬顿挫的声音,用他极镇静而有把握的态度说了两次,三次:

"我只给你两百法郎……"

这个犹太人心里明白和解是更理智的,所以结果便同意了,可是他的声音仍然带有怒意,眼睛里也含着眼泪。

"我太好说话。多么亏本的生意呀……这肯定是剥夺我,揩我的油……算了吧!既然到了这步田地,也用不着说别的了,再设法找别的钱吧!是的,到那一大堆东西中,再去搜寻两百法郎吧!"

随后,他开了一张收条,并写了一个纸条给法院的执达吏,因为若尔当的文件都在执达吏那里。这时他站在他办公桌前叹了一口气,他是那么地心绪不宁,几乎就要让萨加尔走掉了,倘若不是梅山提醒他的话;梅山一直到现在都没有动一动和说一句话,只有在这时她才开口:

"喂,那件事呢?"

毕式突然想起来了,他可以施行报复了。但是他事前准备好的一切,他该如何叙述,该如何提出问题,谈话该从何处入手才算得聪明……在他急于说出事实的忙乱心情下,却一下子忘记了。

"那件事,真的……萨加尔先生,我曾经写了信给你。我们现在有一笔老账要共同来清理一下……"

他伸长了手去取出有关席加尔多的卷宗,把它打开在他面前。

"一八五二年你是住在哈尔卜街一家带家具的旅馆里,你签了十二张五十法郎的借据给罗莎丽·沙威夷小姐,她那时才十六岁,一天晚上你在楼梯上强奸了她……这些借据就在这里;你连一张也没有偿付,因为在第一张借据未到期前你就跑掉了,住址也没有留下。最糟糕的是你签的还是假名字'席加尔多',那是你第一个老婆的名字……"

萨加尔脸色十分苍白,听着他说话而且望着他。他突然莫名其妙的一阵激动,过去的一切印象都出现在眼前了。他感到一切都在崩溃,仿佛一把巨大的、看不清楚的铁锤,打在他的头上。他开头就受这惊吓,不知所措,只好吞吞吐吐地说:

"你怎么知道?……你怎么会有这些借据?"

随后他用他颤抖的手，匆匆地又打开他的皮夹子，他只想付钱，以便马上收回这个倒霉的卷宗。

"没有利息吧，是么？……这是六百法郎……啊，关于这件事说来话长，不过我宁可付款，不辩论了。"

他把六张钞票递给毕式。

"等一会吧，"毕式推开了萨加尔的钱大声说，"我还没有说完呢……你看见坐在那里的这位太太便是罗莎丽的表姐；这些借据是属于她的；我无非是替她催问这些债款……这个可怜的罗莎丽被你强奸之后便变得四肢无力不能工作。她遭遇一连串的不幸，这位太太把她接到她家里住，她便死在她的家里，死的时候模样很惨。这位太太如果她愿意，会告诉你这许多事情的。……"

"这些事情真惨！"梅山中止了沉默，用她的尖嗓门强调说。

惊恐万状的萨加尔刚才已经把她忘了，这时才掉头望着她；她像一个泄了一半气的橡皮口袋，在那里缩成一团；她像一只吃人肉的鸟，专在倒了号的股票上做着不清不白的交易；这人一直是使萨加尔见了发愁的。他看见她在这件讨厌的故事中竟然也插了一手。

"可想而知，这个可怜的女人，的确叫人伤脑筋，"他呻吟着说，"但是倘若她死了，我倒真没想到……总之，这里还是只有六百法郎。"

毕式第二次拒绝接受他的钱。

"对不起，还有一件你完全不知道的事，她生了一个小孩……是的，一个小孩，他已经有十四岁了，他的样子像你像得到了你自己也无法否认的程度。"

萨加尔大吃一惊,重复说了几次:

"一个小孩!一个小孩!……"

随后,他突然一下子把那六张钞票放进皮夹。他并且镇定而大胆地说:

"啊!这个,你说,你是不是在同我开玩笑?如果有一个小孩,那我一个苏也不能付你了……孩子应当继承他母亲的财产,所以这六百法郎将来应当属于孩子,将来他还可以要求超过这笔钱的一切东西……有一个孩子,这倒是很好的事,这也是很自然的事,一个人有一个孩子倒不坏。这反而使我很快乐,一句话,他还可以使我更年轻呢!……孩子在什么地方?我想看一看。为什么你不立刻把孩子带来?"

现在倒轮着毕式惊讶了。毕式想起自己长期来一直犹豫不决,想起嘉乐林夫人无限的小心谨慎,竟不把维克多的存在告诉他的父亲。于是他也不能自制了,他开始作最粗暴和最复杂的解释,他把梅山所索要的六千法郎的借款和养育费,嘉乐林夫人预付了两千法郎,维克多的可怕天性以及他进了儿童习艺所等,一古脑儿都说了出来。萨加尔在一旁听见每一个新的细节时都暴跳了一下。怎么,六千法郎!反过来讲,谁说这不是对孩子的剥夺?预支两千法郎!人们竟如此大胆地去敲诈他女朋友中的一位夫人两千法郎呀!这是一种盗窃行为!这就是欺诈取财!这个小东西,上苍明白,他们没有好好养育他,把孩子教养得这么恶劣,现在倒想要他付钱!他们难道把他当成了傻瓜?

"一个苏也不行!"他叫起来,"你听见了么?你休想在我的口袋中弄走一个苏!"

毕式面色惨白,站在桌子面前。

"这件事我们等到将来看吧。我一定要拖你去打官司!"

"你不要说这些傻话。你知道法院是不会管这类事情的……如果你想威胁我的话,这更是异想天开;因为我,我什么都不在乎。甭说一个孩子,我告诉你,这倒使我高兴呢!"

梅山这时正堵着门口,萨加尔不得不把她推倒,迈过她的身子后才出了门。她气喘吁吁,用她像笛一般的嗓门在楼梯上这样骂道:

"流氓!丧良心的!"

"你会得到我们的消息的!"毕式咆哮说,他赶紧把门关上了。

萨加尔非常恼火,他叫车夫直接转回圣拉查尔街。他急于要见一见嘉乐林夫人,他毫无困难地走近了她,立刻责备她不该给他们两千法郎。

"亲爱的朋友,我们永远不应当把钱拿来这样随意地抛撒……为什么你不征求我一下意见就这样做?"

她很诧异他终于知道了这件事,因此一句话也不说。那天她认出的那封信果然是毕式的笔迹;现在,既然别人已替她把秘密和盘托出,她也没有什么要隐瞒的东西了。但是她始终还在迟疑,因为这个男子这样随便地询问她反而使她摸不着头脑。

"我想省得叫你担忧……这个不幸的孩子已堕落到了那种程度……我原打算老早就把一切向你说明白的,如果不是有一种感情……"

"什么感情?……我向你承认我并不了解。"

她并不想解释,更不想道歉;她是那样有勇气生活的一个女子,现在却为忧愁、为对一切都感到厌倦的情感所侵占了。

至于他呢,他还正在继续欢叫,高兴;他真正变年轻了。

"这个可怜的孩子,我向你保证,我很爱他……你把他放在儿童习艺所,稍稍教养他一下,你做得很对。但是我们必须到习艺所去把他接出来,我们要替他请一些教员……明天我就去看他,是的,明天,如果我不是太忙的话……"

第二天要开董事会。两天过去了,一个星期也过去了,萨加尔却找不出一分钟的空余时间。他还常常谈到孩子,可是总是推迟去看孩子的日期。他的生活,有如被上涨了的江水推动着滚滚向前一样。在十二月的初旬,狂热病又有了一次大发作,世界银行的股票牌价已达到二千七百法郎。这种狂热病的发作继续震撼着交易所的空气。最坏的情况是令人不安的消息越来越多。在一种难以忍受和日益增长的令人忧虑的情况中,牌价仍然在猛涨。从这时候,人们已在大声传说世界银行将发生不可避免的灾祸了。只是行情仍然上涨,不断地上涨,仿佛有一种神奇的、强大的、顽固的力量在支持这种上涨,拒绝承认那非常明显的事实。萨加尔则在他胜利的浮夸的幻象中生活,他仿佛围着一个下着黄金雨的光轮,而这些黄金是他使它降落在巴黎的;不过他仍然很敏锐,他已感到地下埋了地雷,并且已裂了缝,时时威胁他要在他的脚底下完全崩坍。因此,虽然每一交割期他依旧胜利,他仍然不能不攻击那些输得已经很厉害的赌空头的人。这些肮脏的犹太人有什么值得如此热中的事呢?他最后不是把他们通通打垮了么?特别使他生气的是他嗅知除了甘德曼外还有其他的卖方,或者还可能是世界银行自己队伍中的人,这一定是一些叛徒,信心动摇,急于获利,竟倒戈站在敌人的阵营里!

有一天,萨加尔在嘉乐林夫人的面前发出了这样的怨言,因此她认为应当向他说话了。

"你知道,我的朋友,我也卖了,我……在行情到了两千七百法郎的时候,我把我们的最后一千股都卖出去了。"

他简直惊呆了,似乎面临着最可怕的背叛行为。

"你已经卖了,你!你!我的上帝!"

她握着他的手,紧紧地捏着,她非常尴尬,只好提醒他说这件事她同她的哥哥在事前告诉过他。她的哥哥现在还在罗马,写给她的一些信说到这种疯狂的上涨时都焦愁得要命;信上说他不了解这种上涨的原因,他认为必须设法予以停止,否则就有一筋斗跌入深渊的危险。昨天她还收到了他的一封信,正式叫她把股票卖掉。于是她就卖了。

"你,你!"萨加尔反复说,"原来是你在打击我,我还处于暗处!我所买进的股票原来是你的!"

照他的习惯,他并不生气。但她对他给她的这种压力,却感觉到格外痛苦。她很想叫他理智一点,叫他放弃这个无情的斗争,因为这个斗争的结果只是一场残杀。

"我的朋友,你听我说吧……你想一想,我们的三千股已经变成七百五十多万了,这难道还不算是一种出乎意料的、不近人情的赚项么?对我说来,这些钱真使我害怕,我不敢相信它会属于我……但是,问题并不仅仅关系到我们个人的利益。你应当想想把财产交在你手里的众人的利益;你拿到这个赌场上去冒险的千百万金钱,是大得可怕的数目。为什么你要维持这种失常的上涨呢?为什么你还要刺激它上涨呢?各方面都有人向我说,最后结果一定要出大乱子,而且绝对不可避免……你也不可能永远使它继续上升,再说,银行的股票行情相等于它的实际价值也算不得是一件耻辱呀!反之,这是银行的信用稳固,是它的成功。"

但是,他凶横地站了起来。

"我要那牌价达到三千……我已经买了,我还要买,除非到死为止……是的,我要死,一切都要和我一道死,如果我不干,如果我不把牌价维持到三千!"

在十二月十五那个交割期以后,牌价上涨到二千八百,二千九百法郎了。到了十二月二十一日那一天,交易所在疯狂的人群的骚动中,宣布牌价到了三千零二十法郎。没有真理,没有逻辑,价值的观念也变了质,而且到了失掉一切真实意义的程度。有人在传说甘德曼已改变了原来的稳健习惯,开始进行可怕的冒险了。好几个月来,他都在维持空头,他的损失一期比一期大,因为每一个交割期行情都在陆续上涨,而且暴跳。有人已经开始说甘德曼可能要垮台呢。所有人的头脑都反常了,人们在等待奇迹的出现。

在这千钧一发的时刻,站在最高峰的萨加尔感觉到大地在震动,他是王,但他有一种不敢承认的坠落的恐惧。当他的车子到达伦敦街,在世界银行的得胜的王宫之前,一个用人急忙跑下来,铺开一张地毯,从衣帽间的台阶起铺到人行道的最边沿。于是萨加尔很愉快地离开车子,他以贵胄的身份进了银行;因为贵胄,人们是不让他的贵步踏在街道的公共石板上的。

十

在这一年年终十二月底交割期的那一天,从正午十二点到十二点半,交易所大厅内充满了人声和手势所造成的不寻常的骚动。几星期以前这种骚动业已开始,而临近斗争的最后日子,更变为一种狂热的混乱;行将展开的决定性的战斗已经在这一片混乱之中发出它的吼声了。交易所外面,天气寒冷非凡;但交易所内,冬天明亮的太阳却以它斜射的光线从高处的玻璃透了进来,把这个光秃秃的大厅的一角照得明亮悦目;这大厅有笔直的柱子,有用灰色油漆画着寓意画的阴暗拱顶;还有沿着各拱形廊檐装置的暖炉,从不断开关的铁栏门吹进来的寒流中,放出温暖的空气。

专赌空头的莫塞比平常更感焦虑,也显得更加黄瘦了,他正在攻击赌多头的皮勒罗尔,此人这时正以他鹭鸟似的长腿傲然地站在那里。

"你可知道人家说?……"

他不得不提高声音使对方能够听清楚他的话,因为这时大厅内谈话的声音越来越大,那是一种单调的、有规则的滚动声音,仿佛是溢出来的流水在咆哮,流个不停。

"据说,我们四月间就要打仗了……再说,有了这些可怕的武器,最终要不发生战争也是不可能的。德国不愿意让我们有时间实行国会将通过的军事制度……再说,俾斯麦……"

皮勒罗尔放声大笑。

"你不要跟我噜苏了,你和你的俾斯麦……,我跟你说,今年夏天当俾斯麦来的时候,我同他谈过五分钟的话。他真是一个好小伙子的态度……在博览会取得那样大的成功后,如果你还不满意的话,你还想什么呢?喂,我的亲爱的,整个欧洲已经属于我们了。"

莫塞失望地摇头。虽然他说话时第一秒钟都要被人群的拥挤所打断,但他仍然继续说出他的恐惧。市场情况太繁荣了,是一种毫无价值的资金膨胀的繁荣,这比起使人发胖的害人脂肪来也好不了多少。由于博览会的关系扩展了太多的商业,人们过于自我陶醉,其结果只是一种纯粹的疯狂赌博罢了。比方说,世界银行已涨到三千零三十法郎,难道这还不是发疯吗?

"啊,你正说对了!"皮勒罗尔喊起来。

随后,他更凑近莫塞,加强每一个字音说:

"今天晚上还会涨到三千零六十……你们这般人全会跌筋斗的,这是我告诉你的话。"

这位赌空头的莫塞也非常敏感,他吹了一个满不在乎的口哨。他向空中张望,令人看出他的灵魂的安静也是假的。他在那里站了一会,以便考查站在高处的那几个女人的脑袋;她们斜靠在电报局廊子上,惊异地望着她们进不去的场内的情景。很多铜牌上写着各城市的名字,那些雕花廊檐和柱顶看上去似乎是一排灰色的景物,只是雨水把它染黄了。

"哦,原来是你!"莫塞低下头来的时候,正看见萨尔蒙站在对面,用他始终如一的、含意很深的笑容向他微笑,于是他又这样说了。

随后他又感到有些不安,因为萨尔蒙的微笑,仿佛是同意皮勒罗尔的见解一样,于是他又说:

"到底,如果你知道一些消息,告诉我吧。……我么,我的推论很简单。我是同甘德曼站在一道的,因为甘德曼到底是甘德曼,你说是不是呢?……同他一道,结果总是好的。"

"但是,"皮勒罗尔冷笑说,"谁告诉你甘德曼是站在空头一面呢?"

这一下,莫塞把他惊愕的眼睛张得圆圆的了。好久以来交易所都在传说甘德曼在侦察萨加尔,说他出钱维持空头来进攻世界银行,以便几个月后当机会到来,他的以百万计的金钱能在市场上占绝对优势时,再突然一击把世界银行搞垮。这一天的情况之所以如此热烈,是因为大家都相信,而且一再地说这一天就会发生战斗,发生一场无情的战斗;战斗的结果,两军之一必然会被打倒在地而且被粉碎。但是,在这个满是说谎和狡诈的世界中,这是否是一件确实可靠的事呢?最可靠的事情,即使是事前已经宣布过的事情,还每每因为稍稍一丝风息,就会使它变成令人不安的怀疑对象呢!

"很明显的事你也否认?唉?"莫塞叹息说,"当然,我没有看见他的委托书,什么也不能肯定……喂!萨尔蒙,你的意见如何?甘德曼不会放手的,见鬼!"

瞧着萨尔蒙不出声的微笑,他真不知道他该相信哪一面好。萨尔蒙在微笑时仿佛变瘦了,变得又瘦又长。

"啊!"莫塞又说,一面用下巴示意指着刚才从面前经过的一个胖人。"如果这个人愿意说话,我就不会为难了。他是看得准的。"

这是著名的阿马鸠,他始终靠塞尔西矿那件事的成功生活。当时他用愚蠢的顽固态度,以十五法郎一股买了一些股票,可是他后来卖出去竟赚了一千五百万法郎;他事前完全没有预料,也没有计算,纯粹是出于偶然。但人们却说他有伟大的金融才能而尊敬他。有一批真正逢迎他的人跟在他屁股后面,企图猎取到他最短的一句话,以便根据他话中可能暗示的方向进行赌博。

"啊,"皮勒罗尔叫了起来,他是完全依据他那种冒失鬼最喜爱的理论行事的。他的理论是,随心所欲全靠运气……"一切全凭运气。就看一个人有运气还是没有运气。在这种时候,怎么样?用不着考虑。我呢,我每一次考虑的时候,我几乎就不敢动了……喂,我每次看见这位先生依然健在,依然保持他的地位,依然带着要把一切都吃掉的快活风度的时候,我就要买进。"

萨加尔刚才来到他经常待的地方,面对着左廊第一道拱形门的那条柱子。皮勒罗尔说话时用手指的就是他。萨加尔像一切重要的银行头子一样,是据有一个众人所熟悉的位置的;因为这样的位置,在交易所开场的日子,他的顾客和职员容易找到他。只有甘德曼才故意不肯涉足于交易所的大厅,他甚至没有派过一个正式的代表到场,但是人们却感觉到场内有他的一支军队。他以缺席的、最高主宰的身份统治着这场所,执行他命令的有无数的跑街和经纪人;此外还有许多崇拜他的人,其数目之多,到了所有在场内的人或许都可能是甘德曼的部队。萨加尔呢,他是以个人身份暴露在前线和这支不可捉摸的、到处活动的军队作战!在他的背后,石柱旁边有一条板凳,但他是从来不肯坐的;在进行交易的两小时内他一直站着,仿佛不屑于表示疲倦。有时,在不太紧张的时刻,他

365

只是稍稍把胳膊肘在石柱上靠一下。在石柱的一人高的地方,由于随时受到磨擦,已变得又黑又亮。这个大建筑物裸露在外的褪了色的各个地方,甚至于有一种很细微的特点,就是到处都有一长条发光的污垢;无论是大门、墙壁、楼梯、大厅以及它的支架横梁,都带有一些不洁之物,那是一代一代的赌徒和强盗所流的汗水积累起来的。萨加尔和所有交易所的行家一样,很漂亮也很讲究,他穿的是细呢作的外衣和精致的内衣;他在这堵黑色围墙的中间,有一种无所事事的人那种可爱而安闲的态度。

"你知道,"莫塞压抑着自己的声音说,"有人讲他在大量的买进,以便维持世界银行股票的高价。如果世界银行赌自己的股票,它一定要失败的。"

但是皮勒罗尔却反驳了:

"又是谣言……难道你能够说得准谁在卖和谁在买么?……他在那里是替他银行的顾客买,这是很自然的。有时他也为自己的私人名下买,因为他是应当赌的。"

莫塞并不多说。在交易所中,还没有人敢肯定萨加尔所进行的可怕的战斗;他是在替公司的名下买进,不过是以假账户来作掩护罢了,这些假账户包括萨巴达尼、让图鲁,还有其他,特别是听他指挥的职员。只是社会上流行了一种传说,彼此交头接耳地在谈论它,有人否认,也有人承认,虽然大家都没有可靠的证据。起初,萨加尔无非是在稳健地维持股票的行情,只要可能时,他就把买进来的再卖了出去以免冻结资金,以免保险柜中堆满了股票。但是现在,他被迫非斗争不可了。这一天,他已经预料到,如果他想争取到战场上的主动地位,就必须大量地买进。他的委托书已经下达,他装作一如平时那般带微笑的镇静,尽管他越来越走上他自知危险得可怕的道路。他对于最后的结果并没有把握,而且内心也感到极度的不安。

莫塞跑到出名的阿马鸠后面去窥伺了一番,又同一个矮小的、态度阴险的人大谈了一会;他回来时很兴奋,结结巴巴地说:

"我听见他说了,我亲耳听见……他说,甘德曼委托人卖出的数字超过一千万……啊!我也要卖了,我也要卖了,一直卖到我的衬衣!"

"一千万,滚你的蛋!"皮勒罗尔喃喃地说,声音已经有些变态,"这真是一场白刃战了!"

场内像车轮转动似的喧嚣越来越多,许多个别的谈话增加了这种喧嚣;这些喧嚣的唯一主题是甘德曼和萨加尔的凶猛的决斗。说话的内容是听不清楚的,但可以从声音上去辨别这些话语。嚷得特别响的不外乎是这两种人:一种是镇静的,以逻辑为根据的固执的卖方;另一种是出于热情的狂想始终要买进的买方。相互矛盾的消息在场内流行,起初还是悄悄地传说,随后竟变为喇叭似的巨响了。这一面的人,一开口就是喊叫,以便在喧嚣中别人也能听见他们的说话;另一面的人,充满了神秘的意味,总是互相咬着耳朵说话,即使他们本来无话可说,也要轻轻地讲几句。

"我始终坚持我的看涨的意见,"重新坚定了立场的皮勒罗尔说,"今天的太阳那么好,一切还会上涨的。"

"一切都要崩溃的,"莫塞以一种抱怨的顽固态度说,"不久就会下雨了,大转变就在今天晚上。"

听见他们两方面说话的萨尔蒙的微笑是那么尖刻,他们俩都感到失望,任何把握都没有。这个如此深思熟虑、如此谨慎、如此精明能干的鬼家伙,难道发现了第三种方式的赌么?也不赌多头也不赌空头么?

靠在柱子旁边的萨加尔看见他的顾客已把他团团围住,给他捧场的人越来越多。他们都不断地向他伸手,而他也一一地握了这些手,态度愉快轻松;他在捏着每一个人的指头时,都仿佛在给对方一个胜利的诺言。有的人跑来,交换了一个字,便很满意地走了。还有很多人较为顽固,不肯离弃他,觉得做了他的群众是一种光荣。他时时表现得很亲切,但他并不记得和他说话的人的名字,因此,还得沙夫上尉替他介绍,他才能认出莫让特来。这位上尉重新和他的妹夫和好以后,曾催促他卖出,但经理和他一握手便足以燃烧起他的无限希望。随后是大丝商塞第尔来了,他想和萨加尔商谈一分钟。他的商号已发生了危险,他的命运和世界银行的命运已联系在一道,而且联系到了这种程度,即世界银行稍一下跌对他便是一种崩溃。他很忧虑,他为苦难所折磨,他的儿子在马佐的商行中无甚成就也使他苦恼,他感到需要人安他的心,鼓起他的勇气。萨加尔只拍了他一下肩头,就把他打发走了,走时充满了信心和热力。随后来的简直是一群人了:银行家戈尔,他老早就把股票卖出,但他还来碰碰运气;博安侯爵,以一种达官贵人的谦逊态度,装作他之所以到交易所仅仅是因为好奇和无事可做;雨赫也来了,他是始终不会生气的,他太能随机应变,可以做人的朋友做到在对方完蛋的日子,他是来看看有没有什么可捡的东西。但是德格勒蒙一出现,大家都躲开了。他是极其强大的,人家注意到他以一种同志间的信任来开玩笑的态度,注意到他的和蔼。赌多头的人,见他一来,脸上发出了光彩,因为他有机灵人的声誉,对于任何事业只要稍有一点倒坍的危险时他就会首先脱身的。那么,他既来,世界银行肯定还没有动摇。随后还有一些别的人走来走去,这些人只简单地和萨加尔交换一下目光;这些都是他的人,负责下委托书的职员;他们有时也替自己的名下买进,他们都沉陷在赌的狂热中,这种狂热的流行病大量地毁灭了伦敦街的人员;他们时时在侦察,耳朵靠近锁孔,猎取情报。萨巴达尼便是这样,他以混合了东方人血液的意大利人的温和风度在那里走了两次,甚至还装作没有看见他老板的样子。隔几步远的地方是一动也不动的让图鲁,他背朝外,似乎在专心一意地读那贴在铁丝栏内外国交易所的电报。两脚从不停歇的跑街马西亚,他推着人群,点点头,无疑地是表示在回答一个问题,即是说,接受迅速指定的任务。表示交易所开场时间即将到来的是,没完没了的踏步和人群所形成的来与去的两条流动线。他们像高潮似的,以其巨大的波动和声响充满了大厅。

人们在等待开盘的行情。

马佐和甲各彼走出经纪人的办公室,进场来了;他们肩并肩地走着,是一种正直的同行友爱的态度。他们知道在最近几星期以来所展开的无情斗争中,彼此已处于敌对地位,而这场斗争的结果必然是他们中间的一个破产。马佐长得矮小,带着他美男子的瘦削身材,有一种愉快的朝气;从这种朝气中证明他过去一直到现在还是很幸运;由于有这种幸运,所以他能以三十二岁的年华就继承了他的一个叔父的商行。至于甲各彼,从前本是一个襄理,因做得很久,顾客们都委托他买卖而成了一个经纪人。他有一个大肚子,因年纪到了六十岁,所以走路笨重,是一个头发灰白而秃顶的乐天的大孩子,他的头上长着一张善于享乐的大宽脸。这两位经纪人,各人手上都拿着一本笔记本。他们还在谈论好天气,仿佛满不在乎这些纸上所写的以百万计的金钱;这些金钱是他们要拿到交易所这个杀人的战场上,像两军阵营的炮火一样,用来互相交换的。

"唔?天气冷得真厉害!"

"啊!你想想看,我还是走路来的呢!这情景真动人!"

这时候交易所场内,即是说那大厅中宽大的圆形盆地①内还没有发现废纸,还没有人家抛掷的标签。他们俩到了场前停了一会,扶着那红绒绕着的栏杆,继续讲着那些庸俗的、没有个完的事情,只是他们同时都在用眼角斜视着周围的一切罢了。

有四个廊道,形成一个大十字形,入口处都以铁栏为界,好像一颗以交易场为圆心的四角星;这一带是禁止群众进去的圣地。在每角之间,靠前一点,每边有一个小厢房,现货交易处的伙计们就在里面,有三个牌价记录员坐在高椅子上俯瞰一切,面前摆着他们巨大的登记簿。至于另一面的那一间更小的厢房,是完全敞开的;人家把它叫作"六弦琴",无疑是因为它的形状像六弦琴的原故;这地方是专为职员、投机家与经纪人直接接触使用的。在另外两侧所形成的三角地带内的后面,就是法国年金证券的交易市场。场内人山人海。在这里和在现货交易处一样,每一个经纪人都派了一个特别的伙计代表自己出场,这类伙计手里都拿了一本活页笔记本。因

---

① 交易所中,真正进行交易的地方是在大厅中特别划出来的一块宽大的圆形盆地。盆地四周,以红绒绕着的栏杆为界。界内即称为场内,非经纪人不能在场内活动。

为在场周围的经纪人只管期货的市场,他们整个身心都集中在交易所疯狂的大赌博上。

但是,当马佐看见左廊道他的襄理伯尔蒂埃向他示意时,他就跑过去和他悄悄地交谈了几句话;一般襄理只能站在廊道上,和那值得尊敬的红绒栏杆保持一定的距离,因为这栏杆是世俗人不能接触的。每天马佐来到交易所,都是同伯尔蒂埃和其他两个伙计一道。这两个伙计一个是管现货市场的,另一个是管年金市场的,有时经纪人的结账员也同他们一道来;此外自然还有一个管电报的职员,而这位管电报的职员则永远是佛罗里,他的面貌已越来越被他浓厚的胡子遮蔽了,只有他那双温柔的眼睛还露在外面。佛罗里自从在萨多瓦事件的第二天赚了一万法郎以后,便由于许许小姐的需索而变为疯狂的赌徒了,许许已成了有癖好和能够吞噬一切的女人。于是他疯狂地赌博,绝不作其他的任何打算。他只是以盲目的信仰追随着萨加尔所赌的那一方。他所接触的那些委托书,从他手中所经过的那些电报,已足够成为指引他的路线了。电报台设在一层楼上,他这时正从那里跑下来,手里拿着许多电报。他不得不叫一个值班员去叫马佐;马佐离开了伯尔蒂埃跑到六弦琴这里来。

"先生,今天就应当把它拆开分好类么?"

"当然,如果总是这样大批地来……这些都是什么样的电报?"

"都是世界银行那面来的,差不多完全是一些买进的委托书。"

经纪人用一只很熟练的手翻了一下电报,显然很满意。他同萨加尔配合得很紧密,很久以来巨额的款项他都采取暂时记账的方式而不强迫萨加尔缴纳现款；就是今天早上，萨加尔还给了他许多封大批买进的委托书。他其实已成为名义上的世界银行的代理人了。直到现在还没什么明显叫人忧虑的地方；而且在这样高的牌价下群众还如此地崇拜，还这样顽固地要买进，更使他格外放心。电报中有一个人的名字使他惊了一下，那就是法犹，这位旺多姆的年金经管员，已成了一大群小买主的代表；这些小买主中有小地主，有该省的女修道士和传教士；不到一星期，他总是代表他们把电报一封接一封地拍来。

"你把这些都交到现货交易处去。"马佐向佛罗里说，"你用不着等人家把电报给你拿下来吧，是么？你就待在上面，你自己去取电报。"

佛罗里跑去靠在现货交易处的栏杆上大声喊道：

"马佐！马佐！"

跑过来的是古司达·塞第尔，因为在交易所中，职员们本人的名字都不使用，大家都使用他们所代表的商行老板的名字。佛罗里也一样，他也叫作马佐。古司达离开经纪商行的两年之后，现在又回来了，目的是使他父亲愿意替他还债。因为这一天，大伙计不在，所以由他来主持现货交易处，这使他感到很有趣。佛罗里贴着他的耳朵说了一句话，他们两人便同意到最后一个牌价出现时才替法犹正式买进，而在这中间则利用法犹的委托书替自己赌一回；他们经常使用假账户的名义买进，然后又卖出，抽取其中的差额，因为在他们看来，上涨是肯定无疑的。

这时，马佐走向交易场来了。但是，他每走一步，总有一个值班员替那些不能进场的顾客递一张签条给他，签条上是以铅笔临时草成的委托书。每一个经纪人都有他特别的签条,其纸张都有一种特别的颜色,红的、黄的、蓝的、绿的……无非使人容易识别罢了。马佐的签条是绿色的,那是一种表示希望的颜色。那些值班员不断地来回走动,他们从廊道尽头的那些职员和投机家的手中去把这类签条取来,使马佐的手中的绿色小纸条继续增加;那些职员和投机家为了争取时间,每个人都准备了许多这样的签条。及至他重新在红绒栏杆前停下来,他又看见甲各彼在那里。甲各彼也和他一样,手里捏了一把签条,数量也在不断地增涨中。甲各彼的签条是红色,是一种鲜血淋淋的鲜红色,无疑地,这些都是甘德曼及其信徒的委托书,因为任何人都知道,在这场有准备的大屠杀之中,甲各彼是赌空头的经纪人,是犹太银行高级事务的主要代理人。他现在正同另外一个经纪人谈话,那人名叫德拉罗克,是他的妻舅,是一个讨了犹太女人做老婆的基督教徒,他矮而胖,皮肤褐色,头顶秃得厉害,时常出入于各个俱乐部,因经常接受德格勒蒙的委托书而出名。德格勒蒙不久以前才和甲各彼闹翻,一如从前也和马佐闹翻过一样。德拉罗克讲了一个故事,一个有关女人的肮脏故事,说她回到她丈夫那里时连衬衫都没有穿……这故事使甲各彼一眨一眨的眼睛发了亮光。德拉罗克这时还用一种故意做作的姿势捏着他夹满一大叠签条的笔记本;他的签条是蓝色,是四月里柔和的天蓝色。

"马西亚先生找你。"一个值班员向马佐说。

马佐异常灵敏地回到廊道的尽头。完全受世界银行津贴的马西亚把场外交易的情况告诉了他。这种场外交易,虽然是在严寒天气,仍在回廊中相当活跃。有些投机家仍然不顾一切在那里活动,只是有时进大厅来暖和暖和罢了。那些交易所的职员,都穿着厚外套,皮领拉得高高的,他们极有精神,照例他们总是在大钟下面围成一个小圈子,兴高采烈地叫得那么厉害,他们连冷都觉不到了。小拿丹松是最积极的分子之一。他本来是从动产信托部辞了职出来的一个小职员,但有一天他突然有意租一个房间开铺子,他的运气好,快变成一个大老板了。

马西亚急迫地说,在赌空头的人把大批的股票拿来压迫市场的情况下,行情有下跌的趋势。萨加尔于是出了一个主意,即在场外活动一下以便影响场内开盘的牌价。昨天世界银行收盘时为三千零三十法郎。他已经叫人下委托书给拿丹松要他买一百股;另外一个交易所的职员愿意以三千零三十五法郎价钱卖出。这就是上涨了五法郎。

"好的! 行情还会回到我们这里来的。"马佐说。

所有经纪人都在那里,一个不少;马佐也回到经纪人队伍中去了。他们一共有六十个人在场①。他们一面等着决定牌价的铃声,但一面却违反规则,以平均牌价来结算他们的交易。在预先规定的牌价上所下的委托书是不会影响市场的,既然它要等到这个牌价出现才有效。只有那种"绝对委托书"往往可以使各种牌价摇摆不定,因为绝对委托书,就是委托人绝对信任经纪人的敏感让他自由行事的。一个能干的经纪人要精明,要有科学的预见,要有敏捷的头脑和活跃的精力,因为速战速决往往可以保证成功。至于必须同高级银行有良好的关系,必须差不多能够得到各处的情报,必须比别人更早一着获得法国以及外国各地的电报,必须有一副好嗓子,

---

① 巴黎交易所条例,经纪人只限六十人能够入场。

以便大声喊叫,这一切更不必说了。

下午一点了,在人头形成的巨浪上,有一排钟声掠空而过。钟声最后一响的余音未了时,甲各彼把两手扶在红绒栏杆上发出了一阵狮子般的吼声,也就是他们队伍中最猛烈的一阵声音:

"我有世界银行……我有世界银行……"

他并没有定出价格,他在等买方。那六十个经纪人彼此挤得更紧了,形成了一个围绕交易场的圆圈。在场中已经有人抛掷了一些签条,使那地方带上了一些颜色鲜明的斑渍。他们面对面地互相盯着。在交易开始时,他们像进行决斗的人一样互相揣摸,急于看见出现第一笔交易的牌价。

"我有世界银行!"甲各彼用他那隆隆的低音重复说,"我有世界银行!"

"什么价钱,世界银行?"马佐问,他的声音虽然小,但尖锐得压倒了他的同行的声音。这情况有如在大提琴的伴奏下,笛声还特别叫人听得出来一样。

德拉罗克提议昨天的牌价:

"三千零三十,我买世界银行。"

但是另外一个经纪人立刻抬高了价钱:

"三千零三十五,我买世界银行!"

三千零三十五原是场外的牌价,现在场内也是同样的价钱了;这使德拉罗克的投机归于失败了:因为他本来以三千零三十在场内买进,而匆促地以三千零三十五在场外卖出,这样赚五法郎。马佐这时认为萨加尔肯定会赞成他的办法,于是决定说:

375

"三千零四十我也要……照三千零四十请你把世界银行送①来吧!"

"送多少?"甲各彼不得不这样问了。

"三百股!"

两个人都在笔记本上记下了一行字,交易就成功了;开盘牌价就肯定下来了:比昨天的牌价上涨了十法郎。马佐离开了一下,跑去把这个数字告诉世界银行股票的牌价登记员。于是在这二十分钟之内,真像放了水的水闸,其他证券的开盘牌价都一一肯定下来了。经纪人所带来的那一大捆证券全都有了牌价,与前并没怎么大的变化。但是坐得高高的牌价登记员就很难登记上经纪人和伙计报给他们的新牌价,原因是场内和现货交易处——这时那里也正在热烈的活动——的喧哗包围了他们。在后面,年金证券交易处也同样狂热。自从交易开盘以后,除了人群像大水般的继续不断的吼声以外,买卖双方的不协调的叫声现在也多起来了;这真是一种具有特色的狐狸叫声,时而高,时而低,时而又停止一会,音调极不整齐而且断断续续,一如海上起风暴时那种抢食鸟的呼叫一样。

站在石柱旁边的萨加尔微笑了。捧他的人也越来越多,世界银行又上涨了十法郎的事使全交易所都极为惊动,因为人们好久以来都猜测世界银行在交割期的一天会崩溃下来的。雨赫带着塞第尔和戈尔走近来了,雨赫假装高声表示歉意,说他不该过于谨慎在牌价才到二千五的时候就卖了他的股票;至于德格勒蒙,以一种无私的态度,手腕上挎着博安侯

---

① "送"是巴黎交易所中的行话。实际上并不是"送"货,而是说妥。有点"你决定卖出,我决定买进"的意思。

爵,很愉快地向萨加尔述说在秋季赛马中,他的马全吃了败仗。特别是莫让特,他得意极了,他占了沙夫上尉的上风;可是上尉则仍然固执地坚持着他的悲观主义,说一切该等到最后再看。好夸口的皮勒罗尔和忧郁的莫塞之间也产生了同样的一幕:一个是因这种疯狂的上涨而容光焕发;一个则捏紧拳头说这种顽固的上涨是愚蠢,有如一头发了疯的野兽,结果只有被打倒完事。

一点钟过去了,牌价始终差不多,场内还继续在战斗,但已经不太热烈了;因为经纪人不断得到新的委托书和其他电报。每每有这种现象,交易进行到了半途时,总要发生一种停滞状态,甚至于有一种彼此协调的暂时平静,以等待收盘时的决定性战斗。只是人们依然时时能听见甲各彼狮子般的吼声,而这吼声每每为马佐的尖锐声调所打断。他们两人彼此正在赌限价交易①。"我有世界银行,三千零四十,限十五法郎……三千零四十,我买世界银行,限十法郎……要多少?……二十五股……送来吧!"这大约是马佐接受了法犹的委托书,在替他买进;因为很多省区的赌徒,为了限制自己赌输的款项,不敢赌不限价的交易,所以无论买卖总是限价的。随后,突然传来一种流言,杂乱的声音起来了:世界银行跌了五法郎。这一来,场内甚至立即跌了十法郎,十五法郎,直到它的牌价成为三千零二十五法郎。

恰巧在这时候,刚才离开不久的让图鲁又出现了,他贴着耳朵告诉萨加尔说桑多尔夫男爵夫人来了,在布龙尼亚街,坐

---

① 交易所中的所谓"限价交易",即如买方买进时为三千,纵使将来跌到二千,他也只承认跌十法郎或十五法郎,其数目由自己规定,上面加一"限"字,同样卖方也可以限价。

在她的马车内,托他来问萨加尔,她应不应当把世界银行卖掉。在行情正趋下跌的时刻,突然来这样一个问题,真使萨加尔大为生气。他望见那个车夫高高地坐在他的位子上一动也不动,男爵夫人把马车的玻璃门关起来,随随便便地在那里查考她的笔记本。萨加尔于是向让图鲁说:

"叫她别来烦我!如果她要卖的话,我会把她勒死!"

马西亚听见跌了十五法郎的消息,犹如听到什么警报一样,觉得他有必要跑过来看一看。实际上,萨加尔对于抬高收盘的牌价有一个突击的办法,他认为里昂交易所那面一定会拍来一封电报,而那面的行情一定是上涨的。可是这时他看见电报老没有来,开始有些着急了。这个出乎意料的十五法郎的下跌是可以招致大乱的。

马西亚很灵巧,没有在他的面前停下,只用臂肘碰了他一下,一面伸长耳朵就接受了他的委托。

"快点,叫拿丹松买四百股或五百股,看需要而定。"

这件委托作得那么快,只有皮勒罗尔和莫塞两人看见。他们马上跑来追马西亚,希望知道这委托的真相。马西亚自从受世界银行的津贴以来,已有相当的重要性。他们想叫他把一切话都说出来,想从他的态度上侦察出他所接受的委托内容是买或者是卖。可是他,现在已赚到不少钱。过去他的命运残酷地把他折磨成一个不幸的人,现在却能以一个倒霉人带微笑的善良态度声明说交易所内狗般的生活并不难堪;而且他在交易所中也再不说"要成功除非是犹太人"这类的话了。

场外,廊檐下,下午三点钟的暗淡太阳也晒不热的结冰气流中,世界银行的跌势比场内慢一点。拿丹松得到他的跑街的通知后,赶快跑来做德拉罗克在开盘时所没有成功的投机买卖了;即在场内以三千零二十五买进,拿到场外以三千零三十五卖出。还不到三分钟的时间,他赚了六万法郎。场内的买风又起了;由于两个市场——正规的市场和非正规的市场——互相影响因而产生了均衡的牌价,世界银行又上升到了三千零三十法郎。伙计们从场内奔跑到场外,从混乱的人群中挤出去。可是场外的行情下降了。正在这时候,马西亚送给拿丹松的委托书却又把它支持到了三千零三十五,甚至于抬高到三千零四十。反之,场内的牌价又回复到了开盘时的牌价。可是,这牌价仍然难以维持,因为甲各彼以及其他代表一些赌空头者的经纪人的战略,显然是准备在交易所收盘时大量卖出,以便在最后混乱的半点钟之内压倒市场,造成崩溃的局势。萨加尔是非常了解这种危险的,他极其适当地暗示了萨巴达尼;此人这时在离他几步远的地方抽烟,他神态冷漠,由于和女人厮混而显得无精打采。他立刻像蛇一般地溜到六弦琴里去了。他竖起耳朵侦探,时时留心新的牌价,不断地在绿色签条上下着委托送给马佐,这种绿色签条是他随时带在身上的。不过,虽有这一切努力,而敌方的进攻仍然是那么凶猛,世界银行重新跌了五法郎。

两点过三刻了,距离交易所收盘时只有一刻钟了。这时,群众在旋转,在喊叫,仿佛受了地狱苦刑的鞭打一样。场内有如犬吠狼嗥的声音,还加上像打破了大锅的碎裂声,就在这时候,发生了萨加尔一直在焦虑地等待着的那件事。

小佛罗里从一开始就不断地在送电报下来;每十分钟他总是来一次,手中全是电报。这时候他又出现了,这一次他冲破人群念了一封他觉得十分满意的电报。

"马佐！马佐！"有一个声音在叫。

佛罗里很自然地回过头来，一如他在回答别人叫了他自己的名字一样。原来是让图鲁想知道那电报的内容。但是这位小伙计却推开了他，因为他太忙了，他满心欢喜的是他想到世界银行最后终于上涨了。因为电报上说里昂交易所的牌价已经提高了，那里买进的人那么多，竟影响到巴黎的交易所。实际上，别方面的电报也到了，许多经纪人都得到了买进的委托书。这件事的效果是迅速而且巨大的。

"三千零四十，我买世界银行！"马佐像生了气的鹧鸪连声说。

德拉罗克由于市场的需求这样急而不能自持，又抬高了五法郎的价格。

"三千零四十五，我要……"

"我有，三千零四十五，"甲各彼咆哮起来，"我卖两百股，三千零四十五。"

"送来吧！"

于是马佐更抬高了价钱。

"三千零五十我也要。"

"你要多少？"

"五百股，……你送来吧！"

在一阵疯狂的举动中，可怕的喧哗竟到了这种程度，经纪人互相之间的说话都听不见了。他们完全堕入激励他们的那种职业上的狂热之中，他们继续指手画脚；因为这方面的令人耳聋的低调早已无能为力，那方面的像笛子似的尖声更是微弱得等于零了。人们看见他们张开了大口，但听不见有丝毫明晰的声音从嘴里出来，现在只能用手来说话了：手掌由内转向外,意思就是抛出;由外转向内,意思就是买进;指头跷起来就是比数量;头动一下,便足以表示同意或不同意。这仿佛是一种使人群大为惊讶的毫无理性的行动,非圈内的人简直莫名其妙。在高处,电报台上,妇女们偏着脑袋,在这种不寻常的景象面前,她们现出又惊异、又恐怖的样子。在年金交易处,简直可以说是一种斗殴,一种总出击,甚至是要动起拳头来的样子。至于穿过大厅这一面来去的两条人流,时时使那麇集的人群变动自己的位置;这些人群不断地分散,又不断地集拢,有如船身前进中的激浪一样,不断消失,不断产生。在现货交易处与期货交易处之间,在人头浮动的浪潮之上,只有那三个牌价记录员还依然坐在他们的高椅子上。他们像沉船后漂浮在水上的残余物,那几本登记簿成了几片白色的痕迹。由于人们向他们报告的牌价的迅速变动,使他们不得不时而掉向左边,时而又掉向右边。特别是在现货交易处那一厢房内,拥挤到了极点,甚至于看不到面孔,只能看到密集的人头黑森森地在那里蠕蠕浮动,只有那凌空摇动着的笔记本上的一些小金字才使这些头发有点光亮。在期货交易处的场内,这时已充满了那些揉皱了的签条,于是形成了一种五颜六色的花彩。场地的四周,有灰色的头发,有发亮的脑盖,有因吃惊而惨白的面孔,有发疯似地伸长着的手,有乱蹦乱跳的身子,如果没有那些栏杆把他们拦着,他们仿佛就会跑出来互相吞噬一样。这最后几分钟的慌乱传染了所有的人,在大厅中人们互相挤轧,简直是一种大践踏,是被人放在一个太窄小的过道中的牛羊群的混乱状况。所有的外套都因拥挤而看不见了,这时,只有那些缎帽在玻璃窗透进来的暗淡光线下发出亮光。

突然,透过这种混乱传来一连串的钟声。场内安静下来了,在现货交易处,在年金证券交易处,在场内……手势也停止了,声音也听不见了。只剩下群众的微弱的叹息,仿佛一股洪流在流到尽头转为漩涡后连绵不断的淙淙之声。在那不断的骚动之中,收盘的牌价全都挂出来了。世界银行竟涨到三千零六十法郎,比起昨天收盘的牌价还提高了三十法郎。赌空头的失败是肯定无疑了,对他们说来,这一个交割期可以说是再一次的不幸,因为这一个交割期应付的差额,数额相当巨大!

萨加尔在离开交易所的大厅之前,伸直了腰观望了一会,仿佛要一目览尽他周围的人群。这样的胜利保举了他,他的确变得巨大了;他本来是一个矮小的人,现在他长大了,长高了,变成巨人了。他仿佛要在这些人头之中找到甘德曼,而甘德曼呢,实际并不在场,他要看一看甘德曼被打倒时的样子,看看他那怪模怪样的表情以及他求饶的模样。他至少认为那些他不认识的犹太人,整个下流而好战的犹太族,现在看见他了,看见他在胜利的荣光中变了形象的情况。这是他最伟大的一天,将来人们都要谈论这一天的,一如人们现在还要谈论奥斯特利茨和马朗哥①的战役一样。他的顾客,他的朋友通通跑过来了。博安侯爵,塞第尔,戈尔,雨赫都跑来握着他的两只手。至于德格勒蒙则带着他交际场中的和蔼和虚伪的微笑也来祝贺他,其实他明知道交易所中这样的胜利就是走向死亡的表现。莫让特看见沙夫上尉仍然在那里耸肩,不免有

---

① 奥斯特利茨原属奥国,现属捷克,拿破仑曾于一八〇五年大败俄奥联军于此;马朗哥为意大利之一村镇,一八〇〇年拿破仑曾大败奥军于此。

些动怒,因此故意跑过来抱着萨加尔,吻他的两颊。但是,最为虔诚,佩服得五体投地的,要算是德若瓦了。他从报馆跑来,以便立刻知道收盘时的牌价;他站在几步以外一动也不动,像是被兴奋与钦佩钉住了一样,眼里因为含了眼泪而发光!让图鲁不见了,一定是跑到桑多尔夫男爵夫人那里去报告消息去了。马西亚和萨巴达尼喘着气,然而仍是容光焕发,一如处在一个大战役中的胜利之夜一样。

"喂,你看我说的话如何?"满心欢喜的皮勒罗尔叫起来。

莫塞伸长了鼻子,噜苏了一些听不清楚的带有威胁性的话:

"是的,是的,到了深沟的尽头总要摔跤的。……墨西哥的地图恐怕还要花很多钱才买得过来①。……自从芒达那事件②后,罗马问题更不容易解决了。德国在这四天之内总有一天会突然袭击法国……是的,是的,这些笨家伙还在那里上升,上升,仿佛准备好从更高的地方摔下来一样。啊,你将来再看吧,他们都会失败的。"

因为萨尔蒙这一次始终保持严肃的态度望着他,所以他随后又说:

"这是你的意见,是不是?一切事情进行得很好的时候,也就是它在发生动摇的时候……"

---

① 因墨西哥新政府不肯偿还旧政府欠法国之七千五百万法郎,法国于一八六三年出兵占领墨西哥首都,立奥国马克西米连大公为帝;但一八六七年墨人反攻,法军大败,奥国大公被枪毙。此处所说买地图,意即征服墨西哥为法国领土。
② 芒达那为意大利北部一村镇,法国拥护意大利教皇军队曾于一八六七年十一月偷袭此地而加以占领;因此保卫意大利之军事首领加里巴尔底与法国更加不睦。

这时交易所的大厅已经空了,那里只剩下雪茄的烟雾在空中盘旋,成为淡蓝色的云彩,再加上那些飞扬起来的灰尘,使云彩变得又浓又黄了。马佐和甲各彼重新变为严肃端正的人,一起回到了经纪人办公室。甲各彼为自己名下受到的说不出口的损失所发出来的叹息,比顾客们因受损失而发出来的叹息来得更大。至于马佐,他自己并不赌,但对于收盘时的行情那样明显的提高,的确感到快乐。他们同德拉罗克谈了几分钟关于契约交易上的事情。他们的手上都拿着记满了今天账额的笔记本,这些账都是那些结账员晚上要登录下来以便进行交割的。这时,在伙计们住的屋子里——这是一间很矮的屋子,中间还隔了几根大柱子,活像一间布置得很不像样的教室,里面安了一排学生用的桌子,后面放了一张挂衣服的架子——佛罗里和古司达·塞第尔,一面等着计算平均牌价,一面在找他们的帽子;他们在兴高采烈地谈话。最后牌价是那个交易所的职员在一张学生用的桌子上根据最高和最低牌价折算出来的。等到三点半,当那张牌价表贴在柱子上的时候,两个人作了马叫,作了母鸡叫,又还摹仿了公鸡的调子,因为他们很满意他们今天利用法犹的买进委托书所玩的那一套手法。他们是许许小姐和日耳曼妮·格儿小姐的一对好顾客;许许小姐现在正以无厌的要求敲诈着佛罗里;日耳曼妮·格儿小姐则在古司达这里预支了三个月的包身钱后,就干脆和甲各彼断绝了关系。甲各彼则把马戏场中的一个跑马女郎包了一个月。这时伙计们的屋子还继续在喧闹,开了许多无聊的玩笑,连帽子都互相投掷起来,整个情况就像小学生休息时在操场上你推我拉的样子。另一方面,廊檐下的场外交易也结好了账。很满意于自己这一次投机的拿丹松,决定加入到那些最后离去的投机者的人潮中走下台阶;这般投机者,虽然寒冷已到了可怕的程度,仍然迟迟归去。六点钟了,所有的赌徒——经纪人,场外交易员,跑街等——有的已清理好他们的赚项或亏损,有的已整理好他们的跑街记录,都穿好衣服,带着他们毫无道德的金钱观念,准备到餐馆去,到戏院去,到交际场所的晚会中去,到谈情说爱的套间里去,了结他们的这一天。

这天晚上,在欢乐的和彻夜不眠的巴黎城,人们谈论的就是甘德曼和萨加尔所进行的可怕的决斗。妇女们一半是由于热情冲动,一半也是由于倾向时髦,完全沉湎于赌博中了。她们的谈话也夹入交易所的专门术语了;什么"结账""有限交易""买方转账""卖方转账"等,而其实她们并不十分了解这些术语的意义。人们特别高兴谈的,是空头所处的危险地位。这般家伙,由于世界银行一直上涨到超过合理的限度,好几个月以来,每一个交割期所付出的差额越来越大。自然,还有许多人赌的是买空卖空,到时交不出股票来,只好请求转账;但他们却仍然十分热心,继续赌空头,希望各种股票在最近总崩溃。虽然如此,由于他们的金钱愈见枯竭,转账的结果又有了抬高行情的趋势,这些赌空头的人没有钱了,处于被压迫的地位了;倘若行情还继续上涨,他们都将被消灭。不过实际上,甘德曼的地位是显然不同的;人们都以为甘德曼是空头的万能领导,因为他的地窖里藏有以十亿计的金钱,这是一支源源不绝送上屠场去的队伍,无论这场战役时间有多长,情况有多残酷。他是一个不可战胜的力量,他可以始终做一个公开的空头家,他坚信他始终可以偿付差额一直偿付到股票终于下跌而使他获得胜利为止。

人们在谈论,人们在计算他在其中已经葬送掉的巨额款项,说他每一个月的十五和三十,把装了金钱的麻袋拿去焚化在投机的烈火中,有如把一队队士兵送去作炮灰一样。在交易所中,他的势力还从来没有遭受过如此凶猛的打击。他想把自己的势力弄得无可辩驳地成为市场的主宰,因为,正如他自己屡次喜欢说过的话一样,他之所以是一个单纯的金融商人而不是一个赌徒,是由于他意识到:要做这样一个商人,要做世界上第一个处理公共财富的人,他就应当做交易市场的绝对主人。他进行战斗不是为眼前的赚项,而是为保卫他的王国,他的生命。从这里就产生了他那种冷静的顽固,那种规模大得怕人的战斗。人们有时可以在马路上遇见他,看见他沿着维维纳街走去,面色惨白而坚定,步伐是衰弱到极顶的老人的步伐,根本就看不出来他有任何忧虑。他所相信的只是逻辑。世界银行的股票超过了两千法郎以后,那就是疯狂了;到三千法郎,那简直是失去了理性;这些股票一定会再跌下来的,有如抛在空中的石头必然会再跌下来一样。他等待着。他会把他的以十亿计金钱搞完为止么?人们对甘德曼佩服之至,同时人们也希望看见他最后毁灭。至于萨加尔所引起人的热情谈论,更其到处可闻。他的群众是妇女,是沙龙中的人,是一切漂亮的赌徒。自从这般赌徒把迦密山和耶路撒冷都利用来做生意,而以他们的信仰来找钱的时候,他们扒进了若干赚项。犹太最高银行即将崩溃的事已经注定了,天主教在金钱上将有它的帝国,一如它在灵魂上有它的帝国一样。只是,倘若说萨加尔的群众赚了大量的钱,而萨加尔自己却是财源枯竭了;他为了不断买进,现在库空如洗。世界银行的两万万流动资财,差不多三分之二是这样冻结起来了。人们感到窒息,是由于过度的繁荣,是由于窒息性的胜利。每个想做交易所主人来维持自己股票行情的公司,都是应受谴责的公司。因此,在开始时,萨加尔还是小心从事。但是他始终是一个充满想象的人,把一切看得太伟大,他把他冒险家的事业变成了一首诗歌。这一次,因为他的业务的确是巨大而昌盛,他因此转而产生征服一切的荒唐梦;他有着那么疯狂、那么狂妄的想法,连他自己都弄不明白那到底是什么想法了。啊,倘若他像这些下流的犹太人一样,有亿万数的金钱!……最不幸的是他已看出他的队伍已到了最后一批,他只有几百万法郎可以送上战场了。最后,如果下跌一旦出现时,差额就该由他来偿付了。他如果不能再抬高牌价,就不得不请求转期。在胜利中,最小的一粒沙子也会使最大的一部机器垮台的。人们已经暗暗地意识到这件事,即使他的信徒,那些相信上涨如同相信上帝的人也是如此。怀疑与思想混乱这时成了巴黎人活动的原动力;萨加尔与甘德曼的决斗,也就是说这两个传奇性怪物的肉搏,最后结果即使得胜的一方也会流血的!……这些情况,已成为巴黎人热烈谈论的事。很多可怜虫,冒险地跟随萨加尔和甘德曼一道赌,其结果必然在他们中间被压得粉身碎骨;在他们所堆成的废墟上互相残杀。

突然,一月三日,即结清上一期账款的第二天,世界银行跌了五十法郎。这是一个大波动。实际上是一切证券全跌了;市场好久以来都波动得很厉害,涨跌的情况超过了一般的限度,从各方面都发生了裂痕。有两三家经营不善的企业垮台了。不过,人们对于行情这样猛烈的波动本来也不会感到怎么惊奇,因为有时在同一场交易内,波动的数额也能到达好几百法郎的;这种波动往往是没有什么理性可言的,像暴风雨时的指南针一样。但是,在经过这样一种巨大的震动以后,人们就觉得崩溃开始了。世界银行下跌了,人们因此发出了叫声,而且在人群的喧嚣中,这叫声就传开了;这类喧嚣是由于惊讶、希望和恐惧所造成的。

第二天,很有把握而且带着微笑守着他岗位的萨加尔,由于巨额的买进,又把牌价提高了三十法郎。只是在五号那一天,尽管他作了努力仍然跌了四十法郎。世界银行仅仅只有三千法郎一股了。从这时起,每天都是一场战斗。六号它又上升了。七号,八号它又再度下跌了。这是一个不可抗拒的运动,这运动要逐渐把世界银行推到徐徐垮台的轨道上去。人们把它当作代表一切的赎罪羔羊,要凭借它来忏悔一切人的疯狂,忏悔那些不为人注意的商行以及若干不正当企业的罪恶。这些商行和企业,完全靠广告胡吹,就和那些乱七八糟在帝国土地上生长出来的奇形怪状的杂菌一样。萨加尔现在连觉也不能睡了,每天下午,他都靠在那根柱子上,处于一种战斗的地位,他在时时有可能取胜的狂想中生活。他像一个坚信自己作战计划完善的司令官一样,对于他的阵地只肯一步一步地退让,宁肯牺牲他最后的部队,把公司库存中最后一批钱财用光,以便阻塞来袭敌人的道路。九号那一天,他还获得了显著的胜利;赌空头的人战栗了,后退了,难道十五号这一个交割期,他们还会再一次地大为失败么?至于萨加尔呢,他的财源已经枯竭,已迫不得已发行了本票①。他像一个饥饿的人在饿得发昏时看见了盛大的筵席一样,竟自信会出奇

---

① 银行自己开出去的、代替现金使用的即期支票叫作"本票"。银行一使用本票,每每是库存空虚的一种表示。

地达到那不可能达到的目的,他妄想把世界银行的全部股票都收买完,使那些卖空的家伙束手无策地听他支配。这件事是有一家很小的铁路公司最近才这样做过的,这家公司竟把他发出去的股票全都从市场上买了回来。后来那些赌空头的人到期交不出股票,只好像奴隶般的投降,被迫把他们的财产乃至于他们的人身都贡献出来了。啊!倘若他能够战胜甘德曼,威胁他,使他没有能力再敢卖空,那才好呢!倘若他能够看见甘德曼突然在一天早上,拿着他的十亿金钱跑来哀求他不要把这些钱通通拿走,哀求他替他留下他每日赖以为生的半个法郎的牛奶费,那才好呢!不过要做到这一点,需要七八亿金钱。而现在他已把两亿投进深渊了,他还需有五六亿送上前线。如果有这六亿金钱的话,他就可以扫荡那些犹太人,变为黄金的国王,世界的主人。这是何等样的好梦!这是很简单的,狂热病发作到这种程度时,金钱的实际价值已经不复存在;金钱只成了人们在棋盘上向前推动的棋子。在他的失眠之夜,他就动员他想象中的六亿法郎,叫它们去作光荣的牺牲,随后,他就可以在这场灾难中,在一切人的废墟上成为一个胜利者。

  不幸,十号那一天,萨加尔就遭遇到一个可怕的日子。在交易所中,他始终还能够以愉快和镇静来表示自己的卓越才能。可是从来没有一场战争有过这样凶猛:每一点钟都可以置人于死地,每一个地方都设置了陷阱。在这种无声的、卑劣的金钱战斗中,弱者便会无声无息地破腹而亡;这战场上没有伙伴,没有亲属,没有朋友,这是强有力者的残酷法律,吃掉别人就是为了不被人吃掉。因此他觉得很孤独,支持他的只有他自己的无厌欲望;这一欲望使他站起来,不断地要吞噬别人。他特别怕的是十四这一天,因为这一天那些有限交易需要交割了;但是在十四的前三天内,他还可以找到钱。十四这一天,不但没有崩溃,而且还巩固了世界银行的牌价。在十五那一天,世界银行交割时,牌价为二千八百六十法郎,比十二月底的收盘只跌了一百法郎。他怕闹成灾祸,他装作坚信能够获胜的样子。实际上,赌空头的人第一次获胜了,他们付过了若干月的差额,最后他们终于拿到差额了。情势已经转变,他便不得不叫马佐转账;于是马佐的责任越来越重了。一月份的第二个交割期,将是决定性的一期。

萨加尔自从开始这战斗以来,每一天晚上都需要疯狂地轻薄一下。因为在这一场战斗中,那日常的牌价的波动,有时使他堕入深渊,有时又从深渊中把他拉了出来。这样,他简直不能独处,他必须在外面吃饭,抱着一个女人的颈子过夜。他的生活从来没有这样紧张过,他在各处露面,他到戏院去,到人们用晚餐的酒吧间去,故意装出有钱人那种过度的浪费。他躲避嘉乐林夫人,因为她的深谋远虑会使他为难;她时时对他说到她收到她哥哥令人忧虑的信;她自己对于萨加尔抬高行情的做法是感到失望的,她觉得有一种令人可怕的危险。他于是只好多次去找桑多尔夫男爵夫人,仿佛在一个郭马尔丹街众人不知的小平房中,这个冰冷的变态女人倒还能使他有如走入异乡之感,能使他得到一点轻松的时刻;为了使他过度疲劳的脑子松懈一下,这种时刻是必需的。有时,他到她那里去也是为了审查某些文件,考虑某些事情,他异常高兴地想到这时世界上没有任何一人能够打搅他。在那里瞌睡来了,他也可以睡上一两个钟点;这是他在沮丧中唯一的至乐时间。男爵夫人则明目张胆地搜索他的口袋,看他文件夹中的信。因为他已经变得不肯向她说任何一句有关交易的话,她已不能再从他嘴里获得于她有益的材料,即使她偶然引出他一句话,也认为他在说谎,这样,竟使她不敢根据他的指示下赌了。由于她这样盗窃他的秘密,她发现了一件确实可靠的事情,就是世界银行由于金钱发生了困难,已在开始挣扎了。她发现了银行如何发行了一套本票,又发现银行谨慎地从外国借来的许多空白支票。有一天晚上,萨加尔醒得很早,看见她正在翻他的文件夹,就打了她一个耳光,如同打一个在老爷背心口袋里偷钱的小丫头一样。从这次以后,他时时打她。这是一件使他们两人发怒、破裂、最后还是平息下来的事。

但是在十五这一交割期,由于男爵夫人输了一万五千法郎,她就想了一个计策。她为这个计策弄得心神不安,结果她跑去征求让图鲁的意见。

"的确,"让图鲁回答她说,"我相信你是有道理的,现在是该跑到甘德曼那里去的时候了……那么,你去看看他吧。你把一切事情向他讲一讲,既然他答应过你,说只要你带给他一个好点子,他也会有一个好点子来给你交换……"

甘德曼在男爵夫人去拜访他的那一天早上,脾气坏得像一条野狗一样。就在昨天,世界银行还上升了!同这只贪吃的野兽打交道,真是没有个完么?它已经吃了他这许多金子,但它还顽固地不肯死去!它是可能再站起来的,在本月三十一号结果甚至于还会重新上涨。他埋怨他自己不该倒霉采取敌对的行动,当时他如果和这家新银行站在一条线上也许更好一点。他对于他经常使用的策略也动摇了,逻辑最后必然胜利的信心也失掉了。在这一分钟之内,他仿佛甘愿败退,如果这种败退不至于叫他失掉一切的话。这样灰心丧气的时刻在他是很少有的；最伟大的司令官，在胜利的前夕，当客观条件足以使他们成功的时候，他们也往往有过这样的时刻。可是甘德曼就很少有这样的时刻。他有一个健全的观点，这观点一向都是极其鲜明的，现在却混乱了，这是长时期出现的云雾以及交易所中那种买卖的神秘性所造成的。交易所的买卖始终叫人莫名其妙。的确，萨加尔是在买进，是在赌。但到底他是为他那些正派的顾客在赌呢，还是为公司本身在赌呢？在人家从各方给他带来的种种传说中，他也弄不清楚。他的宽阔的办公室的门砰然作响，他全身因忿怒而发抖；他是那般粗暴地接待那些跑街，使那些通常的队伍只好掉头跑步逃走了。

"啊！是你，"甘德曼毫无礼貌地向男爵夫人这样说，"今天，我没有花在女人身上的时间。"

这使她很失望，竟想取消她原来所准备的一切，一下便把她所带来的消息说出来。

"如果人家向你证明，说世界银行在搞了大量买进以后已经没有钱了，说它已迫不得已向外国借来一些空白支票，以便继续活动，你感到怎样？"

这个犹太人又快乐得颤抖起来，可是他的眼睛仍然像死人的眼睛一样，用同样的怨声回答：

"这话不是真的。"

"怎么！不是真的？这是我亲耳听见的，我亲眼看到的。"

她想说服他，向他解释说她亲手拿到那些假账户所签的票据，她并且把这假账户的名字也列举出来，同时把那些在维也纳、法兰克福、柏林借支款项给世界银行的银行家的名字也列举了出来。他的通讯员一定可以替他把这些消息打听出来的,他一定看得出她所说的一切绝不是凭空捏造的谣言。同时,她还肯定地说世界银行是在那里买进自己的股票,其唯一目的便是维持价格的上涨。她肯定说,银行已经在其间葬送了两亿款子。

用那种阴沉态度听着她说话的甘德曼,心里已经在那里布置他下一天的活动。这是一种需要有急智的工作,因此他在几秒钟之内已暗暗决定他的委托书该如何分配,并且预定下数字。现在,他已有胜利的把握了,他深知她所说的消息是来自何种肮脏的场合,他对于这位贪图享乐的萨加尔极度轻视。此人已愚蠢到这步田地,居然让一个女人来出卖自己!

当她说完了以后,他抬起头来用他那暗淡无光的眼睛望着她说:

"喂,你向我说的这一切话,你的意思是要我做什么?"

他表现出这样的镇静和毫不关心的态度,使她惊讶了。

"我觉得,既然你在赌空头这一方……"

"我?谁告诉你说我在赌空头?我从来不到交易所去,我也不做投机生意……你说的一切与我都毫无关系!"

他的声音是那么坦率,使这位心神不定还带忧惧的男爵夫人最后几乎相信了他的话;但她发现在他乐观的态度中,好像也有许多不自然的成分。显然他是一个已经完结了的男人,没有任何情欲,所以他对她有一种轻视,他是在那里戏弄她。

"喂,我的好朋友,因为我很忙;如果你没有更要紧的话要对我说的话……"

他简直把她打发到了门口。于是,她生了气,她忿怒了:

"我信任你,我首先向你说话……这简直是一种真正的侦探工作……你不是曾经答应过我么,说如果我对你有好处的话,你也可以对我有好处,给我出个主意……"

他站起来打断了她的话。他是从来不笑的,只稍稍冷笑了一下,对这位年轻美貌的妇女这样粗暴地愚弄一下使他感到有趣。

"一个主意么?是的,我不拒绝你,我的好朋友……那么,请听我说吧。你不要赌,永远不要赌。赌钱是会把你变丑的。一个女人赌钱是叫人讨厌的。"

当她非常生气地离开了那里的时候,甘德曼就和他两个儿子、一个女婿关在屋子里分配工作了;他立刻派人去见甲各彼和其他经纪人,以便准备下一天的大规模的行动。他的计划很简单,过去由于谨慎,由于不知道世界银行的真相所不敢冒险做的一切,这一次可以大胆去作了;现在他既然知道了世界银行的资财已经枯竭,再不能维持它的牌价,他就该以他大量的抛售来压倒市场了。他像一个将军一样,他的间谍已将敌人的弱点向他报告,他就准备一举而结束战役;他把他十亿资财的巨额准备金支了出来。逻辑终于胜利了,一切股票的牌价超过它所能代表的实际价值时,最后总要遭到惩罚的。

恰巧这一天,在下午五点钟的时候,萨加尔凭着他的嗅觉已获得了危险的警告,他于是跑到德格勒蒙那里去。他心情十分紧张,觉得时间已经迫切,对赌空头的人非打击一下不可了,如果他不愿意遭到他们致命打击的话。他的这种高见使他很苦恼,要征服世界,还得动员六亿金钱大军。德格勒蒙在他皇太子宫殿似的大楼里,以他平常的和悦态度招待他。他们周围都是有价值的图画和奢侈辉煌的装饰;这些东西全是每一个交割期交易所付给他的差额购买来的,谁也不能确切知道这种装饰的背后他是否还有一点儿可靠的东西。因为运气不一定可靠,所以他始终是受到威胁的。在这以前,他并没有叛变过世界银行,他拒绝抛售,故意表示绝对的信任,他很满意他有一种漂亮的赌多头的人的态度;再说,多头也使他获得了巨大的利润。他是绝对不喜欢走错路的;在十五这一关恶劣的交割期以后,他到处宣称他坚信世界银行还会回涨;不过他仍然一面在做侦探工作,只要一有严重的情况发生,他还是准备倒向敌人那一方的。萨加尔的拜访,萨加尔所表现的不寻常的精力,萨加尔向他陈述要把所有市场上股票都收买光的非凡的意见,使他佩服已极。这是疯子,但战争上和金融上的伟大人物,岂不每每都是疯子才更容易成功么?他答应萨加尔明天交易所开盘时一定帮助他。他已经买了很多股,他还要到他的经纪人德拉罗克那里去再叫他买进一些;至于他要去看的那些朋友以及他可以拉拢来作援军的财团更不消说了。照他说来,他可以有一亿法郎的数字,这是一支可以立刻送上战场的生力军。这,够了。萨加尔神采奕奕,对胜利已有把握,于是立刻决定了作战的计划。这是从著名的将官那里学来的一种不常见的大胆旋转运动战:首先,在交易所开盘时,来一个前哨小接触,引诱那些赌空头的人,使他们产生信心;随后等到他们获得初步的成功以后,即是说等到牌价下跌以后,德格勒蒙和他的朋友带着炮兵大队来了,出人意料的千百万的金钱,从战场的一条隙口杀了进来,找着那一长串赌空头的队伍,然后把他们压倒在地。这是给他们的一种压迫,一种屠杀。他们两人握过手后带着胜利的笑容分手了。

一点钟以后,因为有人请德格勒蒙吃饭,他去换衣服;桑多尔夫男爵夫人却在这时突然来拜访他。她的思想极度混乱,突然灵机一动想来征求德格勒蒙的意见。有一时期人们曾经传说她是他的情妇,但实际上,他们之间无非是男女间自由交往过密的友谊而已。两个人都有些矫揉造作,彼此又了解得过分清楚,因此不能达到发生以欺骗为手段的那种恋爱关系。她把她所害怕的事,她会见甘德曼以及甘德曼如何答复她的情形都向他说了;她只隐瞒了一件事,就是她干这些事的动机是急于出卖萨加尔。德格勒蒙很愉快,想把她吓得更厉害一点来取乐。他用那种模棱两可的态度,说甘德曼申明自己并未赌空头的话,他相信可能是真的。试问谁能够彻底知道?交易所本来就是一座黑森林,而且是一座黑夜里的黑森林,每一个人在里面只有摸索着走路。在这样的黑暗中,如果我们不幸要听别人臆造的荒诞和矛盾的说法的话,我们一定会自己撞破脑袋的。

"那么,"她焦急地问,"我不应当抛售了。"

"抛售?为什么?你瞧,这简直是发疯!明天,我们就是市场的主人了,世界银行将回涨到三千一百的。不管出现了什么情况,你总得坚持下去,一到收盘时,你就会高兴的……我没有别的话告诉你了。"

男爵夫人走了。当德格勒蒙总算穿好了衣服以后,突然又听见门铃在响,表示第三次有人来访。啊!对这个访问者,不!他不打算招待了。但是,当用人把德拉罗克的名片摆在他面前时,他又立刻叫人请他进来。因为这位经纪人非常激动,却半天不说话,于是德格勒蒙就把他的室内用人打发走了;这时他也站在那架穿衣镜前打好了白领带。

"我的亲爱的,你瞧,"德拉罗克以一个圈内的人的亲热态度说,"我是全仗你的友谊才敢把这件事信托你,你说是么?因为这件事真太微妙了……你想想看,我的妻舅甲各彼对我很好,他刚才把人家准备好的一种突击行动告诉了我。说明天交易所中,甘德曼和别人已经准备好要轰炸世界银行。他们要把一切股票,全部投入市场……甲各彼已得到了委托书,他是跑着来的……"

"见鬼!"脸色发白的德格勒蒙单单流露了这样两个字。

"你知道,我那里有一大批顾客,都是委托我买进的,是的,数目是一千五百万,干吗让他们束手待毙?……你说是么?我就叫了车在那些可靠的顾客那里兜了一个圈子。这办法是不合适的,但我的用意是善良的……"

"见鬼!"德格勒蒙又叫了一声。

"总之,我的朋友,你在搞买空卖空,我来是要你增加你在我名下的保证金,否则,我要请你改变你赌的方向。"

德格勒蒙大叫起来:

"改变吧,改变吧,我亲爱的……啊!再也不干了,活该;我不能够在一个要倒闭的公司里干下去!这是毫无益处的英雄主义……你不要再买进了,抛售吧!我在你那里差不多有三百万,卖掉吧,全部卖掉吧!"

德拉罗克说他还要去看其他顾客,他要告辞了;于是德格勒蒙拉着他的手,热烈地握着:

"谢谢你,我将永远也忘不掉。卖吧,全部卖掉它!"

只剩下他一个人的时候,他又把用人叫来,以便把头发和胡子再整整好。啊!这是多么错误呀!这一次,差不多失败了,让人玩弄得像一个小孩!这就是同一个疯子打交道的结果。

这天晚上,在八点钟开场的小型交易所内,恐慌已经开始了。这个交易所设在意大利大街人行道上国立歌剧院的进口过道下。这也是属于一种场外交易,是在一群小伙计、跑街、下流的投机家的乌合之众中进行的。有一些小商贩在那里走动,还有拾香烟头的人在来去的人群中弯着腰寻找他们的目的物。这里有一堆不肯分散的人,他们堵塞了大街;那些逛街的人有时把这堆人挤在一边,有时甚至于把他们冲散,但他们最后又聚拢一起。这天晚上,那里的人竟有两千之多。这时天气阴暗而昏沉,是大寒之后行将下雨的征兆,因此对他们说来,还有一种温润之感。市场极为活跃,各方面都在抛售世界银行,行情降得很快。不久,谣言便出现了,产生了越来越大的焦虑。到底发生了什么事呢?人们轻声地根据那些下委托书的跑街或者那些执行委托书的场外交易员,列举那些抛售者的名字。既然大户都在这样抛售,一定还有更严重的情况在后面。从八点到十点,这简直是一种混乱的局面,所有感觉敏锐的赌徒都改变他们的方向;甚至于还有这样的人,竟获得机会由买方一变而为卖方。这正如大难临头的前夕,人们是在一种发高热的不安中睡觉。

第二天,天气非常恶劣。整个夜里都下了雨,冰冷的细雨湿透了全城;冰雪又因融解变成了一堆黄色的、流汁般的污泥。从正午十二点半起,交易所周围都在流水。到廊檐下和大厅中来躲雨的人群现在已经很多了。不久,那些还在滴水的雨伞便把交易大厅变成了一个污水大泥沼。墙上的污垢这时也发潮了,厅内只有从玻璃屋顶射来的一些黄红色的微弱白光,呈现出一派绝望的忧郁景象。

在一些流传着的恶意谣言中,还有一些奇奇怪怪的故事扰乱了人的头脑。所有的人,只要一进门,便用眼睛寻找萨加尔而且盯住他。他还在他原来的位置上,站在他经常站的那根柱子背后。他的态度还是与平常一样,而且和胜利时的态度一样。他的态度是表示真诚的愉快和绝对的信心。他并非不知道昨夜在小型夜场交易中世界银行已跌了三百法郎,他也预感到有一个极大的危险,他已预料到那些赌空头的人在猛烈的袭击;但是他觉得他的作战计划是不可攻破的,德格勒蒙那套扭转乾坤的手法,出人意料地开来一支数百万法郎的生力军当然能扫荡一切,能再一次保证他的胜利。固然,这时他已经没有钱了,世界银行的库存已经空了,他连几生丁钱都搜索光了;但他并不失望,他请马佐再转一期账,并把德格勒蒙财团要出面支持世界银行的事都告诉了马佐。他获得马佐的信任已到了这种程度,这位经纪人居然可以不要求他再付保证金便又接受了他买进几百万的委托书。他们彼此定下的策略是:交易所一开盘时,便不让世界银行下跌,以后一直坚持,战斗,等到援军的到来。现在的情势是那样的严重,以致马西亚和萨巴达尼那一套狡猾手段已经不起作用了,因为事实的真相已成为流言所传的那样;他们跑来公开和萨加尔谈论,随后他们便带了萨加尔的最后吩咐分别去告诉那些有关的人们:一个是跑到廊檐下告诉拿丹松,另一个是跑到经纪人办公室告诉马佐。

这时是一点差十分。由于肝病发作而脸色惨白的莫塞到了;昨天夜晚,他的病症竟使他两眼未合。他叫皮勒罗尔注意,今天交易所中所有的人都像病了一样面带黄色。只有即将来临的灾祸才会纠正像游侠骑士说大话作风的皮勒罗尔放声大笑说:

399

"啊,是你,我的亲爱的,只有你才这样胆战心惊。所有人都很愉快。我们要给坏事的人吃一下苦头,叫他以后永远不会忘掉这件事。"

实际是,在往常的令人忧虑的气氛中,在红黄色的光线照射下,交易大厅的确有黯然神伤的景象,特别是在那些低微的呻吟中令人感觉到这一点。在行情上涨的重要日子里,那里充满了喧哗、激动,从各方面涌出胜利者兴高采烈的浪潮;今天可不是这样的一个日子了。人们仿佛在一个病人居住的屋子中一样,不跑,不叫,也不溜来溜去,而且用低声说话。虽然人数已经相当可观,人们要竭尽气力才能走动,但这里却只有一种令人心碎的呻吟,只传播着一种令人恐惧的低语,只在耳边交换着一种不幸的消息。很多人不说话,脸色发青,面部紧缩,眼睛张得大大的,失望地在侦探别人的面孔。

"萨尔蒙,你没有什么话说么?"皮勒罗尔问,话语中充满了欺压人的讽刺。

"当然!"莫塞喃喃地说,"他和别人一样,他没有什么话要说,他也怕呢。"

的确,在众人无言的、慎重的等待中,这一天,萨尔蒙的沉默已再不能引起任何人的注意了。

但在萨加尔的周围,特别有一群顾客在忙碌着,他们希望获得一句指示,他们因没有把握而在战栗。到后来人们才注意到德格勒蒙并没有来,重新变为卢贡忠实走狗的雨赫也没有来,他肯定也得到消息了。在一群银行家中间的戈尔,装作对一桩大投机很热中。博安侯爵,已经超脱了命运的变化,安然地摆动着他那贵族式的、苍白的小脑袋。不论怎样,他总是有胜利的把握的,因为他委托甲各彼卖出世界银行的数字和他委托马佐买进的一样多。萨加尔还受了另外一群人的包围,这群人是他的信徒,是一些老实人。萨加尔对他们显得特别亲热,使塞第尔和莫让特都放了心;这两人嘴唇在发抖,眼睛因求人帮忙而湿润,他们在四处找寻胜利的希望。萨加尔猛力地握着他们的手,用紧紧捏着的方式来暗示他允诺他们绝对胜利。随后他以能够消灾避难、幸福常驻的人的态度,抱怨他遭到的一件不幸事件说:

"你们看我有些惊吓吧。在这种大冷的天气,别人竟丢了一朵茶花在我的院子里,它冻死了。"

这句话传开了,他很怜悯这一朵茶花。萨加尔真是何等样的人呀!他竟这样地确有把握!在这样紧张关头还关心一朵茶花!而且他的脸上始终带着微笑,人们看不出这是否是一种假面具,用来隐藏可以叫别人愁死的焦虑!

"这个家伙,多么美!"让图鲁在刚才回来的马西亚的耳边这样说。

恰在这时候,萨加尔在招呼让图鲁。在这千钧一发的一分钟,他还想起了一件事,他想起有一天下午他同让图鲁一道看见过桑多尔夫男爵夫人的马车停在布龙尼亚街。在这样恐慌的日子,它还停在那里么?那位马车夫,高高地坐在他的位子上,任凭雨打风吹,仍保持着他那磐石般的僵化姿态,而男爵夫人则坐在关闭着的玻璃窗后等牌价……难道今天还是那样么?

"当然她在那里了,"让图鲁小声回答说,"她是全心全意和你一道的,她决不退缩……我们全体都在这里,我们坚守我们的岗位。"

虽然萨加尔对这位夫人和别的人是否有忘我精神总有些

怀疑，但对于让图鲁所表现出的这种忠实是感到愉快的。再说，他的狂热病已使他变为盲目，他还相信他带着他背后的一群股东可以走向胜利。这些股东，有的是恭顺的人民，有的出自上流社会，他们受到人的逢迎后，就变为盲目的崇拜者；那些漂亮的妇女和女仆混在一起，都怀有一种热忱的信仰。

最后，钟声响了；这钟声在那无数受惊吓的人头上掠过，成了一种悲怆的警号。马佐把委托书交给佛罗里以后，又回到场内来了。这时佛罗里匆匆忙忙地跑到电报台那里，心情异常不安，因为他固执地要和世界银行站在一边，近来已经赌输了。这一次因为他在商行的门背后偷听到德格勒蒙要伸手援助的话，所以他想在这一次决定性的战斗中再冒一下险。场内和交易大厅都是一样的沉闷。从上一届交割期以来，经纪人都感到他们脚底下的地仿佛在动摇，他们觉得征兆是那么严重，连他们都感到了不安。部分崩溃已经出现了，市场萎缩了，负担不起重压，因此从各方面都发生了裂缝。每十年到十五年总出现一次的大灾祸，即是说，狂热病发作到了极点时赌场的致命危机之一——这危机可以断送交易所，可以吹起一阵死亡之风扫荡交易所——难道即将来临么？在年金证券交易处，在现货交易处，叫声仿佛互相堵塞着听不见了。到处都拥挤不堪。在这些拥挤的人群之上，是三个牌价记录员的黑色侧影，他们把钢笔拿在手上，时时在等待着。两手扶着红绒栏杆的马佐，顿时看见池形交易场另一边的甲各彼，在用他深沉的声音喊叫：

"我有世界银行……二千八，我卖世界银行……"

二千八是昨夜小型交易场收盘时的牌价。为了立刻防止跌价，马佐认为最好是照这价钱买进。他提高了他的尖嗓门，

压过其他一切声音说:

"二千八,我要三百股世界银行,请你送来!"

开盘的牌价便这样确定下来了。但这牌价却不可能维持下去,各方面的抛售都汇在一起了。在半点钟之内,马佐拼命地挣扎,但结果只能维持到跌势稍稍迟缓一点罢了。他所惊讶的是场外的交易也没有给他任何支持。拿丹松在干吗呢?他还在等他送买进的委托书来呢!后来他才明白拿丹松在那里玩弄巧妙的手段,他由于有犹太人的嗅觉,已获悉了真正的情况,所以他一面替萨加尔买进,一面就为自己卖出。马西亚居然死死地站在买方而以赌多头的人自居了;他这时连气都喘不过来,跑来告诉马佐说,场外也垮下去了。马佐头昏了,他放出他最后的炮弹;本来他是准备有步骤地使用他的委托书,等到援军的来到;但是他却一下把委托书全部用光了。这样牌价略为提高了一点:从二千五又升到了二千六百五;行情简直乱了,是一种大风暴雨日子里的突然跳动。一刹那间,马佐、萨加尔,以及那些相信战斗计划的人,都有了无限的希望。既然这时又开始上升,这一天就得胜了;如果他们的后备军再从旁来袭击那些赌空头的家伙,使他们由失败而溃退的话,那么这一次的胜利更令人震惊了。这时有一种愉快的空气。塞第尔和莫让特几乎要吻萨加尔的手,戈尔也走了过来;让图鲁失踪了,他去告诉桑多尔夫男爵夫人好消息去了。人们看见小佛罗里这时容光焕发,正在寻找目前当他代理人的萨巴达尼,他要再委托他买进。

但是,两点钟刚一敲过,受到攻击压力的马佐又软下来了。准备加入前线的援军迟迟不来,他的惊慌便不免增加了。这已经是高潮的时间,这些援军还在等待什么呢?他已经弹尽粮空,处于再不能支持下去的地步,为什么他们还不来解救他呢?虽然由于职业上的虚荣,他脸上还表示镇静,但他已觉得一大股冷气冲上了他的两颊,他怕他自己的面容会变成苍白色。这时甲各彼发出打雷之声,把他的股票有计划地向他大量抛售,马佐对这些股票已不敢再提价了。这时他已不注意甲各彼而注意德格勒蒙的经纪人德拉罗克了,他真不了解此人为什么保持沉默。德拉罗克是一个矮胖子,胡子带红黄色,面容愉快而带微笑,仿佛是昨天才结了婚的样子;他异常平静,似乎在等待着某种不可思议的事。他手上拿着许多签条,难道写的不是一些买进的委托书么?难道他不用这些买进委托书来把一切抛售的股票全部收完而把整个局势挽救过来么?

突然德拉罗克发出他低沉的嗓音,表示他投入这场战斗了:

"我卖世界银行……我卖世界银行……"

几分钟之内,他要卖几百万。有声音回答他,行情崩溃了。

"我卖,二千四……我卖,二千三,有多少?……五百股,六百股……送来吧!"

他说了什么话呢?到底发生了什么事情呢?等着的援军不来反而从附近的森林中窜出来一支敌人的军队?正如滑铁卢之役格鲁西大将[①]没有来,这真是招致溃败的一种背叛。一听号角就跑来抛售证券的人,竟成了密集的生力军,这样,

---

[①] 格鲁西大将(1766—1841)为拿破仑之主要将领;滑铁卢之役,令其堵截败退之普鲁士军队,他竟未听命而让普军逃走,致使普军能与英军会合而致拿破仑失败。

可怕的危机出现了。

在这一秒钟之内,马佐觉得死亡已经从他脸上掠过。他替萨加尔转期的账款数字过于巨大,他清晰地感觉到世界银行崩溃时会轧断他的腰。但是他那张带有小胡子的漂亮的棕色面孔仍然是坚定而勇敢的。他还在买进,他要把他所接受的委托书一直买完为止;他那年轻的、公鸡似的叫声,仍然和他处于胜利时一样的尖锐。在他的面前,他的对手甲各彼在咆哮;德拉罗克似乎失了知觉。他们虽然努力装得无所谓,但看得出来他们也非常焦心。因为他们看见马佐已陷入极大的危险之中;倘若他全军崩溃,他会付给他们款子么?他们的手紧紧抓着那栏杆上的红绒,继续像狐狸一样地叫;由于职业上的习惯,他们的动作非常机械;至于他们的目光则彼此死死地盯着,金钱的悲剧所造成的可怕的忧伤都在目光中互相交流了。

在最后的半点钟内,那简直是总崩溃了,其混乱的情况越来越严重,群众在毫无秩序地狂奔。从极端的信任与盲目的奉承之后,现在变为恐惧了;所有的人都忙着要出售,如果时间还来得及的话。无数抛售的委托书集中到了场内,人们只看见那些签条如雨般地落下。毫不经心便投掷下来的巨额股票更加速了行情的下跌,这一次是真正崩溃了。行情一跌再跌以后,竟跌到一千五,一千二乃至于九百了。这时简直没有买主了,战场光了,只剩下无数尸首!在黑压压地蠕动着的许多外套之上,那三个牌价登录员仿佛是殡仪馆的注册书记,专门登记死人的姓名籍贯。那穿过大厅的不幸风潮仿佛有一种奇异的效果,一切活动全都冻结了,喧嚣也听不见了;大家如同遇到天大的祸事被惊呆了一样。可怕的沉默统治了这块地方。在收场钟响的时候,收盘的牌价是八百三十法郎。顽固的雨始终打着那玻璃窗,从玻璃窗透进来的只是一种暗淡的黄昏景色。在雨伞滴水与人群的践踏之下,大厅一片混乱;地下满是泥泞像那修建得不好的马房一样,而且满地丢着那些撕破了的纸张。至于交易场内,则有着五颜六色的签条,红的、绿的、蓝的,都是一把一把地抛下来的;这一天这些签条的数量之多,竟到了那宽大的场子都容纳不下的程度。

马佐是和甲各彼、德拉罗克在同一时刻回到经纪人办公室的。他渴极了,走近橱柜喝了一杯啤酒。他望着那间宽大的屋子和它的衣架,他望着摆在中央、周围围了六十把经纪人坐椅的长桌子,他望着它红绒的幔幛,他望着它庸俗而褪了色的装饰,这些装饰使它像一个大火车站的头等候车室。他用一个从来没有好好端详过这间屋子的人的惊奇态度望着它。随后,因为他要走了,他一句话也不说,握了握甲各彼和德拉罗克的手,握手的松紧度完全和平常一样。这时三个人的面色都苍白了,但他们的举动还是和往常一样。马佐曾经关照佛罗里叫他在门口等他,他到了门口便看见佛罗里和那个断然离开商行已有一星期的古司达在一道。古司达之来完全是为了好奇,他时时在微笑,他过着节日般的生活,他也不过问他的父亲第二天是否还能付得出他的账款。至于佛罗里,则是面色惨白,带着一种傻瓜似的笑意,拼命讲着话;他刚才输了十万法郎,还不知道到什么地方去找这笔款项中的第一个苏呢!马佐和他的职员在大雨中消逝了。

在大厅中,特别是在萨加尔的周围起了一种恐慌的浪潮;这场战争所带来的伤害在这里显现了。他参加了这场溃败,应付了这次危险,起初他是完全不了解的。为什么会有这股喧嚣之声,是不是德格勒蒙那一队人马来了?随后,当他听见行情崩溃了的时候,他仍然不了解这崩溃的原因。他是不屈不挠即使死了也要站直的人。一股冰凉的寒气从地下升上了他的脑盖,他才觉得这是无可救药,这是永远的失败了。在他的痛苦中,对于金钱的惋惜以及享乐的丧失都算不了什么。他的刺心之痛,是那种失败者应得的屈辱和甘德曼辉煌而肯定的胜利。甘德曼再次巩固了他黄金国王的万能权势。在这一分钟之内,他真正觉得骄傲了,他以他整个瘦小的人来抵抗命运,眼睛不低下,态度十分顽强。他已觉得各方面对他的失望和怨恨一定如浪潮一般向他涌来,但他决心要单独对付这股浪潮。整个的大厅翻腾起来,人们一直涌到他所靠着的柱子,好些拳头捏紧了,好些恶毒的话已经出口,可是他的唇际仍挂着一种不自觉的微笑,人们甚至还可以把这微笑当作一种挑战。

在一片混乱中,他首先看见了莫让特,脸色像死人般苍白;沙夫上尉用手挽着他,一面不断地向他说,说他早已告诉过他;上尉说话时是带了一种小本赌徒的残酷性,对于大投机家折断腰杆的遭遇采取了幸灾乐祸的态度。随后便是塞第尔了,他的面部紧缩,是一种倒号商人的发疯态度,可是他却以大好老姿态走过来大大方方地和萨加尔握手,仿佛向萨加尔说他并不埋怨他。从牌价刚动摇时,博安侯爵就抽身跑到空头家的得胜军那一方去了,并且他还向那个很谨慎地置身事外的戈尔说,从上一次股东大会开会以来,他一直是带着不愉快的心情在怀疑萨加尔的。让图鲁惊慌失措,又不见了人影,他是飞跑去告诉桑多尔夫男爵夫人收盘时的牌价。她在她的马车中,肯定是神经上受了打击;她遇上大输的日子都是这样。

站在那永远不说话、永远难以猜测的萨尔蒙面前的两个人,是空头家莫塞和多头家皮勒罗尔。皮勒罗尔虽然破了产,但神情骄傲仍带有挑战意味;至于莫塞,虽然赚了很大一笔钱,也因为对未来的焦虑,胜利中也不愉快。

"你看吧,到了春天我们就要和德国作战了。一切都已感到不妙了,俾斯麦正在那里侦察我们呢。"

"你别噜苏了!这一次我还是错了,我考虑得太多……活该,将来一切都会恢复,都会好转的。"

直到现在,萨加尔都还没有灰心。只是人们在他背后提到法犹的名字,使他很不舒服;这位旺多姆地方的年金经管员和萨加尔是有关系的,因为他代表一群小额的股票持有人;提起他的名字就使萨加尔想到这样一批小人物,一批可怜的资本家也要因世界银行倒坍而在下面粉碎了。但是他突然看见德若瓦面色惨白得不成人样,更使他难过到了极点;他所认识的这个可怜人,也就是一切贫穷人们不幸灭亡的化身。同时,由于一种疯狂的幻想,波维里埃伯爵夫人和她的女儿苍白而忧愁的面容也似乎在他眼前出现了,她们都用她们噙满了泪水的眼睛失神地望着他。在这一分钟内,萨加尔,这位内心已沾染了二十年抢劫生活的海盗,这位一向骄傲地说他从来不觉得他的两腿会发抖的人,这位从来不肯坐在柱子前那张凳子上的人,这一次可再不能支持了,他不得不在那里坐了下来。人群始终在集合拢来,威胁着他,使他不能呼吸。由于需要空气,他把头抬起来了。他立刻又站起来,他看见那上面,位于全厅最高处的电报台上,梅山正以她肥胖的身躯俯瞰着这个战场。她的那只破旧的黑皮手袋就摆在她身旁的石栏杆上。她在等着收拾那些破了产的企业股票,她像一只跟着军队跑的贪吃的乌鸦,在那里等到大屠杀的日子好搜寻死尸呢!

萨加尔于是以一种坚强的步伐离开了那里。他整个人都显得虚无飘渺和毫无着落。但是,他仍然有一种不寻常的坚定意志,使得他还能够稳步一直前进。只是他的感官似乎有些迟钝,连脚踩平地的感觉都没有,他以为他是在一张厚绒地毯上走路一样。同时,他眼前又好似有一层云雾,耳朵中也时时嗡嗡地响着一种什么声音。当他走出交易所,走下台阶时,他连人也分辨不出来了。围绕着他的仿佛都是一些飘浮的幻影,都是一些模糊的外形和一些听不清楚的声音。毕式那张宽大的鬼脸,在他面前经过,他看见了么?他是不是停下脚步和悠闲自在的拿丹松说了一会?拿丹松的声音在他听来好像来自远方。在大家都感到惊慌的情况下,萨巴达尼和马西亚是不是还伴随着他?他觉得他的周围有一大群人,或者还有塞第尔和莫让特,所有这些面孔一会儿好像消失了,一会儿又好像改变了样子。因为他要离开了,他要在雨中,在浸没了巴黎的泥泞中消逝,于是他向这一切幻想中的人群,夸耀他最后的光荣,以表示他精神的解放,因此他以尖锐的声音说:

"啊,为了那朵茶花,真叫我伤心;人们把它丢在我的院子里,它冻死了!"

十一

惊慌失措的嘉乐林夫人,当天晚上就拍了一封电报给还要在罗马待一星期的她的哥哥。三天以后,哈麦冷就跑到巴黎来挽救这个危局了。

在圣拉查尔街,在图样室里——即昔日用那样高的热情来讨论和决定这一事业的地方——萨加尔和工程师之间的辩论是极其猛烈的。这三天之内,世界银行在交易所中的崩溃严重得可怕,股票继续下跌,跌到票面金额以内的四百三十法郎了。跌势还没有停止,世界银行的根基是一点钟一点钟地在动摇,在往下坍塌。

嘉乐林夫人竭力避免加入他们的谈话,她只默默地听着。她充满了良心的责备,她自认为她也是同谋犯,因为她曾立志要担起监督的责任以后,她却一切都听其自然。她卖了股票,不过是希望因此而可以阻止行情的上涨;她是不是不应当以此为满足才对呢?她是不是该采取别的方法预告那些买股票的人,最后甚至于采取行动来阻止那些疯狂的赌博呢?她是那样敬爱她的哥哥,可是现在她看见他如此地受到连累,看见他的重要事业发生动摇,看见他一生心血付之东流,她的心都碎了。她尤其痛苦的是她觉得她没有判断萨加尔的自由,她不是爱过他么?她不是曾经委身于他么?这种秘密关系,使她更感到羞耻。她置身于这两个男子之间,心理上简直是一种惨痛的战斗。在大祸来临的那一天晚上,她以一种直率的热情流露迫使萨加尔听她说话,她把她长期以来积在内心的责备与恐惧和盘托出。随后,她看见他在微笑,态度还很顽固,仍然不承认失败,她考虑到他需要生存下去的力量,于是想她在他面前曾经表示过这样的脆弱以后,她就没有权利把他打倒在地了。她只好以沉默来躲避,只好从态度上去表示她的责备,她只想做一个见证人而不愿做一个审判官。

哈麦冷平常是那么和悦,对于他自己工作以外的事毫不关心,而这一次也生气了。他猛烈地抨击赌博。世界银行在赌博的疯狂下垮下来,这一次危机是绝对的缺乏理性所造成的。当然,他也并不是主张银行让自己的股票下跌的人,就好比铁路公司,因为铁路公司有它自己的广大生产资料,因而有日常的收入;而一个银行真正的生产资料,就是它的信用;信用一旦动摇,银行就将慢慢地死亡。只是,这里有一个限度问题。倘若说把牌价维持到两千法郎是一件必要的、同时也是稳健举动的话,那么愿意它而且促成它达到三千甚至于三千以上的举动,便是毫无理性而且完全是罪过了。他来到巴黎以后,他就需要了解真相,全部真相。因为上次举行股东大会时,他曾经听见人们在他面前明白说过公司并没有保存自己的股份,这一次人们可不能再欺骗他了,应当把一切都向他说了,他也不能像过去一样宽容了。账簿都在那里,他极容易看清楚那些谎话。例如萨巴达尼的账,他知道,他就是掩盖公司耍一切手段的假账户。他根据这笔账一个月一个月地查上去,发现从两年前起萨加尔的狂热病已在开始逐步地发展;他起初还胆怯,买进时还谨慎从事,但后来买进的数额便越来越大,结果竟买进了二万七千股,价值四千八百万之多。这不是发了疯么?这种冒昧的疯狂,仿佛对所有的人是一种轻视;在萨巴达尼名下来往的数额竟到了这个程度!而且还不止萨巴达尼一个人,还有其他的傀儡账户,银行的职员,甚至于董事,他们都在那里买进,而账上做的又都是转账,他们竟买进了两万股以上,代表金额也约近四千八百万法郎。而这一切还算是买的现货,此外还有在一月份最后一个交割期的期货,也是两万股,代表金额是六千七百五十万,而这一笔款子是世界银行准备交付的。这还没有计算到里昂交易所的情形,那里也买进了一万股,代表金额是二千四百万。把整个数字加起来一算,说明公司据有它自己的股票几乎到了它所发行股票的四分之一,而它对这四分之一的股票却是用了两亿之多那样可怕的款项买进来的!这就是它陷入深渊的原因了。

痛苦和忿怒的眼泪涌上了哈麦冷的眼眶。他,不久以前在罗马很顺利地把一个伟大的天主教银行——"圣陵金库"——的基础打好了。这样,到将来一有苦难的日子,就可以堂而皇之把教皇安置在耶路撒冷,安置在圣地传统的光荣之中。这个银行还可以使新的巴勒斯坦王国,不受任何政治上动荡的干扰。由于这个国家的资源丰富,所以银行的经费基础可以靠大量地发行股票,所有的基督教徒都会争着购买这些股票。这一切,在一种愚蠢的狂赌中一下子就垮台了。他走的时候,账目是很可乐观的,百万计的金钱唾手可得,公司的繁荣是那样迅速和那样声势浩大,无论什么人都感到惊讶。但不到半个月工夫,当他回来的时候,两亿金钱已化为乌有,公司已倒坍在地下成为灰烬。这里只剩下一个好像经火烧过的黑洞。他的惊异不断增长,他强烈地需要解释,他想了解到底是什么神秘的力量促使萨加尔竭力破坏他所建立起来的如此巨大的建筑物,促使他从这方面一块石头一块石头地拆毁它,而他自己呢,却还想在另一方面把这个建筑物完工呢!

萨加尔并不动怒,很干脆地回答这问题。他在事情发生后的最初几个钟头是极其冲动而且丧气的,但现在由于有一种不可驯服的希望,他又重新站立起来,坚强起来了。可怕的灾祸是由于叛徒的行为造成的,但一切都未损失,他将把一切重新建立起来。再说,世界银行之所以有那样迅速而声势浩大的繁荣,岂不正是人们所责备他的那一切方法所造成的么?成立财团,一再增加资本,最近一次的提前作出红利的决算,公司保留了自己的股票,后来甚至于疯狂地大量买进自己的股票……这些都是和银行的成功分不开的。如果人们承认他的成功,同时也就应当赞成他的冒险。当我们把一部机器烧得太热时,它自然会爆炸。此外,他不承认他有任何错误。他所做的和其他银行经理所做的完全一样,只是更有魄力罢了。他始终没有放弃他天才的主意,伟大的主意,即把所有的股票都收买过来,打倒甘德曼。他无非就是没有这笔钱罢了。现在,一切还可以重新来过。下星期一就可以召开一个特别股东大会。他想他有绝对的把握掌握与会的股东。他将使他们作巨大的牺牲,他坚信他只要说一句话,大家都会把财产贡献出来。在股东大会未举行期间,可以依靠其他几家大银行的小额借款来维持下去;这些银行,每天早上都把世界银行日常的急需用款借给它,这是因为它们怕它崩溃得太突然会动摇它们自己的信用。危机一旦过去,一切还可以继续而且重现光明的。

"但是,"看到萨加尔微笑的平静态度而安定下来的哈麦冷发表了他的意见,"在我们的敌对方给我们的这些援助中,你没有看见其中有一种策略么?它们的意图是首先避开,然后再慢慢地使我们坠落以便坠得更深一点,使我发愁的是我看见甘德曼也在这里面活动。"

的确,甘德曼最初是出力防止世界银行立刻宣布破产的人之一,他的实际用意是有些奇怪的,好像一个迫不得已从邻居家放了火的先生,随后又急急忙忙地带了水桶去救火,以免整个地区都遭受焚毁。他已超然于宿怨,他只求一个光荣;这光荣就是:做全世界的第一个最富足、最老练、能够牺牲一切情欲来继续不断地累积自己财产的金钱商人。

萨加尔做出了一种不能忍耐的表示,他很气恼的是因为他感到战胜了他的人在那里夸耀自己的智慧和谨慎。

"啊,甘德曼,他想夸耀他有非凡的灵魂,他以为他可以用他的恩惠来杀死我。"

沉默了一会,直到现在没有说过话的嘉乐林夫人说:

"我的朋友,我让我的哥哥同你讲话,因为在他听见这些不幸的事件后,他当然感到很难过,所以他应当同你谈一谈……但是我们,我们几个人的处境,我觉得是很明显的,我觉得,如果事情一定要恶化的话,他不可能有什么危险,你说是么?你知道我们的股票是在什么牌价之下卖出的,人们不会说他故意抬高牌价来使他自己的股票获得巨大的利润。再说,这一次灾祸以后,我们都知道我们所要做的事……我承认,我并没有你那种执着的希望。不过,你也是对的,应当挣扎到最后一分钟。我的哥哥绝不会使你灰心的,你放心吧!"

她有些激动,对于这个顽强的有生气的男子,她又充满了一种容忍的感情,但她再不愿意表示出这一种脆弱的感情了,因为对于他——这个有抢劫狂的无耻海盗——所做过的以及将来一定还会做的可鄙的事,她再不能盲从了。

"的确的,"抵抗到了最后感到疲倦的哈麦冷紧接着说,"当你设法拯救我们大家的时候,我不会捆住你的手脚。请你信任我吧,如果我对你有用的话。"

在这最后一分钟,在这最可怕的威胁之下,萨加尔再一次地安稳了他们兄妹俩,并且说服了他们;在他离开他们时还说了这样一些充满了诺言和神秘的话：

"你们放心地睡觉吧……这时我还不能说，但是我绝对有把握，在下一个星期以前，我一定使一切重新活动起来。"

这句话他没有解释，但他对于世界银行的一切朋友，一切带着忧愁、恐惧来请教于他的顾客，都这样说。三天以来，伦敦街他的办公室内仍是来往不绝的人。波维里埃母女，莫让特夫妻，塞第尔，德若瓦，成群结队地跑了来。他很冷静地接待他们，用一个军事家的态度说着激动人心的话语使他们心中产生了勇气。当他们说他们想把股票卖掉以便输定的时候，他便生气，大声向他们说不应当做这样的傻事，他以名誉担保必能使行情再回升到二千甚至三千法郎。他虽然犯了许多错误，但众人对他还是保存了一种盲目的信仰；只要人们还能让他和他们一道，让他自由地使用他们的钱财，是的，他还可以把一切整顿起来，还可以如他自己立誓所说的那样，最终会使他们大家都发财的。如果星期一以前不发生什么意外，如果人们给他的时间使他能召集临时股东大会，谁也不能怀疑他会从废墟中把世界银行拯救出来，而且完整无缺。

萨加尔还想到了他的哥哥卢贡，这是他时时提到的一个强有力的援助，但如何援助，他却不愿多加解释。他有一次和叛徒德格勒蒙迎面相遇，他狠狠地责备了他一番；可是责备的结果，他只得到了这样的回答："但是，我的亲爱的，不是我不要你，而是你的哥哥！"无疑的，这个人是在他的法规范围内行事的。他曾经说过，他加入世界银行是以卢贡也加入世界银行为条件的，人们也正式允诺过他；那么，在这位大臣不但没有加入世界银行而且还和世界银行及其经理作对的时候，他把股票卖完，有什么值得惊异的呢？至少这也是一种无可辩驳的借口。萨加尔很吃惊,这一下他才觉得他和他哥哥闹翻是一个很大的错误,只有他哥哥才能保障他,只有他哥哥才能使他居于不败之地,原因是人们如果知道他背后有一个伟大人物时绝不会使他破产的。对他的自尊心说来,在他决定祈求雨赫议员出面帮助他的时刻,也就是他最痛苦的时刻。再则,他还保持一种盛气凌人的态度,他始终不肯逃跑,他认为卢贡有义务帮助他,他认为避开这件丑事,卢贡所得的好处比他所得的好处还大。第二天,他正等着已经事前约好的雨赫来访,雨赫没有来,他只收到他送来的一张纸条;在纸条上雨赫用含糊其词的文字写着,说人家叫他告诉萨加尔不要性急,应采用一种稳妥的解决方法,如果将来形势还不致逆转的话……他很满意这几行字,认为这是卢贡将采取中立的一种诺言。

但是事实是卢贡已作了断然的决定,决定和这个家属中的赘瘤割断关系,因为这个赘瘤好几年来,时时处在那些不干不净事件的恐怖之中使他为难,他现在宁肯干脆把这个赘瘤割掉。如果不幸的事件出现,也用不着去设法挽救他。既然他始终做不到叫萨加尔自行逃跑,最好的办法难道不是设法判他的罪,然后再为他提供逃脱的方便之门强迫他出国么?突然发生了这件不名誉的事,一下子叫他滚蛋,这不就完了么?再说,自从他在立法会议发表声明以来,这位大臣的处境也很艰难;他在立法会议中,以一种值得纪念的侃侃而谈的语调曾经申说法国绝不让意大利占领罗马。天主教徒对此是大大地夸奖,而越来越强有力的第三种势力却加以抨击。他已看出来,获得波拿巴派支持的第三种势力,要推翻他政权的时候到了;否则,他必须给他们另外一种保证。这个保证,在情况允许的时候,那就是放弃罗马所维持的、势力越来越令人畏惧的世界银行。使卢贡采取决定的是他管理财政的同僚的秘密通知。这位同僚在发行公债的时候便跑去找甘德曼和其他极端保守的犹太银行家;可是这般人一点也不积极,并且表示,当市场对他们如此不安定而且已全部陷入冒险投机时,他们是不肯拿出他们的资本来的。现在甘德曼胜利了。宁肯让犹太人胜利,他们的黄金王国还可以忍受,也不让极端的天主教徒做世界的主人,如果他们在交易所得了胜的话。

后来人们在传说,新任的司法大臣德甘卜尔,因为对萨加尔有深仇宿怨,于是当这个案件需要司法出面干涉时,他就去征求卢贡的意见,问他到底该采取何种态度来对付他的兄弟。他得到卢贡从内心里发出来的声音:"啊,但愿他替我除掉这个障碍,我就万分地感谢他了。"这一来卢贡就从此不理萨加尔,萨加尔没有办法了。自从当权后就在侦察萨加尔的德甘卜尔,这一次便在无边的法网中,在刑法条文的字里行间,寻找逮捕萨加尔的机会了,他只要找出一点小小的借口就可以派出法警和法官来处理这件案子。

有一天早上,为了还没有行动而突然热中起来的毕式跑到司法部去了。过去他是不慌不忙的,可是现在他发现萨加尔差梅山的四千法郎,即小维克多用掉了的那一笔大额账款,可能是永远收不到了。他的计划是设法造成一件不名誉的事,以便告发萨加尔,说他遗弃孩子,这样一来,就可以把他强奸孩子母亲的事乃至丢弃孤儿的事和盘托出。在世界银行发生危机惊动了众人的时候,对世界银行的经理提出这样一种诉讼,是会轰动整个巴黎的。毕式希望萨加尔一受到这样威胁便会付他的款子。但是负责代表德甘卜尔接见毕式的那个人——德甘卜尔的侄儿,却以一种厌烦和不能忍耐的态度听着毕式的叙述。不!不!用这样一种无稽之谈去告发萨加尔是不会有什么了不起的结果的,这也不合乎刑法上任何一条条文。失望了的毕式不免激动起来,他说到了他的长期忍耐,说他对萨加尔过于客气,竟肯把一笔款子放在世界银行让他用来填补交易所的空额。这位官员听到这里突然截断他的话。怎么!在银行的失败已成为肯定的情况下,他竟有一笔款子存在银行里,让别人拿去作投机冒险?他还不到官府去告状!再没有比这更其简单的事情了,他只要递一张欺诈钱财的诉讼状就行了。因为这样司法当局便可以得到招致银行垮台的欺骗行为的证据。这就是致命的打击,用不着其他的材料,用不着演唱那醉死的姑娘和在阴沟中长大的孩子那类笑剧。毕式听着,他的面容谨慎而严肃,他被人推上了一条新的道路,人家要他做一件他事前没有想到的事;但是他知道这件事有决定性的后果:萨加尔遭逮捕,世界银行关门大吉。为了怕损失自己的钱他很可能立刻这样做,再则,他最需要的也是各种灾祸,他可以从中混水摸鱼。但是他却又迟疑起来,他说等他考虑一下再来。这位官员于是不得不把钢笔放在毕式的手中,请他就在这个办公室的写字台上写下一张欺诈钱财的诉讼状。官员把毕式打发走了以后,便异常高兴地把这张诉讼状拿去给他做司法大臣的叔父,事情就算定了。

第二天,萨加尔在伦敦街世界银行的行址内,正同一些查账人员和监察董事开长时间的会议,意在做出一个提交临时股东大会的总账。虽然从别的金融机关借来了若干款项,但世界银行的柜台仍不得不停闭了;在提款愈来愈多的情况下,只好暂时停止付款。这个银行不过在一个月以前,库存几乎有两亿法郎之多,现在对于那些急需款项的存户,一共才只有几十万法郎,应付过后就没有了。有一个负责查账的会计师,向商业法庭作了一个总报告。第二天,法庭即正式宣布世界银行倒闭了。但无论如何,萨加尔仍然还不自觉地允诺他要挽救这一局势。他有一种盲目的希望和特别顽强的勇敢。恰好在这一天,他正等着经纪人联合会的回答以便决定收买股票的法定价格时,有一个传达进来告诉他说有三位先生在隔壁屋子里要求见他。这也许是好消息吧,他很高兴地匆匆跑了去。他看见原来是一个警长带着两个警察准备立刻逮捕他。拘票是根据会计师报告的原文发出来的;会计师申称账目中有很多不合法的地方,特别是欺诈使用了毕式的钱财这一点。毕式的诉讼状中说他有一笔款子原是交给萨加尔作定期存款的,可是萨加尔却拿去作了不正当的用途。在这同时,哈麦冷也在圣拉查尔街住处遭到了逮捕。这是真正完了。仿佛一切仇恨、一切不幸,都同时降临了。临时股东大会再不能召开,世界银行已宣告死亡了。

在她哥哥被捕的时候,嘉乐林夫人不在家,他只匆匆忙忙地给她留了几行字。当她回来时,她吃了一惊。她从不相信人们会来逮捕他。她觉得他完全没有沾染这些乱七八糟的交易,他既然长期不在巴黎,他当然无罪。在银行倒闭的第二天,这两兄妹所有的财产都被剥夺去填补了账目上的亏空,他们也愿意一无所有地摆脱这场祸事,一如他们参加这件事业时原本也是一无所有的一样。他们被剥夺去的财产数额是很大的,差不多有八百万;他们从一个姑母那里继承来的三十万也一齐葬送了。她立刻开始活动,她去求情,她只能为改善命运而活着,她准备替她可怜的哥哥辩护;虽然她很英勇,但她一想到他是无罪而关进监牢,为这件可怕的不名誉事所沾染,生命遭受了损伤,永远洗不干净,她的眼泪就如泉水般流出来了。他是多么地厚道,多么地脆弱!他有孩子般的诚信,正如她所说,他有"大傻瓜"似的无知,他唯一知道的就是他的技术性的工作!起初,她对于萨加尔有一种忿怒的心情,此人是这场灾祸的根源,是他们兄妹不幸的制造人。她现在能够从头到尾弄清楚这件可鄙的事业而加以判断了。所谓从头就是他同她那样愉快地开玩笑说她在钻研法典的日子;所谓到尾,就是最后非失败不可,那一切不合法行为必定得到它应有的惩戒的日子;可是这些不合法的行为是她事前看见而让他去犯的!她真苦恼,做了同谋犯的良心责备时时折磨着她。她不说话了,她不肯公开表示关怀萨加尔,她只当他这个人并不存在一样地做她自己的事。当她不得不提到他的名字时,仿佛是提到一个陌生人,一个与自己利益毫无关联的名字一样。她每天都要到贡西艾日里监狱去看她的哥哥,但她绝不要求当局允许她去看一次萨加尔。她是极勇敢的,她始终住在圣拉查尔街的房子里,接待那些来访的人,甚至那些一来就骂人的人。她已变成了一个事务人,她决心要挽救她所能挽救的名誉和幸福。

在楼上那间图样室内,她曾经度过许多充满了劳动和希望的美好时刻。现在她在这里度过的漫长时日中,有一幅景象是特别使她伤心的。当她走近窗口,向邻居大楼投射一瞥的时候,她不能不忧心如焚。在那间小房间的玻璃窗后面便是那两个可怜的女子,波维里埃伯爵夫人和她的女儿阿丽丝的暗淡侧影。二月的天气是很温和的,她常常看见她们低着头,踏着缓慢的脚步,沿着为冬天所损坏的生了苔的花园小路走动。在这两个生物的身上,世界银行的崩溃表现得特别可怕。这两个不幸者在十五天以前,因为有六百股股票还据有一百八十万法郎的财产,但今天股票由三千跌到三十,她们只能卖出一万八千法郎了。她们的整个财产突然一下化为乌有了:伯爵夫人艰难地保留着的两万法郎的嫁妆费,用抵押阿布勒田庄借来的第一批七万法郎,由出卖价值四十万的阿布勒田庄所得的第二批二十四万法郎,彻底化为乌有了!将来她们会变成什么样子?大楼已经负担不起的那一笔抵押贷款的利息,每年要用掉她们八千法郎之多;而为了维持场面保全地位,不管她怎样抠唆,采取种种紧缩的经济手段,最低的省无可省的家庭开支,每年也得用七千法郎。纵使把股票卖了,今后又如何生活呢?这一万八千法郎,像沉船后的水上残存物一样,怎么能应付这一切需要呢?有一件事情现在是不得不做了,这件事是伯爵夫人直到现在还坚决不肯考虑的:那就是离开大楼,把它交给抵押放款的债主,既然利息付不出来,又不愿意坐待债主来标价拍卖,那么,立刻去租上一间小房子,在那里过一种紧缩的湮没无闻的生活,一直等到吃完最后一片面包,这是对的。然而伯爵夫人所以还不肯这样做,是因为她觉得这样是毁灭她自己,等于她所相信还活着的东西都毁于一旦,等于她们那一族人的名誉地位全部崩溃;而这点名誉地位则是她多少年来用她颤抖的手和英勇的顽强态度所支持的。波维里埃家都在租房子住了,再没有祖先的遗产了,寄居在别人家里了,过着一种败家子那样的、人人皆知的贫困生活了,真的,难道这不叫人羞死么?她始终还要奋斗。

有一天早上，嘉乐林夫人看见这两个女子在花园的凉亭下洗衣服。那几乎不中用了的老女厨司已经不能再帮她们的忙了。在最近几天很冷的天气里，她们还得反过来照顾她。她的兼做车夫、门房和男仆的丈夫也是同样的情形，连扫扫房子，使那条和他一样跛腿而残废的老马站起来的工作都几乎不能做了。因此她们母女俩决计自己操持家事。女儿有时丢下水彩画自己下厨房去做素菜汤，这就是这一家四口的奢侈的食粮。母亲擦家具，补衣服，补鞋子，她这样做是抱了一种极可怜的经济打算，就是一切由她亲手来做，可以省一点条帚、针和线。只是，万一突然有人来访时，她们母女俩就赶快跑开，丢掉围裙，匆忙打扮，重新以家庭主妇的姿态出现，手又变成细白的、从来没有劳动过的样子了。上街时，她们的行径也没有改变，一切虚荣并未受影响：马车出门时始终装璜得一样好，载着伯爵夫人和她的女儿；每半月举行一次的晚餐还是集合了每年冬天常来的客人，餐桌上也不少摆任何一盘菜，烛台内也不少点任何一枝蜡烛。只有像嘉乐林夫人一样能够俯瞰花园的人才了解这一切装璜，这扇破产后虚伪门面的代价，乃是下一天的饿肚子。当她看见她们在邻近那些房子所围绕的潮湿深渊，在百年古树的绿色枝干下，表现出她们如死一般的忧郁气色时，她就异常怜悯她们。她离开窗口，内心因受良心的责备而撕裂，仿佛她又一次感到自己是造成这一贫困景象的萨加尔的同谋犯。

又有一天早上，嘉乐林夫人还遇见一件更直接、更令人伤心的不幸事。有一个人告诉她说德若瓦来见她，她鼓起勇气去接待他。

"啊，我可怜的德若瓦！……"

但她没有说完便停下了;因为她注意到这位昔日的办公室用人的脸色苍白,便不觉吃了一惊。在他长得并不端正的面貌上,他的眼睛已像死人的眼睛一般;而且,本来是高大的他,现在变矮变小了,仿佛他的腰弯得很厉害。

"你不应当灰心,你应当想到所有人的钱全都一样完了……"

于是,他用他慢吞吞的声调说:

"啊,夫人,并不是为钱的事……自然,起初,我也受了猛烈的打击,因为我一直相信我们已是发了财的人了。一个人赢了钱就像喝了酒一样,是会冲昏头脑的……我的上帝!我已经决定今后努力工作了,我想做许多工作,一直做到我再找到这笔钱的时候为止……只是,你不知道……"

大颗的泪珠从他脸上滚下来。

"你不知道……她走了。"

"走了,谁?"惊异的嘉乐林夫人问。

"娜达丽,我的女儿……她结婚结不成了。当德沃多尔的父亲跑来向我们说他的儿子等得太久了,要去娶一个能给他差不多八千法郎嫁妆的小杂货商的女儿时,她生气了。我是了解她生气的理由的,因为她想到今后再没有钱,那就永远嫁不出去了。但是我是多么地爱她!今年冬天我还在半夜里起来替她盖被子。我还戒了烟好让她有钱买更漂亮的帽子。我是她真正的母亲,我把她抚养成人;在我们的小家庭中,我活着唯一的快乐就是看见她。"

他的眼泪把他哽住了,他放声大哭起来:

"所以,这是我贪心不足的过错……如果在我那些股票能够给我六千法郎的嫁妆费时就把它们卖掉的话,她这时候已经结了婚了。不过,你说是不是呢?股票又始终在上涨,我又为我自己打算起来,起初我想弄六百法郎的年金,随后想八百,更随后想一千……再说,我又想到将来这笔钱也还是要留给她的……想想看,有一个时候,牌价到了三千,我手头已有二万四千法郎;这笔钱除了可以拿出六千法郎的嫁妆费外,我还可以有九百法郎的年金收入而退休。不,我想要一千……你说傻不傻呢!而现在,这些股票只值两百法郎了……啊,这是我的错,我恐怕还是去投河死去的好!……"

嘉乐林夫人对他的痛苦很同情,让他哭了一阵。但是她还是想知道:

"走了,我可怜的德若瓦,她怎么走的呢?"

这一来,他颇有些为难,一股轻微的红晕泛上了他惨白的面孔。

"是的,她走了,她失踪了,已经三天了……她认识了我们家对面的一位先生,啊,那倒是一位很好的先生,是一个四十岁年纪的人……最后,她逃跑了。"

当他想把这件事详细说清楚而要去寻找一些适当的词句时,他的舌头不灵了。嘉乐林夫人这时想起了娜达丽,一个瘦削的金发姑娘,有巴黎街头美女子的那种柔媚的表情。她特别想起她的一双大眼睛,她的目光是那么镇静,那么冷淡,有那种利己主义者所特有的明亮。她是一个为父亲惯坏了的孩子,是一个幸福的玩偶;倘使她觉得做一个老实的女孩子于她有利,她愿意做一个老实的女孩子,因此她还不至于做愚蠢的堕落的女子。她只希望有一笔嫁妆,结了婚,然后能在一个小店铺中看守一个柜台。但是继续过着一文不名的生活,一天到晚同老实人父亲一起扫地洗碗,非劳动不可……啊,不!这种毫无新奇因而也毫无希望的生活,她过够了。她走了,她冷静地穿上了她的皮靴,戴上了她的帽子远走他方了。

"我的上帝!"德若瓦继续结结巴巴地说,"她在家里的确没有什么快乐。一个可爱的孩子,要她在愁苦中度过青春,的确也是一件该诅咒的事。但是,纵然这样,她也未免太忍心了一点。你想想看,她简直不和我告别一声,也不写一封信,也不给我一点希望说她不时会回来看看我……她只是关了门就走,一切完事大吉!你看,我的手还在发抖,我为这件事变成了呆子。这件事我真没有办法,我还在我家里到处找她呢!在这许多年以后,我的上帝,我失掉她,我永远不会再有她,我那可怜的孩子,这是可能的事么?"

他停止哭泣。他的痛苦是那么刺心,嘉乐林夫人只能握着他的两只手,重复地说这样的话来表示她对他的安慰:

"我可怜的德若瓦,我可怜的德若瓦!"

随后,为了使他宽一下心,她又提到世界银行破产的事。她很抱歉,说她不该劝他买那些股票。她虽然不提萨加尔的名字,但实际是在严厉地批判萨加尔。但是,这位办公室的用人却立刻兴奋起来。他始终沉湎于赌博,他现在还是那么热中:

"萨加尔先生,啊,他叫我不要卖掉是对的。事情是好极了。要不是叛徒出卖了我们,我们会把他们全吃掉的……夫人,如果萨加尔先生还在这里的话,一切还会变样的。人家把他关进监狱,真等于叫我们去死。还是只有他才能够搭救我们……我早想向法官说这一句话:'先生,请你把他还给我们,我还会再把我的财产信托给他,甚至于连我的生命都可以信托给他,因为这个人就是好上帝,你瞧,他会完成他所愿意做的一切事。'"

吃惊的嘉乐林夫人望着他。怎么!一句生气的话,一点责备的口气都没么?这是一种宗教信徒的热忱的信仰。对于他的群众,萨加尔有什么强大的力量会使得他们服从他的权威甚至到了轻信的程度呢?

"最后,夫人,我来的目的只是为了向你说这一句话。如果我向你说到我个人的悲哀,你应当原谅我,因为我的头脑已经不很健全了……当你见着萨加尔先生的时候,请你无论如何向他说,我们大家永远和他在一道。"

他摇摇晃晃地走了。这时旁边已没有别人,她对于生命起了一种厌恶之感。这个不幸的人真撕裂了她的心。她对于那个人,她不愿意说出他名字的那个人,感到加倍的忿怒,这种忿怒使她心上的伤痕更加深刻了。这时候,又有许多人来拜访她,这一天早上,她真不堪其扰了。

在这许多访问者中,若尔当夫妇是特别使她感动的。他们这种和睦家庭,只要采取什么重要的行动时,总是夫妻双双在一道的。他们——保尔与玛色儿——是来询问他们的父母莫让特夫妇所有的那些世界银行的股票,是不是真的已经一钱不值。在这方面,的确也是一个无可挽救的灾祸。在最后两次大战斗中,这位旧油布商人已经据有七十五股,买价为八万法郎,事情真好极了,因为在牌价上涨到三千的时候,这些股票便代表二十二万五千法郎;但是,最可怕的事情是,在他产生了斗争的热情时,他简直赌起买空卖空来了。他相信萨加尔的天才,他赌的始终是多头。到牌价崩溃时,他需要付出二十多万那样可怕的差额,这一来,竟连他最后一点点财产,那三十年如此辛苦的工作赚来的一万五千法郎的年金收入①,也一齐扫光了。他什么都没有了,他很勉强才还清了他的债务,他卖了他引以为荣的勒让德尔街的小楼房。在这一件不幸的灾祸中,莫让特太太当然要比他更该负责的。

"啊,夫人,"生有一副可爱面容的玛色儿说,她这副面容纵使处于极大的灾祸中,气色也是很好的,而且带着微笑。"你想不到妈妈变成什么样的人了!她过去是那样的谨慎,那样的节约,连女用人都怕她,她常常跟在她们背后,严厉地检查她们的账目;可是她后来说话动辄就是几十万的法郎!她时时鼓动爸爸去干;爸爸呢,就底子说来是比较胆小的,如果妈妈不把她发横财的梦弄得爸爸发狂的话,他是准备听沙夫舅父的话的……首先,是他们读着金融报纸的时候着了迷;爸爸先热中起来,只是开始时他还是躲躲藏藏的,但随后,妈妈也参加了;其实在未参加以前,她经常以一个家庭好主妇的态度一再宣称她厌恶赌博,可是不久,她就像火一样地燃烧起来了。想赢钱的狂热病竟把善良的人也弄成这个样子,这是可能的么?"

玛色儿的一句话使若尔当想起沙夫舅父的面孔来,他于是感到有趣因而插嘴说:

"在这场大灾祸中,你还没有看见舅父的那种镇静!他穿着一件领子衬棕的衬衣,他也预言到了这场灾祸,他的话应验了……他没有一天不到交易所去,他从不中止赌他的小额现货交易;只是一到赢了十五法郎或二十法郎,晚上回去时就

---

① 年金收入为年金本金的百分之五,此处莫让特损失年金收入一万五千法郎,即损失三十万法郎。

感到满足,好像一个老实职员完成了一天的任务时一样。在他的周围,以百万计的金钱从各方面崩溃了,两个钟点之内有人发了横财而另有一些人则倾家荡产;在雷电交加的情景中,黄金像雨一般流到了桶里。可是沙夫舅父呢,他绝不发狂热病,他继续过着他那种简单的生活,赚些小钱维持他的小小的癖好……他是狡猾人中最狡猾的一个,诺勒街最美丽的姑娘都在他家里吃他的点心和糖果。"

若尔当以愉快的心情暗射上尉那种滑稽生活的语言,使两位女性都感到有趣。但是,处境的为难又立刻笼罩了他们。

"啊,不会,"嘉乐林夫人声明说,"我相信你们的父母在他们的股票上弄不到什么钱了。我觉得一切都完了。现在股票的价钱只是三十法郎了,它还会跌到二十法郎甚至五法郎……我的上帝,真是些可怜人,到了他们这样的年纪而且还有他们的享乐习惯,他们会变成什么样子的人呢?"

"唉!"若尔当简单地回答,"应当照顾照顾他们……我们现在还不是很有钱的人,但事情已经开始有办法了,我们总不能让他们流落街头。"

他不久以前碰到一股好运气。在经过多年的无出息的工作以后,他的第一部小说先是在报上发表了,随后印成单行本出版了。他的小说看来能一举成名。他变成了富有几千法郎的人了;从此以后,各方面都开门欢迎他去,他这时强烈地要求继续工作,对于财产与名誉,他都很有把握。

"虽然我们不能把他们请来住在一道,但可以替他们租一所小房子,我敢说,一切事情总是有办法的。"

玛色儿十分多情地望着他,感动得轻轻地战栗了。

"啊,保尔!保尔!你有多么好呀!"

她放声大哭起来。

"我的孩子,安静一点吧,我请求你,"嘉乐林夫人惊讶了,她赶紧这样说了好几遍,"你们用不着伤心。"

"不,你让我哭一下吧,这并不是伤心……实际上,我爸爸妈妈做的一切真是太愚蠢了。我要问你一下,当我同保尔结婚的时候,爸爸妈妈老是在谈论的嫁妆,他们难道不该给我们?他们借口说保尔没有一个苏,说我坚持我们的婚约是一件傻事,就连一生丁也不给……啊,你瞧,今天他们比我们从前的情况还不如了!我的嫁妆,他们也许还保存着,这大约是交易所唯一没有吞下肚子的东西!"

嘉乐林夫人和若尔当不禁笑起来了。但这并不能安慰玛色儿,她反而哭得更凶了。

"再说,也还不止这一个问题。我呢,当保尔穷的时候,我做了一个梦。是的,好像童话一样,我梦见我成了一个公主,有一天,我给我那位破了产的王子带来了很多很多的钱,帮助他成为一个伟大的诗人……可是现在,他无须我帮助了,我同我的家庭,却成了他的累赘!将来一切全凭他操劳,他将把一切东西都贡献给我们……啊,我心里是多么地不安呀!"

他猛烈地把她抱在怀里说:

"大傻瓜,你跟我们讲的是什么话呀?难道我需要一个妻子带来什么东西吗?再说你带来了你的青春,你的温柔,你的良好的品性。世界上任何一个公主也不会带来比你更多的东西的!"

立刻,她平息下去了,被人这样地疼爱,她感到幸福,因此她终于发现她这样哭是太傻了。他又继续说:

"如果你的父亲和母亲愿意的话,我们请他们到克里西来住,那里我看见一些价钱并不贵、还带花园的平房……我们现在的家,简直是四件家具就可以装满了的小洞穴,的确是可爱的地方,但太狭小了,尤其是我们不久还需要地方来……"

他又微笑了一下,掉过头来望着参与这个小家庭欢欣场面而大受感动的嘉乐林夫人;他说:

"啊,是的,我们将变成三个人了,我们要承认这件事,现在我已经是一个能找钱生活的先生了!是么,夫人,她还在哭诉她没有给我带来什么东西,其实这又是她给我的一件礼物!"

由于不生育而陷于绝望中的嘉乐林夫人,看着玛色儿稍稍变红的脸,这时她才注意到她的腰部已经肥大了。于是嘉乐林夫人的眼睛也充满了眼泪。

"啊,我亲爱的孩子们,你们好好地相爱吧。你们是唯一有理性的人,你们也是唯一幸福的人。"

随后,若尔当在临走以前还把《希望报》的详细情形讲了一阵。他生就是讨厌一切事务性的东西的。他谈到《希望报》时,好像人家谈到匪徒的巢穴一样,不过开辟这一巢穴并使它出名的,是投机家的钉锤罢了。其中的所有人员,从经理一直到办公室的用人,都在做投机生意,他笑着说,只有他才没有赌,可是人家都瞧不起他,他受到众人的轻视。但世界银行倒闭以后,特别是萨加尔被捕以后,《希望报》也完了。编辑们都散了;只有让图鲁在陷于绝境时,还想爬上沉船后的残余木板靠啃吃那些残存的东西为生。他也完了,三年来的荣华把他的身子毁了,他拼命地享受以钱能买到的一切,像饿鬼一样,坐在筵席上因消化不良而胀死。奇怪的事,实际也是很合逻辑的事,是桑多尔夫男爵夫人终于堕入了他的怀抱,因为在这大祸临头的混乱日子里,她狂热地想捞回她的金钱。

一提到桑多尔夫男爵夫人的名字,嘉乐林夫人的脸上略为苍白了一阵;若尔当并不知道这两个女人是情敌,一味地继续说他的故事:

"我不知道她为什么会委身于他。或者由于他与许多广告社有联系,她以为他能告诉她一些消息,或者,她所以闹到和他混在一道,正是合乎堕落的规律,也就是越来越低下。我常常发现,在赌博的嗜好中,必有一种含破坏性的发酵原素,它可以腐蚀一切,可以把教养很高的名门贵族变为一个贱人,变为阴沟里被扫荡的垃圾。总之,让图鲁这个下流的家伙,心里始终是记着男爵夫人的父亲踢过他几次屁股的。据说当他去请这位父亲下委托书的时候,常常受这样的脚踢;今天,他大大地报复了。因为,我告诉你吧,我回到报馆去,希望人家付我薪水时,我猛然把门一推,正碰见他们在争吵,我亲眼看见让图鲁打男爵夫人的耳光,而且一连打了几下……啊,这个醉汉,这个被酒精与堕落行为弄得昏头昏脑的人,简直用马车夫那样的野蛮态度打这位上流社会的女子!"

嘉乐林夫人十分痛苦,她示意若尔当不要再说下去。她觉得这种极度下贱的事是会溅污她的。

玛色儿很温柔地握着她的手,临行时说:

"亲爱的夫人,至少请你相信我们到这里来,并不是为了使你伤心。反之,保尔是非常高兴替萨加尔先生辩护的。"

"那当然!"青年人叫起来,"他对我始终都是很和气的。他帮我们摆脱那个可怕的毕式的那种做法,我永远也忘不了。他始终是一个很能够奋斗的先生。夫人,当你见着他的时候,请你告诉他,我们这个小家庭对他始终保持一种深切的感谢。"

若尔当临走时,嘉乐林夫人表示沉默的忿怒。感谢他,为什么?为了他使莫让特夫妇破了产!若尔当夫妻竟和德若瓦一样,临走时竟同样说出了原谅和祝福的话。但是他们又是知道这一切的人呀!这个在金融界生活过来对金钱如此轻视的作家,他并不是什么事都不知道的人呀!她呢,她的忿怒没有停止而且还在增长。不!没有任何可原谅的地方,泥坑太深了。让图鲁给男爵夫人的耳光并没有替她报了仇。毁坏一切的是萨加尔呀!

为了在她哥哥的案卷中还要加一些材料,她必须去找马佐。同时,因为在这个案件的辩诉中又提到马佐是见证人,所以她也想知道他究竟是什么态度。原来约定会面的时间是下午四点交易所收场以后。等到她独自一个人的时候,她用一个半多钟头来把她已经获得的一些参考材料进行分类。在这一大堆废墟之上,她开始看清楚了。这正如在火灾后的第二天,当火熄烟消以后,人们在那里清查垃圾,希望在那熔化了的宝石上发现黄金一样。

首先她想,这些钱到底跑到哪里去了呢?两亿金钱葬送下去,倘若这一面是囊空如洗,另一面应当是满载而归。但是她看出来,空头家的耙并没有把这些钱完全耙了去。夹缝中漏走的钱至少有三分之一。在交易所中,在大灾祸的日子,人们可以说连地都会吸饮金钱的。于是弄得到处都是金钱,每个人都可抓到一把。甘德曼一个人大约就弄到五千万;其次是德格勒蒙,他弄到一千二百万到一千五百万。有人还提到博安侯爵,他的传统手法又一度获得了成功;在马佐这面,他委托买进,但他却拒绝付款;在甲各彼那面,他委托卖出,所以他分到了两百万。只是这一次马佐才弄明白了,原来侯爵完全在使用下流手段,家里的家具主人都用了他太太的名义,所以他无产可破。让亏损弄得发了慌的马佐已经说过,要在法院告他。所有世界银行的董事几乎每个人都分到了很大的一份:有的是像雨赫和戈尔一样,在大崩溃前牌价最高时卖了他们的股票;有的则如侯爵和德格勒蒙一样,采取一种倒戈的行为跑到了空头阵营里去。此外,当公司到了最危险的时候,董事会在最后几次会议中的某一次会议上,通过每一个董事可以借十万多法郎。最后,在交易所场内,德拉罗克与甲各彼私人名下也赚了很大一笔数目;可是他们的钱又陷入两大漏洞中去了。这两大漏洞是无法填补的。甲各彼的漏洞是由于嗜好女人所造成的,德拉罗克的漏洞则是由于疯狂的赌。同时,有人在传说拿丹松已成为场外交易之王,原因是他一面替萨加尔作多头,另一面替自己作空头,这样竟赚了三百万法郎。他还有一个最好的运气:他这一次受世界银行委托买进了很多股,而世界银行付不出钱来,他本来该破产的,但是人们认定世界银行已无力付款时,就把世界银行所差欠的一百多万作为礼物送给他了。这个小拿丹松,真是一个幸福而灵巧的人!多么漂亮的冒险行为!人们在微笑,赢的钱拿到手,输的钱却可以免付!

然而数字始终是弄不清楚的,嘉乐林夫人不能精确地估计谁赚了这许多钱,因为交易所的那一套把戏始终充满了神秘;经纪人也严格地保守他们职业上的秘密。即使人们把他们的笔记本拆开,也是什么都不知道的,因为那上面并未登录名字。这样,她想知道在最后一个交割期后逃跑的萨巴达尼究竟卷走了多少钱都完全办不到。这也是大大打击马佐的另一破产事件。这是普通的故事:那些来历不明的顾客,最初人家不信任他们,于是他们就先交两三千法郎的保证金。在头几个月,他们赌得很稳健,到后来,到了这点微弱的保证金已被人遗忘时,他们就变成了经纪人的好朋友,然后,在耍了一些强盗手段以后的第二天,他们就逃跑了。马佐宣布要萨巴达尼破产,一如他从前曾经使什罗塞破产一样。原来什罗塞也是同一帮的惯贼,这一帮人盘踞交易所,和从前的强盗盘踞森林一样。这位掺杂了东方人血统的意大利人,生有一双天鹅绒的眼睛;有一种流言说他生理上有某种现象,妇女们也经常交头接耳谈论这种现象。他现在又要跑到外国都城——有人说他到柏林去了——去扒那里的交易所了;等到巴黎方面把他遗忘了以后他再回来,那时人们又会重新和他打招呼;然后,他在获得大家的原谅之后,他又重新来他那一套。

嘉乐林夫人把这些破产事件拟定了一张清单。世界银行的崩溃震撼了整个巴黎,简直没有一件事业能够稳固地站住脚了,邻近的企业都发生了裂缝,每天都有倒闭的事发生。银行与银行之间因彼此影响而倒闭,其情况有如火灾之后那些片断的墙垣突然坍陷一样。在一种默默无声的惊骇状态中,人们听见有东西垮下来,人们问着自己,这些破产何时才能终止。对她说来,内心最受打击的,还不是那些被摧毁了的、陷入困境的银行家、公司、金融界中的人和事业,而是她所认识的和所喜爱的那些可怜的人、股东、甚至于投机家,他们也一律在牺牲者之列。在打了败仗之后,她现在来计算死亡的队伍了。这其中不仅有她可怜的德若瓦,愚蠢而可悲的莫让特夫妇,如此令人心酸的可怜的波维里埃母女;另外还有一幕悲剧使她极为不安,那就是丝商塞第尔昨天也宣告破产了。她在儿童习艺所中看见过这个人,他也是一个董事,正如她所说,他是常务董事会中唯一的也许可以信托十个苏的人。她说他是世界上最老实的人。赌博的嗜好真是一件可怕的事!以三十年的工作和诚信建立起巴黎一家最稳固的商号的人,还不到三年,就把这个商号毁了,腐蚀了,竟突然一下化为灰烬!从前他经历了许多劳碌的日子,那时他还认为依靠持续的努力便可以创造出一笔财产,可是由于他偶然赢了一次钱,他就瞧不起这种努力了,一心梦想在交易所中获得胜利,一个钟头之内,就可以赢到一个诚实商人需要一生才能找到的百万金钱。而现在,他想起这些过去的劳碌的日子,该是多么痛苦,多么悔恨!交易所把他的一切都拿走了,这位不幸的人像受了雷打一样,受了神谴责一样,他已无能而且不配继续经营他的商业了。他的儿子古司达呢,由于贫困的关系,说不定将来会变成一个骗子。他生就有一个贪图享乐的灵魂,他已经欠了四五万法郎的债,因为他签了一张期票给日耳曼妮·格儿小姐,弄得名誉扫地。此外还有一个使嘉乐林夫人大为伤心的孩子,那就是那个跑街马西亚。天晓得,她平常对于这些盗劫与说谎的中间人竟表示过温存的态度!不过,这个人到底也是她所认识的人之一。他有一双微笑的大眼睛,当他在巴黎奔走,目的只是为了求得一些可怜的委托书时,他的态度像挨了打的好狗一样。在一个短时期内,他竟相信该轮着他来做一下交易市场的主人,违抗他穷苦的命运,跟着萨加尔的脚后跟跑,那么,现在真是何等可怕的坠落呀!这一坠落惊醒了他的梦,把他摔倒在地,折断了他的腰!他欠了七万法郎的债,他把这笔钱付了,其实他可以和其他许多赌徒一样,借口说这次亏损属于例外而不付款的。他以他整个的一生来作担保,他在朋友那里借了钱,了结了他这件大傻瓜的行为,来付他其实用不着付的款子。因为人家并不佩服他这样的豪爽,人家还在他背后耸肩表示轻视。他只怨恨交易所,他现在仍然要做他所讨厌的肮脏职业。他大声说,要在交易所中成功除非做犹太人;但他仍然还留在交易所,既然他待在交易所,他就顽固地期待着大发横财的那一天,只要他还眼灵脚快。

但是那些不认识的死人,那些无名字无历史的牺牲者,更使嘉乐林夫人的心充满了怜悯。这些人是大批的,他们布满了荒僻的荆棘丛林和长满野草的壕沟;此外还有被人遗忘的死尸和在每一棵树身的背后痛苦得快断气的伤者。多少可怕的无声悲剧!那一群小额年金收入者,那些把他们所有的储蓄都用来买同一证券的小股东,那些退休后的门房,那些同猫生活在一起的脸色苍白的老姑娘,那些性情古怪,生活严谨的外省退休者,那些爱施舍的乡村传教士,那些经常生活费用只有几个苏的人——哪几个苏买牛奶,哪几个苏买面包,他们的预算是那么精打细算,那么有限制,以致一旦欠缺两个苏时就会造成极大不幸的这般人——突然一下,什么也没有了,生命都中断了,消失了。老人的手在颤抖,茫然不知所措,在黑暗中摸索,不能工作……所有这些谦恭而安详的人们,突然一下被抛掷在可怕的恐慌之中!在旺多姆那面,由于年金经管员法犹的逃跑使情势更其严重,那里来了上百封失望的信。法犹替一群顾客在交易所买卖股票,又替他们保管这些股票和现金。而他自己呢,也参加了可怕的赌博,在他赌输了而又不愿付款的情况下,他就席卷他手头还残存的几十万法郎,逃之夭夭。他使得旺多姆的周围,那些遥远的乡村充满贫困与眼泪。到处,所有的竹庐茅舍都动荡不安起来了。这一次就和大瘟疫流行过后一样,所有遭殃的人算起来还是那些有点小储蓄的中等人家;只有等到他们的儿子一代,再用多少年的辛劳才能复兴起来了。

最后,嘉乐林夫人出门到马佐那里去了。当她步行到银行街的时候,她就想到最近十五天以来,这位经纪人接连遭受到的一再打击。法犹赖了他三十万,萨巴达尼未付的账款比法犹还要多一倍,博安侯爵和桑多尔夫男爵夫人,仅他们两人就应付一百多万的差额而不肯付,塞第尔的破产使他遭受差不多同样数目的损失,此外还有世界银行欠他的八百万,那更不必说了;这八百万是他替萨加尔转期的,这是一笔可怕的损失,是一个大漏洞,所有有深谋远虑的交易所的人都预见到这个漏洞是越来越黑暗了。已经有两次有人传说他将有大祸临头。在这命运濒于绝望的时候,又发生了一件最后的不幸,这件事等于引起一场风波的一滴水:佛罗里因为承认他揩了十八万法郎的油而被人逮捕了。许许小姐,这位从前戏台上的配角,巴黎人行道上的瘦蚱蜢的要求却越来越多了。起初,寻欢一次的价钱并不很贵,后来则要求在功多尔塞街租一所房子,更后来则要求珠宝,要求花纱……。使这位可怜而温和的孩子陷入不幸的,要算是萨多瓦事件以后他第一次赢的那一万法郎;这笔寻欢费那样快就赚到,那样快就花掉,使他需要另找一笔,再找一笔,使他产生了对用如此高价买来的女人的疯狂的热情。不过他的情况倒是异常奇怪的,他揩了他老板的油,只是为了拿去偿付他在另一经纪人处赌输了的款项,而他在马佐这面呢,则是表示无限的老实,因害怕账目立刻结算而焦虑,他肯定想把盗窃的事隐瞒起来,以期万一发生奇迹般的获利时再来填补这个漏洞。在监狱中他哭得很伤心,他悲哀地觉悟到他的耻辱和失望。有人讲,当天早上他母亲就从桑特城跑来看他,可是不幸病倒在朋友家里了。

运气是多么奇怪的一件事!嘉乐林夫人穿过交易所广场时这样想。世界银行这种不寻常的成功,股票如此迅速地上涨,不到四年之内,世界银行胜利了,征服了和控制了交易市场;可是随后却突然一下垮了,仅仅一个月工夫,就足够使这个巨大的建筑化为灰烬。这一切始终是使她莫名其妙的。马佐的情况岂不也是一样么?的确,一个人从来没有看见过命运向自己微笑①到这个程度的。以三十二岁的年华就做了经纪人,由于叔父之死而变为异常富有,一个敬爱他的美貌女子做了他的妻子,而且替他生了两个美丽的孩子,他自己,也是一个不寻常的美男子。由于他的交际,他的活动,他的真正惊人的嗅觉,甚至也由于他的尖锐的声音(他的笛声和甲各彼的雷声在交易所中是同样出名的),他在交易所中的地位一天一天地重要。你瞧,突然一下,他的地位动摇了,他已站在深渊的边沿,现在只消吹一股风,就可以使他摔倒。但是,由于他对于工作还有一股热情,而且也因他还有一种青年人的远虑,他并没有参加赌博。因为他缺少经验和过分热情,又太轻信别人,他虽然在作正当的努力,但他还是遭受了打击。不过,各方面对他的同情倒是很深切的,人们相信他只要有充分的镇静,就可以脱离危险。

当嘉乐林夫人到了经纪商行的时候,在那间变成阴沉沉的办公室中,她感到一种废墟的气味,一种莫名其妙的不安感。她打从出纳处经过,看见那里有二十来个人,他们成群结

---

① 命运向人微笑,即运气好的意思。

队地在那里等待。现金出纳员和股票出纳员还在维持着商行的信誉,尽量支付本行开出的票据;但他们的手快不起来了,他们已付空了他们的最后一个抽柜。她从一扇半开着的门看见结账处仿佛在睡觉一样;自从交易所停业以来,那里的七位职员仅有极稀少的交易,他们都在那里读报纸。只有现贷办公处还保持了一些生气。这次是伯尔蒂埃襄理看见了她,招待她,可是这位襄理自己也很激动,在这个商行遭遇到的不幸中,他的面色也显得苍白了。

"夫人,我不知道马佐先生会不会见你……他稍稍有点不舒服,昨天晚上他没有生火,他工作了一整夜,着了凉。他刚才到二楼他家里休息去了。"

但是嘉乐林夫人一再请求说:

"我请求你,先生,让我同他谈几句话……这是与我哥哥的利益有关的。马佐先生深知我哥哥从来没有参加过交易所的活动。他的见证可能是非常重要的。另外,我还有些数字要问他,在某些文件上,只有他一个人才能供给我这些材料。"

伯尔蒂埃着实迟疑了一会,才请她到经纪人的办公室里去。

"你在那里等一会,夫人,我去看一看。"

嘉乐林夫人在这个房间中明显地感到寒冷。火在昨天晚上就熄了,却没有人想到要来生火;可是最使她惊异的,是这间屋子的秩序井然,仿佛昨天晚上和今天一上午,人们都在收拾这屋子一样,家具都腾空了,废纸也烧掉了,应当保留的文件也分好了类。没有一件东西是散乱的,没有一件文件,甚至于没有一封信是散乱的。在写字台上,井井有条排列着的只

439

是些墨水瓶、笔尖盒、吸墨戳;在这些东西中,有一捆本行的签条,象征希望的绿色签条。在这种空无一物的情况中,再加上沉默,真显得无限的悲哀。

几分钟以后,伯尔蒂埃又出现了。

"的确,夫人,我按了两次铃,但我不敢再按了……你下去的时候,自己去按按铃看;不过我劝夫人还是下一次再来的好。"

嘉乐林夫人只好顺从了。到了二楼楼梯口,她还迟疑了一会;她差点儿伸出手去要按那电钮,但她终于走了。正在这时候,从这间住屋内部传出一些叫声、哭声以及其他听不清楚的声音,使她站住了。突然,那扇门开了,一个用人猛地闯出来,她惊惶失措,从楼梯上下去了,嘴里不清不楚地说:

"我的上帝,我的上帝,先生……"

她在这扇敞开的门前站着一动也不动;现在已经听得很清楚,从门内传出一种可怕的苦痛哀诉声。她觉得全身冰冷,已经猜出是怎么一回事了,她已明白地幻想到那里面所发生的一切。她开头是想逃走,但后来她觉得她不能这样做了。她充满了怜悯,她不能不关心这件事,她需要看一看,她也要去哭一场。她进去了,发现每一扇门都是开着的,她径直走进内厅。

两个女用人,无疑地一个是女厨师,一个是室内女仆,她们伸长了颈子,脸上露出恐怖,不清不楚地说:

"啊!先生,啊!我的上帝!我的上帝!"

冬天阴暗日子死气沉沉的光线,从绸子窗帷的隙缝里透了一点点进来。但是这里却很热,大块的木柴已在壁炉中烧成了红炭,那红色的反光照射在墙上。在一张桌子上,有一束玫瑰花,这算是这一季节中最名贵的花,还是经纪人昨天买给他妻子的;这束玫瑰花在这间暖房里盛开着,香气充满了整个房间。这些香气和那些极考究的奢侈陈设所发出来的香味,同样是表示幸运、富有、爱情、至乐的气味。四年以来,便是这些东西在那里繁荣滋长!在炉火的红色反光之下,马佐躺在长沙发椅子的旁边,头部被一颗子弹射穿了,蜷曲了的手还抓着那手枪的把柄;这时,站在他面前的是他年轻的妻子,她一跑来,就发出了在楼梯上已经听见的那种哭诉声和失去理性的不断的叫声。在枪声发出来的那一刹那,她的手上还正抱着那个四岁半的小孩,孩子因为害怕,把他的小手抱着他母亲的颈子。还有她的年已六岁的小女儿,也拉着她的裙子跟着她走来,死死地抱着她。两个孩子因为听见他们的母亲狂叫,也跟着一起叫喊。

立刻,嘉乐林夫人就想把他们带走。

"太太,我请你……太太,不要站在那里吧……"

可是她自己也在发抖,仿佛要昏过去一样。她看见马佐洞穿了的头还在流血,一滴一滴地滴在那张沙发的绒布上,再从绒布滴到地毯上。地毯上原来的血污,现在愈形扩大。她觉得这些血已浸到了她本人,溅了她的脚和手。

"太太,我请求你,跟我一道走开吧……"

但是这位不幸的女子,因为儿子抱紧了她的颈子,女儿又抱住了她的腰,所以她没有听见,也不动,直挺挺地呆在那里,似乎世界上任何力量都不能移动她一样。他们娘儿三人都是金色头发,像牛奶一般鲜明,母亲和孩子们的态度都一样,娇嫩而天真。在他们因过去的无限快乐已不存在而感到的惊恐中,在理想可以长久存在的幸福的突然消逝中,他们只有继续发出叫声,发出人类遭遇最可怕的痛苦时所发出的尖锐叫声。

这时嘉乐林夫人也跪下来大哭了。她含糊不清地说:

"太太,你把我的心都撕碎了……我请求你,太太,离开这里,不要再看这个景象,同我一道到隔壁屋子去,让我设法减轻你一点痛苦……"

这位母亲和两个孩子成了一个慌乱的、可怜的小集团。孩子们带着他们扯散了的金色长头发一动也不动,仿佛已在他们母亲身上生了根一样。他们发出的是那种猎人杀死了老狼时幼狼发出的可怕叫声,也是一种充满森林的流血哀号。

嘉乐林夫人站起来,头里昏昏沉沉。那里有了脚步声和谈话声,无疑是医生来了,来证实马佐的死。她再不能待在那里,她只好走了;但是那种可怕的和不断的哭诉声始终没有离开她,甚至到了人行道,在马车的辘辘声中,她仿佛还听见那些哭诉。

天变苍白了,气候异常寒冷,她走得很慢,怕人家会逮捕她,会因为她那茫然若失的态度而认为她是罪犯。一切都涌上心头了,两亿金钱猛然崩溃的全部经过她都想起来了,这一崩溃造成了多少废墟,压碎了多少牺牲者!如此快速地建立起来的一座黄金宝塔,又如此快速地摧毁了,这是什么神秘的力量使它这样的呢?同是那些建筑宝塔的手,现在忽然发了疯,仿佛在努力使它片石不存!到处响起了痛苦的声音,到处是财产崩溃时发出的如木板车倾倒垃圾时同样的声音。波维里埃家的最后一笔田产,德若瓦一苏一苏地积蓄起来的钱,塞第尔在丝厂中所获得的赚项,从商场中退休出来的莫让特夫妇的年金……这一切全被人乱七八糟地抛掷在深渊中去了;而这深渊是永远填不满的。还有,让图鲁已沉溺在酒精中,桑多尔夫男爵夫人已沉溺在污泥中,马西亚则只能再去过猎狗一般的下贱生活,因债务关系一生都只有钉死在交易所,盗窃钱财的佛罗里在监狱中,正为多情男子的弱点而悔恨,萨巴达尼和法犹,因为怕法警的追捕飞步逃跑了。最刺心、最可怜的,是那些不认识的牺牲者,那一大群不知姓名的可怜虫,大祸一来,他们因毫无依靠而战栗,他们在那里叫饿。此外,从巴黎各方传来的都是死讯恶耗,都是手枪自杀的事件,换句话说,巴黎还有多少个马佐呀!他们用手枪击破了自己的头,使鲜血从富丽的家具和玫瑰花的香气中一滴一滴地流出来以后,还溅到因痛苦而狂叫的他的妻儿们的身上!

　　嘉乐林夫人几星期以来所看见的和所听见的一切,在她那受了创伤的心上,发出了对萨加尔的厌恶之声。她再也不能沉默了,她再不能对他无动于衷,一如他并不存在,而不去审判他,不去定他的罪一样。只有他一个人才是罪人,这样的判断无论从哪一件不幸的事件上都可以定下来的,而这些不幸事件的可怕的积累,真使她惊恐了。她诅咒他,她长期抑制着的忿怒,现在爆发出来成为一种仇恨,同时也可以说这就是对罪恶的一种厌恨。为了恨这个可怕的人,这个造成他们不幸的唯一责任者,难道因此连她一直在等待着的哥哥,她也不再爱了么?她那可怜的哥哥,这个完全天真的人,这个伟大的工作者,他是多么老实,多么公正!可是现在却染上了监禁这个不可洗刷的耻辱。这是她刚才忘掉了的一个牺牲者,这个牺牲者对她说来,是比别的牺牲者更亲也更其叫她痛苦的!啊,但愿任何人都不要宽恕萨加尔!希望任何人都不要替他的案件辩护,就连至今还继续相信他的人,只知道他的好心而不知他有劣迹的人,都不要原谅他,都不要替他辩护吧!让他有一天在人们的轻视中死去吧!

嘉乐林夫人抬起眼睛,来到了广场,她看见交易所就在她的面前。黄昏时候,冬季带雾的天气,使这座巨大的建筑物背后,有一种火灾的浓烟气象。这种暗红色的云彩,人们或者还会信以为是正在两军交锋的城池上的火焰和尘土形成的呢。灰暗而阴沉的交易所,现在被人遗弃了。它至今还处于一场大灾祸后的凄凉状态中;一个月以来,这场灾祸使它荒凉了,四面八方的风向它吹来,仿佛成了一个空无一物的市场。这是周期性的、不可避免的瘟疫,它的侵袭每十年至二十五年就会扫荡一次市场,正如人们说的一样,这是悲哀的礼拜五[①],它一来就使满地铺上破砖碎瓦。为了使人们的信心复活,为了使大的银行重新建立起来,那是再需要若干年的;若干年后,又会轮到这样的日子,赌博的嗜好渐渐复苏,人们又重新开始冒险,于是又造成一种新的危机,在新的不幸事变中,再使一切崩溃。但是这一次,在天际红黄色的云彩背后,在城市的未来混乱中,有一种无声的、巨大的动荡,那也许就是行将到来的世界末日吧。

十二

审判程序进行得那么缓慢,萨加尔和哈麦冷被捕已有七个月之久,但事情还毫无结果。这是九月的中旬。每星期要

---

① 耶稣受刑之日为礼拜五,故有人将不幸之事叫作悲哀的礼拜五。

去看她哥哥两次的嘉乐林夫人,这个星期一的下午三点应当到贡西艾日里监狱去。她从不提起萨加尔的名字;萨加尔托人来向她央求,迫切希望她去看看他,她都一再予以正式拒绝。她是个具有正义感和意志坚决的人,萨加尔对她说来,已经不存在了。她始终只希望可以救出她的哥哥。每逢去探望她哥哥的日子,她是十分愉快的,她很高兴因她的一些行动使他得到快乐,很高兴送他一束他平日所喜爱的鲜花。

这个星期一的早上,她准备好一束红石竹花。可是这时候,阿尔魏多王妃的老女仆索非下楼来告诉她,说王妃想立刻跟她谈几句话。她惊了一下,同时还稍稍有些不安,她匆匆地上楼去了。她早已辞去儿童习艺所的秘书职务,自从世界银行遭灾以后,她更是好几个月没有看见过王妃了。她只是很久才到比诺大道去看看维克多。这孩子现在仿佛受了严格的训练有些收敛了。他的一只眼睛向下,左颊比右颊大,他的嘴巴拉得长长的,经常露出一种恶作剧者那种轻视人的怪相。她立刻就有一种预感,人家叫她去必是为了维克多的事。

阿尔魏多王妃终于也破产了。亲王从那些轻信的股东们的腰包里诈骗了的三亿钱财,传给她以后,只用了十年工夫,她就把它通通还给穷人了。她在前五年,为了做慈善事业,疯狂地用去了一亿;再一个四年半的时间,为了建筑更华丽的慈善机关,她又葬送了其余的两亿。这些钱都用在儿童习艺所、圣玛丽托儿所、圣约瑟孤儿院、夏底荣收容所、圣马尔梭医院,再加上今天的埃夫勒附近的模范田庄,还有芒许海滨的两个儿童疗养所、另一个在尼斯的老人退休所,还有若干救护处、工人乐园、图书馆、学校……布满法国各地;此外还有她对于其他现存慈善机关的大笔捐助。总之,她是立下了一种宏愿,一切都归还穷人;这并不是因为她怜悯穷人或是害怕穷人所以才掷给他们一片面包;这是因为她要使他们得到生活的享受,得到充裕的东西;这是因为她要把一切美好的东西给与一贫如洗的人,给与被强者剥夺了快乐的一切弱者;总之,这是因为她要把富者的宫殿敞开,欢迎路上的乞丐进来,让他们也能睡上织锦床,也能用金质餐具吃饭。十年之内,那百万计的金钱像雨一般不停止的下降,大理石装修的食堂,挂满了彩色图画的寝室,像罗浮宫博物馆一样的雄伟门面,种有稀有植物的花花绿绿的花园,十年的巨大工程,包工头和建筑师所造成的那种巨大浪费已到了难以置信的程度。她很愉快。两手空空再无一个生丁,这情况对她是一种幸福,她因为得到了这种幸福而感到兴奋。她甚至获得了令人惊讶的结果:她负债了。她有几十万法郎的债款还没有偿清;倘若不是她的法律顾问和公证人,从她抛掷到茫茫大海里去的巨额款项的余屑中设法弥补了这笔账款,她差点儿要吃官司。边门的上方已经钉上一块告白牌,宣布出卖这座大楼。从打劫场上的泥土与血液中弄来的金钱原是可诅咒的,现在突然一下扫荡,连这可诅咒的金钱的残余都没有了。

楼上,索非等着领嘉乐林夫人去见王妃。索非怒气冲冲,埋怨了一整天。啊!她过去难道说得不对么?她说过王妃会死在草堆上。王妃既然心底里爱小孩,那么同另外一位先生结婚,生些小孩,不是更好么?她并不是为自己诉苦,也不是为自己焦虑,因为在她本人,她很早已经得到两千法郎的年金了;有了这两千法郎她将来回到昂古莱姆她的家乡够她吃喝一生了。使她生气的是当她想到王妃自己竟不保留一些必要的钱,以保证她现在每天早上必需的牛奶和面包。于是她同她的主人之间不断地发生争执。王妃以一种神圣的、充满希望的微笑来回答她,说她一到月底,当她进修道院时,她所需要的东西,无非是一条汗巾了;长期来她已看清楚那个修道院的地势,这就是加尔默罗会修道院,高高的围墙与尘世完全隔绝。休息!永远的休息!

嘉乐林夫人看见王妃仍然是四年前那个样子,总是穿着她那件黑色的长袍,头发压在头纱下面。她虽然已经三十九岁,但因为有圆润的面庞和珍珠般的牙齿,还是显得很美丽;只是她面色黄了,肌肉死了,有如过了十年的禁闭生活一样。她那狭小的房间像外省一个公事人的办公室一样,堆满了一堆无法整理的文件,其中有计划书,有账表,有档案,这就是浪费三亿金钱所积累起来的全部纸张。

"夫人,"王妃用她温和而缓慢的声音说,这种声音是任何激动的事也不能使它颤抖的,"我想告诉你一个消息,这是今天早上我才得知的……是关于维克多的消息,就是你放在儿童习艺所的那个孩子……"

嘉乐林夫人的心开始痛苦地跳动。啊,这个不幸的孩子,他的父亲在未进贡西艾日里监狱以前的好几个月,虽然已知道他的存在,虽然他还正式允诺过要去看看自己的儿子,但是他却始终没有机会到儿童习艺所去过一次!这孩子现在变成什么样的人了呢?她虽然立志不想萨加尔,但发生的事情又往往使她不能不想到他;一种义母的慈爱心情使她感到不安。

"昨天发生了一件可怕的事情。"王妃继续说,"是任何东西也不能补偿的极大的罪过!"

她以冰冷的态度叙述这一件可怕的意外事件。六天以前,维克多借口说他头痛得厉害,住进了疗养室。但医生发觉这无非是一个懒人装病。不过这孩子过去倒确实是常常犯神经痛的毛病。这天下午,波维里埃家的阿丽丝,离开她母亲独自一个人到习艺所来帮助一位修女清理药橱,因为她们照例是每三个月要清点一次的。这个放药橱的房间是在男生宿舍和女生宿舍之间的,这时候只有维克多一个人睡在男生宿舍的一张床上。那位修女走开了几分钟,回来时就不见了阿丽丝,她等了她一会还不见人以后,就跑去找她。使修女大为惊异的是她发现男生宿舍的门从里面关上了。发生了什么事情呢?她不得不绕着过道去看看情况;呈现在她面前的景象使她大惊失色:那位年轻姑娘几乎断了气,一条毛巾捆住她的面部使她不能喊叫,身上的裙子已乱糟糟地翻了上来;她那可怜患萎黄病的处女肌肉裸露着,她被强奸了,而且染上了肮脏的兽性污渍。在地上,扔着一只空空的皮夹。维克多失踪了。这幕悲剧的剧情弄明白了:阿丽丝大约是听见有人叫她,就端了一碗牛奶进房间去送给那个十五岁然而身上却已长了成人毛的男孩子。于是这个纤弱的肉体,这个长颈子的姑娘,刺激起了这只野兽的凶猛肉欲,他穿着衬衣便采取雄性的袭击,姑娘喘不过气来,被他像扔一捆布一样地扔在床上;他强奸了她,而且劫了她的钱,匆匆地穿好衣服逃跑了。然而这其间还有多少不明白的地方,多少令人惊异和难于解释的问题!怎么会没有人听见呢?怎么会没有挣扎的声音和哭诉的声音呢?怎么这件可怕的事,仅十分钟就那样快的结束了呢?尤其是,维克多怎么能够不留下任何痕迹就逃掉,像一股青烟飞走了呢?因为,在经过仔细的搜索以后,人们已经证明他已不在习艺所里了。他大约是从接连走廊的洗澡间逃走的;洗澡间有一扇窗门开在层叠的屋顶上面,由屋顶可以直通大街。

但是这样一条路线的危险性之大使很多人不敢相信一个普通人会从这里逃得出去。阿丽丝被人送到母亲那里,睡在床上。她受了伤,她失了神,她放声大哭,她在高烧中发抖。

嘉乐林夫人听王妃叙述这段经过时的心情,是那么紧张,以致她觉得自己心上的血都凝成冰块了。她想起了一件旧事,它和今天的事何其相似,想起来真使她害怕:从前萨加尔在楼梯上拉着罗莎丽,便强奸了她,并且使她怀了这个孩子,这孩子的一边面颊还因此而有压坏的痕迹。今天轮着维克多来强奸被命运之神送给他的第一个女孩子。多么残酷!这个温和的年轻姑娘,这个一族人中的最后一个不幸者,由于不可能和别的女孩子一样有一个丈夫,她还正准备献身于上帝呢!这种愚蠢、可憎的遭遇,到底有没有什么意义呢?为什么她会弄到既没有丈夫而又不能献身于上帝呢?

"我一点也不责备你,夫人,"王妃结尾说,"要你负哪怕是最小的责任都是不公正的。只是,你保送到习艺所来的这个孩子实在太可怕了。"

莫名其妙地她仿佛连带又想起了一些难以表达的事情,因此她补充说:

"在一定的环境中生活要不受谴责是极不容易的……拿我来说,我的良心也是极度不安的。当这银行最后倒闭造成了这么多人破产和这些不公正的事情时,我觉得我也是一个同谋犯。是的,我其实不该同意把我的房子用来做这个可怕事业的摇篮。可是,罪恶终于造成了,这房子也将被清算了;我呢,啊,我也将不存在了,将来上帝也许会原谅我吧!"

因为她的希望终将实现,她那种平淡的微笑又出现了。她用一个手势表示她将隐世的事情,表示她将和仙家一样无

449

影无踪地永远消逝。

嘉乐林夫人紧紧握着她的手,吻它。怜悯之情与良心上的责备使她如此激动,以致她吞吞吐吐地说出一些不连贯的话:

"你如果要原谅我,你就错了。我是有罪的人……那个不幸的女孩子,我要去看看她,我要立刻去看她……"

她走了,留下王妃和她的老女仆索非收拾她们的行李,准备从此永别;在四十年共同生活之后,她们以后就再不能见面了。

在前天,星期六那天,波维里埃伯爵夫人已甘愿忍受把她的大楼交给她的债权人。她已经六个月没有付借款的利息,在各种费用的逼迫下,在即将公开拍卖的威胁中,她的处境已越来越不堪忍受。她的法律顾问劝她放弃一切去深居在一套小房子里。那样,她在生活上就没有多大的浪费,至于债务问题则由法律顾问设法去了结。如果不是一件新的灾祸使她一蹶不振的话,她还不打算让步,或者她还会顽固地坚守她的名誉地位,拼命掩饰她的破产直到她那一族人完全消灭,直到天花板垮下来把自己埋葬为止。她的儿子斐帝南,波维里埃的最后苗裔,那个既无能也没有作为、只为了掩饰他的无能与闲散才做了教皇轻骑兵的年轻人,默默无闻地死了;他贫血很重,极怕猛烈的太阳,以致未能参加芒达那的战役,肺部就得了病发起烧来了。斐帝南的死对她来说是一个突如其来的落空,是她的一切理想,一切意志,多年以来竭力维持她的名誉的一些空架子的总崩溃。

仅仅二十四小时的工夫,贫困出现了,房子发生了裂痕,成了一堆破砖碎瓦,真令人心碎。她们卖了老马,只留下女厨师系着脏围裙去买东西,两苏的黄油和一升干豆。人们已可以看见伯爵夫人穿着泥污的衣服和浸水的靴子在人行道上步行。这是一夜之间变成的赤贫。这位昔日的信徒,敢与时代斗争的女子的骄傲都被不幸的灾祸消灭了。她同她的女儿只得躲到圣母塔街一个从前卖妆饰品的女商人家里去住;这位女商人现在已变为一个信教的女子,她做了二房东,租了一些房间来转租给教士们。在这里,她们母女俩住了一间空荡荡的大房间,显得贫困而凄惨,在房间的深处有一间可以关闭的套间,套间内摆上两张小床就塞满了,只是间隔套间的壁架,糊的花纸是和墙上的花纸一模一样,因此套间一关起来,外间俨然成为一个小小的客厅。幸而有这一点布置还能使她们母女稍稍得到一点安慰。但是伯爵夫人把新房布置好后不到两个钟头,星期六那天,一个意想不到的奇突的访问使她重新陷入忧虑。幸好是阿丽丝刚刚有事出去了。来访者原来是毕式。他带着他那张扁平而肮脏的面孔,他那油腻的外套和扭成了绳子形状的白领带,一定是因为他嗅觉到这是一个便利的机会,因此他决定来追讨这笔旧债,即伯爵签与蕾奥尼德姑娘一万法郎的产权认可书的旧债。他看了这房子一眼,已明白这位寡妇的处境,难道说他来得太迟了么?他是一个很能干的人,有时他也很客气而且很有耐心。他一五一十地把这个案件向惊吓的伯爵夫人讲解。你看是不是,这的确是她丈夫的签字,事情的经过肯定是这样:伯爵对一个女孩子有了热情,开头是轻而易举地就把她弄到手,随后为了摆脱她所以就签了这张认可书。他甚至还很坦白地向她说,认可书上的这笔账虽然转瞬已有十五年之久,但他并不认为她有付款的义务。不过,他只是他的一位女当事人的代表,他深知他的当事人已决定要诉诸法律,要把这件最可怕的丑行揭露出来,如果大家不设法和解的话。伯爵夫人的脸色变得惨白,这些重新活跃起来的可怕的过去景象打击了她,只是她很惊讶为什么他们会等得这么久而不来告诉她?显然毕式捏造了一段故事,他说认可书起初是丢掉了,后来才在箱底里找出来。因为她断然拒绝考虑这个问题,他只好走了,始终很客气,只是一面说,他会同他的当事人一道再来的,但不是第二天就来,因为他的当事人星期天不能离开她工作的人家,但下星期一或星期二一定来。

星期一这一天,波维里埃家的女儿就遭到了那件可怕的意外事,人们把她带回家时她还在说梦话;伯爵夫人眼里噙满了眼泪,一直守护着她,完全忘掉了这位穿戴肮脏的男人以及他所讲的那则残酷的故事。最后,阿丽丝睡着了,母亲坐在旁边,她也精疲力竭了,她感到了命运的残酷压迫。正在这时候,毕式又来了,这一次是伴着蕾奥尼德姑娘一道来的。

"夫人,你瞧,这就是我的这位当事人。事情应当交代清楚……"

伯爵夫人看见这个女孩子出现便开始战栗。她望着她,这姑娘穿了一件本色的衣服,黑而硬直的头发一直垂到眉毛;她的面部宽大而浮肿,十年的娼妓生活已使她憔悴,她浑身充满了下流的肮脏气。伯爵夫人在活受罪,在经过如此多年对丈夫的原谅与遗忘后,一种女性的骄傲情绪使她感到伤心。我的上帝,伯爵竟为这样下流的女人而不忠实于她啊!

"事情应当交代清楚,"毕式又说一次,"我的当事人竟闹到不得不住在斐多街①上了……"

"斐多街。"并不了解斐多街为何处的伯爵夫人重复了一句。

"是的,她住在那里……她在一家妓院里。"

伯爵夫人惊呆了,手发起抖来,她跑去把原来还开着一扇门的套间完全关上了。阿丽丝在发烧,在被盖下来回翻身。但愿她能够睡着不看见和不听见吧!

毕式接着说:

"你瞧,夫人你很明白……小姐把她的案子委托了我,我仅仅是她的代表。因此我要她亲自来解释她的要求……啊,蕾奥尼德,你说吧!"

姑娘有点烦躁,她对于毕式叫她扮演的这个角色觉得很不自在。她抬起她那双像狗在挨打以后的慌乱的大眼睛望着他。但是由于希望得到毕式允诺过她的一千法郎,因此她决定了。这时毕式重新把伯爵的那张认可书拆开,摊出来,姑娘就用她因酒精醉得沙哑了的粗嗓门说:

"就是这东西,这就是伯爵先生签给我的字据……我是个板车夫的女儿,人家都叫我的父亲为科隆乌龟,你总知道吧,夫人?……那时候波维里埃伯爵先生常常吊我的膀子,要我同他做那种肮脏的事。我呢,这类事是叫我恶心的。当一个女孩子在年轻的时候,你说是么?她什么事也不知道的,她对老头子们总是不亲热……于是伯爵先生就签了这张字据给我,一天晚上他就把我带到马房里去……"

正受着折磨的伯爵夫人站着让她说,可是这时她仿佛听

───────

① 巴黎斐多街一带为妓院所在地。

见套间内的呻吟声,她做着一种表示厌烦的手势说:

"你住口吧!"

蕾奥尼德着慌了,想把话说完:

"因为他不肯付钱,就使得我这样一个老实的女孩子堕落,这是一件不诚实的行为。是的,夫人,你的伯爵先生简直是一个强盗。随便哪一个女子,我只要一对她讲,她们都是这样想的……我告诉你,这一点就很值钱了。"

"住口!住口!"伯爵夫人忿怒地大叫起来,她把两手举了起来,仿佛蕾奥尼德如果再说下去,她就会把她掐死似的。

蕾奥尼德害怕了,举起手来,以便遮着她的脸;那是习惯于挨耳光的那种女孩子的直觉举动。这时屋子内是一片可怕的沉默,从套间里传来一股因流泪而气喘的微弱声音。

"总之,你们想要干吗?"一面在颤抖的伯爵夫人放低了声音这样说。

这里,毕式插嘴了:

"但是,夫人,这个女孩子就是要人还她的钱。这个不幸的女孩子,当她说伯爵先生对她的行为很下流时,她是有道理的。简单说,这就是欺诈。"

"这样一笔债我绝对不付。"

"那么,我们出去的时候就找车到法院去,我把已经拟好了的控诉状递上去;这张状子就在这里……小姐刚才向你说的一切话都已写在状纸上了。"

"先生,这简直是一种卑劣的威胁,我想你不会这样做吧。"

"我请你原谅,夫人,我立刻就要这样做。公事公办。"

伯爵夫人感到无比的疲倦与最大的灰心。支持她挣扎起

来的最后一点骄傲都消失了;她的一切勇猛和力量都垮下来了;她两手合掌吞吞吐吐地说:

"你看看我们成了什么样子?你看看这个房间……我们现在什么也没有了。明天我们或者连吃的都没有了。你想我到什么地方去找这一万法郎,我的上帝!"

毕式脸上浮出那种惯于在破产中捞取东西的人的微笑说:

"像你这样的贵夫人总是有办法的,你只要找一找,就可以找到的。"

他已经对着壁炉侦察了一会,看见那上面有一个装珠宝的盒子,那是伯爵夫人早上腾箱子时不小心放在那里的。他以他那直觉的信念,嗅到那里面必定有宝石。他的眼珠发亮了;她随着他的目光所及的一方看去,她也明白了。

"不!不!"她叫起来,"你想要珠宝?绝不!"

她去抓那个盒子仿佛是为了保卫它一样。在她家保存得如此长久的最后一些珠宝,她经过了无数窘困生活仍然保存着的这一点点珠宝,现在是她女儿唯一的嫁妆,是至高无上的一种财源了!

"绝不,我宁肯把我的肉给你也不给你珠宝!"

但在这一分钟之内却发生了一件题外的事,嘉乐林夫人敲门进来了。她一来就吓呆了,她突如其来参加进来的这一幕活剧使她震惊。她只说了一句话,就是叫伯爵夫人不必惊慌。要不是她了解伯爵夫人做的意味着请求她留下来的手势,她也许就走了。她跑去坐在这房子的角落里一动也不动。

毕式重新戴上他的帽子,越来越不自在的蕾奥尼德也走到了门口。

"那么,夫人,我们只好走了……"

但是,实际上他并没有走。他把事情又讲了一遍,而且他所用的语言更其无耻,仿佛他想在新来的客人面前再侮辱一下伯爵夫人;而对这位新来的客人,根据他的习惯,当他做生意的时候,是假装不认识的。

"再见吧,夫人,我们就上法庭去。在三天之内,这段故事的详情就会见报。这是你心甘情愿这样做的。"

见报!在她全家的破产上再加上这件可怕的丑事!难道说看见昔日的财产化为灰烬还不够么?难道还得把一切都陷入泥坑才算完事么?啊,至少先把名誉挽救过来再说吧!她以一种机械的动作把盒子打开了。一对耳环,一只手镯和三个戒指都显出来了,这些东西都镶嵌了红色的及其他宝石,还带有从前的托座。

毕式立刻跑过去,眼睛里露出了友好的色彩。

"啊,这值不到一万法郎……让我看看吧!"

他把这宝石一件件地拿在手中,翻来覆去地看,他以那种多情的颤抖的手把这些珠宝举在空中,仿佛对它们有一种肉感的乐趣一样。特别是那红宝石的清澈使他出了神。这些旧时的宝石,虽然琢磨得并不好,但是它们的质地却是多么美妙!

"六千法郎,"他对于这些宝石的实际价值之高是颇为惊异的,但他却把这种内心的惊异掩藏起来,而以一种拍卖行里评价员的生硬声音说,"我估计的是这些宝石的价钱,至于那些托座,只有铸化了以后才有点用处。总之,我们就当六千法郎算吧。"

对伯爵夫人来说,牺牲真是太大了。她突然觉醒了,她从他手上再去把这些宝石取了过来,紧紧地捏在她发颤的手中。不,不,这太过分了!竟要她把这些宝石也抛进深渊;这些宝石是她母亲佩带过的,是她女儿将来在结婚时还要佩带的啊!热泪从她的眼里滚到脸上;袭击她的痛苦是那样强烈,连蕾奥尼德姑娘都受了感动而充满了怜悯之情,她甚至在拉毕式的大衣角叫他走了。她真想走了,使一个这样善良的可怜老太太受这样的痛苦,她毕竟是于心不忍的。可是毕式却以冷静的态度对待这场面,他现在觉得他已有把握能获得所有的宝石,因为以他长期的经验,知道妇女们一旦流出眼泪时,就表示她们的意志已经崩溃。他等待着。

如果这时候不是那远远的喘气突然变为放声大哭时,这幕惨剧也许还会延长很久。原来是阿丽丝在套间里叫起来了:

"啊,妈妈,他们要把我杀了……把一切都给他们吧,让他们通通拿光……啊,妈妈,快叫他们走开!他们真要我的命,真要我的命!"

于是,伯爵夫人显出一种绝望地放弃一切的姿态,仿佛连生命也不要了。她的女儿听见了,她的女儿可能羞死!她把珠宝丢给毕式,让他仅仅有把伯爵的认可书放在桌子上作为交换物的一点时间,就把他推了出去;至于跟在他后面的蕾奥尼德已经早跑开了。随后她把套间重新打开,跑去靠在阿丽丝的枕头旁边,这两个颓丧到了极点的女人,眼泪流在一起了。

激怒了的嘉乐林夫人有一阵很想起来干涉这件事。难道她能够让这个下流人剥夺这两个可怜女子么?可是她刚才听见的那段可耻历史,怎么能够设法不让这件丑行张扬出去呢?

因为她知道毕式的确是个什么事都干得出来的人。由于她同毕式之间也有过一段不可告人的纠葛,所以她甚至在他面前还有些羞愧。啊!多少痛苦呀!多少肮脏的事情啊!她感到非常不自在。她跑到这里来干什么呢?既然她找不出一句话来说,也不能给人以任何帮助。关于昨天的那幕悲剧,一切浮到唇边的话语,一切问题,一切暗示的话,她都觉得会叫她们母女伤心,玷污她们的名誉;在这个还在昏迷状况中因受侮辱而濒于死亡的牺牲者面前,她觉得不可能说出任何一句话。她能给人以何种援助而不令人感到是带讽刺的施舍呢?而她自己还是破了产的处于极端困难中的人,她还在等待官司的结果呢!最后,她上前一步,眼里噙满了泪水,张开两手,怀着一种无限的怜悯与深切的同情,她竟因此而全身战栗了。

在这间带家具的平庸套间中,这两个可怜的生物陷于绝境了,完结了;昔日那样强大、那样高贵的波维里埃家族,现在只剩下她们母女两人了。这族人曾经有过像皇家的产业那样广阔的土地,沿卢瓦尔河二十里宽的地带全属于这一族人,其间有府邸、草原、耕地和森林。由于时代的前进,这一笔巨大的产业渐渐消失了;而伯爵夫人更把最后一点残余全都埋葬在近代化的投机浪潮中去,她在这浪潮中是完全不悉内情的。起初她投下了她为她女儿一苏一苏地节省下来的二万法郎,随后她再投下她抵押阿布勒田庄的六万法郎,更随后连这座田庄整个地都卖出去了。圣拉查尔街的大楼可能还不够偿付那些债权人。她的儿子离开她很远而且无声无息地死去了。人们把她的被一个强盗所伤害和奸污了的女儿领了回来,仿佛替她送来被一辆车压伤了的孩子一样,流了血还带了污泥。不久前的伯爵夫人,纤细的身材,高高的个子,一身洁白,带着昔日贵夫人的一脸傲气,是如此之高贵,可是现在却变作一个被摧残的、因遭遇剥夺而受到伤害的可怜的老太婆了。至于阿丽丝呢,毫不美丽也毫无青春之气,藏在那揉皱的衬衣之中的长颈子使得她毫无情趣。她的眼睛失了神,从她的眼光中看得出她的最后的骄傲——她的处女之身受了强奸后的致命的痛苦。她们母女俩不停地哭着,没完没了地哭着。

嘉乐林夫人不作一声,只是把她们俩抱着,紧紧地贴在自己的心上;她想不出办法,只好同她们一道哭。这两个不幸的女子明白了,于是流出了更多、更温柔的眼泪。如果说不可能再找到其他的安慰,难道就不能照样生活下去、依然生活下去么?

当嘉乐林夫人重新走上街头的时候,她看见毕式正同梅山在大谈特谈。他叫了一部车子,把蕾奥尼德推上车走了。因为嘉乐林夫人匆匆忙忙地要走,梅山便直接向她走了过来。梅山肯定是在侦探她,因为她立刻向嘉乐林夫人谈到维克多的问题;显然,儿童习艺所昨天发生的事,梅山已经完全知道了。自从萨加尔拒绝付她四千法郎以后,她并没有中止过活动,她还在那里拼命设法看以什么方式可以再在这件事情上得到些好处。因为这样,所以她时时到比诺大道去搜寻一切可利用的机会,于是她就探听到维克多逃跑的事情了。她大约还为此事作了一个计划,她向嘉乐林夫人声明她立刻要动手侦察维克多。这个不幸的孩子,如果让他恶劣的本能这样发展下去,真是太可怕了。如果不愿意看见有一天他忽然在刑事法庭上出现的话,那就应当把他抓回来。她一面说话,一面用她那双长在胖脸上几乎隐而不现的眼睛察看这位好心的嘉乐林夫人。她发现夫人很不安,于是就感到高兴。她心里想,她一旦找着这孩子,她仍然可以在这位夫人身上挤出很多钱来。

"那么,夫人,就这样决定,我来办这件事情。如果你想知道什么消息的话,你用不着跑到马加德街去,你只消到斐多街毕式先生那里去一趟就得了;每天下午四点,你在那里都可以找到我的。"

嘉乐林夫人回到了圣拉查尔街,她为一种新的忧虑所烦扰。真的,这个为人类所遗弃的怪物,他只好到处游荡,到处被人追捕了;他将和一只贪吃的狼一样,在人群中拼命发挥他的作恶的遗传性!她匆匆忙忙地吃了饭,就叫了一部车子,在未去贡西艾日里监狱以前,她还有时间到比诺大道去一趟,因为她急于想立刻知道维克多的下落。在路上,在她激动不安的心情中,她忽然想出了一个主意,那主意竟控制了她:先去找马克辛姆,把他带到儿童习艺所去;既然他毕竟也是维克多的哥哥,她想强迫他也来关怀一下维克多的事。现在这家子只有他才是唯一的有钱人,唯一的可以干预这件事的人,唯一的可以用一种有效方式来处理这件事的人。

但是,到了皇后大道,一到了那幢华丽小楼房的衣帽间时,嘉乐林夫人觉得浑身冰凉,有一些地毯商人正在那里取地毯、下幔幛;仆人们则正在用布套罩盖那些坐椅和吊灯。在那些家具上、格架上放着的一切美丽的物品都翻动了,那里发出了一种转瞬即逝的芳香,犹如从隔天舞会上扔出来的花香一样。在房间的深处,她找到了马克辛姆,他正站在男仆刚替他收拾好的两口大皮箱之间。皮箱装的都是些日常用品,这些东西的美妙、富丽、雅致,简直像替一个新娘预备的一样。

他看见她,倒是他首先说话;只是他的态度很冷淡,声音干涩。

"啊！原来是你！你来得倒很好,免得我再给你写信……我住够了,我要走了。"

"怎么,你要走了?"

"是的,我今天晚上就走,到那不勒斯去过一个冬天。"

随后,他一挥手把男仆打发走了,又说:

"一个人有一个父亲关在贡西艾日里监狱六个月,难道你以为这对我很有趣么? 当然我不愿意在刑事法庭上看见他……我其实是讨厌旅行的! 不过那里的天气还很好,我把必需的东西几乎都带了去,这也许不会使我太苦闷。"

她看他是那么端正,那么漂亮;她看那两口皮箱都装得满满的,其中并没有一件属于女性或情妇的东西。那里只有他自己崇拜的物品。她终于大胆地说:

"我,我还要请你帮个忙……"

随后她把维克多的强盗行径完全说出来了。说他强奸了人而且盗窃了那女子的钱,他现在逃跑了,将来可能犯一切大罪。

"我们不能放弃他,请你同我一道,我们共同努力……"

他没有等她说完,脸色已变青了,而且因恐惧而稍稍有些发抖;仿佛他已经觉得有一只犯罪的和脏污的手放在他的肩头上一样。

"是的,他难免会这样做! 有一个强盗的父亲,再有一个杀人犯的兄弟……我真走得太迟了! 本来前一个星期我就想走的。但是,这真是一件可怕的事情,真可怕,把像我这样的一个人摆在这样的处境中!"

因为她一再强求,他变得有些不客气了:

"你不要麻烦我吧,你。既然这样悲哀的生活你还感到有趣,你就这样活下去吧。我曾经预告过你,这很好,如果你哭的话……至于我,你看得出来,我宁可把这些可恶的家伙全部扫在阴沟里,也不愿意拔掉我的一根头发……"

她站了起来。

"那么,再见吧!"

"再见。"

当她抽身的时候,她看见他已把男仆叫过来,他自己也帮忙细心地收拾一切装饰上的必需用品;有一口箱子内全是装的珐琅器具,都是精工的刻绘;特别是那个脸盆,上面刻上了一个凸出的爱神。当这个男子要到那不勒斯的灿烂阳光下度过悠闲自在的生活的时候,她突然幻想起维克多来了。他必定在结冰的黑夜中摸索,肚中饥饿,手里拿一把小刀,在魏来特或夏洛纳一带的偏僻小巷里……金钱不是教育、健康和知识,在这一件事情上不就是对这一问题的答案吗?既然在下层还始终存在着人类的污泥,整个文明是否只限于上层人物们自己觉得很好,生活得还不坏呢?

当嘉乐林夫人到了儿童习艺所的时候,她对于这建筑物的华丽产生了一种奇怪的反感。这巨大的两翼厢房,这男孩子们的宿舍,这女孩子们的宿舍,这连接两个宿舍作办公处用的宏伟楼房,试问有什么用呢?这块像公园一样宽大的草坪,这瓷砖砌成的厨房,这大理石造成的食堂,这些楼梯,这些宽大得足以使宫廷逊色的走廊,又有什么用呢?如果不能在这样宽大而健康的环境中,把一个出身很坏的孩子振作起来,把一个本质很坏的孩子变成一个身心健康的人,那么,这种伟大的慈善事业又有什么用呢?她立刻跑到所长那里,向她提了一大堆问题,希望知道这件事的详细情况。但是这场悲剧始终是一个谜。所长只能把她在王妃那里已经听见了的经过重新讲了一遍。从昨天起,人们继续在所里以及附近地方进行搜查,但仍无丝毫结果。维克多大约已经走得很远了,他放开脚步穿过城市,走到不可知的可怕地方去了。他大约不会有什么钱,因为他所挖空了的阿丽丝的钱袋,充其量只有三法郎零四个苏。再说,所长又还细心,不愿意请警察来干预这件事,以免可怜的波维里埃家这母女俩的丑事张扬出去。嘉乐林夫人感谢了她,也允诺她说她自己虽然热心于知道维克多的下落,也不愿意去找市政当局。她想走了,但她感到很失望,她觉得她这样走的时候和来的时候一样,一无所知;因此她想到疗养室去问问那些修女。但是她仍得不到更确实一点的消息。她只在那里,在那分隔男生寝室和女生寝室的一个小房间内尝到了几分钟和平安静的滋味。这时正是休息时间,快乐的呼声从操场上传了上来。她觉得以大自然、以幸福生活、以劳动来治愈人类的事是可能的;刚才进门时的反感并不公正。显然,这里是可以培育出健康的人的。属于遗传的劣根性或者加重或者减轻都往往出于极偶然的情况,如果在这种恶劣的遗传中,平均是四五个好人中才有一个坏人的话,这还算是好的呢!

修女离开后,嘉乐林夫人一个人在那里待了一刻工夫,她走近窗门去看楼下的小孩子游戏。这时隔壁疗养室中小女孩们的清脆声音引起她的注意。那门是半开的,所以她能看见室内的一切景象,别人却不会注意到她。这间白色的疗养室是一间明亮的房间,它的墙全是白的,有四张蒙了白布的床。一片太阳使这些白色发了金光,一束百合花在这温和的空气中盛开了。在左边的第一张床上,她看见马德莱纳,在她带维克多进来的那一天,她便在那里养病,那时她还在吃果酱饼。现在她又病了,是她家族遗传给她的酒精中毒,她贫血得那样严重,致使她现出了一双成年妇女的大眼睛,她简直瘦削得像那玻璃窗上画的圣女一样。这孩子现在才十三岁,就已成了世界上的孤儿。她的母亲有一天晚上喝醉以后,被一个男人在肚子上踢了一脚就死了;原因是他应付她六个苏而没有给她。这个孩子穿着白衬衣,肩头上披着一头金色发,跪在床中央,在教另外三张床上的三个女孩子作祈祷。她说:

"把你们的手这样合着,再掏出你们的心里话……"

那三个女孩子和她一样,跪在褥子中间。两个约有八岁到十岁,另外的一个还不到五岁。她们都穿着白长衬衣,合着纤弱的手,脸部表情严肃而专注,人们也许可以说她们就是一些小天使。

"你们照我说的话再说一遍。好好听着。……我的上帝,希望你使萨加尔先生的好心得到好报,祝他长寿,祝他幸福!"

于是这四个女孩子用她们天使般的声音,以一种孩子们可爱的笨拙语调,齐声背诵上面这几句祈祷;她们把她们整个生命所能贡献的信仰热忱都贡献出来了。

"我的上帝,希望你使萨加尔先生的好心得到好报,祝他长寿,祝他幸福!"

嘉乐林夫人一阵冲动,走进了房间,她想叫这些孩子不要说下去,她认为这简直是一种渎神的、残酷的游戏,她不愿意孩子们干这样的事。不!不!萨加尔无权被人爱,让孩子们为他的幸福祈祷,这简直是玷污了孩子。可是后来又是一阵战栗阻止了她,她的眼睛中充满了眼泪。为什么她要把她的争吵,她所体验的忿怒传给这些天真的小孩呢?她们对于生命还一无所知呀!难道说萨加尔过去没有真对她们好过么?他差不多可以说是这习艺所的创始人,他每个月还买玩具来送给孩子们呢!这时她内心不安起来了。她又有了这一种体会:无论哪一个该遭谴责的人,在他所做的一切坏事中,总是也做了很多好事的。当这些女孩子还在继续作祈祷的时候,她走了,她的耳朵中还带着这天使般的声音。对于一个没有良心的恶人,对于这个以疯狂之手使无数人破产的人,这些天使的声音还在替他召唤上天的祝福呢!

当她到了王宫大街贡西艾日里监狱门前下了马车以后,她才很惊异地发现她把早上为她哥哥准备的一束石竹花忘在家里了。那里恰好还有一个卖两苏一束玫瑰花的女人,她就买了一束,当她把她忘掉石竹花的事告诉那爱花的哈麦冷时,他笑了。可是这一天,她发现他有些哀伤。起初,开始被监禁的几个星期中,他还不相信他在这桩案件中会有重大的责任。他觉得他的辩护很简单:人家推他做董事长并不是出于他的意愿。关于一切财政上的活动,他都没有参加,他几乎一直不在巴黎,他也无法管理。但是与他的律师谈过话以后,嘉乐林夫人告诉他,她所有的活动全属白费气力,这使他渐渐看出他所承担的责任的确非常重大了。世界银行所犯的最轻微的不合法行为,他都有连带责任。人们也绝不承认有哪一件事情他会不知道。萨加尔使他做了一个不名誉的同谋犯。这事情应当归咎于他信仰天主教而养成的顺从,应当归咎于他未免过于老实,应当归咎于他那专求灵魂上的安静心理。这一切都使他的妹妹感到极为惊讶。当她在外面奔跑感到失望,当

465

她发现人类是那样浑浊与冷酷后到监狱里来看他时,她很惊异地看见他在一无陈设的牢房中依然平静而且带着微笑。他像一个虔诚的大孩子一样,在他牢房中一个黑色木质十字架周围钉了四张颜色鲜明的圣像。当一个人把自己交给上帝的时候,他就再不会有反抗忿怒之情了;一切不公正的苦难,都会成为一种未来得福的保证。他的唯一的忧伤便是他那些规模巨大的工作不幸中止了。谁来继承他的事业呢?联合轮船总公司和迦密山银矿公司开始得那么顺利的复兴东方的事业,谁来继续做下去呢?从布鲁斯到大马士革和贝鲁特,从士麦那到特雷比松那些铁路线网,那是在古老世界的血管中流通着的新鲜血液,今后谁来建筑呢?他在监牢中还是相信,还在说,他所进行的事业是不会死亡的,他觉得痛苦的只是他已不再是上天选来从事这些事业的人罢了。特别是当他询问上帝到底是为了惩戒他哪一种过错才不允许他实现那伟大的天主教银行的时候,他的声音都嘶哑了。这个银行,这个圣陵金库,是准备用来改造新社会的,是可以造成一个王国交与教皇去治理的,结果是可以夺取犹太人在金融上的至高势力,然后把各族人民变为一个国家的。他也预言到这银行会成功,而且绝不会失败。他宣布谁在某一天能把这银行建立起来,谁就是真正的救世主。他很镇静,他不怕人家要把他变成一个罪犯,但他想到出狱以后,他没有一双清白的手去从事这一伟大的任务,这便是他这一天下午似乎在哀伤的缘故。

他漫不经心地听他妹妹讲话。她向他说,许多报纸上的言论,看来变得对他稍稍有利了。随后,他突然用一双睡觉刚醒来的眼睛望着她说:

"你为什么不肯去看他?"

她颤抖了,她了解他所说的"他"是指萨加尔。她摇摇头,她说不!这一次还是不!他有点莫名其妙,于是用很低的声音坚决地说:

"他既然同你好过,你不能够拒绝他,去看他吧!"

我的上帝!他知道了!她脸上出现了一股灼热的红晕!她含糊其词地问是谁告诉他的,这件事是她认为别人,特别是他,不会知道的;他怎么知道的呢?

"我可怜的嘉乐林,我知道很久了……有人写匿名信给我,这当然是出于一些嫉妒我们的下流人……我从来没有向你提过这件事,你是自由的,这事我们也不用再想了……我知道你是世界上最好的一个女子,去看看他吧!"

他愉快地再度微笑了。他把他刚才丢在十字架背后的那一小束玫瑰花拿起来放在她的手上,说:

"去,把这东西送给他去,并且告诉他说我并不怨恨他。"

嘉乐林夫人对于她哥哥如此善良的体贴感到十分激动,她一面感到羞愧一面也觉得这是愉快的抒情,她不再反抗了。再则,从早上起,莫名其妙地想着萨加尔的心理也支配了她。维克多的逃亡,她直到现在还为之而战栗的那件残酷的意外事件,她难道能够不告诉他么?从入狱的第一天起,萨加尔就把她的名字登记在他想接见的人的名单之中,因此她只消说一句话,法警便立刻领她到犯人的牢房中去了。

当她进去的时候,萨加尔的背正朝着门的一方坐在一张小桌子面前,在一张纸上写着许多数字:

他非常兴奋地站了起来,发出快乐的叫声:

"是你……啊!你是多么的善良呀!我是多么的幸福呀!"

他把她的手握在他的两只手中,以一种难堪的神态微笑着,她很激动,她找不出她所应当说的话来。随后,她用那只没有被他握着的手把那把价值两个苏的花束放在那些纸张之中,这些纸摆满了一桌子,上面写着许多数字。

"你是一个天使!"他喃喃地说,他沉醉了,吻着她的手指。

最后,她说话了:

"真的,我们完了。我的心已经判了你的罪。但是我的哥哥要我来看你……"

"不!不!不要这样说吧!请你跟我说,你很聪明,你很好,你了解了我,你原谅了我……"

她用手势打断了他的话说:

"我要向你说一句绝不更改的话,你不必再要求我更多的东西了。连我自己也不知道……我来了,这对你还不够么?……还有一件可耻的事情我要告诉你呢!"

于是,她轻声地一口气把维克多的兽性的发育,他对波维里埃小姐的罪行,他那奇怪和不可思议的逃跑,直到现在一切搜寻都毫无结果,人们想再找着他并没有多大希望……通通都讲了出来。他听着,很吃惊,没有提出任何问题,也没有做出任何举动。当她停止说话的时候,两颗巨大的泪珠噙满了他的眼眶,随后流在他的脸上,他吞吞吐吐地说:

"不幸的孩子……不幸的孩子!"

她从来还没有看见他哭过。她因此觉得又惊异又感动。萨加尔的眼泪是那样的奇怪,它是灰色的,沉重的,仿佛是从很远的地方流出来的,是从一个多年被盗匪生活弄脏了的铁石心肠里流出来的。他立刻把他的失望说出来了:

"这是可怕的事情。我简直还没有抱过他一次,这个小孩……因为,你知道,我还没有见过他。我的上帝!是的,我曾经立誓要去看他,我没有时间,一小时的自由时间都没有,就是为了我们的神圣事业;但这事业把我吃掉了……啊!始终是这样的,一件事情如果我们不立刻做,那就永远都做不成了……现在,你肯定我一定不能再见他了么?但愿人家把他给我带到这里来吧。"

她摇了一下头说:

"这时候,谁知道他到哪里去了?在这个可怕的茫茫的巴黎!"

他来回走了一阵,一面说出一些不成句的话:

"但愿人家替我把这个孩子找回来,你瞧,我失掉了他……我从来没有看见过他呢……啊,这是我没有运气,真的!完全没有运气!……啊!我的上帝!这事简直和世界银行的事一样。"

他又回来坐在桌子前面,嘉乐林夫人坐在一把椅子上,面对着他。他的手又在那些纸张中摸索了,这是他准备了一个月的厚厚的一叠文件。他开始讲述他诉讼的经过以及他的辩护方法,仿佛他感到需要在她面前证明自己无罪一样。人家控告他的是:不断地增资以便抬高股票行情,使人相信公司的基金完整无缺;虚构认股而实际上并未缴纳股金,仅对萨巴达尼以及其他傀儡开立账户,而他们仅以转账方式来付款;发放虚构的红利,采取的方式是收回旧有股票一律折合成新股票;最后便是公司自己收购自己的股票,大量的疯狂投机,使股票超乎寻常的、玄虚的上涨,于是世界银行因现金枯竭而宣告死亡。对于这一点,他有着极为丰富热情的解说:他所做的也无非是一切银行经理都这样做的,只是他是一个有魄力的坚强男子,规模做得太大一点罢了。巴黎无论哪一家信用稳固的银行,它的首脑也都可能要坐牢,假如人们稍稍懂一点逻辑的话。人们不过是把他拿来做了替罪羊,代表了一切不合法的人来受罪。再说,这样评价一个人的责任心,真是多么奇怪的一种方式!为什么人们不去控告那些董事呢?如德格勒蒙之流,雨赫之流,博安之流,他们除了拿出席费五万法郎之外,还要分百分之十的利润,他们也参预了一切阴谋手段,为什么不控告他们呢?又如那些财务稽核,其中特别是拉维尼埃尔,他们居然丝毫没有受到斥责,借口说他们无能或说他们是凭良心做事竟免于罪,这是为什么呢?显然这一次诉讼是最大的冤枉;因为,像毕式所控告的诈欺钱财罪是可以排除的,因为他所借口的事实毫无证据;至于会计师们所提出的报告,从第一次查账的结果也认为充满了错误。那么,当世界银行并没有把任何一个苏的存款作其他用途,一切存户仍可以收回他们存款的时候,法院凭什么就根据那两个证件就宣布它破产呢?难道人家唯一的目的是使各股东破产么?倘使是这样的话,这般人当然是成功了,他们加重而且无限制地扩大了这场祸事。该受控诉的人并不是萨加尔,而是官家、政府以及一切组织阴谋来消灭他,使世界银行死亡的人。

"啊,这些罪犯们!如果他们能让我自由的话,你看吧,你看吧!"

嘉乐林夫人望着他,对他那种无意识的态度深为惊讶,这种无意识的态度把他变得真正伟大了。她想起他过去的理论:大的企业是需要赌博的,在这些企业中,要通过公正的道路赚钱是不可能的,投机可以说是人类越轨的行动,但它是必要的肥料,在这样的肥料中才可以产生进步。以冒昧的手段疯狂地燃烧起巨大的机器,直到这部机器爆炸得粉碎,伤了它所拖载的一切人为止,这难道不是他么?使牌价达到三千法郎,这是一种毫无理性的、愚蠢的越规,难道不是他愿意这样做的么?一个一亿五千万股本的公司,它的三十万股份的牌价竟到了每股三千法郎,那么,这就代表了九亿的资财,这也能够解释说有什么理由么?这样一个数字,即以百分之五算作红利,其数额也是巨大的;在分配这样巨大的红利时,其中有没有一种可怕的危险?

他站起来了,他在这狭窄的牢房中,像一个被关在牢笼中的征服者那样跌跌冲冲地走来走去。

"啊!那些犯罪的家伙,他们把我关在这里,他们是完全知道他们所干的事的……我将来一定会获胜,会把他们全都粉碎的!"

她吃了一惊,不觉反驳说:

"怎样会获胜呢?你一个苏都没有了,你已经是一个失败者!"

"当然,"他很苦恼地说,"我失败了,我已成了一个普通老百姓了……所谓忠诚,光荣,那无非是成功后才得到的东西……千万不要让人家打击你,否则你第二天人家就会把你看作一个蠢才或者一个小偷了……啊!人家要说些什么话,我是完全猜得到的,你也用不着向我重说一遍。是不是大家经常都把我当作强盗,控告我,说我把数百万的钱都放进了我自己的腰包;他们如果抓着我,还可能把我勒死。还有更坏的一种,是他们耸耸肩表示怜悯,怜悯我是一个简单的疯子,是一个可怜的小人物……但是我如果成功了,你想象一下这又会是怎么一回事?是的,如果我打倒了甘德曼,征服了交易市场,如果我是一个无可争辩的黄金大王,哼,那又是何等的胜利!那么,我也许是一个英雄了,我也许会把巴黎踩在我的脚下了。"

她干脆地反驳他说:

"你既不合乎正义,也不合乎逻辑,你不可能成功。"

他突然在她面前站住,生气地说:

"不可能成功?咱们走着看吧!我欠缺的就是钱,就这一点!如果拿破仑在滑铁卢之役还有十万大兵上战场去死的话,他一定胜利,而且世界的面貌也改变了。我么,如果我还有我所需要的几亿金钱拿去葬送在深渊里的话,我还不是这世界的主人么!"

"但是这是一件可怕的事,"她忿怒地叫了,"怎么?你觉得这些破产、眼泪、流血还不够多么?你还需要别的灾祸,别的家庭被剥夺,别的不幸的人在街头沦为乞丐么?"

他又急急冲冲地走来走去,做一种傲慢人满不介意的姿态,一面叫道:

"难道人生应该顾虑这些事情么?我们每走一步,就会压碎成千的生物。"

沉默下来了。她望着他走来走去。她的心为寒冷所侵袭。这人到底是一个流氓还是一个英雄呢?她战栗了,她想,他关在这监牢里已经六个月了,他还在转什么样的念头呀!他像一个伟大的打了败仗的司令官,虽然毫无能力却仍在狂想呀!她对周围看了一下:四壁空无一物,只有一张小铁床,一张没有油漆的木桌和两把草垫椅子。他,他是在奢侈华丽的生活中过来的人呀!

突然,他两腿疲乏无力,又转回坐下了。他的低声冗长的说话,似乎是在作一种不自觉的忏悔:

"甘德曼的确是对的。在交易所中单凭狂热没有什么价值……但是,这个流氓,他,他有什么幸福?他已经没有血,没有感觉神经,他已不能同女人睡觉,他已不能喝一杯勃艮第酒,我相信他始终是这样的,他的血管中装的只是一些冰块……我呢,很清楚,我过于热情了,我失败的原因没有别的。你瞧,这就是我遭受过多次挫折的原因。但应当说明,倘若说杀害我的是我的热情,那么,使我活着的也是我的热情。热情携带着我,使我长大,把我送到最高处,然后又把我推倒,它一下子粉碎了它自己创造的事业。享受也许就是自行灭亡……当然,当我想到我这四年的奋斗生活时,所有背离我的都是我所需要的,都是我曾经据为己有的……这,这大约是不可救药。我失败了。"

于是,他对战胜了他的对方发出了一种忿怒:

"啊!这个甘德曼,这个肮脏的犹太人,他胜利了,因为他没有情欲……这是整个犹太族的特色。他是顽固而冷静的征服者;他以金钱万能的法宝把各国人民一个一个地都收买了;他在这些人之中,造成一个至高无上的王国,他正向这一王国前进。虽然我们用脚踢他们的屁股,向他们吐口水,但你瞧,这一族人,侵略我们,战胜我们,却有好几个世纪了。他现在已有十亿资财,他将来还会有二十亿、一百亿,乃至一千亿。他有一天将成为地球上的主宰……好几年来,我固执地在屋顶上大声疾呼这件事情,但任何人似乎都不听我的呐喊。当我甚至用我的血来呐喊时,人们却认为我无非是交易所中一个令人麻烦的人。是的,对犹太人的厌恨,连我的毛孔中都有；啊！这种厌恨由来已久，自我出生就种下了根！"

"多么奇怪的事情！"知识广泛而又以宽大为怀的嘉乐林夫人默默地叹息说，"在我看来，犹太人和别的人完全一样。他们之所以不同我们在一道，是人们强迫他们这样的。"

萨加尔甚至还没有听见她的说话，便以更粗暴的态度继续说：

"使我忿怒的是我看见政府也跪在这般流氓的脚下，做他们的同谋者。帝国仿佛没有甘德曼的钱就没有法子统治一样，所以它也就地地道道地出卖给甘德曼了！的确，我那位伟大的哥哥卢贡，他的行为在我看来是令人作呕的。因为，我还没有向你说过，在这件祸事还没有发生以前，我真该死，我还设法和他和解；我今天所以在这里，是他要这样的。没有关系，既然我妨碍了他，他就摆脱我也罢。我只恨他同这些肮脏的犹太人的联盟……你想得到这一点么？勒死世界银行，其目的就是使甘德曼能够继续做他的生意！压碎所有强大有力的天主教银行，说它是社会的危险，其目的就是保证犹太族的决定性的胜利！这犹太族会把我们吞吃掉的，而不久……啊，但愿卢贡当心吧，他将来也会被吃掉！首先，他所依附的权力还是会抛弃他的；而今天呢，他却为了这权力来背叛一切。他那打秋千的把戏倒玩得很狡猾，今天他给自由派保证，明天他又把保证拿去交给专制派。但是这个把戏，其结果必然会割断他自己的脖子……既然一切都将垮台，我倒希望甘德曼的欲望如愿以偿；因为甘德曼曾经预言，如果我们同德国发生战事，法国一定会被打败的。我们已经准备好了，普鲁士人只消进来拿我们的省份就得了。"

她用一种受了惊骇而带哀求的姿势请他不要说下去，仿佛他再说下去就会引起雷震一样。

"不！不！请你不要说这些事。你也没有权利说这些事……再说,对你这一次的逮捕,你的哥哥是毫不相干的。我从可靠方面得来的消息知道,这一切都是司法大臣德甘卜尔干的。"

萨加尔的忿怒突然减退了,他微笑起来说：

"啊！这家伙报复了。"

她以询问的态度望着他,于是他说：

"是的,我同德甘卜尔,我们从前有过一件纠纷……我预先就知道我会遭到他的报复的。"

无疑地,她并不重视这段历史,因为她并没有强求他说明。这时又沉默了一会,在沉默中,他又去拿桌子上那些纸张,完全恢复到他原来的思想上了。

"亲爱的朋友,你来看我,你真太可爱了；你应当答应我再来看我,因为你能够替我出很好的主意,我愿意把我的计划交给你……啊！如果我有钱的话！"

她匆忙阻止了他,抓住机会想弄明白几个月以来那萦绕于她内心的使她苦恼的一件事。他本人名下应当有的几百万金钱作什么用了？汇到外国去了么？埋在一棵只有他自己才知道的树底下了么？

"不过你不是没有钱呀！萨多瓦事件你就弄了两百万；你的三千股股票,如果在牌价达到三千时卖掉,那又是九百万！"

"那么,我的亲爱的,"他叫起来,"我连一个苏都没有！"

他说这话的声音是那么干脆,那么失望,同时他又是以那么惊异的态度望着她,她只得相信了他的话。

"在我们的事业不走运的时候,我从来是没有一个钱的……那么,你就知道我是和别的人一道破产了……当然,是的,我卖了,但是我同时又买了回来;我的九百万再加上其他的两百万到哪里去了呢?我很难对你解释清楚……我相信如果要把那个可怜的马佐那面的账也清算一下的话,我大约还会欠他三四万法郎……永远一样,大规模的扫荡一来,总是把人弄得一个苏也没有的!"

她感到那样地轻松,那样地愉快,以致她对他们——她和她的哥哥——自己名下的破产开起玩笑来了。

"我们也一样,在将来一切结束的时候,我不知道我们是不是还能保留下一个月的吃饭钱……啊!这笔钱,你所允诺我们的那九百万,你还记得那是叫我害怕的!有了它以后,我从来没有那么不安过。当人们把我们的钱拿去填补账上亏空的那天晚上,那倒是何等的舒畅!……甚至于连我姑母给我们的三十万法郎的遗产也一并葬送下去了。这自然是很不公平的,但是我也曾经说过,凭空得来的钱,不是用劳动赚来的钱,我是满不在乎的……你看得出来我很愉快,而且现在我在笑了!"

他以一种急躁的动作阻止了她,他又把桌子上的那些纸张拿在手中摇晃着说:

"你别管,我们将来还会很有钱……"

"怎么?"

"你难道以为我会放弃我的主张么?……我已经在这里工作了六个月,我整夜不睡重新拟定了这些计划。只有那些蠢人才说我预先作出结算表是一种罪行,他们认为我们那三种伟大的事业,联合轮船总公司,迦密山银矿,土耳其国家银行,只有第一种事业才可以获得预期的利润!天可怜吧!其余两种事业之所以发生危险,完全是因为我不在那里的缘故。但是,倘若他们把我放了出去,是的!当我再做了主人的时候,你看吧!你看吧!……"

她请求他不要说下去。他站起来了,他因为两条短腿一站直而长高了,他用尖锐的声音喊起来:

"账已经算好,数字都在这里,请你看吧,……迦密山银矿和土耳其国家银行,才不过是我们一种小小的游戏。我们需要的是东方大规模的铁路网,我们需要其余的一切,耶路撒冷,巴格达,征服整个小亚细亚;总之,拿破仑的剑所不能做到的事情,我们,我们将以我们的锄锹和黄金做到它……你怎么会以为我会放弃这一场战斗?拿破仑曾经从厄尔巴岛转来恢复王位①,我也是一样,我只要能出面,所有巴黎的金钱都会起来跟着我跑,而这一次将不会再有滑铁卢,我可以向你保证,因为我的计划是完全根据严格的数字作出来的,连任何一生丁钱,都有一定的预算……最后,这个该死的甘德曼,我们就可以把他打倒了!我只要四亿或者五亿,全世界都属于我了!"

她终于握住他的两只手,靠近他说:

"不!不!你住嘴吧!你叫我害怕!"

虽然她这样,虽然她有些怕,但对他还是抱着赞赏。在这个可怜的、空无一物的、关闭的、与无数活人隔离的牢房中,她突然有一种充满力量、充满生命光辉的感觉,这是一种希望中

---

① 拿破仑因受联军击败后,一八一四年四月曾被迫退位,隐居于地中海中之厄尔巴岛,但次年三月,他又从该岛潜回重登帝位;数月后因在滑铁卢之役惨败,乃被人放逐。

常存的幻象,是一个不愿意死的人的顽固表现。她再来寻找她内心的忿怒和对他所犯罪过的厌恶感,已不复存在。在他造成了这么多无可挽回的祸事以后,她不是已经判了他的罪了么?她不是盼望他遭到谴责,在被人轻视的情况中无声无息地死去么?现在她却仅仅有一点嫉恨罪恶和同情痛苦的感情。他有一种不自觉的和鼓舞人的力量,她又受着他的支配了!这仿佛是大自然中的暴力,可是这种暴力诚然是为人所需要的。不过,这只是出于一种女性的懦弱罢了。她在她不能生儿育女的痛苦中,她需要获得无限体贴的愿望中,她自甘这样懦弱;在她被苦难经历摧毁了理性的时期之所以盲目地爱过他,也是这种懦弱的表现。

"完了,"她不断地把他的手握在她的手中这样重复说了好几次,"难道你不能安静一下,休息一下么?"

最后,因为他踮起了脚,想用嘴唇吻她那一卷一卷垂到额角越发显得她年轻活泼的白头发,她却不准他吻,她用一种绝对坚决的、深感忧虑的态度,加强她每一个字的意义说:

"不!不!完了,永远完了……我很高兴能够最后见你一面,好让我们彼此之间不要生气……永别了!"

她走的时候,还看见他站在桌子前面,对这次离别真动了感情;但是不久他又在不自觉地用手清理那些他在急躁时所弄乱了的纸张。那价值两个苏的玫瑰花束掉了许多花瓣在那些纸上;他一页一页地摇动着那些纸张,用手拂去那些玫瑰花瓣。

三个月以后,十二月中旬,世界银行的案件终于在法院审讯。这案件曾经在刑事警察庭审讯过五次,每次都有无数好奇的人出庭旁听。报纸关于这件灾祸写了很多文章;对于如此迟迟才在法院审问的事也有许多奇怪的传说。法院所草拟的"案由"引起人们极大的注意,因为那是一篇逻辑严格的杰作,其间连最琐碎的事情都收集起来利用了,都明明白白地解释清楚了。此外,人们在传说,判决书是早已预定好了的。尽管哈麦冷的诚实坦白一目了然,尽管在那五天审讯日期萨加尔反抗控诉的态度如何英勇,尽管他们的辩诉状如何堂正有力,但法官终究还是判了他们五年监禁和三千法郎的罚款。但是在开庭以前一个月,他们已经取保释放,因此他们算是以自由犯的身份来受审,那么,宣判以后,他们可以利用二十四小时的上诉期离开法国。这样的安排是卢贡所需要的,因为他不愿意身边有一个坐监牢的兄弟,这是他的苦恼。萨加尔乘一部晚车到比利时去了,甚至连警察都看见他的出发。哈麦冷,则在同一天到了罗马。

又过了三个月,那是四月初旬的时候,嘉乐林夫人还留在巴黎没有走,她还得处理许多棘手的问题。她始终住在阿尔魏多大楼的小家庭里,这大楼已贴了"出售"条。她适才把最后的一件困难问题也解决了。她可以一个苏不带就动身,但她是不能欠着人家的债就走的。她应当在第二天离开巴黎到罗马去同她哥哥住在一道。他的运气很好,在那里已找到了一个小小的工程师的位置。他写信给她说有人请她去教书。他们的整个生活又得重新开始了。

她在巴黎的最后一个早上,起床后忽然产生了一个欲望,想知道一下维克多的消息才离开巴黎。直到现在,一切搜查都宣告无效。但是她想起梅山对她的诺言。她想这个女人或者会知道一点什么消息。下午四点,到毕式那里去问问她是一件很容易的事。开头,她内心也反抗自己产生的这个欲望,

479

现在一切都死亡了,知道维克多的下落又有什么好处呢?但随后,她为这件事的确很不好受,她的内心十分难过,仿佛她自己的一个孩子死了,她不在孩子的坟上放一些花就走了一样。四点钟,她到了斐多街。

靠楼梯口的两扇门开着,在那黑洞洞的厨房里,水沸腾了;在另一面,那间狭窄的办公室里,梅山坐在毕式的椅子上,正埋头在一大堆文件中;这些文件是她从她的破皮手袋里一捆一捆地拿出来的。

"啊!是你,我的好夫人!你正在这个倒霉的时间来!西基斯蒙先生快死了。可怜的毕式先生急得发疯,他是多么地爱他的兄弟呀!他奔忙得像一个疯子一样,他刚才又出去找医生去了……你看得出来,我正在替他办事……你瞧,他已经有八天没有收买一张股票,也没有工夫去催问账款了。幸好,我刚才做了一笔生意,啊!真是一笔好生意。这个可爱的人,当他恢复理智的时候,这笔生意可以安慰一下他的悲哀!"

嘉乐林夫人很吃惊,居然忘了她来的目的是为了维克多,因为在梅山一把一把地从皮手袋里拿出来的破纸中,她认出了那是世界银行的倒号股票。她那破皮手袋却因这些股票而胀破,她仿佛取都取不完一样。她高兴得饶起舌来了:

"瞧,我只用了二百五十法郎就买了这一大堆,这最少有五千股,合一苏一股……唔,一苏,牌价到过三千法郎一股的股票现在只值一苏!你瞧,这差不多只等于纸张的价钱了,是的!论斤称的纸张……不过这些东西照样有价值,我们将来再卖出去的时候,至少可卖十苏一股,因为有许多倒了号的商人还在搜求这些东西。你知道,它有过那样好的名誉,所以它今天还可以被人利用。把它拿去摆在账表的贷方单据中填亏空是再好没有了,做了世界银行的牺牲品还很著名呢……总之我的运气不错,从交易所的战斗开始以来,我就嗅觉到有一个战壕内躺了这一堆货品,这一堆破花纸;有一个笨家伙不懂得这是什么,他以很便宜的价钱卖给我了。你想我是不是走了运了!啊,不用很多时间!夫人,我立刻就把它收拾好!"

她是金融屠杀战场上一只食人肉的鸟。她很高兴。她那肥大的身躯吸收着这些肮脏的饲料,而她便以此自肥。另一面,她用短而弯曲的手,摇动着那些死人,也就是说摇动着这些颜色业已变黄、价值业已低落、并已发出霉味的股票。

一阵热烈而低沉的声音从隔壁房间传过来了,那房间的门和靠楼梯口的两扇门一样都是敞开着的。

"好!这是西基斯蒙先生,他又开始谈论起来了。从早上起他便这样……我的上帝!水又开了!我把它忘了!这是拿来冲药水用的……我的夫人,既然你在这里,请你过去看一看,看他是不是要什么东西。"

梅山溜到厨房去了。为他人的痛苦所吸引的嘉乐林夫人走进了那房间。四月的阳光照着这间空阔的屋子倒显得相当明亮;一股光线直射到那张没有漆过的小木桌,桌上堆满了手写的笔记,还有许多参考材料,这就是十年工作的结果。那里始终没有别的东西,只有两把草垫椅子和堆在木板上的一些书。小铁床上的西基斯蒙坐在三个枕头中间,红绒的短上衣只遮着半边身子。得肺病的人临死以前有一种奇怪的神经上的激动,使他不停止地说话。他一面发梦呓,但一面也有头脑异常清楚的时候。在他四周框着长头发的瘦削面容上,他那双张得特大的眼睛,在向空中发出疑问。

当嘉乐林夫人出现的时候,他仿佛认识她一样,虽然他们从来没有见过面。

"啊,是你,夫人……我看见你了,我刚才正在拼命叫你……来吧,来挨近我一点,我要悄悄地向你说话……"

她虽然稍稍有些害怕,但她仍然走近了他,而且她不得不坐在床对面的一张椅子上。

"我一向还不知道,但是现在我知道了。我的哥哥在买卖废股票和过时的借据。我听见过好些人在他的办公室里哭……我的哥哥,啊!我为了这件事真像一块烧红了的铁穿过我的心。我心中放不下的就是这件事,这件事使我心焦,因为金钱,受痛苦的人类……这是讨厌的。不久以后,当我死了的时候,我的哥哥一定要卖我的那些笔记。我不愿意!我不愿意!"

他的声音渐渐提高并且带了请求的意味:

"你看!夫人,我的那些笔记就在桌子上。请你递给我,让我们来把它捆成一捆,希望你把它带走,一切都带走!……喂,我叫你,我等着你呀!我的笔记白记了!我的毕生的研究和努力都完了!"

因为她迟疑,不肯把他所要求的东西给他,于是他交叉着两手说:

"劳驾,请你让我在死以前能够确知我的笔记完整无缺……我的哥哥不在这里,我的哥哥不会说我是自杀的……我请求你……"

她被他请求的热忱所感动,她让步了。

"既然你的哥哥说这会损坏你的身体,你看,我这样做就错了。"

"损坏我的身体,啊!不会!再说,有什么关系呢?……经过多少夜的努力后,未来的这个社会我已经把它建立起来了。一切都预定好而且决定下来了;那是尽可能的公正与幸福……可惜我没有时间草拟出一个更详尽的计划。但是我的全部笔记都在这里,分好了类的。是不是,你会替我把这些笔记保存起来,以便另外一个人有一天能够把它写成一本书,在社会上出版……"

他用瘦削的手拿着那些笔记,热情地翻着它们;他的已经有些模糊的眼睛中,已燃烧起一种火焰。他以他嘶哑而单调的声音,像一口时钟的钟摆带动发条的笛嗒笛嗒声,越说越快。他的声音甚至可以说是他那不停止活动的大脑的机械声;只是这部大脑的机械正在往死亡一方转动罢了。

"啊!我现在看见它,清清楚楚地,它站在那里,它,这个公正而幸福的社会……在这个社会中,任何人都要工作,工作是人的本分,是必须的而又是自由的。国家只不过是一个大规模的合作的社会,工具变为众人的财产,生产品则集中在大规模的总仓库里。人们贡献了那样多的有益劳动,人们也有权享受那样丰富的社会消费品。劳动时间成为衡量一切的尺度。一件物品的价值只等于生产此物品所需要的时间。在一切生产者之间只存在一种交换制度,那就是根据'劳动证'来交换的制度。这些交换是在公社的领导下进行的。那时候征税的唯一用途就是养育孩子,供养老人,革新工具,创办公共免费事业……再没有金钱,因而也再没有投机,再没有偷盗,再没有讨厌的交易行为,再没有因贪欲而引起的罪行,例如今天女孩子要有嫁妆才能嫁得出去;为了遗产而勒死父母;为了钱包而暗杀过路人……等等的罪行。再没有敌对的阶级,没有厂长和工人,没有无产阶级和资产阶级,从而也就没有限制自由的法律和法院,没有保卫这部分人的无理掠夺而置另一部分人于悲惨饥饿的庞大军队!再没有形形色色的游手好闲的人,因此也再没有靠房租为生的房东,再没有像妓女一样靠运气维持生活的年金收入者,再没有奢侈,总之再没有贫困……啊!这难道不是理想中的公平世界么?没有特权阶级,没有低贱人民,只有德行才是人的主宰,每一个人都用自己的劳动创造自己的幸福,于是便成了人人有均等的幸福。"

他越说越兴奋,声音变轻了,似乎在很远的地方发出来的一样;也可以说这声音越走越远,而在很高的地方,在他所预言即将来到的未来里面消失了。

"如果我说到细节的话……你瞧,就在这一张纸上,在所有空白处都加了注释的:这是家庭的组织,自由的契约,由公社负责的儿童教养问题……但这也并不是无政府主义。请你看看另一段笔记:我想要每一个生产部门都成立一个指导委员会,负责将生产按比例分配给消费者,一面规划出实际的需要……这里,还有一个组织上的细节:在城市中,在田野中,所有的工业军,所有的农业军,都在他们自己选举出来的领导的指导下劳动,同时也遵守他们自己所通过的一切规章行事……你瞧,这里我用了一些相当可靠的方法计算出来,在二十年之内,每个劳动日可以缩短到几个钟头。由于新的劳动力的大量增加,特别是由于机器的大量使用,我们将来每天只做四小时,或者三小时的工作。人们还有多少时间可以用来享受呀!因为这并不是一个兵营,而是一个自由而愉快的社会,在这个社会里,每个人都可以自由地取乐,任何时候都可以满足他正当的嗜好,得到恋爱的欢乐,因为健壮,因为美丽,因为聪明,就能够享受那取之不尽的大自然的快乐。"

他的手势,仿佛已把这间可怜的房间的周围世界据为己有了。他虽然生活于这间一无所有的房间中,他虽然将死于这个无所要求的贫穷环境里,但他却用一只友爱的手在分配全世界的财富。所有这一切好的而他却不曾享受过的东西,这是人类共同的幸福,他要这样分配它,虽然他明知他再不可能享受这类幸福了。他为了拿这一高尚的礼物贡献给受苦难的人类,他缩短了自己的寿命。他的手不能自主了,他在杂乱的笔记中摸索,他的眼睛充满了死的光辉,已经看不清楚了;他仿佛看见在生命之外有无限的成功;他高兴得忘了形,脸上也发出了光彩。

"啊!何等新奇的活动呀!整个人类都在劳动,人人用双手去改造世界……再没有荆棘林,再没有池沼。海峡填满了,妨碍人类的大山移去了,沙漠变成了肥沃的土地,四方八面冒出泉水。什么样的奇迹都能实现。古时候人类的伟大工程,将来看起来仅是一些可笑的东西,保守而幼稚。大地最后总要成为一个可以居住的地方,……整个人类会发展,会成长,会享受一切欲望都可获得满足的幸福,会成为真正的主人。学校与工厂之门大开,孩子们可以根据他们的技能,自由选择职业。再经过若干年后,经过严格的考试,就可以择优录用。单纯地能够偿还教育费是不够的,还得在教育上有所出息。每个人都可以充分利用自己的知识。公共任务,可以按每个人不同的秉赋,公平合理地分配每个人去负担。这样就是各尽所能,为众人服务。啊!这是活跃的、愉快的社会,是人类健康地经营着的理想社会。这个社会没有轻视体力劳动的传统成见,在这个社会中一个伟大的诗人就是木匠,一个大科学家就是锁匠!啊!幸福的社会呀!胜利的社会呀!人们几个世纪以来便在向着这样的社会前进;这社会的白墙在那里闪着光……在那里,在那幸福之中,在那令人眼睛都睁不开的灿烂阳光中,在那里……在那里……"

他的眼睛发白,末了的一些字已咬不清楚,仅仅成了一小口一小口的喘气;他的头下垂,但他还保持着他唇际得意忘形的微笑。他死了。

嘉乐林夫人极为惊动,她满怀怜悯与深情地望着他。可是这时她觉得她的背后突然进来了一阵风暴,原来是毕式回来了。他没有请到医生,喘着气,很着急;梅山随着他的脚后跟也进来了。她在向他解释为什么没有冲好药水的原因,因为烧的开水打翻了。可是毕式看见他的兄弟,如他称呼的,看见他的小孩子仰天睡着,不再动了,口张着,眼睛直愣愣的。他明白了,他发出一声被人割断喉管时兽一样的狂叫。他一跃上前扑在西基斯蒙的身上,用他那宽大的臂膀把他抱起来,仿佛要吹一口气把他救活一样。这个可怕的勒索钱财的人,这个可能为十个苏而杀人的人,这个如此长期地靠肮脏的巴黎为生的人,现在却发出一声可怕的痛苦狂叫。他的小孩子,上帝呀!他曾经照顾过他睡觉,像母亲一样哄过他睡觉!而现在,他永远不会再有他了,他的小孩子!在他一发不可收拾的极端失望中,他把那些散乱在床上的纸张收起来,他撕了它们,揉碎了它们,仿佛他想消灭这杀了他兄弟的、令人嫉妒的和愚蠢的工作。

嘉乐林夫人觉得她的心都熔化了。这个不幸的人!她只有深深地怜悯他!但是,她在什么地方还听见过这同样的狂叫呢?哦,她想起来了,已经有过一次,唯一的一次,人类痛苦的叫声,曾经使她打过那样的寒战。那是在马佐家里,那是站在父亲尸体面前的母亲和孩子们的狂叫。因为在这样的痛苦场面不能抽身的缘故,她还待了一刻工夫,还帮毕式做了一些琐碎的事情。随后,在临走的时候,她单独同梅山在一起,在那个狭窄的办公室里,她才想起她是为询问维克多的下落而来的。她于是问梅山。啊!维克多!如果他始终在逃跑的话,已经很远了!在这三个月之内,她走遍了巴黎,还是寻找不到他丝毫的踪迹。她已断念,不再探听了。但时间有的是,早晚有一天我们会在断头台上发现这个强盗。嘉乐林夫人听她讲,全身都凉了,一句话也没有说。是的,完了;人们已把这个怪物交给未来不可知的世界,他将和一个流着遗传性传染菌唾沫的野兽一样,他每咬人一口就会扩大它的毒害!

在门外,在维维纳街的人行道上,嘉乐林夫人异常惊异空气竟是那么温和。这时候是五点钟,太阳正落在柔和的、毫无彩霞的天际,以其遥遥射来的金光,照着大街上高高挂起的市招。这个代表青春之重新到来而显得楚楚动人的四月,仿佛在抚摸她的全身,直摸到她的内心。她猛烈地呼了一口气,舒服得已经感到比以前更其幸福了;她觉得她的不可屈服的希望又复活了,而且更大了。西基斯蒙是一个梦想家,他对于他的正义和爱情的幻想,努力吹了最后一口气;无疑的,他带着美梦的死使她深为感动,因为她也曾经做过这样一种梦,梦想人类可以肃清金钱所犯下的可憎的罪恶。另外一件使她感动的是毕式的狂叫,是这个可怕的豺狼也激动起来的、令人心碎的一股温情;而过去,她认为他是一个没有心肝、不会流眼泪的人呢!但是,不!在充满了这样痛苦的世界中,她还不能在她生命的旅途上获得一种足以安慰人的印象。反之,小怪物的逃走、跑掉,在沿途上撒下使地球都无法痊愈的腐化的酵母,这给她带来了最后的失望。那么,这时却为什么又会有那种再生的愉快占据着她的全身呢?

当她走上大街的时候,她向左转,在活跃的人群中放慢了脚步。她在装满了若干束白丁香花和紫丁香花的一部小车子前停了一刻,散布在春天气氛中的一股强烈的香味包围了她。当她重新前进的时候,身上浮起了一种快乐的浪潮,这浪潮仿佛是出自沸腾着的泉源,她企图加以阻止,企图以她的两只手堵住那股源头,她失败了。她已经了解这就是生之欢乐,但她不愿意享受。不!不!那可怕的不幸事件才完结不久,她不应当感到愉快,她不能够任凭这支持着她的永恒生命自由奔放,她要努力保持她那悲哀的心情,她记起了那样多的残酷回忆所给予她的失望。怎样?在这一切崩溃以后,在这么多可怕的不幸事件发生以后,她还会笑么?她已经忘了她是同谋犯么?她于是一一列举那些事实,这一件,那一件,其他的一件,这是够她后半世的生涯哭一辈子的!但是,在她按在心上捏紧了的指头之间,活力的跳跃更猛烈了,生命之泉溢出来了,它摆脱了重重障碍,流得更自由了;它一面把那些无用的残余物抛在两岸,一面在太阳光下坦坦荡荡地而且得意地前进了。

从这时起,嘉乐林夫人屈服了,她不得不听从于一个人青春复活时那种不可克服的力量。正如她有时带笑所说的一样,她不能够发愁。这已经经过了考验,她不久以前才接触到失望的深底,你看,现在又重新复活了,虽然这希望而今已受了伤,甚至还是血淋淋的,但它仍然是有生气的,而且一分钟一分钟地在生长。当然,她并没有保存任何幻想,生命的确和自然一样,还是不公正的,还是卑污的。那么,为什么人们却又毫无理性地在这里爱生命、需要生命呢?生命永无止境地领导着人类去追求那遥远的、不可知的目的,而人们却信赖它,这不是毫无理性么?这不是像一个小孩子一样,别人允诺了他的快乐却始终拖延其实现么?随后,当她转到了勺塞当丹街的时候,她就不再推究这类哲理了。哲学家的她、科学家的她和文学家的她都退位了,她疲于对这些原因作无益的研究。她只是美丽的天空下、温和的气候中的一个幸福的创造物。自觉十分健康,听见自己有力的小脚踏着人行道,她就感到这是唯一的享受。啊!生活之欢乐!究其实,除生之欢乐外还有别的欢乐么?生活便是活命,尽管它有可怕的地方,可是它仍然强有力就是因为它带着永恒的希望!

嘉乐林夫人回到她第二天即将离开的圣拉查尔街,收拾好她的箱子。她在已经腾空了的图样室转了一转,她看见那些图表和那些水彩画;她准备在最后时刻才把这些东西捆成一捆。但每当她从四个角上拔去四个图钉取下一幅图画的时候,她总要停下来默想一会。她重新想起她在东方居住时的那些遥远的日子,她是这般地爱着那个地方,仿佛她身内还保留着那里的明朗的光线一样。她又想起她在巴黎的这五年生活,想起每天的恐慌和那些疯狂的活动,想起穿过她生命的、同时也使她颠覆的数百万金钱汇成的巨浪……可是,从这印象犹新的破产事件中,她已经觉得在太阳光下成长了,而且已开放了全部花朵。虽然土耳其国家银行接着世界银行之崩溃而崩溃,但联合轮船总公司依然繁荣。她又想起贝鲁特那里令人神往的海岸;那里,在许多大规模的货栈中,矗立着管理处的办公大楼,她这时正刷着图样上这些大楼的灰尘呢!马赛成为小亚细亚的门户,地中海被征服了,各国人民都接近了,甚至于和平相处了。这个迦密山峡(这时她正取下这幅画着迦密山峡的水彩画),从她最近收到的信中,她不是已经知道那里又新生了一群人民么?起初围绕着开采中的矿山而发达起来的五百居民的乡村,现在有好几千灵魂了,而且也有了它的全部文明;公路,工厂,学校……使这个死亡的荒野角落繁荣起来了。此外,为了开辟那条由布鲁斯到贝鲁特道经安卡拉和阿勒颇的铁路,还有许多勘测工作,平地工作和削岩工作,一张一张的都有图样;她把这许多图样一张一张地卷了起来。当然,要全速穿过托罗斯山脉,恐怕还有许多年;但是,各方面都充满了生命力;远古人类的泽源地,现在已散布了新的人类;在这美妙的气候中,在这明朗的太阳下,因有特殊的生殖力,未来的进展必定还要迅速。难道这不是人类的觉醒么?这不是人类更其扩大更其幸福的表现么?

嘉乐林夫人用了一根粗大的绳子把这些图样捆成了一捆。她的哥哥在罗马等着她,他们俩在那里又得重新开始一种生活了。她的哥哥曾屡次嘱咐她小心包裹这些图样。当她在打结的时候,她突然想起萨加尔来。她知道他这时正在荷兰,正投身于一个新的巨大事业:要把许多池沼吸干,然后利用复杂的运河系统,把一片海变为一个小小的王国。萨加尔是对的。直到现在,金钱仍然是一种肥料,在这堆肥料中,才可以生长出明天的人类社会。含毒的、带毁灭性的金钱,现在已成为一切社会发展的酵母,成为有利于人类生存的伟大工程所必需的沃土。这一次,她终于看明白了么?她之所以有这样毫不退缩的希望,是不是因为她相信人类努力的成绩呢?我的上帝!这里有这么多被搅动了的污泥,有这么多被迫害的牺牲者,有人类每前进一步所付出代价的那些痛苦,是不是在这一切之上还有一种杳茫的和遥远的目的?是不是还有一些高尚的、善良的、公正的和最终的东西?是不是人们在向这件东西前进而不自觉?是不是这件东西鼓舞了人们的心使人们对生活和希望有顽固的要求?

总之,不管这一切,嘉乐林夫人这时仍然是愉快的,她那始终年轻的面貌,配上她那顶王冠似的白发,仿佛在大地日益变得衰老时,她反而在每年四月又变年轻了一样。她一想起她和萨加尔的关系所酿成的羞愧时,她就联想到人们用来玷污爱情的那些同样可怕的脏事。对于金钱所造成的肮脏与罪过的惩戒,为什么要叫金钱来承担呢?那创造生命的爱情,不是也一样不纯洁么?

"外国文学名著丛书"书目

第 一 辑

书 名	作 者	译 者
伊索寓言	〔古希腊〕伊索	周作人
源氏物语	〔日〕紫式部	丰子恺
堂吉诃德	〔西班牙〕塞万提斯	杨绛
泰戈尔诗选	〔印度〕泰戈尔	冰心 石真
坎特伯雷故事	〔英〕杰弗雷·乔叟	方重
失乐园	〔英〕约翰·弥尔顿	朱维之
格列佛游记	〔英〕斯威夫特	张健
傲慢与偏见	〔英〕简·奥斯丁	王科一
雪莱抒情诗选	〔英〕雪莱	查良铮
瓦尔登湖	〔美〕亨利·戴维·梭罗	徐迟
欧·亨利短篇小说选	〔美〕欧·亨利	王永年
特利斯当与伊瑟	〔法〕贝迪耶	罗新璋
巨人传	〔法〕拉伯雷	鲍文蔚
忏悔录	〔法〕卢梭	范希衡 等
欧也妮·葛朗台 高老头	〔法〕巴尔扎克	傅雷
雨果诗选	〔法〕雨果	程曾厚
巴黎圣母院	〔法〕雨果	陈敬容
包法利夫人	〔法〕福楼拜	李健吾
叶甫盖尼·奥涅金	〔俄〕普希金	智量
死魂灵	〔俄〕果戈理	满涛 许庆道

书　名	作　者	译　者
当代英雄	〔俄〕莱蒙托夫	草　婴
猎人笔记	〔俄〕屠格涅夫	丰子恺
白痴	〔俄〕陀思妥耶夫斯基	南　江
列夫·托尔斯泰中短篇小说选	〔俄〕列夫·托尔斯泰	草　婴
怎么办？	〔俄〕车尔尼雪夫斯基	蒋　路
高尔基短篇小说选	〔苏联〕高尔基	巴　金　等
浮士德	〔德〕歌德	绿　原
易卜生戏剧四种	〔挪〕易卜生	潘家洵
鲵鱼之乱	〔捷〕卡·恰佩克	贝　京
金人	〔匈〕约卡伊·莫尔	柯　青

第 二 辑

荷马史诗·伊利亚特	〔古希腊〕荷马	罗念生　王焕生
荷马史诗·奥德赛	〔古希腊〕荷马	王焕生
十日谈	〔意大利〕薄伽丘	王永年
莎士比亚悲剧五种	〔英〕威廉·莎士比亚	朱生豪
多情客游记	〔英〕劳伦斯·斯特恩	石永礼
唐璜	〔英〕拜伦	查良铮
大卫·科波菲尔	〔英〕查尔斯·狄更斯	庄绎传
简·爱	〔英〕夏洛蒂·勃朗特	吴钧燮
呼啸山庄	〔英〕爱米丽·勃朗特	张　玲　张　扬
德伯家的苔丝	〔英〕托马斯·哈代	张谷若
海浪　达洛维太太	〔英〕弗吉尼亚·吴尔夫	吴钧燮　谷启楠
哈克贝利·费恩历险记	〔美〕马克·吐温	张友松
一位女士的画像	〔美〕亨利·詹姆斯	项星耀
喧哗与骚动	〔美〕威廉·福克纳	李文俊
永别了武器	〔美〕欧内斯特·海明威	于晓红

书 名	作 者	译 者
波斯人信札	〔法〕孟德斯鸠	罗大冈
伏尔泰小说选	〔法〕伏尔泰	傅 雷
红与黑	〔法〕司汤达	张冠尧
幻灭	〔法〕巴尔扎克	傅 雷
莫泊桑中短篇小说选	〔法〕莫泊桑	张英伦
文字生涯	〔法〕让-保尔·萨特	沈志明
局外人　鼠疫	〔法〕加缪	徐和瑾
契诃夫小说选	〔俄〕契诃夫	汝 龙
布宁中短篇小说选	〔俄〕布宁	陈 馥
一个人的遭遇	〔苏联〕肖洛霍夫	草 婴
少年维特的烦恼	〔德〕歌德	杨武能
德国，一个冬天的童话	〔德〕海涅	冯 至
绿衣亨利	〔瑞士〕戈特弗里德·凯勒	田德望
斯特林堡小说戏剧选	〔瑞典〕斯特林堡	李之义
城堡	〔奥地利〕卡夫卡	高年生

第 三 辑

埃斯库罗斯悲剧二种	〔古希腊〕埃斯库罗斯	罗念生
索福克勒斯悲剧二种	〔古希腊〕索福克勒斯	罗念生
欧里庇得斯悲剧二种	〔古希腊〕欧里庇得斯	罗念生
神曲	〔意大利〕但丁	田德望
西班牙流浪汉小说选	〔西班牙〕克维多 等	杨绛 等
阿拉伯古代诗选	〔阿拉伯〕乌姆鲁勒·盖斯 等	仲跻昆
列王纪选	〔波斯〕菲尔多西	张鸿年
蕾莉与马杰农	〔波斯〕内扎米	卢 永
莎士比亚喜剧五种	〔英〕威廉·莎士比亚	方 平
鲁滨孙飘流记	〔英〕笛福	徐霞村

书　名	作　者	译　者
彭斯诗选	〔英〕彭斯	王佐良
艾凡赫	〔英〕沃尔特·司各特	项星耀
名利场	〔英〕萨克雷	杨　必
人性的枷锁	〔英〕威廉·萨默塞特·毛姆	叶　尊
儿子与情人	〔英〕D. H. 劳伦斯	陈良廷　刘文澜
杰克·伦敦小说选	〔美〕杰克·伦敦	万　紫　等
了不起的盖茨比	〔美〕菲茨杰拉德	姚乃强
木工小史	〔法〕乔治·桑	齐　香
恶之花　巴黎的忧郁	〔法〕波德莱尔	钱春绮
萌芽	〔法〕左拉	黎　柯
前夜　父与子	〔俄〕屠格涅夫	丽尼　巴金
卡拉马佐夫兄弟	〔俄〕陀思妥耶夫斯基	耿济之
安娜·卡列宁娜	〔俄〕列夫·托尔斯泰	周扬　谢素台
茨维塔耶娃诗选	〔俄〕茨维塔耶娃	刘文飞
德国诗选	〔德〕歌德　等	钱春绮
安徒生童话选	〔丹麦〕安徒生	叶君健
外祖母	〔捷〕鲍·聂姆佐娃	吴　琦
好兵帅克历险记	〔捷〕雅·哈谢克	星　灿
我是猫	〔日〕夏目漱石	阎小妹
罗生门	〔日〕芥川龙之介	文洁若

第　四　辑

一千零一夜		纳　训
培根随笔集	〔英〕培根	曹明伦
拜伦诗选	〔英〕拜伦	查良铮
黑暗的心　吉姆爷	〔英〕约瑟夫·康拉德	黄雨石　熊　蕾
福尔赛世家	〔英〕高尔斯华绥	周煦良

书　名	作　者	译　者
月亮与六便士	〔英〕威廉·萨默塞特·毛姆	谷启楠
萧伯纳戏剧三种	〔爱尔兰〕萧伯纳	潘家洵　等
红字　七个尖角顶的宅第	〔美〕纳撒尼尔·霍桑	胡允桓
汤姆叔叔的小屋	〔美〕斯陀夫人	王家湘
白鲸	〔美〕赫尔曼·梅尔维尔	成　时
马克·吐温中短篇小说选	〔美〕马克·吐温	叶冬心
老人与海	〔美〕欧内斯特·海明威	陈良廷　等
愤怒的葡萄	〔美〕斯坦贝克	胡仲持
蒙田随笔集	〔法〕蒙田	梁宗岱　黄建华
悲惨世界	〔法〕雨果	李　丹　方　于
九三年	〔法〕雨果	郑永慧
梅里美中短篇小说选	〔法〕梅里美	张冠尧
情感教育	〔法〕福楼拜	王文融
茶花女	〔法〕小仲马	王振孙
都德小说选	〔法〕都德	刘　方　陆秉慧
一生	〔法〕莫泊桑	盛澄华
普希金诗选	〔俄〕普希金	高　莽　等
莱蒙托夫诗选	〔俄〕莱蒙托夫	余　振　顾蕴璞
罗亭　贵族之家	〔俄〕屠格涅夫	陆　蠡　丽　尼
日瓦戈医生	〔苏联〕帕斯捷尔纳克	张秉衡
大师和玛格丽特	〔苏联〕布尔加科夫	钱　诚
茨威格中短篇小说选	〔奥地利〕斯·茨威格	张玉书　等
玩偶	〔波兰〕普鲁斯	张振辉
万叶集精选	〔日〕大伴家持	钱稻孙
人间失格	〔日〕太宰治	魏大海

第 五 辑

书　名	作　者	译　者
泪与笑　先知	〔黎巴嫩〕纪伯伦	冰　心　等
华兹华斯 柯尔律治 诗选	〔英〕华兹华斯 柯尔律治	杨德豫
济慈诗选	〔英〕约翰·济慈	屠　岸
汤姆·索亚历险记	〔美〕马克·吐温	张友松
大街	〔美〕辛克莱·路易斯	潘庆舲
田园三部曲	〔法〕乔治·桑	罗　旭　等
金钱	〔法〕左拉	金满成
果戈理小说戏剧选	〔俄〕果戈理	满　涛
奥勃洛莫夫	〔俄〕冈察洛夫	陈　馥
谁在俄罗斯能过好日子	〔俄〕涅克拉索夫	飞　白
亚·奥斯特洛夫斯基戏剧六种	〔俄〕亚·奥斯特洛夫斯基	姜椿芳　等
复活	〔俄〕列夫·托尔斯泰	草　婴
静静的顿河	〔苏联〕肖洛霍夫	金　人
谢甫琴科诗选	〔乌克兰〕谢甫琴科	戈宝权　任溶溶
维廉·麦斯特的学习时代	〔德〕歌德	冯　至　姚可崑
叔本华随笔集	〔德〕叔本华	绿　原
艾菲·布里斯特	〔德〕台奥多尔·冯塔纳	韩世钟
豪普特曼戏剧三种	〔德〕豪普特曼	章鹏高　等
铁皮鼓	〔德〕君特·格拉斯	胡其鼎
加西亚·洛尔卡诗选	〔西班牙〕加西亚·洛尔卡	赵振江
你往何处去	〔波兰〕亨利克·显克维奇	张振辉
显克维奇中短篇小说选	〔波兰〕亨利克·显克维奇	林洪亮
裴多菲诗选	〔匈〕裴多菲	孙　用
轭下	〔保〕伐佐夫	施蛰存

书　名	作　者	译　者
卡勒瓦拉(上下)	〔芬兰〕埃利亚斯·隆洛德	孙　用
破戒	〔日〕岛崎藤村	陈德文
戈拉	〔印度〕泰戈尔	刘寿康